U0560357

○南戲文獻全編　劇本編○

俞爲民　主編

琵琶記

第七册

王良成　整理

ZHEJIANG UNIVERSITY PRESS
浙江大學出版社
·杭州·

相待他，他猶自克偕以孝。我父母虧了我甚麼，我倒不能勾奉養他？看甚麼《尚書》？這是甚麼書？是《春秋》。呀！《春秋》中潁考叔曰：小人有母，未嘗君之羹，請以遺之。咳！他有一口湯喫，兀自尋思着娘。我如今做官享天禄，倒把父母撇了。看甚麼《春秋》？天那，枉看這書，行不得，濟甚麼事！你看那書中那一句不説着孝義？當元俺父母教我讀詩書，知孝義，誰知道反被詩書誤了我，還看他怎的？

【解三醒】（生）嘆雙親把兒指望，教兒讀古聖文章。當初爹娘教我讀書，指望榮宗耀祖，改换門閭。似我會讀書的，倒把親撇養，少甚麼不識字的，到得終奉養。書呵，我只爲其中自有黄金屋，反教我撇却椿庭萱草堂。還思想，畢竟是文章誤我，我誤爹娘。

【前腔】比似我做個負義虧心臺館客，到不如守義終身田舍郎。《白頭吟》記得不曾忘，緑鬢婦何故在他方？書呵，我只爲其中有女顏如玉，反教我撇却糟糠妻下堂。還思想，畢竟是文章誤我，我誤妻房。

書既懶看，且看壁間山水古畫，散悶則個。呀！這一軸畫像是我昨日在彌陀寺中燒香拾得的，如何院子也將來掛在此間？且看是甚麼故事。

【太師引】（生）細端詳，這是誰筆仗？呀！這兩個老人家不是凍死，定是餓死。覷着他，教我心兒好感傷，（細看科）呀！好似我雙親模樣。差矣，我的媳婦會針指，便做是我的爹娘呵。怎穿着破損衣裳？前日已有書來。道别後容顔無恙，怎的這般淒涼形狀？且住，我這裏要寄一封書回去，尚不能勾。他那裏呵，有誰來往，直將到洛陽？天下也有面貌厮像的。須知道仲尼陽虎一般龐。[一]

我理會得了。

【前腔】這是街坊誰劣相，砌莊家形衰貌黄。假如我爹娘呵，若没個媳婦來相傍，少不得也這般淒涼。敢是個神圖佛像？呀！却怎的？我正看間，猛可的小鹿兒心頭撞。這不是神圖佛像，敢是當元的畫工有甚緣故？丹青匠，由他主張，須知道毛延壽誤了王嫱。

若是個神圖佛像，背面必有標題，待我轉過來看。呀！原來有一首詩在上面。（讀詩科）這厮好無禮，句句道着下官。等閒的怎敢到此？想必夫人知道。待我問他，便知分曉。夫人那裏？（占上）

【夜遊湖】猶恐他心思未到，教他題詩句，暗裏相嘲。翰墨關心，丹青入眼，强如把語言相告。

（生怒）夫人，誰人到我書館中來？（占）没有人。（生）我前日去彌陀寺裏燒香，拾得一軸畫像，院子不省得，也將來掛在這裏。甚麽人在背面題着一首詩？（占）敢是當原寫的？（生）那裏是，墨蹟尚未

[一] 陽：原作『楊』，據汲古閣刊本《繡刻琵琶記定本》改。

曾乾。（占背）我理會得了。相公，這詩如何説？請讀與奴家知道。（生讀詩科）（占）相公，奴家不省其意，請解説一遍，與奴家曉得也好。（生）『崑山有良璧，鬱鬱璠璵姿。嗟彼一点瑕，掩此連城瑜。』崑山是地名，產得好玉，價值連城。若有些兒瑕玷，便不貴重了。『人生非孔顔，名節鮮不虧。』孔子、顔子是大聖大賢，德行渾全。大凡人非聖賢，能忠不能孝，能孝不能忠，所以名節多至欠缺。『拙哉西河守，胡不如皋魚？』西河守吴起，是戰國時人，魏文侯拜他爲西河守，母死不奔喪。皋魚是春秋時人，只爲周遊列國，父母死了。後來回歸，自刎而亡。『宋弘既以義，王允何其愚。』宋弘是光武時人，光武要把姐姐湖陽公主嫁他，〔一〕宋弘不從，對官裏道：貧賤之交不可忘，糟糠之妻不下堂。王允是桓帝時人，司徒袁隗要把姪女嫁他，他就休了前妻，娶了袁氏。『風木有餘恨，連理無旁枝。』孔子聽得皋魚啼哭，問其故。皋魚説道：樹欲静而風不寧，子欲養而親不在。西晉時東宫門前有槐樹二株，連理而生，四旁皆無小枝。『寄語青雲客，慎勿乖天彝。』傳言與做官的，切莫違了天倫。（占）相公，那不奔喪和那自刎的，那一個是孝道？（生）那不奔喪的是亂道。（占）相公，那不棄妻和那休妻的，那一個是正道？（生）那休了妻的是亂道。（占）相公，比如你，待要學那一個？（生）呀！我的父母知他存亡如何？我決不學那不奔喪的見識。（占）相公，你雖不學那不奔喪的，且如你這般富貴，腰金衣紫，假有糟糠之婦，藍褸醜惡，可不辱邈了你？你莫不也索休了？（生）夫人，你説那裏話？縱使辱邈殺了我，終是

〔一〕湖：原作『胡』，據汲古閣刊本《繡刻琵琶記定本》改。

我的妻房，義不可絶。

【鏵鍬兒】夫人，你説得好笑，可見你心兒窄小。我決不學那王允的見識。没來由漾却苦李，再尋甜桃。古人云：棄妻有七出之條。他不嫉不淫與不盜，終無去條。那棄妻的，衆所誚；那不棄妻的，人所褒。（占）相公，假如藍褸爹娘，醜貌妻房，你可棄他麼？（生）夫人差矣，藍褸爹娘是蔡邕天倫父母，醜貌妻房是伯皆枕邊骨血。又道是恩不可斷，義不可絶了。夫人，縱然他醜貌，怎肯相休棄了？

【前腔】（占）伊家富豪，那更青春年少？[一] 看你紫袍掛體，金帶垂腰，做你的媳婦呵，應須有封號。金花紫誥，必俊俏，須媚嬌。若還他醜貌，怎不相休棄了？

【前腔】（生）夫人，你言顛語倒，惱得我心兒轉焦。夫人，你往日言不亂發，怎麼今日苦苦要把王允事情來講？莫不是你把咱奚落，特兀自粧喬？引得我淚痕交，撲簌簌這遭。這題詩的是誰？（占）相公，你待怎的？（生）夫人，他把我嘲，難恕饒。你説與我知道，怎肯干休住了？

【前腔】（占）相公，我心中忖料，想不是個薄情分曉。（占）相公，妾身有件喜事報你。（生）有甚喜事？（占）管教你夫婦會合，在今朝。你還認得那題詩的麼？（生）我認不得。（占）伊家枉自焦，

（一）伊：原作『依』，據汲古閣刊本《繡刻琵琶記定本》改。

只怕你哭聲漸高。（生）是誰？（占）是伊大嫂，身姓趙，正要説與你知道，怎肯干休罷了？

姐姐□請。

【入賺】（旦）聽得閙炒，敢是我兒夫看詩囉唣？（占）姐姐快來。（旦）是誰忽叫？想是夫人召，必有分曉。（占）相公，是他題詩句，你還認得否？（生）他從那裏來？（占）相公，他從陳留郡，爲你來尋討。（生認科）呀！我道是誰，元來是你。娘子呵，你怎的穿着破襖，衣衫盡是素縞？妻，爹娘怎的不來？（旦不語介）（生）妻，你口不言來我心自省，敢是爹死娘在？敢是娘死爹在？莫不是我雙親不保？（旦）官人，從別後，遭水旱，我兩三人只道同做餓殍。（生）張太公曾周濟你麼？（旦）只有張太公可憐，嘆雙親別無倚靠。（生）後來却如何？（旦）兩口顛連相繼死，（生）苦！元來我爹媽都死了。娘子，那時如何得殯斂？（旦）我剪頭髮賣錢送伊妣考。（生）如今安葬了未曾？（旦唱）把墳自造，土泥盡是我麻裙裹包。（生）罷了！聽伊言語，怎不痛傷噎倒？

（生倒，旦、占作扶起科）（旦）官人，這畫像就是你爹媽的真容。（生哭拜科）罷了！爹娘，爹娘，當初孩兒不肯前來赴選，是你苦苦逼我前來。到於今忝中高魁，不得歸家奉養雙親，此乃是衣冠中禽獸，名教中罪人。又道生不能養，死不能葬，葬不能祭，此乃三不孝也。慢道是陳留郡，就是普天下人人皆道我蔡邕不孝。

【小桃紅】蔡邕不孝，把父母相抛。爹娘，我與你别時，豈知恁地？早知你形衰耄，怎留聖朝？娘子，你爲我受煩惱，你爲我受劬勞。謝你葬我爹，葬我娘，你的恩難報也。又道是養子能代老。（合）這苦知多少？此恨怎消？天降災殃人怎逃？

娘子，這真容誰畫的？

【前腔】（旦）這儀容像貌，是我親描。（生）娘子，路途遥遠，你那得盤纏來到此間？（旦低唱科）乞丐把琵琶撥，怎禁路遥？（生）愛妻，多虧了你。（旦）冤家，你不記得當初起程之際，妻子送你至十里長亭，南浦之地，俺與你雙雙攜手，妻子何等囑付你來？我道：解元夫，你爹娘比不的别人家父母，他年已八旬以上，猶如風中之燭，草上之霜，朝不能保暮。你此去倘得功名成就，你把歸鞭早整。又誰知你到此貪戀新歡，贅居相府，不思故里。你妻子今日尋到此間，你說虧了妻子；假若不到此間，却說虧了那個？冤家，你說甚麼受煩惱？說甚麼受劬勞？不信看你爹，看你娘，比别時兀自形枯槁也。我的一身難打熬。（合前）

【前腔】（占）設着圈套，被我爹相招。相公，你也説不早，况音信杳。姐姐，你爲我受煩惱，你爲我受劬勞。相公，是我誤你爹，誤你娘，誤你名不孝也。做不得妻賢夫禍少。（合前）

【前腔】（生）我脱却巾帽，解却衣袍。（占）相公要往那裏去？（生）我今手捧二親儀容，去到萬歲臺前。我道：萬歲，微臣當初也曾辭過兩道表章，一道辭官，一道辭婚，聖恩不准。怎奈微臣爹娘遇此饑荒年歲，雙雙餓死。我想聖上乃是仁德之君，聽得此言，見此儀容，畢竟有壇御祭御葬，與我爹娘也可榮哀。急上辭官表，共行孝道。夫人，只怕你去不得。（占）相公，我豈敢憚煩惱？豈敢憚劬勞？同去拜你爹，拜你娘，親把墳塋掃也。使地下亡靈安宅兆。（合前）

【餘文】（合）幾年間分别無音耗，奈千山萬水迢遥。天那！只爲三不從，生出這禍苗。

（生）只爲君親三不從，（旦）致令骨肉兩西東。

（占）今宵賸把銀釭炤，（旦）猶恐相逢是夢中。

歌林拾翠

全名《新鐫樂府清音歌林拾翠》。明無名氏編選，清金陵奎璧齋、寶聖樓、大有堂合刊本。共兩集，其中初集選收《琵琶記》之《高堂稱慶》《椿庭逼試》《南浦囑别》《臨粧感嘆》《上表辭朝》《糟糠自捱》《琴訴荷池》《五娘煎藥》《伯皆思鄉》《描畫真容》《瞯問衷情》《兩賢相遘》《書館相逢》等十三齣，輯録如下。

高堂稱慶

【瑞鶴仙】（生扮蔡伯皆上）十載親燈火，論高才絶學，休誇班馬。風雲太平日，正驊騮欲騁，魚龍將化。沉吟一和，怎離却雙親膝下？且盡心甘旨，功名富貴，付之天也。

〔鷓鴣天〕宋玉多才未足稱，子雲識字浪傳名。奎光已透三千丈，風力行看九萬程。經世手，濟時英，玉堂金馬豈難登？要將萊綵歡親意，且戴儒冠盡子情。蔡邕沉酣六籍，貫串百家。自禮樂名物，以及詩賦詞章，皆能窮其妙。由陰陽星曆，以至聲音書數，靡不得其精。抱經濟之奇才，當文明之盛世。幼而學，壯而行，雖望青雲之萬里；入則孝，出則弟，怎離白髮之雙親？到不如盡菽水之歡，甘虀鹽之分。正是：行孝於己，責報於天。自家新娶妻房，纔方兩月，却是陳留郡人，趙氏五娘。儀容俊雅，也休誇桃李之姿；德性幽閒，儘可寄蘋蘩之託。正是：夫妻和順，父母康寧。《詩》中有云：爲此春酒，以介眉壽。今喜雙親既壽而康，對此春光，就花下酌杯酒，與雙親稱壽，多少是好？昨已囑付五娘子安排，不免催促則個。娘子，酒完了，請爹媽出來。（旦内應科）（外扮蔡公、净扮蔡婆上）

【寶鼎現】（外）小門深巷，春到芳草，人閒清晝。（净）人老去星星非故，春又來年年依舊。（旦扮趙氏上）最喜今朝春酒熟，滿目花開如繡。（合）願歲歲年年人在，花下常斟春酒。（外）孩兒，你請我兩個出來做甚麽？（生跪科）告爹媽得知，人生百歲，光陰幾何？幸喜爹媽年滿八旬，孩兒一則以喜，一則以懼。當此青春光景，閒居無事，聊具一杯蔬酒，與爹媽稱慶則個。（净笑科）阿老有得喫。（外）阿婆，這是子孝雙親樂，家和萬事成。（生進酒科）

【錦堂月】簾幕風柔，庭幃晝永，朝來峭寒輕透。人在高堂，一喜又還一憂。惟願取百歲椿萱，長似他三春花柳。（合）酌春酒，看取花下高歌，共祝眉壽。

【前腔】（旦）輻輳，獲配鸞儔。深慚燕爾，持杯自覺嬌羞。怕難主蘋蘩，不堪侍奉箕箒。惟願取偕老夫妻，長侍奉暮年姑舅。（合前）

【前腔】(外)還愁，白髮蒙頭。紅英滿眼，心驚去年時候。只恐時光，催人去也難留。孩兒，惟願取黄卷青燈，及早换金章紫綬。(合前)

【前腔】(浄)還憂，松竹門幽。桑榆暮景，明年知他健否安否？歎蘭玉蕭條，一朵桂花堪茂。媳婦，惟願取連理芳年，得早遂孫枝榮秀。(合前)

【醉翁子】(生)回首，歎瞬息烏飛兔走。喜爹媽雙全，謝天相佑。(旦)不謬，更清淡安閒，樂事如今誰更有？(合)相慶處，但酌酒高歌，共祝眉壽。

(外)孩兒，你今日爲我兩個慶壽，這便是你的孝心。人生須要忠孝兩全，方是個丈夫。我纔想將起來，今年是大比之年，昨日郡中有吏來辟召，你可上京取應。倘得脱白掛緑，濟世安民，這纔是忠孝兩全。(生)爹媽高年在堂，無人侍奉，孩兒豈敢遠離？實難從命。

【前腔】(外)卑陋，論做人要光前耀後。勸我兒青雲萬里，早當馳驟。(浄)聽剖，真樂在田園，何必區區公與侯？(合前)

【僥僥令】(生、旦)春花明綵袖，春酒泛金甌。但願歲歲年年人長在，父母共夫妻相勸酬。

【前腔】(外)夫妻好廝守，父母願長久。坐對兩山排闥青來好，看將一水護田疇，緑遶流。

【十二時】(合)山青水緑還依舊，歎人生青春難又，惟有快活是良謀。(外)逢時對景且高歌，(浄)須信人生能幾何。

（生）萬兩黃金未爲貴，（旦）一家安樂值錢多。

椿庭逼試

【一翦梅】（生扮蔡伯皆上）浪暖桃香欲化魚，期逼春闈，難捨親闈。郡中空有辟賢書，心戀親闈，難赴春闈。

世間好物不堅牢，彩雲易散琉璃脆。蔡邕本欲甘守清貧，力行孝道。誰知朝廷黃榜招賢，郡中把我名字保申上司去了，一壁廂已有吏來辟召，自家力以親老爲辭。吏人雖則已去，只怕明日又來，我只得力辭便了。正是：人爵不如天爵貴，功名争似孝名高？

【宜春令】然雖讀萬卷書，論功名非我意兒。只愁親老，夢魂不到春闈裹。便教我做到九棘三槐，怎撇得萱花椿樹？天那！我這衷腸，一點孝心對着誰語？

【前腔】（末扮張太公上）相鄰并，相依倚，往常間有事來相報知。（生）來的却是張太公呵。（見科）（末）秀才，試期逼矣，早辦行裝前途去。（生）公公，我雙親年老，不敢去。（末）呀！秀才，子雖念親老孤單，親須望孩兒榮貴。你趁此青春不去，更待何日？

（生）公公言之有理。争奈父母無人奉侍，如何去得？（末）你既不去呵，且看老員外和老安人出來如何説？我想起來，也只是教你去的分曉。道猶未了，老員外來也。

【前腔】（外扮蔡公上）時光短，雪鬢催，守清貧不圖甚的。有兒聰慧，但得爲官吾心足矣。

（外、末見科）（外）孩兒，天子詔招取賢才，秀才每都求科試。你快赴春闈，急急整着行李。

（末）呀！老安人也出來了。

【前腔】（淨扮蔡婆上）娘年老，八十餘，眼兒昏又聾着兩耳。有兒聰慧，娶得個媳婦方纔六十日，老賊，你强逼他赴着春闈。那時節怕等不得孩兒榮貴。天那！細思之，怎不教老娘嘔氣？

（相見科）（淨）孩兒，我不合娶媳婦與你。方纔兩個月，你渾身便瘦了一半。若再過三年，怕不成一個骷髏？（末）呀！老安人，你要他夫妻不諧呵？（外）孩兒，如今黄榜招賢，試期已逼。郡中既然辟召你，你有這般才學，如何不去赴選？（生）告爹爹得知，孩兒非不要去，争奈爹媽年老，家中無人侍奉。（末）老員外和老安人，不可不做成秀才去走一遭。（淨）咳！太公，你豈不知道？我家中又没七子八婿，只有一個孩兒，如何去得？（外）呀！你怎説這話？如今去赴選的，家中都有七子八婿麽？（淨）老賊，你如今眼又昏，耳又聾；又走動不得。你教他去後，他有些個差池，兀教誰來看顧你？真個没飯喫便餓死你，没衣穿便凍死你。你知道麽？（外）你婦人家理會得甚麽？孩兒若做得官時，也改換門閭，如何不教他去？（生）爹爹説得自是，只是孩兒難去。

【繡帶兒】（生）親年老光陰有幾？行孝正當今日。（末）秀才此去，必然脱白掛緑。（生）太公，終不然爲着一領藍袍，却落後五彩斑衣？思之，此行榮貴雖可擬，怕親老等不得榮貴。（外）孩兒，春闈裏紛紛的都是大儒，難道是没爹娘的孩兒方去？

【前腔換頭】（末）秀才，你休疑，男兒漢有凌雲志氣，何必苦恁淹滯？秀才，你此回不去呵，可不干費了十載青燈，枉捱過半世黄虀？須知，此行是親命，你休固拒。秀才，那些個養親之志？（净）我百年事只有此兒，老賊，難道是庭前森森丹桂？

【太師引】（外）太公，他意兒我也難提起，這其間就裏我自知。（末）老員外知他爲着甚麽？（外）他戀着被窩中恩愛，捨不得離海角天涯。（生）孩兒豈有此心？（外）孩兒，你是讀書人，我説一個比方與你聽。塗山四日離大禹，你今畢姻已個兩月了，直恁的捨不得分離？（末笑科）呀！秀才，你敢是如此麽？（生）太公，卑人怎敢？（末）秀才，你貪鴛侶守着鳳幃，只怕誤了你鵬程鶚薦消息。

【前腔】（净）太公，他意兒只要供甘旨，又何曾貪歡戀妻？自古道曾參純孝，何曾去應舉及第？功名富貴多是天付與，天若與不求而至。（生）娘言是，望爹行聽取。（外）呀！娘言的是，父言的非呵。你敢是戀新婚，逆親言麽？（生跪科）天那！孩兒若是戀着新婚，不肯去呵，天須鑒蔡邕不孝的情罪。

（外怒科）畜生！我教你去赴選，也只是要改换門閭，光顯祖宗。你却七推八阻，有許多説話！（生）

爹爹，孩兒豈敢推阻？争奈爹媽年老，無人侍奉。萬一有些差池，一來人道孩兒不孝，撇了爹娘，去取功名；二來人道爹爹所見不達，止有一子，教他遠離。孩兒以此不敢從命。(外)不從我命也由你，你且說如何喚做孝？(净)老賊，你年紀七八十歲，也不識做孝？披麻帶索便喚孝。(外)咦！你曉得甚麽？(生)告爹爹得知：凡爲人子者，冬温而夏凊，昏定而晨省。問其燠寒，搔其疴癢。出入則扶持之，問所欲則敬進之。所以父母在，不遠遊。出不易方，復不過時。古人的大孝，也只是如此。(外)孩兒，你説的都是小節，不曾説着大孝。(净)老賊，你又不曾死，只管教他做大孝。若是做大孝，越出去赴選不得。(末)咦！這話有些不祥。(外)孩兒，你聽我説：夫孝始於事親，中於事君，終於立身。身體髮膚，受之父母，不敢毁傷，孝之始也。立身行道，揚名後世，以顯父母，孝之終也。是以家貧親老，不爲禄仕，所以爲不孝。你若是做得官時節，也顯得父母好處，兀的不是大孝是甚麽？(生)爹爹説得極是。但孩兒此去，知道做得官否？若還不中時節，既不能彀事親，又不能彀事君，却不兩下擔閣了？(末)秀才所見差矣。老漢嘗聞古人云：幼而學，壯而行，懷寶迷邦，謂之不仁。孔席不暇暖，墨突不待黔。伊尹負鼎俎於湯，百里奚五羊皮自鬻。也只要順時行道，濟世安民。自古道：學成文武藝，貨與帝王家。秀才，你這般才學，如何不去做官？(净)太公，你都有好言勸我孩兒去赴試，我有個故事説與你聽。(末)老漢願聞。(净)在先東村李員外有個孩兒，也讀兩行書。他爹爹每日鬧炒，只要教孩兒去求官。孩兒喫不過爹爹鬧炒，去到長安。那裏無人擡舉他，遂流落去街上乞食。見個平章宰相，他疾忙在地上拜着，叫聲擡舉他。那宰相道：我與你做個養濟院大使，去管你爹娘。這孩兒自思道：做個養濟院大使，如何管得自己父母？比及他回家去，不想父母無人供養，流落在養濟院裏居住。他父母見孩兒回來，說道：我教孩兒去得是？今日我孩兒做個頭目，衆人也不敢欺負我。你如今勸我孩兒去赴選，千萬教他做個養濟院頭目回來，衆人也不敢欺負我。（末笑科）老安人，你說這乞丐事，儘教我聽了半日。（外）孩兒，你趁早收拾行李起程。（生）爹爹，孩兒去則不妨。只是爹媽年老，教誰看管？（末）秀才不必憂慮。自古道千錢買鄰，八百買舍。老漢既忝在鄰居，你但放心前去。若是宅上有些小欠缺，老漢自當應承。（生）如此，多謝公公。凡事仗託周濟。此行若獲寸進，決不敢忘恩。卑人没奈何，只得收拾行李便去。

【三學士】（生）謝得公公意甚美，凡事仗託扶持。假饒一舉登科日，難道是雙親未老時？只恐錦衣歸故里，怕雙親不見兒。

【前腔】（外）萱室椿庭衰老矣，指望你改換門閭。孩兒，你道是無人供養我，若是你做得官來時節呵，三牲五鼎供朝夕，須勝似啜菽并飲水。你若錦衣歸故里，我便死呵，一靈兒終是喜。

【前腔】（末）托在鄰家相依倚，自當效些區區。秀才，你爲甚十年窗下無人問？只圖個一舉成名天下知。你若不錦衣歸故里，誰知你讀萬卷書？

【前腔】（净）一旦分離掌上珠，我這老景憑誰？苦！忍將父母飢寒死，博得孩兒名利歸。你縱然錦衣歸故里，補不得你名行虧。

(外)急辦行裝赴試闈,(生)父親嚴命怎生違?
(净)一舉首登龍虎榜,(末)十年身到鳳凰池。

南浦囑别

【謁金門】(旦扮趙五娘上)春夢斷,臨鏡緑雲撩亂。聞道才郎遊上苑,又添别離歎。(生上)苦被爹行逼遣,脉脉此情何限?(合)骨肉一朝輕拆散,可憐難捨拚。

(旦)官人,雲情雨意,雖可抛兩月之夫妻;雪鬢霜鬟,竟不免八旬之父母?功名之念一起,甘旨之心頓忘,是何道理?(生)娘子,膝下遠離,豈無眷戀之意?奈高堂力勉,不聽分剖之辭。咳!教卑人如何是好?(旦)呀!官人,我猜着你了。

【忒忒令】(旦)你讀書思量做狀元,我只怕你學疏才淺。(生)娘子,那見我學疏才淺?(旦)官人,只這《孝經》《曲禮》,你早忘了一段。(生)咳!我幾曾忘了?(旦)却不道夏凊與冬温,昏須定,晨須省,親在遊怎遠?

【前腔】(生)娘子,我哭哀哀推辭了萬千,(旦)那張太公如何説?(生)他鬧炒炒抵死來相勸。(旦)官人,你不去時,也須由你。(生)將我深罪,不由人分辨。(旦)罪你甚的?(生)他道我戀新婚,逆親言,貪妻愛,不肯去赴選。

【沉醉東風】（旦）你爹行見得好偏，只一子不留在身畔。官人，公婆如今在那裏？（生）在堂上。（旦）既在堂上，我和你去說。（作行又住介）（生）娘子，你怎的又不去了？（旦）罷！罷！我若和你去說時節呵，他只道我不賢，要將伊迷戀。苦！這其間，教人怎不悲怨？（合）爲爹淚漣，爲娘淚漣，何曾爲着夫妻上掛牽？

【前腔】（生）做孩兒節孝怎全？做爹行不從幾諫。（旦）官人，你爲人子的，不當恁地埋冤他。（生）非是我要埋冤，只愁他影隻形單，我出去有誰來看管？（合前）

（生）呀！爹媽來了。娘子，你且揾了眼淚。

【臘梅花】（外、淨上）孩兒出去在今日中，爹爹媽媽來相送。但願魚化龍，青雲得路，桂枝高折步蟾宮。

（見介）（外）孩兒，你行李收拾了未？（生）行李收拾已了。（外）既收拾了，如何不去？（淨）老賊，他若出去，家中別無第二人，止有一個媳婦，如何不分付幾句？（生）孩兒沒別事，只等張太公來，把爹媽拜托與他。教他早晚照顧，孩兒庶可放心前去。（旦）呀！張太公早來。（末）仗劒對樽酒，恥爲遊子顔。所志在功名，離別何足嘆？（衆見介）（生）太公，卑人如今出去，家中并無親人。爹媽年老，只有一個媳婦，他是女流，理會得甚麽？凡事全賴公公相與扶持。家中倘有些小欠缺，亦望公公周濟。昨日已蒙親許，今日特此拜懇。卑人倘有寸進，自當效結草啣環之報，決不敢忘大恩。（末）秀才，受人之托，必當忠人之事。況一言既出，駟馬難追。昨日已許秀才，去後決不相誤。（生）如此，多謝公公。（外）孩兒，既蒙張太公金諾，必不食言，你可放心早去。（生）孩兒就此拜辭爹媽便去。（拜介）

【園林好】（生）兒今去爹媽休得要意懸，兒今去經年便還。但願得雙親康健，（合）須有日拜堂前，須有日拜堂前。

【前腔】（外）我孩兒不須掛牽，爹只望孩兒貴顯。若得你名登高選，（合）須蚤把信音傳，須蚤把信音傳。

【江兒水】（淨）膝下嬌兒去，堂前老母單，臨行密密縫針綫。眼巴巴望着關山遠，冷清清倚定門兒盼。（生）母親且自寬懷消遣。（淨）教我如何消遣？（合）要解愁煩，須是寄個音書回轉。

【前腔】（旦）妾的衷腸事，有萬千，（生）娘子，你有甚麽事，當説與我知道。（旦）説來又恐添縈絆。（生）娘子，有甚麽縈絆？（旦）六十日夫妻恩情斷，八十歲父母教誰看管？（生）娘子，你這般説，莫不怨着我麽？（旦）教我如何不怨？（合前）

【五供養犯】（末）貧窮老漢，忝在鄰家，事體相關。秀才，此行雖勉强，不必恁留連。（生）卑人去後，只慮父母獨自在堂，難度歲月。（末）秀才放心。你爹娘早晚、早晚間吾當陪伴。（生作悲科）（末）丈夫非無淚，不灑別離間。（合）骨肉分離，寸腸割斷。

【前腔】（生跪告末科）公公可憐，俺爹娘望你周全。（末扶起科）（生）此身還貴顯，自當效啣環。

(旦挽生背科)官人，有孩兒也枉然，你爹娘到教別人看管。此際情何限，偷把淚珠彈。(合前)

【玉交枝】(外)別離休歎，我心中非不痛酸。孩兒，非爹苦要輕拆散，也只是圖你貴顯。(淨)孩兒，蟾宮桂枝須早攀，北堂萱草時光短。(合)又未知何日再圓？又未知何日再圓？

【前腔】(生)雙親衰倦。娘子，你扶持看他老年。饑時勸他加飡飯，寒時頻與衣穿。(旦)官人，我做媳婦事舅姑，不待你言；你做孩兒離父母，何日返？(合前)

【川撥棹】(外)孩兒，歸休晚，莫教人凝望眼。(生)但有日回到家園，但有日回到家園，怕歸來雙親老年。(合)怎教人心放寬？不由人不淚漣。

【前腔】(旦)官人，我的埋冤怎盡言？(生)你埋冤我如何？(旦)我的一身難上難。(生)娘子，你寧可將我來埋冤，寧可將我來埋冤，莫將我爹娘冷眼看。(合前)

【餘文】(合)生離遠別何足嘆，但願得你名登高選。衣錦還鄉，教人作話傳。

(生)此行勉强赴春闈，(外)專望明年衣錦歸。
(淨)世上萬般哀苦事，(合)無過遠別共生離。

(外、淨、末下)(生、旦吊場)(旦)官人，你如何割捨得便去了？(生)咳！教卑人如何是好？(共悲科)

【尾犯引】(旦)懊恨別離輕，悲豈斷絃，愁非分鏡。只慮高堂，風燭不定。(生)腸已斷欲離未忍，淚難收無言自淋。（合）空留戀，天涯海角，只在須臾頃。

【尾犯序】（旦）無限別離情，兩月夫妻，一旦孤另。官人，你此去經年，望迢迢玉京思省。（生）娘子，你思省什麼來？莫不慮着山遥水遠麼？（旦）奴不慮山遥水遠，（生）莫不慮着衾寒枕冷麼？（旦）奴不慮衾寒枕冷。奴只慮公婆没主，一旦冷清清。

【前腔換頭】（生）我何曾，想着那功名？（旦）官人，你不想着功名，如今又去怎的？（生）欲盡子情，難拒親命。娘子，年老爹娘，望伊家看承。畢竟，你休怨着朝雲暮雨，暫替我冬温夏清。思量起，如何教我割捨眼睁睁？

【前腔】（旦）官人，你儒衣纔換青，快着歸鞭，蚤辦回程。十里紅樓，休戀着娉婷。叮嚀，不念我芙蓉帳冷，也思親桑榆暮景。咳！我頻囑付，知他記否？空自語惺惺。

【前腔】（生）娘子，你寬心須待等，我肯戀花柳，甘爲萍梗？只怕萬里關山，那更音信難憑。須聽，没奈何分情破愛，誰下得虧心短行？從今去，相思兩處，一樣淚盈盈。

（旦）官人此去，千萬早早回程。（生）卑人有父母在堂，豈敢久戀他鄉？（旦）須是早寄個音信回來。

（生）音信不妨，只怕關山阻隔。（拜別科）

【鷓鴣天】（生）萬里關山萬里愁，（旦）一般心事一般憂。（生）桑榆暮景愁難保，客館風光怎久留？（生下）（旦）他那裏，謾凝眸，正是馬行十步九回頭。歸家只恐傷親意，閣淚汪汪不敢

流。（下）

臨粧感嘆

【破齊陣引】（旦上）翠減翔鸞羅幌，香銷睡鴨金爐。楚館雲閒，秦樓月冷，動是離人愁思。目斷天涯雲山遠，親在高堂雪鬢疏，緣何書也無？

〔古風〕明明匣中鏡，盈盈曉來粧。憶昔事君子，鷄鳴下君床。臨鏡理笄總，隨君問高堂。一旦遠別離，鏡匣掩青光。流塵暗綺疏，青苔生洞房。零落金釵鈿，慘淡羅衣裳。傷哉憔悴容，無復蕙蘭芳。有懷悽以楚，有路阻且長。妾身豈歎此？所憂在姑嫜。念彼猖猱遠，眷此桑榆光。願言盡婦道，遊子不可忘。勿彈綠綺琴，絃絶令人傷。勿聽《白頭吟》，哀音斷人腸。人事多錯迕，羞彼雙鴛鴦。奴家自嫁與蔡伯喈，纔方兩月。指望與他同事雙親，偕老百年。誰知公公嚴命，强他赴選。自從去後，竟無消息。把公婆抛撇在家，教奴家獨自應承。奴家一來要成丈夫之名，二來要盡爲婦之道。盡心竭力，朝夕奉養。正是：　天涯海角有窮時，只有此情無盡處。

【風雲會四朝元】春闈催赴，同心帶綰初。歎《陽關》聲斷，送别南浦，早已成間阻。謾羅襟淚漬，謾羅襟淚漬，和那寶瑟塵埋，錦被羞鋪。寂寞瓊窻，蕭條朱户，空把流年度。嗏，瞑子裏自尋思，妾意君情，一旦如朝露。君行萬里途，妾心萬般苦。君還念妾，迢迢遠遠，也須回顧。

【前腔】朱顔非故，緑雲懶去梳。奈畫眉人遠，傅粉郎去，鏡鸞羞自舞。把歸期暗數，把歸期暗數，只見雁杳魚沉，鳳隻鸞孤。緑遍汀洲，又生芳杜。空自思前事，嗏，日近帝王都。芳草斜陽，教我望斷長安路。君身豈蕩子？妾非蕩子婦。其間就裏，千千萬萬，有誰堪訴？

【前腔】輕移蓮步，堂前問舅姑。怕食缺須進，衣綻須補，要行時須與扶。奈西山暮景，奈西山暮景，教我倩着誰人，傳語我的兒夫？你身上青雲，只怕親歸黄土，我臨别也曾多囑付。嗏，那些個意孜孜，只怕十里紅樓，貪戀着他人豪富。丈夫，你雖然是忘了奴，也須念父母。苦！無人説與，這凄凄冷冷，怎生辜負？

【前腔】文場選士，紛紛都是才俊徒。少甚麽鏡分鸞鳳，都要榜登龍虎，偏是他將奴誤。也不索氣蠱，既受託了蘋蘩，有甚推辭？索性做個孝婦賢妻，也落得名標青史，今日呵，不枉受了些閒凄楚。嗏，俺這裏自支吾，休得污了他的名兒，左右與他相回護。丈夫，你便做腰金衣紫，須記得釵荆與裙布。苦！一場愁緒，堆堆積積，宋玉難賦。

回首高堂日已斜，遊人何事在天涯？
紅顔勝人多薄命，莫怨春風當自嗟。

上表辭朝

【北點絳脣】(末)夜色將闌，晨光欲散，把珠簾捲。移步丹墀，擺列着金龍案。

【北混江龍】官居宮苑，謾道是天威咫尺近龍顔。每日間親隨車駕，只聽鳴鞭。去螭頭上拜跪，隨着那豹尾盤旋。朝朝宿衛，早早隨班。做不得卿相當朝一品貴，到做了侍臣待漏五更寒。休嗟嘆，山寺日高僧未起，算來名利不如閒。

自家乃漢朝一個小黄門。往來紫禁，侍奉丹墀。領百官之奏章，傳一人之命令。正是：主德無瑕閹宦習，天顔有喜近臣知。如今天色漸明，正當早朝時分，官裏升殿。怕有百官奏事，只得在此伺候。從來不信叔孫禮，今日方知天子尊。道猶未了，奏事官早上。

【點絳脣】(生)月淡星稀，建章宫裏千門曉。御爐烟裊，隱隱鳴梢杳。下官當初在家事親時節，如今五鼓時分，我與五娘雙雙同到爹娘床前問安。忽憶年時，問寢高堂早。(内作鷄鳴介)(生)呀！鷄鳴了也。鷄鳴了，悶縈懷抱，此際愁多少？

不寢聽金鑰，因風想玉珂。明朝有封事，數問夜如何。自家爲父母在堂，欲上表辭官回去侍奉。如今天色已明，此是午朝門首，不免挨搒而進。(末)朝鼓鼕鼕月墜西，百官文武整朝衣。齊聽静鞭三下響，揚塵舞蹈拜丹墀。奏事官搢笏三舞蹈。

【神仗兒】（生）揚塵舞蹈，揚塵舞蹈，遥瞻天表。見龍鱗日耀，（末）狀元不得升殿。（生）咫尺重瞳高照。（末）有何文表，就此呈奏。遥拜着赭黄袍，遥拜着赭黄袍。

【滴溜子】（生）臣邕的，臣邕的，荷蒙聖朝。臣邕的，臣邕的，拜還紫誥。（末）狀元敢是嫌官小麼？（生）念邕非嫌官小，奈家鄉萬里遥，雙親又老。干瀆天威，萬乞恕饒。

（末）狀元，有何文表，就此披宣。

【入破第一】（生）議郎臣蔡邕啓：今日蒙恩旨，除臣爲議郎之職；重蒙賜婚牛女。干瀆天威，臣謹誠惶誠恐，稽首頓首。伏念微臣，初來有志。誦詩書，力學躬耕修己，不復貪榮利。事父母，樂田里，初心願如此而已。不想州司，謬取臣邕充試。到京畿，豈料蒙恩，叨居上第。

【破第二】（生）重蒙聖恩，婚賜牛公女。臣草茅疏賤，如何當得此隆遇？況臣親老，一從别後，光陰又幾。廬舍田園，荒蕪久矣。

（末）老親在堂，必自有人奉侍，狀元不必憂慮。

【衮第三】（生）但臣親老鬢髮白，筋力皆癯瘁。影隻形單，無兄弟，誰奉侍？況隔千山萬水，生死存亡，雖有音書難寄。最可悲，他甘旨不供，我食禄有愧。

（末）聖上作主，太師聯姻。狀元，這事也是奇遇。

【歇拍】（生）不告父母，怎偕匹配？臣又聽得家鄉裏，遭水旱，遇荒飢。多想臣親，必做溝渠之鬼，未可知。怎不教臣，悲傷淚垂？

（末）狀元，此非哭泣之所，不得驚動天聽。

【中衮第五】（生）臣享厚禄掛朱紫，出入承明地。惟念二親寒無衣，飢無食，喪溝渠。憶昔先朝朱買臣守會稽，司馬相如，持節錦歸。

【煞尾】他遭遇聖時，皆得還鄉里。臣何故，别父母，遠鄉閭，没音書，此心違。伏望陛下特憫微臣之志，遣臣歸。得侍雙親，隆恩無比。

【出破】若還念臣有微能，鄉郡望安置。庶使臣忠心孝意得全美，〔一〕臣無任瞻天仰聖，激切屏營之至。

（末）原來如此。吾當與汝轉達天庭，你只在午門外厢俟候聖旨。正是：今朝奏得准，（生）是我運通時。（末）狀元請了。（下）

【神仗兒】（生）彤庭隐耀，彤庭隐耀，下官舉目一看，忽然見一朵祥雲，就相似我家鄉一般。見祥雲縹緲。今日進此兩封奏章，我想將起來，本上寫得十分懇切。上寫『八旬父母，兩月妻房』。聖上若見，必

〔一〕臣：原闕，據汲古閣刊本《繡刻琵琶記定本》補。

然是准的。愚料表章此時必然達上。想黃門已到，聖上見此必然開覽。料應重瞳看了，聖上看我辭官表章還不致緊要，若看到辭婚表章，聖上乃仁德之君。多應是哀念我私情烏鳥。顒望斷九重霄。

表章達上，未知允否？不免乘閒禱告天地一番。

【滴漏子】天憐念，天憐念，蔡邕拜禱。雙親的，雙親的，死生未保。罔極恩深難報，一封奏九重，知他聽否？爹娘，孩兒若得與你相會，也在這一封奏章；不能勾與你相會，也在這一封奏章了。爹娘呵，我和你會合分離，都在這遭。

黃門去了多時，不見回報，想是官裏准了。我若能勾回家侍奉父母，蔡邕何須在此做官？

【前腔】（末）今日裏，今日裏，議郎進表。傳達上，傳達上，聖目看了。（生）聖意如何？（末）道太師昨日先奏，把乘龍女婿招，多少是好？（生）黃門大人，敢是哄我？（末）見有玉音傳降聽剖。

聖旨已到，跪聽宣讀：孝道雖大，終於事君；(一) 王事多艱，豈遑報父？朕以涼德，嗣纘丕基。眷茲儆動之風，未遂雍熙之化。爰招俊髦，以輔不逮。咨爾才學，允愜輿情。是用擢居議論之司，以求繩糾之益。爾當恪守乃職，勿有固辭。其所議婚姻事，可曲從師相之請，以成桃夭之化。欽予時命，格汝乃

(一) 終：原作『忠』，據汲古閣刊本《繡刻琵琶記定本》改。

心。叩頭謝恩。狀元爲何不謝恩？（生）黄門大人，煩你再去與我奏知官裏，我情願不做官。（末）這等好不曉事。聖旨已出，誰敢違背？（生）黄門大人，你不去時，待我自去拜還聖旨如何？（末）狀元，這是甚麼所在？你如何去得？（生）學生身居草莽，一旦登於廊廟，誰人不喜？誰人不愛？（末）你金榜題名，洞房花燭，此乃讀書人的美事，狀元何故苦辭？（生）黄門大人，你有所不知。

【啄木兒】我親衰老，（末）家中還有甚人？（生）奈蔡邕上無兄下無弟，只有妻幼嬌。（末）狀元既親老妻嬌，何不寄一封音信回去？（生）大人，争奈朝中董卓弄權，吕布把守虎牢三關，縱有音書難寄了。萬里關山音信杳。他那裏舉目淒淒，俺這裏回首迢迢。我爹娘在家，終日倚門懸望，説道我怎麼不回？他那裏望得眼穿兒不到，我今日一旦僥幸，指望回家養親，誰想聖意不允。俺這裏哭得淚乾，怕，（末）狀元，你怕甚麼？（生）怕雙親難保。閃殺人一封丹鳳詔。

【前腔】（末）狀元，你何須慮，不用焦，人世上離多歡會少。大丈夫當萬里封侯，肯守着故園空老？畢竟事君事親一般道，人生怎全忠和孝？却不道母死王陵歸漢朝？

【三段子】（生）這懷怎剖？望丹墀天高聽高；這苦怎逃？望白雲山遥路遥。（末）狀元，你做官與親添榮耀，高堂管取加封誥。與你改換門閭，偏不是好？

（生）黄門大人，那穿緑袍者是誰？（末）此乃是楊給事。（生）穿紫袍的是誰也？（末）這就是令岳牛太師了。（生）既是牛太師，待下官與他詰奏。（末）狀元，他是當朝冢宰，你不過是新進書生，焉得與他詰奏？

【歸朝歡】（生）寃家的，寃家的，苦苦見招，俺媳婦埋怨怎了？ 饑荒歲，饑荒歲，怕他怎熬？ 俺爹娘怕不做溝渠餓殍？

【尾聲】（末）譬如四方争戰多征調，從軍遠戍沙場草，也是爲國忘家怎憚勞。

家鄉萬里信難通，争奈君王不肯從。
情到不堪回首處，一齊分付與東風。

糟糠自捱

【山坡羊】（旦上）亂荒荒不豐稔的年歲，遠迢迢不回來的夫婿。急煎煎不耐煩的二親，軟怯怯不濟事的孤身己。苦！ 衣盡典，寸絲不掛體，幾番拚死了奴身己。争奈没主公婆，教誰看取？ 思之，虚飄飄命怎期？ 難捱，實丕丕災共危。

【前腔】滴溜溜難窮盡的珠淚，亂紛紛難寬解的愁緒。骨崖崖難扶持的病身，戰兢兢難挨過的時和歲。這糠，我待不喫你呵，教奴怎忍饑？ 我待喫你呵，教奴怎生喫？ 思量起來不如奴先死，圖得個不知他親死時。思之，虚飄飄命怎期？ 難捱，實丕丕灾共危。

奴家早上安排些粥飯與公婆喫，非不欲買些鮭菜，争奈無錢可買。不想婆婆抵死埋寃，只道奴家背地裏自喫了甚東西。不知奴家喫的是米皮糠粃，又不敢教他知道。便做他埋冤煞我，我也不敢分說。苦！這糠粃怎生喫得下？（作喫吐介）

【孝順兒】【孝順歌】嘔得我肝腸痛，珠淚垂，喉嚨尚兀自牢嗄住。糠那，你遭礱被舂杵，篩你簸颺你，喫盡控持。【江兒水】好似奴家身狼狽，千辛萬苦皆經歷。苦人喫着苦味，兩苦相逢，可知道欲吞不去。（外、淨暗上探覷科）（旦又作喫介）

【前腔】（旦）糠和米，本是相依倚，誰人簸颺作兩處飛？一賤與一貴，好似奴家與夫婿，終無見期。丈夫，你便是米呵，米在他方没尋處，奴家恰便似糠呵，怎的把糠來救得人飢餒？好似兒夫出去，怎的教奴供膳得公婆甘旨？（旦作放碗不喫介）（外、淨暗下）

【前腔】（旦）思量我生無益，死又值甚的？不如忍飢死了爲怨鬼。只一件，公婆老年紀，靠奴家相依倚。只得苟活片時。片時苟活雖容易，到底日久也難相聚。謾把糠來相比。這糠呵，尚兀自有人喫。奴的骨頭，知他埋在何處？

（外、淨上）（淨）媳婦，你在這裏喫甚麼？（旦）奴家不曾喫甚麼。（淨作搜出奪科）（旦）婆婆，你喫不得。（外）咳！這是甚麼東西？

【前腔】（旦）這是穀中膜，米上皮，（外）呀！這便是糠。要他何用？（旦）將來餜饠堪療飢。（淨）咦！這糠只好將去餵猪狗，如何把來自喫？（旦）嘗聞古賢書，狗彘食人食，也强如草根樹皮。（外、浄）恁的苦澀東西，怕不噎殺了你？（旦）嚙雪呑氈，蘇卿猶健；　餐松食栢，到做得神仙侶。這糠呵，縱然喫些何慮？（浄）阿公，你休聽他説謊，糠粃如何喫得？（旦）爹媽休疑，奴須是你孩兒的糟糠妻室。

（外、浄看糠哭科）媳婦，我元來錯埋冤了你。兀的不痛殺我也！（倒介）（旦叫哭科）

【雁過沙】（旦）呀！苦！沉沉向冥途，空教我耳邊呼。公公婆婆，我不能彀盡心相奉事，反教爲我歸黄土。教人道你死緣何故？公公婆婆，怎生割捨得拋棄了奴？

（外醒科）（旦）謝天謝地，公公醒了。公公，你闡閏。

【前腔】（外）媳婦，你擔飢事姑舅；　媳婦，你擔飢怎生度？（旦）公公且自寬心，不要煩惱。（外）媳婦，我錯埋冤了你，你也不推辭，到如今始信有糟糠婦。媳婦，料應我不久歸陰府。也省得爲我死的，累你生的受苦。

（旦扶起科）公公且在床上安息，待我看婆婆如何？（旦叫浄不醒科）呀！婆婆不濟事了，如何是好？

【前腔】（旦）婆婆氣全無，教奴怎支吾？咳！丈夫呵。我千辛萬苦，爲你相看顧，如今到此難回護。我只愁母死難留父。況衣衫盡解，囊篋又無。

（外）媳婦，婆婆還好麽？（旦）公公，婆婆不好了。（外）呀！天那！

【前腔】（外）我當初不尋思，教孩兒往帝都。把媳婦閃得苦又孤，把婆婆送入黄泉路。算來是我相擔誤。不如我死，免把你再辜負。

（旦）公公休説這話，請自將息。（外）媳婦，婆婆死了，衣衾棺槨，是件皆無，如何是好？（旦）公公寬心，待奴家區處。（末上）福無雙降猶難信，禍不單行却是真。老夫爲何道此兩句？爲鄰家蔡伯皆妻房趙氏五娘而言。他嫁得伯皆方纔兩月，伯皆便出去赴選。自去之後，連遭饑荒。公婆年紀皆在八旬之上，家裏再没個相扶持的。甘旨之奉，虧殺這五娘子。把些衣服首飾之類，盡皆典賣，辦些糧米，供給公婆；却背地裏把糠粃餺饠充飢。這般荒年飢歲，少甚麼有三五個孩兒的人家，供膳不得爹娘。這個小娘子，真個今人中少有，古人中難得。那婆婆不知道，顛倒把他埋冤。適來聽得他公婆知道，却又痛心，都害了病。如今不免到他家裏探望則個。（見介）呀！五娘子，你爲甚慌慌張張？（旦）公公，天有不測風雲，人有旦夕禍福。奴家婆婆死了。（末驚科）呀！你婆婆死了。咳！慘傷！慘傷！你公公如今在那裏？（旦）在床上睡着。（末）待我去看一看。（見外介）（外）太公休怪，我起來不得了。（末）老員外快不要勞動。（旦）太公，我婆婆衣衾棺槨，是件皆無，如何是好？（末）五娘子，你不要愁煩，我自有區處。

【玉抱肚】（旦）千般生受，教奴家如何措手？終不然把他骸骨，没棺材送在荒丘？（合）相看到此，不由人不珠淚流，正是不是冤家不聚頭。

【前腔】（末）五娘子，你不必多憂，資送婆婆，在我身上有。但你小心承直公公，莫教他又成不

救。（合前）

【前腔】（外）張公護救，我媳婦實難啓口。孩兒去後，又遇饑荒，把衣衫典賣無留。（合前）（末）老員外，你自安寢，不要悲傷。待我一霎時叫家僮買棺木來，把老安人殯斂了。選個吉日，送在南山安葬便了。（外）如此，多謝太公周濟。

（旦）只爲無錢送老娘，（末）須知此事有商量。

（合）歸家不敢高聲哭，只恐猿聞也斷腸。

琴訴荷池

【一枝花】（生扮蔡伯皆上）閒庭槐影轉，深院荷香滿。簾垂清晝永，怎消遣？十二闌干，無事閒凭遍。悶來湘簟展，夢到家山，又被翠竹敲風驚斷。

〔南鄉子〕翠竹影揺金，水殿簾櫳映緑陰。人静晝長無個事，沉吟，碧酒金樽嬾去斟。幽恨苦相尋，離别經年没信音。寒暑相催人易老，關心，却把閒愁付玉琴。院子，將琴書過來。（末應，將琴書上）黄卷看來消白日，朱絃動處引清風。炎蒸不到珠簾下，人在瑶池閬苑中。相公，琴書在此。（生）院子，你與我唤那兩個學僮過來。（末叫介）（副浄執扇，丑捧香爐上）

【金錢花】（副浄、丑）自少承直書房，書房；快活其實難當，難當。只管打扇與燒香。荷亭畔，好乘涼；喫飽飯，上眠床。

（見科）（生取琴科）我在先得此材於爨下，斲成此琴，名曰焦尾。自來此間，久不整理。今日當此清涼，試操一曲，以舒悶懷。你三人一個打扇，一個燒香，一個管文書，休得慢誤了。（衆）領鈞旨。（生操琴介）

【嬾畫眉】（生）强對南薰奏虞絃，只覺指下餘音不似前，那些個流水共高山？呀！只見滿眼風波惡，似離別當年懷水仙。

（副净困掉扇科）（末）告相公，打扇的壞了扇。（生）背起打十三！那厮不中用，只教他燒香。（末）領鈞旨。（换科）

【前腔】（生）頓覺餘音轉愁煩，似寡鵠孤鴻和斷猿，又如別鶴乍離鸞。呀！只見殺聲在絃中見，敢只是螳螂來捕蟬？

（丑困滅香科）（副净）告相公，燒香的滅了香。（生）背起打十三！那厮不中用，只教他管文書。（末）領鈞旨。（换科）

【前腔】（生）藍田日暖玉生烟，似望帝春心托杜鵑，好姻緣翻做惡姻緣。只怕眼底知音少，争得鸞膠續斷絃？

（末困掉文書科）（丑）告相公，管文書的亂了文書。（生）背起打十三！（打科）（貼扮牛氏上）（生）左

右，夫人來也，且各迴避。（衆）正是：有福之人人伏侍，無福之人伏侍人。（末、副浄、丑下）

【滿江紅】（貼）嫩緑池塘，梅雨歇薰風乍轉。瞥然見新涼華屋，已飛乳燕。簟展湘波紈扇冷，歌傳《金縷》瓊卮煖。（合）炎蒸不到水亭中，珠簾捲。

（見介）（貼）相公元來在此操琴呵。（生）夫人，我當此清涼，聊托此以散悶懷。（貼）奴家久聞相公高於音樂，如何來到此間，絲竹之音杳然絶響？斗膽請再操一曲，相公肯麽？（生）夫人待要聽琴，彈甚麽曲好？我彈一曲《雉朝飛》何如？（貼）這是無妻的曲，不好。（生）呀！説錯了。如今彈一曲《孤鸞寡鵠》何如？（貼）兩個夫妻正團圓，説甚麽孤寡？（生）不然，彈一曲《昭君怨》何如？（貼）兩個夫妻正和美，説甚麽宫怨？相公，當此夏景，只彈一曲《風入松》好。（生）這個恰好。（作彈科）（貼）相公，你彈錯了。（生）呀！到彈出《思歸引》來。待我再彈。（貼）相公，你又彈錯了。（生）呀！又彈出個《别鶴怨》來。（貼）相公，你如何恁的會差？莫不是故意賣弄，欺侮奴家？（生）豈有此心？只是這絃不中用。（貼）這絃怎的不中用？（生）俺只彈得舊絃慣，這是新絃，俺彈不慣。（貼）舊絃在那裏？（生）舊絃撇下多時了。（貼）爲甚撇了？（生）只爲有了這新絃，故撇了那舊絃。（貼）相公何不撇了新絃，用那舊絃？（生）夫人，我心裏豈不想那舊絃？只是新絃又撇不下。（貼）罷！罷！你新絃既撇不下，還思量那舊絃怎的？我想來只是你心不在焉，特地有許多説話。

【桂枝香】（生）夫人，舊絃已斷，新絃不慣。舊絃再上不能，待撇了新絃難拚。我一彈再鼓，一彈再鼓，又被宫商錯亂。（貼）相公，你敢是心變了麽？（生）非干心變，這般好涼天。正是此曲纔堪聽，又被風吹別調間。

【前腔】（貼）相公，非彈不慣，只是你意慵心懶。既道是《寡鵠孤鸞》，又道是《昭君宮怨》。那更《思歸》《別鶴》，《思歸》《別鶴》，無非愁嘆。相公，我看你心中多敢是想着誰來？（生）夫人，我不想着甚麽人。（貼）相公，有何難見？你既不然。呀！我理會得了。你道是除了知音聽，道我不是知音不與彈。

（生）夫人，那有此意？（貼）相公，這個也由你，畢竟是無心去彈。何似教惜春安排酒來，與你消遣何如？（生）我懶飲酒，待去睡也。（貼）相公休阻妾意。老姥姥、惜春，看酒過來。（淨、丑持酒上）

【燒夜香】（淨）樓臺倒影入池塘，緑樹陰濃夏日長，（丑）一架荼蘼滿院香。（合）滿院香，和你飲霞觴。捲起簾兒，明月正上。

（貼）斟酒過來。（作送生酒科）

【梁州新郎】【梁州序】（貼）新篁池閣，槐陰庭院，日永紅塵隔斷。碧闌干外，寒飛漱玉清泉。只覺香肌無暑，素質生風，小簟琅玕展。晝長人困也，好清閒，忽被棋聲驚晝眠。【賀新郎】（合）《金縷》唱，碧筒勸，向冰山雪巘排佳宴。清世界，幾人見？

【前腔】（生）薔薇簾幕，荷花池館，一幛風來香滿。湘簾日永，香消寶篆沉烟。謾有枕攲寒玉，扇動齊紈，怎遂得黃香願？（彈淚科）（貼）相公爲甚的掉下淚來？（生）猛然心地熱，透香

汗，我欲向南窗一醉眠。（合前）

【前腔】（貼）向晚來雨過南軒，見池面紅粧零亂。漸輕雷隱隱，雨收雲散。只見荷香十里，新月一鈎，此景佳無限。蘭湯初浴罷，晚粧殘，深院黄昏懶去眠。（合前）

【前腔】（生）柳陰中忽噪新蟬，見流螢飛來庭院。聽菱歌何處？畫船歸晚。只見玉繩低度，朱户無聲，此景尤堪戀。起來携素手，鬢雲亂，月照紗幮人未眠。（合前）

【節節高】（浄）漣漪戲彩鴛，把露荷翻，清香瀉下瓊珠濺。香風扇，芳沼邊，閒亭畔。坐來不覺神清健，蓬萊閬苑何足羨？（合）只恐西風又驚秋，不覺暗中流年换。

【前腔】（丑）清宵思爽然，好涼天，瑶臺月下清虚殿。神仙眷，開玳筵，重歡宴。任教玉漏催銀箭，水晶宫裏把笙歌按。（合前）

【餘文】（衆）光陰迅速如飛電，好良宵可惜漸闌，管取歡娱歌笑喧。

（生）樵樓上幾鼓了？（浄）三鼓了。

（貼）歡娱休問夜如何，（生）此景良宵能幾何？

（浄）遇飲酒時須飲酒，（丑）得高歌處且高歌。

五娘煎藥

【霜天曉角】（旦上）難捱怎避，灾禍重重至。最苦婆婆死矣，公公病又將危。屋漏更遭連夜雨，船遲又被打頭風。奴家自從婆婆死後，萬千狼狽；誰知公公病又將危。如今賸得些藥，已煎在此；不免再安排一口粥湯。（煎粥科）

【犯胡兵】囊無半點調藥費，良醫怎求？天那！縱然救得目前，飯食何處有？料應難到後。謾説道有病遇良醫，饑荒怎救？

【前腔】公公這病呵，百愁萬苦千生受，粧成這症候。便做這藥喫時呵，縱然救得目前，怎免得憂與愁？料應不會久。他只爲不見孩兒，纔得這病。若要這病好時呵，除非是子孝父心寬，方纔可救。

藥已熟了，且扶公公出來喫些，看何如。（下扶外上）

【霜天曉角後】（外）神散魂飛，料應不久矣。（旦扶外坐科）公公請閘閭着。（外）我縱然擡頭强起，形衰倦，怎支持？

（旦）公公，藥已熟了，慢慢喫些調養身己。（外）媳婦，我喫不得這藥了。

【香遍滿】（旦）論來湯藥，須索是子先嘗方進與父母。公公，莫不爲無子先嘗，你便尋思苦？

（外喫藥吐科）（旦）公公，且耐煩喫些。（外）媳婦，這藥我喫不得了。我寧可死了罷，免得累你。（旦）公公，你須索闒闉，怎捨得一命殂？（外）媳婦，你喫糠，省錢贖藥與我喫，我怎喫得下？（旦）苦！元來不喫藥，也只爲我糟糠婦。

公公，你不喫藥，且喫一口粥湯，看如何？（换粥與外喫，又吐介）（旦）公公，你且慢慢喫些。（外）媳婦，我肚腹膨脹，怎喫得下？

【前腔】（旦）公公，你萬千愁苦，堆積在悶懷，成氣蠱，可知道喫了吞還吐。（外）媳婦，我不濟事了，必是死也。孩兒又不回來，只是虧了你。（旦）公公且自寬心，不要煩惱。（背哭科）苦！怕添親怨憶，暗將珠淚墮。（外）媳婦，你喫糠，却教我喫粥，我怎的喫得下？（旦）苦！元來你不喫粥，也只爲我糟糠婦。

（外）媳婦，我死也不妨。只怨孩兒不在家，虧殺了你。你近前來，我有兩句言語分付你。（旦）公公，如何説？（外作跌倒拜科）（旦跪扶起哭科）

【青歌兒】（外）媳婦，我三年謝得你相奉事，只恨我當初把你相耽誤。天那！我欲待要報你的深恩，待來生我做你的媳婦。怨只怨蔡伯皆不孝子，苦只苦趙五娘辛勤婦。

（旦）公公，奴身不足惜。

【前腔换頭】（旦）尋思，我一怨倘你死後有誰來祀？二怨你有孩兒不得相看顧，三怨你三年間没一個飽煖的日子。三載相看甘共苦，一朝分別難同死。

【前腔】（外）媳婦，我死呵。你將我骨頭休埋在土。（旦）呀！公公百歲後，不埋在土，却放在那裏？（外）媳婦，都是我當初不合教孩兒出去，誤得你恁的受苦。我甘受折罰，任取屍骸暴露。（旦）公公，你休這般説，被人談笑。（外）媳婦，不笑你。留與傍人，道蔡伯皆不葬親父。怨只怨蔡伯皆不孝子，苦只苦趙五娘辛勤婦。

【前腔】（旦）公公，倘你百年後呵，公婆已得一處所，料想奴家不久也歸陰府。苦！可憐一家三個怨鬼在冥途。三載相看甘共苦，一朝分別難同死。

（外）媳婦，我畢竟是死了。你與我請張太公來。（旦）公公，説猶未了，恰好張太公來也。（末上）歲歉無夫壻，家貧喪老親。可憐貞潔女，日夜受艱辛。（相見介）五娘子，你公公病症何如？（旦）太公，我公公病症十分危篤。（末）如此，待我向前一看。呀！老員外，你貴體何如？（外悲科）苦！太公，我不濟事了，畢竟是個死。你今來得恰好，我憑你爲証，寫下遺囑與媳婦收執。待我死後，教他休要守孝，早早改嫁便了。（旦）公公，你休那般説。自古道：忠臣不事二君，烈女不更二夫。公公休要寫。（外）咳！媳婦，你取紙筆過來。（旦）公公，奴家生是蔡郎妻，死是蔡郎婦。千萬休寫，枉自勞神！（外）媳婦，你不取紙筆來，要氣殺我也？（末）五娘子，你休逆他。嫁與不嫁在乎你，且取將過來。（旦取上）（外拿筆手抖科）咳！這一管筆倒有千斤來重！（寫不得介）

【羅帳裏坐】媳婦，你艱辛萬千，是我擔誤了伊。你不嫁人呵，身衣口食，怎生區處？休休，當先是我折散了你夫妻。我如今死了呵，終不然教你，又守着靈幃？（放筆科）呀！已知死別在須臾，更與甚麼生人作主？

【前腔】（末）咳！可憐！這中間就裏，我難説怎提？五娘子，你若不嫁人，恐非活計。若不守孝，又被人談議。（合）可憐家破與人離，怎不教人淚垂？

【前腔】（旦）公公嚴命，非奴敢違。若是教我嫁人呵，只怕再如伯皆，却不誤奴一世？公公，我一馬一鞍，誓無他志。（合前）

（外）張太公，我憑你爲証，留下這條拄杖。待我那不孝子回來，把他與我打將出去。（外倒，旦扶科）

（旦）公公病裏莫生嗔，（末）員外寬心保自身。

（外）正是藥醫不是病，（合）果然佛度有緣人。

伯皆思鄉

【喜遷鶯】（生）終朝思想，但恨在眉頭，人在心上。下官撇却兩月妻房，贅居相府。雖則新婚，實懷舊恨。鳳侶添愁，魚書絶寄，空勞兩處相望。今早往夫人粧臺經過，炤見容顏，比前大不相同。青鏡瘦顏羞炤，欲解心上悶，須撫七絃琴。寶瑟清音絶響。昨宵一夢到家鄉，醒來依舊天涯外。歸夢杳，繞屏山烟樹，不知那裏是我家鄉？

怨極愁多，歌慵笑懶，只因添個兜央伴。他鄉遊子不能歸，高堂父母無人管。湘浦魚沉，衡陽雁斷，音書要寄無方便。人生光景幾多般，蹉跎負却平生願。我伯皆思歸之念屢屢在懷，骨肉離別之言洋洋在耳。三年撇却故家鄉，烟水雲山兩渺茫。父母倚門頻望眼，教人無日不思量。

【雁魚錦】（生）思量，那日離故鄉，父愛子指日成龍，母念兒終朝極目。張太公有成人之美，每重父言；趙五娘身處孤單，惟順姑意。這等看將起來，那些兒不是真情密意？記臨岐送別多惆悵。那日五娘送至十里長亭，南浦之地，二人携手相攙，不忍分離。携手共那人不斷放。彼時我道：五娘請上，受卑人一禮。他回言道：男兒膝下有黃金，何事低頭拜婦人？我道：妻，禮下於人，必有所求。念卑人上無兄下無弟，没奈何。望賢妻好看承，我年老爹娘。五娘回道：做媳婦事舅姑，理之當然。料他每有應不會遺忘。下官今日有一椿事情，一時就忘懷了。是了，今早上朝，見楊給事手捧一本。我道：大人，是何表章？他說是貴處陳留郡荒旱表章。問他本上怎麽說？他道：老者喪於溝壑，少者散於四方。下官一聞此言，唬得魂不附體。聞知道俺那裏飢與荒，我爹娘年滿八旬，猶如風中之燭，草上之霜，朝不能保暮。我的爹，我的娘，只怕挨不過歲月，只怕挨不過歲月難存養。記得臨行之際，母親說道：兒，取你裏襟衣服過來，待老娘縫上幾針。若到京中見此針綫，如見老娘一般。他道：慈母手中綫，遊兒身上衣。臨行密密縫，我那五娘立在一旁，說得不好。他道：意恐遲遲歸。到今朝不得歸家養親，果應其言。慢説是見我爹娘，就是要寄一封音書，不能得勾了。他那裏牢望，不見一封音書傳，却把誰倚仗？

我親倚仗靠誰行？遊子徒勞在遠方。可憐不得圖家慶，思量枉自讀文章。

【前腔】思量，幼讀文章，我想聖賢之書，那一章那一篇不是教人行孝的？論事親爲子的也須要成模樣。趙氏五娘與我兩月夫妻，日遠日親；牛氏夫人雖則新婚三載，日近日疏。我與他真情未講。我把二親托付與五娘，遇此饑荒三載；况五娘乃女流之輩，怎麼受得這般苦楚？他爲我喫盡了多磨障。當初在家起程之際，只爲家貧親老，執意不肯前來赴選。怎奈張太公一力贊成，爹爹以貪妻之愛責我。没奈何，只得强從親命。被親强來赴選場，嗳，差矣！父母愛子之心，無所不至。正是：學成文武藝，貨與帝王家。不想到京得居首榜，即時修本歸家養親，怎奈官裏不允。被君强官爲議郎，牛太師三番四次將小姐招贅與下官，實非下官中心所悦。被婚强重效鸞凰。三被强，我的衷腸事訴與誰行？埋怨難禁這兩廂：這壁廂牛氏夫人他道我是個不撑達害羞的喬相識，那壁廂趙氏五娘他道我是不覩親負心的薄倖郎。

歲月高堂缺奉養，歸心似箭意忙忙。遥望白雲親舍遠，倚門幾度自悲傷。

【前腔】悲傷，鷺序鵷行，我想昔日多少古人行孝！大舜以天下之養，子路負米於百里之外。慢説是大孝，就是慈烏尚有反哺，可以人而不如烏乎？怎如那慈烏返哺能終養？曾記得當初在花下飲酒，我爹爹説道：兒，惟願你黄卷青燈，及早换金章紫綬。昔老萊子行年七十，曾着五綵斑衣，娱親之樂。試問斑衣，今在何方？正是：王陽不得爲孝子，王尊不得爲忠臣。忠孝怎得兩全？俺伯皆在朝爲官，事君之日長，事親之日短了。把斑衣罷想，記得臨行之日，我爹娘叮嚀囑付。已過八旬，遭此饑荒年歲，倘有不測，教我怎麽？縱然疾歸去，只恐怕帶麻執杖。我母親説道：兒，蟾宫桂枝須早攀，北堂萱草時光短。今日不得歸家，所爲何來？只爲雲梯月殿多勞攘，只落得淚雨如珠兩鬢霜。

【前腔】幾回夢裏，忽聞鷄唱。忙驚覺錯呼舊婦，同問寢高堂上。待朦朧覺來時，依然新人兜幃鳳衾和象床，教人怎不怨香愁玉無心緒？牛氏夫人極是賢惠，下官對他説出此情，一定肯同下官回去。怎奈岳丈不肯相容。更思量，被他攔擋。教我，怎不悲傷？俺這裏歡娱夜宿芙蓉帳，他那裏寂寞偏嫌更漏長。慢悒怏，把歡娱反成悶腸。菽水既凄涼，[一]牛氏夫人見下官不樂，屢屢追歡强飲。夫人，你然縱有食前方丈，百味珍饈，我伯皆心不樂此了。有何心貪戀着美酒肥羊？悶殺人花燭洞房，人道登科偏喜色，偏我埋怨掛名時。愁殺人掛名金榜。魆地裏自思量，正是歸家不敢高聲哭，只恐猿聞也斷腸。千思想，萬忖量，若還得見我爹娘，辦一炷明香答上蒼。

[一] 既：原作「寄」，據汲古閣刊本《繡刻琵琶記定本》改。

描畫真容

（旦扮趙五娘孝服上）兒夫别後遇荒凶，只恐公婆貌不同。描畫丹青皆筆力，教人含淚想真容。（提筆想科）

【新水令】想真容，未寫淚先流，要相逢不能彀。正是：淚眼描來易，愁容寫出難。全憑着這管筆，描不成畫不就萬般愁。伯皆夫，自你去後，陳留連遇饑荒三載，你爹娘雙雙餓死。那知道你親喪荒坵，要相逢則除是魂夢中有。公婆自奴家來做媳婦時，不曾得半載歡悦。

【駐馬聽】只記得兩月悠悠，三五年來都是愁。自從我兒夫去後，望斷長安，兩淚交流。我今日想像真容，公婆宛然在目。奈間愁萬種，離恨千端。饑荒年歲度春秋，兩人雪鬢龐兒瘦。常想在心頭，常鎖在眉頭，教奴家怎畫得歡容笑口？怎畫得容顔依舊？

【雁兒落】待畫他瘦形骸，真是醜。待畫他俊龐兒，生成就。只畫得髮颼颼，衣衫敝垢，畫不出望孩兒睁睁兩眸。待畫他肥胖些略帶厚，這幾年遇饑荒容顔消瘦，全憑着五道士用機謀。分付毛延壽，休賣弄筆尖頭。畫出來真是醜，醜只醜一女流。雖不似蔡伯皆當日的爹娘，也須是趙五娘近日來的親姑舅。好教我舉霜毫難措手。

公婆真容寫完，聊將些水飯祭奠而行罷了。公婆老爹娘，你媳婦只説和你没有相見日子，誰知又在紙上與你相逢。公婆，你媳婦要上京尋取你孩兒，望你陰中保佑，暗裏扶持。

【疊字錦】非是我尋夫遠遊，公婆，奴家今日往京，不爲别的而來。一來慮着孤身獨自；二來不孝有三，無後爲大。也只爲着公公，也只爲着婆婆，怕你無兒絶後。我若去到京城，尋見你兒子，即便回來。若還久戀他鄉，不思故里，那就是個淫奔之婦了。公婆呵，尋見你孩兒，即便回首。此行焉敢久？此身焉敢留？此行若到京城，見了伯皆，認奴便好。倘若負了初心，不認奴家，那時進退兩難。差矣，我丈夫是讀書之人，明知有夫婦五倫之義，焉有不認之理？此情不可丢，此情不可休，慮只慮京師路遠遊。念奴是個婦人家，不出閨門，鞋弓襪小。一路上，一路上教奴家怎走？惟望公婆相保佑。

我想公婆撇在深山曠野，如没主的孤魂一般，自身尚不能管顧，安得有靈魂保佑着奴家？

【三仙橋】冷清清没人厮守，有誰保佑？奴身出外州，又没個人來拜掃。縱使遇春秋，要一陌紙錢那裏得有？老公婆，叫你如何肯來相保佑？奴好似斷纜小孤舟，隨風水上游。伯皆夫，你便做無拘束蕩蕩悠悠，又不知歸來時候。抱琵琶權當作行頭，背真容不離左右。我今去休，拜辭淚流。罷了！公婆老娘，生做個受凍餒的公姑，死做個絶祭祀的孤墳姑舅。

（末上）衰柳寒蟬不可聞，西風敗葉亂紛紛。長安古道休回首，西出陽關無故人。（相見介）五娘子，上面掛的是甚麽神像？（旦）是二親真容。（末）誰畫的？（旦）是奴家畫的。（末）蔡大哥蔡大嫂，廣才只説没有和你相見的日子，誰知今在紙上又與你相見呵。（末拜介）〔鷓鴣天〕死别多因夢裏逢，慢勞孝婦寫遺踪。可憐不得圖家慶，辜負丹青泣畫工。衣破損，鬢鬔鬆，千愁萬恨在眉峰。蔡郎不識年來面，趙女空描别後容。五娘子，此行將何爲題？（旦）昨蒙太公相贈琵琶一面，奴家尋思，造成有《琵琶詞》一曲，斗膽敢借太公尊名在上。容媳婦誦來。倘有不是之處，望太公指教一二。（末）老夫願聞。（旦）太公端坐，聽奴道來。

【琵琶詞】（旦）試將曲調理宫商，彈動琵琶情慘傷。不彈雪月風花事，且把歷代源流訴一場。混沌初開盤古出，三才御世號三皇。天生五帝相繼率，堯舜心傳夏禹王。禹王後代昏君出，乾坤大地屬商湯。商湯之後紂爲虐，伐罪吊民周武王。周室東遷王迹熄，春秋戰國七雄强。七雄併吞爲一國，秦氏縱横號始皇。西興漢室劉高祖，光武中興後獻王。此時有個陳留郡，陳留有個蔡家莊。蔡家有個讀書子，才高班馬飽文章。父親名唤蔡崇簡，母親秦氏老萱堂。生下孩兒蔡邕是，新娶妻房趙五娘。夫妻新婚纔兩月，誰知一旦拆兜央。只爲朝廷開大比，張公相勸赴科場。苦被堂上親催遣，不由妻諫兩分張。指望錦衣歸故里，誰知一去不還鄉。自從與夫分别後，陳留三載遇饑荒。公婆受餒誰爲主？妻子擔飢實可傷。可憐三日無飡飯，幸遇官司開義倉。家下無人孤又苦，妾身親自請官糧。奴去請糧糧又盡，幸遇恩官作主張。行到無人幽僻處，里正搶去甚慌張。奴思歸家無計策，將身赴井淚汪汪。幸得太公相答救，分糧與我奉姑嫜。糧米充作二親膳，奴家暗地自挨糠。不想公婆來瞧見，雙雙氣倒在厨房。慌忙救得公甦醒，不想婆婆命已亡。自嘆奴家時運蹇，豈知公又夢黄粱。連喪雙親無計策，香雲剪下賣街坊。感蒙太公施仁義，刻腑銘心怎敢忘？孤墳獨造誰爲主？指頭鮮血染麻裳。孝感天神來助力，搬泥運土事非常。築成墳墓神分付，改换衣粧往帝邦。畫取公婆儀容像，迢遥豈憚路途長？琵琶撥調親覓食，徑往京都尋蔡郎。臯魚殺身以報父，吴起母死不奔喪。宋弘不棄糟糠婦，王允重婚薄幸郎。此回若得夫相見，全仗琵琶訴審詳。從頭訴出千般苦，只恐猿聞也斷腸。

（末）五娘子，只一件：你少長閨門，那裏受得程途之苦？當初伯皆赴選之時，你青春嬌媚。到今日遭此凶荒，你形衰貌醜。正是：桃花歲歲皆相似，人面年年大不同。我想伯皆臨别之時，他道：太公，倘得寸進，即便回程。如今一别多年，音信不通。年荒親死，竟不回家，知他心事心腹如何？正是：畫虎畫皮難畫骨，知人知面不知心。五娘子，你聽老夫囑付幾句：蔡郎原是讀書人，想應一舉已成名。久留不知因個甚，年荒親死不回門？你去京城須仔細，逢人下禮問虚真。見郎慢説他妻子，見郎慢説喪雙親。見郎慢説裙包土，見郎慢説剪香雲。見郎慢説千般苦，只把琵琶語句訴原因。若得蔡郎思故舊，可憐張老一親鄰。老漢今年七十四，比你公公少一旬。去時還有張老送，回來不知張老死和存。正是：流淚眼觀流淚眼，斷腸人送斷腸人。（旦）多謝太公指教。奴家敢煩玉步，同到南山拜辭公婆墳塋，即便登程？（末）老夫自當同去拜辭。

【清江引】（旦）公婆真容是奴家親畫有，身背琵琶走。（末）五娘子，走錯了路途。（旦）非是奴家走錯了路途，自從你侄兒去後，三載連遇饑荒，家下若非太公周濟，焉有今日？奴家本欲到府拜謝數載之恩，幸蒙太公到此，望太公恕媳婦不及踵門之罪。伏乞太公請上，受奴家一禮。拜辭了張太公，太公呵，這幾年遇饑荒。屢屢多生受。（末）五娘子，你還須轉過古荒圻，拜辭你的公公，拜辭你的婆婆。蔡大哥蔡大嫂，一路上望你的靈魂相保佑。

（旦）公婆老娘，媳婦今日往京尋取你兒子，望你冥中保佑，暗裏扶持。有甚麽言語，分付你媳婦幾句罷了！公婆，你在生時節，聲叫聲應。今日叫之而不應，視之而無形了。公婆娘，

【憶多嬌】你魂渺漠，無倚托。程途萬里，心懷絶壑。此去孤墳，没奈何望太公看着。（合）舉目蕭索，滿眼盈盈淚落。

【前腔】（末）承委託，當領諾。孤墳看守，決不爽約。但願你途路中身安樂。（合前）

【鬥黑麻】（旦）深謝太公，便承允諾。從來你的深恩，怎敢忘却？我愁只愁途路中身體弱，病染災纏，形衰倦脚。（合）又愁着孤墳寂寞。（末）我愁你途路中滋味恶。正是兩處堪悲，萬愁怎摸？

【前腔】（末）你兒夫想是，貴官顯爵，伊此去須當審個好惡。只怕你喬打扮，他怎知覺？一貴一貧，怕他將差就錯。（合前）

【憶多嬌】（旦）山又高，水又長，山高水長離故鄉。公婆孤墳望你看管，愁只愁奴身此去受淒涼。（合）對景悲傷，對景悲傷愁斷腸，淚灑西風兩行。

【前腔】（末）趙五娘離故鄉，獨自孤身尋蔡郎。身背琵琶脚又忙，金蓮細小難行上。（合前）

（旦）爲尋夫婿別孤墳，（旦）只恐兒夫不認真。

（合）流淚眼觀流淚眼，（末）斷腸人送斷腸人。

瞯問衷情

【菊花新】（生上）封書遠寄到親闈，又見關河朔雁飛。梧葉滿庭除，争似我悶懷堆積。

〔生查子〕封書寄遠人，寄上萬里親。書去神亦去，兀然空一身。自家喜得家書，報道平安。已曾修書附回家去，不知何如？這幾日常懷想念，翻成愁悶。正是：雖無千丈綫，萬里繫人心。

【意難忘】（貼）緑鬢仙郎，懶拈花弄柳，勸酒持觴。眉顰知有恨，何事苦相防？（生）夫人，些個事，惱人腸。（貼）相公，試説與何妨？（生）只怕你尋消問息，添我恓惶。

（貼）古人云：顰有爲顰，笑有爲笑。古之君子，當食不嗟，臨樂不嘆。無事而戚，謂之不祥。相公，你

自來我家，不明不暗，如醉如癡。鎮日憂悶，爲着甚的？你還少了喫的？少了穿的？相公，我待道你少喫的呵，

【紅衲襖】你喫的是煮猩唇和燒豹胎，我待道你少穿的呵，你穿的是紫羅襴，繫的是白玉帶。你出入呵，我只見五花頭踏在你馬前擺，三簷傘兒在你頭上蓋。相公，休怪奴家説，你本是草廬中窮秀才，如今做着漢朝中梁棟材。你有甚不足，只管鎖了眉頭也，唧唧噥噥不放懷？

（生）夫人，你道我有穿的呵，

【前腔】我穿的是紫羅襴，到拘束得我不自在。我穿的是皂朝靴，怎敢胡去踹？你道我有喫的呵，我口裏喫幾口荒張張要辦事的忙茶飯，手裏拿着個戰兢兢怕犯法的愁酒杯。到不如嚴子陵登釣臺，怎做得揚子雲閣上災？似我這般樣爲官呵，只管待漏隨朝，可不誤了秋月春花也，乾碌碌頭又早白。

（貼）相公，我知道了。

【前腔】莫不是丈人行性氣乖？（生）不是。（貼）莫不是妾根前缺管待？（生）不是。（貼）莫不是畫堂中少了三千客？（生）不是。（貼）莫不是繡屏前少了十二釵？（生）也不是。（貼）呀！又不是。這意兒教人怎猜？這話兒教人怎解？相公，我今番猜着了。敢只是楚館秦樓，有個得意人兒也，悶懨懨常掛懷？

(生)夫人，不是。

【前腔】有個人人在天一涯，天那！我不能彀見他。只落得臉銷紅眉鎖黛。(貼)我道甚麼來？可知哩！(生)不是。我本是傷秋宋玉無聊賴，有甚心情去戀着閒楚臺？(貼)相公，你有甚麼事，明説與奴家知道。(生)夫人，三分話兒只恁猜，一片心兒直恁解。(貼)你有話如何不對我説？(生)罷！罷！夫人，你休纏得我無言，若還提起那籌兒也，撲簌簌淚滿腮。

(貼)由你，由你。我若不解勸，你又只管憂悶；待我問着，你又遮瞞我，我也没奈何。相公，夫妻何事苦相防？莫把閒愁積寸腸。難道各人自掃門前雪，莫管他人瓦上霜？(貼虚下潛聽科)(生)天那！自古道：難將我語同他語，未卜他心似我心。自家娶妻兩月，别親數年。朝夕思想，翻成愁悶。我這新娶的媳婦雖則賢慧，我待將此事和他説，他也肯教我回去。只是他的爹爹若知我有媳婦在家，如何肯放我回去？不如姑且隱忍，改日求一鄉郡除授，那時却回去見雙親便了。咳！夫人，非是隄防你太深，只緣伊父苦相禁。正是：夫妻且説三分話，(貼)呀！我理會得了。你道是『未可全抛一片心』。好！好！你瞞我也由你，只是你爹娘和媳婦嗟怨你。

【江頭金桂】(貼)相公，我怪得你終朝嚬噎，只道你緣何愁悶深？教咱猜着啞謎，爲你沉吟，那籌兒没處尋。我和你共枕同衾，你瞞我則甚？你自撇了爹娘媳婦，屢换光陰，他那裏須怨着你没信音。笑伊家短行，笑伊家短行，無情忒甚。到如今兀自道且説三分話，未可全抛一片心。

【前腔】（生）夫人，非是我聲吞氣忍，只爲你爹行勢逼臨。怕他知我要歸去，將人厮禁，要説又將口噤。我待解朝簪，再圖鄉任。那時節呵，他不隄防着我，須遣我到家林，我和你雙雙兩人歸晝錦。苦！我雙親老景，我雙親老景，存亡未審。我實不瞞你，前日曾附一封書回去。只怕雁杳魚沉。（貼）你既有書信附去，怎的也没有回報？（生）又不是烽火連三月，真個家書抵萬金。

（貼）元來如此。我去對爹爹説，和你同去便了。（生）你爹爹如何肯放我回去？你且休説破了。（貼）不妨事。我爹爹身爲太師，風化所關，具瞻在望，終不然恁的不顧仁義。（生）你休説，不濟事，干枉了。（貼）相公，你不必憂慮，我自有道理，不由我爹爹不從。

（貼）雪隱鷺鷥飛始見，柳藏鸚鵡語方知。

（生）假如染就乾紅色，也被傍人講是非。

兩賢相遘

【十二時】（貼上）心事無靠託，這幾日翻成悶也。父意方回，夫愁稍可，未卜程途裏的如何？教我怎生放下？

不如意事常八九，可與人言無二三。奴家自嫁蔡伯皆之後，見他常懷憂悶，費盡心機問他，他又不說。比及奴家知道，去對爹爹説，要和他同去奉事雙親，誰想爹爹不肯。被奴家道了幾句，幸得爹心回轉；教人去接他爹媽媳婦，却不知一路上安否何如。爲這些事，教我擔了多少煩惱？又一件，公婆早晚到來，且是要一兩個婦人去伏侍他。我府裏雖則有幾個使喚的，那裏中用？怎生得個精細婦人，着他伏侍纔好？院子那裏？（末上）書當快意讀易盡，客有可人期不來。世上幾般能快意？光陰何況苦相催。夫人有何使令？（貼）院子，我府中缺少幾個使喚的，你與我沿街坊上尋問有精細的婦人，討一兩個來用。（末）小人理會得。踏破鐵鞋無處覓，得來全不費工夫。

【遶地遊】（旦上）風餐水臥，甚日能安妥？問天天怎生結果？（向末科）府幹哥稽首。（末）道姑何來？（旦）遠方人氏。（末）到此何幹？（旦）特來抄化。（末）少待，通報夫人。精細婦人到没有，正遇一個道姑在門首抄化。（貼）着他裏面來。（末）道姑，夫人着你裏面相見。（旦作見貼科）夫人稽首。

【遶地後遊】（貼）梳粧淡雅，看丰姿堪描堪畫。是何人，教來問咱？道姑何來？（旦）貧道遠方人氏。（貼）來此何幹？（旦）特來府中抄化。（貼）你有甚麼本事來此抄化？（旦）貧道不敢誇口，大則琴棋書畫，小則針指工夫，次則飲食肴饌，頗諳一二。（貼）道姑，你有這等本事，在街坊上抄化也生受，何似在我府中喫些安樂茶飯如何？（旦）若得如此，感恩非淺。只怕貧道没福，無可稱夫人之意。（貼背科）院子，道姑是遠方人氏，須要問他來歷詳細，方可留他。（末）道姑，我且問你，你是從幼出家的，還是在嫁出家的？（旦）貧道是在嫁出家的。（貼）院子，從幼出家的便怎麼説？在嫁出家的又怎麼説？（末）告夫人知道，從幼出家的是没丈夫的，在嫁出家的是有丈夫的。那道姑是有丈夫的。（貼）呀！險些兒差了。他既有丈夫的，難以收留。院子，你多打發他些齋糧，教他別處去抄化罷。（末）道姑，夫人説你既有丈夫的，多把些齋糧與你，可到別處去抄化罷。〔一〕（旦背科）天那！我不合説是有丈夫的。（對末科）府幹哥，實不相瞞，貧道非因抄化而來，特來尋取丈夫。（末）告夫人知道，這道姑説非因抄化而來，却是尋取丈夫的。（貼）原來如此。道姑，我且問你，你丈夫姓甚名誰？（旦背科）夫人問我丈夫姓名，若直説出來，恐怕夫人嗔怪；若不和他説，此事又終難隱忍。我如今且把蔡伯皆三字拆開與他説，看他意兒何如，再作道理。夫人，貧道丈夫姓祭名白諧，人人都説道在牛府中廊下住，敢是夫人也知道？（貼）我那裏知道？院子，你管各廊房，有那姓祭名白諧的麼？（末）小人管許多廊房，并没有這個人。（貼）道姑，我這裏没有。你可到別處去尋，休得要誤了你。（旦）天那！人人道我丈夫在貴府廊下住，如今既道是没有，奴家想起來，莫不是死了呵？咳！丈夫，你若是死了，教我倚着誰人？（哭科）（貼）可憐這婦人。你且不須愁煩，權住在府中，我着院子到街坊上訪問你丈夫踪跡，你意下如何？（旦）若得如此，再造之恩。（貼）道姑，只一件，你在我府中休要恁般打扮，我與你換了這衣粧。（旦）貧道不敢換。（貼）因甚不敢換？（旦）貧道有一十二

〔一〕到：原作『道』，據汲古閣刊本《繡刻琵琶記定本》改。

年大孝在身，故不敢换。（貼）呀！大孝不過三年，如何有一十二年？（旦）貧道公公死了三年，婆婆死了三年，薄倖兒夫久留都下，一竟不還，替他戴六年，共成一十二年。（貼）呀！有這等孝行的婦人！道姑，你雖然如此，争奈我老相公最嫌人這般打扮。院子，你可叫惜春取粧奩衣服出來。（末）嗄！畫堂傳懿旨，幽閣取粧資。（喚科）（丑取粧奩衣服上）寶劍賣與烈士，紅粉贈與佳人。夫人，粧奩衣服在此。（貼）道姑，你且臨鏡改粧則個。（旦）天那！如何是好？（照鏡科）咳！鏡兒，我從嫁與蔡家，只兩月梳粧，這幾時不曾照你。呀！好苦！元來却這般消瘦了。

【二郎神】（旦）容瀟灑，照孤鸞嘆菱花剖破。（貼）道姑，你不梳粧，且换了衣服。（旦看衣科）記翠鈿羅襦當日嫁，誰知他去後，釵荊裙布無些。（貼）道姑，你不换衣服，且戴着這釵兒。（旦看釵科）他金雀釵頭雙鳳軃，奴家若戴了呵，可不羞殺人形孤影寡？（貼）道姑，你不戴釵兒，且簪些花朵，别些吉凶。（旦看花朵科）説甚麼簪花捻牡丹，教人怨着嫦娥。

【前腔换頭】（貼）嗟呀，他心憂貌苦，真情怎假？只爲着公婆珠淚墮。道姑，我公婆自有，不能彀承奉杯茶。你比我没個公婆承奉呵，不枉了教人做話靶。道姑，我且問你，你公婆，爲甚的雙雙命掩黄沙？

【鶯集神】（旦）苦！荒年萬般遭坎坷，夫壻又在京華。糟糠暗喫擔饑餓，公婆死，是我賣頭髮去埋他。把孤墳自造，土泥盡是我麻裙包裹。（貼）呀！這道姑好誇口！（旦）也非誇，手指傷，血痕尚染衣麻。

【前腔】（貼悲科）愁人見説愁轉多，使我珠淚如麻。（旦）夫人爲何也淚下起來？（貼）道姑，我丈夫亦久別雙親下。（旦）呀！怎的不回家去？（貼）他要辭官，被我爹蹉跎。（旦）他家有妻麼？（貼）他妻雖有麼，怕不似恁會看承爹媽。（旦）他爹媽在那裏？（貼）在天涯。（旦）夫人，何不取他同來一處？（貼）教人去請，知他路途上如何？

【啄木鸝】【啄木兒】（旦）聽言語，教我悽愴多，料想他每也非是假。（背科）我且把句言語來試他一試。（對貼介）夫人，他那裏既有妻房，取將來怕不相和？（貼）道姑，但得他似你能挃靶，我情願讓他居他下。【黃鶯兒】只愁他程途上苦辛，教我望巴巴。

【前腔】（旦）錯中錯，訛上訛，只管在鬼門前空占卦。夫人，你若要識蔡伯喈的妻房，（貼）他在那裏？（旦）奴家便是無差。（貼）呀！果然是你非謊詐？（旦）夫人，奴家豈敢誑言？（貼）你原來爲我喫折挫，爲我受波查。教伊怨我，教我怨爹爹。

（貼）姐姐請上坐，待奴家見禮。（旦）奴家怎敢？（旦、貼交拜科）

【金衣公子】（貼）一樣做渾家，我安然，你受禍。你名爲孝婦，我被傍人駡。（旦）呀！駡夫人甚麼來？（貼）公死爲我，婆死爲我，姐姐，我願把你孝衣穿着，把濃粧罷。（合）事多磨，寃家到此，逃不得這波查。

【前腔】（旦）夫人，他當原也是没奈何，强將來，赴選科，辭爹不肯聽他話。（貼）姐姐，他在這裏也豈不要回來？他爲辭官不可，辭婚不可。（旦、貼合唱）只爲三不從，做成災禍天來大。（合前）（貼）姐姐，你休怪奴家説。我教你改换衣粧，你又不肯。只怕相公見你這般藍樓，萬一不肯相認，如何是好？我想相公往常朝回時，便入書館中看文章。姐姐既是無所不通，何似去書館中寫幾句言語打動他？那時我與他説個明白，却不好麼？（旦）夫人説得是。奴家便寫得不好，也索從命。（旦）無限心中不平事，幾番清話又成空。（貼）一葉浮萍歸大海，人生何處不相逢？

書館相逢

【鵲橋仙】（生）披香侍宴，上林遊賞，醉後人扶馬上。金蓮花炬炤回廊，正院宇梅梢月上。日晏下彤闈，平明登紫閣。何如在書館，快哉天下樂。自家早臨長樂，夜直嚴更。召問鬼神，或前宣室之席；光傳太乙，時頒天禄之藜。惟有戴星衝黑出漢宫，安能滴露研硃點《周易》？俺這幾日且喜朝無繁政，官有餘閒，庶可留志於詩書，從事於翰墨。正是：事業要當窮萬卷，人生須是惜分陰。（看科）這是甚麽書？是《尚書》。呀！這《堯典》道：虞舜父頑母嚚象傲，克偕以孝。咳！他父母那般相待他，他猶自克偕以孝。我父母虧了我甚麽，我倒不能彀奉養他？看甚麽《尚書》！這是甚麽書？

是《春秋》。呀！《春秋》中潁考叔曰：小人有母，未嘗君之羹，請以遺之。咳！他有一口湯喫，兀自尋思着娘。我如今做官享天禄，倒把父母撇了。看甚麽《春秋》？天那！枉看這書，行不得，濟甚麽事？你看那書中那一句不説着孝義？當先俺父母教我讀詩書，知孝義，誰知道反被詩書誤了我，還看他怎的？

【解三醒】（生）嘆雙親把兒指望，教兒讀古聖文章。爹娘教我讀書，指望榮宗耀祖，改换門閭。似我會讀書的，到把親撇養；少甚麽不識字的，到得終奉養。書呵，我只爲其中自有黄金屋，反教我撇却椿庭萱草堂。還思想，畢竟是文章誤我，我誤爹娘。

【前腔】比似我做個負義虧心臺館客，到不如守義終身田舍郎。《白頭吟》記得不曾忘，緑鬢婦何故在他方。書呵，我只爲其中有女顔如玉，反教我撇却糟糠妻下堂。還思想，畢竟是文章誤我，我誤妻房。

書既懶看，且看這壁間山水，散悶則個。呀！這一軸畫像是我昨日在彌陀寺中燒香拾得的，如何院子也將來掛在此間？且看是甚麽故事。

【太師引】（生）細端詳，這是誰筆仗？呀！這兩個老人家不是凍死，定是餓死。覷着他，教我心兒好感傷。（細看科）呀！好似我雙親模樣。差矣。我的媳婦會針指，便做是我的爹娘呵，怎穿着破損衣裳？前日已有書來。道别後容顔無恙，怎的這般淒涼形狀？且住。我這裏要寄一封書回去，尚不能彀。他那裏呵，有誰來往，直將到洛陽。天下也有面貌厮像的。須知道仲尼陽虎一般龐。

我理會得了。

【前腔】這是街坊誰劣相，砌莊家形衰貌黄。假如我爹娘呵，若没個媳婦來相傍，少不得也這般淒涼。敢是個神圖佛像？呀！却怎的？我正看間，猛可的小鹿兒心頭撞。這也不是神圖佛像，敢是當原的畫工有甚緣故？丹青匠，由他主張，須知道毛延壽誤了王嫱。

若是個神圖佛像，背面必有標題，待我轉過來看。呀！原來有一首詩在上面。（讀詩科）這厮好無禮，句句道着下官，等閒的怎敢到此？想必夫人知道，待我問他，便知分曉。夫人那裏？

【夜遊湖】（貼上）猶恐他心思未到，教他題詩句，暗裏相嘲。翰墨關心，丹青入眼，强如把語言相告。

（生怒）夫人，誰人到我書館中來？（貼）没有人。（生）我前日去彌陀寺裏燒香，拾得一軸畫像。院子不省得，也將來掛在這裏。甚麼人在背面題着一首詩？（貼）敢是當原寫的？（生）那裏是？墨蹟尚未曾乾。（貼背）我理會得了。相公，這詩如何説？請讀與奴家知道。（生讀詩科）（貼）相公，奴家不省其意，請解説一遍，與奴家曉得也好。（生）『崑山有良璧，鬱鬱璠璵姿。嗟彼一點瑕，掩此連城瑜。』崑山是地名，産得好玉，價值連城。若有些兒瑕玷，便不貴重了。『人生非孔顔，名節鮮不虧。』孔子、顔子是大聖大賢，德行渾全。大凡人非聖賢，能忠不能孝，能孝不能忠，所以名節多至欠缺。『拙哉西河守，胡不如皋魚？』西河守吴起是戰國時人，魏文侯拜他爲西河守，母死不奔喪。皋魚是春秋時人，只爲周遊列國，父母死了。後來回歸，自刎而亡。『宋弘既以義，王允何其愚。』宋弘是光武時人，光武要把姐姐湖陽公主嫁他，宋弘不從，對官裏道：貧賤之交不可忘，糟糠之妻不下堂。王允是桓帝時人。司徒袁隗要把姪女嫁他，他就休了前妻，娶了袁氏。『風木有餘恨，連理無旁枝。』孔子聽得皋魚啼哭，問其故。皋魚説道：樹欲静而風不寧，子欲養而親不在。西晉時東宫門前有槐樹二株，連理而生，四旁皆無小枝。『寄語青雲客，慎勿乖天彝。』傳言與做官的，切莫違了天倫。（貼）相公，那不奔喪和那自刎的，那一個是孝道？（生）那不奔喪的是亂道。（貼）相公，那不棄妻和那休妻的，那一個是正道？（生）那休了妻的是亂道。（貼）相公，比如你待要學那一個？（生）呀！我的父母知他存亡如何？我決不學那不奔喪的見識。（貼）相公，你雖不學那不奔喪的，且如你這般富貴，腰金衣紫。假有糟糠之婦，藍褸醜惡，可不辱邈了你？你莫不也索休了？（生）夫人，你説那裏話？縱使辱邈殺了我，終是我的妻房，義不可絶。

【鏵鍬兒】夫人，你説得好笑，可見你心兒窄小。我決不學那王允的見識，没來由漾却苦李，再尋甜桃。古人云：棄妻有七出之條。他不嫉不淫與不盜，終無去條。那棄妻的，衆所誚；那不棄妻的，人所褒。（貼）相公，假如藍褸爹娘，醜貌妻房，你可棄他麽？（生）夫人差矣。藍褸爹娘是蔡邕天倫父母，醜貌妻房是伯喈枕邊骨血。又道是恩不可斷，義不可絶了。夫人，縱然他醜貌，怎肯相休棄了？

【前腔】（貼）伊家富豪，那更青春年少。看你紫袍掛體，金帶垂腰，做媳婦呵，應須有封號。金花紫誥，必俊俏，須媚嬌。若還他醜貌，怎不相休棄了？

【前腔】（生）夫人，你言顛語倒，惱得我心兒轉焦。夫人，你往日言不亂發，怎麼今日苦苦要把王允事情來講？莫不是你把咱奚落，特兀自粧喬？引得我淚痕交，撲簌簌這遭。這題詩的是誰？（貼）相公，你待怎的？（生）夫人，他把我嘲，難恕饒。你說與我知道，怎肯干休住了？

【前腔】（占）相公，我心中忖料，想不是個薄情分曉，（貼）相公，妾身有件喜事報你。（生）有甚喜事？（貼）管教你夫婦會合，在今朝。你還認得那題詩的麼？（生）我認不得。（貼）伊家枉自焦，只怕你哭聲漸高。（生）是誰？（貼）是伊大嫂，身姓趙。正要說與你知道，怎肯干休罷了？姐姐有請。

【入賺】（旦）聽得鬧炒，敢是我兒夫看詩囉唣？（貼）姐姐快來。（旦）是誰忽叫？想是夫人召，必有分曉。（貼）相公，是他題詩句，你還認得否？（生）他從那裏來？（貼）相公，他從陳留郡，爲你來尋討。（生認科）呀！我道是誰，元來是你！娘子呵，你怎的穿着破襖？衣衫盡是素縞？妻，爹娘怎的不來？（旦不語介）（生）妻，你口不言來我心自省，敢是爹死娘在？敢是娘死爹在？莫不是我雙親不保？（旦）官人，從別後，遭水旱，我兩三人只道同做餓殍。（生）張太公曾周濟你麼？（旦）只有張太公可憐，歎雙親別無倚靠。（生）後來卻如何？（旦）兩口顛連相繼死，（生）苦！元來我爹媽都死了。娘子，那時如何得殯斂？（旦）我剪頭髮賣錢送伊妣考。（生）如今安葬了未曾？（旦）把墳自造，土泥盡是我麻裙裹包。（生）罷了。聽伊言語，怎不痛傷噎倒？

（生倒旦、占作扶起科）（旦）官人，這畫像就是你爹媽的真容。（生哭拜科）罷了！爹娘，爹娘，當初孩兒不肯前來赴選，是你苦苦逼我前來。到於今忝中高魁，不得歸家奉養雙親，此乃是衣冠中禽獸，名教中罪人。又道是生不能養，死不能葬，葬不能祭。此乃三不孝也。慢道是陳留郡，就是普天下人人，皆道我蔡邕不孝。

【小桃紅】蔡邕不孝，把父母相拋。爹娘，我與你別時，豈知恁地？早知你形衰耄，怎留聖朝？娘子，你爲我受煩惱，你爲我受劬勞。謝你葬我爹，葬我娘，你的恩難報也。又道是養子能代老。（合）這苦知多少？此恨怎消？天降災殃人怎逃？

娘子，這真容誰畫的？

【前腔】（旦）這儀容像貌，是我親描。（生）娘子，路途遥遠，你那得盤纏來到此間？（旦低科）乞丐把琵琶撥，怎禁路遥？（生）噯！妻，多虧了你。（旦）冤家，你不記得當初起程之際，妻子送你至十里長亭，南浦之地。俺與你雙雙携手，妻子何等囑付你來？我道：解元夫，你爹娘比不得别人家父母，他年已八旬之上，猶如風中之燭，草上之霜，朝不能保暮。你此去倘得功名成就，你把歸鞭早整。又誰知你到此貪戀新歡，贅居相府，不思故里。你妻子今日尋到此間，你説虧了妻子；假若不到此間，却説虧了那個？冤家，你説甚麽受煩惱？説甚麽受劬勞？不信看你爹，看你娘，比別時兀自形枯槁也。我的一身難打熬。（合前）

【前腔】（占）設着圈套，被我爹相招。相公，你也説不早，況音信杳。姐姐，你爲我受煩惱，你爲我受劬勞。相公，是我誤你爹，誤你娘，誤你名不孝也。做不得妻賢夫禍少。（合前）

【前腔】（生）我脱却巾帽，解却衣袍，（貼）相公要往那裏去？（生）我今手捧二親儀容，去到萬歲臺前。我道：萬歲，微臣當初也曾辭過兩道表章，一道辭官，一道辭婚。聖恩不准。怎奈微臣爹娘遇此饑荒年歲，雙雙餓死。我想聖上乃是仁德之君，聽得此言，見此儀容，畢竟有壇御祭御葬與我爹娘，也可榮哀。（占）急上辭官表，共行孝道。（生）夫人，只怕你去不得。（貼）相公，我豈敢憚煩惱？豈敢憚劬勞？同去拜你爹，拜你娘，親把墳塋掃也。使地下亡靈安宅兆。（合前）

【餘文】（合）幾年間分别無音耗，奈千山萬水迢遥。天那！只爲三不從，生出這禍苗。

（生）只爲君親三不從，（旦）致令骨肉兩西東。

（貼）今宵賸把銀釭炤，（旦）猶恐相逢是夢中。

樂府名詞

全名《新鐫彙選辨真崑山點板樂府名詞》。正文署題『新都鮑啓心獻蓋甫校，巖鎮書林周氏敬吾梓』。戲曲與散曲選集。現存明末刻本。凡二卷。上卷選收《琵琶記》等戲曲散齣二十五種五十一齣，下卷選收《拜月亭》等戲曲散齣九種二十四齣。除書末所收《金貂記》之《尉遲釣魚》《尉遲耕田》曲白俱全外，其餘散齣均只收曲文。其中選收《琵琶記》之《蔡公逼試》《伯皆思親》《伯皆賞月》《五娘描容》等四齣，(一)輯録如下。

蔡公逼試

【宜春令】雖然讀萬卷書，論功名非吾意兒。只愁親老，夢魂不到春闈裏。便教我做到九棘

(一) 五娘描容：正文作『畫真容』。

三槐，怎撇得萱花椿樹？我這衷腸，一點孝心，對誰語？

【前腔】相鄰並，相依倚。往常間有事來相報知。試期逼矣，早辦行裝前途去。子雖念親老孤單，親須望孩兒榮貴。你趁此青春不過，更待何日？

【前腔】時光短，雪鬢催，守清貧不圖甚的。有兒聰慧，但得他爲官吾心足矣。天子詔招取賢良，秀才每都求科試。你快赴春闈，急急整着行李。

【前腔】娘年老，八十餘，眼兒昏又聾着兩耳。有兒聰慧，娶得個媳婦方纔六十日，你强逼他赴着春闈，怕等不得孩兒榮貴。細思之，怎不教老娘嘔氣？

【繡帶兒】親年老光陰有幾？行孝正當今日。終不然爲着一領藍袍，却落後五綵班衣。思之，此行榮貴雖可擬，怕親老等不得榮貴。春闈裏紛紛的都是大儒，難道是没爹娘的方去求試？

【前腔】你休疑，男兒漢凌雲志氣，何必苦恁淹滯？可不干費了十載青燈，枉捱過半世黄虀？須知，此行是親命，你休固拒。那些個養親之志？我百年事，只有此兒，難道是庭前森森丹桂？

【太師引】他意兒難提起，這其間就裏我自知。他戀着被窩中恩愛，捨不得離海角天涯。塗山四日離大禹，直恁的捨不得分離？你貪鴛侶，守着鳳幃，只怕誤了你鵬程鶚薦消息。

【前腔】他意兒只要供甘旨，又何曾貪歡戀妻？自古道曾參純孝，何曾去應舉及第？功名富貴天付與，天若與不求而至。娘言是，望爹行聽取。天須鑒孩兒不孝的情罪。

【三學士】謝得公公意甚美，凡事仗托扶持。假饒一舉登科日，難道是雙親未老時？只恐錦衣歸故里，怕雙親不見兒。

【前腔】萱室椿庭衰老矣，指望你改换門閭。三牲五鼎供朝夕，須勝似啜菽並飲水。你若錦衣歸故里，一靈兒終是喜。

【前腔】托在鄰家相依倚，專當效此區區。你爲甚十年窗下無人問？只圖個一舉成名天下知。你若不錦衣歸故里，誰知你讀萬卷書？

【前腔】一旦分離掌上珠，我這老景憑誰？忍將父母饑寒死，博得孩兒名利歸。你縱然錦衣歸故里，補不得你名行虧。

伯皆思親

【雁魚錦】思量，那日離故鄉。記臨期送别多惆悵，攜手共那人不斷放。教他好看承，我爹娘，料他每應不會遺忘。聞知饑與荒，只怕捱不過歲月難存養。若望不見我信音，却把誰倚仗？

【前腔】思量，幼讀文章，論事親爲子也須要成模樣。真情未講，怎知道喫盡多魔障？被親强來赴選場，被君强官爲議郎，被婚强效鸞凰。三被强，我衷腸事説與誰行？埋怨難禁這兩廂：這壁廂道咱是個不撑達害羞的喬相識，那壁廂道咱是個不睹親負心的薄倖郎。

【前腔】悲傷，鷺序鴛行，怎如那慈烏返哺能終養？謾把金章，綰着紫綬，試問斑衣，今在何方？斑衣罷想，縱然歸去，又恐怕帶麻執杖。只爲他雲梯月殿多勞攘，落得淚雨如珠兩鬢霜。

【前腔】幾回夢裏，忽聞鷄唱。忙驚覺錯呼舊婦，同問寢堂上。待朦朧覺來，依然新人鴛幃鳳衾和象床。怎不怨香愁玉無心緒？更思想，被他攔當。教我，怎不悲傷？俺這裏歡娱夜宿芙蓉帳，他那裏寂寞偏嫌更漏長。

【前腔】謾愠怏，把歡娱翻成悶腸。菽水既清涼，我何心，貪着美酒肥羊？閃殺人花燭洞房，愁殺我掛名金榜。魆地裏自思量，正是歸家不敢高聲哭，只恐猿聞也斷腸。

伯皆賞月

【本序】長空萬里，見嬋娟可愛，全無一點纖凝。十二欄杆光滿處，涼浸珠箔銀屏。偏稱，身在瑶臺，笑斟玉斝，人生幾見此佳景？（合）惟願取年年此夜，人月雙清。

【前腔】孤影，南枝乍冷。見烏鵲縹緲驚飛，棲止不定。萬點蒼山，何處是修竹吾廬三逕？追省，丹桂曾攀，嫦娥相愛，故人千里謾同情。（合前）

【前腔】光瑩，我欲吹斷玉簫，乘鸞歸去，不知風露冷瑤京。環佩濕，似月下歸來飛瓊。那更，香霧雲鬟，清輝玉臂，廣寒仙子也堪並。（合前）

【前腔】愁聽，吹笛《關山》，敲砧門巷，月中都是斷腸聲。人去遠，幾見明月虧盈。惟應，邊塞征人，深閨思婦，怪他偏向別離明。（合前）

【古輪臺】峭寒生，鴛鴦瓦冷玉壺冰，欄杆露濕人猶凭，貪看玉鏡。況萬里清冥，皓彩十分端正。三五良宵，此時獨勝。把清光都付與酒杯傾，從教酩酊，拚夜深沉醉還醒。酒闌綺席，漏催銀箭，香銷金鼎。斗轉與參横，銀河耿，轆轤聲已斷金井。

【前腔】閒評，月有圓缺陰晴，人世上有離合悲歡，從來不定。深院閒庭，處處有清光相映。也有得意人人，兩情暢詠；也有獨守長門伴孤另，君恩不幸。有廣寒仙子娉婷，孤眠長夜，如何捱得更闌寂静？此事果無憑。但願人長久，小樓翫月共同登。

【餘文】聲哀訴，促織鳴。俺這裏歡娛未罄，却笑他他幾處寒衣織未成。

畫真容

【三仙橋】一從他每死後，要相逢不能彀，除非夢裏暫時略聚首。苦要描，描不就，暗想像，教我未描先淚流。描不出他苦心頭，描不出他飢症候，描不出他望孩兒的睁睁兩眸。只畫得髮颼颼，和那衣衫敝垢。休休，若畫做好容顏，須不是趙五娘的姑舅。

【前腔】我待要畫他個龐兒帶厚，他可又饑荒消瘦。我待要畫他個龐兒展舒，他自來長恁面皺。若畫出來，真是醜，那更我心憂，也做不出他歡容笑口。只見他兩月稍優游，其餘都是愁。我只記他形衰貌朽。便做他孩兒收，也認不得是當初父母。休休，縱認不得是蔡伯皆當初爹娘，須認得是趙五娘近日來的姑舅。

【前腔】非是奴尋夫遠遊，只怕我公婆絕後。奴見夫便回，此行安敢久？苦，路途中，奴怎走？望公婆相保佑我出外州。他兀自没人看守，如何來相保佑？只怕奴去後，冷清清有誰來祭掃？縱使遇春秋，一陌紙錢怎有？休休，你生是個受凍餒的公婆，兀做個絕祭祀的姑舅。

新鐫樂府時曲千家錦

戲曲選集。明佚名編。現存明末刻本。凡二卷。選收《琵琶記》等戲曲散齣二十二種二十八齣。所選戲曲曲白俱全。其中選收《琵琶記》之《伯皆思鄉》一齣，輯録如下。

伯皆思鄉

【喜遷鶯】（生）終朝思想，但恨在眉頭，悶在心上。下官撇卻兩月妻房，贅居相府，雖則新婚，實懷舊恨。鳳侶添愁，魚書絶寄，空勞兩處相望。今早往夫人粧臺徑過，照見容顔，比前大不相同。青鏡瘦顔羞照。欲解心上悶，須撫七絃琴。寶瑟清音絶響。昨宵一夢到家鄉，醒來依舊天涯外。歸夢杳，繞屏山烟樹，不知那裏是我家鄉？

怨極愁多，歌慵笑懶，只因添個鴛鴦伴。他鄉遊子不能歸，高堂父母無人管。湘浦魚沉，衡陽雁斷，音書要寄無方便。人生光景幾多般，蹉跎負却平生願。我伯皆思歸之念，屢屢在懷。骨肉離别之言，洋洋在耳。三年撇却故家鄉，烟水雲山兩渺茫。父母倚門頻望眼，教人無日不思量。父愛子指日成龍，母念兒終朝極目。張太公有成人之美，每重父言；趙五娘身處孤單，惟順姑意。這等看將起來，那些兒不是真情密意？記臨歧送别多惆悵。那日

【雁魚錦】（生）思量，那日離故鄉。五娘送至十里長亭，南浦之地，二人攜手相攙，不忍分離。攜手共那人不斷放。彼時我道：五娘請上，受卑人一禮。他回言道：男兒膝下有黄金，何事低頭拜婦人？我道：妻，禮下於人，必有所求。念卑人上無兄下無弟，没奈何，望賢妻好看承，我年老爹娘，五娘回道：做媳婦事舅姑，理之當然。料他每有應不會遺忘。下官今日有一樁事情，一時就忘懷了。是了，今早上朝，見楊給事手捧一本。我道：大人，是何表章？他説是貴處陳留郡荒旱表章。問他本上怎麽説，他道：老者喪於溝壑，少者散於四方。下官一聞此言，唬得魂不附體。聞知道俺那裏飢與荒。我爹娘年滿八旬，猶如風中之燭，草上之霜，朝不能保暮。我的爹，我的娘，只怕挨不過歲月，只怕挨不過歲月，難存養。記得臨行之際，母親説道：兒，取你裹襟衣服過來，待老娘縫上幾針。若到京中，見此針綫，如見老娘一般。他道：慈母手中綫，遊兒身上衣。臨行密密縫。我那五娘立在一旁説得不好，他道『意恐遲遲歸』。到今朝不得歸家養親，果應其言。慢説是見我爹娘，就是要寄一封音書，不能得勾了。他那裏牢望，不見一封信音傳，却把誰倚仗？我親倚仗靠誰行，遊子徒勞在遠方。可憐不得圖家慶，思量枉自讀文章。

【前腔】思量，幼讀文章。我想聖賢之書，那一章那一篇不是教人行孝的？論事親爲子的也須要

成模樣。趙氏五娘與我兩月夫妻，日遠日親。牛氏夫人雖則新婚三載，日近日疏。我與他真情未講。我把二親托付與五娘，遇此饑荒三載，況五娘乃女流之輩，怎麼受得這般苦楚？他爲我喫盡了多磨障。當初在家起程之際，只爲家貧親老，執意不肯前來赴選。怎奈張太公一力贊成，爹爹以貪妻之愛責我，没奈何只得强從親命。被親强來赴選場，嗳，差矣！父母愛子之心，無所不至。正是：學成文武藝，貨與帝王家。不想到京得居首榜，即時修本歸家養親，怎奈官裏不允。被君强官爲議郎，牛太師三番四次將小姐招贅與下官，實非下官中心所悦。被婚强重效鸞凰。三被强，我的衷腸事訴與誰行？埋怨怎禁這兩厢：這壁厢牛氏夫人他道我是個不撑達害羞的喬相識，那壁厢趙氏五娘他道我是不睹親負心的薄倖郎。

歲月高堂缺奉養，歸心似箭意忙忙。遥望白雲親舍遠，倚門幾度自悲傷。

【前腔】悲傷，鷺序鴛行。我想昔日多少古人行孝！大舜以天下之養，子路負米於百里之外。慢説是大孝，就是慈烏尚有反哺，可以人而不如烏乎？怎如那慈烏返哺能終養？曾記得當初在花下飲酒，我爹爹説：兒，惟願你黄卷青燈，及早换金章紫綬。昔老萊子行年七十，曾着五綵斑衣娱親之樂。試問斑衣，今在何方？正是：王陽不得爲孝子，王尊不得爲忠臣，忠孝怎得兩全？俺伯皆在朝爲官，事君之日長，事親之日短了。把斑衣罷想。記得臨行之日，我爹娘叮嚀囑付。已過八旬，遭此饑荒年歲，倘有不測，教我怎麼？縱然疾歸去，只恐怕戴麻執杖。我母親説道：兒，蟾宫桂枝須早攀，北堂萱草時光短。今日不得歸家，所爲何來？只爲雲梯月殿多勞攘，只落得淚雨如珠兩鬢霜。

【前腔】幾回夢裏，忽聞鷄唱。忙驚覺錯呼舊婦，同問寢高堂上。待朦朧覺來時，依然新人鴛幃鳳衾和象床。教人怎不怨香愁玉無心緒？牛氏夫人是極是賢惠，下官對他説出此情，一定肯同下官回去；怎奈岳丈不肯相容。更思想，被他攔擋。教我，怎不悲傷？俺這裏歡娱夜宿芙蓉帳，他那裏寂寞偏嫌更漏長。慢悒怏，把歡娱反成悶腸。菽水既淒涼，[一]牛氏夫人見下官不樂，屢屢追歡强飲。夫人，你縱然有食前方丈，百味珍饈，我伯皆心不樂此了。有何心，貪戀着美酒肥羊？悶殺人花燭洞房。人道登科偏喜色，偏我埋怨掛名時。愁殺人掛名金榜。魆地裏自思量，正是思家不敢高聲哭，只恐猿聞也斷腸。千思想，萬忖量，若還得見我爹娘，辨一炷明香答上蒼。

[一] 既：原作『寄』，據汲古閣刊本《繡刻琵琶記定本》改。

新鐫歌林拾翠

全稱《精繪出像點評新鐫彙選崑調歌林拾翠》。戲曲選集。明粲花主人輯。現存明末刻本。凡六卷。選收《琵琶記》等戲曲散齣四十七種九十九齣。所選戲曲曲白俱全。其中選收《琵琶記》之《糟糠》《描容》《掃松》三齣，輯録如下。

糟糠

【山坡羊】(旦)亂荒荒不豐稔的年歲，遠迢迢不回來的夫婿，急煎煎不耐煩的二親，軟怯怯不濟事的孤身體。苦！衣盡典，寸絲不掛體，幾番拚死了奴身己。争奈没主公婆，誰教看取？思之，虛飄飄命怎期？難捱，實丕丕灾共危。

【前腔】滴溜溜難窮盡的珠淚，亂紛紛難寬解的愁緒，骨崖崖難扶持的病身，戰兢兢難捱過的時和歲。這糠，欲待不喫你呵，教奴怎忍饑？我待喫你呵，教奴怎生喫？思量起來，不如奴先死，圖得不知他親死時。思之，虛飄飄命怎期？難捱，實丕丕災共危。奴家早上安排些飯與公婆喫，豈不欲買些蔬菜？爭奈無錢可買。不想婆婆抵死埋怨，只道奴家背地自喫了甚麼東西。不知奴家喫的是米膜糠粃，又不敢教他們知道。他便埋怨殺我，我也不敢分説。苦！這糠粃怎的喫得下？（喫吐介）

【孝顺歌】嘔得我肝腸痛，珠淚垂，喉嚨尚兀自牢嗄住。糠那，你遭礱被舂杵，篩你簸颺你，喫盡控持。好似奴家身狼狽，千辛萬苦皆經歷。苦人喫着苦味，兩苦相逢，可知道欲吞不去。(一)（外、淨潛上探覷介）

【前腔】（旦）糠和粃，本是相依倚，被簸颺作兩處飛。一賤與一貴，好似奴家與夫婿，終無見期。丈夫，你便似米呵，米在他方没尋處，奴家恰便似糠呵，怎的把糠來救得人飢餒？好似兒夫出去，怎的教奴供膳得公婆甘旨？（外、淨潛上介）

【前腔】（旦）思量我生無益，死又值甚的？不如忍飢死了爲怨鬼。只一件，公婆老年紀，靠奴家相依倚。只得苟活片時。片時苟活雖容易，到底日久也難相聚。謾把糠來相比。這糠呵，尚兀自有人喫，奴家的骨頭，知他埋在何處？

(一)　眉批：只就糠喻苦，而冷悲熱慟，酸人肺腸。

(外、浄上)媳婦，你在這裏喫甚麼？(旦)奴家不曾喫甚麼。(浄搜奪介)(旦)婆婆，你喫不得。(外)這是甚麼東西？

【前腔】(旦)這是穀中膜，米上皮，(外)呀！這便是糠。要他何用？(旦)將來餬饠堪療飢。(浄)咦！這糠只好將去餵猪狗，如何把來自喫？(旦)嘗聞古賢書，狗彘食人食。也强似草根樹皮。(外、浄)恁的苦澀東西，怕不噎壞了你？(旦)嚙雪吞氈，蘇卿猶健；餐松食柏，到做得神仙侣。這糠呵，縱然喫些何慮？(浄)阿公，你休聽他説謊，糠粃如何喫得？(旦)爹媽休疑，奴須是你孩兒的糟糠妻室。

(外、浄看哭介)媳婦，我元來錯埋怨了你。兀的不痛殺我也！(外、浄倒，旦叫哭介)

【雁過沙】(旦)苦！沉沉向冥途，空教我耳邊呼。公公婆婆，我不能彀我不能彀盡心相奉侍，反教你爲我歸黄土，教人道你死緣何故？公公婆婆，怎生割捨得抛棄了奴？

(外醒介)(旦)謝天謝地，公公醒了。公公，你[illegible]。

【前腔】(外)媳婦，你擔飢事姑舅；媳婦，你擔飢怎生度？(旦)公公且自寛心，不要煩惱。(外)媳婦，我錯埋冤了你，你也不推辭，到如今始信有糟糠婦。媳婦，料應我不久歸陰府。也省得爲我死的，累你生的受苦。

(旦扶外起介)公公且自床上安息，待我看婆婆如何？(旦叫不醒介)呀！婆婆不濟事了，如何是好？

【前腔】（旦）婆婆氣全無，教奴怎支吾？ 咳！ 丈夫呵，我千辛萬苦，爲你相看顧，如今到此難回護。我只愁母死難留父，況衣衫盡解，囊篋又無。

（外）媳婦，婆婆還好麼？（旦）婆婆不好了。

【前腔】（外）天那！ 我當初不尋思，教孩兒往帝都。把媳婦閃得苦又孤，把婆婆送入黄泉路。算來是我相擔誤。不如我死，免把你再辜負。

（旦）公公休説這話，請自將息。（外）媳婦，婆婆死了，衣衾棺槨，是件皆無，如何是好？（旦）公公寬心，待奴家區處。（末上）福無雙降猶難信，禍不單行却是真。老夫爲何道此兩句？爲鄰家蔡伯皆妻房趙氏五娘。他嫁得伯喈，方纔兩月，伯喈便出去赴選。自去之後，連遭饑荒。公婆年紀皆在八旬之上，家裏再没個相扶持的。甘旨之奉，虧殺這五娘子。把些衣服首飾之類，盡皆典賣，辦些糧米，供給公婆，却背地裏把糠粃餺饠充飢。真爲難得。那婆婆不知道，顛倒把他埋怨。適來聽得他公婆知道，却又痛心，都害了病。如今不免到他家裏探望則個。呀！五娘子，你爲甚的慌慌張張？（旦）公公，天有不測風雲，人有旦夕禍福。奴家婆婆死了。（末）〔一〕咳！你婆婆既死了。你公公如今在那裏？（旦）在床上睡着。（末）待我看一看。（外）太公休怪，我起來不得了。（末）老員外，快不要勞動。（旦）太公，我婆婆衣衾棺槨，是件皆無，如何是好？（末）五娘子，你不要愁煩，我自有區處。

〔一〕 末：原作『外』，據文義改。

【玉包肚】(旦)千般生受，教奴家如何措手？終不然把他骸骨，没棺材送在荒坵？(合)相看到此，不由人不珠淚流，正是不是冤家不聚頭。

【前腔】(末)五娘子，不必多憂，資送婆婆，在我身上有。你但小心承直公公，莫教他又成不救。(合前)

【前腔】(外)張公護救，我媳婦實難啓口。孩兒去後，又遇饑荒，把衣衫典賣無留。(合前)

(末)老員外，你請進裏面去歇息，待我一霎時叫家僮討棺木來，把老安人殯斂了。選個吉日，送在南山安葬去。(外)如此，多謝太公周濟。

只爲無錢送老娘，須知此事有商量。
歸家不敢高聲哭，惟恐猿聞也斷腸。

描　容

【胡搗練】辭别去，到荒坵，只愁出路煞生受。畫取真容聊藉手，逢人將此苦哀求。

鬼神之道，雖則難明；感應之理，未嘗不信。奴家昨日獨自在山築墳，正睡間，忽夢一神人，自稱當山土地，帶領陰兵，與奴家助力；却又囑付教奴家改換衣裝，徑往長安尋取丈夫。待覺來，果然墳臺并已完備，這分明是神通護持。正是：寧可信其有，不可信其無。今二親既已葬了，只得改換衣裝，扮作道姑，將琵琶做行頭，沿街上彈幾個行孝的曲兒，抄化將去。只是一件，我幾年間和公婆厮守，如何捨得一旦抛了他？奴家自幼薄曉得些丹青，何似想像畫取公婆真容，背着一路去，也似相親傍的一般。但遇小祥忌辰，展開與他燒些香紙，奠些酒飯，也是奴家一點孝心。不免就此描畫真容則個。（作描畫介）

【三仙橋】一從他每死後，要相逢不能彀，除非夢裏暫時略聚首。苦要描，描不就，暗想像，教我未描先淚流。描不出他苦心頭，描不出他饑症候，描不出他望孩兒的睁睁兩眸。只畫得他髪颼颼，和那衣衫敝垢。休休！若畫做好容顏，須不是趙五娘（中闕）人送斷腸人。（哭介）（旦）多謝公公訓誨，奴家銘心鏤骨，不敢有忘；如今只得告别去也。（末）五娘子，你早去早回！

為尋夫婿别孤墳，只怕兒夫不認真。
惟有感恩并積恨，萬年千載不成塵。

掃松

【虞美人】（末）青山古木何時了，斷送人多少？　孤墳誰與掃荒苔，連塚陰風吹送紙錢遶。〔一〕（末）冥冥長夜不知曉，寂寞空山幾度秋。　泉下長眠人未醒，悲風瑟瑟起松楸。　老漢曾受趙五娘子之託，教我爲他看管墳墓。　這兩日有些閒事，不曾看得，今日只索去走一遭。

【步步嬌】（末）呀！　只見黃葉飄飄把墳頭覆，斷趕的皆狐兔。（望介）敢是誰人來砍了樹木去？　爲甚松楸漸漸疏？（滑到介）咳！　甚麼絆我這一跌？　咳！　却原來是苔把磚封，筍迸泥路。　老員外、老安人，自古道：　未歸三尺土，難保百年身；　已歸三尺土，難保百年墳。　只怕你難保百年墳？　我老夫在日，尚來爲你看管。　若老夫死後呵，教誰添上三尺土？（丑扮李旺上）

【前腔】（丑）渡水登山多勞苦，來到荒村塢。　遥觀一老夫，試問他家住在何所？　趲步向前行，呀！　却是一所荒墳墓。（相見介）（末）小哥，你從那裏來？（丑）小人從京都來。（末）却往那裏去？（丑）奉蔡相公差來

〔一〕　眉批：　開口便酸風颼颼。

的。(一)(末)你相公是甚麼人？差你來有甚勾當？(丑)我相公特差小人來請取我家太老爺、太夫人和那小夫人，一同到洛陽去。(末)你相公是叫甚名字？(丑)我相公的名字，小人怎敢説？(末)荒僻之地，説又何妨？(丑)我相公是蔡伯喈。(末怒介)

【風入松】(末)你不須提起蔡伯喈，説着他每忒歹。(丑)呀！他有甚歹處？(末)他中狀元做官六七載，撇父母拋妻不睬。(丑)他父母在那裏？(末)兀的這磚頭土堆，是他雙親在此中埋。

(丑)咳！原來太老爺太夫人不知爲甚的都死了？

【前腔】(末)一從他別後遇荒災，更無人倚賴。(丑)這等，是誰承值他兩個？(末)虧他媳婦相看待，把衣服和釵梳都解。(丑)解也須有盡時。(末)便是。這小娘子解得錢來糴米，做飯與公婆喫。他背地裏把糟糠自捱，公婆的反疑猜。

(丑)公婆道他背後自喫了好的麼？(末)便是。後來呵，

【前腔】他公婆的親看見，雙雙痛倒，無錢斷送，剪頭髮賣買棺材。(丑)他那般無錢，如何得有一所墳墓？(末)他去空山裏，裙包土，血流指，感得神明助，與他築墳臺。

(一)(末)却往那裏去？(丑)奉蔡相公差來的：兩句原闕，據《八能奏錦》補。

（丑）自古道：孝感天地，果然有此。小娘子如今在那裏？

【前腔】（末）他如今徑往帝都來。（丑）他把甚麼做盤纏？（末）我不瞞你。他手彈着琵琶做乞丐。（生）蔡相公特地差小人來取他父母妻子。如今太老爺、太夫人既死了，小夫人又去了，如何是好？（末）你謾着，〔一〕我與你説與他父母知道便了。老員外、老安人，你孩兒做官，〔二〕如今差人來取你到京，同享富貴，你去不去？（哭介）叫他不應魂何在？〔三〕空教我珠淚盈腮。（丑）公公，你休啼哭，小人回去，教俺相公多做些功果，〔四〕追薦便了。（末）他生不能養，死不能葬，葬不能祭，〔五〕這三不孝逆天罪大，空設醮，枉修齋。

你相公如今在那裏？〔六〕（丑）入贅牛丞相府裏。

〔一〕（末）你謾：原闕，據《八能奏錦》補。

〔二〕孩兒做：原闕，據《八能奏錦》補。

〔三〕叫他不：原闕，據《八能奏錦》補。

〔四〕回去教：原闕，據《八能奏錦》補。

〔五〕能葬葬：原闕，據《八能奏錦》補。

〔六〕你相：原闕，據《八能奏錦》補。

【前腔】（末）[一]小哥，你如今疾忙便回，説我張老的道與蔡伯喈。（丑）道甚麼來？[二]（末）道你拜別人的爹娘好美哉，親爹娘死，不值你一拜！（丑）[三]你休錯埋冤了人。他要辭官，官裏不從；辭婚，我太師不從。也只是没奈何了。[四]（末）恁的呵，元來他也是無奈，好似鬼使神差。[五]他當元在家不肯赴選，他爹爹不從他。這是三不從把他厮禁害，[六]三不孝亦非其罪。（丑）公公，你險些錯埋冤了人。（末）這是他爹娘福薄運乖，[七]人生裏都是命安排。

（丑）敢問公公高姓？[八]（末）老漢不是別人。張太公的便是。當初蔡伯喈臨去之時，[九]把父母囑付與

[一]【前腔】（末）：原闕，據《八能奏錦》補。
[二]道甚麼：原闕，據《八能奏錦》補。
[三]一拜（丑）：原闕，據《八能奏錦》補。
[四]不從也：原闕，據《八能奏錦》補。
[五]使神差：原闕，據《八能奏錦》補。
[六]把他厮：原闕，據《八能奏錦》補。
[七]（末）這是：原闕，據《八能奏錦》補。
[八]（丑）敢：原闕，據《八能奏錦》補。
[九]蔡伯：原闕，據《八能奏錦》補。

我。如今他父母身死，小娘子又去京都尋他，〔一〕將近去了個半月日。你如今回去，一路上但見一個婦人，〔二〕道姑打扮，拿着琵琶，背着一軸真容的，便是你相公的夫人，〔三〕你把盤纏好好承值他去便了。

（丑）這個理會得。〔四〕小人告別了。

雙親死了已無依，今日回來也是遲。
夜静水寒魚不餌，滿船空載月明歸。

〔一〕娘子：原闕，據《八能奏錦》補。
〔二〕路上：原闕，據《八能奏錦》補。
〔三〕的便：原闕，據《八能奏錦》補。
〔四〕這個：原闕，據《八能奏錦》補。

詞珍雅調

戲曲、散曲與時曲選集。以類相從(如《翰苑詞珍》元集有『分勉學類』『别親赴選類』『英才赴選親朋餞别類』『英才赴選夫妻分别類』『英才遠行類』等)。現存刻本封面總題爲《詞珍雅調》,實係後人補題。此書正文首頁、目録、版心,或作《彙選古今詞宗》,或作《詞林正體》,或作《詞林正本》,或作《詞珍》,或作《遺懷雅調》等。郭英德認爲,此書原本應題爲《彙選古今詞宗》或《詞林正體》。此書各卷題署,多爲『豫人李子彙選,金陵書肆繡梓』。惟《翰苑詞珍》亨集署『豫人李子彙選,胡東塘堂繡梓』。現存明刻本。凡四函,函五册。其中,《翰苑詞珍》選收的《琵琶記》散齣有《蔡伯皆辭親赴試》(附《伯皆别妻赴選》)、《蔡伯皆赴試》、《趙五娘對鏡憶夫》、《蔡伯皆及第》、《蔡伯皆祝壽》、《牛丞相招蔡伯皆爲婿》等七齣,輯録如下。

蔡伯皆辭親赴試

【謁金門】春夢斷，臨鏡緑雲撩亂。聞道才郎遊上苑，又添離別嘆。○苦被爹行逼遣，默默此情何限。骨肉一朝成拆散，可憐難捨難拚。

○解元，雲情雨意，豈可拋兩月之夫妻；雪鬢霜鬟，竟不念八旬之父母？功名之念一起，甘旨之心頓忘，是何道理？○娘子，膝下遠離，豈無眷戀之意？奈高堂力勉，不聽分剖之辭。教卑人如何是好？○我猜着你了。

【忒忒令】你讀書思量做狀元，我只怕你學疏才淺。○那見得學疏才淺？○只是你《孝經》《曲禮》，早忘了一段。○我不曾忘了。○却不道夏清與冬温，昏須定，晨須省，親在遊怎遠？○我哭哀哀推辭了萬千。○張太公如何說？○他鬧炒炒抵死來相勸。將我深罪，不由人分辯。○他罪你如何說？○他道我戀新婚，逆親言，貪妻愛，不肯去赴選。

【沉醉東風】你爹行見得好偏，只一子不留在身伴。解元，我和你去說。○我和你去。○夫，我若去時節呵，他只道我不賢，將伊迷戀。苦！這其間怎不悲怨？（合）爲爹淚漣，爲娘淚漣，何曾爲着夫妻意掛牽？

【前腔】做孩兒節孝怎全？做爹行不從人幾諫。○既爲人子，不當恁的說。○也非是我自埋

怨，只愁他影隻形單，我出去有誰看管？（合前）

娘子，爹媽出來，且拭了眼淚。

【臈梅花】孩兒出去在今日中，爹爹媽媽來相送。但願得魚化龍，青雲得路，桂枝高折步蟾宫。

孩兒，安排行李了未？○安排了。○安排既了，如何不去？○孩兒没別事，只等張太公來，把爹媽托付與他，早晚應承，孩兒庶可放心前去。○張太公早來。○仗劍對尊酒，恥爲遊子顔。所志在功名，離別何足嘆。○卑人如今出去，家中更無親人。爹媽年老衰倦，一個媳婦，只是女流之輩，他理會得什麽？凡事全賴太公相與扶持，早晚看管；家中欠缺，亦望周濟。昨日已蒙親許，今日特此拜懇。卑人稍有寸進，自當效結草啣環之報，決不忘恩。○受人之托，必當終人之事；况一言既出，駟馬難追。昨日已許秀才，去後決不相誤。○多謝太公！○孩兒去罷。○孩兒拜辭爹媽便去。

【園林好】兒今去，爹媽休得要意懸，兒今去明年便還。但願得雙親康健，（合）須有日拜堂前。

【前腔】我孩兒不須掛牽，爹只望孩兒貴顯。若得你名登高選，（合）須早把信音傳。

【江兒水】膝下嬌兒去，堂前老母單，臨行時只得密縫針綫。眼巴巴望着關山遠，冷清清倚定門兒盼。教我如何消遣？（合）要解愁煩，須是頻寄音書回轉。

【前腔】妾的衷腸事，有萬千，説來只恐添愁絆。六十日夫妻恩情斷，八十歲父母教誰看管？教我如何不怨？（合前）

【五供養】貧窮老漢，托在隣家，事體相關。此行須勉强，不必恁留連，你爹娘早晚裏我專來陪伴。丈夫非無淚，不灑別離間。（合）骨肉分離寸腸斷。

【前腔】公公可憐，俺的爹娘望你週全。此身還貴顯，自當效啣環。○有孩兒也枉然，你爹娘到教別人來看管。此際情何限，偷把淚珠彈。（合前）

【玉交枝】別離休嘆，我心中非不痛酸。非爹苦要輕拆散，也只是圖你榮顯。○蟾宫桂枝須早扳，北堂萱草時光短。（合）又未知何日再圓？又未知何日再圓？○雙親衰倦，你扶持看他老年。飢時勸他加飡飯，寒時頻與衣穿。○做媳婦事舅姑，不待你言；你做孩兒離父母，何日返？（合前）

【川撥棹】歸休晚，莫教人凝望眼。○但有日回到家園，怕回來雙親老年。（合）怎教人心放寬？不由人不淚漣。○我的埋怨怎盡言？我的一身難上難。○娘子，你寧可將我來埋怨，莫把我爹娘冷眼看。（合前）

【尾聲】生離死別都休嘆，但願得名登高選。衣錦還鄉，教人作話傳。

附：伯皆別妻赴選

【犯尾序】無限别離情，纔和你兩月夫妻，一旦孤另。此去經年，望着迢迢玉京思省。奴不慮山遥路遠，奴不慮衾寒枕冷。奴只慮公婆没主，撇得他一旦冷清清。

【前腔】何曾，想着那功名？欲盡子情，難拒親命。我年老爹娘，望伊家看承。畢竟，休怨朝雲暮雨，須替我冬温夏清。思量起，如何教我割捨得眼睁睁？

【前腔】你儒衣纔换青，快着鞭，早辦回程。只怕十里紅樓，休得重婚娉婷。叮嚀，不念芙蓉帳冷，也思親桑榆暮景。親囑付，知他記否？空自語惺惺。

【前腔】寬心須待等，肯戀花柳，甘爲萍梗？只怕萬里關山，那更音信難憑。須聽，没奈何分情破愛，誰下得虧心短行？從今去，相思兩處，一樣淚盈盈。

【鷓鴣天】萬里關山萬里愁，一般心事一般憂。親幃暮景應難保，客館風光怎久留？他那裏，謾凝眸，正是馬行十步九回頭。歸家只恐傷親意，覺淚汪汪不斷流。

蔡伯皆赴試

【甘州歌】衷腸悶損，嘆路途千里，日日思親。青梅如豆，難寄隴頭音信。高堂已添雙鬢雪，客路空瞻一片雲。（合）途中味，客裏身，争如流水蘸柴門？休回首，欲斷魂，數聲啼鳥不堪聞。

【前腔】風光正暮春，縱然勞役，何必愁悶？緑陰紅雨，征袍上染惹芳塵。雲梯月殿圖貴顯，水宿風飡莫厭貧。（合）乘桃浪，躍錦鱗，一聲雷動過龍門。[一] 榮歸去，緑綬新，休教妻嫂笑蘇秦。

【前腔】誰家近水濱，見畫橋烟柳，朱門隱隱。鞦韆影裏，墻頭上露出紅粉。[二] 他無情笑語聲漸杳，[三] 却不道惱殺多情墻外人。（合）思鄉遠，愁路貧，肯如十度謁侯門？行看取，朝紫宸，鳳池鰲禁聽絲綸。

【前腔】遥觀霧靄昏，想洛陽宮闕，行行將近。程途勞倦，欲待要共飲芳樽。垂楊驟馬莫暫停，枯樹昏鴉栖漸盡。（合）天將暝，日已曛，一聲殘角斷樵門。尋宿處，行步緊，前村燈火已黄昏。

[一] 動：原作『勸』，據汲古閣刊本《繡刻琵琶記定本》改。

[二] 露：原作『路』，據汲古閣刊本《繡刻琵琶記定本》改。

[三] 漸：原作『笑』，據汲古閣刊本《繡刻琵琶記定本》改。

【餘文】向人家，忙投奔，解鞍沽酒共論文，今夜裏雨打梨花深閉門。

趙五娘對鏡憶夫

【四朝元】春闈催赴，同心帶綰初。嘆《陽關》聲斷，送別南浦，早已成間阻。謾羅襟淚漬，謾羅襟淚漬，和那琴瑟塵埋，錦被羞鋪。寂寞瓊窗，蕭條朱户，空把流年度。嗏，瞑子裏自尋思，妾意君情，一旦如朝露。君行萬里途，妾受萬般苦。君還念妾，迢迢遠遠，也須回顧。

【前腔】朱顏非故，緑雲懶去梳。奈畫眉人遠，傅粉郎去，鏡鸞羞自舞。把歸期暗數，把歸期暗數，只見雁杳魚沉，鳳隻鸞孤。緑遍汀洲，又生芳杜。空自思前事，嗏，日近帝王都。芳草斜陽，教我望斷長安路。君身豈蕩子，妾非蕩子婦。其間就裏，千千萬萬，有誰堪訴。

【前腔】輕移蓮步，堂前問舅姑。怕食缺須進，衣綻須補，要行時須與扶。奈西山暮景，奈西山暮景，教我倩着誰人，傳與我的兒夫。你身上青雲，只怕親歸黄土，臨別也曾多祝付。嗏，這那些個意孜孜，只怕十里紅樓，貪戀着人豪富。雖然是忘了奴，也須念父母。無人説與，凄凄冷冷，怎生辜負？

【前腔】文場選士，紛紛都是才俊徒。少甚麼鏡分鸞鳳，都要榜登龍虎，偏是他將奴誤。也不索氣蠱，也不索氣蠱，既受托了蘋蘩，有甚推辭？索性做個孝婦賢妻，也落得名標青史，不枉受了些閒悽楚。嗏，俺這裏自支吾，休得污了他的名兒，左右與他相回護(一)。丈夫，你便做腰金衣紫，須記得荆釵與裙布。一場愁緒，堆堆積積，宋玉難賦。

蔡伯皆及第

【山花子】玳筵開處遊人擁，争看五百英雄。喜鰲頭一戰有功，荷君恩，奏詞鋒。(合)太平時車馬一同，干戈盡戢文教崇，人間此時魚化龍。留取瓊林，勝景無窮。

【前腔】三千禮樂如泉湧，一筆掃萬丈長虹。看奎光飛躔紫宫，光摇萬玉班中。(合前)

【前腔】青雲路通，一舉能高中，三千水擊飛冲。又何必扶桑掛弓？也强如劍倚在崆峒。(合前)

【前腔】恩深九重，絡繹八珍送，無非翠釜駝峰。看吾皇待賢傒隆，也不枉十年窗下把書來攻。(合前)

【紅繡鞋】猛拚沉醉東風，東風。倩人扶上玉驄，玉驄。歸去路，畫橋東。花影亂，日曚曨。笙歌沸，引紗籠。

(一) 護：原作『互』，據汲古閣刊本《繡刻琵琶記定本》改。

【意不盡】今宵添上繁華夢，明早遥聽清禁鐘。皇恩謝了，鵷行豹尾陪侍從。(一)

蔡伯皆祝壽

【錦堂月】簾幕風柔，庭幃晝永，朝來峭寒輕透。親在高堂，一喜又還一憂。惟願取百歲椿萱，長似三春花柳。(合)酌春酒，看取花下高歌，共祝眉壽。

【前腔】輻輳，獲配鸞儔。深慚燕爾，持杯自覺嬌羞。怕難主蘋蘩，不堪侍奉箕箒。惟願取諧老夫妻，長侍奉暮年姑舅。(合前)

【前腔】還愁，白髮蒙頭。紅英滿眼，心驚去年時候。只恐時光催人去，也難留。惟願取黄卷青燈，及早換金章紫綬。(合前)

【前腔】還憂，松竹門幽。桑榆暮景，明年知他健否？嘆蘭玉蕭條，一朵桂花難茂。惟願取連理芳年，得早遂孫枝榮秀。(合前)

【醉翁子】回首，嘆瞬息烏飛兔走。喜爹媽雙全，謝天相佑。不謬，況清淡安閒樂事，如今更誰有？(合)相慶處，但酌酒高歌，共復何求？

(一) 陪：原闕，據汲古閣刊本《繡刻琵琶記定本》補。

【前腔】卑陋，論做人要光前耀後。勸我兒，青雲萬里，早當馳驟。聽剖，真樂在田園，何必區區公與侯？（合前）

【僥僥令】春花明綵袖，春酒泛金甌。但願歲歲年年人長在，父母共夫妻相勸酬。

【前腔】夫妻好廝守，父母願長久。坐對送青排闥春山好，看將緑水遶田疇，野水悠。

【尾聲】山青水緑還依舊，嘆人生青春難又，惟有快樂是良謀。

牛丞相招蔡伯皆爲婿

【畫眉序】扳桂步蟾宫，豈料絲蘿在喬木。喜書中今朝有女如玉，堪觀處絲幕牽紅，恰正是荷衣穿緑。（合）這回，好個風流婿，偏稱洞房花燭。

【前腔】君才冠天禄，我的門楣稍賢淑。看相輝清潤，瑩然冰玉。光掩映，孔雀屏開；花爛熳，芙蓉隱褥。（合前）

【前腔】頻催少膏沐，金鳳斜飛鬢雲矗。喜逢蕭史，愧非弄玉。清風引珮下瑶臺，明月照粧成金屋。（合前）

【前腔】湘裙顫六幅，天上嫦娥降塵俗。喜藍田種成雙玉。風月賽閬苑三三，雲雨笑巫山六六。（合前）

【滴溜子】[一]謾説道姻緣好，果諧鳳卜。細思之此事非吾意欲。有人在高堂孤獨。可惜新人笑語喧，不知舊人在何處哭。兀的東床難教坦腹。

【鮑老催】翠眉謾蹙，赤繩已繫夫婦足，芳名注定婚姻牘。空嗟怨，枉嘆息，休推故。畫堂富貴如金谷，休戀故鄉深處好，受恩深處親骨肉。

【滴溜子】金猊寶鼎香馥郁，銀海瓊舟泛醽醁，輕飛翠袖呈嬌舞。轉鶯喉，謳麗曲，歌聲斷續，持觴勸酒人共祝。人共祝，百年夫婦永諧和睦。

【鮑老催】意深愛篤，文章富貴珠萬斛，天教艷質爲眷屬。好一似蝶戀花，鳳棲梧，鸞停竹。男兒有書須勤讀，書中自有黄金屋，也有千鍾粟。

【雙聲子】郎多福，郎多福，着紫綬黄金束。娘分福，娘分福，着花誥紋犀軸。兩意篤，兩意篤。豈非福，豈非福。似紋鸞彩鳳，兩兩相逐。

【尾聲】郎才女貌真不俗，占斷人間天上福，百歲榮華萬事足。

[一] 溜：原作『流』，據汲古閣刊本《繡刻琵琶記定本》改。下同改。

方來館合選古今傳奇萬錦清音

戲曲、散曲選集。清方來館主人選輯。現存清順治十八年（1661）刻本。凡四卷。全書分風、花、雪、月四集。葉分兩欄，上欄爲散曲和劇曲套曲選集，下欄爲戲曲散齣選集。選收《琵琶記》等戲曲散齣八十一齣。所選戲曲曲白俱全。其中風集選收《琵琶記》之《送別南浦》《琴訴荷池》《書館悲逢》三齣，輯録如下。

送別南浦

【謁金門】（旦扮趙五娘上）春夢斷，臨鏡緑雲撩亂。聞道才郎遊上苑，又添離別嘆。（生上）苦被爹行逼遣，脉脉此情何限。（合）骨肉一朝輕拆散，可憐難捨拚。

（旦）官人，雲情雨意，雖可拋兩月之夫妻；雪鬢霜鬟，竟不念八旬之父母？功名之念一起，甘旨之心頓忘，是何道理？（生）娘子，膝下遠離，豈無眷戀之意？奈高堂力勉，不聽分剖之辭。咳！教卑人如何是好？（旦）呀！官人，我猜着你了。

【忒忒令】（旦）你讀書思量做狀元，我只怕你學疏才淺。（生）娘子，那見我學疏才淺？（旦）官人，只這《孝經》《曲禮》，你早忘了一段。（生）咳！我幾曾忘了？（旦）却不道夏清與冬温，昏須定，晨須省，[一]親在遊怎遠？

【前腔】（生）娘子，我哭哀哀推辭了萬千。（旦）那張太公如何説？（生）他鬧炒炒抵死來相勸。（旦）官人，你不去時，也須由你。（生）將我深罪，不由人分辨。（旦）罪你甚的？（生）他道我戀新婚，逆親言，貪妻愛，不肯去赴選。

【沉醉東風】（旦）你爹行見得好偏，只一子不留在身畔。官人，公婆如今在那裏？（生）在堂上。（旦）既在堂上，我和你去説。（作行又住介）（生）娘子，你怎的又不去了？（旦）罷！罷！我若和你去説時節呵，他只道我不賢，要將伊迷戀。苦！這其間教人怎不悲怨？（合）爲爹淚漣，爲娘淚漣，何曾爲着夫妻上掛牽？

【前腔】（生）做孩兒節孝怎全？做爹行不從幾諫。（旦）官人，你爲人子的，不當恁地埋冤他。（生）非是我要埋冤，只愁他影隻形單，我出去有誰來看管？（合前）

[一] 夾批：晨：音『陳』。

（生）呀！爹媽來了。娘子，你且揾了眼淚。

【臘梅花】（外、净上）孩兒出去在今日中，爹爹媽媽來相送。但願魚化龍，青雲得路，桂枝高折步蟾宫。

（見介）（外）孩兒，你行李收拾了未？（生）行李收拾已了。（外）既收拾了，如何不去？（净）老賊！他若出去，家中别無第二人，止有一個媳婦，如何不分付幾句？（生）孩兒没别事，只等張太公來，把爹媽拜托與他，教他早晚照顧，孩兒庶可放心前去。（旦）呀！張太公早來。（末）仗劍對樽酒，恥爲遊子顔。所志在功名，離别何足嘆。（衆見介）（生）大公，卑人如今出去，家中並無親人。爹媽年老，只有一個媳婦，他是女流，理會得甚麽？凡事全賴公公相與扶持；家中倘有些小欠缺，亦望公公周濟。昨日已蒙親許，今日特此拜懇。卑人倘有寸進，自當效結草啣環之報，決不敢忘大恩。（末）秀才，受人之托，必當忠人之事；况一言既出，駟馬難追。昨日已許秀才，去後決不相誤。（生）如此多謝公公！（外）孩兒，既蒙張太公金諾，必不食言，你可放心早去。（生）孩兒就此拜辭爹媽便去。（拜介）

【園林好】（生）兒今去爹媽休得要意懸，兒今去經年便還。但願得雙親康健，（合）須有日拜堂前，須有日拜堂前。

【前腔】（外）我孩兒不須掛牽，爹只望孩兒貴顯。若得你名登高選，（合）須早把信音傳，須早把信音傳。

【江兒水】（浄）膝下嬌兒去，堂前老母單，臨行密密縫針綫。眼巴巴望着關山遠，冷清清倚定門兒盼。（生）母親且自寬懷消遣。（浄）教我如何消遣？（合）要解愁煩，須是寄個音書回轉。

【前腔】（旦）妾的衷腸事，有萬千，（生）娘子，你有甚麼事，當説與我知道。（旦）説來又恐添縈絆。（生）娘子，有甚縈絆？（旦）六十日夫妻恩情斷，八十歲父母教誰看管？（生）娘子，你這般説，莫不怨着我麼？（旦）教我如何不怨？（合前）

【五供養】（末）貧窮老漢，忝在隣家，事體相關。秀才，此行雖勉强，不必恁留連，（生）卑人去後，只慮父母獨自在堂，難度歲月。（末）秀才放心。你爹娘早晚、早晚間吾當陪伴。（生悲科）（末）丈夫非無淚，不灑別離間。（合）骨肉分離，寸腸割斷。

【前腔】（生跪告末科）公公可憐，俺爹娘望你周全。（末扶起科）（生）此身還貴顯，自當效啣環。（旦挽生背科）有孩兒也枉然，你爹娘到教別人看管。此際情何限，冷把淚珠彈。（合前）

【玉交枝】（外）別離休嘆，我心中非不痛酸。孩兒，非爹苦要輕拆散，也只是圖你榮顯。（浄）孩兒，蟾宫桂枝須早攀，北堂萱草時光短。（合）又未知何日再圓？又未知何日再圓？

【前腔】（生）雙親衰倦，娘子，你扶持看他老年。飢時勸他加飡飯，寒時頻與衣穿。（旦）官人，我做媳婦事舅姑，不待你言；你做孩兒離父母，何日返？（合前）

【川撥棹】（外）孩兒，歸休晚，莫教人凝望眼。（生）但有日回到家園，但有日回到家園，怕回來雙親老年。（合）怎教人心放寬？ 不由人不淚漣。

【前腔】（旦）官人，我的埋冤怎盡言？（生）你埋冤我如何？（旦）我的一身難上難。（生）娘子，你寧可將我來埋冤，寧可將我來埋冤，莫將我爹娘冷眼看。（合前）

【餘文】（合）生離遠別何足嘆，但願得你名登高選。衣錦還鄉，教人作話傳。

（生）此行勉强赴春闈，（外）專望明年衣錦歸。

（淨）世上萬般哀苦事，（合）無過遠別共生離。

（外、淨、末下）（旦吊場）（旦）官人，你如何割捨得便去了？（生）咳！ 教卑人如何是好？（共悲科）

【尾犯引】（旦）懊恨別離輕，悲豈斷絃，愁非分鏡。只慮高堂，風燭不定。（生）腸已斷，欲離未忍；淚難收，無言自淋。（合）空留戀，天涯海角，只在須臾頃。

【尾犯序】（旦）無限別離情，兩月夫妻，一旦孤另。官人，你此去經年，望迢迢玉京思省。（生）娘子，你思省甚麽來？ 莫不慮着山遥水遠麽？（旦）奴不慮山遥水遠。（生）莫不慮着衾寒枕冷麽？（旦）奴不慮衾寒枕冷。 奴只慮，公婆没主，一旦冷清清。

【前腔換頭】（生）我何曾，想着那功名？（旦）官人，你不想着功名，如今又去怎的？（生）欲盡子情，難拒親命。娘子，年老爹娘，望伊家看承。畢竟，你休怨着朝雲暮雨，暫替我冬温夏清。

思量起，如何教我割捨眼睁睁？

【前腔】（旦）官人，你儒衣纔换青，快着歸鞭，蚤辦回程。十里紅樓，休戀着娉婷。叮嚀，不念我芙蓉帳冷，也思親桑榆暮景。咳！我頻囑付，知他記否？空自語惺惺。

【前腔】（生）娘子，你寬心須待等，我肯戀花柳，甘爲萍梗？只怕萬里關山，那更音信難憑。須聽，没奈何分情破愛，誰下得虧心短行？從今去，相思兩處，一樣淚盈盈。

（旦）官人此去，千萬早早回程。（生）卑人有父母在堂，豈敢久戀他鄉？（旦）須是早寄個音信回來。（生）音信不妨，只怕關山阻隔。（拜别科）

【鷓鴣天】（生）萬里關山萬里愁，（旦）一般心事一般憂。（生）桑榆暮景愁難保，客館風光怎久留？（生下）（旦）他那裏，謾凝眸，正是馬行十步九回頭。歸家只恐傷親意，閣淚汪汪不敢流。（下）

琴訴荷池

【一枝花】（生扮蔡伯皆上）閒庭槐影轉，深院荷香滿。簾垂清晝永，怎消遣？十二闌干，無事閒凭遍。悶來湘簟展，夢到家山，又被翠竹敲風驚斷。

〔南鄉子〕翠竹影摇金，水殿簾櫳映緑陰。人静晝長無個事，沉吟，碧酒金樽懶去斟。幽恨苦相尋，離别經年没信音。寒暑相催人易老，關心，却把閒愁付玉琴。院子，將琴書過來。（末應將琴書上）黄卷看來消白日，朱絃動處引清風。炎蒸不到朱簾下，人在瑶池閬苑中。相公，琴書在此。（生）院子，你與我唤那兩個學僮過來。（末叫介）（副净執扇、丑捧香爐上）㈠

【金錢花】（副净、丑）自少承直書房，書房；快活其實難當，難當。只管打扇與燒香，荷亭畔，好乘涼。喫飽飯，上眠床。

（見科）（生取琴科）我在先得此材於爨下，斲成此琴，名曰焦尾。自來此間，久不整理。今日當此清涼，試操一曲，以舒悶懷。你三人一個打扇，一個燒香，一個管文書，休得慢誤了。（衆）領鈞旨。（生操琴介）

【懶畫眉】（生）强對南薰奏虞絃，只覺指下餘音不似前，那些個流水共高山？呀！只見滿眼風波惡，似離别當年懷水仙。

（副净困掉扇科）（末）告相公，打扇的壞了扇。（生）背起打十三！那厮不中用，只教他燒香。（末）領鈞旨。（换科）

【前腔】（生）頓覺餘音轉愁煩，似寡鵠孤鴻和斷猿，又如别鶴乍離鸞。呀！只見殺聲在絃中

㈠ 爐：原作『蘆』，據文義改。

見，敢只是螳螂來捕蟬？

（丑困滅香科）（副浄）告相公，燒香的滅了香。（生）背起打十三！那厮不中用，只教他管文書。（末）領鈞旨。（换科）

【前腔】（生）藍田日暖玉生烟，似望帝春心托杜鵑，好姻緣翻做惡姻緣。只怕眼底知音少，争得鸞膠續斷絃。

（末困掉文書科）（丑）告相公，管文書的亂了文書。（生）背起打十三！（貼扮牛氏上）（生）左右，夫人來也，且各迴避。（衆）正是：有福之人人伏侍，無福之人伏侍人。（末、副浄、丑下）

【滿江紅】（貼）嫩緑池塘，梅雨歇薰風乍轉。瞥然見新涼華屋，已飛乳燕。簟展湘波紈扇冷，歌傳《金縷》瓊巵暖。（衆）炎蒸不到水亭中，珠簾捲。

（見介）（貼）相公元來在此操琴呵。（生）夫人，我當此清涼，聊托此以散悶懷。（貼）奴家久聞相公高於音樂，如何來到此間，絲竹之音，杳然絶響？斗膽請再操一曲，相公肯麼？（生）夫人待要聽琴，彈甚麽曲好？我彈一曲《雉朝飛》何如？（貼）這是無妻的曲，不好。（生）呀！説錯了。如今彈一曲《孤鸞寡鵠》何如？（貼）兩個夫妻正團圓，説甚麽孤寡！（生）不然彈一曲《昭君怨》何如？（貼）兩個夫妻正和美，説甚麽宫怨！相公，當此夏景，只彈一曲《風入松》好。（生）這個恰好。（作彈科）（貼）相公，你彈錯了。（生）呀！到彈出《思歸引》來。待我再彈。（貼）相公，你又彈錯了。（生）呀！

又彈出個《別鶴怨》來。（貼）相公，你如何恁的會差？莫不是故意賣弄，欺侮奴家？（生）豈有此心？只是這絃不中用。（貼）這絃怎的不中用？（生）俺只彈得舊絃慣，這是新絃，俺彈不慣。（貼）舊絃在那裏？（生）舊絃撇下多時了。（貼）爲甚撇了？（生）只爲有了這新絃，故撇了那舊絃。（貼）相公何不撇了新絃，用那舊絃？（生）夫人，我心裏豈不想那舊絃？只是新絃又撇不下！（貼）罷！罷！你新絃既撇不下，還思量那舊絃怎的？我想來只是你心不在焉，特地有許多説話。

【桂枝香】（生）夫人，舊絃已斷，新絃不慣。舊絃再上不能，待撇了新絃難拚。我一彈再鼓，一彈再鼓，又被宮商錯亂。（貼）相公，你敢是心變了麽？（生）非干心變，這般好涼天。正是此曲纔堪聽，又被風吹別調間。

【前腔】（貼）相公，非彈不慣，只是你意慵心懶。既道是《寡鵠孤鸞》，又道是《昭君宮怨》。那更《思歸》《別鶴》，《思歸》《別鶴》，無非愁嘆。相公，我看你心中多敢是想着誰來？（生）夫人，我不想着甚麽人。（貼）相公，有何難見？你既不然，呀！我理會得了。你道是除了知音聽，道我不是知音不與彈。

（生）夫人，那有此意？（貼）相公，這個也由你，畢竟是無心去彈。何似教惜春安排酒來，與你消遣何如？（生）我懶飲酒，待去睡也。（貼）相公休阻妄意。老姥姥、惜春，看酒過來。（淨、丑持酒上）

【燒夜香】（淨）樓臺倒影入池塘，緑樹陰濃夏日長，（丑）一架荼蘼滿院香。（合）滿院香，和你飲霞觴。捲起簾兒，明月正上。

（淨、丑）小姐，酒餚在此。（貼）斟酒過來。（作送生酒科）

【梁州新郎】【梁州序】（貼）新篁池閣，槐陰庭院，日永紅塵隔斷。碧闌干外，寒飛漱玉清泉。只覺香肌無暑，素質生風，小簟瑯玕展。晝長人困也，好清閒，忽被棋聲驚晝眠。【賀新郎】（合）《金縷》唱，碧筒勸，向冰山雪巘排佳宴。(一) 清世界，幾人見？

【前腔】（生）薔薇簾幕，荷花池館，一點風來香滿。湘簾日永，香銷寶篆沉烟。謾有枕欹寒玉，扇動齊紈，怎遂得黃香願？（彈淚科）（貼）相公，你爲甚的掉下淚來？（生）猛然心地熱，透香汗，我欲向南窗一醉眠。（合前）

【前腔】（貼）向晚來雨過南軒，見池面紅粧零亂。漸輕雷隱隱，雨收雲散。只覺荷香十里，新月一鈎，此景佳無限。蘭湯初浴罷，晚粧殘，深院黃昏懶去眠。（合前）

（中闋） 鳳侶添愁，魚書絶寄，空勞兩處相望。青鏡瘦顔羞照，寶瑟清音絶響。歸夢杳，繞屏山烟樹，那是家鄉？

〔踏莎行〕怨極愁多，歌慵笑懶，只因添個鴛鴦伴。他鄉遊子不能歸，高堂父母無人管。湘浦魚沉，衡陽

（一） 夾批：巘：音『餡』。

雁斷，音書要寄無方便。人生光景幾多時，蹉跎負却平生願。

【雁過聲】思量，那日離故鄉。記臨期送別多惆悵，(一)攜手共那人不厮放。教他好看承，我爹娘，料他每應不會遺忘。聞知飢與荒，只怕捱不過歲月難存養。若望不見我信音，却把誰倚仗？

【二犯漁家傲】思量，幼讀文章，論事親爲子也須要成模樣。真情未講，怎知道喫盡多魔障？被親强來赴選場，被君强官爲議郎，被婚强傚鸞凰。三被强，我衷腸事説與誰行？埋怨難禁這兩廂：【雁過聲】這壁廂道咱是個不撑達害羞的喬相識，那壁廂道咱是個不睹親負心的薄倖郎。

【二犯漁家燈】悲傷，鷺序鴛行，怎如那慈烏反哺能終養？謾把金章，綰着紫綬；試問班衣，今在何方？班衣罷想，縱然歸去，又恐怕帶麻執杖。【雁過聲】只爲那雲梯月殿多勞攘，落得淚雨如珠兩鬢霜。

【喜魚燈】幾回夢裏，忽聞鷄唱。忙驚覺錯呼舊婦，(二)同問寢堂上。待朦朧覺來，依舊新人鴛

(一) 夾批：惆：音『籌』。

(二) 夾批：覺：音『叫』。

【雁過聲】俺幃鳳衾和象床。怎不怨香愁玉無心緒？更思想，被他攔擋。教我，怎不悲傷？這裏歡娛夜宿芙蓉帳，他那裏寂寞偏嫌更漏長。

【錦纏道犯】謾悒怏，把歡娛翻成悶腸。菽水既清涼，我何心，貪着美酒肥羊？悶殺人花燭洞房，愁殺我掛名在金榜。魆地裏自思量，(一)【雁過聲】正是在家不敢高聲哭，只恐人聞也斷腸。(二)

(生)院子那裏？(末上)有問即對，無問不答。相公有何分付？(生)院子，你是我心腹之人，有一件事和你商量；你休要走了我的消息。(末)小人安敢？(生)我自從離了父母妻室，來此赴選。不擬一擢高科，拜授當職。將謂數月之後，可作歸計，誰知又被牛太師招爲門婿。一向逗留在此，不得還家，故此要和你商量個計策。(末)相公，自古道：不鑽不穴，不道不知。小人每常間見相公憂悶不樂，豈知就裏？相公何不説與夫人知道？(生)院子，我夫人雖則賢慧，爭奈老相公之勢，炙手可熱。待説與夫人知道，一霎時老相公得知，只道我去了不來，如何肯放？不如姑且隱忍，和夫人都瞞了，別尋個歸計。(末)是。老相公若還知道，如何肯放相公回去？(生)院子，我如今要寄一封書家去，没個方便的人；欲待使人逕去，又怕老相公知道。你與我到街坊上體探，倘有我鄉里人在此，待我寄一封

(一) 夾批：魆：音『戚』。
(二) 夾批：江邊可説『猿聞』，在家不可説『猿聞』，況有『恐』『也』二字，該用『人聞』二字。今從古本正之。

家書回去。（末應介）小人就去。

（生）終朝長相憶，（末）尋便寄書尺。

（合）眼望旌捷旗，耳聽好消息。

書館悲逢

【鵲橋仙】（生上）被香侍宴，上林遊賞，醉後人扶馬上。金蓮花炬照回廊，正院宇梅梢月上。

日晏下彤闈，平明登紫閣。何如在書案，快哉天下樂。自家早臨長樂，夜直嚴更。召問鬼神，或前宣室之席；光傳太乙，時頒天禄之藜。惟有戴星衝黑出漢宫，安能滴露研硃點《周易》？俺這幾日且喜朝無繁政，官有餘閒，庶可留志於詩書，從事於翰墨。正是：事業要當窮萬卷，人生須是惜分陰。（作看書介）這是甚麽書？是《尚書》。呀！這《堯典》説道：『虞舜父頑母嚚象傲，克諧以孝。』呸！他父母那般相待他，他尚自克諧以孝。我父母恁般爲愛我，（悲介）我到不能彀奉養他，看甚麽《尚書》！（又作簡看科）這是甚麽書？原來是《春秋》。呀！《春秋》中潁考叔曰：『小人有母，未嘗君之羹，請以遺之。』咳！他有一口羹湯喫，兀自尋念着娘。我如今做官享禄，到把父母撇了。看甚麽《春秋》！天那！枉看這書，行不得，濟什麽事？你看書中那一句不説着孝義？當初俺父母教我讀詩書，知孝義，誰知道反被詩書誤了我，還看他怎的？

【解三醒】嘆雙親把兒指望，教兒讀古聖文章。似我會讀書的，到把親撇漾。少甚麽不識字的，到得終奉養。書呵，我只爲其中自有黄金屋，反教我撇却椿庭萱草堂。還思想，畢竟是文章誤我，我誤爹娘。

【换頭】比如我做個負義虧心臺館客，到不如守義終身田舍郎。《白頭吟》記得不曾忘，緑鬢婦何故在他方？書呵，我只爲其中有女顔如玉，反教我撇却糟糠妻下堂。還思想，畢竟是文章誤我，我誤妻房。

書既懶看他，且看這壁間山水古畫，散悶則個。呀！這一軸畫像，是我昨日在彌陀寺中燒香拾得的，如何院子也將來掛在此間？待我且看什麽故事。

【太師引】細端詳，這是誰筆仗？覷着他，教我心兒好感傷。（細看介）好似我雙親模樣。呀！差矣。我的媳婦會針指，便做是我的爹娘呵，怎穿着破損衣裳？前日已有書寄來，道别後容顔無恙，怎的這般淒涼形狀？且住，我這裏要寄封書回去，尚且不能。他那裏呵，有誰來往，直將到洛陽？天下少甚麽面貌厮像的？須知道仲尼陽虎一般龐。

【前腔】呀！我理會得了。這是街坊誰劣相，砌莊家形衰貌黄。假如我爹娘呵，若没個媳婦來相傍，少不得也這般淒涼。敢是個神圖佛像？呀！却怎的，我正看間，猛可的小鹿兒心頭撞？這也不是神圖佛像，敢是當年畫工？必有個緣故。那丹青匠，由他主張，須知道毛延壽誤了王嬙。

□□若是個神圖佛像，背面必有標題，待我□□□□。呀！元來有一首詩在後面。（念科）崑山有良璧，鬱鬱璠璵姿。嗟彼一點瑕，掩此連城瑜。人生非孔顏，名節鮮不虧。拙哉西河守，何不如皋魚？宋弘既以義，王允何其愚。風木有餘恨，連理無傍枝。寄語青雲客，慎勿乖天彝。（作□□□□□）這厮好無禮，句句道着下官。等閒的怎敢到此？想必夫人知道。待我問，便知□□。夫人那裏？

（中闋）裏相嘲。翰墨關心，丹青入眼，强如把語言相告。

（生怒科）夫人，誰人到我書館中來？（貼）並没有人。相公爲何這般着惱？（生）夫人，我前日去彌陀寺中燒香，拾得一軸畫像。院子不省得，也將來掛在這裏。不知甚人在竟將背面題着一首詩？（貼）敢是當原寫的？（生）那裏是？你看墨跡尚未曾乾。（貼背介）我理會得了。（對生介）相公，詩句如何説？請讀與奴家知道。（生念詩介）（貼）相公，奴家不省其意，請解説一遍，待奴家曉得也好。（生）夫人，那『崑山有良璧』這四句：崑山是地名，産得好玉，價值連城。若有些兒瑕玷，便不貴重了。『人生非孔顏』這兩句：那孔子、顏子是大聖大賢，德行渾全。大凡人非聖賢，能忠不能孝，能孝不能忠，所以名節多至欠缺。拙哉西河守，胡不如皋魚：西河守吴起，是戰國時人，魏文侯拜他爲西河守，母死不奔喪。皋魚是春秋時人，只爲周遊列國，父母死了。後來回歸，自刎而亡。宋弘既以義，王允何其愚：那宋弘是光武時人，光武要把姐姐河陽公主嫁他，宋弘不從。對道：『貧賤之交不可忘，糟糠之妻不下堂。』王允是桓帝時人，司徒袁隗要把姪女嫁他，他就休了前妻，娶了袁氏。風木有餘恨：昔孔子聽得皋魚哭啼，問其故。他説道：『樹欲静而風不寧，子欲養而親不在。』連理無傍枝：西晉時東宫門首有槐樹二株，連理而生，四傍絶無小枝。『寄與青雲客』這兩句：是説傳言與做官的，切莫違了天倫。（貼）原來如此。相公，那不奔喪的和那自刎的，那一個是孝道？（生）那不奔喪的是亂道。（貼）相公，那不棄妻的和那棄妻的，那一個是正道？（生）那棄妻的是亂道。（貼）相公，比如你，待學那一個？（生）呀！我的父母知他存亡若何？我決不學那不奔喪的見識。（貼）相公，你雖不學那不奔喪的，且如你這般富貴，腰金衣紫，假如有個糟糠之婦，藍縷醜惡，來見你，可不辱没了你？你莫不也索休了？（生怒科）夫人，你説那裏話！縱使辱没殺了我，終是我的妻房，義不可絶。（背彈淚科）

【鏵鍬兒】（生）夫人，你説得好笑，可見你心兒窄小。我決不學那王允的見識，没來由漾却苦李，再尋甜桃。古人云：棄妻有七出之條。他不嫉不淫與不盜，終無去條。那棄妻的，衆所誚。那不棄妻的，人所褒。縱然他醜貌，怎肯相休棄了？

【前腔】（貼）伊家富豪，那更青春年少。看你紫袍掛體，金帶垂腰。做你的妻房呵，應須有封號。金花紫誥，必俊俏，須媚嬌。若還他醜貌，怎不相休棄了？

【前腔】（生）夫人，你言顛語倒，惱得我心兒轉焦。莫不是你把咱奚落，特兀自粧喬？引得我淚痕交，撲簌簌這遭。（悲科）夫人，這題詩的是誰？（貼）相公，你問他怎的？（生）夫人，他把我嘲，難恕饒。你説與我知道，怎肯干休罷了？

【前腔】（貼）相公，我心中忖料，想不是個薄情分曉。管教你夫婦會合，在今朝。你還認得那題詩的麽？（生）不認得。（貼）伊家枉自焦，只怕你哭聲漸高。（生）呀！夫人，果然是誰？（貼）是伊大嫂，身姓趙。正要説與你知道，怎肯干休住了？

姐姐有請。（旦上）

【竹馬兒】（賺）聽得閙炒，敢是我兒夫看詩囉唣？（貼）姐姐快來。（旦）是誰忽叫？想是夫人召，必有分曉。（貼指旦介）相公，是他題詩句，你還認得否？（生）他從那裏來？（貼）相公，他從陳留郡，爲你來尋討。（生作認介）阿呀！我道是誰，原來是我那娘子呵。你怎的穿着破襖，衣衫盡是素縞？莫不是我雙親不保？（悲科）（旦亦悲介）官人，從别後，遭水旱，兩三人只道同做餓殍。只有張公可憐，嘆雙親别無倚靠。（生）後來却如何？（旦）兩口顛連相繼死。（生）呀！元來我爹娘都死了。可不痛殺我也！（作倒地，旦唤醒，扶起介）（生哭問科）娘子，那時如何得殯斂？（旦悲科）我剪頭髮賣錢來送伊妣考。（生）如今安葬了未曾？（旦）把墳自造，土泥盡是我蔴裙裹包。（生又哭介）娘子，聽伊言語，怎不痛傷噎倒？

（旦）官人，這畫像就是你爹媽的真容。（生哭科）（旦、貼同拜介）

【山桃紅】【下山虎】（頭）（生）蔡邕不孝，把父母相抛。爹娘，兒與你别時，豈知恁地？早知你形衰耄，怎留聖朝？【小桃紅】（中）（拜旦，旦答拜科）娘子，你爲我受煩惱，你爲我受劬勞。謝你葬我爹，葬我娘，你的恩難報也。【下山虎】（尾）又道是養子能代老。（合）這苦知多少，此恨怎消？天降災殃人怎逃？

娘子，這真容是誰畫的？

【前腔】（旦）這儀容像貌，是我親描。（生）娘子，路途遥遠，你那得盤纏來到此間？（旦低唱科）做乞丐把琵琶撥，怎禁路遥？官人呵，説甚麼受煩惱？説甚麼受劬勞？不信看你爹，看你娘，比別時兀自形枯槁也。我的一身難打熬。（合前）

【前腔】（貼）設着圈套，被我爹相招。相公，你也説不早？況音信杳。姐姐，你爲我受煩惱，你爲我受劬勞。相公呵，是我誤你爹，誤你娘，誤你名不孝也。做不得妻賢夫禍少。（合前）

【前腔】（生脱衣巾换科）我脱却巾帽，解却衣袍。（貼）相公，急上辭官表，共行孝道。（生）夫人，只怕你去不得。（貼）相公，我豈敢憚煩惱？豈敢憚劬勞？同去拜你爹，拜你娘，親把墳塋掃也。使地下亡靈安宅兆。（合前）

【餘文】（合）幾年間分別無音耗，奈千山萬水迢遥。天那！只爲三不從，生出這禍苗。

（生）只爲君親三不從，（旦）致令骨肉兩西東。

（貼）今宵賸把銀缸照，（合）猶恐相逢是夢中。

新刻精選南北時尚崑弋雅調四集

戲曲、趣聞、酒令、笑話等選集。清江湖知音者選輯。現存清初刻本。凡四卷。全書分風、花、雪、月四集。葉分上中下三欄，上、下兩欄爲戲曲散齣選集，中欄爲趣聞、酒令、笑話及『天下土産並兩京文武官員衙門』等生活、地理知識。選收《琵琶記》等戲曲散齣六十齣。所選戲曲曲白俱全。其中風集選收《琵琶記》之《詢問幽情》《臨粧感嘆》二齣，輯録如下。

詢問幽情

（貼）楚館秦樓思舊約，洞房花燭怨新婚。此情喜得奴醮破，家尊知道怪伊們。

【江頭金桂】怪得你終朝顛喑，只道你緣何愁悶深？教咱猜着啞謎，爲你沉吟，況那籌兒没處尋。我和你共枕同衾，瞞我則甚？相公，你瞞我太不良，家中撇下老爹娘。久聞陳留遭水旱，如何捱得這飢荒。你自撇下爹娘媳婦，屢換光陰。你在此朝朝飲宴，夜夜笙歌；他那裏倚門懸望，不見兒歸，須埋怨没信音。謾道是公婆姐姐，就是外人聞知。笑伊家短倖，笑伊家短倖，無情忒甚。虧你忍得到如今，又道是夫妻且説三分話，未可全抛一片心。

【前腔】（生）非是我聲吞氣忍，只爲你爹行勢逼凌。（貼）自家岳丈，説甚麽逼凌？（生）怕他知我要回歸，將人厮禁。幾番要説，又將口噤。（貼）相公，你只管隱瞞不説，終不然就不回去罷了？（生）我待要解下朝簪，再圖鄉郡。那時節，他不提防着我，須遣你我到家庭，俺和你雙雙兩個歸晝錦。（貼）公婆壽有幾旬？（生）不消問了，夫人。我的雙親老景。下官當初在家起程之際，曾與爹娘慶了八旬而來。他那裏瀟瀟鶴髮，稿稿枯容，況遇着這般飢荒年歲。老爹娘，你那裏存亡未審。（貼）你曾寄得有書回去否？（生）實不瞞你，日前有一鄉親替我帶得家書回去，只是那人臨行言辭道得不好。他道是豺狼紛繞路途間，雁鴻飛不到家鄉伴。我想那人又非經商客旅行藏不定，没踪無跡，夫人我的妻，只恐怕那封書，到做了雁杳魚沉。若得知那書到家庭，爹娘見書如見子，五娘見書如見夫。又不是烽火連三月，家書抵萬金，方信道書抵萬金。

（貼）既然如此，我去對爹爹説，與你同回去罷。（生）你爹爹知道，怎肯放我回去？你且休要説破。

（貼）相公休憂愁，我自有道理，不由我爹爹不從。

雪隱鷺鷥飛始見，柳藏鸚鵡語方知。

假如染就真紅色，也被傍人説是非。

臨粧感嘆

【破齊陣】（旦）翠減祥鸞羅幌，香消寶鴨金爐。楚館雲閒，秦樓月淡，動是離人愁思。目斷天涯雲山遠，親在高堂雪鬢疏，緣何書也無？明明匣中鏡，盈盈曉來粧。憶昔事君子，雞鳴下君床。臨鏡理笄總，隨君問高堂。一旦輕離别，鏡匣掩青光。奴家自嫁蔡郎，夫妻兩月，誰知公婆嚴命，逼他赴選。從他去後，杳無消息。把公婆抛别在家，全然不顧，叫奴家獨自支持，如何是好？正是：天涯海角有窮時，惟有此情無盡處。蔡郎飽學衆皆知，甘分庭前舞彩衣。高堂一旦强逼試，含悲掩淚赴春闈。

【四朝元】（旦）春闈催赴，同心帶綰初。勸君更盡一杯酒，西出陽關無故人。嘆陽關聲斷，我也曾送别南浦。早知道你一去不回呵，早已成間阻。謾把羅襟淚漬，謾把羅襟淚漬。道夫妻好合，如鼓琴瑟。自我丈夫去後，百事凄凉。塵埋寶瑟無心整，緑户朱扃懶去開。寶瑟塵埋，錦被羞鋪。寂寞瓊窗，消條朱户，消條朱户，空把流年度。嗏，瞑子裏自尋思，妾意君情，一旦如朝露。君行千里途，妾受萬般苦。君還念妾，君還念妾，迢迢遠遠，也索回顧。夫君别後未回還，妾在深閨淚暗彈。萬恨千愁渾似織，懨懨春病改朱顔。

【前腔】朱顏非故，緑雲懶去梳。昔日張敞畫眉，何郎傅粉。自我蔡郎去後呵，奈畫眉人遠，傅粉郎去，鏡鸞羞自舞。奴把歸期暗數，奴把歸期暗數，到如今雁杳魚沉，鳳隻鸞孤。去時節，緑遍汀洲，到如今，又生芳杜。空自思前事，嗏，日近帝王都。芳草斜陽，教奴望斷長安路。君身非蕩子，妾非蕩子婦。想其間就裏，千千萬萬，有誰堪訴？

桑榆暮景實堪悲，囊篋蕭然值歲飢。竭力盡心行婦道，晨昏定省轉輕移。

【前腔】輕移蓮步，向堂前問舅姑。怕食缺須進，衣綻須補，要行時，須與扶。奈西山景暮，奈西山景暮，教我倩着誰人，傳與我的兒夫？吓，夫，你身上青雲，只怕親歸黄土。臨別也曾多囑付。嗏，那些個意孜孜，只怕你十里紅樓，貪戀着人豪富。唔，夫，你雖然忘了奴，也須念父母。奈無人訴與，奈無人訴與，凄凄冷冷，怎生辜負？

秋來天氣最淒涼，俊秀紛紛鏖戰場。屈指算來有半載，才郎想已姓名揚。

【前腔】文場選士，紛紛都是才俊徒。説甚麼鏡分鸞鳳，都要去傍登龍虎，偏你將奴誤。也不索氣蠱，也不索氣蠱，既受托了他的蘋蘩，有甚推辭？須索要做一個孝婦賢妻，也落得名標青史，不枉受盡了些閒凄楚。嗏，俺這裏自支吾，休得要污了他的名兒，左右與他相回護。唔，夫，你便做了腰金與衣紫，須記得荆釵裙布。苦！一場愁緒，一場愁緒，堆堆積積，宋玉難賦。

綴白裘全集

封面題作『萬花美錦綴白裘』，目録首葉題作『綴白裘全集』。戲曲選集。清石渠閣主人輯。現存清雍正年間刻本。凡四卷。全書分爲『萬家錦』『千家錦』『萬花臺』『萬花樓』四卷。選收《琵琶記》等戲曲二十五種四十四齣。所選戲曲曲白俱全。其中『千家錦』選收《琵琶記》之《堂前分别》一齣，輯録如下。

堂前分别

【謁金門】（旦）春夢斷，臨鏡緑雲撩亂。聞道才郎遊上苑，又添離别嘆。（生）苦被爹行逼遣，脈脈此情何限？（合）骨肉一朝成折散，可憐難捨拚。

（旦）官人，雲情雨意，雖可抛兩月之夫妻；雪鬢霜鬟，竟不念八旬之父母？功名之念一起，甘旨之心頓忘，是何道理？（生）娘子，膝下遠離，豈無眷戀之意？奈堂雙親力勉，不容分剖之辭，叫卑人如何是好？（旦）官人，我猜着你了。

【忒忒令】你讀書思量做狀元，只怕你才疏學淺。（生）娘子，怎見卑人才疏學淺？（旦）只這《孝經》《曲禮》，早忘了一段。（生）忘了那段？（旦）却不道夏清與冬温，昏須定，晨須省，親在遊怎遠？（生）我，

【前腔】苦哀哀推辭萬千。（旦）張大公如何説？（生）他鬧炒炒抵死來相勸。（旦）官人，不去也由得你。（生）將我深罪，不由人分辨。（旦）他罪你什麽來？（生）他道我戀新婚，逆親言，貪妻愛，不肯去赴選。

【沉醉東風】（旦）你爹行見得好偏，只一子不留在身伴。官人，如今公婆在那裏？（生）在堂上。（旦）既如此，和你去見公婆説。（止介）（生）娘子，爲何又不去？（旦）若是公公聽便好，若是不聽，他又道我不賢，要將伊迷戀。這其間教人，怎不悲怨？（合）爲爹淚漣，爲娘淚漣，何曾爲夫妻上意牽？

【前腔】（生）做孩兒節孝怎全？做爹行不從幾諫。（旦）官人，你爲人子的，不當恁地埋怨他。（生）非是我要埋怨，只愁他形隻影單，我出去有誰來看管？（合前）

【臘梅花】（外、浄）孩兒出去在今日中，爹爹媽媽來相送。但願魚化龍，青雲得路，桂枝高折步蟾宫。

（外）孩兒，行李收拾未曾？（生）行李完備，只□張大公到來，把爹娘托付與他，即便拜別前□。（小生上）仗劍對尊前，則爲遊子顔。你所志在功名，離别何足嘆？（生）卑人只待大公到來，即便起程。（小生）解元，老漢具白金須少，聊爲路費。（生）多謝大公。（浄）我兒，若不爲着功名，怎捨得你去？（生）孩兒就此拜别。

【園林好】兒今去爹媽休得要意懸，兒今去今年便還。但願得雙親康健，（合）須有日拜堂前，須有日拜堂前。

【前腔】（外）我孩兒不須掛牽，爹指望孩兒做官。若得你名登高選，（合）須早把信音傳，須早把信音傳。

【江兒水】（浄）膝下嬌兒去，堂前老母單，臨行密密縫針綫。眼巴巴望斷關山遠，冷清清倚定門兒盼。（生）母親請自開懷消遣。（浄）教娘如何消遣？（合）要解愁煩，須是頻寄音書回轉。

【前腔】（旦）妾的衷腸事，有萬千，説來又恐添縈絆。六十日夫妻恩情斷，八十歲父母教誰看管？（生）娘子，你也不必怨我。（旦）教我如何不怨？（合前）

【五供養】（小生）貧窮老漢，托在隣家，事體相關。此行雖勉强，[一]何必恁留連。你爹娘早晚、早晚間吾當陪伴。丈夫非無淚，不灑別離間。（合）骨肉分離，寸腸割斷。

【前腔】（生）公公可憐，公公可憐，我爹娘望你週全。此身還貴顯，自當效啣環。（旦）有孩兒也枉然，你爹娘反教別人看管。此際情何限，偷把淚珠彈。（合前）

【玉嬌枝】（外）別離休嘆，我心中非不痛酸。非爹苦要輕拆散，也只是圖你榮顯。（淨）我兒，你蟾宫桂枝須早攀，北堂萱草時光短。（合）又未知何日再圓？

【前腔】（生）雙親衰倦，娘子，你扶持看他老年。飢時勸他加餐飯，寒時頻與衣穿。（旦）做媳婦事舅姑，不待你言；做孩兒離父母，何日返？（合前）

【撥棹】（外、淨）歸休晚，莫教人凝望眼。（生）但有日回到家園，但有日回到家園，怕回來雙親老年。（合）怎教人心放寬？不由人不珠淚漣。

【前腔】（旦）我的埋怨怎盡言？我的一身難上難。（生）娘子，你寧可將我來埋怨，你寧可將我來埋怨，莫把我爹娘冷看。（合前）

[一] 勉：原作『面』，據汲古閣刊本《繡刻琵琶記定本》改。

【尾聲】（生）生離死別何足嘆，但願得名登高選。衣錦還鄉，教人作話傳。

此行勉强赴春闈，專望明年衣錦歸。

世上萬般哀苦事，無過遠别與生離。（下）

續綴白裘

封面題作『楊仲芳較正續綴白裘』，目録題『綴白裘全集』。戲曲選集。清石渠閣主人輯。現存清雍正年間刻本。凡四卷。全書分爲『萬花美景』風集，『萬花合錦』花集，『崑腔拾錦』雪集，『崑腔拾錦』月集。選收《琵琶記》等戲曲散齣二十九種三十七齣。所選戲曲曲白俱全。其中『萬花合錦』月集選收《琵琶記》之《辭墓尋夫》《宦邸憂思》二齣，輯録如下。

辭墓尋夫(一)

【琵琶詞】(旦)試將曲調理宫商，彈動琵琶情慘傷。不彈雪月風花事，且把歷代源流訴一

(一) 辭墓尋夫：目録中此齣名作『琵琶詞』，劇名作『趙五娘』。

場。混沌初開盤古出，三才御世號三皇。天生五帝相繼續，堯舜心傳夏禹王。禹王後代昏君出，乾坤大抵屬商湯。商湯之後紂爲虐，代罪吊民周武王。周室東遷王跡熄，春秋戰國七雄强。七雄並吞爲一國，秦室縱横號始皇。西興漢室劉高祖，光武中興後獻皇。此時有個陳留郡，陳留有個蔡家莊。蔡家有個讀書子，才高班馬飽文章。父親名唤蔡從簡，母親秦氏老萱堂。生下孩兒蔡邕是，新娶妻房趙五娘。夫婦新婚纔兩月，誰知一旦拆鴛鴦。幸逢朝廷開大比，張公相勸赴科場。苦被堂上親催遣，不由妻諫兩分張。指望錦衣歸故里，誰知一去不还鄉。自從與夫分别後，陳留三載遇飢荒。公婆受餒誰爲主，妻子擔飢實可傷。可憐三日無飡飯，幸遇官司開義倉。家下無人孤又苦，妾身親自請官糧。行到無人幽僻處，里正搶去甚荒獐。奴憶回家無計策，將身赴井淚汪汪。幸遇太公來答救，分糧與我奉姑嫜。糧米充作二親膳，奴家暗地自捱糠。不想公婆來瞧見，雙雙氣倒在厨房。慌忙救得公甦醒，不想婆婆命已亡。自嘆奴家身運蹇，豈知公又夢黄粱。連喪雙親無計策，香雲剪下賣街坊。得蒙太公施仁義，刻腑銘心怎敢忘？孤墳獨造誰爲主？指頭鮮血染蔴裳。孝感天神來助力，搬泥運土事非常。築成墳墓親分付，改换衣裝往帝邦。畫取公婆真容像，迢遥豈憚路途長？琵琶撥調親覓食，竟往京都尋蔡郎。臯魚殺身以報父，吴起母死不奔喪。宋弘不棄糟糠婦，王允重婚薄倖郎。〔一〕此回若得夫相見，全仗琵琶説審詳。從頭訴盡千般苦，只恐猿聞也斷腸。

（末）五娘子，此詞極妙，老夫還有還有還有幾句言語囑付你。（旦）望公公指教。（末）五娘子，你聽吾道：蔡郎雖是讀書人，别後知他心怎生。久留不知因個甚，年荒親死杳無音。〔二〕五娘子，你去京城須仔細，逢人下禮問虚真。若見蔡郎謾説千般苦，只把琵琶語句訴元因。未可便説他妻子，未可便説喪雙親。未可便説裙包土，未可便説剪香雲。若得蔡郎思故舊，可憐張老一親鄰。我今年已七十歲，比你公公少一旬。你去時猶有張老來相送，你回時不知張老死和存。正是：流淚眼觀流淚眼，斷腸人送斷腸人。（哭介）（旦）多謝公公訓誨，奴家銘心刻骨，不敢有忘，就此告别去也。（末）五娘子，願你早去早回。

爲尋夫婿别孤墳，只恐兒夫不認真。
惟有感恩並積恨，萬年千載不生塵。

〔一〕王允：原作『黄允』，據史實改。
〔二〕杳：原作『香』，據文義改。

宦邸憂思

【喜遷鶯】（生）終朝思想，但恨在眉頭，悶在心上。鳳侣添愁，魚書絶寄，空勞兩處相望。青鏡瘦顔羞照，寶瑟清音絶響。歸夢杳，繞屏山烟樹，那是家鄉？

怨極愁多，歌慵笑懶，只因忝個鴛鴦伴。他鄉遊子不能歸，高堂父母無人管。湘浦魚沉，衡陽雁斷，音書要寄無方便。人生光景幾多時，蹉跎負却平生願。

【雁過聲】思量，那日離故鄉。記臨歧送別多惆悵，攜手共那人不厮放。教他好看承，我爹娘，料他每應不會遺忘。聞知饑與荒，只怕捱不過歲月難存養。若望不見我信音，却把誰倚仗？

【二犯漁家傲】思量，幼讀文章，論事親爲子也須要成模樣。真情未講，怎知道喫盡多磨障？被親强來赴選場，被君强官爲議郎，被婚强傚結鸞凰。三被强，我衷腸事説與誰行？埋怨難禁這兩厢：這壁厢道咱是個不撑達害羞的喬相識，那壁厢道咱是個不睹親負心的薄倖郎。

【二犯漁家燈】悲傷，鷺序鴛行，怎如慈烏返哺能終養？漫把金章，綰着紫綬，試問斑衣，今在何方？斑衣罷想，縱然歸去，又恐怕帶麻執杖。只爲那雲梯月殿多勞攘，落得淚雨如珠兩鬢霜。

【喜漁燈】幾回夢裏，忽聞鷄唱，忙驚覺錯呼舊婦，同問寢堂上。待朦朧覺來，依然新人鳳衾和象床。怎不怨香愁玉無心緒？更思想，被他攔當。教我，怎不悲傷？俺這裏歡娱夜宿芙蓉帳，他那裏寂寞偏嫌更漏長。

【錦纏道犯】漫悒怏，把歡娱翻成悶腸。菽水既清涼，我何心，貪着美酒肥羊？悶殺人花燭洞房，愁殺我掛名金榜。魆地自思量，正是在家不敢高聲哭，只恐猿聞也斷腸。

院子那裏？（末）有問即對，無問不答。相公有何分付？（生）院子，你是我心腹之人，有一件事和你商量，你休要走了我的消息。（末）小人安敢？（生）我自從離了父母妻室，來此赴選，不擬一擢高科，拜授當職。將謂數月之後，可作歸計。誰知又被牛太師招爲門婿，一向逗留在此，不得還家，故此要和你商量個計策。（末）相公，自古道不説不知。小人每嘗間見相公憂悶不樂，豈知就裏？相公何不説與夫人知道？（生）院子，我夫人雖則賢慧，争奈老相公之勢，炙手可熱。待説與夫人知道，一霎時老相公得知，只道我去了不來，如何肯放？不如姑且隱忍，和夫人都瞞了，别尋個歸計。（末）是。老相公若還知道，如何肯放相公回去？（生）院子，我如今要寄一封書回去，没個方便的人。欲待使人遥去，又怕老相公知道。你與我出去體探，倘有我鄉里人在此，待我寄一封家書回去。

（生）終朝長相憶，（末）尋便寄書尺。

（合）眼望旌捷旗，耳聽好消息。

千家合錦

全名《新鐫時尚樂府千家合錦》。清無名氏編選，清乾隆間姑蘇王君甫梓。其中收録《琵琶記》之《宦邸憂思》一齣，輯録如下。

宦邸憂思

【喜遷鶯】（生）終朝思想，但恨在眉頭，悶在心上。下官撇却兩月妻房，贅居相府。雖則新婚，實懷舊恨。鳳侶添愁，魚書絶寄，空勞兩處相望。今早往夫人粧臺經過，（一）熖見容顔，比前大不相同。青鏡瘦顔羞照，欲解心上悶，須撫七絃琴。寶瑟清音絶響。昨宵一夢到家鄉，醒來依舊天涯外。歸夢杳，繞屏山烟樹，不知那裏是我家鄉？

（一）經：原作『徑』，據文義改。

怨極愁多，歌慵笑懶，只因添個鴛鴦伴。他鄉遊子不能歸，高堂父母無人管。湘浦魚沉，衡陽雁斷，音書要寄無方便。人生光景幾多般，蹉跎負却平生願。我伯皆思歸之念，屢屢在懷。骨肉離別之言，洋洋在耳。三年撇却故家鄉，烟水雲山兩渺茫。父母倚門頻望眼，教人無日不思量。

【雁魚錦】（生）思量，那日離故鄉。父愛子指日成龍，母念兒終朝極目。張太公有成人之美，每重父言；趙五娘身處孤單，惟順姑意。這等看將起來，那些兒不是真情密意？記臨歧送別多惆悵，那日五娘送至十里長亭，南浦之地，二人攜手相挽，不忍分離。攜手共那人不斷放。彼時我道：五娘，請受卑人一禮。他回言道：男兒膝下有黄金，何事低頭拜婦人？我道：妻，禮下於人，必有所求。念卑人上無兄下無弟，没奈何，望賢妻好看承，我年老爹娘，五娘回道：做媳婦事舅姑，理之當然。料他每有應不會遺忘。下官今日有一樁事情，一時就忘懷了。是了，今早上朝，見楊給事手捧一本。我道：大人，是何表章？他説是貴處陳留郡荒旱表章。問他本上怎麽道，他道老者喪於溝渠，少者散於四方。下官一聞此言，唬得魂不附體。聞知道俺那裏飢與荒，我爹娘年滿八旬，猶如風中之燭，草上之霜，朝不能保暮。我的爹，我的娘，只怕捱不過歲月，只怕捱不過歲月難存養。記得臨行之際，母親説道：兒，你取裏襟衣服過來，待老娘縫上幾針。若到京中，見此針綫如見老娘一般。他道『慈母手中綫，遊兒身上衣。臨行密密縫』，我那五娘立在一旁説得不好，他道『意恐遲遲歸』。到今朝不得歸家養親，果應其言。漫説是見我爹娘，就是要寄一封音書，不能得勾了。他那裏牢望，不見一封信音傳，却把誰倚仗？我親倚仗靠誰行？遊子徒勞在遠方。可憐不得圖家慶，思量枉自讀文章。

【前腔】思量，幼讀文章，我想聖賢之書，那一章那一篇不是教人行孝的？論事親爲子的也須要成模樣。趙氏五娘與我兩月夫妻，日遠日親。牛氏夫人雖則新婚三載，日近日疏。我與他真情未講，我把二親托付與五娘，遇此饑荒三載，况五娘乃女流之輩，怎麽受得這般苦楚？他爲我喫盡了多磨障。當初在家起程之際，只爲家貧親老，執意不肯前來赴選。怎奈張太公一力説成，爹爹以貪妻之愛責我，没奈何，只得强從親命。被親强來赴選場，嗳，差矣！父母愛子之心，無所不至。正是：學成文武藝，貨與帝王家。不想到京得居首榜，即時修本歸家養親，怎奈官裏不允。被君强官爲議郎，牛太師三番四次將小姐招贅與下官，實非下官中心所悦。被婚强重效鸞凰。三被强，我的衷腸事訴與誰行？埋怨怎禁這兩廂，這壁廂牛氏夫人他道我是個不撑達害羞的喬相識，那壁廂趙氏五娘他道我是不覩親負心的薄倖郎。

歲月高堂缺奉養，歸心似箭意忙忙。遥望白雲親舍遠，倚門幾度自悲傷。

【前腔】悲傷，(一)鷺序鴛行，我想昔日多少古人行孝！大舜以天下之養，子路負米千百里之外。謾説是大孝，就是慈烏尚有反哺，可以人而不如烏乎？怎如那慈烏返哺能終養？曾記得當初在花下飲酒，我爹爹道：兒，惟願你黄卷青燈，及早换金章紫綬。昔老萊子行年七十，曾着五彩斑衣娱親之樂。試問

(一) 悲傷：原闕，據汲古閣刊本《繡刻琵琶記定本》補。

斑衣，今在何方？正是：王陽不得爲孝子，王尊不得爲忠臣，忠孝怎得兩全？俺伯皆在朝爲官，事君之日長，事親之日短了。把斑衣罷想，記得臨行之日，我爹娘叮嚀囑付。已過八旬，遭此饑荒年歲，倘有不測，教我怎麼？縱然疾歸去，只恐怕戴麻執杖。我母親説道：兒，蟾宫桂枝須早扳，北堂萱草時光短。今日不得歸家，所爲何來？只爲雲梯月殿多勞攘，只落得淚雨如珠兩鬢霜。

【前腔】幾回夢裏，忽聞鷄唱。忙驚覺錯呼舊婦，同問寢高堂上。待朦朧覺來時，依然新人鴛幃鳳衾和象床。教人怎不怨香愁玉無心緒？牛氏夫人是極賢惠，下官對他説出此情，一定肯同下官回去；怎奈岳丈不肯相容。更思想，被他攔擋。教我，怎不悲傷？俺這裏歡娛夜宿芙蓉帳，他那裏寂寞偏嫌更漏長。謾悒怏，把歡娛反成悶腸。菽水既淒涼，(一)牛氏夫人見下官不樂，屢屢追歡强飲。夫人，你縱然有食前方丈，百味珍饈，我伯皆心不樂此了。有何心，貪戀着美酒肥羊？悶殺人花燭洞房，人道登科偏喜色，偏我埋怨掛名時。愁殺人掛名金榜。魆地裏自思量，正是思家不敢高聲哭，只恐猿聞也斷腸。

【餘文】(二)千思想，萬忖量，若還得見我爹娘，辦一炷明香答上蒼。

(一) 既：原作『寄』，據汲古閣刊本《繡刻琵琶記定本》改。

(二) 【餘文】：原闕，據《樂府紅珊》補。

納書楹曲譜

清葉堂編選訂定。乾隆間刻本，道光二十八年（1848）重印本。分正集、續集、外集、補遺等四集，選收戲曲散齣，僅收録曲文，不收賓白。正集卷一收録《琵琶記》之《稱慶》《規奴》《逼試》《分別》《訓女》《登程》《梳粧》《饑荒》《陳情》《喫飯》《喫糠》《賞荷》《思鄉》《剪髮》《賞秋》《描容》《盤夫》《諫父》《廊會》《書館》《掃松》《別丈》，補遺卷一收録《愁配》《闞糧》等二十四齣套曲，輯録如下。

稱慶

【仙吕·錦堂月】【晝錦堂】（首至五）簾幕風柔，庭幃晝永，朝來峭寒輕透。親在高堂，一喜又還一憂。【月上海棠】（四至末）惟願取百歲椿萱，長似他三春花柳。酌春酒，看取花下高歌，共祝眉壽。

【前腔】【畫錦堂】（首至六）輻輳，獲配鸞儔。深慚燕爾，持杯自覺嬌羞。怕難主蘋蘩，不堪侍奉箕帚。【月上海棠】（四至末）惟願取偕老夫妻，長侍奉暮年姑舅。（合前）

【前腔】【畫錦堂】（首至六）還愁，白髮蒙頭，紅英滿眼，心驚去年時候。只恐時光，催人去也難留。【月上海棠】（四至末）惟願黃卷青燈，及早換金章紫綬。（合前）

【前腔】【畫錦堂】（首至六）還憂，松竹門幽，桑榆暮景，明年知他健否安否？嘆蘭玉蕭條，一朵桂花難茂。【月上海棠】（四至末）惟願取連理芳年，得早遂孫枝榮秀。（合前）

【醉翁子】回首，嘆瞬息烏飛兔走。喜爹媽雙全，謝天相佑。不謬，更清淡安閒，樂事如今誰更有？相慶處，但酌酒高歌，更復何求？

【前腔】卑陋，論做人要光前耀後。願吾兒青雲萬里，早當馳驟。聽剖，真樂在田園，何必區區做公與侯？（合前）

【僥僥令】春花明彩袖，春酒泛金甌。但願歲歲年年人長在，父母共夫妻相勸酬。

【前腔】夫妻好廝守，爹媽願長久。坐對兩山排闥青來好，一水護田疇，綠繞流。

【尾聲】山清水綠還依舊，嘆人生青春難又，惟有快樂是良謀。

規奴

【越調・祝英臺】把幾分春，三月景，分付與東流。啼老杜鵑，飛盡紅英，端不爲春閒愁。休休，婦人家不出閨門，怎去尋花穿柳？我花貌，誰肯因春消瘦？

【前腔】春晝，我只見燕雙飛，蝶引對，鶯語似求友。那更柳外畫輪，花底雕鞍，都是少年閒遊。我難守，繡房中清冷無人，欲待尋一個佳偶。這般説，我的終身休配鸞儔？

【前腔】知否，我爲何不捲珠簾，獨坐愛清幽？縱有千斛悶懷，百種春愁，難上我的眉頭。休憂，任他春色年年，我的芳心依舊。這文君，可不擔閣了相如琴奏？

【前腔】今後，方信你徹底澄清，我好没來由。想像暮雲，分付東風，情到不堪回首。聽剖，你是蕊宮瓊苑神仙，不比凡塵相誘。我謹隨侍，窗下拈針挑繡。

逼試

【南吕・宜春令】雖然讀萬卷書，論功名非吾意兒。只愁親老，夢魂不到春闈裏。便教我做到九棘三槐，怎撇得萱花椿樹？我這衷腸，一點孝心對着誰語？

【前腔】相鄰並，相依倚，往常間有事來相報知。那試期迫矣，早辦行裝往前途去。子雖念親老孤單，親須望孩兒榮貴。你趁此青春不去，更待何日？

【前腔】時光短，雪鬢垂，守清貧不圖甚的。所喜有兒聰慧，但得他爲官吾足矣。天子詔招取賢良，秀才每都求科試。快赴春闈，急急整裝行李。

【前腔】娘年老，八十餘，眼兒昏聾着兩耳。又没個七男八婿，止有這個孩兒，要他供甘旨。他方纔得六十日的夫妻，强逼他去争名奪利。懊恨無知老子，好不度己。

【繡帶兒】親年老光陰有幾？行孝正當今日。終不然爲着一領藍袍，却落後戲彩斑衣？我思之，此行榮貴雖可擬，怕親老等不得榮貴。春闈裏紛紛都是大儒，難道是没爹娘的孩兒方去？

【前腔】你休迷，男兒漢有淩雲志氣，你何必苦恁淹滯？可不乾費了十載青燈，枉捱過半世黄虀？你須知，此行是親命，休固拒。那些個養親之志？百年事只有此兒，難道是庭前森森丹桂？

【太師引】他意兒難提起，這其間就裏我自知。他戀着被窩中恩愛，捨不得海角天涯。那塗山四日離大禹，直恁的捨不得分離？道你貪鴛侶守着鳳幃，恐誤了鵬程鶚薦的消息。

【前腔】他意兒只要供甘旨，又何曾貪歡戀妻？自古道曾參純孝，何曾去應舉及第？功名富貴都是天付與，天若與不求而至。娘言是，望爹行聽取。天須鑒蔡邕不孝的情罪。

【三學士】謝得公公意甚美，凡事仗託扶持。假饒一句登科日，難道是雙親未老時？只恐錦衣歸故里，雙親的不見兒。

【前腔】託在鄰家相依倚，自當效些區區。爲甚麽十年窗下無人問，只圖個一舉成名天下知。你若不錦衣歸故里，誰知你讀萬卷書？

【前腔】一旦分離掌上珠，我這老景憑誰？忍將父母饑寒死，博换得孩兒名利歸。你縱然錦衣歸故里，補不得你名行虧。

【前腔】萱室椿庭衰老矣，指望你改换門閭。自有三牲五鼎供朝夕，須勝似啜菽并飲水。你若錦衣歸故里，一靈兒終是喜。

分別

【忒忒令】你讀書思量做狀元，只怕你學疏才淺。則這《孝經》《曲禮》，早忘了一段。却不道夏清與冬温，昏須定，晨須省，親在遊怎遠？

【前腔】哭哀哀推辭了萬千，他鬧炒炒抵死相勸。將我深罪，不由人分辨。他道我戀新婚，逆親言，貪妻愛，不肯去赴選。

【沉醉東風】你爹行見得好偏，只一子不留在身畔。他只道我不賢，要將伊迷戀。這其間，教人怎不悲怨？爲爹淚漣，爲娘淚漣，何曾爲着夫妻意上掛牽？

【前腔】做孩兒節孝怎全？做爹行不從幾諫。非是我要埋怨，只愁他形隻影單，我出去有誰來看管？（合前）

【臘梅花】孩兒出去在今日中，爹爹媽媽來相送。但願得魚化龍，青雲得路，桂枝高攀步蟾宫。

【園林好】兒今去，爹媽休得要意懸，兒今去今年便還。但願得雙親康健，須有日拜堂前，終有日拜堂前。[一]

【前腔】我孩兒不須掛牽，爹止望孩兒貴顯。若得你名登高選，須早把信音傳，須早把信音傳。

【江兒水】膝下嬌兒去，堂前老母單，臨行密密縫針綫。眼巴巴望着關山遠，冷清清倚定門兒盼。噯呀兒嗄！教我如何消遣？要解愁煩，須是頻寄音書回轉。

【前腔】妾的衷腸事，有萬千，説來又恐添縈絆。六十日夫妻恩情斷，八十歲父母教誰看

[一] 眉批：凡合頭不可更换一字，近見俗伶唱第二句有改作『拜椿萱』者，並於『萱』字上多做兩腔湊合下曲，可笑之至。今訂正。

管？教我如何不怨？（合前）

【五供養】自有貧窮老漢，託在鄰家，事體相關。此行雖勉强，不比恁留連。你爹行早晚、早晚間吾當陪伴。丈夫非無淚，不灑離别間。骨肉分離，寸腸割斷。

【前腔】公公可憐，我的爹娘望你周全。此身若貴顯，自當效啣環。有孩兒也枉然，你的爹娘倒教别人看管。此際情何限，偷把淚珠彈。（合前）

【玉交枝】别離休嘆，我心中豈不痛酸？非爹苦要輕拆散，也只是圖你榮顯。蟾宫桂枝須早攀，北堂萱草時光短。又未知何日再圓？又未知何日再圓？

【前腔】雙親衰倦，你扶持看他老年。饑時勸他加餐飯，寒時節頻與衣穿。做媳婦事舅姑，不待你言；你做孩兒離父母，何日返？（合前）

【川撥棹】歸休晚，莫教人凝望眼。但有日回到家園，但有日回到家園，我怕、怕回來雙親老年。怎教人心放寬？不由人珠淚漣。

【前腔】我的埋怨怎盡言？我的一身難上難。你寧可將我來埋怨，你寧可將我來埋怨，莫把我爹娘冷看。（合前）

【尾聲】生離遠别何足嘆，專望你名登高選。衣錦還鄉，教人作話傳。

【尾犯序】無限别離情，兩月夫妻，一旦孤另。此去經年，望迢迢玉京。思省，奴不慮山遥水遠，奴不慮衾寒枕冷。奴只慮公婆没主，一旦冷清清。

【前腔】何曾，想着那功名？欲盡子情，難拒親命。年老爹娘，望伊家看承。畢竟，你休怨着朝雲暮雨，暫替我冬温夏清。思量起，如何教我割捨得眼睁睁？

【前腔】儒衣纔换青，快着歸鞭，早辦回程。十里紅樓，休戀着娉婷。叮嚀，不念我芙蓉帳冷，也思親桑榆暮景。頻囑咐，知他記否？空自語惺惺。

【前腔】寬心須待等，我肯戀花柳，甘爲萍梗？只怕萬里關山，那更音信難憑。須聽，没奈何分情破愛，誰下得虧心短行？從今去，相思兩處，一樣淚盈盈。

訓　女

【惜奴嬌】杏臉桃腮，當有松筠節操，蕙蘭襟懷。閨中言語，不出閫閾之外。年衰，不教我孩兒是伊之罪。這風情今休再。記再來，但把不出閨門的語言相戒。

【前腔换頭】堪哀，萱室先摧。嘆婦儀姆訓，未曾諳解。蒙爹嚴訓，從今怎敢不改？裙釵，早晚望伊家將奴誨。要改前非休違背。（合前）

【黑蠊序】看待，父母心婚姻事，須要早諧。勸相公，早畢兒女之債。休呆，如何女子前，胡將口亂開？記今來，但把不出閨門的語言相戒。

【前腔】輕浼，受寂寞擔煩惱，教我怎捱？ 細思之，怎不教人珠淚盈腮？ 寧耐，温衣并美食，何須苦掛懷？（合前）

登程

【仙吕・甘州歌】【八聲甘州】（首至六）衷腸悶損，嘆路途千里，日日思親。青梅如豆，難寄隴頭音信。高堂已添雙鬢雪，客路空瞻一片雲。【排歌】（合至末）途中味，客裏身，争如流水蘸柴門？ 休回首，欲斷魂，這數聲啼鳥不堪聞。

【前腔】【八聲甘州】（首至六）風光正暮春，便縱然勞役，何必愁悶？ 緑陰紅雨，征袍上染惹芳塵。雲梯月殿圖貴顯，水宿風餐莫厭貧。【排歌】（合至末）乘桃浪，躍錦鱗，一聲雷動過龍門。榮歸去，緑綬新，休教妻嫂笑蘇秦。

【前腔】【八聲甘州】（首至六）誰家近水濱，見畫橋烟柳，朱門隱隱。鞦韆影裏，墻頭上露出紅粉。他無情笑語聲漸杳，却不道惱殺多情墻外人。【排歌】（合至末）思鄉遠，愁路貧，肯如十度謁侯門？ 行看取，朝紫宸，鳳池鰲禁聽絲綸。

【前腔】【八聲甘州】（首至六）遥瞻霧靄紛，想洛陽宫闕，行行將近。途程勞倦，欲待共飲芳尊。垂楊瘦馬莫暫停，只見古樹昏鴉棲漸盡。【排歌】（合至末）天將暝，日已曛，一聲殘角斷譙門。

尋宿處，行步緊，前村燈火已黃昏。

【尾聲】向人家，怕投奔，解鞍沽酒共論文，今夜雨打梨花深閉門。

梳粧

【雙調・風雲會四朝元】【四朝元】（首至十一句）春闈催赴，同心帶綰初。嘆《陽關》聲斷，送別南浦，早已成間阻。謾羅襟淚漬，謾羅襟淚漬，和那寶瑟塵埋，錦被羞鋪。寂寞瓊窗，蕭條朱户，【駐雲飛】（四至六）空把流年度。嗏，酩子裏自尋思，【一江風】（五至八）妾意君情，一旦如朝露。君行萬里途，妾心萬般苦。【朝元令】（合至末）君還念妾，迢迢遠遠，也須回顧，也須回顧。

【前腔】【四朝元】（首至十一句）朱顏非故，緑雲嬾去梳。奈畫眉人遠，傅粉郎去，鏡鸞羞自舞。把歸期暗數，把歸期暗數，只見雁杳魚沉，鳳隻鸞孤。緑遍汀洲，又生芳杜。【駐雲飛】（四至六）空自思前事，嗏，日近帝王都。【一江風】（五至八）芳草斜陽，教我望斷長安路。君身豈蕩子，妾非蕩子婦。【朝元令】（合至末）其間就裏，千千萬萬，有誰堪訴？有誰堪訴？

【前腔】【四朝元】（首至十一句）輕移蓮步，堂前問舅姑。怕食缺須進，衣綻須補，要行時須與扶。奈西山暮景，奈西山暮景，教我倩着誰人，傳語我的兒夫。你身上青雲，只怕親歸黃土。【駐雲飛】（四至六）我臨別也曾囑咐。嗏，那些個意孜孜，【一江風】（五至八）只怕十里紅樓，貪戀着人豪富。雖然忘了奴，也須念父母。【朝元令】（合至末）無人説與，這淒淒冷冷，怎生辜負？怎生辜負？

【前腔】【四朝元】（首至十一句）文場選士，紛紛都是才俊徒。少甚麼鏡分鸞鳳，都要榜登龍虎，偏他將奴誤。也不索氣蠱，也不索氣蠱，既受托了蘋蘩，有甚推辭？索性做個孝婦賢妻，也落得名標青史，【駐雲飛】（四至六）不枉受了些閒淒楚。嗏，俺這裏自支吾，【一江風】（五至八）休得污了他的名兒，左右與他相回護。你便做腰金與衣紫，須記得釵荆與裙布。【朝元令】（合至末）一場愁緒，堆堆積積，宋玉難賦，宋玉難賦。

饑荒

【金絡索】【金梧桐】（首至五）區區一個兒，兩口相依倚。没事爲着功名，不要供甘旨。你教他去做官，【東甌令】（二至四）要改换門閭，只怕他做得官時你做鬼。你圖他三牲五鼎供朝夕，【針綫箱】（第六句）今日裏要口粥湯却教誰與你？【解三酲】（第七句）相連累，【嬾畫眉】（第三句）我孩兒因你做不得好名儒。【寄生子】（合至末）空争着閒是閒非，我偏要争閒是閒非，嗳呀苦嗄！只落得垂雙淚。

【前腔】【金梧桐】（首至五）養子教讀書，指望身榮貴。黃榜招賢，誰不去求科試？譬如那范杞梁，【東甌令】（二至四）差去築城池，他的娘親埋怨誰？合生合死皆由命，【針綫箱】（第六句）少甚麼孫子森森也忍飢。【解三酲】（第七句）休聒絮，【嬾畫眉】（第三句）畢竟是咱每兩口受孤悽。【寄生子】（合至末）（合前）

【前腔】【金梧桐】（首至五）孩兒雖暫離，須有日回家裏。奴有些釵梳，解當充糧米。教傍人道媳婦每，【東甌令】（二至四）有甚差池，致使公婆爭鬥起。他心中愛子，指望功名就；【針綫箱】（第六句）他眼下無兒，因此埋怨你。【解三酲】（第七句）難逃避，【嬾畫眉】（第三句）兀的不是從天降下這災危？(一)【寄生子】（合至末）空爭着閒是閒非，只落得垂雙淚。

【南呂・劉潑帽】有兒却遣他出去，教媳婦怎生區處？媳婦兒嗄，只是可憐誤你芳年紀。一度思量，一度裏肝腸碎。

【前腔】我每不久須傾棄，嘆當初是我不是，不如我死倒也無他慮。（合前）

【前腔】媳婦便是親兒女，勞役事本分當爲，但願公婆從此相和美。正是一度思量，一度肝

(一) 眉批：俗派底板移在『兀』字上，因搶字來不及，此亦權宜之法。

腸碎。[一]

陳情

【越調・入破第一】議郎臣蔡邕啓：今日蒙恩旨，除臣爲議郎官職，重蒙賜婚牛氏。干瀆天威，臣謹誠惶誠恐，稽首頓首。伏念微臣，初來有志，誦詩書力學躬耕修己，不復貪榮利。事父母，樂田里，初心願如此而已。不想州司，謬取臣邕充試。到京畿，豈料愚蒙，叨居上第。[二]

【破第二】重蒙聖恩，婚賜牛公女。臣草茅疏賤，如何當此隆遇？況臣親老，一從别後，光陰又幾。廬舍田園，荒蕪久矣。

【衮第三】那更老親鬢垂白，筋力皆癯瘁。形隻影單，無弟兄，誰奉侍？況隔着千山萬水，生死存亡，雖有音書難寄。最可悲，他甘旨不供，臣食禄有愧。

[一] 眉批：末句用贈板，搬演家收場法，姑從之。

[二] 眉批：此折之首有【點绛唇】【混江龍】二曲係末唱，非正曲也。至生之『月淡星稀』乃【黄鍾・引子】，非【仙吕・過曲】，故不録。

【歇拍】不告父母，怎諧匹配？臣又聽得家鄉里，遭水旱，遇荒飢。多想臣親，必做溝渠之鬼，未可知。怎不教臣，悲傷淚垂？

【中衮第五】臣享厚禄紆朱紫，出入承明地。惟念二親寒無衣，飢無食，喪溝渠。憶昔先朝，買臣出守會稽；司馬相如，持節錦歸。

【煞尾】他遭遇聖時，皆得回鄉里。臣何故，别父母，遠鄉閭，没音書，此心違？伏惟陛下，特憫微臣之志。遣臣歸，得侍雙親，隆恩無比。

【出破】若還念臣有微能，鄉郡望安置。庶使臣忠心孝意得全美，臣無任瞻天仰聖，激切屏營之至。

【黄鍾・滴溜子】天憐念，天憐念，蔡邕拜禱。雙親的，雙親的，死生未保。可憐恩深難報。一封奏九重，知他聽否？會合分離，都在這遭。

【前腔】今日裏，今日裏，議郎進表。傳達上，傳達上，聖目看了。道太師昨日先奏，把乘龍女婿招，多少是好？見有玉音傳降聽剖。

【啄木兒】只是親衰老，妻幼嬌，萬里關山音信杳。他那裏舉目淒淒，俺這裏回首迢迢。他那裏望得眼穿兒不到，俺這裏哭得淚乾親難保。閃殺人一封丹鳳詔。

【前腔】你何須慮，也不用焦，人世上離多歡會少。大丈夫當萬里封侯，肯守着故園空老？

畢竟事君事親一般道，人生怎全得忠和孝？却不道母死王陵歸漢朝。

【三段子】這懷怎剖？望丹墀天高聽高。這苦怎逃？望白雲山遥路遥。你做官與親添榮耀，高堂管取加封號。與你改換門閭，偏不是好？

【歸朝歡】噯呀！牛太師嗄，您那寃家的，寃家的，苦苦見招，俺媳婦埋怨怎了？饑荒歲，饑荒歲，怕他怎熬？俺爹娘怕不做溝渠中餓殍？譬如四方戰争多征調，從軍遠戍沙場草，也只是爲國忘家怎憚勞？

喫饭

【南吕·鑼鼓令】【刮鼓令】（全）終朝裏受餒，你將來飯教我怎喫？你可疾忙便擡，非干是我有些饞態。你看他衣衫都解，好茶飯將甚去買？兀的是天災，教媳婦每也難佈擺。婆婆息怒且休罪，待奴家霎時收去再安排。【皂羅袍】（合至末）思量到此，珠淚滿腮。看看做鬼，溝渠裏埋。縱然不死也難捱，【豹子令】（末一句）教人只恨蔡伯喈。

【前腔】【刮鼓令】（全）如今我試猜，都應他犯着獨噇病來，背地裏自買些鮭菜？我喫飯他緣何不在？這些意兒真乃是歹。他和你甚相愛，不應反面直恁的乖。奴受千辛萬苦，有甚疑猜？可不道臉兒黄瘦骨如柴？（合前）

喫糠

【商調・山坡羊】亂荒荒不豐稔的年歲，遠迢迢不回來的夫婿。急煎煎不耐煩的二親，軟怯怯不濟事的孤身己。已盡典衣，寸絲不掛體。幾番要賣了奴身己，争奈没主公婆，教誰看取？思之，虚飄飄命怎期？難捱，實丕丕災共危。

【前腔】滴溜溜難窮盡的珠淚，亂紛紛難寬解的愁緒。骨崖崖難扶持的病身，（一）戰兢兢難捱過的時和歲。我待不喫，教奴怎忍飢？我思量到此，不如奴先死，圖得個不知他親死時。（合前）

【雙調・孝順兒】【孝順歌】（首至六）嘔得我肝腸痛，珠淚垂，喉嚨尚兀自牢嗄住。糠嗄！（二）你遭礱被舂杵，篩你簸颺你，喫盡控持。（三）【江兒水】（四至末）好似奴家身狼狽，千辛萬苦皆經歷。苦人喫着苦味，兩苦相逢，可知道欲吞不去。

（一）眉批：『病身』，時亦作『病體』，非。【山坡羊】第三句須平聲。

（二）眉批：『牢嗄』，音宜清唱，『糠嗄』兩字不用。

（三）控：原作『空』，據汲古閣刊本《繡刻琵琶記定本》改。

【前腔】【孝順歌】（首至六）糠和米，本是相依倚，被誰人簸颺作兩處飛？一賤與一貴，好似奴家有與夫婿，終無見期。【江兒水】（四至末）米在他方没尋處，怎的把糠來救得人飢餒？好似兒夫出去，怎便教奴供膳得公婆甘旨？

【前腔】【孝順歌】（首至六）思量我生無益，死又值甚的？不如忍飢死了爲怨鬼。只是公婆老年紀，靠奴家相依倚，只得苟活片時。【江兒水】（四至末）片時苟活雖容易，到底日久也難相聚。謾把糠來相比，奴家的骨頭，知他埋在何處？

【前腔】【孝順歌】（首至六）這是穀中膜，米上皮，將來餔饠堪療飢。嘗聞古賢書，狗彘食人食，也强如草根樹皮。【江兒水】（四至末）嚙雪餐氈，蘇卿猶健；餐松食柏，倒做得神仙侶。縱然喫些何慮？爹媽休疑，奴須是㤞孩兒的糟糠妻室。

賞　荷

【南吕·懶畫眉】强對南熏奏虞弦，只覺指下餘音不似前，那些個流水共高山？只見滿眼風波惡，似離别當年懷水仙。

【前腔】頓覺餘音轉愁煩，似寡鵠孤鴻和斷猿，又如别鳳乍離鸞。只見殺聲在絃中見，敢只是螳螂來捕蟬？

【仙呂・桂枝香】舊絃已斷，新絃不慣。舊絃再上不能，待撇了新絃難拚。我一彈再鼓，一彈再鼓，又被宮商錯亂。非干心變，這般好涼天。正是此曲纔堪聽，又被風吹別調間。

【前腔】非彈不慣，只是你意慵心懶。既道是《寡鵠孤鸞》，又道是《昭君宮怨》，那更《思歸》《別鶴》，《思歸》《別鶴》，無非愁嘆。有何難見，既不然，你道是除了知音聽，道奴不是知音不與彈。

【南呂・燒夜香】樓臺倒影入池塘，緑樹陰濃夏日正長，一架薔薇滿院香。泛霞觴，捲起簾兒，明月正上。

【梁州新郎】【梁州序】（首至合）新篁池閣，槐陰庭院，日永紅塵隔斷。碧闌干外，寒飛漱玉清泉。只覺香肌無暑，素質生風，小簟琅玕展。晝長人困也，好清閒，忽被棋聲驚晝眠。【賀新郎】（合至末）《金縷》唱，碧筒勸，向冰山雪巘排佳宴。清世界，有幾人見？

【前腔】【梁州序】（首至合）薔薇簾箔，荷花池館，一點風來香滿。湘簾日永，香消寶篆沉烟。漫有枕欹寒玉，扇動齊紈，怎遂得黃香願？猛然心地熱，透香汗，我欲向南窗一醉眠。（合前）

【前腔】【梁州序】（首至合）向晚來雨過南軒，見池面紅粧零亂。漸輕雷隱隱，雨收雲散。但聞得荷香十里，新月一鈎，此景佳無限。蘭湯初浴罷，晚粧殘，深院黃昏懶去眠。（合前）

【前腔】【梁州序】（首至合）柳陰中忽噪新蟬，見流螢飛來庭院。聽菱歌何處，畫船歸晚。只見玉繩低度，朱户無聲，此景尤堪戀。起來攜素手，鬢雲亂，月照紗厨人未眠。（合前）

【節節高】漣漪戲采鴛，把露荷翻，清香瀉下瓊珠濺。香風扇，芳沼邊，閒亭畔。坐來不覺神清健，蓬萊閬苑何足羨？只恐西風又驚秋，暗中不覺流年换。

【前腔】清宵思爽然，好涼天，瑶臺月下清虚殿。神仙眷，開玳筵，重歡宴。任教玉漏催銀箭，水晶宫裏把笙歌按。（合前）

【尾聲】光陰迅速如飛電，好良宵可惜漸闌，拌取歡娱歌笑喧。

思鄉

【正宫·雁魚錦】思量，那日離故鄉。記臨歧送别多惆悵，攜手共那人不厮放。教他好看承，我爹娘，料他每應不會遺忘。聞知飢與荒，只怕他捱不過歲月難存養。若望不見信音，

却把誰倚仗？(一)

【二段】思量，幼讀文章，論事親爲子也須要成模樣。真情未講，怎知道喫盡多魔障？被親强來赴選場，被君强官爲議郎，被婚强效鸞凰。三被强，我衷腸説與誰行？埋怨難禁這兩廂：這壁廂道咱是個不撑達害羞喬的相識，那壁廂道咱是個不睹事負心的薄倖郎。

【三段】悲傷，鷺序鴛行，怎如那慈烏返哺能終養？謾把金章，綰着紫綬；試問斑衣，今在何方？斑衣罷想，縱然歸去，又恐帶麻執杖。只爲那雲梯月殿多勞攘，落得淚雨似珠兩鬢霜。

【四段】幾回夢裏，忽聞鷄唱。忙驚覺錯呼舊婦，同問寢堂上。待朦朧覺來，依然新人鳳衾和象床。怎不怨香愁玉無心緒？更思想，被他攔擋。教我，怎不悲傷？俺這裏歡娱夜宿芙蓉帳，他那裏寂寞偏嫌更漏長。

【五段】漫悒快，把歡娱翻成悶腸。菽水既清涼，我何心，貪着美酒肥羊？悶殺人花燭洞

(一) 眉批：惆：音『抽』，陽平作陰平聲，舊譜頗多。此係元人北曲相延所致，今悉仍之，以俟好古知音者。此曲古九宫俱不註細犯何曲，《南詞定律》始加細註，殊未盡叶，今從古九宫亦不註犯調，惟分五段以還舊觀。況《荆釵》《浣紗》諸曲已奉爲成規，似□□□□□□聚訟。按：『被親』『被君』『被婚』皆兩字作逗，《浣紗記》『問君』『問臣』可證也，今之歌者悉於『强』字作逗，殊失文意。

房，愁殺我掛名在金榜。魆地裏自思量，正是在家不敢高聲哭，只恐猿聞也斷腸。

剪髮

【南呂·香羅帶】一從鸞鳳分，誰梳鬢雲？粧臺嬾臨生暗塵，那更釵梳首飾典無存也。是我擔閣你度青春，如今又剪你，資送老親。剪髮傷情也，怨只怨結髮薄倖人。

【臨江仙】連喪雙親無計策，只得剪下香鬟。非奴苦要孝名傳，正是上山擒虎易，開口告人難。(一)

【梅花塘】賣頭髮，買的休論價。念我受饑荒，囊篋無些個。我丈夫出去，那更連喪了公婆。没奈何，只得賣頭髮資送他。

【香柳娘】看青絲細髮，看青絲細髮，剪來堪愛，如何賣也没人買？若論這饑荒死喪，論這饑荒死喪，怎教我女裙釵，當得恁狼狽？况連朝受餒，况連朝受餒，我的脚兒怎擡？其實難捱。

(一) 眉批：【臨江仙·引子】□□改作【過曲】度下戲情，乃緊與後『别丈』齣【五供養】□，妙。具見古人匠心之苦，難爲俗伶道也。

【前腔】往前街後街，望前街後街，並無人買。叫得我咽喉氣噎，無如之奈。我如今便死，我如今便死，只是暴露兩屍骸，誰人與遮蓋？我將頭髮去賣，將頭髮去賣，賣了把公婆葬埋，奴便死何害？

【前腔】你兒夫曾付託，你兒夫曾付託，我怎生違背？你無錢使用，我須當貸。將頭髮剪下，將頭髮剪下，跌倒在長街，都緣我之罪。嘆一家破敗，嘆一家破敗，否極何時泰來？各出珠淚。

【前腔】謝公公慷慨，謝公公慷慨，把錢相貸，我公婆在地府也相感戴。只愁奴此身，愁只愁奴此身，死也没人埋，誰還你恩債？（合前）

（俗增『我如今算來』一曲，殊礙文義，今不録。）

賞　秋

【高大石・念奴嬌序】長空萬里，見嬋娟可愛，全無一點纖凝。十二闌干光滿處，涼浸珠箔銀屏。偏稱，身在瑶臺，笑斟玉斝，人生幾見此佳景？惟願取年年此夜，人月雙清。

【前腔】孤影，南枝乍冷，見烏鵲縹緲驚飛，棲止不定。萬點蒼山，何處是修竹吾廬三徑？追省，丹桂曾攀，嫦娥相愛，故人千里漫同情。（合前）

【前腔】光瑩，我欲吹斷玉簫，乘鸞歸去，不知風露冷瑶京？環珮濕，似月下歸來飛瓊。那更，香霧雲鬟，清輝玉臂，廣寒仙子也堪并。（合前）

【前腔】愁聽，吹笛關山，敲砧門巷，月中都是斷腸聲。人去遠，幾見明月虧盈？惟應，邊塞征人，深閨思婦，怪他偏向别離明。（合前）

【中吕·古輪臺】峭寒生，鴛鴦瓦冷玉壺冰，闌干露濕人猶凭，貪看玉鏡。況萬里清明，皓采有十分端正。三五良宵，此時獨勝。把清光都付與，酒杯傾。從教酩酊，拌夜深沉醉還醒。酒闌綺席，漏催銀箭，香銷寶鼎。斗轉與參横，銀河耿，轆轤聲已斷金井。

【前腔】閒評，月有圓缺與陰晴，人世上有離合悲歡，從來不定。深院閒庭，處處有清光相映。也有得意人人，兩情暢咏；也有獨守長門伴孤另，君恩不幸。有廣寒仙子娉婷，孤眠長夜，如何捱得更闌寂静？此事果無憑。但願人長永，小樓玩月共同登。

【尾聲】聲哀訴，促織鳴。俺這裏歡娱未罄，却笑他他幾處寒衣織未成。

描容

【南吕·三仙橋】一從他每死後，要相逢不能勾，除非是夢裏暫時略聚首。苦要描，描不就，暗想像，教我未寫先淚流。寫，寫不出他苦心頭；描，描不出他飢症候；畫，畫不出他望孩兒的睁睁兩眸。我只畫得他髮颼颼，和那衣衫敝垢。我若畫做好容顏，須不是趙五娘的姑舅。

【前腔】我待畫你個龐兒帶厚，他可又饑荒消瘦。我待畫你個龐兒展舒，他自來長恁皺。若寫出來，真是醜。那更我心憂，也做不出他歡容笑口。只見他兩月稍優遊，其餘的也都是愁。我只記得他形衰貌朽，便做他孩兒收，也認不出是當初父母。縱認不出是蔡伯喈當初的爹娘，須認得是趙五娘近日來的姑舅。

【前腔】非是奴尋夫遠遊，只怕我公婆絶後。我見夫便回，此行安敢久。苦！路途中，奴怎走？望公婆相保佑奴出外州。他尚兀自没人看守，如何來相保佑？只怕奴去後，冷清清有誰來拜掃？縱使遇春秋，一陌紙錢怎有？你生是個受凍餒的公婆，死做個絶祭祀的姑舅。

【越調・憶多嬌】他魂渺漠，我没倚託。程途萬里，教我懷夜壑。此去孤墳，望公公看着。舉目蕭索，舉目蕭索，滿眼盈盈淚落。

【前腔】承委託，當領略。這孤墳看守，我也決不爽約。但願你在途中身安樂。（合前）

【鬥黑麻】深謝得公公，便相允諾。從來的深恩，怎敢忘却？只怕途路遠，體怯弱，病染孤身，衰力倦脚。此去孤墳寂寞，路途滋味惡。兩處堪悲，兩處堪悲，萬愁怎摸？

【前腔】伊夫婿都應是，貴官顯爵。伊家去，須當審個好惡。似你這般喬打扮，他怎知覺？一貴一貧，怕他將錯就錯。（合前）

盤夫

【南吕・紅衲襖】你喫的是煮猩唇和燒豹胎，穿的是紫羅襴，繫的是白玉帶。我只見五花頭踏在你馬前擺，三簷傘兒在你頭上蓋。你本是草廬中一秀才，如今做了漢朝中梁棟材。有甚不足，只管鎖了眉頭也，唧唧噥噥不放懷？

【前腔】我穿的紫羅襴，倒拘束得我不自在；我穿的是皂朝靴，怎敢胡去踹？口兒裏喫幾口慌張張要辦事的忙茶飯，手兒裏拿着個戰兢兢怕犯法的愁酒杯。倒不如嚴子陵登釣臺，怎做得楊子雲閣上災？只管待漏隨朝，可不誤了秋月春花也，干碌碌頭又白？

【前腔】莫不是丈人行性氣乖？莫不是妾跟前缺管待？莫不是畫堂中少了三千客？莫不是繡屏前少了十二釵？這意兒教人怎猜？這話兒教人怎解？敢只是楚館秦樓，有個得意人兒也，悶懨懨常掛懷？

【前腔】有個人人在天一涯，只落得臉銷紅眉鎖黛。我不是傷秋宋玉無聊賴，有甚心情去戀着閒楚臺？三分話兒只恁猜，一片心兒只恁解。你休纏得我無語無言，若還提起那籌兒也，撲簌簌淚滿腮。

【雙調・江頭金桂】【五馬江兒水】（首至五）怪得你終朝攧窨，只道你緣何愁悶深。教咱猜着啞謎，爲你沉吟，那籌兒没處尋。【金字令】（五至九）我和你共枕同衾，瞞我則甚？你自撇了爹娘媳婦，屢換光陰，他那裏須怨着你没信音。【桂枝香】（七至末）笑伊家短行，無情忒甚。到如今，兀自道且説三分話，未可全拋一片心。

【前腔】【五馬江兒水】（首至五）非是我聲吞氣忍，只爲你爹行勢逼臨。怕他知我要歸去，將人厮禁，待説又將口噤。【金字令】（五至九）我待解朝簪，再圖鄉任。他不隄防着我，須遣我到家林，和你雙雙兩人歸晝錦。【桂枝香】（七至末）嘆雙親老景，存亡未審。只怕雁杳魚沉。又不是烽火連三月，真個家書抵萬金。

諫父

【黄鍾・獅子序】他媳婦雖有之，念奴家須是他孩兒的妻。那曾有媳婦不侍親闈？若論做媳婦的道理，須當奉飲食，問寒暄，相扶持，蘋蘩中饋。又道是養兒代老，積穀防饑。

【太平歌】他來求科舉，指望錦衣歸，不想道你留他爲女婿。他理怨洞房花燭夜，那些個千里能相會？只要保全金榜掛名時，他事急且相隨。

【賞宮花】他終朝慘淒，我如何忍見之？若論爲夫婦，須是共歡娱。他數載不通魚雁信，枉了十年身到鳳凰池。

【降黄龍】須知，非是奴癡迷，已嫁從夫，怎違公議？爹猶念女，怎教他爹娘不念孩兒？休提，縱把奴擔閣，比擔閣他媳婦何如？那些個夫唱婦隨，嫁鷄逐鷄飛？

【南吕・大聖樂】婚姻事難論高低，若論高低何如休嫁與？假饒親賤孩兒貴，終不然便抛棄？奴是他親生兒子親媳婦，難道他是何人我是誰？爹居相位，噯呀！爹爹嗄，怎説出傷風敗俗非理的言語？

【紅衫兒】你不信我教伊休説破，到此如何？算你爹心性，我豈不料過？我爲甚亂掩胡遮？也只爲着這些。你直待要打破砂鍋，是你招災攬禍。

【前腔】不想道相挃靶，這做作難禁架。我見你每每咨嗟要調和，誰知道好事多磨起風波？把你陷在地網天羅，如何不怨我？懊恨只爲我一個，可不擔閣你兩下。

【正宫・醉太平】蹉跎，光陰易謝。縱歸去，晚景之計如何？名韁利鎖，牢絡在海角天涯。知麼？多應我老死在京華，孝情事一筆都勾罷。這般摧挫，傷情萬感，淚珠偷墮。

【前腔】非詐，奴甘死也。縱奴不死時，君去須不可。奴身值甚麼？只因奴誤你一家。差訛，假饒做夫婦也難和，你心怨我心縈掛。奴身拚舍，成伊孝名，救伊爹媽。

廊會

【商調・二郎神】容瀟灑，照孤鸞嘆菱花剖破。記翠鈿羅襦當日嫁，誰知他去後，釵荆裙布無些〻？這金雀釵頭雙鳳嚲，可不羞殺人形孤影寡？說甚麽簪花捻牡丹，教人怨着嫦娥。

【前腔】嗟呀，他心憂貌苦，真情怎假？你爲着公婆珠淚墮，我公婆自有，不能承奉杯茶。你比我没個公婆承奉呵，不枉了教人做話靶。你公婆，爲甚的雙雙命掩黄沙？

【囀林鶯】爲荒年萬般遭坎坷，我丈夫又在京華。把糟糠暗喫擔飢餓，公婆死，剪頭髮賣了去埋他。把孤墳自造，土泥盡是我羅裙包裹。也非誇，只看我手指傷，血痕尚在衣羅。

【前腔】愁人見説愁轉多，使我珠淚如麻。我丈夫亦久别雙親下，他要辭官，被我爹蹉跎。他妻雖有麽，怕不似您會看承爹媽。在天涯，教人去請，知他在路上如何？

【黄鍾・啄木鸝】【啄木兒】（首至合）聽言語，教我悽愴多，料想他每也非是假。他那裏既有妻房，取將來怕不相和？但得他似你能捓靶，我情願侍他居他下。【黄鶯兒】（合至末）只愁他，程途上苦辛，教人望巴巴。

【前腔】【啄木兒】（首至合）錯中錯，訛上訛，只管在鬼門前空占卦。若要識蔡伯喈的妻房，奴家便是無差。果然是他非謊詐？原來爲我喫折挫，【黄鶯兒】（合至末）爲我受波查。教伊怨我，教我怨爹爹。

【商調·黄鶯兒】和你一樣做渾家，我安然你受禍。你名爲孝婦，我被傍人罵。公死爲我，婆死爲我，情願把你孝衣穿着把濃粧罷。事多磨，冤家到此，逃不得這波查。

【前腔】他當元也是没奈何，被强将來，赴選科，辭爹不肯聽他話。只爲辭官不可，辭婚不可。只爲三不從，做成災禍天來大。（合前）

書館

【仙吕·解三酲】嘆雙親把兒指望，教兒讀古聖文章。似我會讀書的，倒把親撇漾；少甚麼不識字的，倒得終養。我只爲你其中自有黄金屋，反教我撇却椿庭萱草堂。還思想，畢竟是文章誤我，我誤爹娘。

【前腔】比似我做負義虧心臺館客，倒不如守義終身田舍郎。《白頭吟》記得不曾忘，緑鬢婦何故在他方？我只爲你其中有女顔如玉，反教我撇却糟糠妻下堂。還思想，畢竟是文章誤我，我誤妻房。

【南吕·太師引】細端詳，這是誰筆仗？覷着他，教我心兒好感傷。好似我雙親模樣。怎穿着破損衣裳？道别後容顔無恙，怎這般淒涼形狀？有誰來往，直將到洛陽？須知是仲尼陽虎一般龐。

【前腔】這是街坊誰劣像，砌莊家形衰貌黄。若没個媳婦來相傍，少不得也似這般淒涼。敢是神圖佛像？正看到其間，猛可的小鹿兒在心頭撞。丹青匠，由他主張，須知是毛延壽誤王嬙。

【越調・鏵鍬兒】你説得好笑，可見你的心兒窄小。没來由漾却苦李，再尋甜桃。他不嫉不淫與不盜，終無去條。衆所誚，人所褒。縱然他醜貌，怎肯相休棄了？

【前腔】伊家富豪，那更青春年少。看你紫袍掛體，金帶垂腰，應須有封號。金花紫誥，必俊俏，須媚嬌。若還他醜貌，怎不相休棄了？

【前腔】你言顛語倒，惱得我心兒焦躁。敢是把咱奚落，特兀自粧喬？引得我淚痕交，撲簌簌這遭。他把我嘲，難恕饒。説與我知道，怎肯干休罷了？(一)

【前腔】我心中忖料，料不是薄情分曉，管教伊夫婦會合在今朝。伊家枉然焦，只怕你哭聲漸高。是伊大嫂，身姓趙。説與你知道，怎肯干休罷了？

(一) 眉批：此曲第二句近有唱『心兒轉焦』者不知前後三曲俱用仄聲，此處必欲更易兩字義，皆無謂文。『説與我知道』上增一『不』字，謬甚，今俱訂正。

【竹馬兒賺】聽得鬧炒，敢是兒夫看詩囉唣？是誰忽叫？夫人召，必有分曉。是他題詩句，你還認得否？他從陳留郡，爲你來尋討。你怎的穿着破襖，衣衫盡是素縞？莫不是雙親不保？

【前腔】難説難道。從别後，遭水旱，兩三人只道同做餓殍。只有張公可憐，嘆雙親别無倚靠。兩口顛連相繼死，剪頭髮賣錢來送伊妣考。把孤墳自造，土泥盡是我羅裙裹包。聽伊言道，怎不教人痛傷噎倒？

【山桃紅】【下山虎】（首至四）蔡邕不孝，把父母相抛。早知道形衰耄，怎留漢朝？【小桃紅】（六至合）爲我受煩惱，爲我受劬勞。葬我爹，葬我娘，你的恩難報也。【下山虎】（八至末）又道是養子能代老。這苦知多少？此恨怎消？天降災殃人怎逃？

【前腔】【下山虎】（首至四）脱却官帽，解下藍袍。急上辭官表，共行孝道。【小桃紅】（六至合）豈敢憚煩惱？豈敢憚劬勞？拜你爹，拜你娘，親把墳塋掃也，【下山虎】（八至末）使地下亡靈添榮耀。（合前）

【尾聲】幾年分别無音耗，千山萬水迢遥。只爲三不從，生出這禍苗。

掃松

【仙吕・步步嬌】只見黄葉飄飄把墳頭覆，厮趕皆狐兔。爲甚松楸漸漸疏？元來是荅把磚封，笱迸泥路。只怕你難保百年墳，教誰來添上你三尺土？

【前腔】渡水登山多辛苦，來到這荒村塢。遥觀一老夫，試問他家，住在何所。趲步向前行，元來一所荒墳墓。

【風入松】不須提起蔡伯喈，説着他每忒歹。他去做官有六七載，撇父母抛妻不保。兀的這磚頭土堆，是他雙親喪在此中埋。

【前腔】一從他别後遇荒災，更無人倚賴。虧他媳婦相看待，把衣服和釵梳都解。他背地裏把糟糠自捱，公婆的反疑猜。

【急三鎗】他公婆的親看見，雙雙死，無錢送，只得剪頭髮賣買棺材。他去空山裏，裙包土，血流指，感得神明助，與他築墳臺。

【風入松】如今已往帝都來，肩背着琵琶做乞丐。叫他不應魂何在？空教我珠淚盈腮。三不孝逆天罪大，空設醮，枉修齋。

【急三鎗】你如今疾忙去到京臺，説老漢道與蔡伯喈。拜别人做爹娘好美哉，親爹娘死，不值得拜一拜。

【風入松】元來也是出無奈，好一似鬼使神差。三不從把他厮禁害，三不孝亦非其罪。這是他爹娘福薄運乖，想人生裏都是命安排。

别 丈

【仙吕·風入松慢】女蘿松柏望相依，況景入桑榆。他椿庭萱室齊傾棄，怎不想家山桃李？中雀誤看屏裏，乘龍難駐門楣。

【光光乍】女婿要同歸，岳丈意何如？忽叫老身緣何的？想必與他作區處。

【南吕·女冠子】媳婦事舅姑合體例，怎不教女孩兒同去？當初是相公相留住，今日裏怨着誰？事須近理，怎使威勢？休道朝中太師威如火，那更路上行人口似碑。想起此事，費人區處。

【前腔】相公只慮多嬌女，怕跋涉萬山千水。女生外向從來語，況既已做人妻。夫唱婦隨，不須疑慮。這是藍田種玉結親誤，今日裏到海沉船補漏遲。（合前）

【前腔】當初是我不仔細，誰知道事成差池？念深閨幼女多嬌媚，怎跋涉萬餘里？我嫡親更有誰，怎忍分離？不教愛女擔煩惱，也被傍人講是非。（合前）

【仙吕·五供養】終朝垂淚，爲雙親使我心疼。墳塋須共守，只得離宸京。商量個計策，猶恐你爹心不肯。若是他不肯，只索向君王請命。

【大石·催拍】念蔡邕爲雙親命傾，遭不孝逆天罪名。今辭了漢廷，辭了漢廷。感岳丈深恩，豈敢忘情？我欲待不歸，又負却亡靈。辭别去，同到墳塋；心慽慽，淚盈盈。

【前腔】念奴家離鄉背井，謝相公教孩兒共行。非獨故里榮，非獨故里榮，我陰世公婆，死也目瞑。我自看待你孩兒，不用叮嚀。（合前）

【前腔】覷爹爹衰顔鬢星，思量起教人淚零。我進退不忍，進退不忍。誤了公婆，被人譏評。撇了爹爹，又没人看承。（合前）

【前腔】此别去，你的吉凶未憑；再來時，我存亡未審。吾今已老景，今已老景，你没爹娘，我没親生。若念骨肉一家，須要早辦回程。（合前）

【正宫·一撮棹】岳丈寬心等，何須苦掛縈？把音書寫，頻頻寄郵亭。爹年老，伊家須好看承。程途裏，各要保安寧。死别全無準，生離又難定。今去也，何日返神京？

愁配

【中吕·剔銀燈】忒過分爹行所爲，但索强全不顧人議。背飛鳥硬求來諧比翼，隔墻花强攀做連理。姻緣，還是怎的？婚姻事女孩兒家怎提？

【仙吕・桂枝香】書生愚見，忒不通變。不肯做坦腹東床，謾自去哀求金殿。想他們就裏，想他們就裏，將人輕賤。非爹胡纏，怕被人傳。道你是相府公侯女，不能勾嫁狀元。

【前腔】百年姻眷，須教情願。他那裏抵死推辭，俺這裏不索留戀。想他們就裏，想他們就裏，有些牽絆。怕恩多成怨。滿皇都少甚麽公侯子，何須去嫁狀元？

【南吕・大迓鼓】非干是你爹意堅，只怕春花秋月，誤你芳年。況兼他才貌真堪羡，又是五百名中第一仙。故把嫦娥，付與少年。

【前腔】姻緣雖在天，若非人意，到底埋冤。料想赤繩不曾綰，都應他無玉種藍田。休把嫦娥，强與少年。

關糧

【正宫・普天樂】我兒夫一向留都下，家只有年老的爹和媽。弟和兄更没一個，看承盡是奴家。歷盡苦，有誰憐我，怎説得不出閨門的清平話？若無糧，我也不敢回家。豈忍見公婆受餒？嘆奴家命薄，直恁摧挫。

【雙調・鎖南枝】兒夫去，竟不還，公婆兩人都老年。自從昨日到如今，不能勾一餐飯。奴請糧，他在家懸望眼。念我老公婆，做方便。

【前腔】賊潑賤，敢亂言，聲聲教咱行方便。爲你打了二十皮鞭，教我羞見傍人面。你若還我糧，我便饒你拳；你若不還糧，打教一命喪黄泉。

【前腔】鄉官可憐見，大娘子兒可憐，是我公婆命所關。若是必須奪去，寧可脱下衣裳，就問鄉官换。寧使奴身上寒，只要與公婆救殘喘。

【前腔】奪將去，真可憐，公婆望奴不見還。縱然他不埋冤，道做媳婦的有何幹？他忍飢添我夫罪愆，怎見得我夫面？

【前腔】不豐歲，荒歉年，官司把糧來給散。見一個年少佳人，在那裏頻嗟嘆。待向前仔細看，元來是五娘子，在此有何幹？

【前腔】罵你這鐵心賊，昧心漢。瞞心昧己，自有天知鑒。我也請得些官糧，和你兩下分一半。休恁推，莫棄嫌，且將回，權做幾厨飯。

【正宫・洞仙歌】家私没半分，靠着奴此身。只要救取公婆，豈辭多苦辛？空把淚珠揾，可憐飢與貧，這苦也説不盡。

綴白裘

清錢德蒼編選。寶仁堂初刻本，另有四教堂本、鴻文堂本、共賞齋本、集古堂本、學耕堂本及汪協如校點本。共十二集。其中選收《琵琶記》之《辭朝》《盤夫》《逼試》《規奴》《賞荷》《墜馬》《廊會》《書館》《掃松》《訓女》《剪髮》《賣髮》《稱慶》《諫父》《描容》《别墳》《分别》《長亭》《别丈》《思鄉》《饑荒》《拐兒》《請郎》《花燭》《喫飯》《喫糠》等二十六齣，輯録如下。

辭朝

（末上）

【點絳唇】夜色將闌，晨光欲散，把珠簾捲。移步丹墀，擺列着金龍案。

下官乃漢朝一個黄門官是也。往來紫禁，侍奉丹墀，領百官之奏章，傳一人之命令。正是：聖德無瑕因宦集，天顏有喜近臣知。如今天色漸明，正是早朝時分，官裏升殿，只得在此伺候。（内）怎見得早朝時分？（末）但見銀河清淺，珠斗斕班。數聲角吹落殘星，三通鼓報傳清曙。銀箭銅壺，點點滴滴，尚有九門寒漏；瓊樓玉宇，聲聲隱隱，已聞萬井晨鐘。曈曈曚曚，蒼芒紅日映樓臺；拂拂霏霏，葱蒨翠烟浮禁苑。裊裊巍巍，千尋玉掌，幾點瀼瀼露未晞；澄澄湛湛，萬里旋空，一片團團月初墜。三唱天鷄，（一）咿咿啞啞，共傳紫陌更闌；百轉流鶯，間間關關，報道上林春曉。午門外碌碌喇喇，車兒碾得塵飛；六宫裏嘔嘔啞啞，樂聲奏如鼎沸。只見那建章宫、甘泉宫、未央宫、長楊宫、五柞宫、長秋宫、長樂宫，重重疊疊，萬萬千千，盡開了玉關金鎖；又見那昭陽殿、文華殿、長生殿、披香殿、金鑾殿、麒麟殿、太極殿、白虎殿，隱隱約約，三三兩兩，多捲上繡帕珠簾。半空中忽聽得一聲轟轟劃劃，如雷如霆，震耳的鳴稍響，合殿裏惟聞得一陣氤氤氳氳，非烟非霧，撲鼻的御爐香。瀝瀝緲緲，紅雲裏雉尾扇遮着赭黄袍；深深沉沉，丹陛間龍鱗座覆着彤芝蓋。左列着森森嚴嚴，前前後後的羽林軍、期門軍、孔雀軍、神策軍、虎賁軍，花迎劍佩星初落；右列着擠擠鏘鏘，高高下下的金吾衛、龍虎衛、拱日衛、千牛衛、驃騎衛，柳拂旌旗露未乾。金間玉，玉間金，閃閃爍爍燦燦爛爛的神仙儀從；紫映緋，緋映紫，行行列列整整齊齊的文武官僚。螭頭堦下，立着一對妖妖嬈嬈、花容月貌、繡鸞袍兜央靴的奉引昭容；豹尾班中，擺着一個端端正正、銅肝鐵膽、白象簡獬豸冠的糾彈御史。拜的拜，跪的跪，那一個敢挨挨挦挦縱

（一）雞：原作「鳥」，據汲古閣刊本《繡刻琵琶記定本》改。

喧譁？升的升，下的下，那一個不欽欽敬敬依禮法？但願嘗瞻仙仗，聖德日新日新日日新；與群臣共拜天顔，聖壽萬歲萬歲萬萬歲。正是：從來不信叔孫禮，今日方知天子尊。道尤未了，奏事官早到。（内）下驢。

【點絳唇】（小生上）月淡星稀，建章宫裏千門曉。御爐烟裊，隱隱鳴稍杳。

不寢聽金鑰，因風想玉珂。明早有封事，數問夜如何？下官爲父母在堂，今日上表辭官。來此已是午門，不免逕入。（末）奏事官排班、整冠、束帶、整衣、執笏、咳嗽、上御道、三舞蹈、跪山呼。（小生）萬歲！（末）再山呼。（小生）萬歲！（末）齊祝山呼。（小生）萬萬歲！（末）我乃黄門，職掌奏事；有何文表，就此披宣。

【入破】（小生）議郎臣蔡邕啓：今日蒙恩旨，除臣爲議郎之職，重蒙賜婚牛氏。干瀆天威，臣謹誠惶誠恐，稽首頓首。[一] 伏念微臣，初來有志。誦詩書，力學躬耕修己，不復貪榮利。事父母，樂田里，初心願如此而已。不想州司，謬取臣邕充試，到京畿。豈料蒙恩，叨居上第？

【破二】重蒙聖恩，婚賜牛公女。臣草茅疏賤，如何當此隆遇？但臣親老，一從別後，光陰

[一] 稽：原作『嵇』，據汲古閣刊本《繡刻琵琶記定本》改。下同改。

有幾？廬舍田園，荒蕪久矣。

【衮三】那更老親鬢垂髮白，筋力皆癯瘁。形隻影單，無弟兄，誰奉侍？況隔千山萬水，知他生死存亡，雖有音書難寄。最可悲，他甘旨不供，我食禄有愧。

（末）聖上主婚，太師聯姻，何必推辭？

【歇拍】（小生）不告父母，怎諧匹配？臣又聽得家鄉裏，遭水旱，遇荒飢。料想臣親必做溝渠之鬼，未可知。怎不教臣，悲傷淚垂？

（末）此非哭泣之處，休得驚動天庭。

【中衮】（小生）臣享厚禄掛朱紫，出入承明地。惟念二親寒無衣，飢無食，喪溝渠。憶昔先朝朱買臣出守會稽，司馬相如，持節錦歸。

【煞尾】他遭遇聖時，皆得還鄉里。臣何故，遠鄉里，没音書，此心違？伏望陛下特憫微臣之志。遣臣歸，得侍雙親，隆恩無比。

【出破】若還念臣有微能，鄉郡望安置。庶使臣忠心孝意得全美，臣無任瞻天仰聖，激切屏營之至。

（末）奏事官平身，退班。（小生）萬歲，萬歲，萬萬歲！大人。（末）殿元，我當與汝轉達天聽便了。疾忙移步上金堦，叩闕封章達帝臺。（小生）黄門口傳天語降，（末）殿元耑聽玉音來。（下）（小生）黄門大人已將我奏章達上，未知聖意允否？不免望空禱告天地一番。

【滴溜子】天憐念，天憐念，蔡邕拜禱。雙親的，雙親的，死生未保。可憐深恩難報，一封奏九重，知他聽否？阿呀，爹娘吓！會合分離，多在這遭。

【前腔】（衆上）今日裏，今日裏，議郎進表。傳達上，傳達上，聖目看了。道太師昨日先奏，把乘龍女婿招，多少是好？現有玉音降臨聽剖。

（老旦）聖旨已到，跪聽宣讀。詔曰：孝道雖大，終於事君。王事多艱，豈遑報父？朕以凉德，嗣纘丕基。眷兹警動之風，未遂雍熙之化；爰招俊髦，以輔不逮。咨爾才學，允愜輿情。是用擢居議論之司，以求繩糾之益。爾當恪守乃職，勿得固辭。試覽卿疏，陳留郡饑荒，即着有司量情賑濟。其所議婚姻事，可曲從師相之請，以成桃夭之化。欽予時命，裕汝乃心。謝恩。（小生）萬歲，萬歲，萬萬歲！試問昭容事可知，未審官裏意如何？（老旦）昨日已准牛相本，殿元不必再推辭。（衆合前，下）（末）殿元，饑荒本准了，辭婚養親本不准。（小生）既如此，待下官再奏。（末）聖旨已出，誰敢再奏？（小生）阿！黄門大人，聖上不准我的奏章呵。

【啄木兒】只爲親衰老，妻又嬌，萬里關山音信杳。他那裏舉目凄凄，俺這裏回首迢迢；他那裏望得眼穿兒不到，俺這裏哭得淚乾親難保。（末）請接了聖旨。（小生）閃殺人一封丹鳳詔。

【前腔】(末)你何須慮？不用焦，人世上離多歡會少。大丈夫當萬里封侯，肯守着故園空老？畢竟事親事君一般道，人生怎全得忠和孝？却不道父在高堂子在朝？

【三段子】(小生)這懷怎剖？望丹墀天高聽高。這苦怎逃？望白雲山遥路遥。(末)你做官與親添榮耀，高堂管取加封號。與你改換門閭，偏不是好？(小生)阿呀，牛太師阿！你那冤家的，冤家的，苦苦見招，俺媳婦埋怨怎了？饑荒歲，饑荒歲，教他怎熬？阿呀！俺爹娘怕不做溝渠中餓殍？(末)譬如四方戰爭多征調，從軍遠戍沙場草，殿元，也只是爲國忘家怎憚勞？

(小生)家鄉萬里信難通，(末)争奈君王不肯從？

(小生)情到不堪回首處，一齊分付與東風。

請了。(各下)

盤　夫

(小生上)

【菊花新】封書遠寄到親闈，又見關河朔雁飛。梧葉滿庭除，争似我悶懷堆積？

我蔡邕久留京邸，不得回家侍奉雙親，十分愁悶。且喜前日接得平安家報，即便修書付回，未知可曾到否？這幾日時懷掛念，翻成憂慮。正是：雖無千丈綫，萬里繫人心。

【意難忘】（貼上）緑鬢仙郎，懶拈花弄柳，勸酒持觴。眉顰知有恨，何事苦相防？（小生）夫人，些個事，惱人腸。（貼）相公，試説與何妨？（小生）只怕你尋消問息，添我恓惶。

（貼）相公，無事而戚，謂之不祥。你自到我家，終日愁眉不展，面帶憂容，却是爲何？吓！相公，你如今還是少了穿的？少了喫的？却有甚不足意處？

【紅衲襖】你喫的是煮猩唇和那燒豹胎，穿的是紫羅襴，繫的是白玉帶。你出入呵，只見你五花頭踏在你馬前擺，三簷傘兒在你頭上蓋。吓！相公，你莫怪我説吓。你本是草廬中一秀才，今做了漢朝中梁棟材。你有甚不足，只管鎖着眉頭也，唧唧噥噥不放懷？

【前腔】（小生）咳！夫人，我穿着這紫羅襴，到拘束得不自在；脚穿着這皂朝靴，怎敢胡亂去踹？口兒裏喫幾口荒張張要辦事的忙茶飯，手兒裏捧着個戰兢兢怕犯法的愁酒杯。到不如嚴子陵登釣臺，怎做得楊子雲閣上災？只管的待漏隨朝，可不耽誤了秋月春花也，干碌碌頭早白。

（貼）相公，我知道你了。

【前腔】莫不爲丈人行性氣乖？（小生）不是。（貼）莫不是妾跟前缺管待？（小生）不是。（貼）莫不是畫堂中少了三千客？（小生）也不是。（貼）莫不是繡屏前少了十二釵？（小生）

也不是。（貼）相公，這意兒教人怎猜？這話兒教人怎解？我今番猜着你了。敢只爲楚館秦樓，有個得意人兒也，因此上悶懨懨常掛懷？（小生）越發不是了。（貼）這不是那不是，端的爲着何來？

【前腔】（小生）有個人在天一涯，阿喫！只落得臉銷紅眉鎖黛。夫人，我本是傷秋宋玉無聊賴，有甚心情去戀着閒楚臺？（貼）吓！相公，你有甚心事，何不説與奴家知道？（小生）夫人。這三分話兒只恁猜，一片心兒直恁解。夫人，你休纏得我無言，若還提起那籌兒也，撲簌簌淚滿腮。

（貼）吓！相公，我待不勸你，你只管愁悶；我問着你，〔一〕你又藏頭露尾。我也只得由你罷了。〔二〕吓！相公，夫妻何事苦相防？莫把閒愁積寸腸。正是：各人自掃門前雪，莫管他家瓦上霜。（虛下）（小生）咳！正是：難將我語和他語，未必他心似我心。自家娶妻兩月，别親數載，久淹京師，歸期未定。因此終朝思想，整日憂容。我這新娶的媳婦雖則賢惠，若將此事和他説知，也肯教我回去。只是他的爹爹知道我有媳婦在家，怎肯放我回去？不如姑且隱忍，改日求一鄉任，那時回家見我父母妻子便了。咳！夫人吓夫人，非是隄防你太深，只緣伊父苦相禁。正是：夫妻且説三分話，（貼上）

〔一〕問：原作『悶』，據文義改。
〔二〕只：原作『這』，據文義改。

呀！相公，你道是未可全抛一片心。好吓！你瞞得我好！只是你那爹娘和媳婦在家，可不埋怨着你來？（小生）可不道！

【江頭金桂】（貼）怪得你終朝嚬窨，只道你緣何愁悶深。教咱猜着啞謎，爲你沉吟，那籌兒没處尋。我和你共枕仝衾，你瞞我則甚？你自撇了爹娘媳婦，屢換光陰，他那裏須怨着你没信音。笑伊家短行，無情忒甚。到如今，兀自道且説三分話，未可全抛一片心。

【前腔】（小生）吓！夫人，非是我聲吞氣忍，只爲你爹行勢逼臨。怕他知我要回去，將人厮禁，我待説又將口噤。我待解朝簪，再圖鄉任。他不隄防着我到家林，和你雙雙兩人歸晝錦。嘆雙親老景，存亡未審。下官前日有書寄回去，只怕雁杳魚沉。（貼）既有書寄去，怎麽没有回報？（小生）又不是烽火連三月，真個家書抵萬金。

（貼）原來爲此。待我去對爹爹説知，和你一仝回去便了。（小生）呀！你爹爹怎肯放我回去？你且休説破了。（貼）不妨。我爹爹身爲太師，風化所關，豈有不顧道理之理？我好歹去對他説。（小生）夫人，你休要説罷，説也恐不濟事。（貼）相公休得疑慮，我去説時，自有道理，不由我爹爹不從。正是：雪隱鷺鷥飛始見，柳藏鸚鵡語方知。（小生）今朝識破家中事，還恐伊爹念不移。（仝下）

逼試

（小生上）

【一剪梅引】浪暖桃香欲化魚，期逼春闈，詔赴春闈。郡中空有辟賢書，心戀親幃，難捨親幃。

世間好物不堅牢，彩雲易散琉璃脆。卑人蔡邕，本欲甘守清貧，力行孝道，怎奈朝廷黄榜招賢，郡中將我名字申報上司去了，一壁厢已有吏人來辟召，自家力以親老爲辭。那吏人雖則已去，只怕明日又來。也罷，我只得力辭便了。正是：人爵不如天爵貴，功名怎似孝名高？

【宜春令】雖然讀萬卷書，論功名非吾意兒。只愁親老，夢魂不到春闈裏。便教我做到九棘三槐，怎撇得萱花椿樹？天吓！我這衷腸，一點孝心對着誰語？

【前腔】（生上）相鄰并，相依倚，往常間有事來相報知。老漢張廣才。今當大比之年，特來催促鄰庇蔡老員外之子伯喈上京應試。此間已是。解元有麽？（小生）是那個？呀！原來是大公。大公拜揖。（生）解元。（小生）請坐。外日多承厚禮，還不曾踵門叩謝。（生）好説。（小生）今日到舍，有何貴幹？（生）解元，你還不知麽？（小生）卑人不知。（生）吓！解元。（小生）大公。（生）那試期逼矣，早辦行粧往前途去。（小生）卑人只爲雙親年老，以此不敢前去。（生）解元，子雖念親老孤單，親須望孩兒榮貴。吓！解元，你趁此青春不去，更待何日？且請令尊出來。（小生）曉得。爹爹有請。

【前腔】（外上）時光短，雪鬢垂，守清貧不圖甚的。（小生）爹爹拜揖。（外）我兒，那個在外？（小生）大公在外。（外）元來老友在外，何不早説？説我出來。（小生）曉得。吓！大公，家父出來了。（生）吓！老哥。（外）老友，失迎了。（生）豈敢？（外）請坐。前日多承壽禮。（生）些須薄禮，何足致謝？（外）説那裏話來？請問老友今日到舍，有何見諭？（生）小弟麼，今當大比之年，特來催促令郎上京應試。（外）元來爲着小兒功名大事而來。足感，足感。（生）老哥，好一位令郎吓。（外）老友，非是小弟誇口説。所喜有兒聰慧，但得他爲官我心足矣。蔡邕。（小生）有。（外）天子詔招取賢良，秀才們都求科試。你快赴春闈，急急整裝着行李。

（小生）母親出來了。

【前腔】（付上）娘年老，八十餘，眼兒昏又聾着兩耳。（小生）母親拜揖。（付）我兒，那個在外？（小生）是張大公。（付）説我出來。（小生）是。大公，家母出來了。（外）老荆出來了。（生）吓！老嫂。（付）大公，前日多蒙壽禮。（生）些些薄禮，何足致謝？（付）好説。請坐。着小兒請你喫壽麵，爲何不來？（生）偶有小事，所以不曾捧觴。有罪。（付）好説。請問大公今日到舍，有何見諭？（生）今當大比之年，特來催促令郎上京求取功名。（付）求取功名乃是一莊美事，只怕去不成。（生）爲何？（付）别個不知，大公，你是儘知我家的。喏，又没個七男八婿，只有孩兒，要他供甘旨。（外）又來護短了。（付）老兒，他方纔得六十日夫妻，强逼他去争名奪利？（外）功名大事，一定要去的。（付）懊恨無知老子，好不度己。

(生)待吾對令郎説。吓！解元。(小生)大公。(生)如今黄榜招賢，試期已迫，你有這般才學，怎不去赴選？(小生)大公，非是卑人不肯前去。(生)却爲何來？

【繡帶兒】(小生)只爲親年老光陰有幾，(生)解元，你行孝不在今日。(小生)行孝正當今日。(生)解元此去，定然脱白掛緑。(小生)終不然爲着一領藍袍，却落後戲綵斑衣？(生)請自思之。(小生)思之，此行榮貴雖可擬，[一](外)老友，他説些什麽？(生)令郎説雙親年老，不敢前去。(外)他是這等説？非也。(小生)怕親老等不得榮貴。(外)蔡邕。(小生)有。(外)春闈裏紛紛多是大儒，難道没爹娘的孩兒方去？

【前腔】(生)解元，你休迷，男兒漢有凌雲志氣，何必苦恁淹滯？你此回不去呵，可不干費了十載青燈，枉捱過半世黄虀？須知，此行是你親命，休固拒。解元，那些個有養親之志？(付)我百年事只有此兒，難道是庭前森森丹桂？

【太師引】(外)他意兒我也難提起，這其間就裏我自知。(付)喂，老兒，你知些什麽來？(外)話便有一句，你要護短，不對你説。(付)弗對我説，到對囉個説？(外)對廣才説。吓！廣才，你道他爲何不肯前去？(生)這個小弟不知。(外)他戀着被窩中恩愛，(付)阿喲喲，個様説話對外頭人説？

[一] 雖：原作『門』，據汲古閣刊本《繡刻琵琶記定本》改。

(外)捨不得分離。(生)新婚燕爾，後生之所爲。(外)廣才，你爲何也是這等説？難道你不曾讀過《尚書》的？那塗山四日離大禹。他與趙五娘成親兩月，直恁的捨不得分離。(生)老哥請息怒，待小弟對他説。吓！解元。(小生)大公。(生)令尊罪得你重。(小生)罪卑人什麼來？(生)道你貪夗侶守着鳳幃，恐誤了鵬程鶚薦的消息。

(付)大公。(生)老嫂怎麼説？

【前腔】(付)他意兒只要供甘旨，又何曾貪歡戀妻？自古道曾參純孝，何曾去應舉及第？功名富貴多是天付與，天若與不求而至。(小生)娘言是，望爹行聽取。(外)唗！(小生跪介)(外)娘不要你去，就是娘言是；爲父的要你去，就是父言非？你這戀新婚，逆父命的畜生！(生)老哥請息怒，不必如此。(小生)阿呀，爹爹吓！孩兒若有此心呵，天須鑒蔡邕不孝的情罪。

(外)我且問你，如何謂之大孝？(小生)孩兒告禀爹爹知道：凡爲人子者，冬温而夏凊，昏定而晨省，問其寒暖，搔其痾癢。出入則扶持之，問其所欲則敬進之。又道：父母在，不遠遊，遊必有方，復不過時。古人之孝，不過如是。(外)廣才，你聽他説的多是小節，并不曾説着大孝。(生)是。(外)蔡邕。(小生)有。(外)你且聽我道。(小生)是。(外)夫孝者，始於事親，中於事君，終於立身。身體髮膚，受之父母，不敢毁傷，孝之始也。立身行道，揚名於後世，以顯父母，孝之終也。是以家貧親老，不爲禄仕，所以謂之不孝。你若做得一官半職回來，也顯父母好處。吓！廣才，豈不是個大孝？(生)其實是個大孝。(小生)爹爹説得極是。但孩兒此去，若然做得官還好；倘做不得官，又不能個侍親，又不能個侍君，却不兩下都耽閣了？(生)解元差矣。古人云：幼而學，壯而行。懷寶迷邦，謂之不仁；孔席不暇暖，墨突不得黔；伊尹負鼎俎於湯，百里奚把五羊之皮自鬻，也只得順時行道，濟世安民。又道：學成文武藝，貨與帝王家。解元，你有這般才學，執意不去，那是爲何？(小生)大公吓！非是卑人不肯前去，所慮者只爲雙親年老，無人侍奉。只有一個新娶的媳婦，又是女流，濟得甚事？因此不敢遠離膝下。(生)解元，自古千錢買鄰，八百置舍。老漢忝在鄰庇，你去後倘宅上有什麽小欠缺，都在老漢身上便了。(外)我兒過來，拜謝了大公。(小生)是，曉得。(生)這個不消。(小生)大公請上，待小姪拜謝。(付)妮子，再拜一拜，油鹽醬醋纔來哈哉。(小生拜介)

【三學士】謝得公公意甚美，凡事仗托，(生)請起。(小生)扶持。假饒一舉登科日，難道是雙親未老時？只恐錦衣歸故里，怕雙親的不見兒。

【其二】(外)萱室椿庭衰老矣，指望你改換門閭。你若做得官回來，自有三牲五鼎，(付)三牲五鼎，我記個句乱。(外)須强似啜菽并飲水。你若錦衣歸故里，爲父的就死在九泉之下，一靈兒終是喜。

【其三】(生)托在鄰家相倚依，自當效些區區。你爲甚十年窗下無人問？一舉成名天下知。若不錦衣歸故里，誰知你讀萬卷書？

【其四】(付)一旦分離掌上珠，我這老景憑誰？忍將父母饑寒死，博換得孩兒名利歸。縱然錦衣歸故里，也補不得你名有虧。

(外)急辦行裝赴試期，(小生)父親嚴命怎生違？(生)但願一舉首登龍虎榜，(付)定教身到鳳凰池。(生)告辭了。(外)我兒送了大公。(小生)曉得。(生)不消。另日還要來餞别。請了。(小生)大公慢去。(生下)(付)我兒，你進去與五娘子商量商量，計較計較。該去呢，去；不該去，不要去的是。(外)商量也要去，不商量也要去。(下)(付)傛個喫子死人肉個能！兒子，你弗要聽里，包你去不成。(渾介)(仝下)

規奴

(惜春本丑脚，今雜齣時作貼旦扮，俱可)

【祝英臺近】(小旦上)緑成陰，紅似雨，春事已無有。(貼上)聞説西郊，車馬尚馳驟。(小旦)怎如柳絮簾櫳，梨花庭院，(合)好天氣清明時候？

(小旦)莫信直中直，(一)須防人不仁。(貼)惜春見小姐。(小旦)咦！賤人！(貼跪介)(小旦)我限你

(一) 直：原作『術』，據汲古閣刊本《繡刻琵琶記定本》改。

半個時辰，爲何只管去了？（貼）吓！小姐，我本是要早來的，只聽得疏喇喇一陣狂風，吹散了一簾柳絮；眴午間，又見那淅零零數點細雨，打壞了滿樹梨花。一霎時見幾對黄鸝，猛可的聽數聲杜宇。見此春去，教我如何不悶？（小旦）春去自去，與你何幹？（貼）小姐吓！清明時節單衣試，争奈晝長人静重門閉。（小旦）我芳心不解亂營牽，羞覩遊絲與飛絮。（貼）繡窗欲待拈針指，忽聽鶯燕雙雙語。（小旦）賤人！你無情何事管多情？任取春光自來去。（貼）吓！小姐，你有甚法兒，教道惜春不悶？（小旦）你且起來，聽吾道。（貼）是。

【祝英臺】（小旦）把幾分春三月景，分付與東流。啼老杜鵑，飛盡紅英，（貼）鳥啼花落，誰不傷情？（小旦）端不爲春閒愁。（貼）既不愁悶，可去賞玩賞玩。（小旦）休休，婦人家不出閨門，怎去尋花穿柳？（貼）吓！小姐，你不去賞玩，只怕消瘦了你的花容吓。（小旦）把花貌，誰肯因春消瘦？

【前腔】（貼）春晝，我只見燕雙飛，蝶引隊，鶯語似求友。（小旦）你是個人，説那蟲蟻怎麽？（貼）那更柳外畫輪，花底雕鞍，多是少年閒遊。（小旦）他自閒遊，與你何干？（貼）我難守，繡房中清冷無人，欲待尋一個佳偶。（小旦）這賤人，倒思想丈夫起來了！（貼）這般説，我的終身休配鸞儔？

【前腔】（小旦）知否，我爲何不捲珠簾，獨坐愛清幽？（貼）清幽，清幽，争奈人愁。（小旦）縱有千斛悶懷，萬種春愁，難上我的眉頭。（貼）只怕小姐不常似恁的。（小旦）休憂，任他春色年年，我的芳心依舊。（貼）只怕風流年少哄動你哩。（小旦）這文君，可不擔擱了相如琴奏？

【前腔】（貼）今後，方信你徹底澄清，我好沒來由。想像暮雲，(一)分付東風，情到不堪回首。（小旦）你怎不學我？（貼）聽剖，你是蕊宫瓊苑神仙，不比塵凡相誘。（小旦）今後不可如此。（貼）我緊隨侍，窗下拈針挑繡。

（内作鳥聲介）（貼）吓！小姐，你聽那子規叫得好聽吓。（小旦）休聽枝上子規啼，（貼）悶坐停針不語時。（小旦）窗外日光彈指過，（貼）席前花影坐間移。（小旦）今後不可如此。（貼）再不敢了。（小旦）隨我進來。（貼）是，曉得。（下）

賞荷

（小生上）

【一枝花】閒廷槐陰轉，深院荷香滿。簾垂清晝永，怎消遣？十二欄杆，無事閒凭遍。悶來把湘簟展，方夢到家山，又被翠竹敲風驚斷。

(一) 想：原作『相』，據汲古閣刊本《繡刻琵琶記定本》改。

翠竹影摇金，冰殿簾櫳映碧陰。人静晝長無個事，獨沉吟，美酒金樽懶去斟。幽恨苦相尋，誰知離别經年没信音。寒暑相催人易老，關心，却把閒愁付玉琴。咳！下官蔡邕，自蒙聖旨贅居相府，雖則朝朝寒食，夜夜元宵，使我終日愁悶，如何是好？院子那裏？（末上）來了。黄卷青燈消白日，朱絃動處引清風。炎蒸不到珠簾外，人在瑶池閬苑中。老爺，有何吩咐？（小生）你去吩咐琴、鶴二童，在象牙床上取我的蕉尾、紈扇出來。（末應）琴、鶴二童。（内）啥了？（末）老爺吩咐，在象牙床上取蕉尾、紈扇出來。（丑、付）來哉。

【金錢花】自少承值書房，書房；快活其實難當，難當。只管打扇與燒香，荷亭畔，好乘涼。喫飽飯，上眠床。撒個屁，滿床香，乒乒乒、乒。

老爺，蕉尾、紈扇有了。（小生）你二人一個燒香，一個打扇，違者各打十三。（付）兄弟，你打扇，我燒香没是哉。（丑）曉得。

【懶畫眉】（小生）强對南薰奏虞絃，（丑）好風吓！（付）啥個風？（丑）願老爺官上加封。（小生）只爲指下餘音不似前。（付）好香！（丑）啥個香？（付）願老爺衣錦還鄉。（小生）那些個流水共高山？只覺滿眼風波惡，似離别當年懷水仙。

（付、丑）夫人出來哉。（小生）你每迴避。（付、丑應下）

【引】（貼上）嫩緑池塘，梅雨歇薰風乍轉。

（小生）夫人請坐。（貼）原來相公在此操琴。久聞相公精於音律，如何來到此間，絲竹之聲杳然絶響？非是奴家斗膽，請相公試操一曲如何？（小生）使得。夫人要聽什麽？（貼）但憑相公。（小生）當此夏涼，彈一曲《風入松》罷？（貼）這也使得。（小生作彈琴唱琴曲）一别家鄉遠，思親淚暗彈。（貼）相公，彈錯了。彈《風入松》，爲何倒彈着《思歸引》？（小生）下官在家彈慣了舊絃，如今新絃再彈不慣。（貼）不如撇了新絃，重整舊絃如何？（小生）新舊二絃多撇不下。（貼）既撇不下，提他怎麽？（小生）夫人，

【桂枝香】危絃已斷，新絃不慣。舊絃再上不能，待撇了新絃難拚。一彈再鼓，一彈再鼓，又被宫商錯亂。（貼）敢是你心變了？（小生）非干心變，這般好涼天。正是此曲纔堪聽，又被風吹别調絃。

【前腔】（貼）非彈不慣，只爲你意慵心懶。既道是《寡鵠孤鸞》，[一]又道是《昭君宫怨》。那更《思歸》《别鶴》，《思歸》《别鶴》，無非愁嘆。有何難見？既不然，你道除了知音聽，道我不是知音不與彈？

（净老媽媽、丑惜春上）（老旦、丫環、末、付、外、生、四院子持酒殽樂器上）

[一] 寡：原作『寒』，據汲古閣刊本《繡刻琵琶記定本》改。

【燒夜香犯】（合唱）樓臺倒影入池塘，緑樹陰濃夏日長，一架薔薇滿院香。飲霞觴，捲起珠簾，明月正上。（貼）看酒。（衆）有酒。（作定席介）

【梁州序】（貼）新篁池閣，槐陰庭院，日永紅塵隔斷。碧欄杆外，寒飛漱玉清泉。只覺香肌無暑，素質生風，小簟琅玕展。晝長人困也，好清閒，忽被棋聲驚晝眠。（合）《金縷》唱，碧筒勸，向冰山雪巘排佳宴。清世界，有幾人見？（小生、貼出席介）

【前腔】薔薇簾幕，荷花池館，一陣風來香滿。湘簾日永，香消寶篆沉烟。漫有枕欹寒玉，扇動齊紈，怎遂得黄香願？（小生落淚介）（貼）相公爲何掉下淚來？（小生）非也。我猛然心地熱，透香汗，（貼）惜春執扇。（丑）曉得。（小生）我欲向南窗一醉眠。（衆合）（合前）（内吹打，生、貼換衣入席，各坐介）

【前腔】（貼）向晚來雨過南軒，見池面紅粧零亂。漸輕雷隱隱，雨收雲散。只覺得荷香十里，新月一鈎，此景佳無限。蘭湯初浴罷，晚粧殘，深院黄昏懶去眠。（合前）（撤席，八字朝上場坐介）

【前腔】(小生)柳陰中忽噪新蟬，見流螢飛來庭院。聽菱歌何處？畫船歸晚。只見玉繩低度，[一]朱户無聲，此景尤堪戀。[二]起來攜素手，不覺鬢雲亂，月照炤窗人未眠。(衆合)(合前)

【節節高】(小生)漣漪戲彩鴛，把露荷翻，清香瀉下瓊珠濺。香風扇，芳沼邊，閒亭畔。坐來不覺神清健，蓬萊閬苑何足羨？(合)只恐西風又驚秋，不覺暗中流年換。

【前腔】(貼)清宵思爽然，好涼天，瑤臺月下清虚殿。神仙眷，開玳筵，重歡宴。任教玉漏催銀箭，水晶宫裏把笙歌按。(合前)

【尾聲】光陰迅速如飛電，好良宵可惜漸闌，管取歡娱歌笑喧。[三]

(内打三更)(小生)樵樓上幾鼓了？(衆)三鼓了。(貼)相公，歡娱休問夜如何，(小生)美景良宵能幾何？(衆)遇飲酒時須飲酒，得高歌處且高歌。(小生、貼仝衆下)

墜馬

(衆引末上)

[一] 只：原作『不』，據汲古閣刊本《繡刻琵琶記定本》改。

[二] 尤：原作『猶』，據汲古閣刊本《繡刻琵琶記定本》改。

[三] 娱：原作『悮』，據汲古閣刊本《繡刻琵琶記定本》改。

【引】杏園春早，星散文光耀。珠簾高捲會群仙，繡幕低垂列管絃。瓊林深處風光好，別是人間一洞天。下官禮部尚書吉天祥是也。今日新科狀元遊街，赴宴瓊林，聖上命我陪宴。左右，打道。（衆應）

【水底魚】（合）朝省尚書，昨日蒙聖旨。狀元及第，教咱陪宴席，教咱陪宴席。（下）（四小軍引二生上）（付上）

【窣地錦襠】（合）嫦娥剪就緑雲衣，折得蟾宮第一枝。宮花斜插帽簷低，一舉成名天下知。（下）（四小軍引丑上）

【前腔】玉鞭裊裊，如龍驕騎；黄旗影裏，笙歌鼎沸。（笑介）如今端的是男兒，行看錦衣歸故里。（跌介）（小軍扶起介）（二生、付仝上）快些扶好了。年兄爲何墜了馬？（丑）列位年兄，小弟方纔呵，

【叨叨令】只聽得鬧炒炒街市上遊人亂，劣頭口抵死要回身轉。（二生、付）怎麽不勒住了？（丑）戰兢兢只恐怕轠繩斷，[一]（二生、付）爲何不加鞭？（丑）我是一個怯書生，怯書生早已神魂散。（二生、付）如今不妨事麽？（丑）險些兒跌折了腿也麽歌，險些兒撞破了頭也麽歌。列位年

[一] 兢兢：原作『驚驚』，據汲古閣刊本《繡刻琵琶記定本》改。

兄，小弟方纔墜馬，到有個比方。(衆)有甚比方？(丑)好一似小秦王三跳澗。
(二生、付)如今年兄的馬往那裏去了？(丑)不要問他。(二生、付)爲何？(丑)傷人乎？不問馬。
(二生、付)借一匹與年兄騎了去罷。(丑)若借來乘了，小弟就該死了。(二生、付)這却爲何？(丑)
豈不聞孔子有云：有馬者借人乘之，今亡已夫。(二生、付)今亡已夫。此去杏園不遠，大家步行去
罷。扶好了。(行作到介)(末上)此位先生爲何這般光景？(二生、付)敝年兄方纔墜了馬，故爾如
此。(末)墜了馬？快請太醫。(丑)老大人，不消請得太醫。晚生方纔馬上跌下來，無非跌挫了這肋
頭子，只消喚一名有力氣的排軍，與晚生揉這麼一揉就好了。(末)喚個有力氣的排軍過來。(淨)有。
小的有力氣。(末)與這位爺揉腿。(淨)是。爺，小的叩頭。(丑)你叫什麼名字？(淨)小的叫包有
功。(丑)好，你的名兒就叫得好，包有功。(淨)有。(丑)我的兒，你與我老爺揉好了腿，重重有賞。
(淨)謝爺。是左腿右腿？(丑)左腿。(淨)吓。(拍介)(丑)阿呀！我把你這該死狗頭！我老爺疼
得了不得在這裏，你把我老爺的腿這樣軟款揉揉纔是，怎麼一上手就是這麼？阿唷！(衆)輕些。
(淨)吓。(丑)再來，慢慢的。(扭介)阿吓！有些意思。再略重些。住了，把我的腿輕輕放下來，待
我來。(立介)呸，呸，好了，明日領賞。(丑、衆)老大人請上，晚生們有一拜。(末)老夫也有一拜。
(丑、衆)五百名中第一仙，花如羅綺柳如烟。(末)緑袍乍着君恩重，黄榜初開御墨鮮。(丑、衆)龍作
馬，玉爲鞭，等閒平步上青天。(末)時人謾説登科早，月裏嫦娥愛少年。(末)列位先生，每科狀元赴宴
瓊林，多有吟詩舊例。如詩不成，罰以金谷酒數。(丑、衆)何謂金谷酒數？(末)三十六巨觥，七十二

小杯。（丑）這也難飲。（小生）請大人命題。（末）就把龍鳳魚龜爲題便了。（丑、衆）請。（小生）佔了。（衆）不敢。（小生）昔未逢時困九淵，風雲扶我上青天。九州四海敷霖雨，擊壤高歌大有年。（衆）請。（生）佔了。幾載丹山養鳳毛，羽毛初秀奮青霄。和鳴投入皇家綱，五色雲中雜九韶。（衆）好！請。（付）佔了。三月桃花處處仝，禹門雷動尾初紅。人人盡道池中物，今在恩波雨露中。（衆）好。（末）請這位先生做龜。（丑）阿呀！言重吓言重！老大人，敝年兄做的是龍、鳳、魚，怎麼輪到晚生就做起龜來？（衆）是龜詩。（丑）雖是龜詩，也覺不雅。老大人，敝年兄做的無非是五言四句，七言八句，不足爲奇。如今請老大人另出一題，或是長篇，或是短賦。做這麼一倘子，也顯晚生胸中，（衆）抱負。（丑）不敢。（末）也罷，就把方纔墜馬爲題。（丑）吓！老大人，可容晚生手舞足蹈做這麼一做？（末）使得。（丑）老大人，得罪了。列位年兄，小弟就來也。

【古風】我就説個：君不見，君不見去年騎馬張狀元，他跌、跌折了左腿不相連？又不見，又不見前年跨馬李試官，他跌、跌壞了窟臀没半邊？我想世上三般拚命事，（衆）那三般？行船走馬，這是打鞦韆。小子今年大拚命，也來隨衆跨金鞍。跨金鞍，災怎躲？叵耐畜生侮弄我。我把韁繩緊緊拿，總有長鞭不敢打。哇！呸吓！大喝三聲不肯行，（一）連攛幾攛不

（一）喝：原闕，據汲古閣刊本《繡刻琵琶記定本》補。

當耍。須臾之間掉下馬，好似狂風吹片瓦。昨日行過樞密院，只見三個排軍來唱喏。小子慌忙跑將歸，（衆）却是爲何？（丑）怕他請我教場中騎戰馬。

（衆）好！（末定衆席，衆答席，各坐介）

【山花子】（合）玳筵開處遊人擁，争看五百名英雄。喜鰲頭一戰有功，[一]荷君恩奏捷詞鋒。（合）太平時車書已同，乾戈戢，文教崇，人間此時魚化龍。留取瓊林，勝景無窮。

【大和佛】寶篆沉烟香噴濃，濃熏綺羅叢。瓊舟銀海，翻動酒鱗紅，一飲盡教空。（小生）持杯自覺心先痛，縱有香醪，欲飲難下我喉嚨。他寂寞高堂菽水誰供奉？俺這裏傳杯喧笑。（衆）年兄，休得要對此歡娱意沖沖。

【舞霓裳】（合）願取群賢盡貞忠，盡貞忠；管取雲臺畫形容，畫形容。時清莫報君恩重，惟有一封書上勸東風，撰個《河清德頌》。乾坤正，看玉柱擎天有何用？

【紅繡鞋】（衆合）猛拚沉醉東風，東風；倩人扶上玉驄，玉驄。歸去路，畫橋東。花影亂，日朦朧；沸笙歌，引紗籠。

【尾】今宵添上繁華夢，明早遥聽清禁鐘。皇恩謝了，鵷行豹尾陪侍從。

[一] 戰：原作『佔』，據汲古閣刊本《繡刻琵琶記定本》改。

（衆先下，丑作勒馬）咦，又來了！（作加鞭打馬下）

廊會

【引】（貼上）心事無靠托，這幾日番成悶也。

不如意事常八九，可與人言無二三。奴家自嫁蔡伯喈之後，見他常懷憂悶，我再三問他，他又不肯説與奴家知道。原來他有媳婦在家，數載不歸，要與我一仝回去侍奉雙親。我去對爹爹説知，和他仝去，誰想我爹爹竟不肯。被奴道了幾句，幸得爹爹心回意轉，已曾差人前去接取他爹娘，來此仝住。倘或早晚到來，不免着院子到街坊上去，尋幾個精細婦人來與他使喚，多少是好？吓！院子那裏？（末上）來了。書當快意讀易盡，客有可人期不來。夫人有何分付？（貼）院子，你到街坊上去尋幾個精細婦人來使喚。（末）曉得。踏破鐵鞋無覓處，得來全不費工夫。

【遶地遊】（旦上）風飡水卧，甚日得安妥？問天天怎生結果？我一路問來，此間已是牛府。你看那邊有一府幹哥在彼，不免上前稽首。吓！府幹哥，貧道稽首了。（末）道姑何來？（旦）貧道遠方人氏。（末）到此何幹？（旦）聞知夫人好善，特來抄化。（末）住着。（旦）是。（末）啓上夫人：精細婦人没有，有一道姑在外，説夫人好善，特來抄化。（貼）道姑麼，且喚他進來。（末）曉得。吓！道姑。（旦）怎麼説？（末）夫人着你進去，須要小心吓。（旦）曉得。吓！夫人在上，貧道稽首了。（貼）吓！道姑何來？（旦）貧道遠方人氏。（貼）到此何幹？（旦）聞知夫人好善，特來抄化。(貼)你有甚本事來此抄化？(旦)貧道不敢誇口，大則琴棋書畫，小則女工針指，次則飲食餚饌，無所不通，無所不曉。(貼)吓！道姑，你既有這等本事，何不住在我府中喫些現成茶飯？强如在外抄化。你意下如何？(旦)若得如此，感恩非淺。只怕貧道没福，無可稱夫人之意。(貼)吓！道姑，我且問你，你還是在家出家的呢，還是在嫁出家的？(旦)貧道是在嫁出家的。(貼)吓！幾乎誤了大事。院子過來。(末)有。(貼)他是在嫁出家的，是有丈夫的了。你可多打發他些齋糧，教他往别處去罷，我這裏難以收留。(末)吓！曉得。道姑，夫人道你是在嫁出家的，必定有丈夫的了，府中難以收留，着我多打發你些齋糧，教你往别處去抄化罷。(旦)阿呀！苦吓！我不合説出是有丈夫的。吓！夫人，我不爲抄化而來，特來尋取丈夫的。(貼)吓！元來如此。你丈夫姓甚名誰？(旦)我丈夫姓，阿呀！(欲言又止介)且住，夫人問我丈夫姓甚名誰，我若竟説出來，恐怕夫人嗔怪；若不和他説，此事終難隱忍。我記得臨行時，蒙張大公分付道：逢人且説三分話，未可全抛一片心。我如今把蔡伯喈三字拆開與他説，看他意下如何？吓！夫人，我丈夫姓祭名白諧，人人都説在貴府廊下，敢是夫人也認得他麽？(貼)我那裏認得？吓！院子，你管着許多廊房，可有個姓祭名白諧的麽？(末)小人管這些廊房，并没有什麽姓祭名白諧的。(貼)吓！道姑，我這裏没有，你到别處去尋罷，休得躭誤了你。(旦)阿呀！天吓！人人都説我丈夫在牛府廊下住，如今又没有，敢是你死了麽？你若是死了，叫我依靠何人？(貼)咳！可憐！道姑，你不消啼哭，可住在我府中，我着院子在街坊上尋取你丈夫便了。(旦)若得夫人如此，再造之恩了。(貼)道姑，只是一件，你在我府中住，休得恁般打扮；我與你換了衣裝。（旦）吓！夫人，貧道不敢換。（貼）爲何不敢換？（旦）貧道有一十二年大孝在身，所以不敢换。（貼）吓！大孝只有三年，如何有一十二年？（旦）夫人有所不知：貧道公死三年，婆死三年。（貼）也只得六年吓。（旦）我那薄倖兒夫久留都下，一竟不回，替他代帶六年，共成一十二年。（貼）吓！有這等行孝的婦人！吓！道姑，雖然如此，怎奈我家老相公最嫌這等打扮的。你略略换些素縞罷。（旦）勉依夫人嚴命。（貼）吓！院子。（末）有。（貼）你唤惜春將裝奩衣服出來。（末）曉得。吓！惜春姐，夫人着你拿裝奩出來。（末下）（丑上）來哉。寶劍贈與烈士，紅粉送與佳人。夫人，裝奩衣服在此。（貼）放在桌兒上。（丑）是哉。（貼）道姑，你可炤鏡梳粧則個。（旦）是，貧道告梳裝了。（作照鏡介）呀！鏡兒吓鏡兒！我自出嫁之後，只兩月梳粧，幾時不曾炤你？呀！苦吓！我的容顏只般消瘦了。（貼）且免愁煩。

【二郎神】（旦）容瀟灑，照孤鸞嘆菱花剖破。記翠鈿羅襦當日嫁，誰知你去後，釵荆裙布無些。（貼）你且戴着釵兒。（旦）這金雀釵頭雙鳳嚲，奴家若戴了釵兒阿，可不羞殺人形孤影寡？（丑）若是不喜歡戴釵阿，要戴子個朵花罷？（旦）説什麽簪花捻牡丹，教人怨着嫦娥。

（貼）既如此，惜春，收了進去。（丑）是哉。（下）

【前腔】（貼）嗟呀，他心憂貌苦，真情怎假？道姑，你爲着公婆珠淚垂，我公婆自有，不能勾承奉杯茶。你比我没個公婆承奉呵，不枉了教人做話靶。吓！道姑，我且問你根芽：你公婆，爲甚雙雙命掩黃沙？

【集賢賓】（旦）爲荒年萬般遭坎坷，我丈夫又在京華。（貼）你丈夫不在家，遭了這等荒年，甘旨何人承奉呢？（旦）把糟糠背咽，暗喫擔飢餓。（貼）你公婆死了，那得錢來斷送呢？（旦）公婆死，是我剪頭髮賣了去埋他。吓！如此苦楚！棺木埋葬呢？（旦）奴把孤墳自造。（貼）獨自一個怎生造得墳墓來？（旦）運土泥，盡是奴麻裙包裹。（貼）呀！你好誇口吓！（旦）也非誇，（貼）我只是不信。（旦）吓！夫人！你若是不信那，只看我手指傷，血痕尚染衣麻。

【前腔】（貼）咳！道姑，我愁人見説愁轉多，使我珠淚如麻。（旦）吓！夫人爲何也掉下淚來？（貼）我丈夫也久別雙親下。（旦）爲何不辭官回去？（貼）他要辭官，被我爹蹉跎。（旦）他家中敢有妻室麽？（貼）他妻雖有麽，（旦）他家中既有妻室，自能侍奉，不回去也罷了。（貼）怕不似你會看承爹媽。（旦）他的父母妻小如今在那裏？（貼）在天涯，（旦）夫人，何不着人去接取到來，仝住也好。（貼）教人去請，知他路上如何？

【啄木兒】（旦）呀！我聽言語，教我悽慘多。吓！料想他們也非是假。待我將言語試他一試，看他如何。吓！夫人，他那裏既有妻房，咴，取將來怕不相和？（貼）咳！説那裏話？但得他似你能挜巴，我情願讓他居他下。（旦）難得吓難得！（貼）只愁他程途上苦辛，教人望巴巴。

【前腔】（旦）呀！錯中錯，訛上訛，啐！只管在鬼門關上空占卦。吓！夫人，若要識蔡伯喈的妻房，（貼）如今在那裏？（旦）夫人，遠不遠千里，近只近在目前。（貼）吓！你説話好蹊蹺吓！（旦）吓！夫人，你當真要見他麼？（貼）當真要見他。（旦）吓！果然要見他？（貼）咳！真個要見他。奴家豈有謊言？（旦）罷！我事到其間，也不得不説了。吓！夫人，奴家便是無差。（貼）果然是你？（旦）非謊詐。（旦）阿呀！原來是姐姐到了。阿呀！姐姐吓！你元來爲我遭折挫，你爲我受波查。咳！教伊怨我，教我怨爹爹。

奴家實不知姐姐到來，有失迎接，望乞恕罪。（旦）豈敢。（貼）吓！姐姐請上，受奴一拜。（旦）吓！夫人請上，賤妾也有一拜。（貼）吓！姐姐。（仝拜介）

【金衣公子】和你一樣做渾家，我安然，你受禍。你名爲孝婦，我被傍人駡。（旦）傍人怎敢駡夫人？（貼）公死爲奴，婆死爲奴，姐姐，奴情願把你孝衣穿着，把濃粧罷。（合）事多磨，寃家到此，逃不得這波查。

【前腔】（旦）他當初原也是没奈何，被强將來赴選科，辭爹不肯聽他話。（貼）吓！姐姐，他在此豈不要回來？有個元故。（旦）什麼緣故？（貼）怎奈辭官不可，辭婚不可。只爲三不從，做成災禍天來大。（合）事多磨，寃家到此，逃不得這波查。

（貼）吓！姐姐路上辛苦了，請進去安息安息罷。（旦）是。無限心中不平事，（貼）一番清話已成空。（旦）一葉浮萍歸大海，（合）人生何處不相逢？（貼）吓！姐姐請。（旦）豈敢。還是夫人請。（貼）

吓！姐姐是客，自然是姐姐請。（旦）如此，賤妾斗膽了。（貼）請。（貼）吓！姐姐請。（仝下）

書館

（小生上）

【鵲橋仙】披香侍宴，上林遊賞，醉後人扶馬上。金蓮寶炬照回廊，正院宇梅稍月上。

日晏下彤闈，平明登紫閣。何如在書案，快哉天下樂。下官早臨長樂，夜值嚴更。召問鬼神，或前宣室之席；光傳太乙，時頒天禄之藜。惟有戴星冲黑出漢宫，安能滴露研硃點《周易》？這幾日且喜朝無繁政，官有餘閒，庶可留志於詩書，從事於翰墨。正是：事業要當窮萬卷，人生須是惜分陰。這是什麼書？吓！這是《尚書》。這《堯典》説道：虞舜父頑母嚚象傲，克諧以孝。咳！他父母這般相待，他猶是克諧以孝。我父母虧了我什麼？我反不能彀奉養他。看什麼《尚書》！（又展看介）這是《春秋》。《春秋》中鄭莊公賜羹於潁考叔，潁考叔曰：小人有母，未嘗君之羹，請以遺之。咳！我想古人有口湯喫，兀自尋思着父母。我如今享此厚禄，如何倒把父母撇了？枉看這詩書，濟得甚事？當年先爹娘叫我讀書，指望學些孝義，誰知反被這詩書誤了！咳！

【解三醒】嘆雙親把兒指望，教兒讀古聖文章。似我會讀書的，倒把親撇漾。少甚麼不識字的，到得終養！書吓！只爲你其中自有黄金屋，却教我撇却椿庭萱草堂。還思想，畢竟是文章誤我，我誤爹娘。

【前腔】比似我做負義虧心臺館客，到不如守義終身田舍郎。《白頭吟》記得不曾忘，緑鬢婦緣何在那方？書吓！只爲你其中有女顔如玉，怎教我撇却糟糠妻下堂？還思想，必竟是文章誤我，我誤妻房。

咳！指望着看書解悶，誰知反添愁緒，如何是好？吓！也罷，不免觀些壁間山水罷。（出位看介）這是荳人寸馬。妙吓！這是清溪垂釣。這也畫得好。（看介）吓！這軸神像是我昨日在彌陀寺中燒香拾得，院子不知，也將來掛在此。待我看來。不知什麼故事？呀！

【太師引】細端詳，這是誰筆仗？覷着他，教我心兒好感傷。好似我雙親模樣。且住！若是我那爹娘，有我媳婦在家，善能針指。怎穿着破損衣裳？前日曾有書來。道別後容顔無恙，怎這般淒涼形狀？且住！我這裏要寄一封書回去，尚且甚難。他那裏呵，有誰來往，直將到洛陽？須知道仲尼陽貨一般龐。

（哭介）吓！我理會得了。

【前腔】這的是街坊誰劣像，覷莊家形衰貌黄。若是我那爹娘呵，若没個媳婦來相傍，少不得也是這般淒涼。敢是神圖佛像？（看介）呀！我正看到其間，猛可的小鹿兒在心頭撞。丹青匠，由他主張，須知道漢毛延壽誤了王嬙。

（末捧茶上）苔痕上堦緑，草色入簾青。老爺請茶。（小生）這軸畫像是你掛在此的麽？（末）是小人掛的。（小生）取下來。（末）是。（末收）（生看畫後介）這畫後面有標題麽？（末）有標題。（小生）取過來。（末）是。（小生看介）你自迴避。（末）曉得。（下）（小生）『崑山有良璧，鬱鬱璠瑜姿。嗟彼一點瑕，掩此連城玉。人生非孔顔，名節鮮不虧。拙哉西河守，何不如皋魚？宋弘既以義，王允何其愚？風木有餘恨，連理無傍枝。寄語青雲客，慎勿乖天彝。』（看介）吓！這詩是誰人寫的？一句好，一句歹，明明嘲着下官。誰人到得我書館中來？且請夫人出來，便知端的。夫人那裏？

【夜遊湖】（貼上）猶恐他心思未到，叫他題詩句，暗裏相嘲。

（小生）夫人，誰人到我書館中來？（貼）相公的書館，誰人敢到？（小生）説也可笑。下官昨日在彌陀寺燒香，拾得一軸畫像。那院子不知，也將來掛在此處。誰人在背後題詩一首？（貼）敢是當初畫工寫的？（小生）那裏是畫工寫的？况且墨跡未乾，諒必夫人知道，爲此動問。（貼）吓！這詩上如何説？（小生念前詩介）（貼）奴家不解其意，請相公解説一遍。（小生）『崑山有良璧，鬱鬱璠瑜姿。嗟彼一點瑕，〔一〕掩此連城玉。』（貼）相公，這是怎麽説？（小生）那崑山是地名，産得好美玉。玉之温潤者，乃是璠瑜之姿。若有了些兒瑕玷掩了他的顔色，便不貴重了。（貼）『人生非孔顔，名節鮮不虧』這兩句呢？（小生）孔子、顔子是大聖大賢之人，如今的人能忠不能孝，能孝不能忠，怎能彀名行無

〔一〕 彼：原作『被』，據汲古閣刊本《繡刻琵琶記定本》改。

虧？所以説名節鮮不虧。（貼）『拙哉西河守，何不如皋魚』怎麼説？（小生）那西河守是戰國時人吴起，魏文侯拜他爲西河郡守。他貪官戀職，母死不奔喪。那皋魚是春秋時人，只爲週遊列國，他父母死了，那皋魚回來，痛哭一場，自刎而亡。（貼）吓！原來如此。『宋弘既以義，㈠王允何其愚』怎麼解説？（小生）宋弘乃光武時人。光武要把妹子湖陽公主嫁他，宋弘不從，回奏官裏道：『貧賤之交不可忘，糟糠之妻不下堂。』這是不棄妻的故事。那王允是桓帝時人，司徒袁隗要把侄女嫁他，他就休了前妻，娶了袁氏。這是棄妻的故事。（貼）『風木有餘恨』怎麼説？（小生）昔日有個黄衮，乃是孝子。他在城南守墳，每遇誕日，舉木悲號，即淚涕着樹，樹亦枯死。子路山居，做詩兩句道：『樹欲静而風不寧，子欲養而親不在。』這是大孝的故事。（貼）那『連理無傍枝』呢？（小生）西晉時東宫門首有槐樹二枝，接脉而生，四下俱無傍枝。爲人一夫一婦乃爲連理，再娶一妻即爲傍枝。（貼）『寄語青雲客，慎勿乖天彝』？（小生）道傳與這些做官的，決不可違背了天倫之彝。（貼）原來有這些緣故。相公，那奔喪的和那不奔喪的，那個是孝道？（小生）自然奔喪的是孝道，那不奔喪的是亂道。（貼）那棄妻的和那不棄妻的，那個是正道？（小生）自然不棄妻的是正道。（貼）相公，你待學那一個？（小生）我的父母存亡未卜，決不學那不奔喪的。（貼）相公，似你這般腰金衣紫，假如有個糟糠之婦，襤褸之妻到來，你可認也不認？（小生）夫人説那裏話來？自古交不可絶，義不可滅。縱然醜陋，也是我的妻房，

㈠ 以：原作『已』，據汲古閣刊本《繡刻琵琶記定本》改。

豈有不認之理？（貼）只怕事到其間，自然不肯認了？（小生）咳！夫人！

【鏵鍬兒】你説得好笑，可見你的心兒窄小。没來由漾却苦李，再尋甜桃？古人云：棄妻有七出之條。他不嫉不淫與不盜，終無去條。那棄妻的，衆所誚；那不棄妻的，人所褒。總然他醜貌，怎肯干休棄了？

【前腔】（貼）伊家富豪，那更青春年少。看你紫袍掛體，金帶垂腰，應須有封號。金花紫誥，必俊俏，須媚嬌。若還他醜貌，怎不相休棄了？

【前腔】（小生）咳！你言顛語倒，惱得我心兒轉焦。莫不是你把咱奚落，特兀自粧喬？(一)引得咱淚痕交，撲簌簌這遭。那題詩人呵，把我嘲，難恕饒。若不説與我知道，怎肯干休罷了？

【前腔】（貼）我心中自忖料，諒不是薄情分曉。相公吓！管教你夫婦會合，在今朝。伊家枉然焦，只怕你哭聲漸高。（小生）題诗的是誰？（貼）是伊大嫂，身姓趙。説與你知道，怎肯乾休罷了？

（小生）不信有這等事？（貼）待我請他出來便知道了。姐姐快來。

(一) 喬：原作『嬌』，據汲古閣刊本《繡刻琵琶記定本》改。

【入破】(旦上)聽得鬧炒，敢是我兒夫看詩囉唣？(貼)姐姐快來。(旦)是誰忽叫？想是夫人召，必有分曉。(貼)相公，是他題詩句，你還認得否？(小生)他從那裏來？(貼)他從陳留郡，爲你來尋討。(小生)呀！莫不是趙氏五娘麼？(旦)正是。(各哭介)(小生)阿呀！妻吓！(旦哭介)(小生)你怎穿着破襖，衣衫盡是素縞？莫不是我雙親不保？(旦)難説難道。從別後，遭水旱，只道兩三人同做餓殍。(小生)張大公可有周濟麼？(旦)只有張大公可憐，嘆雙親別無依靠。兩口顛連相繼死，(小生)呀！元來我爹娘都死了！如何殯斂？(旦)是我剪頭髮賣來送伊妣考。(小生)如今安葬了未曾？(旦)把墳自造，土泥盡是我麻裙裏包。(小生)呀！聽伊言道，怎不教人痛傷咽倒？(一)

(昏倒介)(二旦)相公甦醒！相公甦醒！(小生醒、哭介)阿呀！爹娘吓！(旦)這不是你父母的真容？(小生)吓！這就是我爹娘？(哭拜介)阿呀！

【下山虎】蔡邕不孝，把父母相抛。早知道你身難保，怎留漢朝？你爲我受煩惱，(拜旦介)娘子，你爲我受劬勞。謝你葬我爹，葬我娘，你的恩難報也。又道是養子能待老。(合)這苦知多少，此恨怎消？天降災殃人怎逃？

(一) 傷：原作『腸』，據汲古閣刊本《繡刻琵琶記定本》改。

【前腔】（小生）我脱却官帽，解下藍袍，（合）急上辭官表，共行孝道。豈敢憚劬勞？仝去拜你爹，拜你娘，親把墳堂掃也。使地下亡靈安宅兆，怨恨消。（合前）

【尾】幾年分别無音耗，奈千山萬水迢遥。阿呀！爹娘吓！只爲三不從，生出這禍苗。

（小生）阿呀！爹爹！（旦）公公！（小生）母親！（旦）婆婆！（三人大哭，欲下又上）爹娘！

（旦、貼）公公！婆婆！（大哭下）

掃松

（生上）

【虞美人】青山今古何時了？斷送人多少。孤墳誰與掃荒苔？鄰塚陰風吹送紙錢來遶。

冥冥長夜不知曉，寂寂空山幾度秋？泉下長眠人未醒，悲風蕭瑟起松楸。〔一〕老漢張廣才，曾受趙五娘之托，教我與他看守墳塋。前兩日有些閒事，不曾去看得，今日不免去走一遭。

【步步嬌】只見黄葉飄飄把墳頭覆，（趕介）捉！捉！捉！廝趕的皆狐兔。咳！不知那個不積善的將樹木多砍去了。爲甚松楸漸漸疏？（跌介）阿呀呀！什麽東西把我絆上這麽一跌？吓！

〔一〕蕭瑟：原作『消息』，據汲古閣刊本《繡刻琵琶記定本》改。

却元來苔把磚封，笋迸泥路。老哥、老嫂，小弟張廣才作揖了吓。自古道：未歸三尺土，難保百年身；已歸三尺土，咳！只怕你難保百年墳！老漢在一日，與你看管一日。若我死後呵，教誰來添上三尺土？

【前腔】（丑上）渡水登山多勞苦，來到這荒村塢。遥觀一老夫，試問他家，住在何所？趲步向前行，却元來一所荒墳墓。

那邊有個老公公，不免去問一聲再行。老公公請了。老公公。（生）吓。（丑）老公公。（生）小哥何來？（丑）小可從京中下來的。（生）到此何幹？（丑）特來問路。（生）小哥是京中下來的，不識路途來問我？（丑）正是。（生）但不知小哥往那裏去？（丑）咱要問到陳留郡去，往那裏走？（生）吓！這裏方方一帶就是陳留郡了。（丑）這裏就是陳留郡了？阿呀！謝天地，陳留郡且喜到了！老公公，再問一聲，這裏有個蔡家府在那裏？（生）我這裏只有蔡家莊，没有什麼蔡家府吓。（丑）俺老爺在京做了大大的官，就是莊也改作府了。（生）是吓。但不知你老爺叫甚名字？說得明白，指引得明白。（丑）阿喲喲喲！老爺的名字誰敢叫？前日有個人叫了俺爺名字，拿去砍了，還問了三年的徒罪哩。（生）一個死了也就罷了，又問什麼罪？（丑）老公公，你有所不知，俺老爺是死也不饒人的。（生）小哥，京中或者叫不得，那表號是叫得的。況且這裏荒僻去處，無人聽見，但叫不妨。（丑）吓！既如此，我說來你聽，不要嚷。（生）我不嚷，你說來。（丑）俺爺叫做蔡伯喈。（生）吓！（丑嚮說介）（生）

吓！咳！

【風入松】不須提起蔡伯喈，（丑）爲僭了嚷起來？（生）説着他每忒歹。（丑）他做官清正，没有什麼歹處吓。（生）他去做官，（丑）有幾年了？（生）有六七載。（丑）正是，有六七年了。（生）撇父母抛妻不睬。（丑）他父母如今在那裏？（生）兀的這磚頭土堆，（丑）是什麼在裏頭？（生）是他雙親喪葬在此中埋。

（丑）太老爺太奶奶多死了？ 怎麼樣死的呢？（生）小哥，你有所不知。

【前腔】一從别後遇荒災，更無人依賴。（丑）誰人承值這兩個老人家？（生）小哥，虧他媳婦相看待。（丑）他是女流家，那裏看待得來？（生）把衣服釵梳多解。（丑）就是釵梳典當，也是有盡期的。（生）便是。 小哥，這小娘子將釵梳解得錢來買米，做飯與公婆喫。 他背地裏把糟糠自捱。（丑）有這等事？（生）公婆的反疑猜。

（丑）敢是公婆道他背地裏喫了好東西麼？（生）正是。（丑）以後呢？（生）以後，

【急三鎗】他公婆的親看見，雙雙痛死。 無錢送，只得剪頭髮賣了買棺材。（丑）講了半日，調起謊來了。 那頭髮能值幾何？ 斷送了人，又造得這所大大的墳墓？（生）小哥，你有所不知。 他去空山裏，裙包土，血流指，感得神明助，與他築墳台。

（丑）自古孝感天地，果然有此。 如今這小夫人在那裏去了？

【風入松】（生）他如今已往帝都來，（丑）這許多路程，把什麽東西做盤費吓？（生）小哥，説也苦憐。他肩背着琵琶做乞丐。（丑）阿呀！我老爺特差我來接取太老爺、太奶奶、小夫人。如今太老爺、太奶奶多死了，小夫人又往京中去了，教我如何回覆老爺呢？分明是一椿美差，如今變了一椿苦差了吓！（生）是吓！你如今反做一椿苦差了。來，來，你跪了；我叫，你也叫。（丑）吓！老公公叫，我也叫？（生）正是。（丑跪介）（生）老哥。（丑）老哥。（生）你該稱太老爺纔是。（丑）吓！太老爺。（生）老嫂。（丑）太奶奶何如？（生）如今你兒子做了大大的官。（丑）你兒子做了大大的官。（生）今差，（丑）今差，（生）你叫什麽名字？（丑）你叫什麽名字？（生）我來問你。（丑）我來問你。（生）我問你吓！（丑）吓！老公公問我吓？我麽，姓李名旺，表字興之，小名阿狗。（生）誰來問你的表號？（丑）不表也不明。（生）今差人李旺。（丑）差人李旺。（生）前來接你享榮華。（丑）享榮華。（生）受富貴。（丑）受富貴。（生）你去也不去？（丑）你去也不去？（生）咳！叫他不應魂何在？空教我珠淚盈腮。（丑）呸！活見他娘的鬼！老公公，你休啼哭，待我回去禀知老爺，多做些功課追薦他便了。（生）小哥，他生不能養，死不能葬，葬不能祭。這三不孝逆天罪大，空設醮，枉修齋。

小哥，他如今在那裏？（丑）他如今入贅牛丞相府中。

【急三鎗】（生）你如今疾忙去到京臺，説張老道與蔡伯喈。（丑）道些什麽來？（生）道你拜别人的父母好美哉，親爹娘死，不值得你一拜。

(丑)老公公，你有所不知，不要錯埋怨了他。他辭官，官裏不從；辭婚，牛太師不容。也是個出於無奈吓！(生)果然？(丑)果然。

【風入松】(生)吓！他元來也是出於無奈，小哥，你今日來呵，好一似鬼使神差。小哥，他當初在家元不肯去赴選的。(丑)是那一個亡八入的叫他去的？(生)小哥，你不要駡，是我老漢再三强要他去的。(丑)吓！是老公公。得罪！得罪！(生)這三不從把他厮禁害，三不孝亦非其罪。(丑)險些錯埋怨了他。(生)這是他爹娘福薄命乖，(合)人生裏多是命安排。

(生)小哥，你如今回去，一路上但見一個婦人，像道姑打扮，拿着一幅真容，背着一面琵琶，這便是你小夫人了，你便好好承值他去了。(丑)這個自然，小可理會得了。(生)雙親死了兩無依。(丑)待俺回去説了，教俺爺連夜趕回來便了。(生)小哥，就是今日回來已是遲。(丑)夜静水寒魚不餌，滿船空載月明歸。告辭了。(生)那裏去？(丑)你看天色已晚，且到前面飯鋪子裏去歇宿一宵，明日早行了。(生)小哥，前途没有旅店，可到老漢家中權住一宿，明日早行便了。(丑)老公公，從未識荆，今日怎好打攪造府？(生)説那裏話？四海之内，皆兄弟也。隨我來。(丑)這等，多謝了。吓！來，來，來。老公公，説了半日的話，也不曾問得老公公尊姓大名。(生)吓！老漢麼，就是你老爺好比鄰張廣才，張大公就是老漢。(丑)吓！你老人家就是張大公？張廣才就是你？待小的見個禮兒，見個禮兒。(生)豈敢，豈敢。(丑)一定要的，一定要的。怪道我家老爺在京時刻想念。喫茶也想：没有張大公，怎有這樣好茶喫？喫飯也想：没有張大公，怎有這樣好餚饌喫？一日，老爺在毛廁上登東，説：

李旺，看粗紙伺候。小的拿了粗紙去，見老爺掙紅了臉，說：阿呀！我那張洞公吓！（生）休得取笑。（丑）這叫做背後思君子，（生）方知是好人。我明日寫書打發你去便了。這裏來。（丑）老公公府上在那裏？（生）就在前面。小哥，隨我來。（丑）老公公請。（生）這裏來。（丑）走吓。（生）走吓。（仝下）

訓女

（旦、付、老、貼扮四小軍，末、生扮二院子引外上）

【齊天樂】鳳凰池上歸環珮，衮袖御香猶在。棨戟門前，平沙堤上，何事車填馬隘？星霜鬢改，怕玉鉉無功，赤舄非才。回首庭前，淒涼丹桂好傷懷。

（末、生）迴避了。（衆）吓。（衆下）（外）蕪蘼徑路草蕭蕭，自古雲林遠市朝。公道世間惟白髮，貴人頭上不曾饒。老夫姓牛名卓，官居師相，位極人臣，富貴功名已滿心意。這幾日久留禁地，不曾回府，聞得這些使女終日在後花園中戲耍。自古欲治其國，先齊其家。院子。（生、末）有。（外）唤老媽媽和惜春出來。（生、末）曉得。老姆姆、惜春，老爺唤。（凈、丑仝上）吠！來哉。（凈）噲！丫頭，老鴉叫，（丑）眼精跳。（凈）弗是打，（丑）定是吊。（凈）打没弗打三千，（丑）吊也弗吊一年。（凈）呧也没得說。（丑）我也無得話。（凈）丫頭，我搭呧有說有話去。（丑）是哉。（凈）老爺，老婢叩頭。（丑）惜春叩頭。（外）你這老婢子，我託你做了管家婆，不去拘束這些使女們，反同他們在後花園中戲耍，是何道理？（净）阿呀！老爺，我説吥弗要居來，居來就要淘我老太婆個氣哉。（丑）哪！老爺到淘吥個氣！（净）老爺在上，老婢在下。（生、末）什麽上下！（净）分子上好説。我也弗得知老爺個長短，你也弗曉得我個深淺。（生、末）什麽説話！（净）老爺，惜春個個丫頭，若弗打哩兩記，弗是成精，就要作怪哉。（丑）老爺，吥一記弗要打，看我阿成儕精作儕怪？（净）自從個一日老爺入海去了，（末）入朝！（净）潮弗是海裏來個？個丫頭水性弗曾退個來。（丑）我到日日驚風驚浪過個哉。（净）我拉厨房下洗馬桶，（末）飯桶！（丑）個個老花娘！飯桶，儕個馬桶？（净）正是。忒個着子急了，香臭弗曉得個哉？惜春個個丫頭，孃孃得來哉，一看看見子我，也弗叫，也弗招，拿個張嘴來紐哩紐。（生）什麽？（净）意會我個意思哉。我説：『惜春姐，做儕個？你爲儕弗做淘小姐拉繡房裏做灑綫哩？到厨房裏來做儕？』哩説：『老媽媽，如今春三二月，艷陽天氣，你看蜂也閙，蝶也閙，人世難逢開口笑。笑一笑，少一少；惱一惱，老一老。捏一捏，竅一竅。弼一弼，跳一跳。疊一疊，要一要。大家去白相相吓。』（外）你可曾去？（净）我是弗肯去個，乞裏拿我兩隻手一搭，搭拉我肩家上子，説：『去吓！去吓！』（外）你可曾去？（净）去是弗曾去，乞裏説得高興子了，即得跟子哩去踱子介一踱。（生、末）這是去的了。（外）惜春，你這小賤人！怎不與小姐在繡房中做些針指，反在後花園中戲耍？這是怎麽説？（丑）老爺，哩有告，我有訴。個一日我搭小姐拉繡房裏繡老爺個狗牛肚子，（末）吥！斗牛補子。（净）個個小花娘！斗牛補子，儕個狗牛肚子！（丑）阿呀，我要説拉老爺心坎浪去了。（净）傷子老爺個心哉吓。（丑）但弗知老爺個肚子那亨生拉乱？（生、末）不要閒争。（丑）個一日我拉𤇠繡個老爺個斗牛補子，只見個老姆拉𤇠窗外頭拿個手來是介招哩招，瞎得小姐拉𤇠弗好叫得，哩拿個隻手得來招我去。（淨）阿呀呀！嚼爛子舌頭根耶！（丑）我就寫回帖回哩哉。上寫着：『多承手教，有甚終朝？何勞恁説，敢費佳餚？今遵家教，敢犯法條？特此奉覆，不勞再邀。』老爺，阿是要算回頭哩個哉？（外）你可曾去？（丑）我是再三再四個弗肯去，哩是再五再六個要我去，我亦是再七再八個弗肯去，哩亦是再九再十個要我去。我即是弗肯去，哩心生個計策，説：『丫頭，𠯿手上個癩疥瘡阿好來？』我説：『弗好來。』哩説：『拿我看。』一搭搭住子我個手，對子背上一駝，説道：『駝，駝，駝，賣升羅；升羅破，再買個好升羅。』一駝竟駝進子花園門哉。老爺，個個老媽年紀是介一把，骨頭没得四兩重，一進進子花園門，阿呀呀！就弗是哩個世界哉噓！把假山推到，金魚壓壞；牡丹冤折哉，海棠踏壞哉。一盆細葉菖蒲，認子哩是是松毛韭菜了。説道：『阿呀！個盆韭菜乾殺哉！等我澆點㘭用勒介。』哩竟扯開子褲子帶，柞落柞落，一場大尿，澆得哩東倒西歪，根根蠟黄，那間倒像老爺個鬍鬚。（末）胡説！（外）如此説，你也是去的了？（丑）去是弗曾去，是介走子介一走。（外）院子。（生、末）有。（外）取板子過來，與我各打十三。（生、末）吓！（取介）（丑）阿呀！我是十四來個，弗是十五。（淨）老爺，我是心領哉。（丑）今日是火日，打弗得個，打子要腫個。（生、末）𠯿！捆下去！〔二〕（打介）一五、一十、十五。（淨、丑）阿唷！（生、末）打完。（外）院子迴避。（生、末）吓。

〔二〕捆：原作『困』，據文義改。

（下）（外）請小姐出來。（淨、丑）吓！小姐有請。

【花心動】（貼上）幽閣深沉，問佳人，爲何懶添眉黛？（淨、丑）小姐到。（貼）爹爹萬福。（外）你可知罪？（貼）孩兒不知。（外）唔！（貼跪介）（外）你還說不知麼？自古婦人之德，不出閨門；行不動裙，笑不露齒。今日我是的孩兒，異日要做他人的媳婦。我這幾日不在家，你放這些使女，反仝他們終日在後花園中戲耍。倘或這些賤人做出些事來，可不連累你的芳名也誤了？取戒方。（丑）小姐拉裏哭哉。（淨）可看亡故夫人面上。（丑）小姐是出手貨，打弗起個。（外）咳！我本待要責你幾下，可惜你，

【惜奴嬌】杏臉桃腮，（淨）老爺頭上帶子馬擡。（丑）老姆姆和惜春起來，雙手托起子下胲。（淨）老爺好像招財。（外）哇！當有松筠節操，蘭蕙襟懷。閨中言語，不出閨閫之外。老姆姆，我年衰，不教我孩兒是伊之罪，惜春，這風情今休再。（合）記再來，但把不出閨門的語言相戒。

【前腔】（貼）堪哀，萱室先摧，（淨）老爺，小姐思念夫人。（外）咳！（丑）嘆氣哩做偖？是有我拉哩。（外）胡說！（貼）嘆婦儀母訓，未曾諳解。（外）人孰無過？改之爲上。（貼）蒙爹嚴訓，從今怎敢不改？老姆姆，我是裙釵，早晚望伊家將奴誨。（淨）阿呀！折殺子我哉！（貼）惜春，要改前非休違背。（合前）

【黑蔴序】（淨）看待，父母心，婚姻事，須要早諧。勸相公，早畢兒女之債。（外接）休呆，如何

女子前，胡將口亂開？（合前）

【前腔】（丑）輕浼，我受寂寞擔煩惱，教我怎捱？細思之，怎不教人珠淚盈腮？（貼接）我寧耐，溫衣并美食，何須苦掛懷？（合前）

（各立起介）（外）婦人不可出閨門，（貼）多謝嚴親教育恩。（淨）自古成人不自在，（貼）須知自在不成人。（外）快伏侍小姐到繡房中去。今後不可如此。呸！呸！（踱下）（淨、丑）是哉。（丑）纔是呸個老花娘！（淨）那了！你個小花娘！（貼）你們不必争論，今後不可如此。隨我進來。（淨、丑）曉得。（貼下）（淨）小花娘！（丑）老毴千人！（淨）讓我去喫飽子飯裏來收拾呸個小花娘！（丑）我也弗懼呸個！弗怕呸個！老花娘！老毴千人個！（各駡渾下）

剪髮

（旦上）

【金瓏璁】饑荒身自窘，那堪連喪雙親？身獨自，怎支分？衣衫都典盡，首飾并無存。無計策，只得剪香雲。

萬苦千辛難擺撥，力盡心窮，兩淚空流血。裙布荊釵今已竭，萱花椿樹連摧折。金剪盈盈明似雪，遠映愁眉月。一片孝心難盡説，一齊分付青絲髮。自家那日婆婆没了，多虧張大公周濟。如今公公又亡，無錢資送，難好再去求他。我一時想起，只得剪下頭髮，賣幾文錢鈔，將他做個意兒，却似叫化一般。苦吓！不幸喪雙親，求人不可頻。聊將青絲髮，斷送白頭人。

【香羅帶】思量，兩淚零，如何禁聲？哭聲父親，哭聲母親。母親前日已身傾也，感得張公周濟貧，送老親。我何顔再求，羞怎忍？剪髮傷情也，苦只苦當初鸞鳳分。

【其二】一從鸞鳳分，誰梳鬟雲？粧臺懶臨生暗塵，那更釵梳首飾典無存也。是我擔擱你虛度青春，如今又剪你資送老親。剪髮傷情也，怨只怨結髮薄倖人。

【其三】思量薄倖人，辜奴此身。欲剪未剪，教我珠淚零。我悔不當初早披剃入空門也，做個尼僧去，今日免艱辛。少甚珠圍翠擁蘭麝熏？我的身死兀自無埋處，説甚剪頭髮愚婦人？

【其四】堪憐愚婦人，單身又貧。只爲開口告人羞怎忍？這金刀下處應心疼也。却將堆鴉髻，舞鸞鬟，與烏鳥報答鶴髮親。可憐霧鬟雲鬢女，斷送了霜鬢雪鬟人。

【臨江仙】連喪雙親無計策，只得剪、剪下香雲。（哭介）非奴苦要孝名傳，正是上山擒虎易，開口告人難。

頭髮已剪下，不免將去貨賣則個。

賣髮

（作關門行介）出得門來，穿長街，過短巷，不免叫一聲：賣頭髮。（悲介）

【梅花塘】賣頭髮，買的休論價。念奴受饑荒，囊篋無些個。丈夫出去，那更連喪了公婆？没奈何，只得賣頭髮資送他。

【香柳娘】看青絲細髮，看青絲細髮，剪來堪愛，如何買也没人買？這饑荒死喪，這饑荒死喪，怎教我女裙釵，當得這狼狽？況連朝受餒，況連朝受餒，我的脚兒怎擡？其實難捱。

【前腔】往前街後街，往前街後街，并無人睬。不免再叫一聲：賣頭髮，賣頭髮。（悲介）阿呀！叫、叫得我咽喉氣噎，無如之奈。我如今便死，我如今便死，只是暴露兩尸骸，誰人與遮蓋？將頭髮去賣，將頭髮去賣，把公婆葬埋，奴便死何害？

（坐地介）（生上）慈悲勝念千聲佛，作惡空燒萬炷香。老漢昨見蔡老員外病勢十分危篤，今日再去看他一看。（旦）苦吓！（生）吓！那邊倒在地下的可是五娘子麽？（旦）正是。大公吓！一時頭暈，坐倒在此。（旦）老漢不便攙扶，在我杖上掙起來罷。（旦）是。（生）看仔細。（旦）多謝大公。（生）五娘子，你公公病勢如何了？（旦）阿呀！大公吓！我公公夜來没了。（生）吓！怎麽説？（旦）夜來公公没了。（生）吓！你公公夜來没了？（淚介）阿呀！老友吓！我昨日還和你講話，今日就没了？咳！正是：人無百歲期，枉作千年計。咳！可憐！五娘子，你手中拿的是什麽東西？（旦）是頭髮。（生）要他何用？（旦）公公没了，無錢資送，只得把頭髮剪下，欲賣幾貫錢鈔，以爲送終之用。（生）吓！阿呀！你公公没了，怎麽不來與我商議，却把頭髮剪下？豈不可惜吓？（旦）以前攪擾多番，怎敢又來啓齒？（生）咳！五娘子，你説那裏話來？

【前腔】你兒夫曾付託，你兒夫曾付託，我怎生違背？你無錢使用，我須當貸。將頭髮剪下，將頭髮剪下，又跌倒在長街，多因是我之罪。嘆一家破敗，嘆一家破敗，否極何時泰來？各出珠淚盈腮。

【前腔】（旦）謝公公慷慨，謝公公慷慨，把錢相貸，我公婆在地府相感戴。只愁奴此身，只愁奴此身，死也没人埋，誰償你恩債？（合前）

【前腔】（生）我如今算來，我如今算來，他并無依賴。尋思，只得相擔戴。（生）五娘子，你不須愁煩，你快快回去看好了公公，我隨後就着小二呵，送錢米和布帛，送錢米和布帛，與你公公買棺材。你把頭髮且留在。（合前）

（旦）謝得公公救妾身，（生）伊夫曾托我親鄰。（旦）惟有感恩并積恨，（合）萬年千載不生塵。（生）你回去罷。（旦哭下）（生）慢慢的走，慢慢的走。咳！可憐！天下有這等孝順媳婦，難得吓！他公公没了，竟把那頭髮剪下，街坊貨賣。咳！且待伯喈回來與他看，使他惶愧惶愧。（下）

稱慶

（小生上）

【瑞鶴仙】十載親燈火，論高才絶學，休誇班馬。風雲太平日，正驊騮欲騁，魚龍將化。沉吟一和，怎離却雙親膝下？且盡心甘旨，功名富貴，付之天也。

宋玉多才未足稱，子雲識字浪傳名。奎光已透三千丈，風力行看九萬程。經世手，濟時英，玉堂金馬豈難登？要將萊綵娱親意，且戴儒冠盡子情。小生姓蔡名邕，字伯喈，乃陳留郡人也。沉酣六籍，貫串百家。詩賦既擅乎長，音律亦窮其妙。抱經濟之奇才，值文明之盛世。幼而學，壯而行，雖望青雲之萬里。入則孝，出則弟，怎離白髮之雙親？到不如盡菽水之歡，甘虀鹽之分。正是：行孝於己，俟命於天。更喜新娶妻房，方纔兩月。亦是陳留郡人，趙氏五娘。儀容俊雅，也休誇桃李之姿；德性幽閒，儘可寄蘋蘩之托。正是：夫妻和順，父母康寧。《詩》云：『爲此春酒，以介眉壽。』今喜雙親既壽而康，對此春光，就在花下酌酒，與雙親稱壽。昨日已曾吩咐娘子安排酒席，不知可曾完備？不免請爹媽出來。爹媽有請。

【寶鼎現】（外扮蔡公上）小門深巷，春到芳草，人閒清晝。（付扮蔡母上）人老去星星非故，春又來年年依舊。（旦扮趙五娘上）最喜今朝春酒熟，滿目花開如繡。（合）願歲歲年年，人在花下，常斟春酒。

（小生）爹媽拜揖。（旦）公婆萬福。（外）罷了。（付）罷哉。（外）老夫蔡稜，字從簡。媽媽秦氏，孩兒蔡邕，媳婦趙氏五娘。鄰比有個張廣才，時常得他照顧，我兒日後倘有寸進，決不可忘。（小生）孩兒怎敢有忘？（外）你請我兩個老人家出來做什麽？（付）正是，做啥？（小生）告禀爹媽知道。（跪介）（外）起來。（小生）是。當此春光佳景，聊具一觴，與爹媽稱慶。（外、付）我兒，生受你了。（小生、旦送酒與外、付，叩首介）

【錦堂月】（合）簾幕風柔，庭幃晝永，朝來峭寒輕透。（小生）親在高堂，一喜又還一憂。（小生、旦）惟願取百歲椿萱，長似他三春花柳。（合）酌春酒，看取花下高歌，共祝眉壽。（旦捧杯敬外、付酒，萬福介）

【前腔】輻輳，獲配鸞儔，深慚燕爾，持杯自覺嬌羞。（付）自家骨肉，怕僐個羞吓？（旦）怕難主蘋蘩，不堪侍奉箕箒。（外、付）惟願取偕老夫妻，長侍奉暮年姑舅。（合前）

【醉翁子】（小生）回首，嘆瞬息烏飛兔走。喜爹媽雙全，謝天相佑。（旦）不謬，更清淡安閒，樂事如今誰更有？（合）相慶處，但酬酒高歌，更復何求？

【前腔】（外）卑陋，論做人要光前耀後。願吾兒青雲萬里，早當馳驟。（付）聽剖，真樂在田園，何必區區做公與侯？（合前）

【僥僥令】（合）春花明彩袖，春酒泛金甌。坐對兩山排闥青來好，看將一水護田疇，緑繞流。

【前腔】（外、付）願你夫妻好廝守，（小生、旦）爹媽願長久。（合）但願歲歲年年人長在，父母共夫妻好廝守。

【尾】（合）山青水緑還依舊，嘆人生青春難又，惟有快樂是良謀。

（外）逢時對景且高歌，（付）須信人生能幾何？（小生）萬兩黄金未爲貴，（合）一家安樂值錢多。（外、付）我兒，生受你。（外）媽媽，一年一度。（付）老老，光陰易過。（下）（小生）娘子，可搬過了筵席。（旦）曉得。（仝下）

諫父

（外上）

【西地錦】好怪吾家門婿，鎮日不展愁眉，教人心下常縈係，也只爲着門楣。

入門休問榮枯事，觀着容顔便得知。老夫招贅蔡伯喈爲婿，可謂得人矣。只是一件，自從他到此間，眉頭不展，面帶憂容，不知爲着甚的？必有緣故。且待女孩兒出來問他，便知端的。

【前腔】（貼上）只道兒夫何意，如今就裏方知。萬里關山，要仝歸去，未知爹意何如？

爹爹萬福。（外）罷了。我兒，吾老入桑榆，自嘆吾之皓首；你今幸調琴瑟，每爲汝而忘憂。夫婿何故不樂，吾兒必知其故。（貼）告爹爹知道：伯喈娶妻六十日，即赴科場；别親三五載，并無消息。温凊之禮既缺，伉儷之情何堪？今欲歸故里，辭至尊家尊而仝行；待共侍高堂，執子道婦道以盡禮。特此拜禀，求爹爹允從。（外）吾兒差矣。吾乃紫閣名公，汝是香閨艷質，何必顧彼糟糠婦？焉能事此田舍翁？他久别雙親，何不寄一封音信回去？汝從來嬌養，安能涉萬里之程途？休惑夫言，當從父命。（貼）爹爹，孩兒曾觀典籍，未聞婦道而不拜姑嫜；試論綱常，豈有子職而不事父母？若從唱隨之義，當盡定省之儀。彼荆釵裙布，既已獨奉親闈之甘旨；此錦屏繡褥，豈可久戀廈宅之歡娱？爹爹身居相位，坐理朝綱，豈可斷他人父子之恩，絶他人夫婦之義？使伯喈有貪妻之愛，不顧父母之愆；孩兒有逆夫之命，不事舅姑之罪。望爹爹容恕，乞賜矜憐。（外）休得胡説！他家既有媳婦在家，你去做什麽？（貼）爹爹，

【獅子序】他媳婦雖有之，念奴身須是他孩兒的次妻。那曾有做媳婦的不事親闈？（外）你去有何勾當？（貼）若論做媳婦的道理，自當奉飲食，問寒暄，相扶持蘋蘩中饋。（外）他有媳婦在家，自能奉養，你便不去也不妨。（貼）爹爹。又道是養兒待老，積穀防饑。

（外）既道是養兒待老，積穀防饑，何不當初休叫他來應舉麽？

【太平歌】（貼）他來求科舉，指望錦衣歸，不想道爹爹留他爲女婿。（外）這也是有緣千里能相會，須强他不得。（貼）他埋怨洞房花燭夜，那些個千里能相會？（外）他當初爲何應允了？（貼）

他只要保全金榜掛名時，事急且相隨。

（外）事已如此，伯喈也枉自愁悶吓！

【賞宮花】（貼）他終朝慘悽，我如何忍見之？（外）他自慘悽，你管他怎麽？（貼）若論爲夫婦，須是共歡娱。（外）不妨。你對他説，教他住在這裏，我與他做個大大官兒便了。（貼）他數載不通魚雁信，枉了十年身到鳳凰池。

（外）呸！你聽了丈夫的言語，却不聽我做爹爹的説話，你這妮子好痴迷也！

【降黄龍】（貼）須知，非是奴痴迷。（外）你既不痴迷，爲何有這許多絮絮叨叨？（貼）已嫁從夫，怎違公議？（外）你去不妨，只是我没個親人在傍，如何捨得你去？（貼）爹爹猶念女，怎教他爹娘不念孩兒？（外）不是我不放你去，他既有媳婦在家，你去的時節，只怕擔擱了你。（貼）休提，縱把奴擔擱，比擔擱他媳婦何如？（外）既然如此説，叫伯喈自去便了。（貼）爹爹。那些個夫唱婦隨，嫁鷄逐鷄飛？

（外）我兒，他是貧賤之家，你如何去侍奉他的父母？（貼）爹爹，

【大聖樂】婚姻事難論高低，若論高低何如休嫁與？（外）不論高低，也論貴賤。（貼）假饒伊親賤孩兒貴，終不然便抛棄？（外）他自有媳婦在家，你去做怎麽？（貼）奴須是他親生兒子親媳婦，難道他是何人我是誰？（外）如此説，連伯喈也不放他回去，看他怎生奈何了我！（貼）爹居相

位，怎説、説出傷風敗俗非禮的言語？

（外怒介）（貼跪介）（外）哫！　這妮子如此無禮吓！　你聽了丈夫的言語，反把我來挺撞！　正是：　夫言終是父言非，怪恨吾兒識見迷。　我本將心托明月，誰知明月照溝渠。（欲下，又看介，回首看介）真個女生外向，這等無禮！　嗨！（恨下）（貼起介）呀！　正是：　酒逢知己千杯少，話不投機半句多。　好笑我爹爹不顧仁義，反道奴家沖撞了爹爹。　昨日相公原叫我休要説破，我如今有何面目去見他？　咳！　相公吓相公，你一心只想轉家鄉，怎耐我爹行不忖量。　正是：　大風吹倒梧桐樹，自有傍人説短長。

（下）

描　容

（旦上）

【胡搗練】辭别去，到荒圻，只愁途路煞生受。　畫取真容聊藉手，逢人將此免哀求。

鬼神之道，雖則難明；　感應之理，不可不信。　我前日獨自在山築墳，身子困倦，偶然睡去。　忽夢神人自稱當山土地，帶領陰兵與奴助力。　却又囑付叫奴改换衣粧，逕往長安尋取兒夫；　又説明日自有兩位仙長指引去路。　醒來時，果然墳塋已完。　昨日果有兩位仙長贈我雲巾、道服、琵琶，這分明神道護持。　如今只得改换衣粧，打扮做道姑模樣，將琵琶做個行頭，一路唱些行孝曲兒，抄化前去。　吓！　只是一件，這幾年和公婆厮守，如何一旦抛離前去？　想奴家向來頗曉丹青，何不想像畫取公婆真容背着，路上恰似相親相傍一般。若遇小祥忌辰，展開燒些香紙，奠些酒飯，也是奴家一點孝心。我且描畫真容則個。

【三仙橋】一從公婆死後，要相逢不能勾，除非是夢裏暫時略聚首。苦要描，描不就；暗想像，教我未寫先淚流。描不出他飢症候，畫不出他望孩兒的睜睜兩眸。只畫得他髮颼颼，和那衣衫敝垢。若畫做好容顔，須不是趙五娘的姑舅。

【前腔】我待畫你個龐兒帶厚，你可又饑荒消瘦；我待要畫你個龐兒展舒，你自來常面皺。若畫出來，真是醜，那更我心憂，也畫不出他的歡容笑口。吓！不是我不會畫着好的，我自從嫁到他家呵，只見他兩月稍優游，其餘的都是愁。這幾年間，我只記得他形衰貌朽。這真容呵，便是他孩兒，怕也認不出當初父母。縱不認得是蔡伯喈昔日的爹娘，須認得是趙五娘近日的姑舅。

真容已完，不免張掛起來。公婆吓！你媳婦今日遠行，本該做碗羹飯，奈身無分文，難以措辦。只有一炷清香，望公婆鑒納。

【前腔】非是奴要尋夫遠遊，只怕你公婆絶後。奴見夫便回，此行安敢久？苦！路途中，奴怎走？望公婆相保佑我出外州。我倒差了。奴家去後，公婆的墳墓誰人看守？他尚兀自没人看守，如何來相保佑？只怕奴去後，冷清清有誰來奠酒？縱使遇春秋，一陌紙錢怎有？你生是個受凍餒的公婆，死做了絶祭祀的姑舅。

拜告已畢，不免去拜别了張大公，就起行便了。（暫下）

别墳

（生上）衰柳寒蟬不可聞，金風敗葉正紛紛。長安古道休回首，西出陽關無故人。五娘子，開門。（旦上）是那個？（生）是老漢在此。（旦）原來是大公。大公萬福。（生）不消。聞你遠行，特來相送。（旦）奴家正要到來拜别，恰好大公來了。（生）幾時起行？（旦）奴家今日就行了。（末）吓！今日就行了？（旦）是。（生）老漢帶得碎銀三兩，請收了。（旦）受惠多翻，不敢再領。（生）莫嫌輕，請收了。（旦）多謝大公。（生）你桌上的是什麼東西？（旦）是公婆的真容。（生）咳！五娘子，這等年成，口食尚且艱難，那得錢來倩人描畫真容？（旦）不瞞大公説，奴家將就自己畫的。（生）自己畫的？（旦）正是。（生）若是倩人畫的呢，老漢不看也罷；既是五娘子自己畫的，借來一觀。（旦）只是拙筆，不足以當大觀。（生）好説。嘖嘖嘖！畫得像吓畫得像。阿呀！老哥老嫂。咳！〔鷓鴣天〕你死别多應夢裏逢，慢勞孝婦寫遺踪。可憐不得圖家慶，辜負丹青泣畫工。老哥，看你衣破損；老嫂，看你鬢鬖鬆；千愁萬恨在眉峰。嗨！只怕蔡郎不識你年來面，趙女空描别後容。畫得像吓！五娘子，你孝心所感，所以畫得的真。（旦）好説。（生）收好了。（旦）是，奴家有一句不知進退之言相告。（生）有何説話，你可道來。（旦）奴家今日遠行，别無掛念；只有公婆的墳墓望大公早晚看管一二。

可憐看這兩根老人家面上。（生）這個不消分付。五娘子，你今日遠行，老漢也有幾句言語囑付。（旦）大公有何説話，自當謹記在懷便了。（生）五娘子吓！我想你少長深閨門，那識路途？當初蔡郎在家的時節，你青春嬌媚。如今遭此年荒歲歉，你貌陋身單。咳！正是：桃花歲歲皆相似，人面年年便不同。五娘子。（旦）大公。（生）那蔡郎臨别之時，可不道來？（旦）他道些什麼來？（生）他道：此去倘有寸進，即便回來。哪！如今是年荒親死，一竟不回，你知他心事如何？正是：畫虎畫皮難畫骨，知人知面不知心。那蔡郎原是讀書人，一舉成名天下聞。久留不知因甚故，年荒親死不回門。你去京城須仔細，逢人下禮問虚真。你若見蔡郎謾説千般苦，只把琵琶語句訴原因。你未可便説他妻子，未可便説喪雙親。未可便説裙包土，未可便説剪香雲。吓！若得蔡郎思故舊，可憐張老一親鄰。我今年已七十歲，比你公公少一句。五娘子，你今日去時還有張老來相送，只怕你回來時未知張老死和存。逢人且説三分話，未可全抛一片心。你牢牢記着。（旦）多承指教，奴家怎敢遺忘？大公，還有一事相求。公公在日寫的遺囑，已帶在此，請大公收了。奴家此行，一路平安，尋見丈夫回來，這話不必題起；若尋不見丈夫，在路上倘有些差池，等那伯喈回來，大公可將遺囑并剪下的頭髮與他，以表奴家一點孝心。（生）是吓！虧你想得到。我且收在此便了。（旦）奴家還要到公婆墳上去拜别。（生）正該如此。去拜一拜，待他陰空保佑你前去。轉過翠柏蒼松，（旦）來到荒坵古墓。吓！阿呀！公婆吓！媳婦今日拜别你前往洛陽尋取丈夫，望公婆陰空護佑。（生）老哥、老嫂，你媳婦今日拜别你二人，前往洛陽尋取你孩兒，願他在路上好行好走，望你陰空保佑！

【憶多嬌】（旦）他魂渺漠，我無倚托。程途萬里，教我懷夜壑。大公請上，受奴一拜。（生）不消，不消。此去孤墳，望公公看着。（合）舉目蕭索，舉目蕭索，滿眼盈盈淚落。

【前腔】（生）承委託，當領略。這孤墳看守，我決不爽約。但願你在途中身安樂。（合前）

【鬥黑麻】（旦）我深謝得公公，便相允諾，從來的深恩，怎敢忘却？只怕途路遠，體怯弱，病染孤身，衰力倦脚。（合）此去孤墳寂寞，路途滋味惡。兩處堪悲，兩處堪悲，萬愁怎摸？

【前腔】（生）伊夫婿多應是，貴官顯爵，伊家去須當審個好惡。五娘子，似你這般喬打扮，他便怎知覺？一貴一貧，怕他將錯就錯。（合前）

【哭相思】（旦）爲尋夫婿別孤墳，（生）只怕你兒夫不認真。（合）流淚眼觀流淚眼，斷腸人送斷腸人。

（旦）五娘子，路上小心；我方纔這些話不可忘了。（旦）曉得。（生）若尋見了伯喈，即便回來。（旦）是。大公保重，我去了。（生）寧可早歇晚行，保重要緊。若見你丈夫，與我多多致意。（旦）是。大公請轉。（生）怎麼？（旦）奴家去後，我公婆的墳墓，望大公千萬看管一二吓。（生）這個不消分付，你自放心前去。（旦）是。（各哭，旦下）（生）咳！可憐！可憐！我那老哥、老嫂，你媳婦起身尋你兒子去了，一路陰空指引他去，得見你兒子之面，早早回來吓！我是去了，改日再來看你。（拭淚回頭泣下）

分別

（旦上）

【謁金門】春夢斷，臨鏡彩雲撩亂。聞道才郎遊上苑，又添離別嘆。（小生上）苦被爹行逼遣，默默此情何限？（合）骨肉一朝成拆散，可憐難捨拚。

（旦）官人，雲情雨意，雖可拋兩月之夫妻；雪鬢霜鬟，竟不念八旬之父母？功名之念一起，甘旨之心頓忘，是何道理？（小生）娘子，膝下遠離，豈無眷戀之心？堂上嚴命，不容分剖之辭，叫卑人如何是好？（旦）官人，我猜着你的意兒了。（小生）猜着卑人什麼來？

【忒忒令】（旦）你讀書思量中狀元，（小生）向上之心，孰能無之？（旦）我只怕你才疏學淺。（小生）那得見才疏學淺？（旦）只是《孝經》《曲禮》，早忘了一段。（小生）《孝經》《曲禮》，卑人常讀之書，怎見得忘了？（旦）却不道夏靖與冬温，昏須定，晨須省，親在遊怎遠？

【前腔】（小生）我哭哀哀推辭萬千，（旦）張大公如何說？（小生）張大公呵，他鬧炒炒抵死來相勸。（旦）相勸由他，不去由你。（小生）將我深罪，不由人分辨。（旦）他罪你什麼來？（小生）他道我戀新婚，逆親言，貪妻愛，不肯去赴選。

【沉醉東風】（旦）你爹行見得好偏，（小生）我爹娘只生我一人，也不偏向。（旦）只一子不留在身畔。官人，如今公婆在那裏？（小生）在堂上。（旦）既在堂上，我和你同去説。（小生）請。（旦欲行又止介）（小生）娘子，爲何欲行又止？（旦）吓！凡事三思而行，再思可矣。奴家去説，公公聽我還好；倘然不聽呵，他只道我不賢，要將伊迷戀。這其間教人，怎不悲怨？（合）爲爹淚漣，爲娘淚漣，何曾爲着夫妻上意牽？

【前腔】（小生）做孩兒節孝怎全？做爹行不容幾諫。（旦）爲人子者，不當恁地埋怨。（小生）非是我要埋怨，只愁他形隻影單，我出去有誰來看管？（合前）

【前腔】（外、付上）孩兒出去在今日中，爹爹媽媽來相送。但願得魚化龍，青雲得路，桂枝高折步蟾宫。

（見介）孩兒、媳婦，行李收拾完了麽？（小生、旦）完備了。（外）爲何還不起程？（小生）只等張大公到來，把爹娘託付與他，庶可放心前去。（生上）仗劍持樽酒，恥爲遊子顔。所志在功名，（進介）解元，離别何作嘆？（小生）太公來了。（生）老哥、老嫂。（外）老友。（生）五娘子。（旦）大公。（生）解元的行李收拾了麽？（旦）停當了。（生）老漢帶得白銀三兩，與解元聊爲路費。請收了。（小生）多謝大公。爹娘年老，全仗大公週濟。（生）解元放心前去，都在老夫身上。（付）阿呀！我個兒子吓！若不爲功名，做娘的怎捨得你前去？（小生）請免愁煩，孩兒就此拜别。（拜介）

【園林好】兒今去爹媽休得要意懸，兒今去經年便還。但願得雙親康健，（合）須有日拜堂前，須有日拜堂前。

【前腔】（外）我孩兒不須掛牽，爹指望孩兒貴顯。若得你名登高選，（合）須早把信音傳，須早把信音傳。

【江兒水】（付）膝下嬌兒去，堂前老母單，臨行密密縫針綫。眼巴巴望着關山遠，冷清清倚定門兒盼。（小生）母親且自寬懷消遣。（付）咳！我個兒子吓！説便是介説。只是教我如何消遣？（合）要解愁煩，須是頻寄音書回轉。

【前腔】（旦）妾的衷腸事，有萬千，（小生）可與卑人一言。（旦）説來又恐怕添縈絆。六十日夫妻恩情斷，八十歲父母教誰看管？（小生）莫非怨着卑人麼？（旦）教我如何不怨？（合前）

【五供養】（生）貧窮老漢，託在隣家，事體相關。此行雖勉强，不必恁留連。你爹娘早晚、早晚間我當陪伴。（小生哭介）〔一〕（生）丈夫非無淚，不灑別離間。（合）骨肉分離，寸腸割斷。

【前腔】（小生）公公可憐，俺爹娘望你週全。我身若貴顯，自當效啣環。（旦）有孩兒也枉然，你爹娘倒教別人看管。此際情何限，偷把淚珠彈。（合前）

【玉交枝】（外）別離休嘆，我心中非不痛酸。非爹苦要輕拆散，也只是圖你榮顯。（付）蟾宮

〔一〕哭：原作『衆』，據文義改。

桂枝須早攀，北堂萱草時光短。（合）又未知何日再圓？ 又未知何日再圓？

【前腔】（小生）雙親衰倦，娘子，你扶持看他老年。 飢時勸他加飡飯，寒時頻與衣穿。（旦）做媳婦事舅姑，不待你言；做孩兒離父母，何日返？（合前）

【川撥棹】（外）歸休晚，莫教人凝望眼。（小生）但有日回到家園，怕回來親難保全。（合）怎教人心放寬？ 不由人珠淚漣。

【前腔】（旦）我的埋怨怎盡言？ 我的一身難上難。（小生）娘子，你寧可將我來埋怨，莫把我爹娘冷眼看。（合前）（小生拜介）

【尾聲】（合）生離遠別何足嘆？ 專望你名登高選。 衣錦還鄉，教人作話傳。

（小生）此行勉强赴春闈，（生）耑望明年衣錦還。（外、付）世上萬般哀苦事，（合）無非遠别共分離。（生）小弟告辭了。（外）恕不送了。 我兒，送了大公出去。（小生）是。（生）解元，但願你衣錦早還。請了。（小生）多謝大公。（生下）（外）我兒吓！ 雙親年老，家道艱難；倘得成名，即便回來。（小生）謹依爹爹嚴命。（外）媽媽，進去罷。（付）是哉。 吔先進去。（外下）（付哭介）阿呀！ 吾個兒子吓！ 叫我囉里捨得吔？（小生）母親請自保重。（付）爺個說話，吔要記子，路上小心。（小生）曉得。母親請進去罷。（付）我個兒子吓！ 叫我做娘個囉里捨得吔介！ 我個肉吓！ 肉吓！ 媳婦，可念夫妻之情，送他一程。（旦）是。 婆婆請進去罷。（付哭下）（小生、旦虚下）

長亭

（小生、旦復上）（旦）官人，如何割捨得抛撇了？（小生）叫卑人無奈。

【尾犯序】（旦）懊恨別離輕，悲豈斷絃？愁非分鏡。只慮高堂，風燭不定。（小生）腸已斷欲離未忍，淚難收無言自零。（合）空留戀，天涯海角，只在須臾頃。

（旦）官人，你此去呵，蟾宫須穩步，休教別戀忘歸。公婆年老怎只持？一朝波浪起，鴛侶兩分離。（小生）堂上雙親嚴命緊，不容分剖推辭。如今暫別守孤幃，晨昏行孝道，全仗你扶持。

【尾犯序】（旦）無限別離情，兩月夫妻，一旦孤另。此去經年，望迢迢玉京思省。（小生）娘子，莫非慮卑人此去山遥路遠麼？（旦）奴不慮山遥路遠，（小生）莫非慮着衾寒枕冷？（旦）奴不慮衾寒枕冷。（小生）慮着甚麼？（旦）奴只慮公婆没主，一旦冷清清。

【前腔】（小生）我何曾，想着功名？（旦）既不想功名，去怎麼？（小生）欲盡子情，難拒親命。年老爹娘，（揖介）望伊家看承。畢竟，你休怨朝雨暮雲，只替我冬温夏靖。思量起，如何教我割捨得眼睁睁？

【前腔】（旦）儒衣纔換青，快着歸鞭，早晚回程。只怕十里紅樓，休得要重娶娉婷。丁嚀，不念我芙蓉帳冷，也思親桑榆暮景。（小生）領命。（旦）頻囑付，知他記否？空自語惺惺。

【前腔】（小生）娘子，你寬心須待等，我肯戀花柳，甘爲萍梗？只怕萬里關山，那更音信難憑。須聽，我没奈何分情破愛，誰下得虧心短行？從今去，相思兩處，一樣淚盈盈。（旦）官人，此去成名，早寄音書回來。（小生）娘子，音書要寄不難。（拜别介）

【鷓鴣天】只怕萬里關山萬里愁，（旦）一般心事一般憂。（小生）親幃暮景應難保，客館風光怎久留？（下）

【前腔】（旦）他那裏，漫凝眸，（小生回望介）娘子請回罷。（下）（旦）官人請。正是馬行十步九回頭。歸家只恐傷親意，閣淚汪汪不敢流。（拭淚下）

别　丈

（外上）

【風入松慢】女蘿松柏望相依，況景入桑榆。他椿庭萱屋齊輕棄，怎不想着家山桃李？嘆當初中雀誤看屏裏，到如今乘龍難駐門楣。

自古人無遠慮，必有近憂。老夫當初自不思想，一時招贅伯喈爲婿，指望他養老百年。誰想他家父母俱亡，他的妻子五娘竟來尋取他丈夫。今要與我孩兒仝去，不知果否？且唤院子出來，問他便知端的。院子那裏？（末上）來了。紋犀欲下意沉吟，棋局排來仔細尋。猶恐中間差一着，教人錯用滿盤星。老爺有何分付？（外）我聞得狀元的父母俱亡，他的妻子來此，今小姐欲仝他去，此事果真否？（末）小人也聞得此説，試問老媽媽便知端的。（外）即唤老媽媽出來。（末）吓！老媽媽，老爺唤。（淨上）來了。

【光光乍】女婿要同歸，岳丈意何如？忽叫老身原何的？吓！想必與他做區處。

老婢叩頭。（外）起來。我且問你，狀元父母死了，聞得他媳婦來此尋取丈夫，今我小姐要仝去，此事果否？（淨）果然。我家小姐要仝去。（外）吓！我想他去何幹？（淨）老爺，他父母俱亡，止有一媳婦支持，爲此小姐要仝去帶孝守喪。（外）可笑！我的女兒如何與别人戴孝？（淨）老爺請息怒，老妾有一言告禀。（外）説來。

【女冠子】（淨）媳婦事舅姑合體例，怎不教女孩兒仝去？當初是相公留他，今日裏怨着誰？（外）我不容小姐去，便怎麼？（淨）老爺，事須近理，怎使聲勢？休道朝中太師威如虎，更有路上行人口似碑。（合）説起此事，費人區處。

【前腔】（外）咳！當初是我不仔細，誰知道事差遲？痛念深閨幼女多嬌媚，怎跋涉萬餘里？况我嫡親更有誰，怎忍分離？罷！不教愛女擔煩惱，也被傍人講是非。

【前腔】（末）相公只慮多嬌女，怕跋涉萬山千水，可知道女生外向從來語？况既已做人妻，夫唱婦隨，不須疑慮。這是藍田種玉結親誤，今日裏船到江心補漏遲。（合）説起此事，費人區處。

（外）你二人到也説得是。他既要去，由他去罷。（貼上）吓！相公，這裏來。（小生上）夫人請。（末）小姐和狀元出來了。（外）我正要問他。

【五供養】（旦上）終朝垂淚，爲雙親教我心疼。（二旦合）親墳須共守，只得離神京。（旦）夫人，且商量個計策，猶恐你爹行不肯。（貼）若還是爹不肯，也索向君王請命。

（小生）岳父。（貼）姐姐，且少待，待我與爹爹説起，纔可相見。（旦）曉得。（貼）爹爹。（旦）太師在上，待妾身拜見。（外）這就是伯喈的媳婦麼？（小生）是。（外）不消，不消。咳！如此賢哉孝婦，可敬吓可敬！賢婿，聞你父母去世，此事果否？（小生）果然如此，正欲稟知。（貼）爹爹，孩兒有言告稟。（外）我兒既有話，起來説。（貼）孟子之：娶妻所以養親，是爲事奉姑舅者也。孔子曰：生事之以禮，死葬之以禮。孩兒今與趙氏姐姐同爲蔡家媳婦，他便生能竭奉養之力，死能備棺槨之禮，葬能盡封樹之勞；孩兒亦爲蔡氏之婦，生不能供甘旨，死不能盡躃踴，葬不能事窀穸。以此自思，何以爲人？誠得罪於姑舅，實有愧於姐姐。今特稟於爹爹之前，情願居於姐姐之下。（外）賢哉我兒。此言有理。（旦）夫人差矣。太師在上，妾聞人有貴賤，不可概論。小姐是香閨繡閣之名姝，妾乃裙布荆釵之貧婦；況承君命以成婚，難讓妾身而居右。（外）五娘子，你今日既無父母，又喪公姑，你便是我女兒一般。況你先歸與蔡氏，年又長於我兒，此實當理，不必多辭。（小生）你二人只做姊妹相稱便了。（外）賢婿之言有理。（旦）多謝太師。（外）正當如此，何謝之有？（旦）夫人，佔了。（貼）好説。（小生）今日小婿欲拜辭岳丈，帶領二妻同歸故里，共行孝道。待服滿之後，再來侍奉尊顔。岳父請善保尊體。（外）賢婿，其實捨不得。今日你父母既不幸了，我也再難留你。（貼）爹爹，孩兒暫别尊顔，實是無奈。爹爹善保尊體，不必掛懷。（外）吓！兒吓！你如今去拜舅姑的墳墓，竟不念我做爹爹的了？（貼）爹爹，孩兒此去不過三年之期；少待服滿，即便回家，不必愁煩。（外）怎麽説是三年之期？就是片刻也捨不得你去。女生外向！咳！（小生）岳父請上，小婿就此拜别。（外）不消拜了。

【催拍】（小生）念蔡邕爲雙親命傾，遭不孝逆天罪名。今辭了帝廷。感岳丈深恩，豈敢忘情？痛父母劬勞，却久負亡靈。（合）辭别去，仝到墳塋；心慽慽，淚盈盈。

【前腔】（旦）念奴家離鄉背井，謝相公教兒共行。非獨故里榮，我泉下公姑，死也目瞑。（外）五娘子，我兒少長深閨，凡事你要看顧。（旦）大人，令愛雖則仝去，没有公婆呵，我自看待你孩兒，不必叮嚀。（合前）

【前腔】（貼）覷爹行衰顔皤鬢，思量起教人淚零。爹爹，我進退不忍。若孩兒不去，棄了公婆，被人譏評；若孩兒去了，撇了親爹，没人温凊。（合前）

【前腔】（外）此别去，你的吉凶未憑；再來時，我的存亡未審。賢婿，吾今已老景，必竟你没爹娘，我没親生。若念骨肉一家，須早辦回程。（合前）

【一撮棹】（小生）岳丈，你寬心等，何須苦掛縈？（外）賢婿，須把音書寫，頻頻寄郵亭。（貼）老媽媽，我去後，我爹年老，望伊家須是好看承。（浄）小姐，程途裏，各願保安寧。（衆）死別全無準，生離又難定。（合）今去也，何日返神京？

【尾】（合）最苦生離難抛捨，未知再會面何時也？

（小生、二旦下）（外）女婿今朝已别離，老夫孤苦有誰知？管家婆，你看小姐頭也不回，竟隨了狀元去了。（浄）老爺，夫唱婦隨仝歸去，一處思量一處悲。（外）阿呀！親兒吓！（下）

思　鄉

（小生上）

【喜遷鶯引】終朝思想，但恨在眉頭，人在心上。鳳侣添愁，魚書絶寄，空勞兩處相望。青鏡瘦顔羞照，寶瑟清音絶響。歸夢杳，繞屏山烟樹，那是家鄉？

怨極愁多，歌慵笑懶，只因添個鴛鴦伴。他鄉遊子不能歸，高堂父母無人管。湘浦魚沉，衡陽雁斷，音書要寄無人便。人生光景幾多時，蹉跎負却平生願。

【雁過聲】思量，那日離故鄉。記臨期送别多惆悵，攜手共那人不斷放。教他好看承，我爹娘，料他每應不會遺忘。聞知飢與荒，只怕捱不過歲月難存養。若望不見信音，却把誰倚仗？

【二犯漁家傲】思量，幼讀文章，論事親爲子也須要成模樣。真情未講，怎知道喫盡多魔障？被親强來赴選場，被君强官爲議郎，被婚强傚鸞凰。三被强，我衷腸事説與誰行？埋怨難禁這兩廂：這壁廂道咱是個不撑達害羞的喬相識，那壁廂道咱是個不覩事負心的薄倖郎。

【二犯漁家燈】悲傷，鷺序鵷行，怎如那慈烏反哺能終養？謾把金章，綰着紫綬，試問班衣，今在何方？班衣罷想，總然歸去，又恐怕帶麻執杖。阿呀天吓！只爲那雲梯月殿多勞攘，落得個淚雨如珠兩鬢霜。

【錦纏樂】幾回夢裏，忽聞鷄唱。忙驚覺錯呼舊婦，同問寢堂上。待朦朧覺來，依然新人鳳衾和象床。怎不怨香愁玉無心緒？更思想，被他攔擋。教我，怎不怨傷？俺這裏歡娱夜宿芙蓉帳，他那裏寂寞偏嫌更漏長。

【錦家傲】漫悒怏，把歡娱反成悶腸。菽水既清涼，我何心，貪着美酒肥羊？悶殺人花燭洞房，愁殺我掛名在金榜。魆地裏自思量，正是在家不敢高聲哭，只恐猿聞也斷腸。

終朝長想憶，尋便寄書人。眼望捷旌旗，耳聽好消息。（下）

饑荒

（旦上）

【憶秦娥前】長吁氣，自憐薄命相遭際。相遭際，暮年姑舅，薄情夫婿。

夫妻纔兩月，一旦成分別。没主公婆甘旨缺，幾度思量悲咽。家貧先自艱難，那堪不遇豐年？恁的千辛萬苦，蒼天也不相憐。奴家自從丈夫去後，遭此荒年；況且公婆年老，朝不保夕，叫奴家如何獨自應承？婆婆日夜埋怨着公公，道當初不合教孩兒出去；公公又不伏氣，只管和婆婆争鬧。外人不理會的，只道我做媳婦的不會看承，以致公婆如此。且待公婆出來，解勸則個。公公有請。

【憶秦娥後】（外上）孩兒一去無消息，雙親老景難存濟。（旦）婆婆有請。（付上接）難存濟，（將杖打外介）咊！（外）阿唷！（付）阿呀！老賊吓！（旦）婆婆不要如此。（付）你不思前日，强教孩兒出去？

（旦）公婆萬福。（外、付）罷了。（付）老賊吓！你今日也叫孩兒去做官，明日也叫孩兒去赴選，如今做得好官，忍得好餓吓！如今没有飯喫，餓死你這老賊；没有衣穿，凍死你這老賊。（外）阿婆吓！我當初教孩兒出去做官，知道今日恁的饑荒？你看這般年成，誰家不忍飢，那家不忍餓？誰是你這般埋怨？難道我是個神仙？（付）像個神仙！三兩日弗動烟火哉，豈不是神仙？（旦）公公婆婆請息怒，聽媳婦一言分剖。（外、付）你有何説話？（旦）婆婆，當初公公教孩兒出去的時節，不想今日恁地饑荒。婆婆吓！你也難埋怨公公。（外）老乞婆，你聽嘘！（付）我只是氣他不過。（旦）公公，婆婆見這般饑荒，孩兒又不在眼前，心下十分焦躁。公公，你也休怪婆婆埋怨。（付）老賊聽嘘！（旦）如今且自寬心。媳婦還有幾件釵梳首飾之類，典些糧米，以充公婆一時口食。寧可餓死奴家，決不把公婆落後的。（付）阿呀！我那孝順媳婦吓！釵梳解當，自有盡期的。千虧萬虧，只是虧了你！（旦）媳婦是應當的。（付）咻！只是可恨那老賊，一子眼前留不住，五株丹桂倩誰栽？

【金索掛梧桐】區區一個兒，兩口相依倚。没事爲着功名，不要他供甘旨。你教他去做官，指望要改换門閭，只怕他做得官時你做鬼。老賊，孩兒出門的時節，你説的話我一句句都記在這裏。（外）我也不曾説什麽。（付）你還説不曾？你要圖他三牲五鼎供朝夕。（外）這句是有的。（付）有的？（外）有的。（付）有的！有的！（打介）（旦）吓！婆婆，不要如此。（付）不要説是三牲五鼎，今日裏阿，要一口粥湯却教誰與你？相連累，我孩兒因你做不得好名儒。（合）空争着閒是閒非。（付）老賊吓！我偏要争着閒是閒非！

【前腔】（外）養子教讀書，指望他身榮貴。黄榜招賢，誰不去求科試？阿婆，我倒有個比方。（付）飯也没得喫，還有儕屁放嘘？（外）比方吓。譬如那范杞梁，差去築城池，（付）范杞梁是官差的，我孩兒被你生生的逼勒去的吓！（外）想他的娘親埋怨誰？（付）你不如死了罷！（外）阿婆，然雖如此，合生合死皆由命，哪，哪，哪！ 你看前街後巷這些人家嘘，少甚麽孫子森森也忍飢？（付）還我兒子來！ （外）阿呀！ 阿婆吓！ 你休聒絮，畢竟是咱門三口受孤悽。

【前腔】（旦）婆婆，孩兒雖暫離，須有日回家裏。奴有些釵梳，解當充糧米。 公公婆婆恁般争閙呵，教傍人道媳婦的有甚差遲，（付）你有甚差遲？ （旦）致使公婆争鬥起。 婆婆，當初公公教孩兒出去的時節，他心中愛子，指望功名就。（外）老乞婆，你聽嘘！ （旦）婆婆見此饑荒。他眼下無兒，因此埋怨你。 難逃避，兀的不是從天降下這災危？

（付）老賊！ 别人家没有兒子還要螟蛉過繼，偏是你這老賊。

【劉潑帽】有兒却遣他出去，我要飯喫。（外）你看這樣年成，叫我那裏來？ （付）可又來！ 你是個男子漢，尚然没來方，教媳婦怎生區處？ 阿呀！ 媳婦吓！ （旦）婆婆！ （付）我今日就死也罷，只是可憐誤你的芳年紀。（合）一度思量，一度肝腸碎。

【前腔】（外）吾門不幸須傾棄，嘆當初是我不是。（付）不是你不是，難道倒是我不是？ 難道倒是我不是？ （外）是，是，是我不是。 嗄！ 我孩兒又不在眼前，遭此饑荒，少不得是個死。更被這老乞婆終日埋怨，也是個死！ 也罷，不如我死倒無他慮。（作撞，旦扯住介）阿呀！ 公公吓！ （付背扯住介）阿喲！ 個是使弗得勾嘘！ （衆大哭介）（合前）

【前腔】（旦）媳婦便是親兒女，勞役事本分應爲，但願公婆從此相和美。（合前）

（旦）嗄！公公婆婆，大家相叫一聲嗄！阿呀！公婆嗄！媳婦是跪在此了，大家相叫一聲。（外）與你什麽相干？（旦）吓！公公，大家相叫一聲罷。（外）看孝順媳婦分上吓！（各看介）阿呀！我不去叫他。（旦）吓！婆婆叫公公一聲罷。（付）呸。（旦）來嘘。（付）呸。（各看介）阿呀！我弗去叫俚。（旦）終不然罷了不成？吓！只是公公相叫婆婆一聲罷。（外）阿呀！媳婦吓！（哭介）（旦）公公，來嘘。（外）罷。（各看介）嗄！阿婆。（旦）吓！婆婆，公公是在那裏叫了，婆婆也來叫一聲。（付）呸，呸。（各看介）嗄！阿老。（外）阿婆。（旦）好了，謝天地。（外）你今後不要來埋怨我了。（付）我那間再弗來埋怨呸哉。（外）阿婆。（付）阿老。（旦）吓！公公。（外）媳婦。（旦）婆婆。（付）媳婦。（衆大哭介）（合前）（旦）公公婆婆，請進去罷。（外、付、旦各哭介）（付）媳婦，隨我進來。（旦）曉得。（同哭下）

拐兒

（净上）

【打毬場】幾年間，爲拐兒，脱空説謊爲最。遮莫你怎生俌俏，也落在我圈套。

自家脱空爲活計，洶摸作生涯。舌劍唇鎗，伶俐的也教他懵懂；虚脾甜口，好巧的也哄他裝風。鄉貫從來無定居，姓名誰個知真實？裝成圈套，見了時自然進來；做就機關，撞着的怎生出去？騙了鍾馗手中寶劍，偷了洞賓瓢裏仙丹。真個來無影去無踪，對面騙人如撮弄。縱使和你行，同你坐，當場賺你怎埋怨？拐兒陣裏先鋒，哄騙門中大將。何用剜墻挖壁，强如黑夜偷兒；不須挾斧持刀，賽過白晝劫賊。正是：天不生無禄之人，地不長無根之草。但是京師中都曉得我是拐騙的，難做買賣。這兩日手中乏鈔，如何是好？（丑内）毴穿呸個花娘！到三郎廟裏去許許願心勒介。（净）咦！你聽這個人要到三郎廟裏去許願，待我先去看他許什麽願？吶！三郎老爺不在吓，想是人家擡去賽願了，我且假做三郎老爺，看他來許什麽願心？（坐介）

【四邊静】（丑上）終日街坊閒串走，斂減䑋猪油。渾名叫瞎鷄，綽號叫夢鰍。偷鷄偷狗，淘摸剪綹。夜裏掘壁洞，日裏三隻手。

終朝拐騙過光陰，見人財物便欺心。若還晦氣撞着我，縱然不奪也平分。區區名字叫貝戎，綽號三隻手。兩日街浪緝捕個多得勢，做弗得生意。打聽得一注大財香拉裏，(一)且到三郎廟裏去許個願心介。革里是哉。喂！廟祝！廟祝！吓！無人拉裏，三郎老爺，我是個，弗消説得，呸是曉得個。若是騙得故注大財香到手，一生一世喫着弗盡。我買個大大能個三牲來祭獻。（拜介）（净伸二指介）（丑）吓嘎！我個弗曾到手，三郎老爺倒先要加二扣頭哉。咦！手裏個把扇子倒好哉，且借去用用介。（作拿扇，净扯住介）在這裏了！（丑）阿呀！阿呀！（净）好吓！正要拿你們這班拐子小厮。拿鏈子來鎖他到五城兵馬司去。（丑）阿呀！苦惱吓！老爹救命吓！小人元是好人家肚細，不拉騙子騙子

(一) 注：原作『主』，據文義改。

了，留落拉裏個。求老爹饒子小人罷。（浄）要我饒，拿出買命錢來！（丑）苦惱子，身邊半個低銅錢嘸無得拉裏。（浄）待我來搜一搜看。（搜介）這狗頭果然没有。虧得遇了我，若遇着别人，就是個死。造化你！去罷！（丑）多謝老爹。（浄）呔！這把傘還不值得送與我老爹，還要拿去？（丑）老爹，𠰻認差哉，我是拿起來是介雙手送與老爹吓。（浄）吓！原要送與我的吓？（丑）正是。（浄）去罷。（丑）呋。個個毬養個！貪小利個！等我上俚一上介！（浄）這把傘拿去換酒喫，也值得三十個錢。（丑）偺個，五十個銅錢買個噓。（浄）呔！你去了怎麽又轉來？（丑）哪，小人蒙老爹恩德，請問老爹尊姓大名？日後好補報老爹個意思吓。（浄）你這狗頭！問了我老爹的姓名，日後做出歹事破了，好攀扯我老爹吓？（丑）烏龜亡八！是𠰻個妮子嘿有個様心腸！（浄）我且問你，你方纔許願心，説有一注大財香到了手，就一生受用不盡。是什麽財香？實對我説。（丑）我方纔個説話，老爹纔聽見個哉？（浄）都聽見了。（丑）弗瞞老爹説，小人是陳留郡人，打聽得蔡狀元也是陳留郡人，一向贅在牛府，不許他音信往來。近聞得他瞞過牛府，私下訪問，若有鄉親在此，要託他寄封家書居去。我想決非空信，極少寄介四百五百兩銀子居去。那間我寫俚一封假家信拉裏，要去發個注大財香。但是我身浪是介難看拉裏，千思百量，弗好去得，故此許介一個願心。（浄）吓！有這個緣故？書呢？（丑）拉裏。（浄）拿來，我去。（丑背介）吓！原來個個屄養勾嘸是個騙子，倒不個屄養個嚇子一跳。個蠻屄養個身浪倒冠冕玌，等我來騙俚介一騙，發個利市介。（轉身介）吓！老爹去？（浄）拿書來，我去。（丑）𠰻去動阿動弗得。（浄）爲什麽？（丑）小人是陳留郡人，舌頭是圓個；老爹是京中人，舌頭是方個。到那裏言語不對，露出馬脚來，就穿綳哉喂。（净）吓！語言不對，去不得的？（丑）去弗得個。（笑介）小人倒有介一個意思拉裏。（净）什麽意思？（丑）弗好説。（净）不妨，你説。（丑）説出來，只怕老爹弗肯。（净）你且説看。（丑）哪，若是老爹身浪個套衣裳肯借拉我着子嘿，就體體面面走得去，銀子就到手哉。（净）狗入的，我老爹的衣服倒把你穿？（丑）我元説老爹弗肯個囔，單是弗白着個嘘。銀子到子手，另外有賃衣裳錢革嘘。（净）吓！先講明白了，銀子到了手，怎麽樣分法？（丑）三七。（净）你得三分，我得七分？（丑）嗳！我得七分，呧得三分。（净）不對，不對。（丑）竟是對分，有一千，五百兩一個何如？（净）對分了，另外要還我賃衣服錢。（丑）就是介。要幾哈？（净）五兩。（丑）多哉，多哉。只好一兩。（净）少。（丑）二兩。（净）便宜你，三兩罷。（丑）就是三兩。脱下來。（净脱介）（丑）咦！老爹外頭冠冕，裏向一包葱。（净）這是老爹的便服。（丑着介）正好，配身得勢。真正人要衣裝，佛要金裝。頭浪個帽子來。（净）大帽也要賃錢。（丑）幾哈？（净）二兩。（丑）啐！紙糊頭貨色，五錢。（净）一兩。（丑）就是一兩。（净）衣服三兩，帽子一兩，共是四兩了。（丑）小人囉個少子呧個了？靴來。（净）靴子我老爹自己要穿的。（丑）呧看嘘，身浪着子大衣裳，頭浪戴子大帽子，脚浪像儂樣？脱下來。（净）也要賃錢。（丑）再加子一錢嘿是哉。（净）要五錢。（丑）就是五錢。儂要子我個了？（净一面脱靴，一面説介）衣服是三兩，帽子是一兩，靴子是五錢，一總是四兩五錢另外的。（丑）嗳！只管説！呧住拉幾裏，我去了就來。（净）吓！你去了，我那裏來尋你？（丑）是吓！呧囉裏來尋我？有裏哉，省得呧弗放心，呧竟扮子我個家人，跟子我去，阿好？（净）呔！我老爹倒做你狗頭的家裏人！（丑）也不過遮掩一時，過頭子老爹原是老爹，狗頭原是狗頭。要看銅錢銀子的分上。（净）吓！ 看銀子麽分上，罷了。（丑）打傘。（净）看銀子錢分上，打傘。（走介）（丑）弗好，弗好，轉去。（净）爲什麽？（丑）欺主。（净）什麽欺主？（丑）伍看我做家主公個是介兩根狗嘴髭鬚，伍屋裏人倒是介一嘴阿鬍子，弗像樣。（净）這是老爹的貴相生成的。（丑）要去掉幾根。（净）這個使不得。（丑）若是去掉幾根，另外加你養鬍錢二兩。（净）如此，難道拔下來不成？（丑）一根一根介拔，拔到幾時？ 哪，有剪刀拉裏。（净）我原説你這狗頭是剪綹的！（丑）剪綹個用剪刀就是笨賊哉。（净）這嘿，少去幾根。（丑）是哉，無交話。（作剪下）（净摸打丑介）狗入的，我叫你少去幾根，怎麽一嘴鬍子都去了？（丑）啐！ 毴穿伍個花娘！ 我搭你合夥計做生意，儕個開口就駡，動手就打？脱子去，弗去哉！ 弗去哉！（净）不是吓，教你少去幾根，如今像什麽？（丑）爲儕了？ 加伍二兩養鬍錢了，拿子銀子居來，買星肉來白熄熄喫拉肚裏子，拿個白肉湯放拉鉢頭裏子，是介出綽出綽介一澉，再拿個草薦得來一遏，明朝就像韭菜能介長子出來哉儕。（净）吓！ 原長得出的？（丑）那説長弗出？ 還要比子那間長點乱來。（净）不要説了，走罷。（丑）那，那，那，打傘嘿要彎子個腰纔像，是介直僵僵像儕樣？（净）吓！ 要彎腰的？（丑）故嘿是哉。 喂，伍生平歡喜儕個？（净）一生最喜歡喫酒。（丑）個個容易。 倘然俚乱問伍説： 你家相公是轎來的馬來的？ 伍那亨説？（净）怎麽樣説呢？（丑）伍只要説介兩句説話，却不道怎的，又不道怎麽。（净）吓！ 却不道怎的，又不道怎麽。記得了。（丑）若是要喫，只説一個字『倏』，我就只管拿拉伍喫哉。（净）倏。（丑）拿去喫。 幾裏是哉。

門上那位大叔在？（末上）來了。當值輪該我，叫門却是誰？是那個？（丑）管家請了。（末）相公是那裏來的？（丑）我是狀元老爺的鄉親，從陳留郡來的。（末）請少待，待我進去通報。（丑）且住。請問大叔是牛府中的呢，還是狀元老爺身伴的？（末）我是從幼跟隨狀元老爺的。（丑）吶！既是從幼跟隨狀元的，爲何不認得我？只怕是説謊。倒要盤你一盤。你家太老爺叫什麽名字？（末）吓！相公只道我不是狀元爺身伴的，爲此要盤問我？（丑）就是這個意思。（末）我家太老爺叫蔡從簡，太夫人秦氏，小夫人趙氏五娘。可錯？（丑）差是弗差，可還有什麽好親戚，好鄰居？（末）我家老爺間壁有個張廣才張大公，是我家老爺的好友。（丑）不錯，有個，有個，一個張大公，一個張廣才。（末）吶！張大公就是張廣才吓！（丑）怕我弗曉得了？不是我來盤問你吓，恐怕你是太師身伴的，不當穩便。既是狀元身伴的，相煩通報，説鄉親求見。（末）請少待。老爺有請。

【鳳凰閣】（小生上）尋鴻覓雁，寄個音書無便。漫勞回首望家山，和那白雲不見。淚痕如綫，想鏡裏孤鸞影單。

（末）啓爺，外面有個鄉親求見。（小生）鄉親麽，道有請。（末）老爺出來。（小生）吓！鄉兄請。（丑）大人請。大人請上，晚生有一拜。（小生）下官也有一拜。（丑）久旱逢甘雨，（小生）他鄉遇故知。請坐。（丑）告坐了。（浄混坐，末推介）（丑）他是有些痴的，不要採他。（小生）請問鄉兄尊姓？（丑）晚生姓那。（小生）住居那裏？（丑）就在大人拐角對過，難道大人就忘了？（小生）我每那邊只有個梅小溪，并没有姓那的。（丑）這就是妻父家裏了。晚生出門的日子多，在家的日子少。晚生回去，那些小舅小姨都説道：咦！那姐夫回來了，那姐夫回來了。所以晚生順口就姓了那哉。（小生）鄉兄幾時到的？（丑）明日到的。（小生）吓！今日！現在怎麼説是明日到？（丑）呀呸！晚生説差了。今早清晨，我説：船家，這樣行法，幾時纔得到？那船家道：相公，風不順，只好明日到了。晚生在舟中悶得緊了，倒頭竟睡。誰想一時轉了順風，一時就到。晚生記了船家的言語，因此説是明日到的。（小生）可曉得下官家中的光景如何？（丑）大人别後，比前大不相同了。前有典當鋪，後有米穀倉。幾枝大槐樹，一帶大樓房。（小生）下官儒素之家，那得有此？（丑低問介）請問大人，這位管家還是令岳這裏的，還是跟隨大人的？（小生）這是跟隨下官的。（丑）晚生只道是牛府中的，所以替大人裝個體面。既是跟隨大人的，一些不曾動，原是舊門墻。（小生）家父在家好麼？（丑）好，令尊是越保養得妙了。長又長，大又大，肥又肥，胖又胖，委實軒昂。（小生）家父是五短身材。（丑）又有個緣故：那日晚生起身，送行的多得緊，那一個梅兄長，這一個梅兄短，只見令尊老大人站在那上馬石上説：梅兄，若見小兒，千萬叫他寄封書回來。我看他倒像長大，以後站下地來，原是五短身材。（小生）過來。（末）有。（小生）聽他語言顛倒，是個假的。打發他去罷。（下）（丑）管家，你家老爺爲何進去了？（末）我家老爺道你語言不對，是假的。（丑）吶，吶，吶！我爲那鄉親分上，故此來望他，還是衣服是假的？帽子是假的？人是假的？你家太老爺有書在此，難道也是假的？小厮打傘，到王老爺那裏去取了回書，下船去罷。（末）相公請住步，太老爺有書，何不早説？老爺有請。（小生上）怎麼説？（末）太老爺有書在此。（小生）吓！太老爺有書的？鄉兄，得罪了。家父既有書，何不早説？（丑）

方纔大人相問，所以未及呈上。令尊大人蔡從簡，太夫人秦氏，小夫人趙五娘，還有比鄰張大公廣才俱着晚生多多致意。（送書介）告辭了。（小生）豈敢。還有小飯。（丑）怎好相擾？（小生）分付備飯。（末）吓。（小生）聞得陳留郡饑荒，下官曾上本振濟百姓的，可曾到否？（丑）到的。這些百姓都感激大人恩德。（小生）還是旱荒呢，是水荒？（丑）是旱荒。府縣官祈雨，再祈不下來。誰想來了一位道人，用了什麼悶雷法，雨便求不下來。惱了雷神公公，大雷閃電打死了無數的人。（小生）打死的是何等樣人？（丑）打死的都是這些扒灰老兒。（哭介）（小生）鄉兄爲何哭起來？（丑）老父不幸，亦遭此難。（小生）休得取笑。（末）啓爺，飯完。（小生）鄉兄，草桌簡慢，幸勿見嫌，請到西廊少坐。只是下官要寫回書，不得奉陪，怎好？（丑）大人請便。（小生）你在此照管。（末）曉得。（小生下）（末）相公請酒。（丑）管家，你坐了。（末）相公在此，怎好坐？（丑）何妨？我與你老爺是鄉親，你也是鄉親了吓。坐了，坐了。（末）多謝相公。（丑）你出門也久了，也該寫封信回去。（末）信是要寄的，只是没有便人。〔一〕（丑）何妨？我就與你帶去便了。（末）怎好有勞相公？（丑）這是順便，叫做因風吹火，用力不多。（末）如此嘿，待我去寫。只是無人斟酒，怎麼？（丑）不妨，有我們小厮在此。（末）勞你斟一斟酒，有罪了。（下）（丑）好酒！好酒！（淨）倏。（丑）拿去喫。（淨）倏。（丑）再拿去喫。（混介）（末上）老爺出來。（小生上）鄉兄失陪，有罪。（丑）豈敢。盛擾不當。（小生）書一封，白銀三百

〔一〕只：原作『這』，據文義改。

兩，煩鄉兄寄交家父。（丑）大人的書，晚生領便了；帶去銀子，不敢奉命。（小生）爲何呢？（丑）恐怕晚生是假的吓。（小生）適纔唐突，幸勿見罪。請收了。（丑）從命了。（丑將銀袖袋過，另拿出假銀與淨介）過來，你拿好了。（淨接介）（小生）還有白銀三十兩，送與鄉兄爲路費。（丑）這個不敢受。（小生）不必嫌輕，請收了。（丑）多謝大人。可還有什麽話分付？（小生）鄉兄吓，

【駐馬聽】書寄鄉關，說起教人心痛酸。傳與我八旬父母，道與俺兩月妻房：隔着萬水千山。啼痕緘處翠綃斑，夢魂飛遶銀屏遠。（丑）大人，待晚生回去呵。報道平安，想一家賀喜，他日再相見。

（小生）憑伊千里寄佳音，（丑）說盡離愁一片心。（小生）須知相别經多載，（合）方信家書抵萬金。（小生）請了。（丑）請了。（小生下）（丑）大叔，你的信呢？（末）在這裏。書一封，銀子五十兩，煩相公順交舍下。這個小意思，送與相公路上買點心的。（丑）信便與你帶去，這個決不敢受。（末）須些薄意，請收了。（丑）如此，多謝了。（末）好說。吓！管家起來。（淨裝睡着介）（丑）大叔，不要叫他，他要殺酒風的。等他醒了，叫他到舊所在來便了。（末）曉得。（丑）阿呀，恐怕天要下雨，這把傘待我帶了去，便當些。請了。再會。（末）相公慢請罷。（丑）我這馬扁行業，勝如戎貝生涯。（下）（末）起來，起來。（淨混介）（末）你家主人去了，只管睡。（淨）那裏去了？（末）教你原到舊所在去。（淨）却不道怎的。（末）去罷。（淨）又不道怎麽。（末）呸！（淨）倏！（末下）（淨）這個屄養的！銀子三伯兩，一大封，在我身邊，他先到三郎廟裏等我去分。我還去做什麽？打從小巷裏走他娘！（走介）（丑奔

上，見淨拿傘遮下）（淨嚇急背走介）阿喲！　阿喲！　這個𡱰養的來尋我了，待我再轉個彎兒着。這裏有個毛坑在此，倒也僻静，待我把銀子打開來看看。　我如今有了這三百兩銀子，做他一套好衣服，這是要的。（帶白帶唱介）（唱）這是那個羊毛出在那個羊身上。（白）我三兩銀子買他一個叫驢騎騎，也是要的。（唱）那羊毛出在那羊吓羊身上。（白）買他幾間房子，再討個老婆，這也是要的。（唱）這也是羊毛出在那個羊身上吓。（白）怎麼這麼幾層紙？　太小心了。　再買他一個小廝跟着，這也是要的。（唱）那羊毛出在那羊吓羊身上。（内）賣海獅。（淨聽作嚇，掉包在地介）什麽東西？（内）賣海獅。（淨）呸！　入他娘遭瘟的！　賣海獅吓，我聽錯了，只道拿拐子，倒嚇我這麽一跳，把銀子都掉在毛坑裏去了！　説不得掏他起來。（拿起看介）阿呀！　阿呀！　弗好哉！　咳！　我一生一世做大騙，今日倒不拉小騙騙子去哉！　故囊是我自家弗好吓！

【水紅花】我一生好酒蜜駝哆，醉雜呼，諸般弗顧。誰知今日遇强徒，被他局渾身脱付。無子衣裳還猶可，那得出租蘇，倒做光下靶阿鬍子也囉！

衣裳騙子去，學子兩句話：　却不道怎的，又不道怎麽。還有來：　倏！　倏！　倏！（下）

請　郎

（淨扮掌禮上）

【水底魚】四角方巾，金花插頂門。成全好事，興拜不絕聲，興拜不絕聲。

全仗周公禮樂，來成秦晉歡娛。自家掌禮人便是。牛丞相府中奉旨招贅蔡狀元爲婿，今日過門成親。時辰降至，諸色齊備，怎麼砲手不見？報喜個拉瓩儸裏？（丑上）來哉，來哉。阿爹儕個？（淨）時辰到快哉，呒畔瓩囉裏？（丑）弗瞞阿爹説，肚裏餓哉了，拉竈下去先喟介一碗。（淨）渾帳！裏向發出來個花紅拉裏，拿子去。快點升砲！（丑）曉得哉。（作放砲介）（淨）打青龍頭上走。（雜扮家人捧盒提燈，旦、小旦丫鬟、老旦喜娘上）

【蠻牌令】終日走千遭，走得腳無毛。何曾見湯水面？花紅也不見半分毫。倒不如做個虔婆頂老，也落得些鴨汁喫飽。那酸秀才直恁喬，老婆與他，故推不要。

列位，這裏是了。（衆進，放盒立兩邊介）（淨）伏以一派笙歌列綺羅，畫堂深處擁嬌娥。自從今夜成親後，休得愁多與怨多。攔門第一請，請新貴人擡身、緩步、請行。（内細吹打）

【金蕉葉】（小生上）愁多怨多，我爹娘知他怎麼？擺不脱功名奈何？送將來冤家怎躲？

（坐介）（淨）列位逐班相見。（衆）曉得。（淨）掌禮人叩頭。（老旦）喜娘叩頭。（淨）起來。（雜）家人每叩頭。（小生立起介）（淨）請起。（旦、小旦）使女們叩頭。（淨）起來。（衆、雜）砲手、燈夫、吹手、執事人等叩頭。（淨）起去。（衆）吓。（淨）伏以金紫佳期樂未央，鵲橋高架彩雲上。自是赤繩曾繫足，休嗟利鎖與名韁。攔門第二請行。

【三換頭】（小生）名韁利鎖，先是將人摧挫。況鸞拘鳳束，甚日得到家？我也休怨他。這其間，只是我，不合來，長安看花。（淨）請狀元爺更衣。（小生）哎！閃殺我爹娘也，淚珠兒空暗墮。這段姻緣，也只是無如之奈何。

（淨）請狀元爺更衣。（小生更衣換紗帽坐介）（淨）伏以畫堂今日配鸞凰，十二金釵列兩行。不須在此徘徊坐，仙子鸞臺早罷粧。攔門第三請。（衆同跪）

【前腔】（合）鸞臺罷粧，鵲橋初駕，佳期近也，請仙郎到河。此事明知牽掛，這其間，只得把那壁廂，且都拚捨。況奉君王詔，怎生拋得他？這段姻緣，也只是無如之奈何。

（淨）請狀元爺上雕鞍，早赴佳期。（小生作上馬，衆引遶場轉下）

花燭

（衆執事引小生騎馬上）（淨）伏以身騎白馬摇金鐙，曾向歌臺列管絃。醉後不知明月上，笙歌擁入畫堂前。狀元爺請下雕鞍。（小生下馬介）（淨）請上畫堂。（小生進介）（淨）伏以香羅帶繡菊花新，坐傍粧臺點絳唇。喜稱人心好事近，鵲橋仙降畫堂春。攔門第一請。（吹打介）（淨）伏以倘秀才陞鳳凰閣，虞美人登畫錦堂。三學士遂于飛樂，天仙子對繡衣郎。攔門第二請。（吹打介）（淨）伏以穩步蟾宮裏，攀折桂枝香。請出紅娘子，相見賀新郎。攔門第三請。請女貴人擡身、緩步、請行。（老旦、正旦擁貼上）

（淨）請上花單，望闕謝恩，執笏山呼。（小生）萬歲。（淨）再山呼。（小生）萬歲！（淨）齊祝山呼。（小生）萬萬歲！（淨）轉班行夫婦禮。興拜，興拜。恭揖成雙揖。紅緑牽巾，送入洞房。（衆擁小生、貼下）（淨）伏以東方日色漸曈曚，紫府頻開錦繡宫。篆裊金猊成霧靄，瑶臺燭影正摇紅。太師爺有請。（四院子引外上）

【傳言玉女】燭影摇紅，簾幕瑞烟浮動，畫堂中珠圍翠擁。粧臺對月，下鸞鶴神仙儀從。玉簫聲裏，一雙鳴鳳。

（淨）伏以今日筵開醺滴醁，來春定産芝蘭玉。早已繡勒與雕鞍，方罷馬蹄與篤速。新貴人有請。

【女冠子】（小生上）馬蹄篤速，傳呼齊擁雕轂。（外）金花帽簇，天香袍染；丈夫得志，佳婿坦腹。

（淨）伏以郎才七步三冬足，女貌大家諸子讀。今日結成鸞鳳侶，莫訝粧成聞喚促。女貴人有請。（老、正二旦扶貼上）

【前腔】粧成聞喚促，又將嬌面重遮，羞蛾輕蹙。（衆合）這姻緣不俗，金榜題名，洞房花燭。

（淨）請太師爺見禮。（小生同貼拜介）（淨）興拜，興拜。禮畢。請太師爺定席。（外定，小生、貼上席坐，自傍席陪介）（淨）請上酒。

【畫眉序】（衆合）攀桂步蟾宫，豈料絲蘿附喬木？喜書中今朝有女如玉，堪觀處絲幕牽紅，恰正是荷衣穿緑。這回好個風流婿，偏稱洞房花燭。

（浄）請太師爺換席。（小生定外席上坐，小生、貼换杯定陪席告席坐介）（浄）請上酒。

【前腔】（外、合）君才冠天禄，我的門楣稍賢淑。看相輝清潤，瑩然冰玉。光掩映孔雀屏開，花爛熳芙蓉裀褥。（衆合前）（小生出位，貼亦立起介）

【滴溜子】（小生）謾説道姻緣事，果諧鳳卜。細思之，此事豈吾意欲？有人在高堂孤獨。可惜新人笑語喧，不知我舊人啼哭。（外）掌禮人。（浄）有。（外）請狀元爺上席。（浄）吓。請狀元爺上席。（小生）兀的東床，難教我坦腹。（上席坐，貼亦坐介）

【鮑老催】（衆合）翠眉謾蹙，赤繩已繫夫婦足，芳名已註姻緣牘。空嗟怨，枉嘆嗟，畫堂富貴如金谷。休戀故鄉生處好，受恩深處親骨肉。（衆家人跪介）

【雙聲子】郎多福，郎多福，看紫綬黄金束。娘萬福，娘萬福，看花誥犀文軸。兩意篤，豈非福？似文鸞彩鳳，兩兩相逐。

（衆起介）（外）掌燈，送入洞房。（衆）曉得。（二旦執燭，家人提燈走介）

【神仗兒】（合）紗籠絳燭，照嬋娟如玉，羨歡娱和睦。擺列華筵醽醁。春光無限，賽過金谷。齊唱個賀郎曲，齊唱個賀郎曲。

（二旦引小生、貼先下）（浄）掌禮人告退。（外）明日領賞。（浄）吓。（下）

【尾】（外、衆合）郎才女貌真不俗，占斷人間天上福，百歲歡娛萬事足。

喫飯

（旦上）

【薄倖】野曠原空，人離業敗。漫盡心行孝，力枯形憊。幸然爹媽，此身安泰。棲惶處見慟哭飢人滿道，嘆舉目將誰倚賴？

曠野蕭疏絶烟火，日色慘淡黯村塢。死別空原婦泣夫，生離他處兒牽母。覩此栖惶實可憐，思量自覺此身難。高堂父母老難保，上國兒夫去不回。力盡計窮淚亦竭，淹淹氣盡知何日？高岡黄土漫成堆，誰把一抔掩奴骨？奴家自從兒夫去後，遭此饑荒，衣衫首飾盡皆典賣，家計蕭然。況兼公婆年老，死生難保；朝夕又無甘旨之奉，只有淡飯一碗與公婆充飢。奴家自把些米皮糠餔來喫，苟延殘喘。我喫時又恐怕公婆撞見，只得迴避，免致他煩惱。時今飯已熟了，不免請公婆出來用早膳則個。公公有請。

【夜行船】（外上）忍餓擔飢何日了？孩兒一去無音耗。（旦）婆婆有請。（付上）甘旨蕭條，米糧缺少，真個死生難保。

（旦）公婆萬福。（外、付）罷了。媳婦，請我兩口出來做什麼？（旦）請公婆出來用早膳。（付）喫飯？

好哉，好哉。快點拿得來。（外）阿婆，有飯喫了。（旦）待我取來。（取飯奉介）公婆請飯。（付）媳婦，饘飯嚧？（旦）没有什麼饘飯。（付）鮭菜呢？（旦）也没有。（付）介没我弗喫哉。（外）阿婆爲何不喫了？（付）老老，個兩日喫飯還有點饘飯，今日只得一口淡飯哉。再隔三兩日，連個口飯纔無得撥拉我俚喫哉。（外）咳！阿婆，這般時節，胡亂喫一口就罷了，分什麽好歹？（付）喂！老老。

【鑼鼓令】我終朝裏受餒，你將來的飯叫我怎喫？媳婦，你疾忙便擡，（外）這般嘴饞！（付）老兒，非干是我有些饞態。

【前腔】（外）阿婆，你看他衣衫都解，好茶飯將甚的去買？兀的是天災，教媳婦每也難佈擺。

【前腔】（旦）婆婆息怒且休罪，待奴霎時收去再安排。思量到此，淚珠滿腮。看看做鬼，在溝渠裏埋。總然不死也難捱，（合）教人只恨蔡伯喈。

（付）快星去换得來。（旦）是。（下）（付）喂，老兒，

【前腔】如今我試猜，（外）你猜着什麽來？（付）老老，多應他犯着獨噇病來，他背地理自買些鮭菜？（外）只怕没有此事。（付）老老，我喫飯他緣何不在？這些意兒真乃是歹。（外）阿婆，他和你甚相愛，不應反面直恁的乖。（旦上）奴受千辛萬苦，有甚疑猜？可不道臉兒黄瘦骨如柴。（合前）

（旦）正是：啞子試嘗黄柏味，難將苦口向人言。（下）（付）喂，老老，我想親生兒子不留在家，倒依靠

媳婦供養，終日只把這碗淡飯與我每充飢。我看他自己喫飯時百般躲避，敢是他背地裏自買些饅飯受用？（外）阿婆，我看媳婦是極孝順的，只怕没有此事，不要錯埋怨了他。（付）你若弗信，等俚喫飯個時節，我和你悄地去看他一看，便知端的。（外）這也説得是吓。阿婆，荒年有飯休思菜，（付）媳婦無知把我欺。（合）混濁不分鰱共鯉，水清方見兩般魚。（同下）

喫糠

（旦上）

【山坡羊】亂荒荒不豐稔的年歲，遠迢迢不回來的夫婿；急煎煎不耐煩的二親，軟怯怯不濟事的孤身己。衣盡典，寸絲不掛體。幾番要賣、賣了奴身己，爭奈没主公婆，教誰看取？思之，虛飄飄命怎期？難捱，實丕丕災共危。

奴家早上安排早飯與公婆喫，非不欲買些鮭菜，爭奈無錢去買。不想公婆抵死埋怨，只道奴家背後自喫了好東西；不知奴喫的是米膜糠秕。

【前腔】滴溜溜難窮盡的珠淚，亂紛紛難寬解的愁緒；苦崖崖難扶持的病體，戰兢兢難捱過的時和歲。[一]糠呵，我待不喫你，教奴怎忍飢？欲待喫你，教奴怎生喫？思量到此，不如奴先死，圖得個親死時奴不知。（合前）

咳！總然埋怨殺，我也不敢分説。苦吓！不免把這糠喫些充飢則個。（喫介，嗆介）

【孝順歌】嘔得我肝腸痛，珠淚垂，喉嚨尚兀自牢嗌住。糠吓！你遭礱被舂杵，篩你簸颺你，[二]喫盡控持。好似奴家身狼狽，千辛萬苦皆經歷。苦人喫着苦味，兩苦相逢，可知道欲吞不去？（又喫介）

【前腔】糠和米，本是兩依倚，誰人簸颺你作兩處飛？一賤與一貴，好似奴家與夫婿，終無見期。丈夫，你便是米，米在他方没尋處。奴家便是糠，怎地把糠來救得人飢餒？好似兒夫出去，怎的教奴供養得公婆甘旨？（外、付上，做手勢介）

【前腔】（旦）思量我生無益，死又值甚的？不如忍飢死了爲怨鬼。奴家死了也罷，只是公婆老年紀，靠奴家相依倚，只得苟活片時。片時苟活雖容易，到底日久也難相聚。漫把糠來相比，這糠尚有人喫，奴家的骨頭，知他埋在何處？

[一] 的：原闕，據汲古閣刊本《繡刻琵琶記定本》補。

[二] 篩你：原作『篩來』，據汲古閣刊本《繡刻琵琶記定本》改。

(外、付)吓！　媳婦，你在此喫什麽？　喫得好！　拿些來大家喫喫。(旦藏碗介)公公婆婆吓！　奴家喫的東西，公婆是喫不得的嚧！　(付、外)爲何喫不得？

【前腔】(旦)這是穀中膜，(外)穀中膜是米？　(旦)不是米。(外)是甚麽？　(旦)米上皮。(外)米上皮是糠了，將他何用？　(旦)將他餬饠堪療飢。(付)我不信，一定什麽好東西。糠豈是人喫的？　(旦)婆婆，媳婦呵，嘗聞聖賢書，狗彘食人食，(外、付)我不信，糠怎麽喫得？　(旦)也强如草根樹皮。噉雪吞氈，蘇卿猶健；　飡松食柏，到做神仙侣。這糠呵，總然喫些何慮？　(付)我只是不信。(旦)爹媽休疑，(付、外)既是糠，拿來我看。(旦出糠介)奴須是你孩兒糟糠妻室。

(外)阿婆，果然是糠。(外、付)媳婦，你喫了幾時了？　(旦)喫了有半年了。(付)阿呀！　老兒，他做了兩月夫妻，倒喫了半年糠。我和你做了一世夫妻，倒没有喫。我那孝順的媳婦，我一向錯怪了你！　老兒，和你大家喫些。(外、付喫)(旦奪介)公公婆婆，你二人喫不得的嚧。(付奪喫，噎死下)(外喫，噎倒介)(旦)公公！　公公！　阿呀！　怎麽處？

【雁過沙】他沉沉的向冥途，空教我耳邊呼。公公！　婆婆！　我不能彀盡心相奉侍，反教你爲我歸黄土。教人道你死緣何故？　你怎生便割捨抛棄了奴？

(外醒介)(旦)好了。公公。(外)阿呀！　媳婦吓！

【前腔】你耽飢事姑舅，你耽飢怎生度？　錯埋怨你，你也不推阻。到如今始信有糟糠婦。

料應我不久歸黃土,(旦)公公請自保重。(外)省得爲我死的,累你生的受苦。

(旦)公公坐好了,待我去看婆婆。吓!婆婆!阿呀!不好了。公公,婆婆叫不應了!(外)吓!叫不應了?阿呀!媳婦吓!婆婆死了,衣衾棺槨,件件皆無,如何是好?(旦)公公請自寬心,不要煩惱,待奴扶了公公進去,再作道理。正是:青龍共白虎同行,吉凶事全然未保。(扶外下)

審音鑑古録

清無名氏編選。清嘉慶間刻本，道光十四年（1834）補刻本，咸豐間重刊本。分正選、續選兩編，收録《琵琶記》之《稱慶》《規奴》《囑别》《南浦》《喫飯》《噎糠》《賞荷》《思鄉》《盤夫》《賢遘》《書館》《掃松》《訓女》《鏡嘆》《辭朝》《嗟兒》等十六齣，輯録如下。

稱慶

（生上唱）

【正宫引子·瑞鶴仙】十載親燈火，論高才絶學，休誇班馬。風雲太平日，正驊騮欲騁，魚龍將化。沉吟一和，怎離却雙親膝下？且盡心甘旨，功名富貴，付之天也。

〔鷓鴣天〕宋玉多才未足稱，子雲識字浪傳名。奎光已透三千丈，風力行看九萬程。經世手，濟時英，玉堂金馬豈難登？要將萊綵歡親意，且戴儒冠盡子情。卑人蔡邕，字伯喈，沉酣六籍，貫串百家。自禮樂名物，以及詩賦詞章，皆能窮其妙； 由陰陽星曆，以至聲音書數，靡不得其精。抱經濟之奇才，當文明之盛世。幼而學，壯而行，雖望青雲之萬里； 入則孝，出則弟，怎離白髮之雙親？ 到不如盡菽水之歡，甘虀鹽之分。正是： 行孝於己，責報於天。自家新娶妻房，纔方兩月，却是陳留郡人趙氏五娘。儀容俊雅，也休誇桃李之姿； 德性幽閒，儘可寄蘋蘩之託。正是夫妻和順，父母康寧。《詩》中有云：『爲此春酒，以介眉壽。』且喜雙親既壽而康，對此春光，就在花下酌杯酒，與雙親稱壽，多少是好？ 昨日分付娘子安排筵席，想已完備。爹媽有請。

【雙調引子・寶鼎現】（外上）小門深巷，春到芳草，人閒清晝。（副上）人老去星星非故，春又來年年依舊。（外、副作見科）（旦扮趙氏上）最喜今朝春酒熟，滿目花開如繡。（生、旦見外、副禮，對面夫婦亦行禮介）（合唱）願歲歲年年，人在花下，常斟春酒。

（外、副分坐）（外）老夫蔡從簡，媽媽秦氏，媳婦趙氏五娘； 鄰比張廣才，乃吾契友也。孩兒，請我兩個出來何幹？（生跪科）〔一〕告爹媽知道。（外、副）起來説。（生）人生百歲，光陰有幾？ 幸喜爹媽年滿八旬，孩兒一則以喜，一則以懼；〔二〕 當此春光佳景，聊具蔬酒一杯，與爹媽稱慶。（外）生受你。（副笑云）阿老、賢兒媳，有得喫。（外立起云）阿婆，這是子孝雙親樂，（副）家和萬事成。（外）我兒把盞。

〔一〕 夾批：應跪下去。
〔二〕 夾批：低聲。

（副并云）媳婦把盞。

【仙吕集曲・錦堂月】（合唱）【畫錦堂】（首至五）簾幕風柔，庭幃晝永，朝來峭寒輕透。（生）人在高堂，(一)一喜又還一憂。【月上海棠】（四至末句）（合唱）惟願取百歲椿萱，長似他三春花柳。（合）酌春酒，看取花下高歌，共祝眉壽。

【前腔換頭】（旦）【畫錦堂】（首至六）輻輳，獲配鸞儔。深慚燕爾，持杯自覺嬌羞。（副）自家骨肉，怕什麼羞？（旦）怕難主蘋蘩，不堪侍奉箕箒。【月上海棠】（四至末句）（外、副）惟願取偕老夫妻，（旦）長侍奉暮年姑舅。（合前）

【仙吕正曲・醉翁子】（生）回首，嘆瞬息烏飛兔走。喜爹媽雙全，謝天相佑。（旦）不謬，更清淡安閒，樂事如今誰更有？（合）相慶處，但酌酒高歌，共祝眉壽。

【前腔】（外唱）卑陋，論做人要光前耀後。勸吾兒青雲萬里，(二)早當馳驟。(三)聽剖，真樂在田園，何必區區公與侯？（合前）（外、副立起，生、旦扶出科）

(一) 夾批：通作『親』。
(二) 夾批：俗作『願』，非。
(三) 夾批：副皺眉愛護式。

【僥僥令】春花明綵袖，春酒泛金甌。但願歲歲年年人長在，父母共夫妻相勸酬。（外向生、副向旦科）

【前腔】夫妻好厮守，（生、旦）爹媽願長久。（合唱）坐對兩山排闥青來好，看將一水護田疇，緑繞流。

【十二時】山青水緑還依舊，嘆人生青春難又，惟有快樂是良謀。

（外）逢時對景且高歌，（副）須信人生能幾何。

（生）萬兩黄金未爲貴，（旦）一家安樂值錢多。

（外、副向生、旦）我兒、媳婦，生受你們。（外）媽媽，一年一度，（副）時光易過。（生）娘子，收拾過了。

（旦應，齊下）

齣末批：

蔡公宜端方古樸而演，一味願兒貴顯，與《白兔》迥異。秦氏要趣容小步，愛子如珍模式，與《荆釵》各别。忌用蘇白，勿忘狀元之母身份。

規奴

（小旦上）（一）

【越調引子·祝英臺近】綠成陰，紅似雨，春事已無有。（貼上唱）（二）聞説西郊，車馬尚馳驟。（三）（小旦）怎如柳絮簾櫳，梨花庭院，（四）（合）好天氣清明時候。

（小旦正坐科，白）莫信直中直，須防仁不仁。（貼）惜春見。（小旦）哇！（貼）阿呀！（作側軟跪科）（小旦）賤人，我限你半個時辰，爲何只管去了？（貼）小姐，早晨裏只聽得疏辣辣狂風，吹散了一簾柳絮；晌午間又見那淅零零細雨，打壞了滿樹梨花。一霎時囀幾對黄鸝，猛可的聽數聲杜宇。見此春去，教我如何不悶？（小旦）春光自去，與你何干？（貼）〔玉樓春〕清明時節單衣試，争奈晝長人静重門閉？（小旦）我芳心不解亂縈牽，羞覩游絲與飛絮。（貼）我在繡窗欲待拈針指，忽聽鶯燕雙雙語。（小旦）賤人，無情何事管多情，任取春光自來去。（貼）小姐，有甚法兒教道惜春休悶哩？（小旦）你

（一）眉批：幽閒窈窕，丰姿自生，依此演。戴髮髻，莫换時粧。

（二）夾批：近年以貼代丑，亦妥。

（三）夾批：微逗語。

（四）夾批：恬淡式。

且起來。（貼應立起科）（小旦）聽我道。（貼）曉得。

【越調正曲・祝英臺】（小旦）把幾分春三月景，分付與東流。（一）（貼）小姐，如今鳥啼花落，你須煩惱麽？（小旦）啼老杜鵑，飛盡紅英，端不爲春閒愁。（貼）既不閒愁，可去賞玩麽？（小旦）休休，婦人家不出閨門，（二）怎去尋花穿柳？（貼）小姐不去賞玩，只恐消瘦了你。（小旦）我花貌，（三）誰肯因春消瘦？

【前腔換頭】（貼）春晝，我只見燕雙飛，蝶引隊，鶯語似求友。（四）㖿。（小旦）你是人，説那蟲蟻怎麽？（貼）那更柳外畫輪，花底雕鞍，都是少年閒遊。（小旦）你是婦人家，説那男兒的事做甚？（五）（貼）我難守，繡房中清冷無人，欲待尋一個佳偶。（小旦）賤人，倒思想丈夫起來！（貼）這般説，我終身休配鸞儔？

【前腔】（小旦）惜春，知否？我爲何不捲珠簾，獨坐愛清幽？（貼）清幽，清幽，争奈人愁！（小

（一）眉批：對正場獨不與侍女言，非。

（二）夾批：貞静式。

（三）眉批：『我』作『把』，非。

（四）夾批：直挑語式。

（五）夾批：緊逗語狀。

旦）縱有千斛悶懷，百種春愁，難上我的眉頭。（貼）小姐，只怕你不常恁的。（小旦）休憂，任他春色年年，我的芳心依舊。（貼）只怕風流年少的哄動你哩。（小旦）這文君，可不擔擱了相如琴奏？

【前腔】（貼）今後，(一)方信你徹底澄清，我好沒來由。（小旦）你怎不收斂了心？（貼）想像暮雲，分付東風，情到不堪回首。（小旦）怎的不學我？（貼）聽剖，你是蕊宮瓊苑神仙，不比塵凡相誘。（小旦）恁地，自隨我習女工便了。（貼）謹隨侍，窗下拈鍼挑繡。

（內應鳥叫介）小姐，聽枝上子規啼得好聽哩！

（小旦）休聽枝上子規啼，（貼）悶坐停針不語時。

（小旦）窗外日光彈指過，（貼）席前花影坐間移。

（小旦）今後不可如此。（貼）是。（小旦）隨我進來。（貼）曉得。（朝上暗攤手作變面氣嘆式隨下）

囑別

（正旦黑紬襖上）(二)

(一) 夾批：没趣似省式。

(二) 眉批：趙氏五娘正媚芳年，嬌羞□忍，莫犯妖艷態度。

【仙吕引子·謁金門】春夢斷，臨鏡緑雲撩亂。聞道才郎遊上苑，又添離别嘆。（小生青素上）苦被爹行逼遣，脉脉此情何限。（兩對面拭淚科）骨肉一朝成拆散，（揖介）可憐難捨拚。（分坐科）（正旦）官人，雲情雨意，雖可抛兩月之夫妻；雪鬢霜鬟，竟不念八旬之父母？功名之念一起，甘旨之心頓忘，是何道理？（小生）娘子，膝下遠離，豈無眷戀之意？奈堂上嚴命，不聽分剖之辭，教卑人如何是好？（正旦）官人，我猜着你了。（小生）吓！猜着卑人什麽來？

【仙吕正曲·忒忒令】（正旦）你讀書思量做狀元，（小生作低頭不語科）（正旦）只怕你學疏才淺。（小生）那見我學疏才淺？（正旦）只這《孝經》《曲禮》，早忘了一段。（小生）我幾曾忘了？（正旦）却不道夏清與冬温，昏須定，晨須省，親在遊怎遠？

【前腔】（小生）我哭哀哀推辭了萬千，（正旦）那張大公如何説？（小生）他閙吵吵抵死來相勸。（正旦）相勸由他，不去由你。（小生）將我深罪，不由人分辨。（正旦）他罪你什麽來？（小生）他道我戀新婚，逆親言，貪妻愛，不肯去赴選。

【沉醉東風】（正旦）你爹行見得好偏，（小生）咳！（正旦）只一子不留在身畔。官人，公婆如今在那裏？（小生）在堂上。（正旦）既如此，我和你去説。（小生）有理。娘子，請。（正旦欲行，静處尋思科）我不去了。（小生）娘子爲何欲行又止？（一）（正旦）官人嗄，我和你去説，（二）公公倘然不聽呵，他只道我不賢，要將伊迷戀。（小生）是咳。（正旦）這其間，教人怎不悲怨？（合）爲爹淚漣，爲娘淚漣，何曾爲着夫妻上掛牽？（三）

【前腔】做孩兒節孝怎全？做爹行不容幾諫。（正旦）官人，你爲人子的，不當恁地埋冤。（小生）非是我要埋冤，只愁他形隻影單，我出去有誰來看管？（合前）

（外嗽科）（小生、正旦轉看即走上急揩乾淚介）（外、副上）（四）

【臘梅花】孩兒出去在今日中，爹爹媽媽來相送。但願得魚化龍，青雲得路，桂枝高攀步蟾宫。

（小生）爹媽拜揖。（正旦）公婆萬福。（外）我兒，行李收拾未曾？（小生）已收拾了。（外）爲何還不起身？（小生）孩兒只等張大公到來，拜託前去。（外）到門首去看來。（小生□出介）（老生上）仗劍對樽酒，恥爲游子顔。（小生愁容揖科）大公來了。（老生）解元，所志在功名，離别何足嘆？（小生）

（一）眉批：『一』，切；『行止』二字『行』作去聲，非。
（二）夾批：重，自删去。
（三）夾批：小生演至此要密，作疏中緊密。
（四）夾批：外笑容，副憂面式。

大公請。（老生進各見禮介）老哥老嫂，解元爲何還不起身？㈠（小生）大公，昨日已蒙親許，今日特此拜懇。卑人倘有寸進，決不敢忘恩。㈡（老生）好説。老漢帶得白銀幾兩，聊爲路費，請收了。（外）謝了大公。（小生）多謝大公。（副）阿呀，兒吓！㈢若不爲功名，做娘的怎捨得你前去？（小生）爹媽請上，孩兒就此拜别。

【園林好】兒今去，爹媽休得要意懸，（副）須早去早回。（合唱）兒今去今年便還。（小生）但願得雙親康健，（合）須有日拜堂前，（小生）終有日拜椿萱。㈣

【前腔】（外）我孩兒不須掛牽，爹指望孩兒貴顯。若得你名登高選，（合）須早把信音傳，須早把信音傳。

【江兒水】（副）兒呵！膝下嬌兒去，堂前老母單，臨行密密縫針綫。眼巴巴望着關山遠，冷清清倚定門兒盼，（生）母親請自寬懷消遣。（副）哎呀，兒吓！㈤教我如何消遣？（合）要解愁煩，

㈠ 眉批：此齣爲《琵琶》主腦，作者勿鬆關目。

㈡ 夾批：莫嫌絮煩，前後相照。

㈢ 夾批：放聲哭介。

㈣ 眉批：此套曲尺寸要緊中寬。

㈤ 夾批：捧生面不捨介。

（副）須是頻寄音書回轉。

【前腔】（正旦）妾的衷腸事，有萬千，（小生）有話可對卑人説。（正旦）説來又恐怕添縈絆。（小生）有甚縈絆？（正旦視老生，正旦左手遮，小生亦右手遮，正旦附小生耳，老生即朝下場假看扇面科）六十日夫妻恩情斷，八十歲父母教誰看管？（小生）這般説，莫非怨着我麼？（正旦）教我如何不怨？（合）要解愁煩，（正旦）須是寄個音書回轉。

【五供養】（老生）自有貧窮老漢，託在隣家，事體相關。（看正旦，正旦低頭，老生對小生科）此行雖勉强，不必恁留連。（小生）卑人只慮爹媽在堂，難度歲月。（老生）你爹娘早晚、早晚間吾當陪伴。（小生悲科）（老生）丈夫非無淚，不灑別離間。（合）骨肉分離，寸腸割斷。

【前腔】（小生）公公可憐，我的爹娘望你周全。此身若貴顯，自當效銜環。（跪科，老生扶起）（外）請坐。（老生）有坐。（正旦拽小生衣袖背科）有孩兒也枉然，你爹娘到教別人看管。此際情何限，偷把淚珠彈。〔一〕（合前）

【玉交枝】（外）別離休嘆，（副）我好心痛吓！（外）媽媽，我心下豈不痛酸。〔二〕蔡邕。（小生應科）

〔一〕夾批：背科，拭淚介。

〔二〕夾批：掩淚介。

(外)非爹苦要輕拆散,(一)也只是圖你榮顯。(副)兒呵！ 蟾宮桂枝須早攀,北堂萱草時光短。(二) (合)又未知何日再圓？ 又未知何日再圓？

【前腔】(小生)雙親衰倦,娘子。(正旦)官人。(小生)你扶持看他老年。飢時勸他加餐飯,寒時節頻與衣穿。(正旦)做媳婦事舅姑,不待你言。你做孩兒離父母,何日返？(合前)

【川撥棹】(合)歸休晚,莫教人凝望眼。但有日回到家園,但有日回到家園,(小生)怕回來雙親老年。(三) (合)怎教人心放寬？ 不由人不珠淚漣。

【前腔換頭】(正旦)我的埋冤怎盡言？(小生)你埋冤我如何？(正旦)我的一身難上難。(小生)娘子,你寧可將我來埋冤,你寧可將我來埋冤,莫將我爹娘冷眼看。

(跪科)(正旦急還禮扶小生起)(合前)

【餘文】(合)生離遠別何足嘆,專望你名登高選。衣錦還鄉,教人作話傳。

(小生)此行勉强赴春闈,(外)專望明年衣錦歸。

(一) 夾批: 顧正旦,正旦低眉介,拭淚介。

(二) 夾批: 哭哽咽介。

(三) 夾批: 背□拭淚介。

（老生）世上萬般哀苦事，（副）無過遠别共生離。

（老生）告辭了。（外）送了大公出去。（小生應送介）（老生）解元，路上須要小心。願你步去馬回。（小生）多謝大公。（老生下）（小生進介）（副）媳婦，可念夫妻之情，送到十里長亭就回來。（正旦）曉得。（外）兒吓！爲父的止生你一人，家道艱難。八旬父母，兩月夫妻，若得成名，及早回來。（小生）孩兒曉得，請進去罷。[一]（副）兒吓！[二]教我做娘的那裏割捨得你下！（小生）母親請自保重。（正旦）公婆請進去罷。（作不捨、大哭、三回四顧式）（副下）

南浦

【中呂引子・尾犯引】（旦）懊恨别離輕，悲豈斷絃，愁非分鏡。只慮高堂，風燭不定。（生）腸已斷，欲離未忍；淚難收，無言自零。（合）空留戀，天涯海角，只在須臾頃。

（旦）官人此去，蟾宫須穩步，休教别戀房幃。公婆年老怎支持？一朝波浪起，鴛侣兩分飛。（生）無奈椿庭嚴命緊，不容分剖之辭。如今暫别守孤幃，晨昏行孝道，全仗你扶持。

[一] 夾批：外拭淚下。

[二] 夾批：雙手攬生式。

【中吕正曲·尾犯序】（旦）無限别離情，〔一〕兩月夫妻，一旦孤另。〔二〕此去經年，望迢迢玉京思省。（生）莫非慮着山遥水遠麽？（旦）奴不慮山遥水遠，（生）莫非慮着衾寒枕冷麽？（旦）奴不慮衾寒枕冷。（生）慮着什麽來？（旦）奴只慮公婆没主，一旦冷清清。〔三〕

【前腔换頭】（生）何曾，想着那功名？（旦）你既不爲功名，要去何幹？（生）欲盡子情，難拒親命。年老爹娘，望伊家看承。畢竟，〔四〕你休怨着朝雲暮雨，暫爲我冬温夏凊。〔五〕思量起，如何教我割捨得眼睁睁？

【前腔】（又一體）（旦）你儒衣纔换青，快着歸鞭，早辦回程。十里紅樓，休戀着娉婷。叮嚀，〔六〕不念我芙蓉帳冷，也思親桑榆暮景。頻囑付，〔七〕知他記否？空自語惺惺。〔八〕

〔一〕夾批：直露傷悲介。

〔二〕夾批：生、旦作出門科。

〔三〕夾批：拭淚。

〔四〕夾批：攜旦手式。

〔五〕夾批：旦泣咽，生背攤手介。

〔六〕夾批：雙手攙生雙手式。

〔七〕夾批：『頻』俗作『親』，非。

〔八〕夾批：背科。

【前腔】（生）娘子，寬心須待等，我肯戀花柳，甘爲萍梗？只怕萬里關山，那更音信難憑。須聽，(一)没奈何分情破愛，誰下得虧心短行？（合唱）從今去，相思兩處，一樣淚盈盈。(二)（旦）官人此去，得官不得官，千萬早早寄個書信回來。（生）娘子，我音書要寄，只怕關山阻隔。

【鷓鴣天】萬里關山萬里愁，（拜别科）（旦）一般心事一般憂。（生）桑榆暮景應難保，客館風光怎久留？（生行又縮住，顧科）

【前腔換頭】（旦）他那裏，慢凝眸，（生轉，斜對旦遠直云）娘子請回罷。（旦）官人請。（各上下看，大哭。生轉頭紐顧，拭淚慢下）（旦）正是馬行十步九回頭。(三)歸家只恐傷親意，(四)閣淚汪汪不敢流。（拭淚下）

喫飯

（正旦兜頭青布衫打腰裙上）

(一) 夾批：亦雙手攙旦式。
(二) 夾批：各大哭科。
(三) 夾批：望遠科。
(四) 夾批：回門式。

【南吕宫引子·薄倖】野曠原空，人離業敗。謾盡心行孝，力枯形憊。幸然爹媽，此身安泰。悽惶處，見慟哭饑人滿道，嘆舉目將誰倚賴？

曠野蕭疏絶烟火，日色慘淡黯村塢。死別空原婦泣夫，生離他處兒牽母。覩此悽惶實可憐，思量轉覺此身難。高堂父母老難保，上國兒郎去不還。力盡計窮淚亦竭，看看氣盡知何日？高原黄土漫成堆，誰把一抔掩奴骨？[一] 奴家自從兒夫去後，頓遭饑荒，[二] 衣衫首飾，盡皆典賣，家計蕭然。争奈公婆年老，死生難保，朝夕又無甘旨承奉，[三] 如何是好？只得安排一口淡飯與公婆充饑，奴家自把些穀膜米皮餺饠來喫，[四] 苟留殘喘。喫時又怕公婆撞見，只得回避，免致他煩惱。如今飯已熟了，不免請公婆出來用早膳則個。公婆有請。（走至下扶外左臂）（外白眉、白氈帽破花帕裹頭、破紬襖裙打腰拄杖上）咳！

【仙吕宫引子·夜行船】忍餓擔饑何日了？孩兒一去無音耗。（正旦扶至中放手，又至下扶副）（副白髮、棉兜、破帕裹頭、破紬襖打腰裙拄杖上）甘旨蕭條，米糧缺少，（外、副照面并立悲狀科）天

[一] 夾批：『抔』蒲侯切。

[二] 夾批：『頓』俗作『屢』，非。

[三] 夾批：『承』俗作『應』，非。

[四] 夾批：『穀膜米皮』俗作『細米糠皮』，非。

喫！真個死生難保。

（進桌板櫈坐科，起坐皆要鬧鬮）（正旦）請坐了。（見科）公婆萬福。（外）罷了。媳婦，請我兩口出來做什麽？（正旦）請公婆出來用早膳。（副）喫飯嗄？（外）快些拿來。（正旦）是。（轉身取介）（副）老兒，有飯喫了。（外）好了。（正旦）公公婆婆，請用飯。（放碗筯盤竪桌右脚邊）（外拿喫介）（副欲喫，看桌停筯云）媳婦。（正旦）婆婆。（副）下飯呢？（正旦）没有。（副）鮭菜呢？（一）（正旦）也没有。（二）（副放碗筯云）也没有？（三）（正旦）是。（四）（副怒科）賤人！（五）（奪外飯碗放桌云）阿老，不要喫了。（外）爲什麽嗄？（副）前兩日還有些下飯，今日止得一口淡飯；再過幾日，連淡飯都没得喫了。我是不喫，收了去。（外）咳！阿婆，這等年時，胡亂喫些罷了，還要分什麽好嗄歹？（副）咳！阿老嗄！

【南呂宫集曲・羅鼓令】【刮鼓令】（首至七）終朝裏受餒，你將來飯教我怎喫？你可疾忙便擡，（正旦應，朝上暗哭揩淚介）（外）阿婆，你也忒饞了些。（副）阿老，非干是我有些饞態。（外）你看他

（一）夾批：緊。
（二）夾批：慢。
（三）夾批：更忿。
（四）夾批：緩應。
（五）夾批：俗不念，非。

衣衫都解，好茶飯將甚去買？兀的是天災，教他媳婦們也難佈擺。（副）還不快撿！[一]（正旦）婆婆息怒且休罪，（外右手遮左手，暗指撥教媳收科）（副怒不理式）（正旦）【皂羅袍】（四至八）待奴家霎時收去再安排。（合唱）思量到此，淚珠滿腮。看看做鬼，溝渠裏埋。【刮鼓令】（末二句）縱然不死也難捱，（正旦對左上角跌脚看外副）（外拳拍桌）（正旦右手指出，身退，獨唱）教人只恨蔡伯喈。[二]（虛下）

【前腔】（副）【刮鼓令】（首至七）如今我試猜，（各走出）（外云）猜些什麽？（副出桌連唱）多應他犯着獨噇病來？（正旦暗上看、聽）（副連唱）他背地裏自買些鮭菜？（外）阿婆，他那裏得錢去買？（副）我喫飯他緣何不在？這些意兒真乃是歹。（外）他和你甚相愛，不應反面直恁的乖。[三]（正旦）阿呀！（副、外急進桌坐科）（正旦對右角唱）奴家千辛萬苦，有甚疑猜？【皂羅袍】（四至八）可不道臉兒黄瘦骨如柴？（合唱）思量到此，淚珠滿腮。看看做鬼，溝渠裏埋。【刮鼓令】（末二句）縱然不死也難捱，（正旦）教人只恨蔡伯喈。

[一] 夾批：指桌介。
[二] 夾批：副低頭暗拭淚介。
[三] 夾批：低聲。俗作響音，非。

（外巴桌搖頭云）咳！怎了嗄怎了？（正旦）正是：啞子試嘗黄柏味，難將苦口向人言。（拭淚下）

（副）阿老，我想親的到底是親。親生兒子不留在家，到倚靠着媳婦供養。前日兀自有些鮭菜，今日只有一碗淡飯充饑，再過幾日，連飯也没了。我看他前日自喫飯時節，百般躲我，敢是背地裏自買些下飯受用分曉？（外）阿婆，我看媳婦不是這般樣人，休要錯疑了。（副走出云）你若不信，等他自喫時節，我和你悄地看他一看，便知端的。（外）這也説得是，只是一件哪，

（外）荒年有飯休思菜，（副）咳！媳婦無知把我欺。

（外）混濁不分鰱共鯉，（合）水清方見兩般魚。

（副先下，復轉身扯外裙向外點頭云）阿老，你來。（外一步）吠。（副又招手）來。（外應同下）

噎糠

（正旦照《喫飯》扮上）

【商調正曲・山坡羊】亂荒荒，不豐稔的年歲。遠迢迢，不回來的夫婿。急煎煎，不耐煩的二親。軟怯怯，不濟事的孤身已。衣盡典，寸絲不掛體。幾番拚死了奴身已，（一）争奈没主公

（一）夾批：『死了』俗作『賣了』，非。

婆，教誰看取？（合）思之，虛飄飄命怎期？難捱，實丕丕災共危。

【前腔】滴溜溜，難窮盡的珠淚。亂紛紛，難寬解的愁緒。骨崖崖，難扶持的病體。戰兢兢，難捱過的時和歲。這糠，我待不喫你呵，教奴怎忍饑？我待喫呵，教奴怎生喫？（一）思量到此，不如奴先死，圖得個不知，他親死時。（合前）

奴家早上安排些飯與公婆充飢，豈不欲買些鮭菜？争奈無錢可買。不想婆婆抵死埋冤，只道奴家在背地裏喫了甚麽東西。不知奴家喫的是米膜糠秕。（二）嗄！縱然埋冤殺我，我也不敢不分説。天嗄！這糠秕怎生喫得下嗄？苦嗄！我若不喫，熬不得這般飢餒。説不得，只得喫些下去。（三）哎呀！苦嗄！（又倒水攪喫兩口，大嗆作嘔哭科）（四）

【雙調集曲·孝順兒】（五）【孝順歌】（首至六）嘔得我肝腸痛，珠淚垂，（吐介）喉嚨尚兀自牢嗄

（一）眉批：俗把曲去，竟將白曲捏句，非是『我待喫，教奴怎』，載以工正。

（二）夾批：『米膜』俗作『細米』，非。

（三）夾批：場左設椅、矮櫈。椅上擺茶鐘、碗、筯。坐於矮櫈上，左手將鐘倒茶，右手將筯攪。左手放鐘，拿碗作喫一口。再喫，作嗆出，左手拍胸科。

（四）嗆：原作『搶』，據文義改。

（五）眉批：【孝順兒】乃【雙調】曲，近將蔡婆『甘旨』兼爲一隻，末句高改低，更□失宮矣，故□工尺証之。

住。〔一〕糠嗄！你遭礱被舂杵，（拿碗立起走中）篩你簸颺你，喫盡控持。【江兒水】（四至末）好似奴家身狼狽，千辛百苦皆經歷。苦人喫着苦味，兩苦相逢，可知道欲吞不去。

【前腔】【孝順歌】（首至六）糠和米，本是相依倚，被人簸颺作兩處飛。一賤與一貴，好似奴家與夫婿，終無見期。丈夫嗄，你便是米呵，【江兒水】（四至末）米在他方没尋處。奴家恰便是糠，怎的把糠來救得人飢餒？好似兒夫出去，怎的教奴供膳得公婆甘旨？

【前腔】【孝順歌】（首至六）思量我生無益，死又值甚的？不如忍飢死了爲怨鬼。只是公婆老年紀，靠奴家相依倚，只得苟活片時。（副暗上望，轉招外上作聽介）（正旦）【江兒水】（四至末）片時苟活雖容易，到底日久也難相聚。謾把糠來相比，這糠尚兀自有人喫。奴家的骨頭，知他埋在何處？

（副）〔二〕嗄，媳婦，你在此喫什麽好東西？拿來大家喫些。（正旦）哎呀，婆婆嗄，媳婦喫的東西，（外）什麽東西？（正旦）公婆是喫不得的嘘！（外、副）什麽東西你便喫得，我們倒喫不得？（正旦）公公婆婆嗄哪！（外）什麽東西？

〔一〕夾批：奇觀。
〔二〕夾批：俗作外亦云，非。

【前腔】(正旦)【孝順歌】(首至六)這是穀中膜,(外、副)穀中膜是米了嗄。(正旦)米上皮,(外)米上皮?(副)是糠了嗄。(同云)將來何用?(正旦)將來饆饠堪療飢。(外、副)這是猪狗喫的,人嘿那裏喫得?(正旦)常聞古賢書,狗彘食人食,(外、副)我們不信。(正旦)也强如草根樹皮。(外、副)恁的苦澀東西,怕不噎壞了你?(正旦)【江兒水】(四至末)嚙雪吞氈,蘇卿猶健;餐松食栢,到做得神仙侣。(外、副)大家喫些何妨?(正旦)縱然喫些何慮?(副)阿老,休聽他説謊。(外)我也不信。(正旦)爹媽休疑,奴須是你孩兒的糟糠妻室。

(外、副)拿來。(外似搶狀)(正旦藏碗於背後,轉身至右上)(副搶着碗看科)(外、副)嗄!果然是糠。哎呀!孝順的媳婦嗄!(二)(副)我錯埋冤了你!(外、副)你喫了幾時了?(正旦)有半年了。(副)阿老,我和你做了一世夫妻,不曾喫着糠;他做了兩月夫妻,到喫了半年了!(外)便是。(同云)我們大家喫些。(外、副搶喫)(正旦兩邊奪勸)(外噎跌左角地,副噎右脚勾,轉身捏碗迸直身)(正旦扶下,急轉身看公公)(外左手抓喉、睁目側困,拄杖隨手)(正旦)公公醒來!公公醒來!(跪地叫)呀!

【正宫正曲·雁過沙】(立起唱)他沉沉向迷途,空教我耳邊呼。公公嗄,不能彀盡心相奉侍,反

(二) 夾批:外、副各大哭介。

教你爲我歸黃土，教人道你死緣何故？公公嗄，怎生割捨抛棄了奴？（外作嘔出，作醒）（正旦扶，將杖豎）（外慢倚杖掙起）（扶公公坐）（外踵頭腰硬兩脚抖）（正旦）好了，謝天地！（外作呃氣轉半醒，其聲脱力唱）

【前腔】你擔飢事姑舅。（正旦作揉外胸、背）（外）你擔飢怎生度？（正旦）公公且自寬懷，不要煩惱。（外）錯埋冤，你也不推阻，到如今始信有糟糠婦。料應我不久歸陰府。媳婦。（正旦）公公。（外）也省得爲我死的，累你生的受苦。

（正旦）公公坐定安息，待媳婦去看看婆婆就來。嗄，婆婆！婆婆！哎呀！不好了嗟！（外暗説鬼話，欲擡頭擡不起，嘆介）

【前腔】（正旦）婆婆氣全無，教奴怎支吾？丈夫嗄，我千辛萬苦，爲你相看顧，如今到此難回護。我只愁母死難留父。況衣衫盡解，囊篋又無。

（走至左邊附外耳低云）公公。（外）婆婆還好麽？(一)（正旦）婆婆不濟事了。（外）嗄！（正旦）婆婆是叫不醒了。（外看右下哭）嗄，哎呀，阿婆嗄！(二)（正旦）公公且免悲苦。（外）媳婦，婆婆死了，衣衾棺槨，

(一) 夾批：半陰半陽短氣云之。

(二) 夾批：自不能拭淚。

是件皆無，如何是好？(一)（正旦）公公寬心，待媳婦處置，請到裏邊將息。（外）扶我進去。正是：青龍共白虎同行，（正旦）吉凶事全然未保。（外）阿婆嗄！（正旦）哎呀，婆婆嗄！（正旦扶外同哭下）

賞荷

（小生紗帽披風上）

【南呂宮引子・一枝花】閒庭槐影轉，(二)深院荷香滿。簾垂清晝永，怎消遣？十二欄杆，無事閒凭遍。悶來把湘簟展，夢到家山，(三)又被翠竹敲風驚斷。（正坐介）

〔南鄉子〕翠竹影搖金，水殿簾櫳映碧陰。人静晝長無個事，沉吟，碧酒金罇懶去斟。幽恨苦相尋，離別經年没信音。寒暑相催人易老，關心，却把閒愁付玉琴。院子那裏？（末黑短鬍、羅帽、緞海青扮院子上）來了。黄卷看來消白晝，朱絃動處引清風。炎蒸不到珠簾下，人在瑶池閬苑中。老爺有何分付？（小生）唤琴、學二童在象牙床上取焦尾、紈扇出來。（末應）琴、學二童。（丑、副内應）儕勾？（末）老爺分付，在象牙床上取焦尾、紈扇出來。（丑、副抱琴、執紈扇上）來哉。

(一) 夾批：舌尖□念，以種七分病根。

(二) 夾批：『影』，『陰』亦可。

(三) 夾批：思親狀。

【南呂宮正曲・金錢花】自少承直書房，書房；快活其實難當，難當。只管打扇與燒香，荷亭畔，好乘涼。喫飽飯，上眠床。

老爺，焦尾、紈扇有了。（小生）我在先得此材於爨下，斲成此琴，[一]即名焦尾。自來此間，久不整理。當此清涼，試操一曲，以舒悶懷。你三人一個燒香，一個打扇，一個整理書籍，各休謾誤，違者各打十三。[二]（末、丑、付）曉得。（小生進桌操琴科）（末在左上角設桌將書籍整理，丑、付立侍小生側，一燒香，一打扇點景）

【南呂宮正曲・懶畫眉】（小生唱）强對南薰奏虞絃，只覺指下餘音不似前，[三]（末）好香嗄。（丑）偖香？（副）十里荷香。（小生）那些個流水共高山？（丑）好風。（副）偖風？（丑）兩袖清風。（小生）只見滿眼風波惡，似離別當年懷水仙。[四]（丑）好香嗄。（副）偖香？（丑）我里老爺衣錦還鄉。

（一）夾批：『斲』『琢』同。
（二）夾批：俗將此白移在前。
（三）夾批：微驚意。
（四）夾批：□□悲調。

【前腔】（小生）頓覺餘轉愁煩，似寡鵠孤鴻和斷猿；又如別鳳乍離鸞。〔一〕呀！只見殺聲在絃中見，敢只是螳螂來捕蟬？

（副）好風嗄。（丑）傍風？（副）官上加封。（小鑼應場介）（末、丑、副）環珮聲響，夫人出來了。（小生）你們迴避。（末、丑、副應）（各指揮下）有福之人人伏侍，無福之人伏侍人。〔二〕（同下）

【南呂宮引子・滿江紅】（小旦披風上）嫩緑池塘，〔三〕梅雨歇薰風乍轉。瞥然見新涼華屋，已飛乳燕。簟展湘波紈扇冷，歌傳《金縷》瓊巵暖。是炎蒸不到水亭中，珠簾捲。

（見科）相公。（小生）夫人。〔四〕（小旦）原來在此操琴。（小生）我因無聊，托此散悶。（小旦）奴家久聞相公高於音樂，如何來到此間，絲竹之聲，杳然絶響？奴家斗膽請再操一曲，相公肯否？（小生）夫人待要聽琴，彈什麽好嗄？〔五〕彈一曲《雉朝飛》何如？（小旦）這是無妻之曲，〔六〕不好。（小生）嗄啐！

〔一〕夾批：淒楚聲絃。
〔二〕夾批：念可，不云亦可。
〔三〕夾批：初浴新粧式。
〔四〕夾批：面轉歡顧。
〔五〕夾批：有心語觸。
〔六〕夾批：未解狀對。

彈個《孤鸞寡鵠》何如？（小旦）夫妻正團圓，説甚麽孤寡？（小生）不然，彈一曲《昭君怨》罷？（小旦）我和你正和美，説甚麽宫怨？（小生）如此，彈什麽好？（小旦）嗄，當此夏景，只彈一個《風入松》好。（生）這個却好。（一）（小旦）相公，彈差了。彈《風入松》，怎麽彈出《思歸引》來？（二）（小生）哎呀！果然彈差了。待我再彈。（三）（小旦）相公，你又差了。（小生）哎呀！啐！啐！啐！又彈出《别鶴怨》來。（小旦）嗄，（四）敢是故意賣弄，欺侮奴家？（小生）豈有此心？（五）只是這絃不中用。（小旦）爲甚不中用？（小生）我只彈慣舊絃，（六）這是新絃，（七）却彈不慣。（小旦）舊絃在那裏？（小生）已撇下多時了。（八）（小旦）爲甚撇了？（九）（小生）只爲有了這新絃，（一〇）便撇了那舊絃。（一一）（小旦）相公，何不

（一）夾批：口是心非式。只彈『一别家鄉遠』，不用唱，妥。笙、絃照舊式吹彈。
（二）眉批：俗徹此斷，但牛氏之【桂枝香】曲『既道是寡鵠孤鸞』兩句，便無着落矣。
（三）夾批：作想悲容彈『思親淚暗彈』一句，絃宜用老絃彈，其音似變，其聲似泣。
（四）夾批：微怒色。
（五）夾批：急辨辭。
（六）夾批：轉折觸辭。
（七）夾批：着意。
（八）夾批：摇首慢云。
（九）夾批：追念。
（一〇）夾批：看小旦顧絃。
（一一）夾批：皺眉看外。

撇了新絃，用那舊絃？(一)（小生）夫人，我心裏豈不想那舊絃？(二)只是這新絃又撇不下。(三)（小旦）你新絃既撇不下，還思量那舊絃怎的？(四)我想起來，只是你心不在焉，特地有許多説話。(五)

【仙吕宫正曲·桂枝香】（小生）夫人，舊絃已斷，(六)新絃不慣。舊絃再上不能，待撇了新絃難拚。我一彈再鼓，一彈再鼓，又被宫商錯亂。（小旦）相公，敢是你心變了？(七)（小生）非干心變。(八)這般好涼天，正是此曲纔堪聽，又被吹别調間。(九)

【前腔】（小旦）相公，非彈不慣，只是你意慵心懶。既道是《寡鵠孤鸞》，又道是《昭君宫怨》，

(一) 夾批：就裏未明，帶笑應對。

(二) 夾批：真情。

(三) 夾批：右手拍桌。

(四) 夾批：小生低頭莫對，小旦從此始疑。

(五) 夾批：不悦式。

(六) 夾批：『舊』俗作『危』，非。

(七) 夾批：直色。

(八) 夾批：借口支吾。

(九) 眉批：□有生□曲有務頭，此常□意□心唱□。

（小生含憂强笑介）（小旦）那更《思歸》《别鶴》，《思歸》《别鶴》，無非愁嘆。[一]嗄！相公，[二]有何難見？（小生）咳！夫人，我不想甚人。（小旦）既不然，[三]你道是除了知音聽，道我不是知音不與彈。

（小生）我那有此意？（小旦）這個也由你。（衆扮四院子四侍女執酒壺杯盤上）

【南呂宫正曲・燒夜香】樓臺倒影入池塘，緑樹陰濃夏日正長，一架荼蘼滿院香。泛霞觴，捲起簾兒，明月正上。

（小旦）看酒。（侍女）有酒。

【南呂宫集曲・梁州新郎】（小旦）【梁州序】（首至合）新篁池閣，（小旦小生定席科）（合唱）槐陰庭院，日永紅塵隔斷。碧欄杆外，寒飛漱玉清泉。只覺香肌無暑，素質生風，小簟琅玕展。晝長人困也，好清閒，忽被棋聲驚晝眠。【賀新郎】（合至末）《金縷》唱，碧筒勸，向冰山雪巘排佳宴。清世界，幾人見？

[一] 夾批：思科，一笑猜之。
[二] 夾批：俗無此三字。
[三] 夾批：正色介。

【前腔】（小生）【梁州序】（首至合）薔薇簾箔，(一)荷花池館，一陣風來香滿。(二)湘簾日永，香消寶篆沉烟。謾有枕欹寒玉，（小旦）惜春打扇。（丑應掮科）（小生）扇動齊紈，（悲科，背介）怎遂得黄香願？（小旦）相公，爲何掉下淚來？（小生）非淚也。(三)猛然心地熱，透香汗，(四)（小旦疑式應）（小生）我欲向南窗一醉眠。(五)（合前）（合唱）

【前腔】（小旦）【梁州序】（首至合）向晚來雨過南軒，見池面紅粧零亂。(六)聽輕雷隱隱，(七)雨收雲散。只覺得荷香十里，(八)新月一鈎，此景佳無限。蘭湯初浴罷，晚粧殘，深院黄昏懶去眠。(九)（合唱）（合前）

(一) 夾批：出位暗唱，小旦亦隨之。
(二) 夾批：『陣』俗作『點』，非。
(三) 夾批：急接□轉介。
(四) 夾批：帶拭汗淚。
(五) 夾批：勉爲喬□醉科。
(六) 夾批：移場桌對面坐。
(七) 夾批：『聽』俗作『漸』，非。
(八) 夾批：『覺』俗作『聞』，非。
(九) 眉批：二曲如内□令小旦、小生唱，衆接合。

【前腔】（小生）【梁州序】（首至合）柳陰中忽噪新蟬，見流螢飛來庭院。聽菱歌何處？畫船歸晚。只見玉繩低度，朱户無聲，此景尤堪戀。起來攜素手，鬢雲亂，(一)月照紗幮人未眠。（合前）（内吹打，小生小旦離席卸披風，八字椅朝外散坐，侍女獻茶，飲茶介）

【南吕宫正曲・節節高】（合唱）漣漪戲彩鴛，把露荷翻，清香瀉下瓊珠濺。香風扇，芳沼邊，(二)閒亭畔。坐來不覺神清健，蓬萊閬苑何足羨？（合）只恐西風又驚秋，暗中不覺流年换。

【前腔】清宵思爽然，好涼天，瑶臺月下清虚殿。神仙眷，開玳筵，重歡宴。任教玉漏催銀箭，水晶宫裏把笙歌按。（合前）

【餘文】（小生小旦立起合唱）光陰迅速如飛電，好良宵可惜漸闌，拚取歡娱歌笑喧。

（内作三鼓介）（小生問科）幾鼓了？（院子）三鼓了。（小旦）相公，

歡娱休問夜如何，（小生）此景良宵能幾多。(三)

（院子）遇飲酒時須飲酒，（侍女）得高歌處且高歌。

(一) 夾批：俗增「不覺」二字，非。
(二) 夾批：「沼」、「招」上聲。
(三) 夾批：「多」俗作「何」，非。

（侍女齊隨下，院子從外下）

思鄉

（小生淺色青花上袖扇上）

【正宫引子・喜遷喬】終朝思想，(一)但恨在眉頭，(二)人在心上。鳳侶添愁，魚書絶寄，空勞兩處相望。青鏡瘦顔羞照，寶瑟清音絶響。歸夢杳，(三)繞屏山烟樹，那是家鄉？(四)

（正坐科）〔踏莎行〕怨極愁多，歌慵笑懶，只因添個鴛鴦伴。他鄉遊子不能歸，高堂父母無人管。湘浦魚沉，衡陽雁斷，音書要寄無方便。人生光景幾多時，咳！蹉跎負却平生願。(五)

【正宫集曲・雁魚錦】【雁過聲】（首至二）思量，那日離故鄉。記臨歧送别多惆悵，【雁翀天】（三

(一) 夾批：低眉念意。

(二) 夾批：仰面慮意。

(三) 夾批：精神眺遠。

(四) 夾批：鼻涕心悲。

(五) 夾批：思式。先静其心，或側首，或低眉，或仰視天，或垂看地，心神并定則得之矣。清鼓二記，一板，音樂徐出。怨聲。

至四）攜手共那人不斷放。教他好看承，我爹娘，【攤破地錦花】（第四句）料他們應不會遺忘。（一）【雁翀天】（第六句）聞知饑與荒，（二）【雁過沙】（末二句）只怕他捱不過歲月難存養。（三）若望不見信音，却把誰倚仗？（定神思之）

【二段】【雁過聲】（首二句）思量，幼讀文章，（四）【漁家傲】（第四句）論事親爲子也須要成模樣。（五）【雁過聲】（六至七）真情未講，怎知道喫盡多魔障？【漁家燈】（第三句）（六）被親强來赴選場，【山漁燈】（第三句）被君强官爲議郎，（七）【一機錦】（第五句）被婚强效鸞凰。【錦纏道】（第四句）三被强，（八）衷腸事説與誰行？【山漁燈】（第七句）埋怨難禁這兩廂：（九）【雁過聲】（末二句）這壁廂

（一）夾批：對左指介。摇頭介。

（二）夾批：□驚式。

（三）夾批：憂恐式。

（四）夾批：走至右上角坐椅介。

（五）夾批：在袖出扇開做。

（六）夾批：側恭下場，右手指面。

（七）夾批：步上場。落下介。

（八）夾批：直訴狀。

（九）夾批：左手拍腿，立起走中。

道咱是個不撑達害羞的喬相識，(一)那壁廂道咱是個不睹親負心的薄倖郎。(二)

【三段】【雁過聲】（首二句）悲傷，鷺序鴛行，(三)【漁家傲】（四至五）怎如那慈烏返哺能終養？(四)謾把金章，綰着紫綬；【山漁燈】（第二句）試問斑衣，今在何方？(五)【雁翀天】（第六句）斑衣罷講，(六)【錦海棠】（四至五）縱然歸去，猶恐怕帶麻執杖。(七)【雁過聲】（末二句）阿呀！(八)天嗄！(九)只爲那雲梯月殿多勞攘，(一〇)落得淚雨如珠兩鬢霜。(一一)

(一) 夾批：指左下角收介。右手捏扇指右下角。

(二) 夾批：怨恨聲，跌足。苦意悲思。

(三) 眉批：習者教授習於己，即【雁魚錦】集一套，其中腰板最多，免點。其紅黑必須究其格式，書出所犯幾句，庶能教得法。夾批：拭淚介，走右角坐椅。

(四) 夾批：比語式。

(五) 夾批：把扇攤式。

(六) 夾批：摇首。

(七) 夾批：立起指下。悲音激切。

(八) 夾批：輕□悠揚。

(九) 夾批：雙手反搭，看天怨科。

(一〇) 夾批：右手捏扇指目。

(一一) 夾批：將扇放袖介。

【四段】【喜漁燈】（首一句）幾回夢裏，忽聞鷄唱。【山漁燈】（二至三）忙驚覺錯呼舊婦，（一）同問寢堂上。【錦纏道】（八至九）待朦朧覺來，（二）依然新人鴛幃鳳衾和象床。【漁家傲】（第四句）怎不怨香愁玉無心緒？【漁家燈】（三至四）更思想，被他攔擋。（三）教我，怎不悲傷？（四）【雁過聲】（末二句）俺這裏歡娛夜宿芙蓉帳，（五）他那裏寂寞偏嫌更漏長。

【五段】【錦纏道】（首至七）謾悒怏，（六）把歡娛翻成做悶腸。菽水既清涼，（七）我何心，貪着美酒肥羊？閃殺人花燭洞房，（八）愁殺我掛名在金榜。魆地裏自思量，【雁過聲】（末二句）正是歸家

（一）夾批：『覺』俗作『去』，非。
（二）夾批：作醒揩目看介。
（三）夾批：怒怨色相。
（四）夾批：泣科。
（五）夾批：右手指左下。
（六）夾批：慢踱躊躕。
（七）夾批：攤手。
（八）夾批：『閃』俗作『悶』，非。

不敢高聲哭，(一)只恐猿聞也斷腸。(二)

院子那裏？(三)（末上）有問即對，無問不答。老爺有何分付？（生）院子，你是我心腹之人，我有一事與你商議，不可走了我的言語。（末）小人怎敢？（生）我自從離了父母妻室，來此赴選，不擬一擢高科，拜授當職。將謂數月之後，可作歸計，誰知又被牛太師招爲門婿。一向逗留在此，不能還家見父母一面，故此要和你商量個計策。（末）老爺，自古道：不鑽不穴，不道不知。小人每常見老爺憂悶不樂，不知這個就裏。老爺何不對夫人説知？（生）我夫人雖則賢慧，争奈老相公之勢，炙手可熱。待説與夫人知道，一霎時老相公得知，只道我去了不來，如何肯放我去？不如姑且隱忍，和夫人都瞞了，且待任滿，尋個歸計。（末）這話也是。老相公若還知道，如何肯放老爺回去？（生）院子，我如今要寄家書家回去，没個方便；欲待使人逕去，又恐老相公知道。你與我到街坊上去打聽，倘有我鄉裏人來此做買賣，待我寄一封書回去。（末）曉得，小人謹領。

（小生）終朝長相憶，（末）尋便寄書尺。

（合）眼望旌捷旗，耳聽好消息。

(一) 夾批：『歸』俗作『在』，非。

(二) 夾批：『猿』俗作『人』，非。心驚□滴，拭淚而下。

(三) 眉批：演全本，念後白。

（小生内下，末外下）

盤　夫

（小生紗帽披風，不得帶扇上）

【中吕宫引子·菊花新】封書遠寄到親闈，又見關河朔雁飛。(一)梧葉滿庭除，争似我悶懷堆積。(二)

（正坐）〔生查子〕封書寄遠人，寄上萬里親。(三)書去神亦去，(四)兀然空一身。下官喜得家書，報道平安，已曾修書附回家去，不知何如？這幾日常懷想念，翻成愁悶。正是：雖無千丈綫，萬里繫人心。(五)

【南吕宫引子·意難忘】（小旦披風上）緑鬢仙郎，懶拈花弄柳，勸酒持觴。眉顰知有恨，（小生）咳！（小旦）相公。（小生見小旦立起，各見禮介）（小旦）何事苦相防？（小生）夫人，些個事，惱

(一) 夾批：看遍。
(二) 夾批：慮色。
(三) 夾批：心神齊往。
(四) 夾批：顧手雙鬆。
(五) 夾批：低頭思念式。

人腸。（小旦）相公，試説與何妨？（小生）只怕你尋消問息，（嗅鼻介）添我恓惶。（對面坐科）（小旦）相公，古人云：顰有爲顰，笑有爲笑。是以君子，[一]當食不嗟，臨樂不嘆。無事而戚，謂之不祥。相公，你自來我家，不明不暗，如醉如癡，鎮日憂悶，爲着甚的？你還少了喫的呢，少了穿的？（小生）咳！（作摇首低頭）

【南吕宫正曲·紅衲襖】（小旦）你喫的是煮猩唇和那燒豹胎，你穿的是紫羅襴，繫的是白玉帶。[二]你出入呵，我只見五花頭踏在你馬前擺，三簷傘兒在你頭上蓋。（小生暗嘆介）（小旦）相公，你休怪奴家説：（小生看小旦介）（小旦）你本是草廬中一秀才，（小生點頭介）（小旦）如今做了漢朝中梁棟材。（小生顧衣嚮嘆科）（小旦）你有甚不足，只管鎖了眉頭也，唧唧噥噥不放懷？

【前腔】（小生）我穿的紫羅襴，到拘束得我不自在；我穿的是皂朝靴，怎敢胡去踹？口兒裏喫幾口慌張張要辦事的忙茶飯，手兒裏拿着個戰兢兢怕犯法的愁酒杯。[三]到不如嚴子陵登釣臺，怎做得楊子雲閣上灾？[四]（小旦强笑科）（小生）似我這般爲官呵。只管待漏隨朝，可不誤了秋月春

[一] 夾批：『是以』俗作『古之』，非。
[二] 夾批：『白玉』俗作『黄金』，非。
[三] 夾批：小旦作何苦如此狀對。
[四] 夾批：『怎做得』俗作『怕做了』，非。

花也？(一)　干碌碌頭又早白。(二)

(小旦微笑科)相公，我知道了。(三)

【前腔】(小旦)莫不是丈人行性氣乖？(小生聽，對小旦欲答又忍作吞聲介)(小旦)莫不是妾跟前缺管待？(小生搖頭)咳！　咳！　咳！(小旦)莫不是畫堂中少了三千客？(小生)嗄，不是。(小旦)莫不是繡屏前少了十二釵？(小生)越發不是了。(小旦)這意兒教人怎猜？　這話兒教人怎解？(作冷思笑科)相公，今番猜着你了。(四)(小生)呀！　夫人猜着了？(五)(小旦)唔，敢只是楚館秦樓，有個得意人兒也，(小生搖手搖頭轉介)(小旦)悶懨懨常掛懷？

(小生)夫人嗄，

【前腔】有個人人在天一涯，(六)(小旦)嗄！(猜有意思介)(小生)我不能殼見他。只落得臉銷紅眉

(一)　夾批：小旦勉得首介。

(二)　夾批：俗增『枉』字，非。俗無『早』字，非。

(三)　夾批：小生似問式。

(四)　夾批：拿穩狀。

(五)　夾批：認定式。

(六)　夾批：『人人』俗作『人兒』，非。

鎖黛。（小旦）我道甚來？[一]（小生）我本是傷秋宋玉無聊賴，有甚心情去戀着閒楚臺？（小旦）相公，你有什麽事，明説與奴家知道。（小生）三分話兒只恁猜，一片心兒直恁解。（小旦皺眉急言科）相公，有話如何不對我説？（小生）咳！夫人，你休纏得我無言，若還提起那籌兒也，[二]哎呀！撲簌簌淚滿腮。

（小旦）相公，我若不解勸，你又只管愁悶；我待問着，你又遮瞞我。我也没奈何。（立起云）罷！罷！夫妻何事苦相防？莫把閒愁積寸腸。（小生）各人自掃門前雪，莫管他家瓦上霜。[三]（小旦轉身作指小生云）也由你！（憂怒式虛下）（小生看小旦下，然後云）天嗄。[四]自古道：難將我語和他語，未卜他心和我心。[五]（小旦暗上聽介，切勿遲上）（小生）自家娶妻兩月，别親數年，朝夕思想，翻成愁悶。我這新娶的媳婦雖則賢惠，我待將此事和他説，他也肯教我回去。[六]只是他爹爹若知我有媳婦在

[一] 夾批：竟像道着狀。

[二] 夾批：傷心墮淚介。

[三] 夾批：俗小旦云此句，非。

[四] 夾批：立正。

[五] 夾批：『卜』俗作『必』，非。

[六] 夾批：小旦驚喜式。

家，如何肯放我回去？(一) 不如姑且隱忍，改日求一鄉郡除授，(二) 那時却回去見我雙親便了。咳！夫人嗄，非是隄防你太深，只緣伊父苦相禁。正是：夫妻且説三分話，(三)(小旦右手拍小生肩作喬面式叫)相公！(小生回看即笑躲狀，雙手搭椅背摇頭，右手遮面含羞自云)阿呀！夫人在此。咳！咳！(小旦)那些個『未可全抛一片心』。(四) 好嗄！你瞞我也由你，只是你爹娘和媳婦嗟怨你哩。(五)(小生)哎呀！(六)(淚似泉噴大哭介)

【雙調集曲・江頭金桂】(小旦)【五馬江兒水】(首至五)怪得你終朝攧窨，(七)(小生看小旦即轉身云)夫人請坐。(八)(仍對面坐科)(小旦)只道你緣何愁悶深？(九) 教咱猜着啞謎，爲你沉吟，那籌兒

(一) 夾批：小旦掩口笑、點頭介。
(二) 夾批：俗删『一』字，非。
(三) 夾批：帶笑。
(四) 夾批：正顔介。
(五) 夾批：重念着眼。
(六) 夾批：對小旦跌足。
(七) 夾批：走近對小生。
(八) 夾批：帶泣介。
(九) 夾批：小生作嘆介。

没處尋。（小生欲辨又忍科）（小旦）【金字令】（五至九）我和你共枕同衾，(一)你瞞我則甚？你自撇了爹娘媳婦，屢換光陰，他那裏須怨着你没音信。（小生惟認錯介）（小旦）【桂枝香】（七至末）笑伊家短行，無情忒甚！(二) 到如今，兀自道且説三分話，（小生愧慚介）（小旦）未可全拋一片心。(三)

【前腔】（小生）【五馬江兒水】（首至五）非是我聲吞氣忍，只爲你爹行勢逼臨。(四) 怕他知我要歸去，將人厮禁，要説又將口噤。【金字令】（五至九）我待解朝簪，再圖鄉任。他不隄防着我，須遣我到家林，和你雙雙兩人歸晝錦。【桂枝香】（七至末）哎呀天嗄！嘆雙親老景，存亡未審。（小旦）這幾時可曾修書去？（小生）我實不瞞你，前日曾附書回去。（小旦）可有回音？(五)（小生一頓）咳！只怕雁杳魚沉。又不是烽火連三月，真個家書抵萬金。

(一) 夾批：低聲近前介。
(二) 夾批：儘力數落。
(三) 夾批：作怒不理式。
(四) 夾批：小旦作消忿對面式。
(五) 夾批：接問。

（小旦）原來如此。我去對爹爹説，和你一同回去省親便了。（立起）（小生）[一]你爹爹如何肯放我去？[二]你且休説破了。（小旦）不妨。我爹爹身爲太師，風化所關，具瞻在望，[三]終不然直恁的不顧仁義？（小生）若不濟事，可不干枉了？（小旦）我自有道理。

（小旦）雪隱鷺鷥飛始見，柳藏鸚鵡語方知。

（小生）假饒染就乾紅色，也被傍人講是非。[四]

（小旦）講甚是非？我去説時，不由我爹爹不從。（小生）如此，全仗夫人。（小旦）在我身上。（小生）嗄哈哈！[五]多謝夫人。（雙手搭小旦肩點頭）阿呀！哈哈！全仗夫人了。（雙手推小旦背，小旦作歡顔點頭同下）

賢　遘

（小旦披風上）

[一] 夾批：急念介。

[二] 夾批：□須要念下齣安根。

[三] 夾批：俗作『觀瞻所係』，非。

[四] 夾批：『也』俗作『免』，非。

[五] 夾批：大笑。

【商調引子・十二時】心事無靠托，這幾日反成悶也。(一) 父意方回，夫愁稍可。未卜程途裏的如何，教我怎生放下？

（正坐科）不如意事常八九，可與人言無二三。奴家自嫁蔡伯喈之後，見他常懷憂悶，我再三去問他，他又不肯説。比及奴家知道，去對爹爹説，要同他回去奉事雙親，誰知爹爹不肯，被我道了幾句。幸喜爹心回轉，已差人去接取他爹娘媳婦來此同住。倘公婆早晚到來，不免着院子去尋幾個精細婦人，與他使喚方好。院子那裏？（末白鬚扮院子應上）來了。書當快意讀易盡，客有可人期不來。世上幾多能稱意，光陰何用苦相催？夫人有何使令？（小旦）着你到街坊上去，尋幾個精細婦人來使喚。（末應作出門科）

【遶地遊】（正旦道姑打扮，手執拂塵、背包裹上）(二) 風餐水卧，甚日能安妥？問天天怎生結果？我一路問來，説此是牛府。那邊有個府幹哥在彼，不免上前去。府幹哥稽首。（末還禮云）道姑何來？（正旦）貧道遠方人氏。（末）到此何幹？（正旦）聞知夫人好善，特來抄化。（末）嗄，你住着，待我説一聲。（正旦應，末進內科）啓夫人，精細婦人到没有，有個遠方道姑，聞知夫人好善，特來抄化。（小旦）喚他進來。（末）曉得。（又作出門科）道姑呢？（正旦）府幹哥。（末）夫人着你進去。（正旦）阿呀有勞。

(一) 夾批：『反』俗作『番』，非。

(二) 眉批：作道姑樣，還須趙氏爲。

（末）隨我進來。（作引進内云）道姑來了。（小旦作見正旦科）梳粧淡雅，[一]（正旦）待我放了包裹。（小旦）看丰姿堪描堪畫。（末）來，見了夫人。（正旦應）夫人稽首。[二]（小旦）是何人，遠來問咱？

道姑何來？（正旦）遠方人氏，特來府中抄化。（小旦）你有甚本事來此抄化？（正旦）貧道不敢誇口，大則琴棋書畫，小則針指女工，次則飲食餚饌，頗諳一二。（小旦）道姑，你既有這等本事，在街坊上抄化也生受，何似在我府中喫些安樂茶飯如何？（正旦）若得如此，感恩非淺。只怕貧道没福，無可稱夫人之意。（小旦）好說。嗄，道姑，我且問你，你是從幼出家的麽？（正旦）不瞞夫人說，貧道是在嫁出家的。（小旦）嗄，院子，他說在嫁出家，是有丈夫的了。難以收留，多打發他些齋糧，教他到别處去抄化罷。（末）曉得。道姑，夫人說你是有丈夫的，府中難以收留，着我多打發些齋糧，教你到别處去抄化罷。（正旦）嗄，哎呀天嗄！我不合說了有丈夫的。嗄，夫人，貧道非因抄化而來，特來尋取丈夫。（小旦）原來如此。何不早說？你丈夫姓甚名誰？（正旦）嗄。（欲言又止式）且住。夫人問我丈夫姓名，若直說出來，恐夫人嗔怪；若不說明，此事又終難隱忍。我如今且把『蔡伯喈』三字拆開與他說，看他如何？嗄，夫人，我丈夫姓祭名白諧，人人說在牛府中廊下住，敢是夫人也知道麽？（小旦）我那裏知道？院子，你管各廊房，可有姓祭名白諧的麽？（末）小人掌管各廊房，并没姓祭名白諧的。（小旦）

[一] 眉批：三句【引子】須要唱，借牛口中描五娘儀表。

[二] 夾批：作上下細看介。

道姑，我這裏没有，你到别處去尋，休得擔誤了你。（正旦）天嗄，人人道我丈夫在貴府廊下住，如今説没有。(一) 嗄！莫不是死了嗄？(二) 丈夫嗄！你若死了，教我倚靠何人？（小旦）咳！可憐嗄。道姑，你且不須愁煩，權住在我府中。待我着院子到街坊上訪問你丈夫踪蹟，意下如何？（正旦）若得如此，再造之恩。（小旦）只是一件，你在我府中休要恁般打扮，我與你换了這衣粧。（正旦）貧道不敢换。（小旦）爲何？（正旦）貧道有一十二年大孝在身，所以不敢换。（小旦）大孝不過三年，那有一十二年？（正旦）嗄嗄，貧道公公死了三年，婆婆死了三年。（小旦）也只得六年嗄？（正旦）薄倖兒夫，久留都下，一竟不回，替他帶六年，共成一十二年。（小旦）咳，有這等行孝的婦人嗄！道姑，雖則如此，争奈我家老相公最嫌人這般打扮，你可换些素縞罷。（正旦）勉依夫人尊命。（小旦）院子，唤惜春取粧奩衣服出來。（末）曉得。惜春姐，取粧奩衣服出來。（下）（丑應，盤設金雀、花朵、丫髻、梳子、杯、刷等物捧上）來了。寶劍賣與烈士，紅粉贈與佳人。(三) 粧奩衣服有了。（小旦）你且對鏡改粧則個。(四)（正旦應走過云）如何是好？（小旦）惜春，好生伏侍。（丑）曉得。（正旦）嗄！鏡兒，鏡兒，我自從嫁至夫家，只有兩月梳粧。這幾時不曾照你，哎呀！原來這般消瘦了！（哭介）（小旦）且免愁煩。（丑與

(一) 夾批：俗作背念，非。

(二) 夾批：故意略背悲怨，要使牛氏哀憐。

(三) 夾批：向小旦云。

(四) 夾批：向正旦云。

正旦除雲巾科）

【商調正曲・二郎神】（正旦）容瀟灑，照孤鸞，嘆菱花剖破。記翠鈿羅襦當日嫁，誰知他去後，釵荆裙布無些？（小旦）你不換衣服，且戴這釵兒。（丑）戴子金雀。（遞與正旦科）（正旦）這金雀釵頭雙鳳朵，（小旦）戴了何妨？（正旦）夫人，我若戴了此釵呵，可不羞殺人形孤影寡？（小旦）既不戴釵兒，且簪些花朵。（丑執花云）戴子花罷。（正旦）説甚麼簪花，（戴髻，起身脱道姑衣，丑收盤即下）（正旦）捻牡丹，教人怨着嫦娥。[一]（福介）

【前腔換頭】（小旦）嗟呀，他心憂貌苦，真情怎假？[二]（正旦酸鼻悲狀）（小旦）只爲着公婆珠淚墮，道姑。（正旦）夫人。（小旦）我公婆自有，不能彀承奉杯茶。（正旦）嗄。（小旦）你比我没個公婆承奉呵，不枉了教人做話靶。[三] 道姑，你公婆，爲甚的雙雙命掩黄沙？

（正旦）夫人嗄，

【囀林鶯】爲荒年萬般遭坎坷。（小旦）你丈夫呢？（正旦）丈夫又在京華。（小旦）嗄，既不在家，

[一] 夾批：着力。
[二] 夾批：俗作正旦對下場，非。
[三] 夾批：點頭微信式。

甘旨何人承奉？(一)（正旦）我把糟糠暗喫擔飢餓，（小旦）咳！可憐。（正旦）公婆死，（小旦）哎呀！你便如何處置？(二)（正旦）賣頭髮去埋他。(三)（小旦）嗄，咳！難得。（正旦）把孤墳自造，（小旦）不信有這等事。(四)（正旦）運土泥，盡是我麻裙包裹。(五)（小旦）這道姑好誇口。(六)（正旦）也非誇，（小旦）我却不信。(七)（正旦）夫人嗄，你若不信，阿呀哪！只看我手指傷，(八)血痕尚在衣麻。(九)

【前腔】（小旦）愁人見説愁轉多，使我珠淚如麻，(一〇)（正旦）夫人爲何淚下？(一一)（小旦）我丈夫亦久別雙親下。（正旦）他爲何不回去？（小旦）他要辭官，被我爹蹉跎。（正旦）嗄，他家中有妻麽？

(一) 夾批：緊問。
(二) 夾批：速譏。
(三) 夾批：『賣』俗作『賣了』，非。
(四) 夾批：似信似疑介。
(五) 夾批：愈急介。
(六) 夾批：不信狀。
(七) 夾批：摇首介。
(八) 夾批：雙手呈出介，細看悲科。
(九) 夾批：拭淚啼哭介。
(一〇) 夾批：各揩淚介。
(一一) 夾批：試問式。

（小旦）他妻雖有麽，（正旦）嗄！咳！（小旦）怕不似您會看承爹媽。（正旦）他爹媽如今在那裏？（小旦）在天涯。（正旦）夫人嗄，何不取來同居一處？（小旦）教人去請他，在路上如何？

【黄鍾宮集曲・啄木鸝】（正旦）【啄木兒】（首至末）聽言語，㈠教我淒愴多，㈡料想他們也非是假。夫人，他那裏既有妻房，取將來怕不相和？（小旦）道姑，但得他似你能揢靶，（正旦）夫人便怎麼？（小旦）我情願讓他居他下。㈢（正旦）嗄！（小旦）【黄鶯兒】（合至末）只愁着程途上苦辛，教人望巴巴。

【前腔】（正旦）呀！【啄木兒】（首至合）錯中錯，㈣訛上訛，啐！只管在鬼門前空占卦。夫人，若要識蔡伯喈的妻房，（小旦）阿呀！他在那裏？（正旦）夫人果然要見他？㈤（小旦）果然。（正旦）夫人嗄，奴家便是無差。（小旦立起介）呀！你果然是他非謊詐？㈥（正旦）奴家怎敢誑言？（小

㈠　夾批：觸念傷心介。
㈡　夾批：背科。
㈢　夾批：『讓』俗作『侍』，非。
㈣　夾批：打斷介。
㈤　夾批：俗作『遠不遠千里』，便像小兒口語，非。
㈥　夾批：『他』俗作『你』，非。

旦）姐姐嗄，(一)你原來爲我喫折挫，【黄鶯兒】（合至末）爲我受波查。教伊怨我，教我怨爹爹。（作跪正旦介）（正旦忙扶介）夫人請起，何出此言？（小旦）姐姐請上坐，待奴家見禮。（正旦）賤妾怎敢？也有一拜。

【商調正曲・金衣公子】（小旦）和你一樣做渾家，我安然你受禍，你名爲孝婦，我被傍人駡。（正旦）嗄，傍人駡你甚來？(二)（小旦）公死爲我，婆死爲我，我情願把你孝衣穿着，把濃粧罷。（合）（同唱）事多磨，冤家到此，(三)逃不得這波查。

【前腔】（正旦）他當原也是没奈何，被强來，赴選科，辭爹不肯聽他話。（小旦）姐姐，他在這裏豈不要回去？争奈辭官不可，(四)辭婚不可。（正旦）嗄！嗄！（小旦）只爲三不從，做成災禍天來大。（合前）

（正旦）無限心中不平事，（小旦）幾番清話又成空。(五)

(一) 夾批：雙手攙介。
(二) 夾批：俗作『怎敢駡夫人』。
(三) 夾批：『冤家』俗作『相逢』，非。
(四) 夾批：『争奈』俗作『他爲』，非。
(五) 夾批：『幾』俗作『一』，非。

（正旦）一葉浮萍歸大海，[一]（小旦）人生何處不相逢。

姐姐嗄，你路上辛苦了，請到裏面去將息罷。（正旦）多謝夫人。（小旦）姐姐請。（正旦）自然是夫人請。（小旦）還是姐姐請。（正旦）如此説，斗膽了。（小旦）好説。（同下）

書館

（小生紗帽青花上）

【仙吕宫引子・鵲橋仙】披香侍宴，[二]上林遊賞，醉後人扶馬上。金蓮花炬照回廊，[三]正院宇梅梢月上。

（進桌坐介）日晏下彤闈，平明登紫閣。何如在書案，快哉天下樂。下官早臨長樂，夜值嚴更。召問鬼神，或前宣室之席；光傳太乙，時分天禄之藜。惟有戴星衝黑出漢宮，安能滴露研硃點《周易》？這幾日且喜朝無煩政，官有餘閒，庶可留志於詩書，從事於翰墨。正是：事業要當窮萬卷，人生須是惜

[一] 夾批：『一』俗作『兩』，非。

[二] 夾批：恭怡貌。

[三] 夾批：『花』俗作『寶』，非。

分陰。這是什麽書？嗄，是《尚書》。(一)這《堯典》道：『虞舜父頑母嚚象傲，克諧以孝。』(二)他父母那般待他，他猶自克諧以孝；我父母虧了我什麽，我倒不能穀奉養他。看什麽《尚書》？(三)嗄，這是《春秋》。《春秋》中潁考叔曰：『小人有母，未嘗君之羹，請以遺之。』咳！想古人喫一口湯，兀自尋思着娘。(四)我如今享此厚禄，如何倒把父母撇了？枉看這書。濟得甚事？你看書中那一句不説着孝義？當元我父母教我讀詩書，知孝義，誰知反被詩書誤了。(五)

【仙呂宮正曲·解三酲】嘆雙親把兒指望，教兒讀古聖文章。似我會讀書的，到把親撇養；(六)少甚麽不識字的，到得終養。書，我只爲其中自有黄金屋，反教我撇却椿庭萱草堂。還思想，(七)畢竟是文章誤我，我誤爹娘。

【前腔】比似我做負義虧心臺館客，到不如守義終身田舍郎。《白頭吟》記得不曾忘，緑鬢婦何

(一) 夾批：揭開觀介。
(二) 夾批：點頭摇身介。
(三) 夾批：移左邊。
(四) 夾批：『娘』俗作『父母』，非。
(五) 夾批：着力介。
(六) 夾批：『養』俗作『漾』，非。
(七) 夾批：定神介。

故在他方？書，我只爲其中有女顔如玉，反教我撇却糟糠妻下堂。還思想，(一)畢竟是文章誤我，我誤妻房。

(作冷科)咳！書既懶看，且看這壁間山水古畫，散悶則個。(出桌看介)嗄，這是金碧山水。(二)(點頭介)呸，這一軸畫像，是我昨日在彌陀寺中拾的，(三)如何院子也將來掛在此？嗄，但不知是什麽故事？待我看來。(雙手拿軸看，作驚疑介)嗄！(作心惶怯，揩眼急看)呀！

【南呂宫正曲・太師引】細端詳，這是誰筆仗？(四)覷着他，教我心兒好感傷。(五)嗄，好似我雙親模樣。(六)差矣。若是我的爹娘，媳婦善能針指，怎穿着破損衣裳？(七)前日有書來，道别後容顔無恙，哎呀！怎這般淒涼形狀？(八)且住，我這裏要寄封音書回去，尚且不能。他那裏呵，有誰來

(一) 夾批：呆思介。
(二) 夾批：寸馬豆人，可去可去。
(三) 夾批：俗作『道姑的行頭』，非。
(四) 夾批：放軸。
(五) 夾批：酸心淚滴拭介。
(六) 夾批：照前細看介。作一頓思疑介。
(七) 夾批：一頓即想介。
(八) 夾批：一頓。

往，直將到洛陽？[一] 天下也有面龐厮像的。須知道聖人陽虎一般龐。

（欲不看又回身看軸想介）我理會得了。

【前腔】這是街坊誰劣相，砌莊家形衰貌黄。假如我爹娘呵，若沒個媳婦來相傍，少不得也是這般淒涼。敢是個神圖佛像？嗄！我正看到其間。嗄！猛可的小鹿兒在心頭撞。丹青匠，由他主張，須知道毛延壽誤王嬙。[二]

（末扮院子捧茶上）苔痕上堦緑，草色入簾青。老爺，茶在此。（取出茶杯放桌右脚邊介）（小生）院子，這軸畫像是你掛在此的麼？（末）是小人掛的。（小生）收過了。（末）曉得。（作收軸朝上慢捲，轉身對小生捲）（小生）嗄，背後有標題！（末作看云）有標題。（小生）取過來。（末應，放畫於桌）（小生）你自迴避。（末應，取杯盤下）（小生）嗄，我想既有標題，爲何反題在後面？待我看來。『崑山有良璧，鬱鬱璠璵姿。嗟彼一點瑕，掩此連城瑜。人生非孔顏，名節鮮不虧。拙哉西河守，胡不如皋魚？宋弘既以義，王允何其愚。[三] 風木有餘恨，連理無傍枝。寄語青雲客，慎勿乖天彝。』這厮好無禮，句句道着下官。等閒的怎敢到此？待我問夫人，便知端的。（左邊出桌）夫人那裏？（仍回身看詩介）

[一] 夾批：一頓一挫。

[二] 夾批：在『毛延壽』前俗增『漢』字，非。慢退右進桌坐，忿思式狀介。

[三] 夾批：『王』俗作『黄』，非。

【仙呂宮引子・夜行船】(小旦素襖上)猶恐他心思未到，教他題詩句，暗裏相嘲。翰墨關心，丹青入眼，强如把語言相告。

(見科)相公。(小生揖科)夫人。(怒云)誰人到我書館中來？(原進桌正坐，小旦右傍坐云)相公的書館，誰人敢來？(小生)嗄，這也好笑。下官前日在彌陀寺中燒香，拾得一軸畫像。那院子不知，也將來掛在此。不知什麽人在背後題詩一首，一句好，一句歹，明明嘲着下官，故而相問。(小旦)敢是當原寫的？(小生)嗄！墨蹟尚鮮，怎麽説當原寫的？夫人請看。(小旦看云)[一]『崑山有良璧，鬱鬱璠璵姿。嗟彼一點瑕，掩此連城瑜。』(作喬憨故問狀)嗄，相公，這詩奴家不解，請相公解説一遍。(小生)嗄！夫人，你聽我解。那崑山呢，是地名。産得好美玉，顔色瑩潤，[二]價值連城。若有些兒瑕玷，便不貴重了。(小旦)嗄！原來如此。『人生非孔顔，名節鮮不虧』呢？(小生)孔子、顔子是大聖大賢，德行渾全。大凡人非聖賢，能忠不能孝，能孝不能忠，所以名節多至欠缺。(小旦)『拙哉西河守，胡不如皋魚』如何解？(小生)西河守吴起，[三]是戰國時人，魏文侯拜他爲西河郡守，嗄！[四]他母死不奔

[一] 夾批：小生聽之更怒介。
[二] 夾批：瑩：郁寧切。
[三] 夾批：『西河』後俗多『郡』名，非。
[四] 夾批：怒介。

喪。(小旦)皋魚呢?(小生)皋魚是春秋時人,只爲周遊列國,父母死了。他後來歸家,即自刎而亡。(一)(小旦)『宋弘既以義,王允何其愚』?(小生)宋弘呢,是光武時人,光武要把姐姐湖陽公主嫁他,(二)宋弘不從。對官裏道:貧賤之交不可忘,糟糠之妻不下堂。(三)(小旦)好!(小生)王允是桓帝時人,司徒袁隗要將姪女嫁他,他就休了前妻,娶了袁氏。(小旦)也好。『風木有餘恨,連理無傍枝』怎麼解?(小生)孔子聽得皋魚啼哭,問其故。皋魚答曰:(四)樹欲静而風不寧,子欲養而親不在。(小旦)是嗄。(五)(小生)西晉時東宫門首有槐樹二株,連理而生,四傍皆無小枝。(小旦)『寄語青雲客,慎勿乖天彝』又如何説?(小生)傳言與做官的,切莫違了天倫。(小旦)原來這些緣故。相公,那不奔喪的和那自刎的,那一個是孝道?(小生)那自刎的是孝道。(小旦)相公,那棄妻的和那不棄妻的,那一個是正道?(小生)夫人,那棄妻的是亂道。(小旦)嗄,相公,你待學那一個?(小生)嗄,夫人,我的父母知他存亡如何?我決不學那不奔喪的!(六)(小旦)相公,你雖不學那不奔喪的,且如你這般富

(一)夾批:拍案點頭介。
(二)夾批:『姐姐』俗作『妹子』,非。
(三)夾批:帶道學式。
(四)夾批:□哀慟介。
(五)夾批:諳應介。
(六)夾批:硬摇右手忍泣介。

貴，腰金衣紫，假如有糟糠之婦，藍縷醜貌，可不辱没了你？也只索罷了？（小生）哎呀！（一）夫人，你説那裏話？縱辱没殺我，終是我的妻房，義不可絶。（二）（小旦）自然不認的了？（三）（小生）嗄！嗄！嗄！嗄！（四）

【越調正曲・鏵鍬兒】你説得好笑，可見你的心兒窄小。没來由漾却苦李，再尋甜桃。古人云：棄妻有七出之條。（五）（小旦）那七出？（小生）他不嫉不淫與不盜，終無去條。那棄妻的，（小旦）便怎麼？（小生）衆所誚；不棄妻的，（小旦）呣？（小生）人所褒。縱然他醜貌，怎肯相休棄了？（六）

【前腔】（小旦緊唱）伊家富豪，那更青春年少。看你紫袍掛體，金帶垂腰，做你的媳婦呵，應須有封號。金花紫誥，必俊俏，須媚嬌。若還他醜貌，怎不相休棄了？（七）

（一）夾批：雙眼火裂式。
（二）夾批：要字字錚錚念。
（三）夾批：帶譏式。
（四）夾批：愈怒科。
（五）夾批：『出』俗作去聲，非。
（六）夾批：『相』俗作『乾』，非。
（七）夾批：愈激介。

（小生）咳！（拍桌立起介）

【前腔】你言顛語倒，惱得我心兒轉焦。(一)莫不是把咱奚落，特兀自粧喬？引得我淚痕交，撲簌簌這遭。那題詩的是誰？（小旦）問他怎麼？（小生）嗄，他把我嘲，我難恕饒。快說與我知道，(二)怎肯乾休罷了？(三)

【前腔】（小旦）我心中忖料，想不是個薄情分曉。相公。（小生）嗯。（小旦）管教你夫婦會合，在今朝。（小生呆科）嗄！（小旦）伊家枉然焦，只怕你哭聲漸高。你道題詩的，（小生）是誰？（小旦）是伊大嫂，（小生）姓什麼？（小旦）身姓趙。正要說與你知道，怎肯干休罷了？

（小生）不信有這等事。（小旦）待我請他出來。（小生）快請出來。（小旦）姐姐有請。（小生朝上重云）嗄，不信有這等事。（進桌看軸科）（正旦素縞上）

【竹馬兒賺】（正旦）聽得鬧炒，(四)敢是兒夫看詩囉唣？（小旦）姐姐快來。（正旦）是誰忽叫？想是夫人召，必有分曉。（小旦）相公，是他題詩句，（小生見正旦驚神未定介）（正旦見小生惟哭無

(一) 夾批：愈憤介。

(二) 夾批：『快』俗作『你』，非。

(三) 夾批：一拍大攤手情竭狀。

(四) 夾批：俗無此板。

言介)你還認得否?(小生)他從那裏來?(一)(小旦)他從陳留郡,爲你來尋討。(小生對迎睁目細認科)嗄,莫非你是趙氏五娘?(正旦跌足應介)奴家正是。(小生撲至右上角,正旦撲左上角,各迎面哭科)(小生抱正旦哭介)娘子。(正旦)相公。(小旦抽空立右下將軸慢捲壓於桌邊掛下)(小生雙手攙正旦科)嗄,哎呀!妻嗄!你怎的穿着破襖,衣衫盡是素縞?莫不是我雙親不保?

(正旦)難説難道。

【前腔】從別後,遭水旱,我兩三人只道同做餓殍。(小生)張大公可曾賙濟?(正旦)只有張公可憐,(小生)呸。(正旦)嘆雙親別無倚靠。(小生急重念)爹娘怎麼樣?(正旦)兩口顛連相繼死。(小生)嗄!(雙手攙小旦手急跌足科)我爹娘是没了!(急拭淚,小旦亦拭淚,小生急回顧正旦云)怎得錢來殯殮?(正旦)我剪頭髮賣錢送伊妣考。(小生急云)如今安葬未曾?(正旦)把墳自造。(小生低重聲)嗄!(正旦)土泥盡是我麻裙裹包。(小生以手膩眼科)嗄!(雙手攙正旦)我聽伊言道,(轉對正上蹬脚)(正旦、小旦各皆拭淚)(小生)哎呀!教我痛殺噎倒。(二)

(正旦、小旦)相公甦醒!相公醒來!(小生)哎呀!爹娘嗄!(三)(揩淚)(正旦)這就是你爹娘的真

(一)眉批:既云『奴家正是』,何故又增『在那裏』三字?

(二)夾批:『教』俗作『怎不』,非。作暈倒介。

(三)夾批:猶回氣軟身無力唱。

容。（小生）嗄！（攙正旦手云）這就是我爹娘？（正旦）正是。（小生看軸亂跳脚）哎呀！(一)（雙手撲軸，跪膝行至軸邊）哎呀！爹娘嗄！（正旦、小旦背哭跪科）（小生對軸急摇頭，似捧雙親，結一憂）

【越調集曲・山桃紅】【下山虎】（首至四）蔡邕不孝，（膝退拜介）把父母相抛。早知你形衰耄，(二)（各拜兩拜起）怎留漢朝？（小生小旦作拜正旦）（正旦作慌答禮介）【小桃紅】（六至合）你爲我受煩惱，你爲我受劬勞。（亦兩拜起，參差答禮）謝你葬我爹，葬我娘，你的恩難報也。【下山虎】（八至末）又道是養子能代老。（合）（合唱）這苦知多少？此恨怎消？（小生攙正旦手看，小旦跌雙脚，小旦哭介）天降災殃人怎逃？（小生除紗帽科）

【前腔】【下山虎】（首至四）我脱却官帽，（朝下脱衣科）解下藍袍。（正旦、小旦）相公，急上辭官表，共行孝道。（小生對小旦云）只怕你去不得。（小旦）【小桃紅】（六至合）我豈敢憚煩惱？豈敢憚劬勞？同去拜你爹，拜你娘，（小生看軸哭）哎呀！爹娘嗄！（小旦）親把墳塋掃也。【下山虎】（八至末）使地下亡靈安宅兆。(三)（合前）（合唱）（小生拿軸走上，正立）(四)

(一) 夾批：竭聲式。

(二) 夾批：『你』俗作『道』，非。

(三) 夾批：『安宅兆』俗作『添榮耀』，非。

(四) 眉批：臨下又上，乃梨園俗派，然不過略轉即回是矣。

【餘文】（合唱）幾年分别無音耗，[一]奈千水萬山迢遥。（小生）哎呀！爹娘嗄！只爲三不從生出這禍苗。

哎呀！爹娘嗄！（看小旦科）哎呀！（跌脚又念）阿呀！（正旦、小旦）哎呀！公婆嗄！（小生）哎呀！爹娘嗄！（同哭下）

掃松

（老生白三髯、長方巾帕打頭、藺襯襲裙打腰，拄杖執帚上）

【南呂宫引子・虞美人】青山古木何時了，斷送人多少？孤墳誰與掃荒苔？連塚陰風吹送紙錢遶。

冥冥長夜不知曉，[二]寂寂空山幾度秋。泉下長眠人未醒，悲風蕭瑟起松楸。老漢曾受趙五娘之託，教我爲他看管墳塋。這兩日有些閒事，不曾去看得，今日只索去走遭。（欲走）阿呀！

【仙吕宫正曲・步步嬌】只見黄葉飄飄把墳頭覆，（至右上角）嗄！咦！捉！捉！捉！（作雙

[一] 夾批：『分别』原本『間』。
[二] 夾批：『曉』俗作□，非。

手趕式）哈哈哈！（一）廝趕皆狐兔。嗄！哎呀！不知那個不積善的，把這些樹木都砍去？爲甚松楸漸漸疏？（作脚絆瘇狀介）嗄！阿呀！不好！（作跌倒科）阿唷！不知什麽東西把我絆這一交？嗄！待我掙起來看。（作雙手下捏杖，掙起看右上角科。咳嗽，墊空。使作者當場不冷靜，宜慢慢掙立起看地介）嗄！嗄！原來是荅把磚封，笋迸泥路。（作脚撥踏介）嗄！老哥老嫂，小弟奉揖了。嗄！自古道：未歸三尺土，嗄！（二）難保百年身。你已歸三尺土，嗄，哈哈，（三）只怕你難保百年墳。小弟在一日，爲你看管一日。（酸鼻云）倘我死之後別，（四）教誰來添上三尺土？（聊帶咳嗽，慢掃至右下角；從右掃至左下角）（丑羅帽打頭、青布箭衣、束腰、背包、執棍上）

【前腔】渡水登山多勞苦，來到這荒村塢。遥觀一老夫，試問他家，住在何所。趲步向前行，呀！原來一所荒墳墓。

那邊有個老公公在那裏，（五）待我去問他一聲。（作放棍於右，横甩雙袖下拍老生作揖科）噲，老公公，奉

（一）夾批：笑科。
（二）夾批：助悲辭。
（三）夾批：蒼苦聲。
（四）夾批：作帶辭。
（五）夾批：帶京話。

揖了。（老生）原來是一位小哥，請了。你從那裏來？（丑）我是問路的。（老生）問到那裏去？（丑）要問陳留郡去的。（老生）這裏就是陳留郡了。（丑）這裏就是了？阿呀！謝天地！老公公，這裏有個蔡家府，不知在那裏？望老公公指引指引。（老生）我這裏只有個蔡家莊，沒有什麼蔡家府。（丑）老公公有所不知，我家老爺在京中做了大大的官，就是莊也該稱做府了。（老生）嗄！嗄！是嗄！噲！小哥，但不知你家老爺叫什麼名字？你說得明，我纔指引得你明白。（丑）我家老爺的名字誰敢叫？（老生）叫了何妨？（丑）前日一個人叫了俺爺的名字，拿去殺了；又問了一個徒罪。（老生）好胡說！那有此事？（丑）你不曉得，無非說俺爺是死也不饒人的。（老生）噲，小哥，此是荒僻去處，但叫何妨？（丑）嗄！叫得的？既如此，我對你說，你革不要嚷。（老生）不嚷，你說。（丑）俺家老爺叫蔡伯喈。（老生）嗳！(一)（丑）嗄！

【風入松】（老生）不須提起蔡伯喈，（將帚擲於左下橫地介）（丑）唔，爲偺了嚷起來？(二)（解背包亦擲於右橫地介）（老生）咻！說着他們忒歹！（丑）他有什麼歹處？（老生）他去求官有六七載，(三)（丑）有六七年了？（老生）撇父母抛妻不保。（丑）他父母在如今那裏？（老生）小哥，兀的這磚頭

(一) 夾批：俗作重云，非。

(二) 夾批：喊人其調。

(三) 夾批：『求』俗作『做』，非。

土堆，（丑）是什麽人在内？（老生）是他雙親在此中埋。〔一〕

（丑）嗄！原來他兩個老人家都没了，可曉得什麽病死的麽？

【前腔】（老生）嗄！小哥，一從别後遇荒災，（丑）嗄！遇了荒災，〔二〕倚仗何人？（老生）咳！更無人倚賴。（丑）這、這等怎了？誰承奉他二人呢？（老生）虧他媳婦相看待。（丑）是嗄，還虧小夫人支持。（老生）把衣服和釵梳都解。（丑）老公公又來了。釵梳首飾衣服解當都是有盡期的嗄！（老生）便是。這小娘子將釵梳解當錢來買米，做飯與公婆喫。（丑）好難得！（老生）你道他自己喫什麽？（丑）不過喫飯罷了，喫什麽？（老生）咳！説也可憐嗄！他背地裏把糟糠自捱。（丑）可憐嗄！（老生）嗄！嗄！公婆的反疑猜。

（丑）嗄！敢是疑他背後自喫了好東西麽？（老生）正是。（丑）有之。後來便怎麽樣？（老生）後來呵，

【急三鎗】他公婆的親看見，雙雙死，無錢送，只得剪頭髮賣了買棺材。

（丑）老公公説了半日的話，這一句就是掉謊了。那個頭髮賣了，能值幾何？又買得棺木，又造得這所大墳墓？（老生）小哥嗄！

〔一〕夾批：『此』後俗增『墓』字，非。

〔二〕災：原闕，據文義補。

【前腔】（正格）他去空山裏，裙包土，血流指，感得神靈助，與他築墳臺。

（丑）這是孝感天地，果有如此。如今這小夫人往那裏去了呢？

【風入松】（老生）小哥，他如今逕往帝都哉，〔一〕（丑）他把甚麼做盤纏？（老生連上曲不消斷）說也慘然嗄！他彈着琵琶做乞丐。（丑）咳！可憐！我奉老爺之命，來接取太老爺、太夫人和小夫人到洛陽，誰想兩個老人家死了，小夫人却又去了，教我怎麼樣回覆家爺？（老生）是嗄，你也是一場苦差。（丑）老公公，這是苦差嗄！（老生）也罷，我與你說他父母知道。你對這墳墓跪着，我叫，你也叫。（丑）嗄！跪着，老公公叫，我也叫。（跪右對中）（老生）嗄！老哥。（丑）嗄！老哥。（老生）嗄！嗄！你稱太老爺便纔是。（丑）嗄！我稱太老爺。（老生）老哥。（丑）太老爺。（老生）好。老嫂。（丑）太夫人如何？〔二〕（老生）好。你兒子做了官。（丑）你兒子做了官。（老生）今差人，這個，（丑）今差人，這個，（老生）你叫什麼名字？（丑）你叫什麼名字？（老生）嗄，不是。我問你嗄。（丑）嗄，老公公問我？了。（老生）吓。（丑）我叫李旺。（老生）今差人李旺，（丑）表字興之。（老生）誰問你表？（丑）也要表明白了。（老生）接你到京，（丑）接你到京，（老生）享榮華，（丑）享榮華，（老生）受富貴，（丑）受富貴，（老生）你去也不去？（丑）你去也不去？（老生）你去也不去？（丑）你去也不去？（老生）喲哑！（丑）喲

〔一〕　夾批：『逕』俗作『已』，非。『帝』俗作『京』，非。

〔二〕　夾批：得意介。

啐！（丑立起拍埚）（老生）叫他不應魂何在？（丑）啐！啐！啐！說了半日的話，搗他娘的鬼！（老生連唱）空教我珠淚盈腮。（丑）老公公，你休啼哭，待小子回去，叫俺老爺多多做些功果，㈠追薦爹娘便了。（老生）嗄，小哥，他生不能養，死不能葬，葬不能祭。咳，三不孝逆天罪大，（丑）超度超度也好。（老生）咳！空設醮，枉修齋。

我問你，你家老爺如今在那裏？（丑）俺爺入贅牛丞相府中。（老生怒科）嗄！小哥，

【急三鎗】你如今疾忙去到京臺，說老漢道與蔡伯喈。（丑）道些什麼來？（老生）喲！拜別人做爹娘好美哉，親爹娘死，不值你一拜。

（丑）老公公，休錯怪差了。俺爺要辭官，官裏不從；辭婚，牛太師又不允，也是出於無奈。（老生）真個？（丑）真個。（老生）果然？（丑）果然。（老生作怒息介）哎呀！

【風入松】原來他也是出無奈，嗄，小哥，我和你今日之會别，好一似鬼使神差。（丑）是嗄，不錯，不錯。（老生）他當初在家，原不肯去赴選的。（丑）那個狗養的教他去的麼？（老生）呸，不要駡，就是老漢。（丑）就是老公公？失言！失言！（老生）不計較就是。老漢和他爹爹一同相勸，故此勉强而去。

㈠ 夾批：『果』俗作『課』，非。

三不從把他厮禁害，三不孝亦非其罪。（丑）老公公，這就是他爹娘福薄運乖，(一)（老生）小哥，

（合唱）想人生裏都是命安排。

（老生）雙親死了已無依。（丑）待我回去對家爺説了，教他連夜趕回來就是了。（作拿包提棍科）（老生拿帚云）今日回來也是遲。（丑）夜静水寒魚不餌，滿船空載月明歸。老公公請了。（老生）那裏去？（丑）尋飯鋪子裏去。（老生）天色已晚，去不及了嘎，就在老漢家中住了一宵，明日去罷？（丑）怎好打攪老公公？（老生）好説，隨我來。（丑）老公公請轉。（老生）怎麽？（丑）説了半日的話，不曾問得你老的尊姓大名。（老生）你問我？（丑）是。（老生）是你家爺鄰比，叫張大公張廣才，就是老漢了嘎。（丑）嘎，阿呀呀！張廣才張大公就是你老？阿呀！小的有眼不識。（放包、棍於地科）多多有罪！待小的叩個頭兒。（老生）不消。（丑）一定要叩叩。（老生）不消。（丑）好人嘎！我家老爺在京，時刻想念你老人家。（老生）嘎，你家爺想念我？（丑）怎麽不想？喫飯也是張大公，喫茶也是張大公。一日在茅廁上登東，小的拿草紙去，只見我們老爺脹紅了臉，對着屁股眼子説是：阿呀，我那張洞公嘎！（各笑科）（老生）小哥，這叫做背後思君子，（丑先拿包、棍，後云）方知是好人。老公公府上在那裏？（老生）就在前面這裏來。（丑）如此，老公公請嘎。（老生）小哥請。（丑）老公公請嘎請。

（老生招引丑同下）

(一) 夾批：『運』俗作『命』，非。

訓女

（末上）珠幌斜連雲母帳，玉鈎半捲水晶簾。輕烟裊裊歸香閣，日影騰騰轉畫簷。〔一〕自家牛太師府中院子是也。這幾日老相公久留省中，未曾回府，這些使女們鎮日在後花園中閒耍。今日知道老相公回來，都不敢出來了，我不免灑掃廳堂伺候則個。（内喝導科）喝導之聲，老相公回府也。（丑、副、老旦、占、小軍、生、小生、院子持衣帽，笏引外蟒服上）

【正宫調引子・齊天樂】鳳凰池上歸環珮，衮袖御香猶在。棨戟門前，平沙堤上，何事車填馬隘？星霜鬢改，怕玉鉉無功，赤舄非才。回首庭前，淒涼丹桂好傷懷。

（小軍齊跪）（外進科）（生、小生云）卸下。（小軍應下）（生、小生放衣帽、笏介）（外坐科）（末、生、小生）院子叩頭。（外）起來。（末、生、小生應）（外）蕪蘼徑路草蕭蕭，自古雲林遠市朝。公道世間惟白髮，貴人頭上不曾饒。〔二〕老夫這幾日久留省府，不曾回家，聞得這些使女們終日在後花園中戲耍。自古欲治其國，先齊其家。院子。（末）有。（外）唤老姥姥和惜春出來。（末）曉得。老姥姥、惜春，太師唤。（淨、丑上）來哉。（内應鴉叫）（淨）噲，丫頭，老鴉叫，（丑）眼睛跳。（淨）勿是打，（丑）定是吊。

〔一〕眉批：上場用，或不用亦可。

〔二〕眉批：□□作者意，□通名妥，牛□非。

(淨)打勿打三千，(丑)吊勿吊一年。(淨)也没得説，(丑)也没儕話。(淨)且去見渠。(丑)説得有理。(淨)老爺，老姥姥叩頭。(丑同淨并云)老爺，惜春叩頭。(外)嗬！你這老婢子，我託你做個管家婆，不拘束這些使女，反同他們鎮日在後花園中戲耍，是何道理？(淨)哎呀！我説你勿要居來，居來子就要淘我縠氣哉。(末)淘老爺的氣？(淨)老爺在上，老婢在下。(末)什麼上下？(淨)勿是吓，分子縠上下好説話介。老爺，惜春個丫頭勿打渠介兩記，勿成精，定要作怪哉！(丑)老爺，你一記勿要打我，看我成儕精作儕怪出來？(淨)自從個日老爺入朝去子，老婢在厨房下跣個馬桶，(末)飯桶！(淨)啐！乞縠氣昏子了，香臭纔勿得知哉。只見惜春個丫頭走得來，也勿叫，也勿招，拿縠嘴來烏哩烏。我説，惜春姐，你來做儕？渠説道：老姥姥，如今春三二月，艷陽天氣，你看蜂也鬧，蝶也鬧，人世難逢開口笑。笑一笑，少一少；惱一惱，老一老。捏一捏，跳一跳；疊一疊，要一要。拿個兩隻手搭拉我縠肩架上子，推出婆婆出閨門。閨門路裏鬧盈盈，冷粥冷飯多討星。一推推子進去哉，一進進子花園門，纔是渠縠世界哉。假山上踫踫木香棚底下，鑽鑽看見子縠鞦韆架，我裏打鞦韆吓。蕩哩蕩，蕩哩蕩，跌得下來。羞羞，纔露出子。阿該打兩記？阿是我勿差？(外)你這小賤人，怎麼不與小姐在繡房中做針指，反在後花園中戲耍？這是怎麼説？(丑)老爺，渠有告，我有訴。我搭小姐拉繡房裏，繡老爺縠狗牛肚子，(末)是斗牛補！(丑)啐！啐！啐！正是。只見個老姥姥拉乱窗外頭，那手得來招哩招。我説儕縠了？個老姥拉縠袖裏挖個張紙頭得出來，我一看，耶！到有兩句詩。拉上寫道：春光明媚，景物鮮妍。攢盆一架，美酒一壜。請移蓮步，同到花園。鋪牌買快，行令猜拳。

喫得醉而復醒，醒而復歡。書不盡意，意不盡言。月香姐粧次，（末）那個月香姐？（丑）個嘿就是我𣪘賤號哉。耶！我連忙答𣪘兩句回頭渠咭，（末）寫什麽？寫𣪘：適承手教，有辱寵招。何勞盛意，枉費佳餚。遵依家訓，敢犯法條？特此奉覆，勿勞再邀。我是介盡盡絶絶𣪘回頭子渠，渠對子我說道：惜春姐，你𣪘癩疥瘡阿好來？我説還有兩𣪘水窠拉上來。渠説：拿拉我看看，一把拖住子我手，對子背一甩，説道：跎跎跎，賣升籮。升籮破，再買個。一進進子花園門，是看個老姥勿出年紀嘿是介，一把骨頭没得四兩重，把假山推倒，金魚壓壞；牡丹蹴損，海棠踹壞。東張西望，望老爺極歡喜介件物事，乞渠弄壞𤇈哉！（末）什麽東西？（丑）望着子介盆細葉菖蒲，渠竟認子松毛韭菜了。説道：介盆好韭菜乾枯壞哉，等我不點掗用拉。渠扯開子褌子，鑿落落介一場大尿，澆得渠東倒西歪鳥。勿三白勿四，那間到像子老爺𣪘髭鬚𤇈哉。（外）取板子來，各打十三。（净、丑）阿呀！老爺，我裏十四去𣪘噓，爲僚了打起十三來介？（院子打科）一五、一十、十三。（外）院子迴避。（院子應下）（外）請小姐出來。（净、丑）曉得。（丑）老花娘，纔是你！（净）小娼根，你好𤇈！（丑、净）小姐，有請。

【仙吕引子・花心動】（小旦）幽閣深沉，問佳人爲何懶添眉黛？[一]（净、丑）小姐，我渠兩個纔打哉。（小旦）繡綫日長，圖史春閒，誰解屢傍粧臺？絳羅深護奇葩小，不許蜂迷鶯猜。（净、丑）笑瑣窗，多少玉人無賴。

[一] 夾批：顧净、丑介。

小姐到。（小旦）爹爹萬福。（外）你可知過麽？〔一〕（小旦）孩兒不知。（外）呣！（旦驚跪科）（淨、丑）要天變耶，黄牛叫了。（外）自古婦人之德，不出閨門；行不動裙，笑不露齦。今日是我的孩兒，異日做他人的媳婦。我這幾日不在家，你却放老姥姥、惜春，都在後花園中閒耍，不習女工，是何道理？都是你不拘束他們。倘或做出些歹事來，可不連你的芳名都污了？（小旦）多謝爹爹嚴訓，孩兒今後自拘他們便了。爹爹息怒。〔二〕（淨、丑）小姐，是嚇匆起彀。（外向小旦云）你且起來。（小旦應立謝介）

【仙吕正曲・惜奴嬌序】（外）你杏臉桃腮，當有松筠節操，蕙蘭襟懷。閨中言語，不出閫閾之外。老姥姥，（淨應）（外）你年衰，不教我孩兒是伊之罪。惜春，（丑應）（外）這風情今休再。（合）記再來，但把不出閨門的語言相戒。

【前腔換頭】（小旦）堪哀，萱室先摧。嘆婦儀姆訓，未曾諳解。（外）人孰無過？改之爲上。（丑）小姐想子先老夫人，拉乱哭哉。（淨）老爺，你爲倄了再匆想我？（小旦）蒙爹嚴訓，從今怎敢不改？老姥姥，（淨應）（小旦）裙釵，早晚望伊家將奴誨；惜春，（丑應）（小旦）改前非休違背。（合前）

〔一〕夾批：『過』俗作『罪』，非。
〔二〕眉批：□方應删。

【黑麻序】（浄）看待，父母心，婚姻事，須要早諧。勸相公，早畢兒女之債。（外）休呆，如何女子前，胡將口亂開？（合）記今來，但把不出閨門的語言相戒。

【前腔】（丑）輕浼，我受寂寞擔煩惱，教我怎捱？細思之，怎不教人珠淚盈腮？（占）寧耐，温衣并美食，何須苦掛懷？（合前）

（外）婦人不可出閨門，（小旦）多謝嚴君教育恩。

（浄）休道成人不自在，（丑）須知自在不成人。

（外）伏侍小姐到繡閣中去。（浄、丑）曉得。（外）今後不可如此。（浄、丑）是。（外下）（浄）今後不可。（丑）纔是你個老娼根、老淫婦。（浄）小姐。（小旦復回看丑，浄指丑，丑低頭）（旦下）（丑）老花娘！（浄）小花娘！（諢下）

鏡嘆

（正旦兜頭玄襖宫絲上）

【正宫引子·破齊陣】翠減祥鸞羅幌，香銷寶鴨金爐。楚館雲閒，秦樓月冷，動是離人愁思。

目斷天涯雲山遠，親在高堂雪鬢疏，阿呀！伯喈嗄，緣何書也無？(一)（正場椅坐科）〔古風〕明明匣中鏡，盈盈曉來粧。憶昔事君子，鷄鳴下君床。臨鏡理笄總，隨君問高堂。一旦遠別離，鏡匣掩青光。流塵暗綺疏，青苔生洞房。零落金釵鈿，慘淡羅衣裳。傷哉憔悴容，無復蕙蘭芳。(二) 有懷悽以楚，有路阻且長。妾身豈嘆此，所憂在姑嫜。念彼猿猱遠，眷此桑榆光。願言盡婦道，遊子不可忘。勿彈綠綺琴，絃絶令人傷。勿聽《白頭吟》，哀音斷人腸。人事多錯迕，羞彼雙鴛鴦。(三) 奴家自嫁與蔡伯喈，纔方兩月，指望與他同事雙親，偕老百年。誰知公公嚴命，强他赴選。自從去後，竟無消息。把公婆抛撇在家，教奴家獨自應承。奴家一來要成丈夫之名，二來要盡爲婦之道，盡心竭力，朝夕奉養。正是：天涯海角有窮時，只有此情無盡處。（吟詩）蔡郎飽學衆皆知，甘分庭前戲綵衣。一旦高堂難拒命，含悲掩淚赴春闈。（鼓敲二點，笙笛齊鳴）

【雙調集曲・風雲會四朝元】【四朝元】（首至十一句）春闈催赴，同心帶綰初。嘆《陽關》聲斷，送別南浦，早已成間阻。謾羅襟淚漬，謾羅襟淚漬，和那寶瑟塵埋，錦被羞鋪。寂寞瓊窗，蕭條朱户，【駐雲飛】（四至六）空把流年度。嗏，瞑子裏自尋思，【一江風】（五至八）妾意君情，一旦

(一) 眉批：東嘉云『樂人易，動人難』，況此齣一人在場獨唱，須要□出賢孝婦□方可動人。
(二) 夾批：『芳』俗作『房』，非。
(三) 夾批：〔古風〕一篇，宜用清板兩下，以便噓津舒氣。

如朝露。君行萬里途，妾心萬般苦。【朝元令】（合至末）君還念妾，迢迢遠遠，也須回顧，也須回顧。(一)

（吟詩）良人別去未曾還，妾在深閨淚暗彈。萬恨千愁渾似織，懨懨春病損朱顔。（笙聲帶長鼓追兩點）

【前腔】【四朝元】（首至十一句）朱顔非故，緑雲懶去梳。(二) 奈畫眉人遠，傅粉郎去，鏡鸞羞自舞。把歸期暗數，把歸期暗數，只見雁杳魚沉，鳳隻鸞孤。緑遍汀洲，又生芳杜。【駐雲飛】（四至六）空自思前事，嗏，日近帝王都，【一江風】（五至八）芳草斜陽，教我望斷長安路。(三) 君身豈蕩子，妾非蕩子婦。【朝元令】（合至末）其間就裏，千千萬萬，有誰堪訴？有誰堪訴？(四)

（吟詩）桑榆暮景實堪悲，囊篋蕭然家計虧。竭力執餐行孝道，晨昏定省步輕移。（笙鼓照前）

【前腔】【四朝元】（首至十一句）輕移蓮步，(五) 堂前問舅姑。怕食缺須進，衣綻須補，要行時須與

(一) 夾批：拭淚介。
(二) 夾批：立起進桌梳粧介。
(三) 夾批：貫神望嘆。
(四) 夾批：留腔而飲茶。
(五) 夾批：慢走出桌，照前面坐介。

扶。奈西山暮景，(一)奈西山暮景，教我倩着誰人，傳語我的兒夫？你身上青雲，(二)只怕親歸黄土，【駐雲飛】（四至六）我臨别也曾多囑付。(三)嗏，那些個意孜孜，【一江風】（五至八）只怕十里紅樓，(四)貪戀着人豪富。你雖然是忘了奴，也須念父母。(五)【朝元令】（合至末）苦！無人説與，這淒淒冷冷，怎生辜負？怎生辜負？

（垂首舒氣）（吟詩）秋來天氣最淒涼，俊秀紛紛鏖戰忙。屈指算來經半載，多才想已决文場。（只用鼓點）

【前腔】【四朝元】（首至十一句）文場選士，紛紛都是才俊徒。少甚鏡分鸞鳳，都要榜登龍虎，偏是他將奴誤。(六)也不索氣蠱，(七)也不索氣蠱，既受託了蘋蘩，有甚推辭？索性做個孝婦賢妻，也落得名書青史，今日呵，【駐雲飛】（四至六）不枉受了些閒悽楚。嗏，俺這裏自支吾，【一江風】

(一) 夾批：嗅鼻。
(二) 夾批：出神介。
(三) 夾批：怨告伯喈狀
(四) 夾批：落氣式。
(五) 眉批：傷心酸鼻，字□休鬆。
(六) 夾批：立起，桌椅皆撤。
(七) 夾批：色同。

（五至八）休得污了他的名兒，左右與他相回護。丈夫，你便做腰金與衣紫，須記得釵荆與裙布。

【朝元令】（合至末）一場愁意緒，堆堆積積，宋玉難賦，宋玉難賦。

回首高堂日已斜，遊人何事在天涯。

紅顔勝人多薄命，莫怨春風當自嗟。[一]（下）

齣末批：

劇之千百齣，曲有萬千種，莫難於《鏡嘆》《思鄉》，最艱於排演。如《尋夢》《翫真》，内含情境，外露春生，可增濃淡點染。惟此二齣，全在白描愁苦上做出個本色人來。當知妻賢子孝可化愚婦愚夫，使觀者有所感動也。

辭朝

（末朝帽朝服扮黄門官執笏上）

【仙吕調隻曲·點絳唇】夜色將闌，晨光欲散，把珠簾捲。移步丹墀，擺列着金龍案。

下官乃漢朝一個小黄門。往來紫禁，侍奉丹墀。領百官之奏章，傳一人之命令。正是：主德無瑕因

[一] 夾批：『春』俗作『東』，非。

宜習，(一)天顔有喜近臣知。如今天色漸明，正是早朝時分，官裏升殿，怕有百官奏事，只得在此伺候。怎見早朝？（此曲本連【點絳唇】之下，不唱可惜，故載之。）

【仙呂調隻曲・混江龍】官居宮苑，謾道是天威咫尺近龍顔。每日間親隨車駕，只聽鳴鞭。去螭頭上拜跪，隨着那豹尾盤旋。朝朝宿衛，早早隨班。做不得卿相當朝一品貴，先隨着朝臣待漏五更寒。空嗟嘆，山寺日高僧未起，算來名利不如閒。(二)

但見銀河清淺，珠斗斕班。數聲角吹落殘星，三通鼓報傳清曙。銀箭銅壺，點點滴滴，尚有九門寒漏；瓊樓玉宇，聲聲隱隱，已聞萬井晨鐘。曈曈曚曚，蒼茫紅日映樓臺；拂拂霏霏，葱蒨瑞烟浮禁苑。梟梟巍巍，千尋玉掌，幾點瀼瀼露未晞；澄澄湛湛，萬里璇空，一片團團月初墜。三唱天鷄，咿咿喔喔，共傳紫陌更闌；百囀流鶯，間間關關，報道上林春曉。午門外碌碌剌剌，車兒碾得塵飛；六宮裏嘔嘔啞啞，樂聲奏如鼎沸。只見那建章宮、甘泉宮、未央宮、長楊宮、五柞宮、長秋宮、長信宮、長樂宮，重重疊疊，萬萬千千，盡開了玉關金鎖；又見那昭陽殿、金華殿、長生殿、披香殿、金鑾殿、麒麟殿、太極

(一) 夾批：『因』俗作『闇』，非。
(二) 眉批：若嫌宮殿賦，□止唱【混江龍】亦可。

殿、白虎殿，(一)隱隱約約，三三兩兩，都捲上繡箔珠簾。半空中忽聽得一聲轟轟劃劃，(二)如雷如霆，震耳的鳴梢響；合殿裏只聞得一陣氤氤氳氳，(三)非烟非霧，撲鼻的御爐香。縹縹緲緲，紅雲裏雉尾扇遮着赭黃袍；深深沉沉，丹陛間龍鱗座覆着彤芝蓋。左列着森森嚴嚴，前前後後的羽林軍、期門軍、控鶴軍、神策軍、虎賁軍，花迎劍佩星初落；(四)右列着濟濟鏘鏘，(五)高高下下的金吾衛、龍虎衛、拱日衛、千牛衛、驃騎衛，(六)柳拂旌旗露未乾。金間玉，玉間金，烱烱爍爍，燦燦爛爛的神仙儀從；紫映緋，緋映紫，行行列列，整整齊齊的文武官僚。螭頭陛下，立着一對妖妖嬈嬈、花容月貌、繡鸞袍鴛鴦靴的奉引昭容；豹尾班中，擺着一對端端正正、銅肝鐵膽、白象(中闕)

【破第二】重蒙聖恩，婚賜牛公女。臣草茅疏賤，如何當此隆遇？況臣親老，一從別後，光陰有幾。(七) 廬舍田園，荒蕪久矣。(八)

(一) 夾批：舒氣。

(二) 夾批：洪壯聲云。

(三) 夾批：和柔語念。

(四) 夾批：雄威狀式，其聲疊疊。

(五) 夾批：面嚴意，用三段白一口氣。

(六) 夾批：舒氣。

(七) 夾批：『有』俗作『又』，非。

(八) 眉批：捧笏而聽，如□□□，如□□哽咽陳。

（末）卿父母在堂，必有人侍奉，不必憂慮。

【衮第三】（小生）但臣親老鬢髮白，(一)筋力皆癯瘁。形隻影單，無弟兄，誰奉侍？况隔千山萬水，生死存亡，雖有音書難寄。最可悲，他甘旨不供，臣食禄有愧。(二)

（末）聖上作主，太師聯姻，有何不可？

【歇拍】（小生）不告父母，怎諧匹配？臣又聽得，家鄉裏，遭水旱，遇荒饑。料想臣親，必做溝渠之鬼，未可知。怎不教臣，阿呀！悲傷淚垂？(三)

（末）此非哭泣之處，不得驚動天聽。(四)

【中衮五】（小生）臣享禄厚，掛朱紫，出入承明地。惟念二親寒無衣，(五)饑無食，喪溝渠。憶昔先朝朱買臣守會稽，司馬相如，持節錦歸。(六)

【煞尾】他遭遇聖時，皆得還鄉里。臣何故，別父母，遠鄉閭，没音書，此心違？伏惟陛下，

(一) 夾批：『但』字上俗增『那更』，非。『白』俗作『垂』，非。
(二) 眉批：黄門捧笏肅而聽。
(三) 眉批：形懇切狀。
(四) 夾批：『聽』俗作『顔』，非。
(五) 夾批：『惟』俗作『獨』，非。
(六) 眉批：錚錚唱。

特憫微臣之志，遣臣歸。得侍雙親，隆恩無比。

【出破】若還念臣有微能，鄉郡望安置。庶使臣忠心孝意得全美，臣無任瞻天仰聖，激切屏營之至。

（末）退班。（小生）萬歲萬歲萬萬歲。（從下分上，轉對面揖介）（末）狀元，吾當與汝轉達天聽便了。（空鼓五記，點染冷處）（小生作雙手捧本與末科）（末）疾忙移步上金堦，叩闕封章達帝臺。（小生）黃門口傳天語降，（末）狀元專聽玉音來。（下）（小生）黃門大人已將我奏章達上，未知聖意允否？不免禱告天地一番。

【黃鍾宮正曲・滴溜子】天憐念，天憐念，蔡邕拜禱。[一] 雙親的，雙親的，死生未保。可憐恩深難報。一封奏九重，知他聽否？爹娘嗄！會合分離，都在這遭。

（四監二宮女、黃門官引老旦扮昭容捧旨上）聖旨下。

【前腔】今日裏，今日裏，議郎進表。傳達上，傳達上，聖目看了。道太師昨日先奏，把乘龍女婿招，多少是好？現有玉音臨降聽剖。（小生、末跪恭接）（老旦居中云）聖旨已到，跪聽宣讀。

（小生俯伏科）（老旦）皇帝詔曰：孝道雖大，終於事君；政治多艱，[二] 豈遑報父？朕以涼德，嗣纘丕

[一] 眉批：□斷格處宜緊接。

[二] 夾批：『政治』俗作『王事』，非。

基。眷茲警動之風，未遂雍熙之化。爰招俊髦，以輔不逮。咨爾才學，允愜輿情。是用擢居議論之司，以求繩糾之益。爾當恪守乃職，勿有固辭。(一) 其所議婚姻事，可曲從師相之請，以成桃夭之化。欽予時命，裕汝乃心。謝恩。（小生）萬歲萬歲萬萬歲！（老旦、二宮女、四監同唱）把乘龍女婿招，多少是好？現有玉音臨降聽剖。

（衆下）（末）狀元養親本不准。(二)（小生）既不准，待下官再奏。（末）聖旨已出，誰敢再奏？（小生）黄門大人，聖上不准我的表章呵，(三)

【黄鍾宮正曲・啄木兒】我親衰老，妻幼嬌，萬里關山音信杳。他那裏舉目淒淒，俺這裏回首迢迢。他那裏望得眼穿、阿呀！兒不到，俺這裏哭得淚乾親難保。（末）聖旨誰敢違背？（小生）閃殺人一封丹鳳詔。

【前腔】（末）你何須慮，不用焦，人世上離多歡會少。大丈夫當萬里封侯，肯守着故園空老？

(一) 夾批：俗增白，非。

(二) 夾批：通增『饑荒本准了』，非。

(三) 夾批：俗云『也罷』，非。

必竟事親事君一般道，〔一〕人生怎全得忠和孝？却不見母死王陵歸漢朝？〔二〕

【三段子】（小生）這懷怎剖？望丹墀天高聽高。這苦怎逃？望白雲山遥路遥。（末）你做官與親添榮耀，高堂管取加封號。〔三〕與你改换門閭，偏不是好？

【歸朝歡】（小生）牛太師嗄！你那寃家的，寃家的，苦苦見招，俺媳婦埋寃怎了？〔四〕饑荒歲，饑荒歲，怕他怎熬？俺爹娘怕不做溝渠中餓殍？（末）殿元，譬如四方戰争多征調，從軍遠戍沙場草，也只是爲國忘家怎憚勞。

（小生）家鄉萬里信難通，（末）争奈君王不肯從。

（小生）情到不堪回首處，（合）一齊分付與東風。

（末從内下）（小生愁容低頭從外下）

〔一〕夾批：俗倒唱，非。

〔二〕夾批：『見』俗作『道』，非。

〔三〕夾批：『號』俗作『誥』，非。

〔四〕夾批：『寃』俗作『怨』，非。

嗟兒

（正旦青布衫打腰兜頭上）

【商調引子・憶秦娥前】長吁氣，自憐薄命相遭濟。相遭濟，暮年姑舅，薄情夫婿。

〔清平樂〕夫妻纔兩月，一旦成分别。没主公婆甘旨缺，幾度思量悲咽咽。家貧先自艱難，那堪不遇豐年。恁地千辛萬苦，蒼天也不相憐。奴家自從兒夫去後，遭此饑荒；况兼公婆年老，朝不保夕，教我獨自如何承奉？婆婆日夜埋怨着公公，道當初不合教孩兒出去；公公又不伏氣，只管與婆婆閙争。外人不理會的，只道是媳婦不會看承，以致公婆日夜閙吵。且請公婆出來，再勸解則個。公公有請。（外内應）哎呀！老乞婆！（副亦應駡科）哎呀！老賊嗄！（外破長方巾、舊帕裹頭、破紬襖、舊紬裙打腰、拄杖愁容上）

【憶秦娥後】孩兒一去無消息，雙親老景難存濟。（正旦）婆婆有請。（副白髮、烏兜破帕裹頭、破紬襖打腰裙，亦拄杖上。接唱）難存濟，咳！（作倚杖連身一重築一踵身，杖下打外杖，外驚回身介）

（副）老賊嗄！（正旦忙勸狀）婆婆。（外）哎呀！老乞婆嗄！（副）不思前日，强教孩兒出去？

（正旦）婆婆請坐了。（扶副退下）（副作重坐，杖靠左肩，兩手相攏掰搭介）（外亦坐，杖靠右肩介）（一）（正旦福科）公婆萬福。（外、副）罷了。（正旦右旁立介）（副）老賊，你今日教孩兒出去做官，明日教孩兒出去做官，如今做得好官？ 没飯喫，餓死你這老殺才！ 没衣穿嗄，凍死你這老賊！（連杖重點，頭朝右介）（外）哎呀！ 阿婆嗄，你埋怨我則甚？ 我當初教孩兒出去赴選，知道今日恁的饑荒？ 誰家不忍餓？ 那家不受餓？ 誰是這般埋怨？ 我難道是個神仙？（副帶哭對左點頭揩淚云）像個神仙。三兩日不動烟火了嚜，豈不像個神仙？（作重點，頭即向右介）（正旦）公公婆婆且請息怒，聽媳婦一言分剖：婆婆嗄，（作近副旁附耳科）當初公公教孩兒出去時節，不道今日恁的饑荒。（副作摇頭不理介）（正旦）婆婆，你也難埋怨公公。（外）老乞婆聽嚧。（副作懊惱式）呸，呸，呸，我怎麽不要怨他？（正旦至左向外云）嗄，公公，今日婆婆見這般饑荒，孩兒又不在眼前，（副聽見正旦言語作暗哭拭淚介）（正旦連云）心下焦躁。（副回向外云）老賊，你也聽嚧，聽嚧。（正旦）公公，你也休怪婆婆埋怨。（外）我那個怪他？（正旦）公婆且請寬心，媳婦還有些釵梳首飾之類，典些糧米，以充公婆一時口食。嗄，寧可餓死媳婦，（副）嗄！（外）喲！（正旦高悲云）決不將公婆落後的嚧。（哭至中跪介）（外、副大哭介）（副雙手捧住正旦肩、腮大哭科）哎呀！ 媳婦，嗄！ 嗄！ 千虧萬虧，都虧了你。（正旦）媳婦應該的。（副）你且起來。（外）起來。（正旦）是。（立右下背揩淚介）（副作切齒狀云）哎呀！ 我只是恨這

（一） 夾批：兩椅俱向外場擺。

老賊。(一)（仍雙手相攏掰杖介）

【商調集曲·金絡索】【金梧桐】（首至五）區區一個孩兒，(二)兩口相依倚。没事爲着功名，不要他供甘旨。你教他去做官，【東甌令】（三至四）要改換門閭，只怕他做得官時（作出手齊執杖）你做鬼。(三)（雙手執杖，以下杖梢打外右脚骨）（外慌狀，亦依杖下節搪介）哎呀！老乞婆嗄！（正旦忙勸介）哎呀！婆婆，不要如此！（副）老賊！孩兒臨出門的時節，你説的話我一句句都記在這裏嗻。（外）我説甚來？（副）哪！（外）嗄！（副）你圖他三牲五鼎供朝夕。（外）嗄，這句麼，是有的。（副又追云）可是有的？（外）有的。（副連身帶杖横踵恨竭云）可是有的？嘖，(四)嘖，嘖。（正旦扶副科）哎呀！婆婆！（副）不要説三牲五鼎，（帶哭指淚云）【針綫箱】（第六句）今日裏要一口粥湯却教誰與伊？(五)（右手在袖内伸出指嘴，對外又落右手，雙手執杖三築，轉對正旦介）【解三酲】（第七句）相連累，（各拭淚介）（副）【懶畫眉】（第三句）我孩兒因你做不得好名儒。（外、正旦唱下句）（副作低頭揩涕介）（外、

(一) 夾批：俗□作『老賊嗄，一子眼前留不住，□□□□倚誰哉』，亦可。

(二) 夾批：俗作無此頭板，非。

(三) 夾批：通作頭板亦可。

(四) 夾批：音『則』。

(五) 夾批：俗作無此『一』字，非。

正旦）【寄生子】（合至末）空争着閒是閒非，（對副攤手介）（副將杖築科）老賊嗄！（立起踵至右上，右轉身至中，雙手舉杖打外狀）（正旦慌，急隨副從中衝出至右上角，扯住副杖下截，喊勸介）婆婆！婆婆！（副）我偏要争閒非閒是，(一)（右手拿杖，左手指外，轉身似奪杖式）（正旦不放，哀勸副。如此轉身三次，左右手三指外介）（外作搪，左轉身立椅背後，亦舉杖作打勢介）你來！你來！（合唱）哎呀！苦嗄！只落得雙垂淚。(二)

（正旦勸副坐定，與副婆背，副作唇抖面青氣竭狀介）

【前腔】（外）【金梧桐】（首至五）養子教讀書，(三)指望他身榮貴。黄榜招賢，誰不去求科試？老乞婆，我有個比方。（副）飯都没得喫，還有什麼屁放？（正旦）公公説比方嗄。（副向正旦）不要保他！（外）譬如范杞良，【東甌令】（三至四）差去築城池，（副）呸，呸，呸，老賊放屁！哎呀！我越想越恨嗟！（正旦）婆婆且息怒。（外）他的娘親埋怨誰？（副）老賊，他是奉官差哩！（外）合生合死都由命，(四)你看前村後巷這些人家。（副）不曉得，只要還我兒子。（外）【針綫箱】（第六句）少甚麼孫子

(一) 夾批：俗通作多板兩下，非。通將此底板置於『苦嗄』之下，非。

(二) 夾批：『雙垂淚』俗作『垂雙淚』，非。

(三) 眉批：依格理應『養』字有紅頭板，上文『淚』字有黑襯板。一者【换頭】徹此兩□，致鬆徑冷，落去之甚妥。

(四) 夾批：撤去兩板亦可。

森森也忍饑。（副）老賊，餓死了你我纔休！（執杖作打勢）（正旦當面勸住介）（外作側踵上一步科）哎呀！阿婆嗄！（右手拖杖面對右角，眼看副仄搖頭，左手似甩似搖式）【解三酲】（第七句）你休聒絮，咳！【懶畫眉】（第三句）畢竟是咱們兩口受孤恓。(一)【寄生子】（合至末）（外、正旦向副攤手合唱）空争着閒是閒非，(二)（副）咻！（出左手扯外袖）（外作速轉身至右上角打抖）（副作扯拽踵右轉身至右下角，舉杖打介）（正旦見副扯外，從中隨出對副跪攔勸介）（副）我偏要争閒是閒非，（合唱）哎呀苦嗄！（作勸住介）只落得雙垂淚。

（正旦扶副坐介）（副云）老賊！你便死，也消不得我這場嘔氣！（外亦坐，苦悲云）蔡邕，你這不肖子回來罷！嗄！哎呀！（哭介）（正旦）婆婆。

【前腔】（連唱）【金梧桐】（首至五）孩兒雖暫離，須有日回家裏。(三)（副）我豈不知？只是眼下受餓難過。（正旦）奴有些釵梳，解當充糧米。（副横瞧外云）老賊，我若没有這個媳婦會擺佈，可不把我的肝腸也餓斷了？（外）老乞婆，這是年時如此，你苦死埋怨我怎的？（正旦）公公婆婆恁的閒争呵，教旁人道媳婦們，【東甌令】（三至四）有甚差池，（副）與你何乾？（正旦）致使公婆争鬥起。（外）咳！

(一) 夾批：『兩口』有作『三口』，非。
(二) 眉批：此【寄生子】合前曲，何故又書爲因做頭串法？其中最重復載曲文，□記身段矣。
(三) 夾批：『須』俗作『終』，非。

咳！咳！（正旦）婆婆，你也不要埋怨公公。（副摇頭介）呸，呸，呸。（正旦）他心中愛子，指望功名就；（副）咳！咳！咳！我那個要他做甚麼官？（作對右横介）（正旦走至左邊向外云）公公，你也休怪婆婆。（外）我那個怪他？（正旦）【針綫箱】（第六句）他眼下無兒，因此埋怨你。（外苦云）埋怨不過，我也索死。（正旦對右上攤手介）【解三醒】（第七句）難逃避，(一)【懶畫眉】（第三句）兀的不是從天降下這災危？（雙手指上場隊至右介）【寄生子】（合至末）（合唱）空争着閒是閒非，只落得雙垂淚。

（各拭淚介）（副）老賊，别人家没兒子的，還要螟蛉過繼，偏你這老賊，

【南呂宫正曲·劉潑帽】有兒却遣他出去，（將杖四築，朝上點頭介）我如今不管，拿飯來喫。（外）這等年時，那得來方？（副）嗄，你是男子漢耶，尚然没來方？（喉中二遏，作哭狀）哎呀！教教媳婦怎生區處？（外作自恨介）咳！咳！（副）哎呀，媳婦兒嗄！（正旦亦哭，跪副膝前介）（副雙手捧緊正旦腮頰科）可憐誤你芳年紀。（合）（合唱）一度思量，一度裏肝腸碎。

（外）哎呀！（立起往上彳亍步走介）

【前腔】我們不久須傾棄，（轉向副科）嘆當初是我不是。（副）嗄，不是你不是，難道倒是我不是？

(一) 眉批：□前通闕二句。

（正旦）哎呀！　婆婆不可如此。（外）原説是我不是，（副立起科）不是你不是。（似奔外式）（正旦）婆婆請息怒。（外作挺身竭云）是我不是。（副）强嘴老賊！　（外急狀）我死！　我死！　（正旦勸副坐介）（外情竭云）哎呀！　且住，孩兒不在眼前，遭這饑荒也是死，被這老乞婆埋怨不過也索死。罷！　阿呀！　罷！（副聽唬急立，扯正旦左手指外介）（正旦點頭看定外介）（外）不如我死無他慮。

（作撞死堦前狀）（副竭聲科）阿呀！　（正旦急奔前攔介）（副左手急扯住外杖根，右轉身對右下角用力扯作踵跪、踵身，急細步又用力扯，踵作扯定。轉身看外，將杖根即丢下對右坐介）（正旦扶外坐介）（合前）（同唱介）（外哭介）（副低頭偷看，外作不響狀介）（正旦立左向外唱）

【前腔】媳婦便是親兒女，勞役本分當爲，但願公婆從此相和美。（合前）

（同唱，各拭淚介）（外）形衰力倦怎支吾？　（正旦）口食身衣只問奴。（副）莫道是非終日有，（一）（正旦）果然不聽自然無。（各揩淚介）（外、副）咳！　咳！　咳！　（冷介）（正旦攤手云）怎生是好？　（作想介）嗄，有了。（走至右向副云）嗄，婆婆，看媳婦分上，你與公公相叫一聲罷？　（副）我去叫？　（正旦）嘸。（副）呸吓！　（見外欲叫即摇頭）呸，呸，呸。（朝右介）（正旦）還是公公與婆婆相叫一聲罷？　（至左云）（外）要我去叫他？　（正旦）相叫一聲。（外）呸，呸，呸。（正旦作兩邊調停科）婆婆，大家相叫一聲噓。（副回心狀，應科）呸，呸。（正旦又至左）公公去噓。（外、副）嗄！　（欲叫纔照面）呸！　（作摇頭

（一）　眉批：　副只一句『莫道是非終日有』，難念異常，□□□□□□，必仗賢愚□嘆，方可演此。

仍轉對左右介）（正旦）阿呀！　公婆執意如此，媳婦只得跪在此了。（至中跪介）請相叫一聲噓！（外、副）媳婦，與你甚麼相干？　起來。（各背云）看媳婦分上。（正旦）公婆叫噓。（外轉身叫科）阿婆。（纔出口似不好意思式，叫完即轉朝左介）（正旦）婆婆，公公在這裏叫了，婆婆叫噓。（副）呋，呋，呋。（轉身向外介）嗄！　阿老。（叫完亦即轉朝右介）（正旦）公公婆婆在這裏叫了。（外復轉對副響叫科）[一]阿婆！（正旦向副云）叫噓。（副忙轉向外重抖聲叫科）老老。（正旦忙立起朝上福介）阿呀！　好了。謝天地！（外帶悲向副云）你今後再不要埋怨我了。（副認差賠罪狀，悲云）我如今再、再，（作哽咽住不必云『不埋怨你了』五字。二人各看，各大哭介）（正旦在旁亦哭介）（合前）[二]（合唱）正是一度思量，一度肝腸碎。（互相攙手、正旦作扶公婆半轉身至下場角，三人面面相覷、大哭而下）

[一] 眉批：此段□白雖三人互相夾□云之，須綫索分撥清楚，演出使觀者明白，其意方妙。

[二] 眉批：此『合前』曲文，因加襯板，合配做頭，故復載之。取其滿場洪亮，不教戲場冷落矣。

遏雲閣曲譜

崑曲曲譜。清王錫純輯，蘇州曲師李秀雲拍正。卷首有同治九年（1870）遏雲閣主人序。共收八十七出折子戲的曲譜。其中收録《琵琶記》之《稱慶》《規奴》《囑别》《南浦》《墜馬》《辭朝》《闞糧》《搶糧》《請郎》《花燭》《喫糠》《賞荷》《思鄉》《剪髮》《賞秋》《描容》《别墳》《盤夫》《諫父》《彌陀寺》《廊會》《書館》《掃松》《别丈》等二十四齣，輯録如下。

稱慶（小工調）

（小生上唱）

【瑞鶴仙】十載親燈火，論高才飽學，休誇班馬。風雲太平日，正驊騮欲騁，魚龍將化。沈吟一和，怎離却雙親膝下？且盡心甘旨，功名富貴，付之天也。

（白）宋玉多才未足稱，子雲識字浪傳名。魁光已透三千丈，風力行看九萬程。經世手，濟時英，玉堂金馬豈難登？ 要將萊綵歡親意，且戴儒冠盡子情。 卑人姓蔡名邕，字伯喈，陳留郡人也。 況酣六籍，貫串百家。 自禮樂民物，以至聲音書數，靡不得其精。[一] 抱經濟之奇才，當文明之盛世。 幼而學，壯而行，雖望青雲之萬里；入則孝，出則弟，怎離白髮之雙親？ 到不如盡菽水之歡，甘虀鹽之分。 正是：行孝於己，責報於天。 自家新娶妻房，方纔兩月。 亦是陳留郡人，趙氏五娘。 儀容俊雅，休誇桃李之姿；德性幽閒，儘可寄蘋蘩之托。 正是：夫妻和順，父母康寧。《詩》云：爲此春酒，以介眉壽。 且喜雙親既壽而康，對此春光花下酌酒，與爹媽稱慶。 昨已吩咐娘子安排筵席，想已完備。（外嗽）（小生）呀！ 言之未已，爹媽出堂也。

【寶鼎現】（外上唱）小門深巷，春到芳草，人間清晝。（付上）人老去星星非故，春又來年年依舊。（旦上）最喜今朝春酒熟，滿目花開如繡。（合）願歲歲年年，人在花下，常斟春酒。

（小生白）爹媽拜揖。（旦）公婆萬福。（外）罷了。 老夫姓蔡名稜，字從簡；媽媽秦氏；孩兒蔡邕，媳婦趙氏五娘；鄰比有個張廣才，每每得他恩顧。 我兒。（小生）有。（外）日後倘有寸進，不可有忘。（小生）孩兒怎敢有忘？（外、付）今日請我們出來何幹？（小生）告爹媽知道。（付、外）起來説。（小生）是。 人生百歲，光陰幾何？ 幸爹媽年登八旬，孩兒一則以喜，一則以懼。 當此春光，花下聊具杯酒，與爹媽稱慶。（外）生受你。 媽媽。（付）老兒。（外）子孝雙親樂，（付）家和萬事興。（外）我兒、媳

[一] 靡不：原作『彌博』，據汲古閣刊本《繡刻琵琶記定本》改。

婦把盞。(小生)娘子看酒。(旦)是。

【錦堂月】(同唱)簾幕風柔,庭幃晝永,朝來峭寒輕透。(小生)親在高堂,一喜又還一憂。(合)惟願取百歲椿萱,長似他三春花柳。酌春酒,看取花下高歌,共祝眉壽。

【前腔】(旦接唱)輻輳,獲配鸞儔。深慚燕爾,持杯自覺嬌羞。(付夾)自家兒女,怕甚嬌羞?(旦唱)怕難主蘋蘩,(外夾)蘋蘩有餘。(旦)不堪侍奉箕箒。(合)惟願取偕老夫妻,長侍奉暮年姑舅。(合前)

【醉翁子】(小生唱)回首,歎瞬息烏飛兔走。喜爹媽雙全,謝天相佑。(旦)不謬,更清淡安閒,樂事如今誰更有? 相慶處,但酌酒高歌,更復何求。

【前腔】(外唱)卑陋,論做人要光前耀後。願吾兒青雲萬里,早當馳驟。(付)聽剖,真樂在田園,何必區區做公與侯?(合前)

【僥僥令】(外、付唱)春花明彩袖,(小生、旦)春酒泛金甌。(合)但願歲歲年年人長在,(小生、旦)父母共夫妻相勸酒。(外、付)夫妻好厮守,(小生、旦唱)爹媽公婆願長久。坐對兩山排闥青來好,看一水護田疇,緑遶流。

【尾聲】山青水緑還依舊,歎人生青春難又,惟有快樂是良謀。

(外白)逢時遇景且高歌,(付)須信人生能幾何。(小生)萬兩黄金未爲貴,(合)一家安樂值錢多。

（外）媽媽。（付）老兒。（外）一年一度，（付）時光易過。（外）又是一年了。（付）正是又是一年了。

（小生）娘子，撤過筵席。（旦）是。（同下）

規奴（小工調）

（旦上唱）

【引】緑成陰，紅似雨，春事已無有。（貼上）聞説道西郊，車馬尚馳驟。（旦）怎如柳絮簾櫳，梨花庭院，（合）好天氣清明時候。

（旦白）莫信直中術，須防人不仁。（貼）小姐，惜春見。（旦）咤！賤人！我限你半個時辰，怎麽只管去了？（貼）吓！小姐，早晨裏只聽得疏喇喇狂風，吹散了一簾柳絮；餉午時又見那淅零零細雨，打壞了滿樹梨花。一霎時囀幾對黄鸝，猛可的聽數聲杜宇。見此春去，教我如何不悶？（旦）春去自去，與你何幹？（貼）清明時節單衣試，争奈晝長人静重門閉。（旦）芳心不解亂縈牽，羞覩遊絲與飛絮。（貼）繡窗欲待拈鍼黹，忽聽鶯燕雙雙語。（旦）賤人！你無情何事管多情，任取春光自來去。（貼）吓！小姐，你有甚法兒，教道惜春如何不悶？（旦）你且起來，聽我道。（貼）是。

【祝英臺序】(一)(旦唱)把幾分春，三月景，分付與東流。啼老杜鵑，飛盡紅英，(貼夾)鳥啼花落，誰不傷情？(旦唱)端不爲春閒愁。休休，(貼夾)既不愁悶，可去賞玩賞玩？(旦)婦人家不出閨門，怎去尋花穿柳？(夾)吓！小姐吓！你不去賞玩，可不消瘦了？(旦)我花貌，誰肯因春消瘦？

【前腔】(貼接唱)春晝，我只見燕雙飛，蝶引隊，鶯語似求友。那更柳外畫輪，花底雕鞍，多是少年閒遊。我難守，繡房中清冷無人，我欲待尋一個佳偶。(旦夾)這賤人倒思想起丈夫來！(貼)這般說，我的終身休配鸞儔？

【前腔換頭】(旦接唱)知否？我爲何不捲珠簾，獨自愛清幽？(貼)清幽清幽，怎奈人愁！(旦)縱有千斛悶懷，百種春愁，難上我的眉頭。休憂，任他春色年年，我的芳心依舊。這文君，(貼夾)只怕風流年少誘動你哩！(旦)可不耽擱了相如琴奏。

【前腔換頭】(貼接唱)今後，方信你徹底澄清，我好没來由。想像暮雲，分付東風，情到不堪回首。(旦夾)你怎不學我？(貼)聽剖，你是蕊宮瓊苑神仙，不比塵凡相誘。(旦夾)今後不可如此。(貼)緊隨侍，窗下拈鍼挑繡。

(一) 序：原闕，據汲古閣刊本《繡刻琵琶記定本》補。

（白）吓！小姐，聽那子規叫得好聽吓！（旦）休聽樹上子規啼，（貼）悶坐停鍼不語時。（旦）窗外日光彈指過，（貼）席前花影坐間移。（旦）今後不可如此。（貼）是。（旦）隨我進來。（貼）曉得。（同下）

囑別（小工調）

（小生上唱）

【謁金門】苦被爹行逼遣，默默此情何限。（正旦上唱）聞到才郎遊上苑，又添離別歎。（合）骨肉一朝成拆散，可憐難捨拚。

（正旦白）官人，雲情雨意，雖可抛兩月夫妻；雪鬢霜鬟，竟不念八旬父母？功名之念一起，甘旨之心頓忘，是何道理？（小生）娘子，膝下遠離，豈無眷戀之心？奈堂上雙親嚴命，不容分剖推辭，叫卑人如何是好？（正旦）官人，我猜着你的意兒了。（小生）猜着卑人甚麽來？

【忒忒令】（正旦）哪！（唱）你讀書思量中狀元，（小生夾）向上之心，人皆有之。（正旦）只怕你才疏學淺。（小生夾）那見得才疏學淺？（正旦）只這《孝經》《曲禮》，你早忘了一段。（小生夾）忘了那一段？（正旦）却不道夏清與冬温，昏須定，晨須省，親在遊怎遠？

【前腔】（小生）娘子，（唱）哭哀哀推辭了萬千，（正旦夾）張大公如何說？（小生）他鬧吵吵抵死來相勸。（正旦夾）相勸由他，不去由你。（小生）將我深罪，不由人分辯。（正旦夾）他罪你甚麽？（小生）他道我戀新婚，逆親言，貪妻愛，不肯去赴選。

【沈醉東風】（正旦唱）你爹行見得好偏，只一子不留在身畔。（白）官人，如今公婆在那裏？（小生）在堂上。（正旦）如此，你同去説。（小生）娘子請。（正旦）不去了。（小生）娘子爲何欲行又止？（正旦）我若去説，公婆聽奴還好，倘若不聽呵，（唱）他只道我不賢，要將伊迷戀。這其間教人怎不悲怨？（合）爲爹淚漣，爲娘淚漣，何曾爲着夫妻意上掛牽？

【前腔】（小生唱）做孩兒節孝怎全？做爹行不容幾諫。（旦夾）爲人子者，不當恁地埋怨？（小生）非是我要埋怨，只愁他形隻影單，我出去有誰來看管？（合前）

【前腔】（外、付上唱）孩兒出去在今日中，（小生、正旦夾）公婆爹媽出來了。（外、付唱）爹爹媽媽來相送。但願得魚化龍，青雲得路，桂枝高攀步蟾宫。

（小生白）爹媽拜揖。（正旦）公婆萬福。（付、外）我兒，爲何還不起行？（小生）只等大公到來，拜别前去。（外）門首伺候。（小生）是。（生上）仗劍對樽酒，恥爲遊子顔。所志在功名，（小生）咳！（生）解元，離别何足歎？（小生）爹媽，大公來了。（生）吓！老哥老嫂。（外、付）大公。（生）解元爲何還不起行？（外）專等大公到來，即刻就行了。（生）老漢帶得碎銀幾兩，聊爲路費，請收了。（外）我兒，謝了大公。（小生）多謝大公。（衆哭）（付）阿呀兒吓！若不爲功名，做娘的怎捨得你前去？（小生）

爹媽請上，待孩兒拜别。（外、付）罷了！

【園林好】（小生唱）兒今去爹媽休得要意懸，兒今去經年便還。但願得雙親康健，（同）須有日拜堂前，（小生）終有日拜椿萱。

【前腔】（外唱）我孩兒不須掛牽，爹指望孩兒貴顯。若得你名登高選，（同）須早把信音傳，須早把信音傳。

【江兒水】（付）兒吓！（唱）膝下嬌兒去，堂前老母單，臨行密密縫鍼綫。眼巴巴望着關山遠，冷清清倚定門兒盼。（小生夾）母親請自消遣。（付）阿呀兒吓！教娘如何消遣？（同）要解愁煩，（付）兒吓！須是頻寄音書回轉。

【前腔】（正旦唱）妾的衷腸事，有萬千，説來又恐怕添縈絆。六十日夫妻恩情斷，八十歲父母教誰看管？教我如何不怨？（同）要解愁煩，（正旦）官人。須是寄音書回轉。

【五供養】（生唱）自有貧窮老漢，託在隣家，事體相關。此行雖勉强，不必恁留連，你爹行早晚、早晚間吾當陪伴。丈夫非無淚，不灑别離間。（同）骨肉分離，寸腸割斷。

【前腔】（小生唱）公公可憐，我的爹娘望伊周全。此行若貴顯，自當效銜環。（正旦）有孩兒也枉然，你的爹娘倒教别人看管。此際情何限，偷把淚珠彈。（同）（合前）

【玉交枝】（外唱）别離休歎，（付夾）阿呀！我好心痛吓！（外）媽媽，我心中豈不痛酸？蔡邕，非爹苦要輕拆散，也只是圖你榮顯。（付）蟾宫桂枝須早攀，怕北堂萱草時光短。（同）又未知何日再圓？又未知何日再圓？

【前腔】（小生唱）雙親衰倦，娘子，你扶持看他老年。飢時勸他加餐飯，寒時節頻與衣穿。（正旦）做媳婦事舅姑，不待你言；你做孩兒離父母，何日返？（同）（合前）

【川撥棹】歸休晚，莫教人凝望眼。但有日回到家園，但有日回到家園，（小生）我怕回來雙親老年。（同）怎教人心放寬？不由人珠淚漣。

【前腔】（正旦唱）我的埋怨怎盡言？我的一身難上難。（小生）娘子，你寧可將我來埋怨，你寧可將我來埋怨，嚬，莫把我爹娘冷眼看。（同）（合前）

【尾聲】生離遠别何足歎，專望你名登高選。衣錦還鄉，教人作話傳。

（小生白）此行勉强赴春闈，（生）專望明年衣錦歸。（付、外）世上萬般哀苦事，（同）無非遠别共生離。

（生）告辭了。（外）我兒送了大公出去。（小生）是。（生）解元，願你步去馬回。（小生）多謝大公！

（生）請了。（下）（小生）爹媽，大公去了。（外）兒吓！雙親年老，家道艱難，倘得成名，即便回來。

（小生）是。（付）媳婦，可念夫妻之情，送到南浦。（正旦）是。（小生）爹媽在家保重！（同下）

南浦（小工調）

（正旦白）官人，此去蟾宫須穩步，休教别戀房幃。公婆年老怎支持？一朝波浪起，鴛侣兩分離。（小生）娘子，堂上雙親嚴命緊，不容分剖推辭。如今暫且守孤幃，晨昏行孝道，全仗你扶持。（正旦）咳！

【尾犯序】（唱）無限别離情，兩月夫妻，一旦孤另。此去經年，望迢迢玉京思省。（小生夾）娘子敢是慮着卑人山遥路遠？（正旦）奴不慮山遥水遠，（小生夾）莫非慮着衾寒枕冷麽？（正旦）奴不慮衾寒枕冷。（小生夾）慮着何來？（正旦）奴只慮公婆没主，一旦冷清清。

【前腔】（小生）娘子，（唱）何曾，想着那功名？（正旦夾）既不想功名，去做甚麽？（小生）欲盡子情，難拒親命。有年老爹娘，望伊家看承。畢竟，你休戀着朝雲暮雨，暫替我冬温夏凊。思量起，如何教我割捨得眼睁睁？

【前腔】（正旦唱）儒衣纔换青，快着歸鞭，早辦回程。怕十里紅樓，休戀着娉婷。叮嚀，不念我芙蓉帳冷，也思親桑榆暮景。頻囑付，知他記否？空自語惺惺。

【前腔】（小生）娘子，（唱）你寬心須待等，我肯戀花柳，甘爲萍梗？只怕萬里關山，那更音信難憑。須聽，没奈何分情破愛，誰下得虧心短行？（同）從今去，相思兩處，一様淚盈盈。

（正旦白）官人此去，得官不得官，須要早寄音書回來。（小生）娘子，我音書是要寄的。

【鷓鴣天】(唱)只怕萬里關山萬里愁。(正旦)一般心事一般憂。(小生)桑榆暮景應難保,客館風光怎久留?(正旦)他那裏,漫凝眸,(小生白)娘子請回罷。(正旦)官人慢行。(小生下)(正旦)正是馬行十步九回頭。歸家只恐傷親意,擱淚汪汪不敢流。(下)

墜　馬(凡字調)

(衆引末上)

【引】杏園春早,星聚文光耀。

(白)烏紗玉帶紫金魚,出入千人擁一車。若問榮華是何至,少年曾讀五車書。下官禮部尚書吉天祥是也。今日新科狀元赴宴瓊林,聖上命我陪宴。左右。(衆)有。(外)打導到杏園。(衆)吓。

【水底魚兒】[一]朝省尚書,昨日蒙恩旨,狀元及第,教咱陪筵席,教咱陪筵席。(下)(衆引二生、付上)

【窣地錦襠】(合唱)嫦娥翦就緑雲衣,折得蟾宫第一枝。宫花斜插帽簷低,一舉成名天下知。(下)

[一] 兒:原闕,據汲古閣刊本《繡刻琵琶記定本》補。

（雜引丑上白）嘚！馬來。

【前腔】（乾念）玉鞭裊裊，如龍驕騎。黄旗影裏，笙歌鼎沸。咘唏吓！哈哈哈！如今端的是男兒，行看錦衣歸故里。

嘚！馬來！喝喝喝！阿呀！（衆白）墜了馬了！快扶起來。（雜應）年兄爲何墜了馬？（丑）列位年兄。（衆）年兄。（丑）小弟方纔呵，

【叨叨令】（唱）（轉小工調）只聽得鬧吵吵街市上遊人亂，（衆夾）那馬驚了？（丑）拗頭口抵死要回身轉。（衆夾）怎不勒住？（丑）戰兢兢只恐怕轡繩斷。（衆夾）爲何不加鞭？（丑）我是一個怯書生、怯書生早已把神魂散。（衆夾）如今可妨事麽？（丑）險些兒跌折了腿也麽哥，險些兒撞破了頭也麽哥。（白）列位年兄。（衆）年兄。（丑）小弟方纔墜馬，倒有個比方。（衆）有甚麽比方？（丑）哪！好一似那小秦王三跳澗。

（衆白）如今年兄的馬往那裏去了？（丑）傷人乎？不問馬。（衆）那裏去借一匹來與年兄乘了去罷。（丑）不要借。（衆）爲何？（丑）若借來乘之，小弟就該死了。（衆）却是爲何？（丑）豈不聞夫子云：有馬者借人乘之，今亡已夫。（衆）此去杏園不遠，大家步行了去罷。左右。（雜）有。（衆）扶好了。（雜應）（丑）吓！喲喲喲！（末上白）這位先生爲何如此？（衆）敝年兄方纔墜了馬。（末）吖！墜了馬，快請太醫。（丑）吓！老大人，不消請得太醫。晚生方纔馬上跌下來，無非跌挫了這筋頭子，只

消唤一名有力氣的排軍與晚生揉這麽幾揉，扯這麽幾扯，吓哈！就好了。（末）排軍内那個有力氣？（浄）有，小的有力氣。（末）與這位先生揉骽。（浄）吓！爺，小的叩頭。（丑）你叫甚麽名字？（浄）小的叫包有功。（丑）好，你的名兒就叫得好。包有功。（浄）有。（丑）你與我老爺揉好了骽，重重有賞。（浄）爺，是左骽是右骽？（丑）是左骽。（浄）請爺起骽。（丑）吓！喲喲喲！我把你這該死的狗頭！我老爺疼得了不得在此，你該軟款穩揉便纔是，怎麽纔上手就是這麽，吓喲喲！疼死我也！（衆）輕些。（浄）吓。（丑）吓！哈哈哈！怎麽就墜了馬？重些，重些。（浄）吓。（丑）吓！哈哈哈！有些意思。再重些。（浄）吓！（丑）有趣！有趣！住了。（浄）吓！（丑）你把我老爺的骽輕輕放下來。（浄）吓。（丑）閃開！待我自己來。喝喝喝！哈哈哈！好了，包有功，明日領賞。（浄）謝爺。（浄下）（二生、付、丑）老大人請上，晚生們有一拜。（末）老夫也有一拜。五百名中第一仙，（衆）花如羅綺柳如烟。（末）緑袍乍着君恩重，（衆）黄榜初開御墨鮮。（末）龍作馬，玉爲鞭，等閒平步上青天。（衆）時人謾説登科早，（末）月裏嫦娥愛少年。請。（衆）請。（末）列位先生。（衆）老大人。（末）每科狀元赴宴瓊林，都要作詩。舊例，如詩不成，罰以金谷酒數。（衆）難飲。請老大人命題。（末）就把龍鳳魚龜分爲四題，殿元首唱。（小生）請。（衆）請。（小生）占了。（衆）豈敢？（小生吟）

昔未逢時困九淵，風雲扶我上青天。九州四海敷霖雨，擊壤高歌大有年。（末）好。（生）請。（衆）請。（生）占了。（衆）豈敢？（生）幾載丹山養羽毛，羽毛初秀奮青霄。和鳴飛入皇家網，五色雲中雜《九韶》。（末）好！（付）請。（衆）請。（付）占了。（付）三月桃花處處同，禹門雷動尾初紅。人人盡道池中物，今在恩波雨露中。（末）好。請這位先生作龜。（丑）老大人言重吓言重。敝年兄做的是龍、鳳、魚，怎麼輪到晚生就做起龜來？（末、衆）是龜詩。（丑）雖是龜詩，却也不雅。敝年兄做的無非是五言四句、七言八句，晚生在窗下整本的做將出來，也不爲希罕。如今請老大人另出一題，或是長篇短賦，做這麼一淌子也顯得晚生胸中，（衆）抱負。（丑）吓哈！不敢。（末）吖！就把方纔墜馬爲題，做篇古風如何？（丑）吓！墜馬爲題，墜、墜、墜馬爲題。吓！老大人，可容晚生手舞足蹈做個意思兒？（末）風流學士，正該如此。（丑）如此，老大人，晚生有罪了。（末）豈敢？（丑）列位年兄，小弟得罪了。（衆）豈敢？（丑）我就來也。（衆）請。（丑）古風：我就説個君不見，君不見去年騎馬張狀元，他就跌、跌折了左骽不相連？又不見，又不見前年跨馬李試官，他就跌、跌壞了胯臀没半邊？我想世上三般拼命事，（衆夾）那三般？（丑）那行船走馬和那打鞦韆。小子今年大拼命，也來隨衆跨金鞍。跨金鞍，災怎躲？叵耐畜生侮弄我。我把轡繩緊緊拿，縱有長鞭不敢打。嘵喝吓！大喝三聲不肯行，他就連攛幾攛不當耍。呼！須臾之間掉下馬，好似狂風吹片瓦。昨日行過樞密院，只見三個排軍來唱喏。小子慌忙跑將歸，（衆夾）却是爲何？（丑）怕他請我到教場中騎戰馬。（衆）好！（末）看酒。（雜）有酒，上宴。

【山花子】（合唱）（轉凡字調）玳筵開處遊人擁，争看五百名英雄。喜鰲頭一占有功，荷君恩奏捷詞鋒。太平時車書已統，干戈盡戢文教崇，人間此時魚化龍。管取瓊林，勝景無窮。（小生）持杯自覺心先痛，縱有香醪，欲飲難下我喉嚨。他寂寞高堂菽水誰供奉？俺這裏傳杯喧哄。（衆）年兄，（合唱）休得要對此歡娛意沖沖。

【大和佛】（接唱）寶篆沉烟香噴濃，濃熏綺羅叢。瓊舟銀海，翻動酒鱗紅，一飲盡教空。

【舞霓裳】（接唱）願取群賢盡貞忠，盡貞忠；管取雲臺畫形容，畫形容。時清莫報君恩重，一封書上勸東風，今撰個《河清德頌》。乾坤正，看玉柱擎天有何用？

【紅繡鞋】（接唱）猛拚沉醉東風，東風；倩人扶上玉驄，玉驄。歸去路，畫橋東。花影亂，日朦朧；笙歌沸，引紗籠。

【尾聲】今宵添上繁華夢，明早遥聽清禁鍾。皇恩謝了，鵷班豹尾陪侍從。

（衆下）（丑）咦！這畜生又來了，又來了。呷！哆哆哆，嘚，馬來。（下）

辭　朝（凡字調）

（末上唱）

【點絳唇】夜色將闌，晨光欲散，把珠簾捲。移步丹墀，擺列着金龍案。

（白）吾乃漢朝一個黄門官是也。往來紫禁，侍奉丹墀，領百官之奏章，傳一人之命令。正是：聖德無瑕閣宦習，天顔有喜近臣知。如今天色漸明，正當早朝時分，官裏升殿，只得在此伺候。（内問）怎見得早朝時分？（末）但見銀河清淺，珠斗斕斑。數聲角吹落殘星，三通鼓報傳清曙。銀箭銅壺，點點滴滴，尚有九門寒漏；瓊樓玉宇，聲聲隱隱，已聞萬井晨鐘。曈曈曚曚，蒼茫紅日映樓臺；拂拂霏霏，葱菁翠烟浮禁苑。裊裊巍巍，千尋玉掌，幾點瀼瀼露未晞；（一）澄澄湛湛，萬里璇空，一片團團月初墜。三唱天鷄，咿咿喔喔，共傳紫陌更闌；百囀流鶯，間間關關，報道上林春曉。午門外碌碌喇喇，車兒碾得塵飛；六宮裏嘔嘔啞啞，樂聲奏如鼎沸。只見那建章宫、甘泉宫、未央宫、長楊宫、五柞宫、長秋宫、長信宫、長樂宫，重重疊疊，萬萬千千，盡開了玉關金鎖。又見那昭陽殿、文華殿、長生殿、披香殿、金鑾殿、麒麟殿、太極殿、白虎殿，隱隱約約，三三兩兩，多捲上繡箔珠簾。半空中忽聽得一聲轟轟劃劃，如雷如霆，震耳的鳴梢響，合殿裏微聞得一陣氤氤氲氲，非烟非霧，撲鼻的御爐香。縹縹緲緲，紅雲裏雉尾扇遮着赭黄袍；深深沉沉，丹陛間龍鱗座覆着彤芝蓋。左列着森森嚴嚴、前前後後的羽林軍、期門軍、控鶴軍、神策軍、虎賁軍，花迎劍佩星初落；右列着蹡蹡蹡蹡、高高下下的金吾衛、龍虎衛、拱日衛、千牛衛、驃騎衛，柳拂旌旗露未乾。金間玉，玉間金，閃閃爍爍、燦燦爛爛的神仙儀從；紫瑛緋，緋瑛紫，行行列列、整整齊齊的文武官僚。螭頭墀下，立着一對妖妖嬈嬈、花容月貌、繡鸞袍、鴛鴦韡的奉引昭容；豹尾班中，擺着一對端端正正、銅肝鐵膽、白象簡、獬豸冠的糾彈御史。拜的拜，跪的跪，那

（一）晞：原作『稀』，據汲古閣刊本《繡刻琵琶記定本》改。

一個敢挨挨擠擠縱喧譁？升的升，下的下，那一個不欽欽敬敬依禮法？但願得嘗瞻仙仗，聖德日新日新日日新；與群臣共拜天顔，聖壽萬歲萬歲萬萬歲。正是：從來不信叔孫禮，今日方知天子尊。

（内）喏！下驢。（末）呀！道言未了，奏事官早到。

【前腔】（小生上唱）月淡星稀，建章宫裏千門曉。御爐烟裊，隱隱鳴梢杳。（白）不寢聽金鑰，因風想玉珂。明朝有封事，數問夜如何？下官爲父母在堂，今日上表辭官回去侍奉雙親。來此已是午門，不免逕入。（末）喏！奏事官不得進前，就此排班、整冠、束帶、整衣、執笏、咳嗽。（小生嗽）（末）上御道、三舞蹈、跪山呼。（小生）萬歲！（末）再山呼。（小生）萬歲！（末）齊祝山呼。（小生）萬萬歲！（末）我乃黄門，職掌奏事：有何文表，就此披宣。

【入破】（小生唱）議郎臣蔡邕啓：今日蒙恩旨，除臣爲議郎官職，重蒙賜婚牛氏。干瀆天威，臣謹誠惶誠恐，稽首頓首。伏念微臣，初來有志。誦詩書力學躬耕修己，不復貪榮利。事父母，樂田里，初心願如此而已。不想州司，謬取臣邕充試，到京畿。豈料愚蒙，叨居上第？

【破二】重蒙聖恩，婚賜牛公女。臣草茅疏賤，如何當此隆遇？況臣親老，（末夾）奏來。（小生）一從别後，光陰有幾？廬舍田園，荒蕪久矣。

【衮三】那更老親鬢垂白，筋力皆癯瘁。形隻影單，無弟兄，誰侍奉？況隔千山萬水，知他生死存亡，雖有音書難寄。最可悲，他甘旨不供，臣食禄有愧。

（末夾）聖上主婚，太師聯姻，何必推辭？

【歇拍】（小生唱）不告父母，怎諧匹配？臣又聽得家鄉裏，遭水旱，遇荒饑。料想臣親必做溝渠之鬼，未可知。怎不教臣，吼，悲傷淚垂？

（末夾）此非哭泣之所，休得驚動天顔。

【中衮】（小生）臣享厚禄掛朱紫，出入承明地。惟念二親寒無衣，饑無食，喪溝渠。憶昔先朝朱買臣守會稽，司馬相如，持節錦歸。

【煞尾】他遭遇聖時，皆得還鄉里。臣何故，别父母，遠鄉間，没音書，此心違？伏望陛下特憫微臣之志，遣臣歸，得侍雙親，隆恩無比。

【出破】若還念臣有微能，鄉郡望安置。庶使臣忠心孝意得全美，臣無任瞻天仰聖，激切屏營之至。

（末白）奏事官平身，退班。（小生）萬萬歲！（末）殿元，我當與汝轉達天庭便了。（小生）多謝黄門大人。（末）好説。疾忙移步上金堦，叩闕封章達帝臺。（小生）黄門口傳天語降，（末）殿元耑聽玉音來。

（末下）（小生）黄門大人已將我表章達上，未知聖意若何？不免望空禱告天地一番。

【滴溜子】（唱）天憐念，天憐念，蔡邕拜禱。雙親的，雙親的，死生未保。可憐深恩難報，一封奏九重，知他聽否？阿呀！爹娘嗄！會合分離，多在這遭。

【前腔】（衆上唱）今日裏，今日裏，議郎進表。傳達上，傳達上，聖目看了。道太師昨日先奏，把乘龍女婿招，多少是好？現有玉音臨降聽剖。（貼上念）奉天承運，皇帝詔曰：（生）萬歲！（貼接念）孝道雖大，終於事君。王事多艱，豈遑報父？朕以涼德，嗣纘丕基。眷兹警動之風，未遂雍熙之化；爰招俊髦，以輔不逮。咨爾才學，允愜輿情。是用擢居議論之司，以求繩糾之益。爾當恪守乃職，勿由固辭。試覽卿疏，知陳留郡等處饑荒，即着有司量急賑濟。其所議婚姻事，可曲從師相之請，以成桃夭之化。欽予時命，裕汝乃心。謝恩。（小生）萬萬歲！請問昭容事可知，未審官裏意何如？（貼白）昨日已准牛相奏，殿元不必再來辭。（衆乾合）把乘龍女婿招，多少是好？現有玉音臨降聽剖。（衆下）（末上白）殿元，饑荒本准了，辭婚養親本不准。（小生）吖！不准，待下官再奏。（末）住了。聖旨已出，誰敢再奏？（小生）阿呀！黄門大人吓！聖上不准我的奏章也罷。

【啄木兒】（唱）（轉六字調）只爲親衰老，妻又嬌，萬里關山音信杳。他那裏舉目凄凄，俺這裏回首迢迢；他那裏望得眼穿兒不到，俺這裏哭得淚乾親難保。閃煞人一封丹鳳詔。

【前腔】（末）殿元，（唱）你何須慮？也不用焦，人世上離多，吓哈！歡會少。大丈夫當萬里封侯，肯守着故園空老？畢竟事君事親一般道，人生怎全得忠和孝？却不道母死王陵歸漢朝？

【三段子】（小生接唱）這懷怎剖？望丹墀天高聽高。這苦怎逃？望白雲山遥路遥。（末）你做官與親添榮耀，高堂管取加封號。與你改换門閭，偏不是好？

【歸朝歡】（小生）嗳呀！牛太師嗄！恁那寃家的，寃家的，苦苦見招，俺媳婦埋怨怎了？饑荒歲，饑荒歲，怕他怎熬？俺爹娘怕不做溝渠中餓殍？（末）譬如四方戰争多征調，從軍遠戍沙場草，殿元，也只是爲國忘家敢憚勞？

（小生白）家鄉萬里信難通，（末）争奈君王不肯從。（小生）情到不堪回首處，（同）一齊吩咐與東風。

（末下）（小生）阿呀，爹娘吓！（下）

關糧（小工調）

（淨上乾唱）

【普賢歌】身充里正實難當，雜派差使日夜忙。官府開義倉，並無些子糧，拚得拖翻喫大棒。

（白）我做里正管百姓，另有一番行徑。破衣破襪破頭巾，打扮果然厮稱。見官府百般下情，下鄉村十分豪興。討官糧大大做個官升，賣私鹽小小做條喬秤。點催首放富欺貧，㈠保解户欺軟怕硬。猛拚把

㈠ 首：原作『手』，據汲古閣刊本《繡刻琵琶記定本》改。

持放潑，必竟是個必竟。誰知天不由人，萬事皆由前定。閒話少説，今日官府要下來點閘革，只是廒倉裏米纔無得一粒拉哈革没那處。吓！有理哉。拿個廒經簿來看看看，不一個東扯西拽裏使使有理革。（丑上）苦惱！

【吴小四】（乾唱）肚又饑，眼又昏，家私没半分，兒啼女哭不絶聞。聞知官府來濟民，請些官糧去救窘。

（白）區區孔八三郎，遇着子革樣大荒年，草根樹皮纔喫盡，還好聽得官府下來放糧，且去請兩粒眼烏珠兵兵革肚子。説話中間，到拉裏哉，且到官廳浪去。咦！革是里正啘倒拉玊算賬，勿要去管俚，且上俚一上看。（净）東村放過子三百擔。（丑）阿爹。（净）教化子，勿要叫，等官府下來不把米吻没哉。（丑）勿聽見？到革邊去。（净）西村放過子二百擔。（丑）阿爹。（净）教花子，對吻説勿要叫，等官府下來多不把米吻没哉。（丑）阿是有我革號體式教化子革？（净）勿是教化子没，討飯革？（丑）阿爹，阿是我纔勿認得革哉？（净）吻是奢人了？（丑）咦！我就是孔八三郎啘。（净）奢革，吻就是孔八三郎？（丑）正是啘。（净）吻革賊小人，瘟小人，爛小人，小人，小人。（丑）阿爹，我口纔弗開，爲奢派子我革多化小人？（净）我且問吻到底是人呢鬼吓？（丑）光光聲革人，没那説是鬼介！（净）吻鬼押勿鬼得來。（丑）阿爹，曉得我勿舉革哉？（净）呸！吻個毴養革。（丑）阿爹，爲奢賊介氣質介？（净）罷哉。讓我耐上子氣勒説。（丑）革没等我捺下子氣勒聽。（净）我前日奉上司明文，下鄉抄寫饑民户口，走過吻玊門前，只看見街浪化一堆紙錢灰拉玊，我説想必是孔八三郎燒利市，等我去擾擾俚哉。我拉前村一轉，肚裏餓哉，走到㕶丟門前，叨看見子我，對裏向一畔叫家婆出來，回頭我弗拉屋裏，恐怕喫子叨革了。阿是小人？（丑）阿爹，叨纏差哉，勿是我裏。（净）紙馬灰拉丟㕶丟門前。（丑）革日子幾時介？（净）初二哉。（丑）勿差，有革。燒子一個利市了。（净）主尊奢人？（丑）鬼積金剛。（净）三牲是有革？（丑）勿用個。（净）用奢物事革？（丑）用一碗水，一把刀。（净）奢革意思？（丑）無非殺水氣買賣。（净）毬養革，説勒説没説子水底浪去哉。（丑）再扒也扒勿起革哉。（净）且住，叨海我革鷄那哉？（丑）鷄拉丟生蛋哉，等俚討子哺出來，捉革兩對拉阿爹。（净）叨賊介説㕶丟家婆拉丟説謊。（丑）勿白阿爹革。（净）我也勿依。（丑）我倒殼拉裏。（净）纔是無鷄之蛋。（丑）阿爹見鷄而捉。（净）酒没罷哉，我勿喫酒革。（丑）我也弗端正。（净）許我革麻布介？（丑）也有革哉啘。作起麻來接子繇，上子機，賊介乒乓聲革，織兩匹拉阿爹。（净）叨要短頭拾拆。（丑）一絲一寸纔勿少阿爹革。（净）叨賊介拉丟説㕶丟家婆勿肯没哪。（丑）錢出拉布眼裏。（净）叨今朝來作奢？（丑）叨拉裏作奢？（净）我拉裏放糧。（丑）革没我來請糧。（丑）㕶個個糧纔要不拉鰥寡孤獨，殘疾老幼喫革，叨老虎纔打得殺，那請起糧來？（丑）革没阿爹，叨勿曉得，官府看見子，只有多不點拉我。（净）那了介？（丑）説道革革人，頭青眼腫，一定喫得多，多不些他。（净）叨休指望，莫思想，走㕶丟娘革路。（丑）阿呀！阿爹，看我裏爺面浪。（净）勿看㕶丟爺面浪，倒看㕶丟娘面浪？（丑）我裏革娘拿阿爹孫子能個看待革。（净）毬養革，且問叨請子糧下來，那個分法？（丑）但憑阿爹扼長。（净）呵，但憑我扼長革没叨革樣式，要粧點病没好啘？（丑）勿要裝得，滿身病拉裏。（净）奢革病？

（丑）哪肚裏餓，想喫飯。（净）肚裏餓也算病革？（丑）叫喫食懶黄病啘。（净）等我想想看。呵！有理哉，弄折子一隻手罷？（丑）革事要拿拿没事革來？（净）亦是要拿拿没事革來。革没拿把石灰塞瞎子眼睛罷？（丑）呵，革是動也動勿得，要看看女眷革來。（净）㕯飯也無得喫，到看得轉女眷革來！（丑）看子女眷没，忘記子肚裏餓哉啘。（净）拿塊石頭掙斷子一隻脚罷？（丑）革是要走走路革來。（净）有理哉。裝聾作啞，等官府問㕯叫奢名字。（丑）我叫孔三八郎啘。（净）啞子那説話介。（丑）阿爹，革没㕯教教我呢？（净）我那教㕯介？𡃤，但憑阿爹扼長啘。（净）革没㕯姓奢介？（丑）我姓孔啘。（净）毬養革，姓也姓得尷尬，姓子奢孔凬？（丑）阿爹，革是祖浪傳下來革啘。（净）有理哉。作圓圈。（丑）多謝阿爹改子我姓圓哉。（净）圈乃孔巧之空。（丑）呵，空巧之空八介。（净）八是勿難革。指指眉毛。（丑）呵，孔眉毛？（净）眉毛八數。（丑）革没三介？（净）三是三個指頭哉。（丑）郎介？（净）郎郎郎。（丑）有理哉。讓我扮子一隻狼罷？（净）像子一隻狗哉。（丑）亦是像子阿爹哉。（净）毬養個。呵！有拉理哉，呸呸呸。（丑）孔八三拳頭？（净）狼頭之郎，借景用革。（丑）呵，借景用革。曉得哉。（净）倘然官府問㕯住拉凬六裏，㕯那哼回頭？（丑）我住拉凬羊角灣裏啘。（净）啞子那説既管開口革介？（丑）革没那介？（净）亦要做手勢革。（丑）阿爹，再教我呢。（净）拿兩個指頭放拉頭浪，嘴裏做羊叫：　咩，咩。（丑）倒有點像革。（净）毬養革，灣介？（丑）阿爹，我拉轉灣頭去老等哉。（净）官府勿看見㕯啘。（丑）亦是勿看見哉。（净）有理哉哪。（丑）羊角臂撑子？（净）臂灣之灣，亦是借景用革？（丑）亦是借景用個是哉。（净）官府再問㕯還是天生啞革呢，伏毒啞革？

（丑）我説阿爹教我啞革。（浄）革没那説我教㕷啞革介？（丑）革没那？（浄）有心要做手勢革。指指上頭，捆捆柴，走一轉，捧兩捧，拍拍喉嚨啞吓！（丑）阿爹，奢意思來哈？（浄）説我是樵夫上山砍柴，一時口燥，喫了啞泉水啞的。（丑）是哉！（浄）官府下來哉，外頭去。

【前腔】（末上唱）親承朝命賑饑荒，躍馬揚鞭來到此方。（浄夾）里正迎接老爺。（末）疾忙開義倉，支與百姓糧，從實支消休調謊。

（浄白）里正叩頭，廒經簿呈上。（末）里正，今日該放那一村？（浄）上大人村。（末）吩咐開倉。（浄）開倉哉！（丑啞聲）（浄）窮鬼先出頭，請糧人進見子老爺叩頭。（丑）呵。（末）你是那一村？叫甚麽名字？（浄）啓爺，他是個啞把子。（末）問他可會做手勢？（浄）老爺問㕷可會做手勢？（丑）啞啞。（浄）革没起來做拉老爺看。（丑啞聲）（浄）啓爺，小的理會得了。這裏有個孔八三郎，想是他叫孔八三郎。㕷阿是叫孔八三郎？（丑）啞自革革。（末）問他住在那裏？（浄）老爺問㕷住拉乭六裏？再做手勢拉老爺看。（丑啞聲）羊角勢。（浄）啓爺，這裏有個羊角灣，想他就住在羊角灣裏吓。（丑）阿是革？㕷教我革。（浄）毬養革。（末）你還是天生啞的，是伏毒啞的？（浄）老爺亦問㕷還是天生啞革呢伏毒啞革？容神做拉老爺看。（丑做介）（末）不懂。（浄）小的又理會得革。想是他做泥水匠的，上房捉漏，一時口燥，喫了猫水啞的。阿是革？（丑）吶。（浄）勿是没，再做。（丑又做）（浄）啓爺，如今理會得了。他是個樵夫，上山砍柴，一時口燥，喫了啞泉水啞的。阿是革？（丑啞聲）是革，是革。（末）既是喫了啞泉水啞的，有藥喫的，怎麽不醫？（浄）老爺説，既是喫了啞泉水勒啞革，革没有藥喫革，爲奢勿醫？ 吩想情度理，做拉老爺看罷。（末）爲何不做？（净）做做做，吩做呢。（丑）阿爹，革句没吩分教我啘。（末）趕出去。（丑下）（老生上）心忙不擇路，事急步行遲。爺爺，請糧。（末）你是那一村？（老生）上大人村。（末）那一保？（老生）十三保。（末）户頭叫甚麼名字？（老生）張興。（末）家有幾口？（老生）五口。（末）支五斗稻子與他。（净）是哉。阿爹，哑丒纔要請起糧來哉？（老生）這樣年成，家家如此。（下）（净）啓爺，糧放完了。（末）封倉。（正旦上引）

【搗練子】嗟命薄，歎年艱，含悲忍淚向人前。

（净白）封倉哉。（正旦）來此已是，爺爺，請糧。（净）六個拉丒吱唎喳喇。（正旦）里正哥。（净）吩是趙五娘啘，糧押放完哉，來作奢？（正旦）望大哥方便。（末）喚里正。（衆）里正。（净）啓爺，外邊有個婦人不見了羊，在那裏尋羊。（正旦）阿呀！ 爺爺，請糧！（末）明明是請糧的，怎説尋羊？（净）尋羊婦人去，請糧婦人來了。（末）哑！（净）等我去拿茶來。冤家到哉，且躲過歇來看。（末）你這婦人，丈夫那裏去了，要你自己出來請糧？（正）爺爺聽禀。（末）講。

【普天樂】（正唱）念兒夫一向留都下。（末夾）家中還有何人？（正旦）家中有年老的爹和媽。（末夾）可有弟兄？（正旦）弟和兄更没一個。（末夾）既無弟兄，怎生看待？（正旦）看承盡是奴家。（末夾）如此説，你受了苦了。（正旦）歷盡苦，有誰憐我？（末夾）婦人家不出閨門，爲何獨自來請糧？（正旦）怎説得不出閨門的清平話？（末夾）你早來便好，如今没有糧了。（正旦）阿呀！ 爺爺吓！若無糧，我也不敢回家。（末夾）爲何？（正旦）豈忍見公婆受餒？歎奴家命薄，直恁摧挫。

（末白）看起來是個孝婦了。你是那一村？（正旦）上大人村。（末）那一保？（正旦）十三保。（末）户頭叫甚麼名字？（正旦）叫蔡從簡。（末）家有幾口？（正旦）三口。（末）呧，這册子上没有你家名字，敢是冒支糧米麼？（正旦）爺爺，小婦人怎敢冒支糧米？有個緣故。（末）講。（正旦）里正下鄉抄寫饑民户口，人家若有鷄酒麻布送與他，他就寫在册子上。小婦人家貧，没有與他，故此漏報的呢，爺爺。（末）有這等事？下去。（正旦）是。（末）唤里正。（衆）唤里正。（净）喒爺，俱已齊備，請爺上馬。（末）里正，有人在此告你。（净）老爺，讓俚去告，我只是里正，拉裏？（末）現在丹墀下。（净）拉乱六裏？嗯唷！吻是趙五娘啘，多謝老爺賞我介革好對頭。（末）唗！你下鄉抄寫飢民户口，怎麽要人家鷄酒麻布？是怎麽説？（净）老爺，俚有告，我有訴。（末）訴上來。（净）前日奉老爺明文下鄉，走過他家門首，只見一個花嘴花臉的看見子小子，關上子門，説過子一家罷，俚吻認子小人是摇鐸道人了。我説勿是呢，我奉上司明文抄寫饑民户口，俚吻聽見子革句話，開子門哉，原來是鄉判哥，與我多報幾名在上，送些鷄酒麻布與你。誰想他又不曾送來，我也没有開在册子上，革叫做秤勾打釘，扯直。（末）你如今願打願賠？（净）小人做勿得主革。（末）那個作主？（净）要問家主婆革。（末）没廉恥，押去問來。（净）家主婆。（丑上）奢革？（净）趙五娘拉官府門前告子我哉，官府説願打願賠？（丑）要革屁股種菜了？豪豪噪噪，打忒子兩記罷哉。（下）（净）好革家有賢妻，夫勿遭横打。老爺，家主婆説打子兩記没哉。(末)扯下去重砍二十。(净)大叔,勿要打子原巴裏去介。(衆)一五一十,十五二十,打完。(末)打了原要賠。(净)打子勿賠革哉。(末)扯下去再打。(净)勿要打,原要去問家主婆革。(末)押去再問來。(净)家主婆。(丑上)亦是奢革?(净)官府説打子原要賠。(丑)打子原要賠?拿奢個得來賠?(净)賊介罷,賣了磚兒,留了瓦兒罷。(丑)要賣纔賣,爲奢磚兒能厚,瓦兒能薄?阿呀!我革磚兒瓦兒革肉吓!(净)勿要哭,出空子窑答吻再燒没哉。(丑)糧拉裏,拿去。(下)(净)嗳,叔來。(衆)不要拖。(净)錢糧得拖且拖。(衆)糧有了。(末)拿上來呈糧。(净)老爺眼睛裏着勿得垃圾革。(末)婦人,領了去罷。(正旦)多謝爺爺。謝得恩官作主持,(净)中途教你受災危。(末)當權若不行方便,(衆)如入寶山空手回。(末)帶馬。(同下)

搶糧(正工調)

(正旦白)一飲一啄,莫非前定。奴家今日來此請糧,誰知里正作弊,多虧了放糧老爺叫他賠償,不然怎得這些稻子拿回去?救濟公婆,却不是好?正是:饑時得一口,勝似飽時得一斗。(净上)噁嗜嗜!氣煞哉。恩人相見,分外眼明。仇人相見,分外眼睁。拉裏哉,還我糧來。(正旦)里正哥,這是放糧老爺與我的,怎説還你?(净)奢物事革是我賣男賣女賠償拉吻革,吻勿肯,我要强搶哉。(正旦)里正哥,休得用强。可憐奴家呵!

【鎖南枝】(唱)兒夫去,竟不還,(净夾)呸虱家主公勿轉來,告訴我也無買用啘。(正旦)公婆兩人多老年。自從昨日到如今，不能勾一餐飯。（浄夾）餓殺没也勿拉我頭浪。（正旦）奴請糧，他在家懸望眼。（浄夾）吻告訴我也勿關得我事。念我老公婆，做方便。

【前腔】（浄唱）賊潑賤，敢亂言，（正旦夾）只求方便。（浄）聲聲叫咱行方便。爲你打了二十皮鞭，教我羞見傍人面。你若還我糧，我便饒你拳；（正旦夾）放糧老爺與我的，如何還你？（浄）你若不還糧，打教一命喪黄泉。

【前腔】（正旦唱）鄉官可憐見，（浄）大娘子見可憐。（正旦）是我公婆命所關。若是必須奪去，罷，寧可脱下衣裳，就與鄉官换。寧使我身上寒，只要與公婆救殘喘。

（丑上白）里正，拉乪六裏？里正，拉乪六裏？（浄）拉裏幾裏？（丑）好吓！我没拉裏氣死氣活，吻搭六乪堂客鬼答答哉。（浄）五娘子拉裏？（丑）五娘子，爲奢了搭我裏革測死革拉裏吵？（正旦）奴家請些糧米回去救濟公婆，不想里正哥搶奪我的，望媽媽明斷。（丑）勿信有介事，吻勿要動氣，等我拿家法治俚。里正，拉乪六裏？（浄）奢革事體？（丑）替我跪拉乪。（浄）監子千人百眼，那哼跪？（丑）吻勿跪，肚裏將來養出來必竟是個强種，讓我打打忒子俚罷，打忒子俚罷。（浄）勿要打，勿要打，讓我來跪没哉。（丑）好吓！五娘子請糧回去養膳公婆，吻那説去搶俚革？下來下轉阿敢革哉？（浄）下來勿敢。（丑）下來再賊梗打幾化？（浄）打多化多化。（丑）革没起來。（浄）得令。（丑）五娘子，家法如何？（正旦）媽媽賢惠。（丑）手裏拿個奢物事？（浄）五娘子革裙。（丑）拿得來？自古寒不剥衣，五娘子，着好子。（正旦）多謝媽媽！（净）拉裏哉？（正旦）阿呀！還我糧來！（净）呸！家婆即護家公。（丑）家公即護家婆。走。（净）走罷。（丑）勿要扯，一扯没哪長哉。（下）（正旦）阿呀！阿呀！阿呀！

【前腔】（唱）糧奪去，真可憐，公婆望奴不見還。縱然他不埋怨，道奴做媳婦的有何幹？他忍飢添我夫罪愆，怎見得我夫面？

【前腔】（老生上接唱）不豐歲，荒歉年，官司把糧來給散。見一個年少佳人，在那裏頻嗟歎。待向前仔細看，原來是五娘子，在此有何幹？（正旦白）大公吓！奴家聞得官府放糧，請些糧米回去救濟公婆，不想被里正前來奪了我的去呢。（老生）吓！有這等事？待我駡他幾聲。哇！里正，你這狗男女！

【前腔】（唱）駡你這鐵心賊，負心漢。瞞心昧己，自有天知鑒。五娘子，我也請得些官糧，和你兩下均一半。（正旦夾）這是大公的，使不得。（老生）休恁推，莫棄嫌，且將回權做兩餐飯。（正旦白）多謝大公。（老生）小二！（付上）吓。（老生）你將糧米送一半到蔡老員外家去。（付下）曉得。（下）（正旦）大公請上，待我拜謝。（老生）不消。

【洞仙歌】（正旦唱）家私没半分，靠着奴此身。只要救取公婆，豈辭多苦辛？空把淚珠揾，誰憐饑與貧，這苦也説不盡。

（老生白）你先回去。（正旦）是。（老生）慢慢的走。（正旦）曉得。阿呀！公婆吓！（下）（老生）難得吓！難得吓！（下）

請郎（凡字調）

（老旦、貼、雜隨淨上）（淨白）列位多齊備了麽？（衆）都齊備了。（淨）就此升步。（衆）有理。

【蠻牌令】（同唱）終日走千遭，走得脚無毛。何曾見湯水面？也不見半分毫。到不如做虔婆頂老，只落得鴨汁喫飽。窮秀才直恁喬，老婆與他，故推不要。

（淨白）列位，這裏是了。伏以一派笙歌列綺羅，畫堂深處擁嬌娥。自從今日成親後，休得愁多與怨多。

【金蕉葉】（小生上唱）愁多怨多，俺爹娘知他怎麽？（淨白）一奉天子鴻恩，二領丞相嚴命，請狀元爺早赴佳期。（小生）咳！（唱）擺不去功名奈何？天吓！送將來冤家怎躲？

（淨白）我們逐班相見。（衆）有理。（末）院子叩頭。（小生）請起。（淨）掌禮人叩頭。（小生）起來。（雜）家人們叩頭。（老旦、貼）使女們叩頭。（小生）起去。（衆）吓。（淨）伏以金紫佳期樂未央，鵲橋高駕彩雲傍。自是赤繩曾繫足，休嗟利鎖與名韁。

【三換頭】（小生唱）名韁利鎖，先自將人摧挫。況鸞拘鳳束，甚日得到家？我也休怨他。這其間，只是我，不合來到長安看花。（旦夾）請狀元爺更衣。（小生）且慢。悶煞我爹娘也，淚珠兒空暗墮。這段姻緣，也只是無如之奈何。（净白）伏以華堂今日配鸞凰，十二金釵列兩行。不須在此徘徊坐，仙子鸞臺早罷粧。

【前腔】（衆唱）鸞臺罷粧，鵲橋初駕，佳期近也，請仙郎到此。此事明知牽掛，這其間，只得把，那壁廂，暫時抛捨。況奉君王命，怎生撇了他？（合前）（净白）請狀元爺上雕鞍，早赴佳期。（衆遶場下）

花燭（凡字調）

（净引衆遶場上）（净白）伏以身騎白馬摇金鐙，曾向瑶臺列管絃。醉後不知明月上，笙歌擁入畫堂前。請下雕鞍，請上華堂。伏以香羅帶繡菊花新，坐傍粧臺點绛唇。喜稱人心好事近，鵲橋仙降畫堂春。攔門第一請。伏以倘秀才陞鳳凰閣，虞美人登畫錦堂。三學士遂于飛樂，天仙子對繡衣郎。攔門第二請。伏以穩步蟾宫裏，攀折桂枝香。請出紅娘子，相見賀新郎。攔門第三請。請女新貴人擡身緩步請行。（老旦、正旦擁貼上）（净）請上花輦，望闕謝恩，執笏山呼。（小生）萬歲！（净）再山呼。（小生）萬歲！（净）齊祝山呼。（小生）萬萬歲！（净）轉班，行夫婦禮，興拜，興拜，興拜。恭揖，成雙揖。各執紅緑寶帶，送入洞房。（衆擁小生、貼下）（净）伏以東方日色漸朦朧，紫府頻開錦繡宫。篆裊金猊成霧靄，瑶臺燭影正摇紅。相爺有請。（衆引外上）

【引】燭影揺紅，簾幕香烟浮動。

（浄）賓相叩頭。（外）就請新人。（浄）是。伏以今日筵開醽醁，來歲定生蘭玉。早已繡勒雕鞍，方罷馬蹄篤速。有請新貴人。（小生上）（浄）伏以郎才七步三冬足，女貌百家諸子讀。今日結成雙鳳侶，莫訝粧成聞喚促。有請女新貴人。（二旦扶貼上）（浄）請太師爺受禮。興拜，興拜，連拜。恭揖，成雙揖。請相爺安席，上酒。

【畫眉序】（衆同唱）攀桂步蟾宫，豈料絲蘿在喬木。喜書中今日有女如玉。堪觀處絲幕牽紅，恰正是荷衣穿緑。（合）這回好個風流婿，偏稱洞房花燭。

（浄白）請相元爺换席。伏以狀元天下福，小姐冰清玉。今日成親後，君才冠天禄。

【前腔】（同唱）君才冠天禄，我的門楣稍賢淑。看相輝清潤，瑩然冰玉。光掩映孔雀屏開，花爛熳芙蓉裀褥。（合前）

【滴溜子】（小生唱）漫説道姻緣事，果諧鳳卜。細思之，此事豈吾意欲？有人在高堂孤獨。可惜新人笑語喧，不知我舊人哭。兀的東床，難教我做坦腹。

（外白）請狀元上席。（浄）是。

【鮑老催】（同唱）翠眉謾蹙，赤繩已繫夫婦足，芳名已註婚姻牘。空嗟怨，枉歎嗟，休摧挫。畫堂中富貴如金谷。休戀故鄉生處好，受恩深處親骨肉。

【雙聲子】郎多福，郎多福，看紫綬黄金束。娘萬福，娘萬福，看花誥文犀軸。兩意篤，豈非福？似文鸞彩鳳，兩兩相逐。

（外）送入洞房。

【神仗兒】（同唱）紗籠絳燭，照嬋娟如玉，羨歡娱和睦。擺列華筵醽醁。今宵春光無限，賽過金谷。齊唱個賀郎曲，齊唱個賀郎曲。（二旦擁小生、貼下）

（浄）掌禮人告退。（外）明日領賞。（浄）吓。

【尾聲】（合唱）郎才女貌真不俗，占斷人間天上福，百歲歡娱萬事足。（同下）

喫　糠（凡字調）

（正旦上唱）

【山坡羊】亂荒荒不豐稔的年歲，遠迢迢不回來的夫壻；急煎煎不耐煩的二親，軟怯怯不濟事的孤身己。典盡衣，寸絲絲不掛體。幾番要賣了奴身己。争奈没主公婆，教誰看取？（合）思之，虚飄飄命怎期？難捱，實丕丕災共危。

奴家早上安排早膳與公婆喫，非不欲買些菜蔬，争奈無錢去買。不想公婆抵死埋怨，知道奴家背後自己喫了好東西；那知奴喫的是米膜糠粃。吓！

【前腔】(唱)滴溜溜難窮盡的珠淚，亂紛紛難寬解的愁緒；骨崖崖難扶持的病身，戰兢兢難捱過的時和歲。我待不喫，教我怎忍饑？我思量到此，不如奴先死，圖得個不知他親死時。(合前)

(白)咳！總然埋怨殺，我也不敢分説。苦吓！不免把這糠來喫些，充飢則個。

【孝順歌】(唱)(轉乙字調)嘔得我肝腸痛，珠淚垂，喉嚨尚兀自牢噎住。阿呀！糠吓！你遭礱被舂杵，篩你簸颺你，你喫盡控持。好似奴家身狼狽，千辛萬苦皆經歷。苦人喫着苦味，兩苦相逢，可知道欲吞不去？

【前腔】糠和米，本是相依倚，被誰人簸颺兩處飛？一賤與一貴，好似奴家與夫婿，終無見期。丈夫，你便是米，米在他方没尋處。奴家便是糠呵，怎的把糠來救得人饑餒？好似兒夫出去，怎的教奴供膳得公婆甘旨？(外、付暗上)

【前腔】(正旦連唱)思量我生無益，死又值甚的？不如忍饑死了爲怨鬼。奴家死了也罷，只是公婆老年紀，靠奴家相依倚，只得苟活片時。片時苟活非容易，到底日久也難相聚。謾把糠來相比，奴家的骨頭，知他埋在何處？

(外、付)吓！媳婦，你在此喫什麼？拿些來大家喫喫。(正旦)公公婆婆吓！奴家喫的東西，公婆是喫不得的嘘！(外、付)爲何喫不得？(正旦)阿呀！哪！

【前腔】（唱）這是穀中膜，（外夾）穀中膜是米？（正旦）不是米。（外）是什麽？（正旦）米上皮。（外）米上皮是糠了。將他何用？（正旦）將來饆饠堪療饑。（付）我不信，一定有好東西。糠豈是人喫的？（正旦）婆婆，媳婦呵，常聞古賢書，狗彘食人食，（外、付夾）我不信。糠怎麽喫得？（正旦）也强如草根樹皮。齧雪餐氈，蘇卿猶健；餐松食柏，到做得神仙侣。這糠吓！縱然喫些何慮？（付夾）我只是不信。（正旦）爹媽休疑，（外、付夾）既是糠，拿來我看。（正旦）奴須是恁孩兒的糟糠妻室。

（外白）啊呀！果然是糠。（付）媳婦，你喫了幾時了？（正旦）喫了半年了。（付）阿呀！老兒，他做了兩月夫妻，倒喫了半年糠；我和你做了一世的夫妻，倒没有喫。我那孝順的媳婦，我一向錯怪了你！老兒，和你大家喫些。（正旦）阿呀！公公婆婆，你二人喫不得的嘘！（付下，外倒）（正旦）公公！公公！阿呀！不好了！

【雁過沙】（乾念）他沉沉的向冥途，空教我耳邊呼。公公婆婆，我不能夠盡心相奉侍，反教你爲我歸黄土。教人道你死緣何故？你怎生便割捨抛棄了奴？

（外）哼哼！（正旦）好了，公公。（外）阿呀！媳婦兒吓！

【前腔】（乾念）你耽饑事舅姑，你耽饑怎生度？錯埋怨你，你也不推阻。到如今始信有糟糠婦。料應我不久歸黄土，（正旦夾）公公請自保重。（外）省得爲我死的，累你生的受苦。

（正旦白）公公坐好了，待我去看看婆婆吓。婆婆。阿呀！不好了，公公，婆婆叫不應了。（外）吖！叫不應了？阿呀！媳婦兒吓！你婆婆死了，衣衾棺槨，件件皆無，如何是好？（正旦）公公請自寬心，不要煩惱。待奴家扶了公公進去，再作道理。（外）阿呀！媳婦兒吓！（同下）

賞　荷（六字調）

（小生引）

【一枝花】閒庭槐蔭轉，深院荷香滿。簾垂清晝永，怎消遣？

（白）翠竹影摇金，水殿簾櫳映碧陰。人静晝長無外事，沉吟，碧酒金樽懶去斟。幽恨苦相尋，離别經年没信音。寒暑相催人易老，關心，却把閒愁付玉琴。吓！琴、學二童。（丑、付）奢革？（小生）在象牙床上取蕉尾、紈扇出來。（丑、付）來哉。

【金錢花】（乾念）自小承值書房，快活其實難當。只管打扇與燒香。荷亭畔，好乘凉。喫飽飯，上眠床。

（白）老爺，蕉尾、紈扇有了。（小生）放下。（丑、付）是哉。（小生）你二人一個燒香，一個打扇，違者各打十三。（丑、付）是哉。（丑）兄弟，你燒香，我打扇。（付）有理革。

【懶畫眉】（小生唱）强對南薰奏虞絃，只覺指下餘音不似前。那些個流水共高山？（丑夾）

好風吓！（付）奢革風？（丑）願老爺官上加封。（小生）只見滿眼風波惡，（付夾）好香吓！（丑）奢革香？（付）願老爺衣錦還鄉。（小生唱）似離別當年懷水仙。

（丑、付）環珮聲響，夫人出來哉。（小生）回避了。（丑、付）是哉。（下）

【引】（貼上唱）嫩緑池塘，梅雨歇薰風乍轉。

（小生）夫人。（貼）相公。（小生）請坐。（貼）有坐。原來在此操琴。（小生）正是。（貼）久聞相公高於音樂，如何來到此間，絲竹之聲杳然絶響？奴家斗膽請教相公，試操一曲如何？（小生）吖！夫人要聽琴麽？（貼）正是。（小生）彈甚麽好？（貼）當此清涼夏景，彈一曲《風入松》罷。（小生）使得。

琴曲一別家鄉遠，思親淚暗彈。（貼）相公，彈差了。《風入松》爲何彈起《思歸引》來？（小生）下官在家彈慣舊絃，這新絃却彈不慣。（貼）何不撇了新絃，重整舊絃如何？（小生）新舊二絃俱撇不下。（貼）既撇不下，提他怎麽？（小生）吓！夫人。（貼）相公。

【桂枝香】（小生唱）危絃已斷，新絃不慣。舊絃再上不能，待撇了新絃難拚。我一彈再鼓，我一彈再鼓，又被宫商錯亂。（貼夾白）相公，敢是你心變了？（小生唱）非干心變，這般好涼天。正是此曲纔堪聽，又被風吹别調間。

【前腔】（貼）相公，（唱）非彈不慣，只是你意慵心懶。既道是《寡鵠孤鸞》，又道是《昭君宫怨》。更《思歸》《别鶴》，更《思歸》《别鶴》，無非愁歎。有何難見？既不然，你道是除了知音聽，道奴不是知音不與彈？

【燒夜香】（衆隨旦上同唱）樓臺倒影入池塘，綠樹陰濃夏日正長，一架薔薇滿院香。泛霞觴，捲起簾兒，明月正上。

（小生、貼）看酒。（衆）有酒。

【梁州新郎】（小生、貼同唱）（轉凡字調）新篁池閣，（衆）槐陰庭院，日永紅塵隔斷。碧欄杆外，寒飛漱玉清泉。只覺香肌無暑，素質生風，小簟琅玕展。晝長人困也，好清閒，忽被棋聲驚晝眠。（合）《金縷》唱，碧筒勸，向冰山雪巘排佳宴。清世界，有幾人見？

【前腔】（小生唱）薔薇簾箔，荷花池館，一點風來香滿。湘簾日永，香銷寶篆沉烟。漫有枕欹寒玉，扇動齊紈，怎遂得黃香願？（貼夾）相公爲何落下淚來？（小生）非也。我猛然心地熱，（貼夾）惜春。（旦）有。（貼）紈扇。（旦）是。（小生）不覺透香汗，我欲向南窗一醉眠。（合前）

【前腔】（小生、貼唱）向晚來雨過南軒，見池面紅粧零亂。漸輕雷隱隱，雨收雲散。但聞得荷香十里，新月一鈎，此景佳無限。蘭湯初浴罷，不覺晚粧殘，深院黃昏懶去眠。（合前）

【節節高】（小生、貼唱）漣漪戲采鴛，把露荷翻，清香瀉下瓊珠濺。香風扇，芳沼邊，閒庭畔。坐來不覺神清健，蓬萊閬苑何足羨？（合）只恐西風又驚秋，暗中不覺流年换。

【前腔】（小生、貼唱）清宵思爽然，好涼天，瑶臺月下清虛殿。神仙眷，開玳筵，重歡宴。任教

玉漏催銀箭，水晶宫裏把笙歌按。（合前）

【尾聲】光陰迅速如飛電，好良宵可惜漸闌，拚取歡娱歌笑喧。

（小生白）幾鼓了？（衆）三鼓。（貼）相公，歡娱休問夜如何，（小生）此景良宵能幾多。（旦）遇飲酒時須飲酒，（衆）得高歌處且高歌。（同下）

思　鄉（小工調）

（小生上引）

【喜遷鶯】終朝思想，但恨在眉頭，人在心上。鳳侣添愁，魚書絶寄，空勞兩處相望。青鏡瘦顔羞照，寶瑟清音絶響。歸夢杳，繞屏山烟樹，那是家鄉？

（白）怨極愁多，歌慵笑懶，只因添個鴛鴦伴。他鄉遊子不能歸，高堂父母無人管。湘浦魚沉，衡陽雁斷，音書要寄無人便。人生光景幾多時，蹉跎負却平生願。

【雁過聲】（接唱）思量，那日離故鄉。記臨岐送别多惆悵，攜手共那人不厮放。教他好看承，我爹娘，料他每應不會遺忘。聞知饑與荒，只怕他捱不過歲月難存養。若望不見信音，却把誰倚仗？

【二段】思量，幼讀文章，論事親爲子也須要成模樣。真情未講，怎知道喫盡多魔障？被親强來赴選場，被君强官爲議郎，被婚强效鸞凰。三被强，我衷腸説與誰行？埋怨難禁這兩廂：這壁廂道咱是個不撑達害羞的喬相識，那壁廂道咱是個不覩事負心的薄倖郎。

【三段】悲傷，鷺序鴛行，怎如那慈烏反哺能終養？漫把金章，綰着紫綬，試問斑衣，今在何方？斑衣罷想，縱然歸去，又恐帶麻執杖。只爲那雲梯月殿多勞攘，落得淚雨似珠兩鬢霜。

【四段】幾回夢裏，忽聞鷄唱。忙驚覺錯呼舊婦，同問寢堂上。待朦朧覺來，依然新人鳳衾和象床。怎不怨香愁玉無心緒？更思想，被他攔擋。教我，怎不悲傷？俺這裏歡娱夜宿芙蓉帳，他那裏寂寞偏嫌更漏長。

【五段】漫悒怏，把歡娱翻成悶腸。菽水既清凉，我何心，貪着美酒肥羊？悶殺人花燭洞房，愁殺我掛名在金榜。魆地裏自思量，正是在家不敢高聲哭，只恐猿聞也斷腸。（下）

剪　髮（凡字調）

（正旦上唱引）

【金瓏璁】饑荒身自窘，那堪連喪雙親？身獨自，怎支分？[一]衣衫都典盡，首飾并無存。無計策，只得翦香雲。

（白）萬苦千辛難擺撥，力盡心窮，兩淚空流血。裙布荆釵今已竭，萱花椿樹連摧折。金翦盈盈明似雪，遠映愁眉月。一片孝心難盡説，一齊吩咐青絲髮。咳！自那日婆婆没了，多虧張大公周濟。如今公公又亡，無錢資送，怎好再去求他？我一時想起來，只得剪下頭髮，賣幾文錢鈔，將他做個意兒，却似叫化一般。苦吓！不幸喪雙親，求人不可頻。聊將青絲髮，斷送白頭人。

【香羅帶】（唱）一從鸞鳳分，誰梳鬢雲？粧臺懶臨生暗塵，那更釵梳首飾典無存也。是我擔擱你度青春，如今又翦你資送老親。翦髮傷情也，怨只怨結髮薄倖人。

【臨江仙】連喪雙親無計策，只得翦下香鬟。非奴苦要孝名傳，正是上山擒虎易，開口告人難。

（白）頭髮已經翦下，不免將去貨賣則個。出得門來，穿長街，過短巷，不免叫一聲：賣頭髮。

【梅花塘】（唱）賣頭髮，買的休論價。念我受饑荒，囊篋無些個。我丈夫出去，那更連喪了公婆。没奈何，只得賣頭髮資送他。

[一]　怎：原闕，據汲古閣刊本《繡刻琵琶記定本》補。

【香柳娘】看青絲細髮，看青絲細髮，翦來堪愛，如何賣也没人買？若論這饑荒死喪，論這饑荒死喪，怎教我女裙釵，當得恁狼狽？況連朝受餒，況連朝受餒，我的脚兒怎擡？其實難捱。

【前腔】往前街後街，往前街後街，并無人買。（白）不免再叫一聲：賣頭髮，賣頭髮。（哭唱）阿呀！叫、叫得我咽喉氣噎，無如之奈。我如今便死，我如今便死，只是暴露兩屍骸，誰人與遮蓋？我將頭髮去賣，將頭髮去賣，賣了把公婆葬埋，奴便死何害？

（正旦坐地）（老生上白）慈悲勝念千聲佛，造惡空燒萬炷香。老漢昨日見蔡家老友病勢十分危篤，心中意欲再去看他一看。（正旦）苦吓！（老生）吓！這是五娘子，爲何倒在地下？（正旦）太公吓！奴家一時頭暈，坐倒在地。（老生）老漢不便攙扶，你在拄杖上掙了起來罷。（正旦）是。（老生）看仔細。（正旦）多謝大公。（老生）五娘子，你公公病勢如何了？（正旦）阿呀！大公吓！我公公夜來没了。（老生）吓！怎麽説？（正旦）夜來公公没了。（老生）吖！你公公夜來没了？阿呀！老友吓！我昨日還和你講話，今日就没了？咳！正是：人無百歲期，枉作千年計。咳！可憐。五娘子，你手中拿的甚麽東西？（正旦）是頭髮。（老生）要他何用？（正旦）公公没了，無錢資送，只得翦下頭髮，賣幾貫錢鈔，以爲送終之費。（老生）阿呀！五娘子，你公公没了，怎麽不來與我商議，怎把頭髮翦下，豈不可惜吓？（正旦）屢次攪擾不當，奴家怎好又來啓齒？（老生）嗳！五娘子，你説那裏話來？

【前腔】（唱）你兒夫曾付託，你兒夫曾付託，我怎生違背？你無錢使用，我須當貸。將頭髮翦下，將頭髮翦下，跌倒在長街，都緣我之罪。（合）歎一家破敗，歎一家破敗，否極何時泰來？各出珠淚。

【前腔】（正旦接唱）謝公公慷慨，謝公公慷慨，把錢相貸，我公婆在地府也相感戴。只愁奴此身，愁只愁奴此身，死也没人埋，誰還你恩債？（合前）

【前腔】（老生接唱）我如今算來，我如今算來，他并無依賴。尋思，只得相擔貸。（白）五娘子，你不須愁煩，你快快回去看好了公公，我隨後着小二呵，送錢米和布帛，送錢米和布帛，與你公公買棺材。這頭髮且留在。（合前）

（正旦白）謝得公公救妾身，（老生）你夫曾託我親鄰。（正旦）惟有感恩並積恨，（同）萬年千載不生塵。（老生）五娘子，你早些回去罷。（正旦）是。（哭下）（老生）慢慢走，慢慢的走吓。咳！可憐！天下有這等行孝的媳婦，難得吓難得！他公公没了，竟把自己頭髮翦下在街坊貨賣。咳！吖！且待他丈夫回來的時節，將頭髮與他看，使他惶愧惶愧。（下）

賞　秋（小工調）

（貼上唱引）

【念奴嬌】楚天過雨，正波澄木落，秋容光浄。（浄、丑、旦、外、正旦、付、生、末同上唱）誰駕冰輪來海底，碾破瑠璃千頃。（貼）環珮風清，笙歌露冷，人在清虚境。（合）珍珠簾捲，小樓無限佳興。

（貼白）玉作人間秋萬頃，銀葩點破琉璃。瑶臺風露冷仙衣，天香飄到處，此景有誰知？老姥姥。（浄）有。（貼）今夜中秋，月色可愛，你去請老爺出來賞月。（浄）是哉。老爺，夫人請老爺出來賞月。（小生内應）我要睡，不出來了。（浄）呋，夫人，老爺要困哉了，弗出來哉。（貼）既如此，惜春，再去請。（丑）是哉。老爺，夫人亦叫惜春拉裏請老爺出來賞月了。（小生）吖！來了。

【引】（上唱）逢人曾寄書，書去神亦去。今夜好清光，可惜人千里。

（白）夫人。（貼）相公，今夜中秋，月色可愛，請你出來賞月，爲何推却？（小生）月有甚好處？（貼）怎麽不好？你看：玉樓金氣捲霞綃，雲浪空光澄徹。丹桂飄香清思爽，人在瑶臺銀闕。（小生）影透鳳幃，光窺羅帳，露冷蛩聲切。關山今夜，照人幾處離别。（外、付、生、末）須信離合悲歡，還如玉兔，有陰晴圓缺。便做人生長宴會，（浄、丑、旦、正旦）幾見冰輪皎潔？此夜明多，隔年期遠，莫放金樽歇。（貼）但願人長久，（合）年年同賞明月。（貼）掌燈，到玩月臺上去。（衆）是。

【念奴嬌序】（小生、貼唱）長空萬里，（衆）見嬋娟可愛，全無一點纖凝。十二欄杆光滿處，涼浸珠箔銀屏。偏稱，身在瑶臺，笑斟玉斝，人生幾見此佳景？（合）惟願取年年此夜，人月雙清。

【前腔換頭】（小生接唱）孤影，南枝乍冷。見烏鵲縹緲驚飛，棲止不定。萬點蒼山，何處是修竹吾廬三徑？（貼）追省，丹桂曾攀，嫦娥相愛，故人千里漫同情。（合前）

【前腔換頭】（衆同唱）光瑩，我欲吹斷玉簫，乘鸞歸去，不知風露冷瑤京。環珮濕，似月下歸來飛瓊。那更，香霧雲鬟，清輝玉臂，廣寒仙子也堪並。（合前）

【前腔換頭】（衆接唱）愁聽，吹笛《關山》，敲砧門巷，月中都是斷腸聲。人去遠，幾見明月虧盈。惟應，邊塞征人，深閨思婦，怪他偏向別離明。（合前）

【古輪臺】（接唱）峭寒生，鴛鴦瓦冷玉壺冰，欄杆露濕人猶凭，貪看玉鏡。況萬里清明，皓彩有十分端正。三五良宵，此時獨勝。把清光都付與，酒杯傾。縱教酩酊，拚夜深沉醉還醒。酒闌綺席，漏催銀箭，香銷寶鼎。斗轉與參横，銀河耿，轆轤聲已斷金井。

【前腔】閒評，月有圓缺與陰晴，人世上有離合悲歡，從來不定。深院閒庭，處處有清光相映。也有得意人人，兩情暢詠；也有獨守長門伴孤另，君恩不幸。有廣寒仙子娉婷，孤眠長夜，如何捱得更闌寂静？此事果無憑。但願人長久，小樓玩月共同登。

【尾聲】聲哀訴，促織鳴。(一)俺這裏歡娱未罄，却笑他幾處寒衣織未成。

（貼白）今宵明月正團圓，（小生）幾處淒涼幾處歡。（小生、貼）但願人生得久長，（衆合）年年千里共嬋娟。（衆同下）

描　容（六字調）

（正旦上唱引）

【胡搗練】辭别去，到荒圻，只愁途路煞生受。畫取真容聊藉手，逢人將此免哀求。

（白）鬼神之道，雖則難明；感應之理，不可不信。奴家前日獨自在山築墳，身子困倦，偶然睡去，忽夢神道，自稱當山土地，帶領陰兵與奴助力；却又囑咐叫奴改换衣粧，急往長安尋取丈夫；又説明日自有兩位仙長指引去路。醒來時，果然墳塋已完，果有兩位仙長贈我雲巾、道服、琵琶，分明是神道護持。如今只得改换衣粧，扮做道姑模樣，將琵琶做個行頭，一路上唱些行孝的曲兒，抄化前去。只是一件，這幾年間和公婆廝守，如何一旦抛離前去？奴家頗曉丹青，何不畫取公婆真容，背着一路上恰似相親相傍一般。若遇小祥忌辰，展開燒些香紙，奠些酒飯，也是奴家一點孝心。我且描畫公婆真容則個。

(一) 聲：原闕，據汲古閣刊本《繡刻琵琶記定本》補。

【三仙橋】(唱)一從公婆死後，要相逢不能夠，除非是夢裏暫時略聚首。苦要描，描不就，暗想像，教我未寫先淚流。寫、寫不出他苦心頭，描、描不出他饑症候，畫、畫不出他望孩兒的睁睁兩眸。我只畫得他髪颼颼，和那衣衫敝垢。我若畫做好容顏，須不是趙五娘的姑舅。

【前腔】我待畫你個龐兒帶厚，他可又饑荒消瘦。我待畫你個龐兒展舒，他自來常慼皺。若寫出來，真是醜；那更我心憂，也做不出他歡容笑口。(白)不是我不會畫那好的，我自到他家呵，(唱)只見他兩月稍優遊，其餘的也都是愁。我只記得他形衰貌朽。便做他孩兒收，也認不出是當初父母。總認不出是蔡伯喈當初的爹娘，須認得是趙五娘近日來的姑舅。

(白)真容已完，不免張掛起來。公婆吓！你媳婦今日遠行，本待做碗羹飯。奈身無半文，難以措辦，只有一炷清香，望公婆鑒納。

【前腔】(唱)非是奴尋夫遠遊，只怕你公婆絶後。奴見夫便回，此行安敢久？苦！路途中，奴怎走？阿呀望公婆相保佑奴出外州。(白)阿呀！倒是我差了。奴家去後，公婆的墳墓教誰看管？(唱)他尚兀自没人看守，如何來相保佑？只怕奴去後，冷清清有誰來拜掃？(一)縱使遇春秋，一陌紙錢怎有？你生是個受凍餒的公婆，阿呀！死做個絶祭祀的姑舅。

(一) 掃：原作『帚』，據汲古閣刊本《繡刻琵琶記定本》改。

（白）拜告已畢，不免去拜别了張大公就起行便了。（下）

别墳（六字調）

（生上白）衰柳寒蟬不可聞，金風敗葉正紛紛。長安古道休回首，西出陽關無故人。吓！五娘子，開門。（正旦上）是那個？（生）是老漢在此。（正旦）原來是大公。大公萬福。（生）不消。聞你遠行，特來相送。（正旦）奴家正要到來拜别，不想大公來了。（生）幾時起行？（正旦）奴家今日就行了。（生）吖！今日就行了？（正旦）正是。（生）老漢帶得碎銀幾兩，聊爲路費。（正旦）受惠多番，不敢再領。（生）莫嫌輕，請收了。（正旦）多謝大公。（生）桌兒上是甚麽東西？（正旦）是公婆的真容。（生）咳！五娘子，這等光景，口食尚且艱難，那得錢來倩人描畫真容？（正旦）不瞞大公説，奴家將就自己畫的。（生）吖！自己畫的？（正旦）正是。（生）若是倩人畫的呢，不消看得；既是五娘子自己畫的，到要借來一觀。（正旦）只是拙筆不足以當大觀。（生）好説。嘖嘖嘖！畫得好！畫得像！阿呀！老哥老嫂，咳！你死别多應夢裏逢，漫勞孝媳寫遺踪。可憐不得圖家慶，辜負丹青泣畫工。老哥，看你衣破損；老嫂，看你鬢鬖鬆，千愁萬恨在眉峰。只怕蔡郎不識年來面，趙女空描别後容。好，畫得像吓！五娘子，你孝心所感，所以畫得真。收好了。（正旦）是。奴家有一句不知進退之言相告。（生）有何話説，你可道來。（正旦）奴家今日遠行，别無掛念，只有公婆的墳墓，望大公早晚看管一二。（生）這個不消吩咐。五娘子，你如今遠行，老漢也有幾句言語囑咐。（正旦）大公吩咐，奴家自當謹記。(生)五娘子,你少長閨門,那識路途?當初蔡郎在家的時節,你青春姣媚。如今遭此年荒歲歉,你貌陋身單。正是:桃花歲歲皆相似,人面年年便不同。五娘子。(正旦)大公。(生)那蔡郎臨別之時,可不道來?(正旦)道些甚麽來?(生)他道:此去倘有寸進,即便回來。哪,如今年荒親死,一竟不回,不知他心事如何?正是:畫虎畫皮難畫骨,知人知面不知心。那蔡郎原是讀書人,一舉成名天下聞。久留不知因甚故,㈠年荒親死不回門。你去京城須仔細,逢人下禮問虛真。你若見蔡郎慢説千般苦,只把琵琶語句訴原因。你未可便説他妻子,未可便説喪雙親。未可便説裙包土,未可便説翦香雲。若得蔡郎思故舊,可憐張老一親鄰。我今年已七十歲,比你公公少一旬。五娘子,你去時還有張老來相送,只怕你回來未知張老死和存。逢人且説三分話,未可全拋一片心。你可牢牢記着。(正旦)多承指教,奴家一一謹記。大公,還有一事相求。公公在日寫的遺囑已帶在此,請大公收了。奴家此去,一路平安,尋見丈夫回來,這話不必提起;若尋不見丈夫,在路倘有差池,等那伯喈回來,大公可將遺囑並翦下頭髮與他,以表奴家一點孝心。(生)五娘子,虧你想得到此。我且收在此便了。(正旦)奴家還要到公婆墳上去拜別。(生)正該如此。待他陰空護佑你前去。轉過翠柏蒼松,(正旦)來到荒邱墳墓。吓!阿呀!公婆吓!媳婦今日拜別你前往洛陽,尋取丈夫,望公婆陰護佑呢!(生)老哥老嫂,你媳婦今日拜別你二人,前往洛陽尋取你孩兒,願他在路上好好的行走,望你陰空保

㈠ 久留:原闕,據汲古閣刊本《繡刻琵琶記定本》補。

佑！（正旦）吓！阿呀！公婆吓！

【憶多嬌】（唱）阿呀！魂渺漠，我没倚託。程途萬里，教我懷夜壑。（白）大公請上，受奴一拜。（生）不消，不消。（正旦唱）此去孤墳，望公公看着。（合）舉目蕭索，舉目蕭索，滿眼盈盈淚落。

【前腔】（生唱）承委託，當領略。這孤墳看守，我也決不爽約。但願你在途中身安樂。（同前）

【鬥黑麻】（正旦接唱）深謝得公公，便相允諾。從來的深恩，怎敢忘却？只怕途路遠，體怯弱，病染孤身，衰力倦脚。（同）此去孤墳寂寞，路途滋味惡。兩處堪悲，兩處堪悲，萬愁怎摸？

【前腔】（生唱）伊夫婿多應是，貴官顯爵，伊家去須當審個好惡。五娘子，似你這般喬打扮，他怎知覺？一貴一貧，怕他將錯就錯。（合前）

【哭相思】（正旦）爲尋夫婿别孤墳，（生）只怕兒夫不認真。（合）流淚眼觀流淚眼，斷腸人送斷腸人。

（生白）五娘子，路上小心，但方纔之言不可忘記。（正旦）曉得。（生）若尋見你丈夫，即便回來。（正旦）是。大公保重，奴家去了。（生）寧可早歇晚行。若見你丈夫，與我多多致意。（正旦）是，大公請轉。（生）五娘子，怎麼説？（正旦）奴家去後，公婆的墳墓，望大公千萬看管一二。（生）這個不消吩咐，你自放心前去。（正旦）是吓！阿呀！公婆吓！（下）（生）咳！可憐吓！老哥老嫂，你媳婦起身尋你兒子去了，一路陰空指引他前去。若見你兒子之面，早早回來。我是去了，改日再來看你。咳！天下有這等行孝的婦人！難得吓難得！（下）

盤　夫（尺字調）

（小生上唱）

【菊花新】封書遠寄到親闈，又見關河朔雁飛。梧葉滿庭除，咳！争似我悶懷堆積。

（白）封書寄遠人，寄上萬里情。書去人亦去，兀然空一身。下官前日喜得家書，報道平安。已曾修書回去。這幾日常懷思想，反添愁悶。正是：雖無千丈綫，萬里繫人心。

【意難忘】（貼上唱）緑鬢仙郎，懶拈花弄柳，勸酒持觴。眉顰知有恨，（白）吓！相公。（小生白）阿呀呀呀！原來是夫人。（貼唱）何事苦相防？（小生白）請坐。（貼）有坐。古人云：顰以爲顰，笑以爲笑。古之君子，當食不嗟，臨樂不歎。無事而泣，謂之不祥。你自來我家，不明不暗，如醉如癡，爲着甚的？你還是少了喫的呢少了穿的吓？（小生）夫人，你那知我的就裏？（貼）相公吓！

【紅衲襖】（唱）你喫的是煮猩唇和那燒豹胎，穿的是紫羅襴，繫的是黄金帶。（白）你出入呵，（唱）只見五花頭踏在你馬前擺，三簷傘兒在你頭上蓋。（白）相公，你莫怪我説。（小生）請教。

（貼）你本是草廬中一秀才，今做了漢朝中梁棟材。你有甚不足，只管鎖着眉頭也，唧唧噥噥不放懷？

【前腔】（小生接）夫人，我穿的是紫羅襴，倒拘束得我不自在。穿着這皂朝靴，怎敢胡亂踹？口兒裏喫幾口慌張張要辦事的忙茶飯，手兒裏拿着個戰兢兢怕犯法的愁酒杯。到不如嚴子陵登釣臺，怎做得揚子雲閣上災？（白）似我這般爲官呵，（唱）只管待漏隨朝，可不誤了秋月春花也，枉干碌碌頭又白？

（貼白）相公，我猜着你的意兒了。（小生）猜着甚麼來？

【前腔】（貼）哪！莫不是丈人行性氣乖？（小生）不是。（貼）莫不是妾跟前缺款待？（小生）也不是。（貼）莫不是畫堂中少了三千客？（小生）都不是。（貼）莫不是繡屏前少了十二釵？（小生）阿呀呀！一發不是了。（貼）吓！這話兒教人怎猜？這意兒教人怎解？（小生）其實難猜。（貼）我今番一定猜着了。（小生）請教。（貼唱）敢則是楚館秦樓，有個得意人兒也，悶懨懨常掛懷？

【前腔】（小生）夫人，有個人兒在天一涯，只落得臉銷紅眉鎖黛。我本是傷秋宋玉無聊賴，有甚心情去戀着閒楚臺？（貼）相公，有話可對我説。（小生）三分話兒只恁猜，一片心兒直恁解。（貼）對奴説也不妨。（小生）嗳！夫人，你休纏得我無語無言，若還提起那籌兒也，撲簌簌淚滿腮。

（貼旦）相公，我待不解勸你，你又只管愁悶；我來問你，你又不肯對我說，教我也没奈何。罷！夫妻何事苦相防？莫把閒愁積寸腸。（小生）各人自掃門前雪，（貼）是吓！莫管他家瓦上霜。這也由你，但憑你吓！（虛下）（小生）咳！難將我語和他語，未必他心似我心。下官娶妻兩月，別親數載。終朝思想，反添愁悶。我那新娶妻房，雖則賢惠，我欲待將此事和他說知，只是他爹爹知我有媳婦在家，如何肯放？罷，不如權且隱忍，改日求一鄉郡除授，那時回去見我雙親，却不是好？吓！夫人吓！非是隄防你太深，只因伊父苦相禁。正是：夫妻且說三分話，（貼）吓！相公，那些個未可全抛一片心？好吓！你瞞我也罷，只是爹娘媳婦在家都怨着你哩！（小生）阿呀！可不是麼？

【江頭金桂】（貼唱）（轉正工調）怪得你終朝攧窨，只道你緣何愁悶深？教咱猜着啞謎，爲你沉吟，那籌兒没處尋。我和你共枕同衾，你瞞我則甚？你自撇了爹娘媳婦，屢换光陰，他那裏須怨着你没音信。笑伊家短行，無情忒甚。到如今兀自道且說三分話，未可全抛一片心。

【前腔】（小生唱）非是我聲吞氣忍，只爲你爹行勢逼臨。怕他知我要歸去，將人厮禁，我要說是又將口噤。不瞞夫人說，我待解朝簪，再圖鄉任。他不隄防着我，須遣我到家林，和你雙雙兩人歸晝錦。阿呀！天吓！歎雙親老景，存亡未審。（貼白）可曾寄封音書回去？（小生）下官前日已曾修書回去。（貼）可有回音？（小生）夫人吓！（唱）只怕雁杳魚沉。又不是烽火連三月，真個家書抵萬金。

（貼白）原來如此，待我去對爹爹説，和你一同回去便了。（小生）你爹爹知我有媳婦在家，如何肯放？（貼）説那裏話來？我爹爹身爲太師，風化所關，宛轉所係，縱不然直恁的難道不顧人意麼？（小生）恐不濟事，枉費脣舌。（貼）不妨。我自有道理。雪隱鷺鷥飛始見，柳藏鸚鵡語方知。（小生）假饒染就乾紅色，免被傍人講是非。（貼）吓！講甚麽是非？在我身上，包你回去。（小生）吖！夫人竟包下官回去？（貼）包你回去。（小生）如此，全仗夫人。（貼）在我。（小生）全、全、全仗夫人。（貼）在、在、在我。（同下）

諫父（六字調）

（外上唱引）

【西地錦】好怪吾家門婿，終日不展愁眉。教人心下常縈繫，也只爲着門楣。

（白）入門休問榮枯事，觀着容顔便得知。老夫自招伯喈爲婿，可謂得人。只是一件，他自到我家，終日眉頭不展，面帶憂容，不知爲何？吖！且待女孩兒出來，便知端的。

【前腔】（貼上唱引）只道兒夫何意，如今就裏方知。萬里關山，要同歸去，（外嗽）（貼）未審爹意何如？

（白）爹爹萬福。（外）罷了。吾老入桑榆，每自嗟夫皓首；汝身閨琴瑟，宜無負此青春。夫婿何故憂愁？孩兒必知端的。（貼）告爹爹知道：伯喈娶妻六十日，即赴科場；別親三五載，杳無消息。温清之禮既缺，伉儷之情何堪？今欲歸故里，辭至尊家尊而同行；待共侍高堂，執子道婦道以盡禮。〔一〕（外）吾兒差矣！吾乃紫閣名公，汝是香閨艷質。何必顧彼糟糠婦？焉能事此田舍翁？他久別雙親，何不寄封音書回去？汝從來嬌養，焉能涉萬里之程途？休惑夫言，當從父命。（貼）爹爹，孩兒曾觀典籍，未聞婦道而不拜姑嫜；試論綱常，豈有子職而不事父母？若從唱隨之義，當盡定省之禮。彼荆釵布裙，既已獨奉親闈之甘旨；此錦屏繡褥，豈可久戀廈宅之歡娛？爹爹高居相位，坐理朝綱，豈可斷他人父子之恩，絕他人夫婦之義？使伯喈有貪妻之愛，不顧父母之慾；使孩兒有違夫之命，不事舅姑之罪。望爹爹容恕，特賜矜憐。（外）呸！他既有媳婦在家，你去則甚？（貼）爹爹吓。

【獅子序】（唱）他媳婦雖有之，念奴家須是他孩兒的妻。那曾有媳婦不侍親闈？若論做媳婦的道理，須當奉飲食，問寒暄，相扶持蘋蘩中饋。（外夾）他有媳婦在家，自能奉養，你便不去也不妨。（貼）爹爹吓！又道是養兒待老，積穀防饑。

（外白）既道是養兒待老，積穀防饑，何不當初休叫他來赴選？（貼）爹爹吓！

〔一〕禮：原作『理』，據文義改。

【太平歌】（唱）他來求科舉，指望錦衣歸，不想道爹爹留他爲女婿。（外夾）這也是有緣千里來相會，這也强不得。（貼）他埋怨洞房花燭夜，那些個千里能相會？（外夾）他當初爲何應允？（貼）只要保全金榜掛名時，他事急且相隨。

（外白）事已如此，伯喈枉自愁悶。（貼）伯喈呵。

【賞宫花】（唱）他終朝慘悽，我如何忍見之？（外夾）他自慘悽，與你何干？（貼唱）若論爲夫婦，須是共歡娱。（外夾）不妨，你對他説，教他住在這裏，我與他做個大大的官兒便了。（貼唱）他數載不通魚雁信，枉了十年身到鳳凰池。

（外白）呸！你聽了丈夫的言語，却不聽我爲父的説話，你這妮子好癡迷也！

【降黄龍】（貼唱）須知，非是奴癡迷。（外夾）你既不癡迷，爲何有這許多絮絮叨叨？（貼）已嫁從夫，怎違公議？（外夾）你去不妨，只是我没個親人在傍，如何捨得你前去？（貼）爹猶念女，怎教他爹娘不念孩兒？（外夾）不是我不放你去，他既有媳婦在家，你去時只怕擔擱了你。（貼）休提，縱把奴擔擱，比擔擱他媳婦何如？（外夾）既然如此，叫伯喈自去便了。（貼）那些個夫唱婦隨，嫁鷄逐鷄飛？

（外白）他是貧賤之家，你如何去侍奉他的父母？（貼）爹爹吓！

【大聖樂】（唱）婚姻事難論高低，若論高低何如休嫁與？（外夾）不論高低，也要分個貴賤。（貼唱）假若親賤孩兒貴，終不然便拋棄？（外夾）他自有媳婦在家，你去做甚麽？（貼唱）奴是他親生兒子親媳婦，難道他是何人我是誰？　爹居相位，（外夾）就是那伯喈，我不放他回去，他敢奈何我麽？（貼）阿呀！　爹爹吓，怎説出傷風敗俗非理的言語？

（外白）㕶，誰是傷風？　那個敗俗？　你聽了丈夫的言語，反把爲父的來挺撞麽？　㕶！　㕶！　就是那伯喈，我不放他回去，他敢走一走？　誰、誰敢動一動麽？　正是：　夫言中聽父言非，懊恨孩兒見識迷。我本將心托明月，誰知明月照溝渠。　吓！　哈哈！　總、總是女生外向。　吠！　還不走？　可惡！　放肆！　哈哈哈！　苦惱吓苦惱！　（下）（貼）咳！　正是：　酒逢知己千杯少，話不投機半句多。　好笑爹爹不顧仁義，反説奴家挺撞了他。　昨日伯喈原教我不要説的，如今有何顔面去見他？　吓！　相公吓！你一心只欲轉家鄉，怎奈爹行不忖量。　大風吹倒梧桐樹，自有傍人説短長。（下）

彌陀寺（正工調）

（末上白）年老心閒無别事，麻衣草履亦容身。　相逢盡道休官好，林下何曾見一人？　貧僧乃彌陀寺中五戒僧的便是。　今日寺中啓建無礙道場，不論貧富人等，薦度祖先，盡獲超升。　正是：　寄語苦海林中客，好向靈山會上修。（下）

【縷縷金】（浄上乾唱）胡厮怪，兩喬才。　家中無宿火，强追陪？（丑上接）自來裝瘋子，如今難悔。(同)向叢林深處且徘徊，都來看佛會，都來看佛會。

(净白)一日復一日，(丑)無處坐來無處立。(净)又無本錢做生意，(丑)終朝只好喫白食。(净)喫白食倒無場化喫處。(丑)難没那處？(净)吓！有理哉！粧個官家公子去擾擾和尚罷？(丑)倘或拿出緣簿來呢？(净)一點也勿難革，我替吗瞎七搭八革寫寫没哉啘。(丑)革末倘然和尚問起來，我裏奢革稱呼介？(净)吗叫聲我大生，我没叫聲吗二生，只要嘴裏相應，隨機應變。(丑)有理革，大生請吓。(净)二生請吓。幾裏是哉，阿有六個拉裏？(末上)來了。吓！那個？阿呀呀！原來是二位相公。(净、丑)和尚。(末)二位相公請。(净)二生請吓。(丑)勿敢。大生請吓。(末)二位相公，稽首。(净、丑)罷哉。吓！和尚，今朝爲奢能革鬧熱？(末)吖！今日寺中啓建無礙道場，故而熱鬧。(净)阿呀！我倒勿曾曉得分帶香金啘。(丑)反道革呢裏屁股裏喫人參。(净)奢解説？(丑)後補哉説。(净)革没我我裏竟是後補？(末)多謝二位相公。(丑)罷哉！(末)請問二位相公上姓？(丑)阿是吗革位纔勿認得個？(末)不相認吓。(丑)俚亙阿爺做過風滕縣，現任滕州府革公子。(末)呵！原來是一位貴公子。失敬了。(净)罷哉。(末)此位是？(净)俚亙革老娘家做過伸手大將軍，兼管都督打大鑼銜，那吗竟勿認得？(末)原來也是一位貴公子。失敬了。(丑)罷哉。(净)且問吗還是東房呢西房？(末)貧僧是東房。(净)怪不得，西房没我裏一向來往慣革。(末)吖！貧僧倒不知。(丑)革没就叫東房不管西房事。(净)和尚，個個殿宇纔坍塌哉，那哼勿修捉修捉？(末)不瞞二位相公説，奈無施主，難以動手。(净、丑)個個奢大事務？且拿緣薄得出來，讓我裏兩位相公替吻開緣薄没哉。（末）是，是，待貧僧取來。（净、丑）去拿得來。（末）哪，哪，哪，緣簿在此，請二位相公隨緣樂助。（丑）使得。大生請吓。（净）二生先請。（丑）勿敢僭，還是大生先請。（净）革没我先來。小子本姓陳，家住蘇州城，白米三百石，香油一千斤，外加荳腐一塊。（丑）那說荳腐一塊介？（净）有個道理革，拿革一千斤油倒拉頭號頭革大鑊子裏，再拿革塊荳腐丢下去讓裏滾。（丑）滾得那子没歇？（净）滾過子日脚没就罷哉。（丑）好革滾過子革日脚。（净）二生倒得罪，有僭哉。（丑）豈敢！豈敢！那是我來哉？小子本姓金，家住在蘇州城，敬助石灰五千石，還有楠木一萬四千八百零一根。（净）那説零一根介？（丑）就叫無零不成賬。（净）吖！無零不成帳。（末）請問二位相公，這些東西到那裏去取？（净）蘇州胥門外荳油車没纔是我開革，讓我告訴聲，憑子緣簿去拿没哉。（末）是，是。（丑）蘇州木行没纔是我開革，只要撮一個字條子，照簿而發。（丑）是，是。多謝二位相公。（净、丑）奢説話？菩薩面上我裏去罷。（末）吓！請二位相公用了早膳去。（丑）肚裏倒是有點餓哉。（净）我裏來點菜。黄燜鷄、紅燒肉、清蒸白魚。（丑）魚翅、蟹粉、爛煨三絲。（末）貧僧是素齋。（净）素吓？啊呀！革是無奢喫頭革碗。（丑）大生，就是素没哉。（净）吻且去拿出酒没，總要陳紹興革嚧。（末）有匠人的濁醪在此。（丑）和尚，添一隻杯子，也來陪我裏喫一鍾。（末）貧僧是戒酒除葷的。（丑）吓！吻竟戒子酒開子色哉。（末）喲喲喲！貧僧那有此事？（净）阿有小拜單？去叫個把出來。（末）没有。（净、丑）我裏兩位喫勿慣悶酒革，吻到外勢去，看阿有唱《夜夜遊》《翦翦花》革，去叫個把進來唱唱。（末）是，待貧僧去看來。

【前腔】(正旦上唱)途路上，實難捱。盤纏多使盡，好狼狽。試把琵琶撥，逢人乞丐。薦公婆魂魄免沉埋，特來赴佛會，特來赴佛會。

(白)上人稽首。(末)道姑何來？(正旦)貧道遠方而來。(末)到此何幹？(正)聞得寺中啓建無礙道場，特來瞻仰。(末)肩背琵琶，將來何用？(正旦)唱幾個行孝的曲兒，抄化些錢鈔，追薦公婆的。(末)吖！少待。(正旦)是。(末)吓！二位相公，唱小曲的没有，有個道姑會唱行孝曲兒，可要唤他進來？(净)且去叫俚進來。(末)是。吓！道姑呢？(正旦)在。(末)二位相公着你進去。(正旦)是。(末)隨我來見了二位相公。(正旦)是。吓！二位。(净、丑)罷哉。(丑)咦！秧田裏革篾圈。(净)奢解説？(丑)尼姑。(净)道姑。(丑)道姑。道姑，你那方人氏？因何到此？你且説得來。

(正旦)二位，貧道一言難盡。

【銷金帳】(唱)聽奴訴語：(净、丑夾)你在那裏庵中出家的？(正旦)奴是良人婦，(净、丑夾)既是良家婦女，爲何這般打扮？(正旦)爲兒夫相擔誤。(净、丑夾)他怎樣擔誤了你？(正旦)他一向赴選及第，未歸鄉故。(丑夾)大生，奢叫及第？(净)及第没？中哉噓。(净、丑)家中還有何人？(正旦)爲饑荒喪了，(净、丑夾)喪了何人？(正旦)喪了嫡親舅姑。奴造墳塋。(净、丑夾)你到此做甚麽？(正旦)今爲尋夫來此。(净、丑夾)丈夫可曾尋着？(正旦)兒夫未知、未知他在何處所。

（丑）吼吼吼！（淨）二生爲奢哭起來哉介？（丑）大生，天下革苦人只有三個。（淨）那哼三個？（丑）哪！只有叨、我、他。（淨）我替叨是仙人。（丑）勿差，仙人。（淨、丑）道姑，你肩背琵琶，阿會唱《夜夜遊》革？（正旦）不會。（丑）革没《翦翦花》介？（正旦）也不會。只會唱行孝的曲兒。（丑）大生，行孝曲兒阿好聽革？（淨）吖唷！行孝曲兒没，叫好聽得來，我有幾十年勿弗聽見哉。叨且唱得來，我裏兩位相公有賞。（丑）大生，一個銅錢纔也弗帶，賞奢革？（淨）我裏身上着革瓦落，叫和尚拿紙墨筆硯出來上賬，每樣十兩。我裏撳過筵席，叨且唱得來。（正旦）二位聽了。

【前腔】（唱）凡人養子，最苦是十月懷胎苦，（淨、丑夾）頭一句就好，『凡人養子』『十月懷胎苦』唱得妙極！賞叨一件花褶。和尚，上賬十兩。二生請吓！（正旦唱）更三年勞乳哺。（丑夾）『三年乳哺』，實在唱得妙極！賞叨一件綢褶。和尚，上帳十兩。大生請吓。（正旦）虧他就濕推乾，不辭辛苦。（淨夾）字眼唱得清，賞叨一頂巾。和尚，上帳十兩。二生請吓！（正旦唱）真個千般愛惜，萬般回護。（丑夾）唱得精工，賞叨一條綢裙。和尚，上賬十兩。大生請吓。（正旦唱）兒有些不安，父母驚惶無措。（淨夾）唱得勿差，賞叨一雙皂靴。和尚，上賬十兩。二生請吓。（正旦唱）直待可了，可了歡欣似初。

（丑夾）唱得好聽！賞叨一頂頭巾。和尚，上賬十兩。大生請吓。（正旦唱）

【前腔】兒還念父母，及早歸鄉故，（淨夾）唱得淒慘，賞叨一把摺扇。和尚，上賬十兩。二生請吓。

（正旦唱）羡慈烏亦能反哺。（丑夾）唱得凄楚，賞吔一蓬祖蘇。和尚，上賬十兩。大生請吓。（正旦唱）世人莫學我的兒夫，把雙親耽誤。（浄夾）唱得圓渾，賞吔一條布裙。和尚，上賬十兩。二生請吓。（正旦唱）常言養子，（丑夾）唱得凄其，賞吔一把扇子。和尚，上賬十兩。大生請吓。（正旦唱）養子方知父母。（浄夾）唱得苦楚，賞吔一蓬祖蘇。和尚，上賬十兩。二生請吓。（正旦唱）試看那忤逆的男兒，（丑夾）唱得滑攝，賞吔一雙黑襪。和尚，上賬十兩。大生請吓。（正旦唱）和那不孝順的兒媳婦。（浄夾）唱得精明，賞吔一頂網巾。和尚，上賬十兩。二生請吓。（正旦唱）若無報應，果是乾坤有無。

（丑白）唱得促狹，只好搭吔軋軋。（浄）吔還要唱來。（浄）搶裏革琵琶下來。（正旦）阿呀！阿呀！（下）（浄）和尚堂裏忒嫌，勿像樣哉啘，奢個路數？（丑）噲！大生衣裳纔拉裏革哉。（浄）吖喲！鬧子半日，到弄得一身臭汗，只好去忽浴。（丑）大生，一個個銅錢也無得，只好去忽河浴。（浄）革没竟忽河浴。二生請吓。（丑）大生請吓。（同下）

廊會（六字調）

（貼上唱）

【引】心事無靠託，這幾日翻成悶也。

(白)不如意事常八九，可與人言無二三。奴家自嫁伯喈之後，見他常懷憂悶，我再三去問他，他又不肯對我說。以後奴家知道，去對爹爹說，誰想爹爹又不允。被我道了幾句，爹爹心下不安，已差人去接取他爹娘媳婦來此同住。只恐早晚到來，也要人使喚吓。院子。(末暗上)有。(貼)你到街坊上去尋幾個精細婦人來使喚。(末)曉得。

【引】(正旦上唱)風餐水卧，甚日能安妥？問天天怎生結果？

(白)我一路問來，說此間已是牛府。(末嗽)(正旦)呀！那邊有位府幹哥在彼，不免上前問一聲。吓！府幹哥，貧道稽首。(末)道姑何來？(正旦)貧道是遠方而來。(末)到此何幹？(正旦)聞說夫人好善，特來抄化。(末)住着。(正旦)是。(末)啓夫人：精細婦人没有，到有個道姑，可要着他進來？(貼)吖！道姑麼，着他進來。(末)是。道姑呢？(正旦)在。(末)夫人着你進去。(正旦)是。待我放下包裹。(末)放了包裹，見了夫人。(正旦)夫人在上，貧道稽首。(貼)道姑何來？(正旦)貧道是遠方而來。聞知夫人好善，特來抄化。(貼)你有甚本事來此抄化？(正旦)貧道不敢誇口，大則琴棋書畫，小則女工鍼黹，次則飲食餚饌，頗諳一二。(貼)你既有這等本事，就住在我府中喫些現成茶飯，强如在外抄化。(正旦)若得如此，感恩非淺。只怕貧道没福，無可稱夫人之意。(貼)好說。吓！道姑，你還是在家出家的呢，還是在嫁出家的？(正旦)貧道是在嫁出家的。(貼)吓！院子。(末)有。(貼)他說在嫁出家的，是有丈夫的了。我府中不便收留，與我多打發些齋糧，叫他到別處去抄化罷。(末)是。吓！道姑，夫人說你在嫁出家的，是有丈夫的了，我府中不便收留。着我多打發些齋糧，叫你到别處去抄化罷。（正旦）是。阿呀！天吓！我不合説出有丈夫的。吓！夫人，貧道非爲抄化而來。（貼）到此何幹？（正旦）特來尋取丈夫的。（貼）你丈夫姓甚名誰？（正旦）我丈，阿呀！且住。我記得臨行時，張大公再三囑咐道：逢人且説三分話，未可全抛一片心。我如今把蔡伯喈三字拆開與他説，看他如何？吓！夫人，貧道的丈夫姓祭名白諧，人人説在貴府廊下住，敢是夫人也知道麽？（貼）我那裏知道？院子。（末）有。（貼）你掌管許多廊房，可有個姓祭名白諧的？（末）老奴掌管許多廊房，并没有個姓祭名白諧的。（旦）吓！道姑，我這裏没有，你到别處去尋罷。（正旦）是。阿呀！苦吓！我千山萬水尋到此間，誰想又不在這裏。阿呀！丈夫吓！敢是你死了？阿呀！你若死了，教我倚靠何人吓？（貼）咳！可憐！吓！道姑不須啼哭，權且住在我府中，待我着院子到街坊上尋取你丈夫到來，管教你夫妻完聚，你意下如何？（正旦）若得如此，深感夫人再造之恩。（貼）道姑，你可換了衣粧罷。（正旦）貧道不敢換。（貼）爲何？（正旦）貧道有一十二年大孝在身，所以不敢換。（貼）凡爲人子者，大孝不過三年，那有一十二年？（正旦）貧道公死三年，婆死三年，（貼）也只得六年吓。（正旦）吖，我那薄倖兒夫久留都下，一竟不回，替他代戴六年，共成一十二年。（貼）咳！天下有這等行孝的婦人！難道吓難得！吓！道姑，雖然如此，只是我家老相公最嫌人這般打扮，你可略略換些素縞罷。（正旦）謹依夫人之命。（貼）院子。（末）有。（貼）着惜春取粧奩素服出來。（末）是。吓！惜春姐。（丑内應）奢革？（末）夫人着你取粧奩素服出來。（下）（丑上）來哉。寶劍贈與烈士，紅粉送與佳人。夫人，粧奩素服拉裏。（貼）放下。（丑）是哉。（貼）道姑，你可臨鏡梳粧。（正旦）是，貧道告梳粧了。（貼）惜春，好生伏侍。（丑）是哉。（正旦）吓！鏡兒吓鏡兒，我自出嫁之後，只有兩月梳粧，幾時不曾照得你了？吓！原來這般消瘦了。（貼）請免愁煩。（丑）夫人叫呸勿要哭哉。

【二郎神】（正旦唱）容瀟灑，炤孤鸞歎菱花剖破。記翠鈿羅襦當日嫁，誰知他去後，釵荊裙布無些。（貼夾）戴了金雀。（正旦）這金雀釵頭雙鳳軃，（丑白）夫人，俚勿戴。（貼）爲何不戴？（正旦）夫人，奴家若戴此釵呵，可不羞殺人形孤影寡？（貼白）戴了花朶。（丑）夫人叫呸戴子一朶花罷。（正旦）説甚麽簪花捻牡丹，（貼夾）惜春迴避。（丑）是哉。（下）（正旦）教人怨着嫦娥。

【前腔】（貼接唱）嗟呀，他心憂貌苦，真情怎假？你爲着公婆珠淚墮，我公婆自有，不能承奉杯茶。你比我没個公婆承奉呵，不枉了教人做話靶。道姑，你公婆，爲甚的雙雙命掩黄沙？

【囀林鶯】（正旦接唱）爲荒年萬般遭坎坷。（貼夾）你丈夫在那裏？（正旦）我丈夫又在京華。把糟糠暗喫擔饑餓，（貼夾）公婆死了，那得錢來埋葬？（正旦）公婆死，是我剪頭髮賣了去埋他。（貼夾）墳墓是何人築的？（正旦）把孤墳自造。（貼夾）獨自一身，如何造得這般墳墓？（正旦）運土泥，盡是我把麻裙包裹。（貼夾）你不要誇口！（正旦）也非誇，（貼夾）我不信。（正旦）夫人若不信，阿呀哪，只看我手指傷，血痕尚染衣麻。

【前腔】(貼接唱)愁人見説愁轉多，使我珠淚如麻。(正旦夾)夫人爲何也掉下淚來？(貼)我丈夫亦久别雙親下。(正旦夾)爲何不辭官回去？(貼)他要辭官，被我爹蹉跎。(正旦夾)他家中可有妻室否？(貼)他妻雖有麽，(正旦夾)他家中既有妻室，自能承奉，不回去也罷了。(貼)怕不似你會看承爹媽。(正旦夾)如今在那裏？(貼)在天涯，(正旦夾)何不差人前去接取到來也好？(貼)教人去請，知他在路上如何？

【啄木兒】(正旦)呀！(唱)聽言語，教我悽愴多，阿呀！料想他每也非是假。夫人，他那裏既有妻房，取將來怕不相和？(貼)但得他似你能挜靶，(正旦夾)夫人，便怎麽？(貼)我情願侍他居他下。(正旦夾)難得吓難得！(貼)只愁他程途上苦辛，教人望巴巴。

【前腔】(正旦)呀！錯中錯，訛上訛，阿啐！只管在鬼門前空占卦。夫人，若要識蔡伯喈的妻房，(貼白)如今在那裏？(正旦)遠只遠有千里，近只近在目前。(貼)[一]你的説話好蹺蹊，到底在那裏？(正旦)夫人，你真個要見他？(貼)真個要見他。(正旦)果然要見他？(貼)果然要見他。(正旦)阿呀！哪！奴家便是無差。(貼)果然是你非謊詐？阿呀！姐姐吓！(正旦夾)夫人請起。(貼)原來爲我遭折挫，爲我受波查。教伊怨我，我去怨爹差。

[一] 貼：原作『正旦』，據文義改。

（白）不知姐姐到來，望乞恕罪！（正旦）好説。（貼）姐姐請上，受奴一拜。（正旦）賤妾也有一拜。

（貼）姐姐吓！（正旦）夫人。

【黄鶯兒】（貼唱）和你一樣做渾家，我安然你受禍。你名爲孝婦，我被傍人駡。（正旦夾）傍人怎敢罵夫人？（貼）公死爲我，婆死爲我，情願把你孝衣穿着，我把濃粧罷。（同唱）事多磨，寃家到此，逃不得這波查。

【前腔】（正旦唱）他當年也是没奈何，被强將來赴選科，辭爹不肯聽他話。（貼）姐姐吓！他爲辭官不可，辭婚不可，只爲三不從，做成災禍天來大。（合前）

（正旦白）無限心中不平事，（貼）幾番情話又成空。（正旦）一葉浮萍歸大海，（貼）人生何處不相逢？姐姐請。（正旦）不敢。夫人請。（貼）姐姐是客，自然是姐姐請。（正旦）如此，賤妾斗膽了。（貼）好説。吓！姐姐，你路上辛苦，喫了苦了。（正旦）阿呀！可不是麼？（貼）請免愁煩。請。（正旦）請。阿呀！公婆吓！（同下）

書館（凡字調）

（小生上引）

【鵲橋仙】披香侍宴，上林遊賞，醉後人扶馬上。金蓮寶炬熖迴廊，正院宇梅稍月上。

（白）日宴下彤闈，平明登紫閣。何如在書案，快哉天下樂。下官早臨長樂，夜值嚴更。召問鬼神，或前宣室之席；光傳太乙，時頒天禄之藜。惟有戴星冲黑出漢宫，安能滴露研硃點《周易》？這幾日朝無繁政，官有餘閒，庶可留志於詩書，從事於翰墨。正是：事業要當窮萬卷，人生須是惜分陰。這是甚麽書？吓！是《尚書》。《堯典》道：虞舜父頑母嚚象傲，克諧以孝。咳！他父母這般相待，猶是克諧以孝。我父母虧了我甚麽，到不能奉養？看甚麽《尚書》？這是《春秋》。潁考叔曰：小人有母，皆嘗小人之食，未嘗君之羹，請以遺之。吓！咳！想古人喫一口湯，兀自尋思着父母。我如今享此厚禄，倒把父母撇了。枉看這詩書，濟得甚事？你看書中那一句不説是孝義？當先爹娘教我讀書，原要知些孝義，誰知反被這書來誤了！

【解三酲】（唱）歎雙親把兒指望，教兒讀古聖文章。似我會讀書的，到把親撇漾。少甚麽不識字的，倒得終養！書，我只爲其中自有黄金屋，到教我撇却椿庭萱草堂。還思想，畢竟是文章誤我，我誤爹娘。

【前腔】比似我做負義虧心臺館客，到不如守義終身田舍郎。《白頭吟》記得不曾忘，緑鬢婦何故在他方？書，我只爲其中有女顔如玉，反教我撇却糟糠妻下堂。還思想，畢竟是文章誤我，我誤妻房。

（白）指望看書消遣，誰知反添愁悶。吓！且向四壁間閒看一回。這是清溪垂釣，畫得好。那是寸馬豆人。也畫得好。吓！這幅畫像是我前日在彌陀寺燒香，拾得那道姑的行頭，院子不知，也將來掛在此。不知甚麽故事在上，待我看來。吓！

【太師引】（唱）細端詳，這是誰筆仗？覷着他，教我心兒好感傷。好似我雙親模樣。（白）且住！若是我的爹娘，他有媳婦在家，善能鍼黹，怎穿着破損衣裳？（白）況前日曾有書來，道別後容顏無恙，怎這般淒涼形狀？（白）我這裏要寄封音書回去，尚且不能夠。想他他那裏呵，有誰來往，直將到洛陽？吓！是了。須知道聖人陽虎一般龐。

（白）吓！我理會得了。

【前腔】（唱）這是街坊誰劣像，覷莊家形衰貌黄。我那爹娘，若没個媳婦來相傍，少不得似這般淒涼。敢是神圖佛像？吓！我正看到其間，猛可的小鹿兒在心頭撞。丹青匠，由他主張，須知是毛延壽誤王嬙。

（末上白）苔痕上階緑，草色入簾青。老爺請茶。（小生）這幅畫像可是你掛在此的？（末）是老奴掛在此的。（小生）收過了。（末）是。（小生）吓！怎麽背後有標題？（末）有標題。（小生）呈上來。（末）是。（小生）你自迴避。（末）曉得。（下）（小生）待我看來：『崑山有良璧，鬱鬱璠璵姿。嗟彼一點瑕，掩此連城瑜。人生非孔顔，名節鮮不虧。拙哉西河守，何不如皋魚？宋弘既以義，王允何其愚？風木有餘恨，連理無傍枝。寄語青雲客，慎勿乖天彝。』吓！這詩一句好，一句歹，明明嘲着下官。吓！待我去問夫人，便知明白。吓！夫人那裏？

【夜遊湖】(貼上唱引)猶恐他心思未到，教他題詩句，暗裏相嘲。

(小生白)夫人，誰人到我書館中來？(貼)相公的書館，誰人敢來？(小生)這也好笑，下官前日在彌陀寺燒香，拾得一幅畫像。院子不知，也將來掛在此。不知何人在背後題詩一首，一句好，一句歹，明明嘲着下官。想夫人必知其故，爲此動問。(貼)敢是從前畫工寫的？(小生)墨蹟尚鮮，怎説從前畫工寫的？夫人請看。(貼)待我看來：『崑山有良璧，鬱鬱璠璵姿。嗟彼一點瑕，掩此連城瑜。』相公，這詩奴家不解，請相公解説一遍。(小生)吓！夫人不解，待下官解説與你聽。崑山是個地名，産得好美玉。顔色嫣潤，價值連城，若有些兒瑕玷，便不貴重了。(貼)『人生非孔顔，名節鮮不虧』兩句呢？(小生)孔子、顔子是大聖大賢，大凡人非聖賢，能忠不能孝，能孝不能忠，所以名節都自欠缺。(旦)『拙哉西河守，何不如皋魚』怎麼説？(小生)西河守是戰國時人吴起也，魏文侯拜他爲西河郡守，他母死不奔喪。(貼)皋魚呢？(小生)皋魚春秋時人，只爲周遊天下，他父母死了。歸家在靈前大哭一場，自刎而亡。(貼)『宋弘既以義，王允何其愚』怎麼解？(小生)宋弘是光武時人，光武要將湖陽公主嫁他，宋弘不從，對官裏道：『貧賤之交不可忘，糟糠之妻不下堂。』(貼)王允呢？(小生)王允是桓帝時人，司徒袁隗要把姪女嫁他，他就休了前妻，娶了袁氏。(貼)『風木有餘恨，連理無傍枝』這兩句呢？(小生)孔子聽得皋魚啼哭，問其故。皋魚答曰：『樹欲静而風不寧，子欲養而親不在。』西晉時東宫門首有槐樹二株，連理而生，傍無小枝。(貼)『寄語青雲客，慎勿乖天彝』？(小生)吓！是傳言那些做官的，切莫違了天倫。（貼）原來如此。相公，那不奔喪的和那自刎的，那個是孝道？（小生）那自刎的是孝道。（貼）那棄妻的和那不棄妻的，那個是正道？（小生）那不棄妻的是正道，那棄妻的自然是亂道了。（貼）假如相公，待學誰來？（小生）吓！夫人，我的父母知他存亡若何？我決不學那不奔喪的。（貼）相公，你這般腰金衣紫，假如有個糟糠之婦，見他襤褸醜貌，可不玷辱了你？（小生）夫人，你說那裏話來？縱然他醜貌襤褸，終是我的妻房，自古義不可絶。（貼）只怕不認了？（小生）嗳！夫人。

【鏵鍬兒】（唱）你說得好笑，可見你的心兒窄小。没來由漾却苦李，再尋甜桃？（白）古人云：棄妻有七出之條。（唱）他不嫉不淫與不盜，終無去條。衆所誚，人所褒。縱然他醜貌，怎肯相休棄了？

【前腔】（貼唱）伊家富豪，那更青春年少。看你紫袍掛體，金帶垂腰，應須有封號。金花紫誥，必俊俏，須媚嬌。若還他醜貌，怎不相休棄了？

【前腔】（小生）咳！（唱）你言顛語倒，惱得我心兒轉焦。把咱奚落，特兀自粧喬。引得我淚痕交，撲簌簌這遭。那題詩人呵，他把我嘲，難恕饒。你若不說與我知道，怎肯干休罷了？

【前腔】（貼）呀！（唱）心中忖料，想不是薄情分曉。相公，管教伊夫婦會合，在今朝。伊家枉然焦，只怕你哭聲漸高。（白）你道題诗人是誰？（小生）是那個？（貼）是伊大嫂，（小生）姓甚麼？（貼）身姓趙。説與你知道，怎肯干休罷了？（小生）不信有這等事。（貼）你不信麼？待我請他出來。（小生）快請他出來。（貼）姐姐快來。

【竹馬兒賺】（正旦上唱）聽得鬧吵，想是兒夫看詩囉唣。（貼）姐姐快來。（正旦）是誰忽叫？夫人召，必有分曉。（小生）莫不是趙五娘到了？（貼）相公，是他題詩句，（小生）吓！（貼）你還認得否？（小生）他從那裏來？（貼）他從陳留郡，爲你來尋討。（小生）你莫非是趙氏五娘麼？（正旦）奴家正是。（小生）阿呀！妻子在那裏？（正旦）阿呀！丈夫在那裏？（小生）阿呀！妻吓！你怎生穿着破襖？衣衫盡是素縞？吓！阿呀！莫不是我雙親不保？

【前腔】（正旦）阿呀！難説難道。（小生）有甚難道？（正旦）從別後，遭水旱，兩三人只道同做餓殍。（小生）張大公可曾周濟？（正旦）只有張公可憐，（小生）我爹娘呢？（正旦）歎雙親別無依靠。兩口顛連相繼，（小生介）嚬！（正旦）阿呀！死，（小生）阿呀！我爹娘死了！（正旦）是我翦頭髮賣送伊妣考。（小生）安葬未曾？（正旦）把孤墳自造，（小生）土泥？（正旦）土泥盡是我把蔴裙裹包。（小生）聽伊言道，阿呀！怎不教人痛傷噎倒？

咻！（正旦、貼）阿呀！相公醒來！相公甦醒！（小生）阿呀！爹娘吓！（正旦、貼）嘟，這就是你爹娘的真容。（小生）吓！這就是我爹娘的真容？（正旦、貼）正是。（小生）阿呀！（正旦、貼）阿呀！（小生）阿呀！（正旦、貼）阿呀！（同）阿呀！爹娘吓！阿呀！

【山桃紅】（唱）蔡邕不孝，把父母相抛。早知道形衰耄，怎留漢朝？爲我受煩惱，爲我受劬勞。葬我爹，葬我娘，你的恩難報也。又道是養子能待老。（合）這苦知多少？此恨怎消？天降災殃人怎逃？

【前腔】（小生唱）阿呀！脱却官帽，解下藍袍，（正旦、貼）相公，急上辭官表，共行孝道。豈敢憚煩惱？怎敢憚劬勞？拜你爹，拜你娘，親把墳塋掃也。使地下亡靈添榮耀。（合前）

【尾聲】幾年分別無音耗，千山萬水迢遥。（小生）阿呀！爹娘吓！（正旦、貼）阿呀！公婆吓！（合）只爲三不從，生出，阿呀！這禍苗！

（小生）吓！（正旦、貼）吓！（小生）爹爹！（正旦、貼）公公！（小生）親、親、親娘！（正旦、貼）婆婆！（小生）阿呀！（正旦、貼）阿呀！（小生）咻！（正旦、貼）阿呀！（同）阿呀！阿呀！（小生）阿呀！爹娘吓！（正旦、貼）阿呀！公婆吓！（同下）

掃　松（尺字調）

（生上唱）

【虞美人】青山今古何時了？斷送人多少。孤墳誰與掃荒苔？鄰塚陰風吹送紙錢來。

（嗽白）老漢張廣才，曾受趙五娘之託，教我看守他公婆墳墓。這幾日有些小事不曾去看得，今日閒暇無事，不免去走遭。正是：冥冥長夜不知曉，寂寂空山幾度秋。泉下長眠人未醒，悲風蕭瑟起松楸。呀！

【步步嬌】（唱）只見黃葉飄飄把墳頭覆，（白）吓！捉！捉！捉！哈哈哈！我斯趕皆狐兔。

（白）吓！那個不積善的把這些樹木都砍壞了？既不然咧，爲甚松楸漸漸疏？（白）吓！甚麽東西把我絆上一交？待我拾起來看。吖！元來是苔把磚封，笋迸泥路。（白）吓！老哥、老嫂，小弟奉揖了。自古未歸三尺土，難保百年身。你如今已歸三尺土，吓！（唱）只怕你難保百年墳。（白）老漢在一日，與你看管一日。倘我不幸咧，有誰來添上三尺土？

（丑上）趲路吓！

【前腔】（唱）渡水登山多辛苦，來到這荒村塢。遥觀一老夫，試問他家，住在何所？趲步向前行，元來一所荒墳墓。

（白）來此已是三岔路口，不知往那條路走？（生嗽）（丑）那邊有位老公公在彼，不免上前問一聲。喂！老公公。（生）吓！（丑）耳背的麽？這邊來。喂！老公公。（生）阿呀呀！原來是小哥。（丑）老公公。（生）到此何幹？（丑）喒是問路的。（生）問到那裏去？（丑）喒要到陳留郡，打從那條路去？（生）這裏就是陳留郡了。（丑）甚麽？這裏就是陳留郡了麽？阿呀呀！謝天謝地，原有到的日子。吓！老公公，再問一聲。（生）又問甚麽？（丑）這裏有個蔡家府住在那裏？（生）這裏只有蔡家莊，没有甚麽蔡家府。（丑）老公公，你有所不知，你這裏有個人兒是俺家爺，在京做了大大的官，就是莊也該稱做府了。（生）是吓！但不知你家老爺叫甚麽名字？你説得明白，我指引得明白。（丑）嘿！俺家爺的名字有誰敢道？（生）爲何？（丑）老公公有所不知，前日京師裏有一人叫了俺家爺的名字，拿去，喀，殺了，又問了他三年的徒罪。（生）人死了就罷了，又問甚麽徒罪？（丑）老公，俺家爺死也不饒人的。哈哈哈！（生）哈哈哈！小哥，京中呢來往公幹人多，或者叫不得，哪哪哪，這裏荒僻去處，無人來往，但叫何妨？（丑）如此説，叫得的？（生）叫得的。（丑）附耳過來。俺家爺叫蔡伯喈。（生）吓！（丑）俺家爺叫蔡伯喈。（生）嗳！

【風入松】（唱）不須提起蔡伯喈，（丑夾）爲甚麽嚷起來？（生）説着他們哧忒歹。（丑夾）他做官有幾年了。（生）他去做官有六七載。（丑夾）不錯，有六七年了。（生）撇父母抛妻不睬。（丑夾）如今兩個老人家在那裏？（生）吓哈！兀的這磚頭土堆，（丑夾）是甚麽在裏頭？（生）小哥吓！是他雙親喪葬在此中埋。

（丑夾）原來兩個老人家都死了。害甚麽病死的呢？（生）小哥吓！

【前腔】（唱）一從别後遇荒災，更無人依賴。虧他媳婦相看待，把衣服和釵梳多解。（丑）釵梳首飾解當，也有盡期的。（生）便是！他解當來買米做飯與公婆喫，你道他自己喫的甚麽？（丑）不過喫飯罷了。（生）嗳！説也可憐。他背地裏把糟糠自捱，（丑夾）喫糠？咳！可憐！（生）公婆的反疑猜。

（丑夾）敢是兩個老人家道他背後裏喫好東西？（生）便是。（丑）以後呢？（生）以後呵，

【急三鎗】（唱）他公婆的親看見，雙雙死，無錢送，只得翦頭髮賣了去買棺材。（丑）老公公，你講了半天的話，這句就撒謊了。那頭髮能值幾何？斷送兩個老人家，又起造這所大墳墓了麼？（生）有個緣故。（丑）有甚麼緣故呢？（生唱）他去空山裏，把裙包土，血流指，感得神明助，與他築墳臺。

（丑）吓！孝感動天了。如今小夫人在那裏？（生）小夫人麼，

【風入松】（唱）如今已往帝都來，（丑）這許多路程，那裏來的盤費呢？（生）小哥，說來連你也要慘傷的呢。（丑）怎麼樣呢？（生）肩背着琵琶做乞丐。（丑）吖！做乞丐？可憐！老公公，俺家爺差我來接請太老爺、太奶奶和小夫人到京，如今兩個老人家都死了，小夫人又往京中去了，叫我怎生回覆俺家爺？（生）小哥，你原是一場苦差。（丑）是苦差吓！（生）也罷，你對墳墓跪了；我叫，你也叫。（丑）吖！老公公叫，我也叫？（生）正是。吓！老哥。（丑）老哥。（生）吓！吓！吓！你該稱太老爺纔是。（丑）不錯，太老爺。（生）老嫂。（丑）太奶奶如何？（生）你兒子在京做了大大的官。（丑）你兒子做了大大的官。（生）今差這個，（丑）今差這個，（生）吓！你叫甚麼名字吓？（丑）你叫甚麼名字吓？（生）我來問你吓！（丑）吖！老公公問我？小子叫李旺，表字興之，小名叫阿狗。（生）誰來問你

的表號？（丑）我也要表他這麼一表。（生）今差李旺前來，（丑）今差李旺前來，（生）接你們到京，（丑）接你們到京，（生）享榮華，受富貴，（丑）享榮華，受富貴，（生）你去也不去？（丑）你去也不去？（生）呀呀呀呸！叫他不應魂何在？（丑夾）搗他娘的鬼！（生）空教我珠淚盈腮。（丑）老公公，我回去稟知俺家爺，多多追薦那兩個老人家就是了。（生）小哥，他家老爺生不能養，死不能葬，葬不能祭。咻！

（唱）三不孝逆天罪大，空設醮，枉修齋。

【急三鎗】小哥，你如今疾忙去到京臺，説老漢道蔡伯喈。（丑夾）道些甚麼來？（生）哪！拜別人做爹娘好美哉，親爹娘死，不值得拜一拜。

（丑白）老公公有所不知，俺家爺在京，他辭官，官裏不從；辭婚，牛太師不允，叫他也是出於無奈吓。

（生）吖！

【風入松】（唱）原來也是出無奈。（丑）出於無奈吓。（生）小哥，今日在此和你相會。（唱）好一似鬼使神差。（丑）好個鬼使神差。（生）小哥，你家老爺當初原是不肯去赴選的吓。（丑）是那個狗攮養的叫他去的麼？（生）小哥，不要罵，就是老漢再三攛掇他去的。（丑）吓！就是老公公？阿呀！小子失言了！（生）三不從把他厮禁害，三不孝亦非罪大。（丑）老公公，這是他爹娘福薄命乖。

（生）小哥，想人生裏都是命安排。

（白）雙親死了兩無依。（丑）叫俺家爺連夜回來就是了。（生）今日回來也是遲。（丑）夜静水寒魚不餌，滿船空載月明歸。老公公，小子告辭了。（生）小哥往那裏去？（丑）到前面去找個飯鋪子，[一]安宿一宵，明日早行。（生）小哥，你看天色已晚，就在老漢家中權住一宵，明日早行如何？（丑）怎好打攪老公公？（生）好説。（丑）老公公，講了半天的話，没有請問老公公尊姓大名。（生）吖！老漢麽，就是你老爺鄰比張廣才，張大公就是老漢。（丑）吖！張廣才張大公就是你老人家？（生）正是。（丑）阿呀呀！小子有眼不識，待小子這裏叩叩。（生）不消。（丑）俺家爺在京時刻想念你老人家。（生）吖！他也想念我？（丑）想念的了不得！（生）怎樣想念呢？（丑）喫飯也是張大公，喝茶也是張大公。有一日在毛廁上登東，老爺説，李旺，拿張粗紙來。只見老爺漲紅了臉，説：呸！阿呀！我那張洞公吓！哈哈哈！（生同笑）（生）這叫背後思君子。（生）老公公，方知是好人。（生）小哥請。（丑）老公公府上在那裏？（生）就在前面。（丑）如此，老公公請。（生）小哥請。（丑）哈哈哈！難道有這樣好人吓！（同下）

别丈（小工調）

（外上唱）

【慢風入松】女蘿松柏望相依，況景入桑榆。他椿庭萱室齊傾棄，怎不想家山桃李？中雀

[一] 找：原作『招』，據文義改。

誤看屏裏，乘龍難駐門楣。

（白）自古人無遠慮，必有近憂。自家當初不仔細，一時間招蔡伯喈爲婿，指望他養老百年。誰想他父母俱亡，如今媳婦竟來尋取，我孩兒也要與他同去，不知果否？院子。（末暗上）有。（外）聞得蔡狀元妻子來此，要與我家小姐同去，此事准否？（末）老奴不知，問管家婆便知明白。（外）如此，喚來。（末）吓！老媽媽，相爺喚你。（老旦上）來了。

【光光乍】（唱）女婿要同歸，岳丈意何如？忽叫老身緣何的？想必與他作區處。

（白）公相在上，管家婆叩頭。（外）起來。聞得蔡狀元的父母俱亡，此事准否？（老旦）是，小姐同狀元一同回去。（外）他去做甚麼？（老旦）他回去戴孝守喪。（外）我的孩兒怎與别人戴孝？（老旦）相爺請息怒，容老婢告禀。

【女冠子】（唱）媳婦事舅姑合體例，怎不教女孩兒同去？當初是相公相留住，今日裏怨着誰？事須近理，怎使威勢？你道朝中太師威如火，那更路上行人口似碑。（合）想起此事，費人區處。

【前腔】（末接唱）相公只慮多嬌女，怕跋涉萬山千水。女生外向從來語，况既已做人妻。夫唱婦隨，不須疑慮。這是藍田種玉結親誤，今日裏到海乘船補漏遲。（合前）

【前腔】（外接唱）當初是我不仔細，誰知道事成差遲？念深閨幼女多嬌媚，怎跋涉萬餘

里？我嫡親更有誰，怎忍分離？不教愛女擔煩惱，也被傍人講是非。（合前）

【五供養】（小生、正旦、貼同上唱）終朝垂淚，爲雙親使我心疼。墳塋須共守，只得離神京。商量個計策，猶恐你爹心不肯。（貼）若是爹不肯，只索向君王請命。

（小生白）岳丈。（貼）爹爹。（外）賢婿，聞得你父母皆棄，你媳婦來此，可有此事？（小生）是。正要禀知岳父。過來見了。（正旦）是。吓！公相。（外）這就是伯喈的媳婦麼？（貼）正是。（外）賢哉吓賢哉！（貼）孩兒有事告禀爹爹。（外）起來説。（貼）孟子云：娶妻所以養親，侍奉舅姑者也。孔子云：生事之以禮；死葬之以禮，祭之以禮。今姐姐爲蔡氏婦，生能竭奉養之力，死能備棺槨之禮，葬能盡封樹之勞；孩兒亦爲蔡氏婦，生不能供甘旨，死不能盡躃踴，葬不能事窀穸。以此思之，何以爲人？誠得罪於姑舅，實有愧於姐姐。今特請命於爹爹之前，願居於姐姐之右。（外）我兒説得極是。（正旦）夫人，不是這等説。公相在上，賤妾有言奉告。（外）請教。（正旦）妾聞人之貴賤，不可概論。夫人是香閨繡閣之名姝，奴家是裙布荆釵之貧婦；況承君命以成婚，難讓妾身以居右；論正，還該是夫人。（貼）説那裏話？還該姐姐。（外）噯！五娘子，你今日既無父母，又喪翁姑，你便是我女兒一般。況你先歸於蔡氏，年紀又長於我兒，此實理當，不必推辭。（小生）你二人姐妹相稱便了。（貼）姐姐請轉。（正旦）多謝公相。夫人，占了。（貼）好説。（外）賢婿，你今爹娘既不幸棄世，我也難留你；只是心上捨你不下。（小生）岳丈，小婿今日拜辭岳丈，領二妻同歸故里，共行孝道；待等服滿之後，再來侍奉尊顔，不必掛念。（外）吓！我兒。（貼）爹爹。（外）我兒，你如今去拜舅姑的墳墓，不念我做爹爹的了？（貼）爹爹，孩兒此去，不過三年之期；待服滿後，就來侍奉爹爹的，不必掛念。（外）咳！莫説三年，爲父的一刻也捨你不得！（貼）孩兒亦出於無奈呢。（外）没相干，女生外向。（小生）岳丈請上，小婿就此拜别。

【摧拍】（唱）念蔡邕爲雙親命傾，遭不孝逆天罪名。今辭了漢廷，辭了漢廷，感岳丈深恩，豈敢忘恩？我欲待不歸，恐負却亡靈。（合）辭别去，同到墳塋；心慽慽，淚盈盈。

【前腔】（正旦接唱）念奴家離鄉背井，望公相教孩兒共行。非獨故里榮，非獨故里榮，我陰世公婆，阿呀！死也目瞑。看待孩兒，不必叮嚀。（合前）

【前腔】（貼接唱）覷爹爹顔衰鬢星，思量起教人淚零。進退不忍，進退不忍，我待不去呵，誤了公婆，被人譏評；我若去呵，撇了親爹，又没人看承。（合）

【前腔】（外接唱）辭别去，你的吉凶未憑；再來時，我的存亡未明。吾今已老景，畢竟你没爹娘，我没親生。若念骨肉一家，須早辦回程。（合前）

【一撮棹】（小生接唱）岳丈寬心等，何須苦掛縈？（外）賢婿，把音書寫，頻頻寄郵亭。（貼）老媽媽，爹年老，伊家好看承。（老旦）小姐，這不勞掛念。但願程途裏，各自保安寧。（衆）死别全無准，生離又難定。今去也，何日返神京？

【尾聲】最苦生離難抛捨，未知再會何時也？（貼白）爹爹。（小生）那裏去了。吓！夫人。（貼）

呋。（小生）來。（貼）爹爹。（小生）來噓。（同下）

【哭相思】（外唱）女婿今朝已別離，老夫孤苦有誰知？（老旦）夫唱婦隨同歸去，一處思量一處悲。（外同老旦下）

集成曲譜

崑曲工尺譜。王季烈、劉富梁編訂。1925 年商務印書館石印本。全書分爲金、聲、玉、振四集，每集八卷，共三十二卷。共選收八十八部戲曲作品中的四百一十六齣折子戲，詞、譜、賓白完備。其中金集卷二、卷三共收録《琵琶記》之《稱慶》《規奴》等散齣三十六齣，輯録如下。

稱　慶（小工調）

（小生上）

【瑞鶴仙】十載親燈火，論高才絶學，休誇班馬。風雲太平日，正驊騮欲騁，魚龍將化。沉吟一和，怎離却雙親膝下？且盡心甘旨，功名富貴，付之天也。

宋玉多才未足稱，子雲識字浪傳名。魁光已透三千丈，風力行看九萬程。經世手，濟時英，玉堂金馬豈難登？要將萊綵歡親意，且戴儒冠盡子情。卑人姓蔡名邕，字伯喈，陳留郡人也。沉酣六籍，貫串百家。自禮樂名物，以及詩賦詞章，皆能窮其奥妙；由陰陽星曆，以至聲音書數，靡不得其精微。抱經濟之奇才，當文明之盛世。幼而學，壯而行，雖望青雲之萬里；入則孝，出則弟，怎離白髮之雙親？倒不如盡菽水之歡，甘虀鹽之分。正是：行孝於己，責報於天。自家新娶妻房，方纔兩月。却是陳留郡人，趙氏五娘。儀容俊雅，且休誇桃李之姿；德性幽閒，儘可寄蘋蘩之托。正是：夫妻和順，父母康寧。《詩》中有云：爲此春酒，以介眉壽。昨已吩咐娘子安排酒筵，與爹媽稱慶，想已完備。（外内嗽介）（小生）言之未已，爹媽出堂也。

【寶鼎現】（外上唱）小門深巷，春到芳草，人閒清晝。（付）人老去星星非故，春又來年年依舊。（正旦）最喜今朝春酒熟，滿目花開如繡。（仝）願歲歲年年，人在花下，常斟春酒。

（小生）爹媽拜揖。（正旦）公婆萬福。（外、付）罷了。今日請我們出來何幹？（小生）告爹媽得知。（付、外）起來説。（小生）人生百歲，光陰幾何？幸喜爹媽年滿八旬，孩兒一則以喜，一則以懼。當此春光，閒居無事，聊具一樽，與爹媽稱慶。（外）生受你。媽媽。（付）老兒。（外）子孝雙親樂，（付）家和萬事興。（外）我兒把盞。（小生）娘子看酒。（正旦）是。

【錦堂月】（小生、正旦仝唱）簾幕風柔，（仝）庭幃晝永，朝來峭寒輕透。（小生）親在高堂，一喜又還一憂。（仝）惟願取百歲椿萱，長似他三春花柳。酌春酒，看取花下高歌，共祝眉壽。

【前腔】（正旦）輻輳，獲配鸞儔。深慚燕爾，持杯自覺嬌羞。（付界）自家骨肉，有何怕羞？怕難主蘋蘩，不堪侍奉箕箒。（外、付）惟願取偕老夫妻，（小生、正旦）常侍奉暮年姑舅。（仝）（合前）[一]

【醉翁子】（小生）回首，歎瞬息烏飛兔走。喜爹媽雙全，謝天相佑。（正旦）不謬，更清淡安閒，樂事如今誰更有？（仝）相慶處，但酌酒高歌，更復何求。[二]

【前腔】（外）卑陋，論做人要光前耀後。願吾兒青雲萬里，早當馳驟。（付）聽剖，真樂在田園，何必區區做公與侯？（仝）（合前）

【僥僥令】春花明彩袖，春酒泛金甌。但願歲歲年年人長在，父母共夫妻相勸酬。

【前腔】（外、付）夫妻好厮守，（小生、正旦）父母願長久。（仝）坐對兩山排闥青來好，看一水護田疇，緑遶流。

【尾聲】山青水緑還依舊，歎人生青春難又，惟有快樂是良謀。

（外）逢時遇景且高歌，（付）須信人生能幾何。（小生）萬兩黄金未爲貴，（仝）一家安樂值錢多。（外）

[一] 眉批：原本【錦堂月】四支，時俗删去後二支，兹姑從俗。

[二] 眉批：原本末句作『共祝眉壽』，時俗所改文義尚通，仍之。

媽媽。（付）老兒。（外）一年一度，（付）時光易過。（外）又是一年了。（付）又是一年了。（外）媽媽，進來罷。（付應）（小生）娘子，徹過筵席。（正旦應下）

規奴（小工調）

（旦上）

【祝英臺近】緑成陰，紅似雨，春事已無有。（貼）聞説西郊，車馬尚馳驟。（旦）怎如柳絮簾櫳，梨花庭院，（合）好天氣清明時候？（一）

（旦）莫信直中直，須防仁不仁。（貼）吓！小姐，惜春見。（旦）咥！賤人！（貼）是。（旦）我限你半個時辰，爲何去了已久？（貼）小姐，早晨裏只聽得疏剌剌狂風，吹散了一簾柳絮；晌午時又見那淅零零細雨，打壞了滿樹梨花。一霎時囀幾對黄鸝，猛可的聽數聲杜宇。見此春去，教我如何不悶？（旦）春去自去，與你何干？（貼）清明時節單衣試，争奈晝長人静重門閉。（旦）我芳心不解亂縈牽，羞覩遊絲與飛絮。（貼）小姐，我繡窗欲待拈針黹，忽聽鶯燕雙雙語。（旦）賤人，無情何事管多情，任取春光自來去。（貼）小姐，你有甚法兒教道惜春不悶？（旦）你且起來，聽我道。（貼應）

（一）眉批：俗譜貼唱『車馬』至『簾櫳』二句，餘皆旦唱。强行割裂，不顧文義，謬極。工譜亦高低互倒。兹改正之。

【祝英臺序】(旦)把幾分春,三月景,分付與東流。唬老杜鵑,飛盡紅英,端不爲春閒愁。休休,婦人家不出閨門,怎去尋花穿柳?我花貌,誰肯因春消瘦?

【前腔】(貼)春晝,我只見燕雙飛,蝶引隊,鶯語似求友。那更柳外畫輪,花底雕鞍,都是少年閒遊。(旦界)他自閒遊,與你何干?我難守,繡房中清冷無人,我欲待要尋一個佳偶。(旦夾)賤人倒思想丈夫起來!這般説,我的終身休配鸞儔?

【前腔】(旦)知否?我爲何不捲珠簾,獨自愛清幽?縱有千斛悶懷,百種春愁,難上我的眉頭。休憂,任他春色年年,我的芳心依舊。這文君,可不耽擱了相如琴奏?

【前腔】(貼)今後,方信你徹底澄清,我好没來由。想像暮雲,分付東風,情到不堪回首。聽剖,你是蕊宫瓊苑神仙,不比塵凡相誘。(鳥叫介)我謹隨侍,窗下拈針挑繡。

(貼)小姐,聽樹上子規叫得好聽吓!(旦)休聽樹上子規啼,(貼)悶坐停針不語時。(旦)窗外日光彈指過,(貼)席前花影坐間移。(旦)今後不可。(貼)是。(旦)隨我進來。(貼應)(仝下)

逼試(六調)

(小生上)

【一翦梅】浪暖桃香欲化魚,期逼春闈,詔赴春闈。郡中辟賢書,心戀親幃,難捨親幃。

世間好物不堅牢，彩雲易散琉璃脆。卑人蔡邕，本欲甘守清貧，力行孝道。怎奈黄榜招賢，郡中將我名字申報上司去了；一壁厢有吏人來辟召，我以親老爲辭。那吏人雖則已去，只恐明日又來。也罷，我只得力辭便了。正是：人爵不如天爵貴，功名怎似孝名高？

【宜春令】雖然讀萬卷書，論功名非吾意兒。只愁親老，夢魂不到春闈裏。便教我做到九棘三槐，怎撇得萱花椿樹？我這衷腸，一點孝心對着誰語？

【前腔】（生上接）相鄰並，相依倚，老漢張廣才。今當大比之年，特來催促鄰比蔡老員外之子蔡伯喈上京應試。往常間有事來相報知。此間已是，解元有麼？（小生）是那個？原來是大公。大公拜揖！（生）解元。（小生）請坐。（生）有坐。（小生）違日多承厚禮。（生）好説。（小生）今日到舍有何貴幹？（生）解元，你還不知麼？（唱）（小生界）不知吓。那試期迫矣，早辦行裝往前途去。（小生界）卑人只爲雙親年老，故爾不敢前去。解元，子雖念親老孤單，親須望孩兒榮貴。你趁此青春不去，竟待何日？

（小生曲内界）待我請爹爹出來。爹爹有請。

【前腔】（外上接）時光短，雪鬢催，守清貧不圖甚的。那個在外？（小生）大公在外。（外）説我出來。（小生）是。大公，爹爹出來了。（生）吓！老哥。（外）老友，失迎了。（生）好説。（外）請坐。違日多承厚禮。（生）些須薄禮，何足致謝？（外）到舍有何貴幹？（生）今當大比之年，特來催令郎上京應試。（外）原來爲此。老友，不是小弟誇口。所喜有兒聰慧，但得他爲官吾足矣。蔡邕，天子詔招取賢良，秀才們都求科試。你快赴春闈，急急整裝行李。

（小生曲内界）母親有請。

【前腔】（付上接唱）娘年老，八十餘，眼兒昏聾着兩耳。那個在外？（小生）大公在外。（付）説我出來。（小生）大公，母親出來了。（生）吓！老嫂。（付）大公，前日多承厚禮。（生）些須薄禮，何足致謝？（付）着小兒請你喫壽麵，爲何不來？（生）偶有小事，故爾不曾來捧觴。有罪！（付）好説。今日到舍，有何見諭？（生）今當大比之年，特來催令郎上京應試，求取功名。（付）求取功名是一樁美事，只怕去不成吓。（生）爲何？（付）別人不知，大公是盡知我家的。又没個七男八婿，止有這個孩兒，要他供甘旨。（外界）又來護短了！老兒，他方纔得六十日的夫妻，强逼他去争名奪利。咊！我細思之，無知老子，好不度己。(一)

（外）功名大事，定要去的。（生）解元。（小生）大公。（生）如今黄榜招賢，試期已迫，你有這般才學，怎麽不去赴選？（小生）大公，非是卑人不肯前去。（生）却爲何來？（小生）哪！

【繡帶兒】只爲親年老光陰有幾？（生界）行孝不在今日。行孝正當今日。（生界）此去定然脱白

(一)　眉批：末句原本作『怎不教老娘嘔氣』，兹姑從俗。

掛緑。終不然爲着一領藍袍，却落後戲綵斑衣。（生界）請自思之。我思之，此行榮貴雖可擬，（外界）老友，他説些什麽？（生）令郎説雙親年老，不敢前去。（外）他是這等説？非也。（小生連）怕親老等不得榮貴。（外）蔡邕，春闈裏紛紛都是大儒，難道是没爹娘的孩兒方去？

【前腔】（生）解元，你休迷，男兒漢有凌雲志氣，何必苦恁淹滯？解元，你此回不去呵，可不乾費了十載青燈，枉捱過半世黄虀？你須知，此行是你親命，休固拒。㈠ 吖哈，那些個養親之志？（付）我百年事只有此兒，難道是庭前森森丹桂？

【太師引】（外）他意兒我也難提起，這其間就裏我自知。（付）噲，老兒，你知些什麽？（外）話便有一句，你要護短，不對你説。（付）對那個説？（外）要對廣才説。吓！老友，你道他爲何不肯前去？（生）小弟不知。（外）哪！（唱）（付界）有話倒對外人説！他戀着被窩中恩愛，捨不得向海角天涯。（生）新婚燕爾，正是後生所爲。（外）廣才，你難道不曾讀過《尚書》麽？那塗山四日離大禹，他與五娘子成親兩月，吖哈，直恁的捨不得分離？（生）老哥請息怒，待小弟去對他説。吓！解元。（小生）大公。（生）令尊罪得你好重哩！（小生）罪卑人什麽？（生）哪！道你貪鴛侶守着鳳幃，恐誤了鵬程鶚薦的消息。

㈠ 眉批：俗譜將『休』字上正板移於『固』字頭，而將『拒』字上正板改作贈板，謬。

【前腔】（付）他意兒只要供甘旨，又何曾貪歡戀妻？[一] 自古道曾參純孝，何曾去應舉及第？功名富貴都是天付與，天若與不求而至。（小生）娘言是，望爹行聽取。（外）哆！娘不要你去，就是娘言是；父要你去，就是父言非？你這戀新婚逆父命的畜生！（生）老哥請息怒，不必如此。（小生）爹爹，孩兒若有此心呵，天須鑒蔡邕不孝的情罪！

（外）我且問你，如何爲之大孝？（小生）告爹爹知道：凡爲人子者，冬温夏靖，昏定晨省。問其寒暖，搔其疴痒，出入則扶持之，問其所欲則敬進之。所以道父母在，不遠遊；出必有方，復不過時。古人之孝，不過如是。（外）廣才，聽他説的都是小節，不曾説着大孝。（生）把大孝説與他聽。（外）聽我道。（小生應）（外）大孝者，始於事親，中於事君，終於立身。身體髮膚，受之父母，不敢毁傷，孝之始也。立身行孝道，揚名後世，以顯父母，孝之終也。是以家貧親老，不爲禄仕，謂之不孝。你若做得一官半職回來，也顯得父母好處。吓！廣才，豈不是個大孝？（生）其實是個大孝。（小生）爹爹言得極是。但孩兒此去，若做得官還好；倘做不得官，不能事君，又不能事親，却不兩下都耽擱了？（生）解元差矣。古人云：幼而學，壯而行。又道：學成文武藝，貢與帝王家。你這般才學，執意不去，却是爲何？（小生）大公吓，非是卑人不肯前去，所慮雙親年老，無人侍奉。只有一個新婚媳婦，是個女流，濟得甚事？因此不敢遠離膝下。（生）解元，自古千錢買鄰，八百置舍。老漢忝在鄰比，你去後倘宅上

（一）眉批：俗譜脱『妻』字，非特失韻，文義亦不通。

有些欠缺，都在老漢身上。（外）來，來，來，謝了大公！（小生）是。大公請上，待卑人拜謝。（生）阿呀呀！不消。

【三學士】（小生）謝得公公意甚美，（付界）兒吓，再拜一拜。（外）爲何？（付）哪！哪！哪！油鹽醬醋，都在裏頭了！（小生連）凡事仗托扶持。假饒一舉登科日，難道是雙親未老時？只恐錦衣歸故里，怕雙親不見兒。

【前腔】（外）萱室椿庭衰老矣，指望你改換門閭。你若做得官回來，自有三牲五鼎供朝夕，須勝似啜菽並飲水。你若錦衣歸故里，爲父的倘有不幸別，一靈兒終是喜。

急辦行裝赴試期，（小生）父親嚴命怎生違？（生）一舉首登龍虎榜，（付）十年身到鳳凰池。（生）告辭。（外）送了大公出去。（小生）是。（生）不消。另日還要來餞別。請了。（小生）大公慢請罷。（生下）（小生）大公去了。（付）兒吓，進去與五娘子商量商量、計較計較該去呢不該去。（外）呸，商量也要去，不商量也要去。（下）（付）商量也不去，不商量也不去。兒吓，不要聽他，做娘的包你不去。（小生）全仗母親。（付）隨我進來。（小生應下）

囑　別（小工調）

（正旦上）

【謁金門】春夢斷，臨鏡緑雲繚亂。聞到才郎遊上苑，又添離别歎。（小生）苦被爹行逼遣，脉脉此情何限。〔一〕（仝）骨肉一朝成拆散，可憐難捨拚。〔二〕

（正旦）官人。（小生）娘子。（正旦）雲情雨意，雖可拋兩月夫妻；雪鬢霜鬟，竟不念八旬父母？功名之念一起，甘旨之心頓忘，是何道理？（小生）娘子，膝下遠離，豈無眷戀之心？高堂嚴命，不聽分剖之辭，咳！教卑人如何是好？（正旦）官人，我猜着你的意兒了。（唱）（小生界）猜着什麼來？

【忒忒令】你讀書思量中狀元，（小生界）向上之心，人皆有之。只怕你才疏學淺。（小生界）怎見得卑人才疏學淺？則這《孝經》《曲禮》，你早忘了一段。（小生界）忘了什麼？却不道夏清與冬温，昏須定，晨須省，親在遊怎遠？〔三〕

【前腔】（小生）我哭哀哀推辭了萬千，（正旦界）張大公如何説？他鬧吵吵抵死來相勸。（正旦夾）他雖相勸，不去由你。將我深罪，不由人分辯。爹道我，（正旦夾）道你什麼來？戀新婚，逆親言，貪妻愛，不肯去赴選。

【沉醉東風】（正旦）官人。你爹行見得好偏，只一子不留在身畔。如今公婆在那裏？（小生）在

〔一〕眉批：俗伶搬演此折，小生先上即唱『苦被』二句，旦上接唱『聞道』二句，將此引顛倒錯亂，謬極。

〔二〕眉批：拌棄之拌，俗誤作『拚』。本平聲，此作去。

〔三〕眉批：『却不道』句俗譜板式殊誤，兹改正之。

堂上。（正旦）既在堂上，和你仝去説。（小生）娘子請。（正旦）官人請。哎！我不去了。（小生）娘子爲何欲行又止？（正旦）我去説，公婆聽奴還好，倘然不聽呵，他只道我不賢，(一)要將伊迷戀。這其間教人怎不悲怨？（仝）爲爹淚漣，爲娘淚漣，何曾爲着夫妻上意牽？

【前腔】（小生）做孩兒節孝怎全？做爹行不容幾諫。（正旦夾）你爲子者，怎生埋怨？非是我要埋怨，只愁他形隻影單，我出去有誰來看管？（仝）（合前）

【臘梅花】（外、付上）孩兒出去在今日中，爹爹媽媽來相送。但願得魚化龍，青雲得路，桂枝高攀步蟾宫。

（小生）爹媽拜揖。（正旦）公婆萬福。（付、外）罷了。（外）我兒，怎麽還不起身？（小生）專候大公到來拜别。（外）門首去看來。（小生應）（生上）仗劍對樽酒，恥爲遊子顔。（小生）大公來了。（生）解元，所志在功名，（小生）咳！（生）離别何足歎。（小生）爹媽，大公來了。（生）吓！老哥老嫂。（外）廣才。（付）大公。（生）解元爲何還不起程？（外）專等老友到來，即便起身。（生）老漢帶得碎銀幾兩，權爲路費，請收了。（外）謝了大公。（小生）多謝大公。（生）好説。（付、小生仝）吓！阿呀！兒、娘吓！（付）若不爲功名，做娘的怎生捨得你前去？（哭介）（小生）爹媽請上，孩兒就此拜别。

(一)　眉批：『我不賢』三字俗改低腔，失本調腔格。兹訂正之。

（外、付）罷了！

【園林好】（小生）兒今去爹媽休得要意懸，（仝）兒今去經年便還。（小生）但願得雙親康健，（外、付界）早去早回。（生、小生仝連）須有日拜堂前，（小生）須有日拜堂前。(一)

【前腔】（外）我孩兒不須掛牽，爹指望孩兒貴顯。若得你名登高選，須早把信音傳，（仝）須早把信音傳。

（付）兒吓！（唱）（小生夾）娘吓！

【江兒水】膝下嬌兒去，堂前老母單，臨行密密縫針綫。眼巴巴望着關山遠，冷清清倚定門兒盼。（小生界）母親且自寬懷消遣。阿呀！兒吓！教我如何消遣？（小生界）母親請免愁煩。

（仝唱）要解愁煩，（付）須是頻寄音書回轉。

（正旦）官人。（唱）（小生界）娘子。

【前腔】妾的衷腸事，有萬千，（小生界）有話對卑人説，説來又恐怕添縈絆。六十日夫妻恩情斷，八十歲父母教誰看管？（小生界）莫非怨着卑人？教我如何不怨？（仝）要解愁煩，（正旦）官人，須是頻寄音書回轉。

(一) 眉批：凡合頭不可更换一字，俗譜將第二句改作『終有日拜椿萱』，不可爲訓。兹訂正之。

【五供養】(生)解元，自有貧窮老漢，託在隣家，事體相關。此行雖勉强，不必恁留連，(小生界)爹娘望大公早晚看管一二。你爹行，吖哈，早晚、早晚間吾當陪伴。丈夫非無淚，不灑別離間。(仝)骨肉分離，寸腸割斷。

【前腔】(小生)公公可憐，我的爹娘望你周全。此身若貴顯，自當效銜環。(生界)阿呀呀！請起。(正旦接)有孩兒也枉然，你的爹娘倒教別人看管。(一) 此際情何限，偷把淚珠彈。(仝)(合前)

【玉交枝】(外接)別離休歎，(付界)我好心痛！媽媽，我心中豈不痛酸？蔡邕，非爹苦要輕拆散，也只是圖你榮顯。(付)蟾宮桂枝須早攀，怕北堂萱草時光短。(仝)又未知何日再圓？又未知何日再圓？

【前腔】(小生)雙親衰倦，娘子，你扶持看他老年。饑時勸他加餐飯，寒時節頻與衣穿。(正旦)做媳婦事舅姑，不待你言；你做孩兒離父母，何日返？(仝)(合前)

【川撥棹】(仝)歸休晚，莫教人凝望眼。(二) 但有日回到家園，但有日回到家園，(小生)我怕、

(一) 眉批：『你的爹娘倒教』六字按板式只用一眼，今於『爹』字上增一板，雖不足法，惟爲便於唱者起見，姑從俗。

(二) 眉批：『眼』字底板不可少，俗伶或去之。

怕回來雙親老年。（仝）怎教人心放寬？不由人珠淚漣。

【前腔】（正旦）我的埋怨怎盡言？我的一身難上難。（小生）娘子，你寧可將我來埋怨，你寧可將我來埋怨，莫把我爹娘冷看。（正旦夾）官人請起。（仝唱）（合前）

【尾聲】生離遠別何足歎，專望你名登高選。衣錦還鄉，教人作話傳。

（小生）此行勉强赴春闈，（生）專望明年衣錦歸。（外）世上萬般哀苦事，（仝）無非遠别共生離。（生）告辭。（外）有慢。送了大公出去。（小生）是。大公慢請罷。（生）解元，願你步去馬回！哈哈哈！（下）（小生）爹媽，大公去了。（外）我兒，家道艱難，你若成名，即便就回。（小生應）（付）媳婦，可念夫妻之情，送到南浦，即便回來。（正旦）是。（付、小生仝）吓！阿呀！兒、娘吓！（下）

南浦（小工調）

（正旦、小生仝上）

（正旦）官人，此去蟾宫須穩步，休教别戀忘歸。公婆年老怎支持？一朝波浪起，阿呀！鴛侶兩分離。

（小生）娘子，堂上雙親嚴命緊，不容分剖推辭。如今暫别守孤幃，晨昏行孝道，全仗你扶持。（正旦）咳！

【尾犯序】無限别離情，兩月夫妻，一旦孤另。此去經年，望迢迢玉京思省。（小生界）莫非慮着卑人此去山遥水遠？奴不慮山遥水遠，（小生界）莫非慮着衾寒枕冷？奴不慮衾寒枕冷。（小生界）慮着什麼？奴只慮公婆没主，一旦冷清清。

【前腔】（小生）娘子，我何曾，想着那功名？欲盡子情，難拒親命。我年老爹娘，望伊家看承。畢竟，你休怨着朝雲暮雨，暫替我冬温夏凊。思量起，如何教我割捨得眼睁睁？

【前腔】（正旦）你儒衣纔换青，快着歸鞭，早辦回程。那十里紅樓，休戀着娉婷。叮嚀，不念我芙蓉帳冷，也思親桑榆暮景。頻囑咐，知他記否？空自語惺惺。

【前腔】（小生）娘子，你寬心須待等，我肯戀花柳，甘爲萍梗？只怕萬里關山，那更音信難憑。須聽，我没奈何分情破愛，誰下得虧心短行？（仝）從今去，相思兩處，一樣淚盈盈。

（正旦）官人此去，得官不得官，須早寄音書回來。（小生）娘子，我音書是要寄的。

【鷓鴣天】只怕萬里關山萬里愁，（正旦）一般心事一般憂。（小生）桑榆暮景應難保，（仝）客館風光怎久留？（正旦）他那裏，慢凝眸，（小生）娘子請回罷。（正旦）官人慢行。（仝）吓！阿呀呀！（小生下）（正旦）正是馬行十步九回頭。歸家只恐傷親意，擱淚汪汪不敢流。（下）

訓　女（尺調）

（衆喝，外上，末、生隨上）

【齊天樂】鳳凰池上歸環珮，衮袖御香猶在。棨戟門前，平沙堤上，何事車填馬隘？星霜鬢改，怕玉鉉無功，赤舄非材。回首庭前，淒涼丹桂好傷懷。

（末、生）迴避！（衆下）（外）荼蘼徑路草蕭條，自古雲山遠市朝。公道世間惟白髮，貴人頭上不曾饒。老夫姓牛名卓，官居師相，位極人臣，富貴功名已滿心意。這幾日久留禁地，不曾回府，聞得這班使女們終日在後花園中戲耍。自古欲治其國，先治其家。院子。（末、生）有。（外）喚老媽媽和惜春出來。（末、生）是。老媽媽。（淨內）那。（末、生）惜春姐。（丑內）奢個？（末）老爺喚。（淨、丑）來哉。（上）（鳥叫介）（淨）咦！老鴉叫，（丑）眼睛跳。（淨）勿是打，（丑）定是吊。（淨）打勿打三千，（丑）吊勿吊一年。（淨）我也無得說。（丑）我也無得話。（淨）且答呧去見老爺。（丑）使得個。（淨）老爺在上，老婢叩頭。（丑）惜春叩頭。（外）呧，你這老婢子，我叫你做個管家婆，不去拘束這些婢女們，反仝他們在後花園戲耍，這怎麽說？（淨）我曉得老爺居來勿得，一居來就動我老太婆個氣了。（丑）動老爺個氣。（淨）老爺在上，老婢在下。（丑）奢老要分上下？（淨）分子上下，好說中話。（丑）勿差。（淨）我也勿得知老爺個長短，啥也勿得知我個深淺。（丑）呸！（淨）老爺，惜春個丫頭，若勿打俚兩記，要成精作怪哉。（丑）老爺，啥一記也勿要打，看我阿會成精作怪？（淨）自從老爺入海去子，（丑）入朝！（淨）呧，個丫頭水性勿曉得潮没，阿是海裏來個？（丑）我是日日經風經浪過個哉。（淨）個一日我拉厨房下洗馬桶，（丑）飯桶！（淨）勿差，飯桶。惜春走得來，對我一看，拿個張嘴，扭來扭，招會我個意思。我說：『惜春姐，爲奢勿替小姐拉房裏做針黹，到厨房下來做奢？』俚說：『老媽媽，如今春三二月，艷陽天氣，蜂也鬧，蝶也鬧，人世難逢開口笑。笑一笑，少一少；惱一惱，老一老；捏一捏，竅一竅；撥一撥，跳一跳。大家去白相相。』（外）你可曾去？（浄）我是勿肯去，俚拿兩隻手拉我背上一搭，説：『去噓！去噓！』（外）如此説，去的了？（浄）去是勿曾去，踱子一遭。（外）惜春，你怎麼不與小姐在繡房中做些針黹，反在後花園中戲耍，怎麼説？（丑）老爺，俚有告，我有訴。一日我搭小姐拉繡房裏繡老爺個狗牛肚子，（浄）斗牛補子。（丑）勿差，斗牛補子。只見個老媽媽立拉窗外頭，拿手招來招，招子我出去，瞞個小姐拉乩，勿好説出去白相。（外）你可曾去？（丑）我就寫帖子回頭俚，上寫着：多承手招，有事終朝。何勞恁説，敢虛佳節？今遵家教，敢犯法條？特此奉復，不勞再邀。況且老爺居來要動氣個。俚説番道老爺搭我有一局了。（浄）嚼殺哉！（外）你倒底可曾去？（丑）我是再三再四勿肯去，俚再五再六要我去，我即是勿肯去，個老姆就頓生一計，説：『丫頭，匹手上個癩疥瘡阿好來？』我説：『還勿曾好來。』俚就拿我個手一看，對子背上一搭，説道：『駝，駝，駝，賣升羅；升羅破，再買個。』駝進子花園個。老媽年紀一把，骨頭嘸得四兩重。勿是俚個世界哉！把假山石推倒，金魚池壓壞；牡丹花攀折，海棠花捏癟。一盆細葉菖蒲，認道松毛韭菜了。乾殺哉，等我來澆點挜壅看。扯開子褲子，賊個搜流流一場大尿，澆得他東倒西歪，根根蠟黄，那間像子一樣物事哉。（浄）像奢個介？（丑）像子老爺個髭鬚哉。（外）如此説，你也去的了？（丑）去是勿曾去，走子一遭。（外）院子，取板子過來，與我各打十三。（院應）（浄、丑）阿呀！我裏十四去個，勿是十三。（末、生）睡下來！（丑）阿呀！老爺，下來勿去没哉。（打介）一五、一十、十三，打完。（外）迴避。

（末、生下）（外）請小姐出來。（淨、丑）小姐有請。

【花心動】（旦上）幽閣深沉，問佳人：爲何懶添眉黛？繡綫日長，圖史春閒，誰解屢傍粧臺？絳羅深護奇葩小，不許蜂迷蝶猜。（淨、丑）笑瑣窗，多少玉人無賴？

小姐到。（旦）爹爹萬福！（外）你可知罪？（旦）孩兒不知罪。（外）呸！（旦跪介）（外）還説不知罪？自古婦人之德，不出閨門。行不動裙，笑不露齒。今日是我孩兒，異日他人媳婦。這幾日我不在家，你放這些使女，反仝他們終日在後花園戲耍。倘或這些使女們做出些事來，可不連你的芳名多誤了？取戒方！（旦）阿呀呀！（淨）看亡故夫人面上。（丑）小姐是出手貨，打勿起個。（外）我本該責你幾下，可惜你，

【惜奴嬌】杏臉桃腮，（淨）老爺頭上戴子馬台。（丑）好像招財。（淨）惜春跪乱，老媽起來。（丑）老媽跪乱，惜春起來。（外）呸！（唱）（淨界）老面皮，大家跪。當有松筠節操，蕙蘭襟懷。閨中言語，不出閫閾之外。老媽媽，你年衰，不教我孩兒是伊之罪。（淨夾）老婢該死！惜春，這風情今休再。（仝）記再來，但把不出閨門的語言相戒。

【前腔】（旦）堪哀，萱室先摧，（淨夾）老爺，小姐思念夫人。（外）咳！嘿嘿！（丑）勿要歎氣。（旦連）歎婦儀姆教，未曾諳解。（外夾）人孰無過，能改爲上。蒙爹嚴訓，從今怎敢不改？老媽媽，我是裙釵，早晚望伊家將奴誨。（淨夾）折殺老婢了。惜春，要改前非休違背。（仝）（合前）

【黑麻序】（浄）看待，父母心，婚姻事，須要早諧。勸公相，早畢兒女之債。（外）休呆，如何女子前，胡將口亂開？（仝）記今來，但把不出閨門的語言相戒。

【前腔】（丑）輕浼，我受寂寞擔煩惱，教我怎捱？細思之，怎不教人珠淚盈腮？（旦）寧耐，温衣並美食，何須苦掛懷？（仝）（合前）

（外）女人不可出閨門，（旦）多謝嚴親教育恩。（浄）自古成人不自在，（丑）須知自在不成人。（外）伏侍小姐到繡房中去，今後不可如此。（嗽下）（丑）纔是吚個老花娘。（浄）纔是吚個小花娘。（旦）你們不須争論，今後不可如此。隨我進來。（丑）是哉。今後不可如此。隨我進來。（浄）個小花娘，直頭會說乱。（渾下）

登程（尺調）

（小生上）

【滿庭芳】飛絮沾衣，殘花隨馬，輕寒輕煖芳辰。江山風物，偏動別離人。回首高堂漸遠，歎當時恩愛輕分。傷情處，數聲杜宇，客淚滿衣襟。

【前腔換頭】（末上）淒涼芳草色，故園人望，目斷王孫。慢憔悴郵亭，誰與温存？（浄、丑上）聞道洛陽近也，又還隔幾座城闉。（合）澆愁悶，解鞍沽酒，同醉杏花村。

（小生）千里鶯啼緑映紅，（丑）水村山郭酒旗風，（末）行人如在畫圖中。（净）不暖不寒天氣好，或來或往旅人逢，（合）此時誰不歎西東？（各見）請了。（三）請問仁兄尊姓貴表？（小生）小生姓蔡名伯喈。敢問三位仁兄尊姓大名？（末）在下姓李，字群玉。（丑）小子姓落，名得嬉。（净）小子姓常，名白將。（小生）久聞諸位大名，今日幸得相會，想是都要往京師赴選的麼？（三）正是。蔡兄莫非也是往京中赴試的？（小生）便是。（三）今幸相會，在此歇息片時如何？（小生）甚好。（末）我等既係同道，大家説些學識如何？（三）使得。（末）蔡兄先請。（小生）小生坐則讀，行則吟，書窮萬卷識彝倫。人生兩事唯忠孝，欲答君恩並報親。（三）説得有理。（小生）李兄所志若何？（末）我不將窮阨付前緣，常把殷勤契上天。人事盡時天意轉，才高豈得困林泉？（净、丑）自然，自然。（末）落兄也請自道。（丑）小子讀書費力，常向螢窗講習。熟誦《孝經》《曲禮》，博覽《詩》《書》《周易》。《春秋》諸子百家，篇篇義理紬繹。哈哈哈！前日走到學中，夫子潛自叫屈。説道：可惜這個秀才，眼中一字不識。（净）你却説了一場夢！（末）請問常兄所學如何？（净）小子言不妄發，寫字極有方法。不問正草隸篆，寫出都是帖法。王羲之拜我爲師，歐陽詢見我謊殺。只是早間寫了個人字，忘記了一撇一捺。哈哈哈！（三）休得取笑。（小生）天色已晚，快些趲路罷。（三）有理。

【甘州歌】（小生）衷腸悶損，歎路途千里，日日思親。青梅如豆，難寄隴頭音信。高堂已添雙鬢雪，客路空瞻一片雲。途中味，客裏身，争如流水蘸柴門？休回首，欲斷魂，數聲啼鳥不堪聞。

【前腔换頭】(末)風光正暮春，便縱然勞役，何必愁悶？緑陰紅雨，征袍上染惹芳塵。雲梯月殿圖貴顯，水宿風餐莫厭貧。乘桃浪，躍錦鱗，一聲動雷過龍門。榮歸去，緑綬新，休教妻嫂笑蘇秦。

【前腔】(净)誰家近水濱，見畫橋烟柳，朱門隱隱。鞦韆影裏，墻頭上露出紅粉。他無情笑語聲漸杳，却不道惱殺多情墻外人。思鄉遠，愁路貧，肯如十度謁侯門？行看取，朝紫宸，鳳池鰲禁聽絲綸。

【前腔】(丑)遥瞻霧靄粉，想洛陽宫闕，行行將近。程途勞倦，欲待其飲芳樽。垂楊瘦馬莫暫停，只見古樹昏鴉棲漸盡。天將暝，日已曛，一聲殘角斷譙門。尋宿處，行步緊，前村燈火已黄昏。

(小生)江山風物自傷情，(净)南北東西爲利名。(丑)路上有花並有酒，(末)一程分作兩程行。

(仝)請。

【尾聲】向人家，忙投奔，(一)解鞍沽酒共論文，今夜雨打梨花深閉門。(下)

(一) 眉批：奔：去聲。

梳 妝（正工調）

（正旦上）

【破齊陣】翠減祥鸞羅幌，香銷寶鴨金爐。楚館雲閒，秦樓月冷，動是離人愁思。目斷天涯雲山遠，親在高堂雪鬢疏，阿呀伯喈吓！緣何書也無？

明明匣中鏡，盈盈曉來粧。憶昔侍君子，雞鳴下君床。臨鏡理鬢總，隨君問高堂。一旦遠別離，鏡匣掩青光。奴家自嫁伯喈之後，方纔兩月，指望與他仝侍雙親，偕老百年。誰知公公嚴命，强逼他去赴選，叫奴獨自看承。奴家一來要成丈夫賢名，二來要盡爲婦之道，盡心竭力，朝夕奉養。正是：天涯海角有窮時，只有此情無盡處。（詩）檀郎心事妾深知，甘分庭前戲綵衣。只爲顯揚嚴命切，含悲掩淚赴春闈。（一）

【風雲會四朝元】春闈催赴，同心帶綰初。歎《陽關》聲斷，送別南浦，早已成間阻。漫羅襟淚漬，謾羅襟淚漬，和那寶瑟塵埋，錦被羞鋪。寂寞瓊窗，蕭條朱户，空把流年度。嗏，瞑子裏自尋思，妾意君情，一旦如朝露。君行萬里途，妾心萬般苦。君還念妾，迢迢遠遠，也須

（一）眉批：《荆釵・閨念》【風雲會四朝元】前各有一詩，《琵琶》無之。此四詩皆係俗增，第二首較完善，餘俱俚俗不堪，故不得不稍爲改易。

回顧，也須回顧。

（詩）良人别去未曾還，妾在深閨淚暗彈。萬恨千愁渾似熾，懨懨春病損朱顔。

【前腔】朱顔非故，緑雲懶去梳。奈畫眉人遠，傅粉郎去，鏡鸞羞自舞。把歸期暗數，把歸期暗數，只見雁杳魚沉，鳳隻鸞孤。緑遍汀洲，又生芳杜。空自思前事，嗏，日近帝皇都。芳草斜陽，教我望斷長安路。君身豈蕩子，妾非蕩子婦。這其間就裏，千千萬萬，有誰堪訴，有誰堪訴。

（詩）桑榆暮景實堪悲，囊篋蕭然值歲饑。勉具旨甘循婦職，晨昏定省步輕移。

【前腔】輕移蓮步，堂前問舅姑。怕食缺須進，衣綻須補，要行時索與扶。奈西山暮景，奈西山暮景，教我倩着誰人，傳語我的兒夫。你身上青雲，只怕親歸黄土，我臨别也曾多囑咐。嗏，那些個意孜孜，只怕十里紅樓，貪戀着人豪富。你雖然忘了奴，也須索念父母。無人説與，這淒淒冷冷，怎生辜負？怎生辜負？

（詩）皇都試士念檀郎，下筆春蠶食葉忙。屈指光陰將半載，泥金頻盼捷文場。

【前腔】文場選士，紛紛都是才俊徒。少甚麽鏡分鸞鳳，多要榜登龍虎，偏是他將奴誤。也不索氣蠱，也不索氣蠱，既受托了蘋蘩，有甚推辭？索性做個孝婦賢妻，也落得名標青史，不枉受了些閒淒楚。嗏，俺這裏自支吾，休得污了他的名兒，左右與他相回護。你便做腰金與衣紫，須記得釵荆與裙布。一場愁緒，堆堆積積，宋玉難賦，宋玉難賦。

回首高堂日已斜，遊人何事在天涯。紅顔勝人多薄命，莫怨東風當自嗟。（下）

墜馬（凡調）

（衆喝）（外上）

【霜天曉角頭】杏園春早，星聚文光耀。

烏紗玉帶紫金魚，出入千人擁一車。若問榮華是何至，少年曾讀五車書。下官禮部尚書吉天祥是也。今日新科狀元赴宴瓊林，聖上命下官陪宴。左右。（衆應）（外）打導到杏園去。（衆應下）

【水底魚兒】（一）（仝唱）朝省尚書，昨日蒙聖旨，狀元及第，教咱陪筵席，教咱陪筵席。（接吹打下）

【窣地錦當】（又衆喝，小生、生、付上仝唱）嫦娥剪就緑雲衣，折得蟾宫第一枝。宫花斜插帽簷低，一舉成名天下知。（接吹打下）

（一）眉批：【水底魚兒】本八句，前四句與後四句略同，而第八句可疊唱，第四句不可疊唱。今人誤以八句爲兩曲，且將第四句重唱，殊不足法。惟沿續已久，姑仍之。

【哭岐婆】（衆喝，丑上）咖哈！咖哈！玉鞭裊裊，如龍驕騎。黄旗影裏，笙歌鼎沸。咦唏！吖哈吖哈哈哈！如今端的是男兒，行看錦衣歸故里。

馬來！阿呀！（衆）墜了馬了！（三）快扶起來。（丑）吖哈哈哈！（三）年兄爲何墜了馬？（丑）列位年兄。（三）年兄。（丑）小弟呵。

【叨叨令】（轉小工調）只聽得鬧吵吵街市上遊人亂，拗頭口抵死要回身轉。（三夾）怎不勒住？戰兢兢只恐怕韁繩斷，（三夾）何不加鞭？我是個怯書生，早已神魂散。（三界）可曾跌壞？險些兒跌折了腿也麽哥，險些兒撞破了頭也麽哥。（三）險吓！（丑）列位年兄。（三）年兄。（丑）

小弟方纔墜馬，倒有個比方。（三）有甚比方？（丑）吖哈哪！好一似那小秦王三跳澗。

（三）如今年兄的馬那裏去了？（丑）傷人乎？不問馬。（三）借一匹來與年兄乘了去罷。（丑）不要借，若借來乘之，小弟就該死了。（三）爲何？（丑）豈不聞夫子云：有馬者借人乘之，今亡已夫。

（三）此去杏園不遠，大家步行前去。左右，扶好了。（衆應，吹打）（丑界）吖哈哈哈！（衆）有人麽？

（末）什麽人？（衆）各位老爺到。（末）老爺有請。（外）怎説？（末）各位老爺到。（外）説我出迎。

（末）老爺出迎。（三）吓！老大人。（外）列位先生請。（三）請。（吹住）（丑）吖哟哈哈哈！（外）這位先生爲何這般光景？（三）敝年兄墜了馬。（外）快請太醫。（丑）老大人，不消請得太醫。晚生方纔在馬上跌下來，無非跌挫了這筋頭子，只消喚一名有力氣的排軍，與晚生揉這麽幾揉，扯這麽幾扯就好了。（外）排軍内那個有力氣？（浄）爺，小的有力氣。（外）與這位老爺揉腿。（浄）吓！爺，小的叩頭。（丑）你叫什麽名字？（浄）小的叫包有功。（丑）這個名兒取得好。包有功。（浄）有。（丑）你與我老爺揉好了腿，重重有賞。（浄）爺，是左腿呢右腿？（丑）是左腿。（浄）請爺起腿。（丑）吖喲！我把你這該死的狗頭！我老爺疼得了不得在此，你須要温揉纔是，怎麽纔上手就是這麽，吖喲！（三）小心。（浄）吓！（丑）疼死我也！吖哈哈哈！你個慢慢的來吓。（浄）吓！（丑）搥，吓吓吓！（浄應）（丑）重些。（浄應）（丑）怎麽就墜了馬？輕些，輕些。（三）輕些。（浄應）（丑）有些意思。住了。（浄）吓！（丑）你把我老爺的腿輕輕的放下來。（浄）吓！（浄）閃開！待我老爺自己來。呃！呃！呃！哈哈哈！好了，包有功，明日領賞。（浄）謝爺。（下）（四）老大人請上，晚生們有一拜。（外）下官也有一拜。五百名中第一仙，（四）花如羅綺柳如烟。（外）緑袍乍着君恩重，（四）黄榜初開御墨鮮。（外）龍作馬，玉爲鞭，等閒平步上青天。（四）時人漫説登科早，（外）月裏嫦娥愛少年。請。（四）請。（外）列位先生。（四）老大人。（外）每科狀元赴宴瓊林，都要作詩。舊例，如詩不成，罰以金谷酒數。（四）請老大人命題。（外）就把龍、鳳、魚、龜分爲四題，殿元首唱。（小生）請。（三）請。（小生）占了。（三界）豈敢？（小生干唱）（詩）昔未逢時困九淵，風雲扶我上青天。九州四海敷霖雨，擊壤高歌大有年。（外）好。（生）請。（付）請。（生）佔了。（付）豈敢？（生干唱）（詩）幾載丹山養羽毛，羽毛初秀奮青霄。和鳴飛入皇家網，五色雲中雜《九韶》。（外）好！（付）請。（丑）請。（付）佔了。（丑）豈敢？（付干唱）（詩）三月桃花處處穠，禹門雷動尾初紅。人人盡道池中物，今在恩波雨露中。（外）好。請這位先生做龜。（丑）老大人言重了。列位年兄做的是龍、鳳、魚，怎麼輪到晚生做起龜來？（外）是龜詩。（丑）雖是龜詩，也覺不雅。列位年兄做的無非是五言四句，七言八句，晚生在窗下整本的做將出來，也不爲希罕。如今只求老大人另出一題，或是長篇短賦，待晚生做這麼一躺子，也顯得晚生胸中，（三）抱負。（丑）不敢。（外）也罷，就把方纔墜馬爲題，做篇《古風》如何？（丑）墜馬爲題，墜馬爲題，吓，老大人，可容晚生手舞足蹈做個意思兒？（外）風流學士，正該如此。（丑）如此，老大人，晚生有罪了。（外）豈敢？（丑）列位年兄。（三）年兄。（丑）小弟得罪了。（三）豈敢？（丑）我就來也。（三）請。（丑）我就説個。（干念）君不見，君不見去年騎馬張狀元，他就跌、跌折了左腿不相連？又不見，又不見前年跨馬李試官，他就跌、跌壞了胯臀没半邊？我想世上三般拚命事，那行船走馬，伽哆，和那打鞦韆。小子今年大拚命，也來隨衆跨金鞍。跨金鞍，災怎躲，叵耐畜生侮弄我。我把轡繩緊緊拿，縱有長鞭不敢打。哆吓！呸！大喝三聲不肯行，他就連攛、連攛幾攛不當耍。呼！須臾之間掉下馬，好似狂風吹片瓦。昨日行過樞密院，只見三個排軍來唱喏。小子慌忙跑將歸，（三）爲何？（丑）列位年兄。（三）年兄。（丑）怕他請我到教場中騎戰馬。

（外）好！看酒。（末應，定席，吹打住）（末）上宴。

【山花子】（轉凡調）（仝唱）玳筵開處遊人擁，争看五百名英雄。喜鰲頭一戰有功，荷君恩奏捷詞鋒。太平時車書已同，干戈盡戢文教崇，人間此時魚化龍。留取瓊林，勝景無窮。

【大和佛】寶篆沉烟香噴濃，濃熏綺羅叢。瓊舟銀海，[一]翻動酒鱗紅，一飲盡教空。（小生）持杯自覺心先痛，縱有香醪，欲飲難下我喉嚨。他寂寞高堂菽水誰供奉？俺這裏傳杯喧哄。（三）年兄，休得要對此歡娛意忡忡。

【舞霓裳】願取群賢盡貞忠，盡貞忠；管取雲臺畫形容，畫形容。時清莫報君恩重，一封書上勸東封，更撰個《河清德頌》。乾坤正，看玉柱擎天又何用？

【紅繡鞋】猛拚沉醉東風，東風；倩人扶上玉驄，玉驄。歸去路，畫橋東。花影亂，月朦朧；笙歌沸，引紗籠。

【意不盡】[二]今宵添上繁華夢，明早遥聽清磬鐘。皇恩謝了，鵷行豹尾陪侍從。

（衆下）（丑）咦！這畜生又來了，又來了。吖哈伽哈伽哈嘚，馬來。（下）

[一] 舟：原作『洲』，據汲古閣刊本《繡刻琵琶記定本》改。

[二] 【意不盡】比尋常【尾聲】多一四字句，此句不點板，僅於句末下一截板。俗譜將此曲標作【尾聲】，於『謝』字上點一板，而以『鵷行豹尾』四字作襯，殊誤。

饑荒（凡調）

（正旦上）

【憶秦娥】長吁氣，自憐薄命相遭際。相遭際，暮年姑舅，薄情夫婿。

夫妻纔兩月，一旦成分别。没主公婆甘旨缺，幾度思量悲咽。家貧先自艱難，那堪偏遇荒年。恁地千辛萬苦，蒼天也不相憐。奴家自從丈夫去後，遭此荒年；况且公婆年老，朝夕不保，教奴如何獨自應承？婆婆抵死埋怨公公，道當初不合教孩兒出去；公公又不伏氣，只管和婆婆争鬧。外人不理會，只道我做媳婦的不會看承，以至如此。且請他們出來，解勸則個。公公有請。

【前腔换頭】（外上）孩兒一去無消息，雙親老景難存濟。（正旦介）婆婆有請。（付上接）難存濟，（打介）咻！（外）吖喲！（付）老賊吓！（唱）（正旦介）婆婆不可如此。你不思前日，强教孩兒出去？

（正旦）公婆萬福。（外）罷了。（付）老賊吓！你今日叫孩兒出去赴選，明日叫孩兒出去做官，做得好官，忍得好餓！如今没有飯喫，餓死你這老賊；没有衣穿，凍死你這老賊。（外）阿呀！阿婆吓！我當初教孩兒去赴選，那知有今日這等饑荒？這樣年成，誰家不熬饑，那家不忍餓？誰似你這般埋怨？難道我是神仙？（付）兩三日不動烟火，怕不是神仙？（正旦）公公婆婆請息怒，聽媳婦一言分剖。(外、付)有何話説？(正旦)當初公公教孩兒出去的時節，不想今日這樣饑荒。婆婆吓，你也不要埋怨公公了。(外)老乞婆，你聽着！(付)我只是氣他不過。(正旦)公公，婆婆見這般饑荒，孩兒又不在眼前，心下焦燥。公公，你也休怪婆婆埋怨。(付)老賊，你也聽聽看！(正旦)如今且自寬心。媳婦還有幾件釵梳首飾，典些米糧，以充公婆口食。寧可餓死媳婦，決不把公婆落後的。(付)我那孝順的媳婦吓！釵梳解當，自有盡期的。千虧萬虧，只是虧了你！(正旦)媳婦是應該的。(付)咻！只是可恨那老賊，一子眼前留不住，五株丹桂倩誰栽？

【金絡索】區區一個兒，兩口相依倚。没事爲着功名，不要他供甘旨。你教他去做官，要改換門閭，[一]只怕他做得官時你做鬼。老賊，孩兒出門時，你説的話我都記得。(外)我也不曾説什麽。(付)你還説不曾？你圖他三牲五鼎供朝夕。(外)這句是有的。(付)有的？(外)有的。(付)有的！(正旦)婆婆不可如此。(付)不要説是三牲五鼎，今日裏要口粥湯却教誰與伊？相連累，我孩兒因你做不得好名儒。(外)你空争着閒是閒非。(付)老賊吓！我偏要争着閒是閒非。阿呀！苦吓！只落得垂雙淚。

【前腔】(外)養子教讀書，指望他身榮貴。黄榜招賢，誰不去求科試？我倒有個比方。(付)飯

[一] 眉批：『要改換』句係犯【東甌令】，第二句應將『換』字作襯，『改』『閭』二字上點正板。俗譜誤將正板點『門』字上，謬。兹訂正。

也嘸得喫，有甚屁放？（外）比方吖，譬如那范杞梁差去築城池，他的娘親埋怨誰？ 合生合死皆由命，哪！哪！哪！ 你看前街後巷這些人家。 少甚麽孫子森森也忍饑？（付界）還我兒子來！ 阿呀！ 阿婆吓！ 你休聒絮，畢竟是咱們兩口受孤悽。（仝）（合前）

【前腔】（正旦）孩兒雖暫離，須有日回家裏。 奴有些釵梳，解當充糧米。 看公公婆婆恁般争鬧呵，教傍人道做媳婦的有甚差池，（付夾）你有甚差池？ 致使公婆争鬥起。 婆婆，當初公公教叫孩兒出去的時節，他心中愛子，指望功名就。（外）老乞婆，你聽、聽看！（正旦）婆婆見此饑荒，他眼下無兒，因此埋怨你。 難逃避，兀的不是從天降下這災危？(一)（合前）

（付）老賊！ 别人家没有兒子還要螟蛉過繼，偏是你這老賊，

【劉潑帽】有兒却遣他出去，我要喫飯。（外）你看這樣年成，叫我那裏來？（付）可又來！ 你是男子漢，尚然没來方，教媳婦怎生區處？ 阿呀！ 媳婦兒吓！（正旦）婆婆。（付）我今日就死也罷。 只是可憐誤你芳年紀。（仝）一度思量，一度裏肝腸碎。

【前腔】（外）我們不久須傾棄，歎當初是我不是。（付）不是你不是，倒是我不是？ 倒是我不是？

(一) 眉批：『兀的不是』係襯字，此因搶唱，來不及將『避』字之底板移在『兀』字上，乃權宜之法，南曲無此例也。 茲訂正。

（外）是，是，是我不是。我孩兒又不在眼前，遭這樣饑荒，少不得是個死。被這老乞婆終日埋怨也是個死！吖哈！也罷。不如我死倒也無他慮。（欲撞介）（正旦）阿呀！公公不可如此！（付）吖喲！老兒，使不得！（仝唱）（合前）

【前腔】（正旦）媳婦便是親兒女，勞役事本分當爲。但願公婆從此相和美。（仝）（合前）

（外）形衰力倦怎支吾？（正旦）口食身衣只問奴。（付）莫道是非終日有，（正旦）果然不聽自然無。吓！公公婆婆，大家相叫一聲。吓！婆婆吓，媳婦跪在此了，大家相叫一聲罷。（外）與你什麽相干？（正旦）公公，大家相叫一聲罷。（外）看孝順媳婦分上。（各看介）阿呀！我不去叫他。（正旦）婆婆叫一聲罷。（付）呸。（各看介）阿呀！我不去叫他。（正旦）還是公公相叫。（外）吓！阿婆。（正旦）婆婆，公公是叫了，你也來叫罷。（付）呸，呸，呸，吓！老兒。（正旦）好了，謝天地。（外）今後不要來埋怨我了。（付）我也不來埋怨你了。（外）阿婆。（付）老兒。（正旦）吓！公公。（外）媳婦。（正旦）婆婆。（付）媳婦。（仝哭仝唱）（合前）（一）

（外、付）媳婦，隨我進來。（正旦應下）

議　婚（凡調）

（小生上）

（一）眉批：末句用贈板，搬演家借作收束之法，姑從之。

【高陽臺引】夢繞親闈，愁深旅邸，那更音信遼絶。悽楚情懷，怕逢淒楚時節。重門半掩黄昏雨，奈寸腸此際千結。守寒窗一點孤燈，照人明滅。

【前腔换頭】當時輕散輕别，歎玉簫聲杳，小樓明月。一段愁煩，翻成兩下悲切。枕邊萬點思親淚，伴漏聲到曉方歇。鎖愁眉，慵臨青鏡，頓添華髮。

〔木蘭花〕鰲頭可羡，須知富貴非吾願。雁足難憑，没個音書寄子情。田園蕪後，不知松菊猶存否？光景無多，争奈椿萱老去何？下官蔡邕，爲父命所强，來京赴試，不意僥倖得中，逗遛在此，不能就歸。想我父母年高，無人侍奉，豈可久留在此？欲待辭官回去，未知聖意若何？十分愁悶。咳！好似和針吞却綫，繫人腸肚刺人心。（末上）走吓。

【勝葫蘆】特奉皇恩賜結婚，來此把信音傳。（丑）若是仙郎肯與諧姻眷，一場好事，管取今朝便團圓。

（進見界）狀元老爺，我們叩頭。（小生）阿呀呀呀！起來，起來。（末、丑）是。（小生）你二人到此何幹？（末）小人乃牛太師府中院子。（丑）老婢是官媒婆。（末）奉天子之恩綸，領太師之嚴命，特來與狀元諧一佳偶。（小生）原來如此。你們聽我道。

【高陽臺】宦海沉身，京塵迷目，名韁利鎖難脱。目斷家山，空勞魂夢飛越。（丑界）狀元，這是一位好小姐。閒聒，閒藤野蔓休纏也，俺自有兔絲瓜葛。是誰人無端調引，漫勞饒舌？

【前腔換頭】（末）狀元，閥閱，紫閣名公，黄扉元宰，三槐位裏排列。金屋嬋娟，妖嬈那更貞潔。（丑）歡悦，秦樓此日招鳳侶，遣妾們特來執伐。望君家殷勤首肯，早諧結髪。

【前腔】（小生）非別，千里關山，一家骨肉，教我怎地抛撇？妻室青春，那更親鬢垂雪。（丑）狀元，太師因愛你才貌，故此把小姐配與你。（小生）哎！差迭，須知少年自有人愛也，漫勞你嫦娥提挈。滿皇都豪家無數，豈必卑末？

（末）狀元休得推辭，聽老奴告禀。

【前腔】不達，相府求親，侯門納禮，你兀自拒他不屑。繡幕奇葩，春光正當十八。（丑）休撇，知君是個折桂手，留此花待君攀折。況恭承丹墀詔旨，非我自相攛掇。

（小生）你們不知。

【前腔】我心熱，自小攻書，從來知禮，忍使行虧名缺？父母俱存，娶而不告難説。悲咽，門楣相府雖要選，奈庡廖佳人實難存活。（丑）狀元，那小姐十分美貌，你不要錯過了這段好姻緣。

（小生）縱然十分好，我這裏不能允從。縱然有花容月貌，怎如我自家骨血？

【前腔】（末）狀元，迂闊，他勢壓朝班，威領京國，你却與他相別。只怕他轉日回天，那時須有個決裂。（丑）虚設，夜静水寒魚不餌，笑滿船空載明月。下絲綸不愁没處，笑伊村殺。

【尾聲】（小生）明朝有事朝金闕，歸家奉親心下悦。（末）狀元，只怕聖旨不從空自説。

（小生）不必多言。若果奉旨意前來，我明日上表辭官，並辭婚便了。（末）君王詔旨不相從，（小生）明日應當奏九重。（丑）有緣千里能相會，（合）無緣對面不相逢。（下）

愁　配（小工調）

（旦上）

【剔銀燈】忒過分爹行所爲，但索强全不顧人議。背飛鳥硬求諧比翼，隔墻花强攀做連理。姻緣，還是怎的？婚姻事女孩兒家怎提？

姻緣姻緣，自非偶然。好笑我爹爹定要把奴招贅蔡狀元爲婿，那狀元不肯，我這裏也索罷了，誰想我爹爹不肯放過。我想他既不情願，就是做了夫妻，也不能彀和順。欲待對爹爹説，只是女兒家怎好説得？欲言難吐，好不悶人也！（浄上）忙將姻緣事，説與小姐知。吓！小姐，你在這裏想什麽？（旦）我不想什麽。（浄）既不想什麽，爲何手托香腮，在此愁悶？小姐，你往常間事事不動心，件件不關情，都是假的。今日又對景傷情起來。（旦）我只爲爹爹做事不停當，故此愁悶。（浄）老相公做事，爲什麽不停當？（旦）要將奴家嫁與蔡狀元，遣官媒婆和院子去説親，那狀元不肯從命，要上表辭官回去。他既如此，我這裏就該罷了。不想爹爹苦苦要他入贅，又教人去説。這般作事，甚不停當。老媽媽，你去勸諫爹爹一番纔好。（浄）老相公主意已定，怎肯聽我等的説話？况且那狀元甚是不達理，不要怪老相公着惱。

【桂枝香】書生愚見，忒不通變。不肯坦腹東床，謾自去哀求金殿。想他們就裏，想他們就裏，將人輕賤。小姐，非干是伊爹胡纏，怕被人傳。（旦界）有什麽被人傳？道你是相府公侯女，不能彀嫁狀元。

【前腔】（旦）百年姻眷，須教情願。他那裏抵死推辭，我這裏不索留戀。想他們就裏，想他們就裏，有些牽絆。（浄界）他有甚牽絆？怕恩多成怨。滿皇都少甚麽公侯子，何須嫁狀元？

【大迓鼓】（浄）小姐，非干是你爹意堅，只怕春花秋月，誤你芳年。况兼他才貌真堪羨，又是五百名中第一仙。故把嫦娥，付與少年。

【前腔】（旦）老媽媽，姻緣雖在天，若非人意，到底埋怨。料想赤繩不曾綰，多應他無玉種藍田。休把嫦娥，强與少年。

（浄）匹配本自然，（旦）何須苦相纏。（浄）眼前雖成就，（旦）到底也埋冤。咳！（下）

辭　朝（尺調）

（末上）

【點絳唇】(一)夜色將闌，晨光欲散，把珠簾捲。移步丹墀，擺列着金龍案。

下官乃漢朝一個黄門官是也。往來紫禁，侍奉丹墀。領百官之奏章，傳一人之命令。正是：主德無瑕閹宦習，天顔有喜近臣知。如今天色漸明，正是早朝時分，官裏升殿，恐有百官奏事，只得在此伺候。怎見得早朝時分？但見銀河清淺，珠斗斕斑。數聲角吹落殘星，三通鼓報傳清曙。銀箭銅壺，點點滴滴，尚有九門寒漏；瓊樓玉宇，聲聲隱隱，已聞萬井晨鐘。曈曈曚曚，蒼茫紅日映樓臺；拂拂霏霏，葱蒨瑞烟浮禁苑。裊裊巍巍，千尋玉掌，幾點瀼瀼露未晞；澄澄湛湛，萬里璇空，一片團圞月初墜。三唱天鷄，咿咿嗚嗚，共傳紫陌更闌；百囀流鶯，間間關關，報道上林春曉。午門外碌碌喇喇，車兒碾得塵飛；六宫裏嘔嘔啞啞，樂聲奏如鼎沸。只見那建章宫、甘泉宫、未央宫、長楊宫、五柞宫、長秋宫、長信宫、長樂宫，重重疊疊，萬萬千千，盡開了玉關金鎖；又見那昭陽殿、金華殿、長生殿、披香殿、金鑾殿、麒麟殿、太極殿、白虎殿，隱隱約約，三三兩兩，都捲上繡幕珠簾。半空中忽聽得一聲轟轟劃劃、如雷如霆震耳的鳴稍響；合殿裏惟聞得一陣氤氤氲氲、非烟非霧撲鼻的御爐香。縹縹緲緲，紅雲裏雉尾扇遮着赭黄袍；深深沉沉，丹陛間龍鱗座覆着彤芝蓋。左列着森森嚴嚴、前前後後的羽林軍、旗門軍、控鶴軍、神策軍、虎賁軍，花迎劍佩星初落；右列着蹡蹡蹌蹌、高高下下的金吾衛、龍虎衛、拱日衛、千牛衛、驃騎衛，柳拂旌旗露未乾。金間玉，玉間金，閃閃爍爍、燦燦爛爛的神仙儀從；紫映緋，緋

(一) 眉批：此係【北點绛唇】。

映紫，行行列列、整整齊齊的文武官僚。蟠頭陛下，立着一對妖妖嬈嬈、花容月貌、繡鸞袍鴛鴦靴的奉引昭容；豹尾班中，擺着一對端端正正、銅肝鐵膽、白象簡獬豸冠的糾彈御史。拜的拜，跪的跪，那一個敢挨挨擠擠縱喧譁？升的升，下的下，誰一個不欽欽敬敬依禮法？但願得常瞻仙仗，聖德日新日新日日新；與群臣共拜天顔，聖壽萬歲萬歲萬萬歲。正是：從來不信叔孫禮，今日方知天子尊。（丑内）喏！下驢。（末）道言未了，奏事官早到。（丑、付引小生上）

【點絳唇】（轉凡調）月淡星稀，建章宫裹千門曉。御爐烟裊，隱隱鳴梢杳。忽憶年時，問寢高堂早。鷄鳴了，閎縈懷抱，此際愁多少？㈠

不寢聽金鑰，因風想玉珂。明朝有封事，數問夜如何。下官爲父母在堂，要上表辭官回去侍奉雙親。來此已是午門，不免逕入。（末）奏事官不得近前，就此排班、整冠、整衣、束帶、執笏、咳嗽。（小生嗽介）（末）上御道、三舞蹈、跪山呼。（小生）萬歲！（末）再山呼。（小生）萬歲！（末）齊祝山呼。（小生）萬萬歲！（末）吾乃黄門，執掌奏事；有何文表，就此披宣。

【入破第一】（小生）議郎臣蔡邕啓：今日蒙恩旨，除臣爲議郎之職，重蒙賜婚牛氏。干瀆天威，臣謹誠惶誠恐，稽首頓首。伏念微臣，初來有志。誦詩書力學躬耕修己，不復貪榮

㈠　眉批：此係【南點絳唇】。『忽憶年時』以下爲【换頭】，俗本删去【换頭】，且照【北點絳唇】譜之，殊誤。

利。〔一〕事父母，樂田里，初心願如此而已。不想州司，謬取臣邕充試，到京畿。豈料愚蒙，叨居上第？

【破第二】重蒙聖恩，婚賜牛公女。臣草茅疏賤，如何當此隆遇？況臣親老，（末界）奏來。一從别後，光陰又幾？廬舍田園，荒蕪久矣。

【衮第三】那更老親鬢垂白，筋力皆癯瘁。形隻影單，無弟兄，誰侍奉？況隔千山萬水，生死存亡，雖有音書難寄。最可悲，他甘旨不供，臣食禄有愧。

（末界）聖上主婚，太師聯姻，何必推辭？

【歇拍】不告父母，怎諧匹配？臣又聽得家鄉裏，遭水旱，遇荒饑。料想臣親必做溝渠之鬼，未可知。怎不教臣，悲傷淚垂？

（末界）此非哭泣之所，休得驚動天顔。

【中衮第五】臣享厚禄紆朱紫，出入承明地。惟念二親寒無衣，饑無食，喪溝渠。憶昔先朝買臣出守會稽，司馬相如，持節錦歸。

【煞尾】他遭遇聖時，皆得還鄉里。臣何故，别父母，遠鄉閭，没音書，此心違？伏惟陛下特

〔一〕眉批：復：扶又切。

憫微臣之志，遣臣歸。得侍雙親，隆恩無比。

【出破】若還念臣有微能，鄉郡望安置。庶使臣忠心孝意得全美，臣無任瞻天仰聖，激切屏營之至。

（末）平身。（小生）萬歲！（末）退班。（小生立介）（末）殿元，取本過來，吾當與汝轉達天聽便了。（小生）多謝黄門大人。（末）疾忙移步上金堦，叩闕封章達帝臺。（小生）黄門口傳天語降，（末）殿元專聽玉音來。（下）（小生）黄門大人已將我表章達上，未知聖意若何？不免禱告天地一番。

【滴溜子】天憐念，天憐念，蔡邕拜禱。雙親的，雙親的，死生未保。可憐深恩難報，一封奏九重，知他聽否？阿呀！爹娘吓！會合分離，都在這遭。

（内界）聖旨下。（衆仝上）

【前腔】（唱）今日裏，今日裏，議郎進表。傳達上，傳達上，聖目看了。道太師昨日先奏，把乘龍女婿招，多少是好？現有玉音傳降聽剖。（旦上）奉天承運，皇帝詔曰：孝道雖大，終於事君。皇事多艱，豈遑報父？朕以凉德，嗣纘丕基。眷兹警動之風，未遂雍熙之化。爰招俊髦，以輔不逮；咨爾才學，允愜輿情。是用擢居議論之司，以求繩糾之益。爾當恪守乃職，勿有固辭。適覽卿疏，已知陳留郡饑荒，即着有司官量給賑濟。其所議婚姻事，可曲從師相之請，以成桃夭之化。欽予時命，裕汝乃心。謝恩。（小生）萬萬歲！（旦）請過聖旨。（小生）請問昭容事可知，未審官裏意何如？（旦）昨日已准牛相奏，殿元不必再來辭。（衆）（合前）把乘龍女婿招，多少是好？現有玉音傳降聽剖。（下）（末）殿元，饑荒本准了，辭婚養親本不准。（小生）吖！不准？待下官再奏。（末）住了。聖旨已出，誰敢再奏？（小生）黄門大人，聖上不准我的表章也罷。

【啄木兒】（轉六調）只爲親衰老，妻又嬌，萬里關山音信杳。他那裏舉目淒淒，俺這裏回首迢迢；他那裏望得眼穿兒不到，俺這裏哭得淚乾親難保。閃煞人一封丹鳳詔。

【前腔】（末）殿元，你何須慮？也不用焦，人世上離多歡會少。大丈夫當萬里封侯，肯守着故園空老？畢竟事君事親一般道，人生怎全得忠和孝？却不道母死王陵歸漢朝？

【三段子】（小生）這懷怎剖？望丹墀天高聽高。這苦怎逃？望白雲山遥路遥。（末）你做官與親添榮耀，高堂管取加封號。與你改換門閭，偏不是好？

【歸朝歌】（小生）阿呀！牛太師吓！你那冤家的，冤家的，苦苦見招，俺媳婦埋怨怎了？饑荒歲，饑荒歲，怕他怎熬？俺爹娘怕不做溝渠中餓殍？（末）譬如四方戰争多征調，從軍遠戍沙場草，殿元。（小生）大人，（末）也只是爲國忘家敢憚勞？

（小生）家鄉萬里信難通，（末）争奈君王不肯從？（小生）情到不堪回首處，（末）一齊分付與東風。（仝）請了。（小生）阿呀！爹娘吓！（下）

鬬糧（小工調）

（浄上）

【普賢歌】身充里正實難當，雜派差徭日夜忙。官府開義倉，並無些子糧，拚得拖翻喫大棒。

我做里正管百姓，另有一番行徑。破衣破襪破頭巾，打扮果然厮稱。見官府百般下情，下鄉村十分豪興。討官糧大大做隻官升，賣私鹽小小做條喬秤。點催甲放富差貧，保解户欺軟怕硬。猛拚把持殺潑，畢竟還是畢竟。誰知天不由人，萬事皆由前定。閒話少說，今日官府開倉，廒間裏米屑屑無得一粒，個没那處？有理哉，撥個指東畫西俚使使，且拿個廒經薄來算算看。（丑上）肚裏餓吓！

【吴小四】（干念）肚又饑，眼又昏，家私没半分，女哭兒啼不忍聞。聞得相公來濟民，請些官糧去救貧。

區區孔八三郎，遇着子個樣大荒年，草根樹皮纔喫盡，聽得官府下鄉來放糧，且去請兩粒眼烏珠，乓乓肚皮。說話之間，到拉裏哉，且到官廳上去。咦！個是里正滑，到拉裏算賬，勿要管俚，上他一上。（浄）東村放過三百擔。（丑）阿爹。（浄）告化子走開點，少停撥把米拉哂没哉。（丑）勿聽見？到個邊去。（浄）西村放過二百擔。（丑）阿爹。（浄）對哂說勿要叫，少停拿把米去没哉。（丑）阿爹，有我個樣體面告化子個？（浄）勿是告化子没，是討飯個？（丑）阿爹，奢勿認得我哉介？（浄）我認得子呧没，還要倒運來。（丑）我就是孔八三郎滑。（净）奢個，呧就是孔八三郎？（丑）正是。（净）呧個爛小人，瘟小人，賊小人，小人，小人。（丑）阿爹，我口纔勿開，爲奢老派子我個多哈小人？（净）呧那説勿是小人？（丑）就是小人。（净）我且問呧，呧倒底是人是鬼？（丑）我光光聲是人，那説是鬼？（净）呧鬼也勿像鬼得來。（丑）阿爹，曉得我勿舉個哉？（净）毬養個。（丑）阿爹，爲奢了個付氣質？（净）罷哉。等我耐下子氣來説。（丑）讓我捺上子氣來聽。（净）我前日子奉官府明文，下鄉抄寫饑民户口，拉呧厾門前走過，看見呧厾門前化一堆紙馬灰，我説像是孔八三郎燒子利市哉，讓我去擾擾俚看。東村一轉，西村賊個一丢，走到呧厾門前，啋看見子我，對裏向一伴，叫呧厾家婆出來回頭我，説勿拉屋裏，改日來罷。阿是小人？（丑）阿爹，呧纏差哉，勿是我裏。（净）紙馬灰也拉厾門口。（丑）慢點，個日幾時？（净）初二。（丑）勿差，有個。燒子一個利市了。（净）主尊奢人？（丑）鬼積金剛。（净）三牲是有個？（丑）勿用個。（净）用奢物事個？（丑）用一碗水，一把刀。（净）奢意思？（丑）無非殺殺水氣。（净）毬養個，説來説没説子水底下去哉。（丑）再也扒勿起個哉。（净）且住，啋許我個鷄没那哉？（丑）鷄拉厾生蛋，生子蛋，哺子鷄，捉兩對拉阿爹没哉？（净）呧没賊個説，只怕呧厾家主婆勿肯。（丑）勿白阿爹個。（净）我也勿依。（丑）我也㲉帳拉裏。（净）纔是無鷄之蛋。（丑）倒是見鷄而捉。（净）酒没罷哉，我横世勿喫酒。（丑）我也勿端正。（净）許我個蔴布那哉？（丑）有個。作起蔴來，積子縩，上子機，乒乒聲個，織兩匹拉阿爹。（净）呧勿要短頭截尺。（丑）一絲一寸纔勿少阿爹個。（净）呧没賊個説，呧厾家主婆絲絲勿肯没那。（丑）錢出拉布眼裏。（净）呧今日來作奢？

（丑）阿爹，啥拉裏作奢？（净）我拉裏放糧。（丑）個没我來請糧。（丑）呸！個個糧是要撥拉個星鰥寡孤獨，疲癃殘疾老幼喫個，啥個樣老虎纔打得殺個人，那哼關起糧來？（丑）個没阿爹，呧勿曉得，官府看見子我只有多撥點。（净）那老介？（丑）官府説這個人頭青眼腫，一定喫得下的，多把些他。（净）呸！休指望，莫思量，走呧乪娘個清秋路。（丑）阿爹，看我裏爺面上。（净）勿看呧乪爺面上，倒看呧乪娘面上？（丑）我裏娘拿阿爹孫子能個看待個。（净）毪養個，且問呧請子糧下來，那個分法？（丑）但憑阿爹扼剩。（净）個倒聽得進拉裏，要粧點病没好滑。（丑）勿消裝得，滿身病拉裏。（净）奢個病？（丑）肚裏餓，想喫飯。（净）個個好算病個？（丑）喫食懶黄病滑。（净）等我來想想看。吖！有理哉，彎折子一隻手罷？（丑）勿局，個要拿拿物事個來。（净）個没拿把石灰塞瞎子眼睛罷？（丑）動也動勿得。（净）爲奢了？（丑）要看看女眷個來。（净）肚裏餓，還要看奢女眷？（丑）看子女眷没，忘記子肚裏餓哉滑。（净）亂語！弄折子一隻脚罷？（丑）一發使勿得！要走路個滑。（净）賊個罷，粧聾做啞，粧啞子阿好？（丑）那個粧法？（净）少停官府問啥姓奢叫奢。（丑）我叫孔八三郎。（净）啞子没那開口。（丑）個没那介？（净）要做手勢個。（丑）阿爹，啥教我嘘。（净）且教啥嘘，呧姓奢？（丑）我姓孔滑。（净）毪養個，姓亦姓得尷尬，偏偏姓子孔。（丑）個是祖上傳下來個滑。（净）吖！有理哉，啞啞啞。（丑）阿爹，改子我姓圓哉？（净）勿是圓，乃空竅之意，借景用個。（丑）個没八介？（净）八没，指指眉毛，啞啞啞。（丑）孔眉毛？（净）眉毛乃八數，也是借景用個。（丑）三介？（净）三個指頭。（丑）郎介？（净）郎郎郎。（丑）讓我扮子一隻狼罷？（净）像子一隻狗哉。

（丑）像子阿爹哉？（浄）毴養個。吖！有理哉，吼吼吼。（丑）孔八三拳頭？（浄）郎頭之郎，也是借景用個。（丑）是哉。（浄）官府問唔，往拉烎奢場化？（丑）我説住拉羊角灣裏。（浄）啞子勿好開口個。（丑）個没那介？（浄）拿兩個指頭放拉頭上，嘴裏直個媽哈哈，哈哈。（丑）倒像個。（浄）灣？（丑）讓我到轉灣頭老等。（浄）官府勿看見個。（丑）個没那介？（浄）有理哉，吼吼吼。（丑）羊角臂撑子？（浄）臂灣之灣，也是借景用個。（丑）借景用個？（浄）官府亦問唔，天生啞個呢，還是服毒啞個？（丑）我説阿爹教我啞個。（浄）呸！那説教啥啞個介？（丑）個没那説法？（浄）吖！有理哉，指指上頭，啞啞啞，做個捆柴手勢，走一轉，捧兩捧，拍拍喉嚨，啞哎！（丑）阿爹，個裏向奢個意思拉哈？（浄）説我是個樵夫上山砍柴，一時口燥，喫了啞泉水啞的。（丑）吖喲！倒難個。（浄）喫飯是本來難個。（丑）阿爹，再做一遍我看看。（浄）個是勿來個哉。（丑）但憑阿爹扼剩。（浄）個没看明白。（重做手勢，丑看賬簿介）（浄）呸！官府下來哉，外頭去罷。

【普賢歌】（衆喝，末上）（五記）親承朝命賑饑荒，躍馬揚鞭來到此方。（浄界）里正迎接老爺。疾忙開義倉，支與百姓糧，從實支銷休調謊。

（浄）里正叩頭，廒經簿呈上。（末）里正，今日該放那一村？（浄）上大人村。（末）分付開倉。（浄應）開倉哉！（丑上）啞啞啞。（浄）窮鬼先出頭，請糧人進。（雜）進。（浄）見子老爺磕頭。（末）你是那一村？（丑）啞啞啞。（浄）啓爺，是個啞巴子。（末）問他可會做手勢？（浄）老爺問唔阿會做手勢個？（丑）啞啞，會個。（浄）起來做拉老爺看。（丑）啞啞啞。（末）問他叫什麽名字？（浄）老爺問啥姓奢叫奢名字？（丑）啞啞啞。（浄）啓爺，小的理會得了。這裏有個孔八三郎，想必就是他。暗，啥阿是個？（丑）啞啞啞。（浄）是的，是的。（末）問他住在那裏？（浄）老爺問啥住拉落裏？做拉老爺看。（丑）啞啞啞。（浄）啓爺，這裏有個羊角灣，想是他住在羊角灣裏。暗，阿是個？（丑啞念）啥教我個。（浄）啓爺，是的，是的。（末）還是天生啞的呢，服毒啞的？（浄）老爺問啥天生啞個呢服毒啞個？（丑）啞啞啞。（做手勢介）（末）不懂吓。（浄）小的明白了，他是個泥水匠，上房捉漏，喫了猫屎啞的。阿是個？（丑指中指）納。（浄）勿是没，再做拉老爺看。（丑又做手勢）啞啞啞，哎！（浄）啓爺，小的理會得了。他是個樵夫，上山砍柴，一時口燥，喫了啞泉水啞的。暗，阿是個？（丑啞念）對個，對個。（末）既是服毒啞的，有藥喫的，爲何不醫？（浄）老爺説，既是服毒啞個没，有藥喫個，爲奢勿醫？啥想情度理，做拉老爺看，做子没，就到手哉。（丑呆介）（末）爲何不做？（浄）啥想個意思做嘘。（雜）快些做吓。（浄）快燥點做嘘！（丑）阿呀！阿爹，啥勿曾教我滑。（浄）呸！（末）趕他出去。（丑）吖喲！阿爹，上啥個當。（下）（生上）心忙不擇路，事急步行遲。請糧人進。（雜）進。（生）爺爺，請糧。（末）你是那一村？（生）上大人村。（末）那一保？（生）十三保。（末）户頭叫什麽名字？（生）叫張興。（末）家有幾口？（生）五口。（末）來，取五斗稻子與他。（浄）是哉。阿爹，呃乩纔要請起糧來哉？（生）這樣年成，家家如此。（下）（浄）啓爺，糧已放完。（末）封倉。（浄應）是哉。

【搗練子】（正旦上）嗟命薄，歎年艱，含悲忍淚向人前，猶恐公婆懸望眼。

（浄）封倉哉。（正旦）來此已是，爺爺，請糧。（浄）落個拉乩嚌哩喳喇？（正旦）里正哥。（浄）五娘子，糧也放完個哉，來作奢？（正旦）望里正哥方便。（末）唤里正。（雜）里正。（浄）老爺，奢事體？

（末）外邊什麼人喧嚷？（浄）有個婦人在那裏尋羊。（正旦）這便怎麼處？阿呀！爺爺，請糧吓！

（末）明明是請糧的，怎説是尋羊？（浄）咦！尋羊婦人去了，請糧婦人來了？（末）呸！（浄）溜落歇來看。（下）（末）你這婦人，丈夫那裏去了，要你自己來請糧？（正旦）爺爺聽禀。（末）講。

【普天樂】（正旦）念兒夫一向留都下，（末夾）家中還有何人？家只有年老的爹和媽。（末界）可有兄弟？弟和兄更没一個，（末界）既無弟兄，怎生看承？看承盡是奴家。（末界）如此説，受苦了。歷盡苦，有誰憐我？（末界）婦人家不出閨門，怎生獨自來請糧？怎説得不出閨門清平話？（末界）早來便好，如今没有了。阿呀！爺爺吓！若無糧，我也不敢回家。（末界）爲何？豈忍見公婆受餒？歎奴家命薄，直恁摧挫。

（末）如此説，是個孝婦了。你是那一村？（正旦）上大人村。（末）那一保？（正旦）十三保。（末）户頭叫什麼名字？（正旦）蔡從簡。（末）家有幾口？（正旦）三口。（末）册子上没有你的名字，敢是冒支糧米？（正旦）爺爺，小婦人怎敢冒支糧米？有個緣故。（末）講。（正旦）里正下鄉抄寫饑民户口，人家若有鷄酒麻布與他，他就寫在册子上。小婦人家貧，没有與他，故此漏報的嘘。（末）有這等事？下去。（正旦應）（末）唤里正。（雜）里正，里正。（浄上）啓爺，諸事齊備，請爺起馬。（末）里正，有人在此告你。（浄）奢人告我？（末）對頭在丹墀下。（浄）多謝老爺賞我個樣好對頭。（末）哆！

狗才。(净)是，老爺。俚有告，我有訴。(末)講上來。(净)前日奉老爺明文，下鄉抄寫饑民户口，走過俚虱門前，只見一個花嘴花臉的婦人，看見子小人，說過子一家罷，認道小人是摇鐸道人了。我說勿是，我奉上司明文抄寫饑民户口，俚聽見了個句說話，說原來是鄉判哥，煩你多報幾名在上，我將鷄酒麻布送與你。小人在家眼巴巴望他送來，落裏曉得俚勿送得來，我也勿曾寫拉上，個叫做秤勾打釘，扯直。(末)狗才，如今願打願賠？(净)小人做勿得主。(末)要問那個？(净)要問家主婆個。(末)没廉恥，押去問來。(雜應)快去問來。(净)家主婆。(丑内)奢個？(净)趙五娘關糧，無得子糧，拉官府門前告我，官府說願打願賠？(丑内)要個屁股種菜了？打子兩記没完結哉。(净)好個家有賢妻，夫不遭横打。老爺，家主婆說願打。(末)扯下去重砍二十。(雜應)(净)大叔，虱勿要打拉原巴裏。(雜)一五一十，十五二十，打完。(末)打了原要賠。(净)打子是勿賠個哉。(末)扯下去再打。(净)勿要打，原要問家主婆個。(末)押去問來。(雜應)(净)家主婆。(丑内)亦是奢個？(净)官府說打子原要賠。(丑内)拿奢個得來賠？(净)留了磚兒，賣了瓦兒罷。(丑内)要賣纔賣，爲奢磚兒能厚，瓦兒能薄？阿呀！我個磚兒瓦兒個肉吓！(净)勿要哭，出空子窑再燒没哉。(丑内)個没拿去。(净)是哉。(雜)不要拖。(净)錢糧得拖且拖。(雜)啓爺，糧有了。(末)拿上來呈糧。(净吹)老爺眼睛裏着勿得垃圾個。(末)婦人，領了去罷。(正旦)多謝爺爺。謝得恩官作主持，(净)中途教你受災危。(末)當權若不行方便，(仝)如入寶山空手回。(圓場下)(净)里正送老爺。等我抄拉前頭去。(下)

搶糧(正工調)

(正旦上)一飲一啄，莫非前定。今日奴家來請糧，誰知里正作弊，幸虧放糧老爺叫他賠償，不然怎得這些稻子拿回去救濟公婆？正是：饑時得一口，勝似飽時得一斗。(淨上)吖喲！氣煞哉。恩人相見，分外眼明。讐人相見，分外眼睜。拉裏個哉，還我糧來。(正)阿呀！這是官府與我的。(淨)個是我賣男賣女賠乪個，匆還，我要搶哉。(正旦)里正哥，休得用强；可憐奴家呵！(唱)(淨夾)匆關得我事。

【鎖南枝】兒夫去，竟不還，(淨界)告訴我無用。公婆兩人多老年。(淨界)我裏也有老個拉乪。自從昨日到如今，不能彀一餐飯。(淨界)我裏也嘸得拉乪喫。奴請糧，他在家懸望眼。念我老公婆，做方便。

【前腔】(淨)賊潑賤，敢亂言，聲聲教咱行方便。爲你打了二十皮鞭，教我羞見傍人面。你若還我糧，我便饒你拳；你若不還糧，照打，打教一命喪黄泉。

【前腔】(正旦)鄉官可憐見，(淨)大娘子見可憐。(正旦)是我公婆命所關。若是必須奪去，寧可脱下衣裳，就與鄉官换。寧使我身上寒，只要與公婆救殘喘。

(丑上)里正拉乪落裏？(淨)拉裏幾裏。(丑)好乪，我没動氣煞，呧答六個拉裏鬼答答。(淨)五娘子拉裹。(丑)五娘子,爲奢了搭我裹測死個鬧?(正旦)媽媽,我來告訴你。奴家請得些稻子回去救濟公婆,被里正哥奪了去,望媽媽作主。(丑)勿信有介事?呃勿要動氣,讓我去拿家法處俚。(正旦應)(丑)里正拉玊落裹?里正拉玊落裹?(淨)拉裹幾裹。(丑)替我跪玊。(淨)要跪没轉去跪,監子千人百眼,那個跪?(丑)啥阿跪?(淨)勿跪。(丑)吖喲!倒强拉哈肚皮裹個也是强種,讓我來打脱俚!打脱俚!(淨)勿要打,跪没哉。(丑)好吓!五娘子是孝順媳婦,請子糧轉去救濟公婆,啥那説去搶俚個?下來阿敢個哉?(淨)下來勿敢個哉。(丑)再賊個打幾化。(淨)打多哈?(丑)個没起來罷。(淨)得令。(丑)五娘子,家法如何?(正旦)媽媽賢惠。(丑)手裹拿個奢物事?(淨)五娘子個裙,押個糧米拉裹。(丑)拿得來?(淨)拿去没哉。(丑)自古寒不剥衣,五娘子,我來替呃着好子。(淨)拉裹個哉?(正旦)阿呀!還我糧來!(淨)家婆即護家公,(丑)家公即護家婆。(淨)走罷。(丑)勿要扯。(淨)走罷。(丑)阿!一扯没,肚皮纔扯直哉。(圓場)(正旦)阿呀!阿呀!阿呀!

(圓場)

【前腔】糧奪去,真可憐,公婆望奴不見還。縱然他不埋怨,只道做媳婦的有何幹?他忍飢添我夫罪愆,怎見得我夫面?

(生、丑界上)(生)小二走吓。

【前腔】(接唱)不豐歲,荒歉年,官司把糧來給散。見一個年少佳人,在那裹頻嗟歎。待向前仔細看,(正旦界)阿呀呀!吖!原來是五娘子,在此有何幹?

（正旦）大公吓，奴家請得些糧米回去救濟公婆，不想被里正奪去了嚧。（生）吖！有這等事？待我來罵他幾聲。哆！里正，你這狗男女！

【前腔】罵你這鐵心賊，負心漢。瞞心昧己，自有天知鑒。五娘子，我也請得些官糧，和你兩下分一半。（正旦界）這是大公的，使不得。休恁推，莫棄嫌，且將回，權做兩餐飯。

（正旦）多謝大公。（生）小二！（丑應）（生）你將糧米一半送到蔡老員外家去。（丑應下）（正旦）大公請上，待奴拜謝。（生）不消。

【洞仙歌】（正旦）家私没半分，靠着奴此身。只要救取公婆，豈辭多苦辛？（仝）空把淚珠揾，可憐饑與貧，這苦也説不盡。

（生）慢些走。（正旦應，分下）

請　郎（凡調）

（净上）列位多齊了？（衆）都齊了。（净）就此升步。（衆）有理。

【蠻牌令】（仝唱）終日走千遭，走得脚無毛。何曾見湯水面？花紅也不見半分毫。到不如做虔婆頂老，只落得鴨汁喫飽。窮酸秀才直恁喬，老婆與他，故推不要。

（净）伏以一派笙歌奏綺羅，畫堂深處擁嬌娥。自從今日成親後，休得愁多與怨多。奉請狀元爺擡身。

【金蕉葉】（小生上）愁多怨多，俺爹娘知他怎麽？（淨）一奉天子洪恩，二領丞相嚴命，請狀元爺早赴佳期。（小生）咳！擺不去功名奈何？（衆）天吓！送將來寃家怎躲？

（淨）我們逐班相見。（衆應）賓相叩頭，大叔叒來。（男）院子叩頭。（淨）姐姐叒來。（女）侍女們叩頭。（淨）伏以紫府佳期樂未央，鵲橋高駕彩雲鄉。自是赤繩曾繫足，休嗟利鎖與名韁。

【三換頭】（小生）名韁利鎖，先自將人摧挫。況鸞拘鳳束，甚日得到家？我也休怨他。這其間，只是我，不合來到，長安看花。（衆界）請狀元爺更衣。（淨夾）慢點。且慢看。閃煞我爹娘也，淚珠兒空暗墮。這段姻緣，也只是無如之奈何。

（衆）請狀元爺更衣。（淨）伏以畫堂今日配鸞凰，十二金釵立兩行。不須在此徘徊坐，仙子鸞臺已罷粧。

【前腔】（仝唱）鸞臺罷粧，鵲橋初駕，佳期近也，請仙郎渡河。此事明知牽掛，這其間，只得把，那壁厢，暫時拋捨。（小生界）阿呀！爹娘吓！況奉君王命，怎生撇了他？（合前）（通常接《花燭》不下）

花燭（凡調）

（淨上）伏以相府今日喜筵開，馥馥香風次第來。鼉鼓頻敲龍笛響，狀元下馬上庭階。請下雕鞍。伏以華堂深處風光好，别是神仙一洞天。震耳仙音聲嘹亮，笙歌擁出畫堂前。蘭房第一請。伏以天上雙星倍有光，今宵織女會牛郎。敢煩侍女傳消息，迎請新人出畫堂。蘭房第二請。伏以寶鏡團圓門月光，忽聞環珮鄉叮當。金蓮移步迎仙客，仙子嫦娥立畫堂。蘭房第三請。三請已畢，奉請女新貴人擡身、緩步請行，請上花氈。恭謝皇恩，執笏，跪山呼，再山呼，齊祝山呼。請二位新貴人各執紅緑寶帶，參拜天地，恭揖，成雙揖，請下禮。拜興，拜興，拜興，恭揖，成雙揖，行夫婦禮。恭揖，成雙揖，送入洞房。伏以東方日出漸朦朧，紫府筵開錦繡叢。篆裊金猊成霧靄，瑶臺銀燭影摇紅。相爺有請。

【傳言玉女引】（外上）燭影揺紅，簾幕瑞烟浮動，畫堂中珠圍翠擁。粧台對月，下鸞鶴神仙儀從。玉簫聲裏，一雙鳴鳳。

（净）賓相叩頭。（外）就請新人。（净應）伏以今日筵開醽醁，來歲定生蘭玉。早離繡勒雕鞍，方罷馬蹄篤速。請狀元爺擡身。伏以郎才七步三冬足，女貌百家諸子讀。今夜結成雙鳳侶，莫訝粧成聞唤促。奉請女新貴人擡身，緩步請行。請相爺受禮。恭揖，成雙揖，下禮，拜，拜，連拜。恭揖，成雙揖，請相爺按席。恭揖，成雙揖，就位。伏以絲幕又牽紅，瓊漿泛滿鐘。新人仝暢飲，攀桂步蟾宫。

【畫眉序】（仝唱）攀桂步蟾宫，豈料絲蘿在喬木？喜書中今日有女如玉，堪觀處絲幕牽紅，恰正是荷衣穿緑。這回好個風流婿，偏稱洞房花燭。

請狀元爺按席，舉杯，舉箸，交杯，换盞；恭揖，成雙揖；告坐，就位。伏以狀元天下福，小姐冰清玉。今日賦同心，君才冠天禄。

【前腔】（仝唱）君才冠天禄，我的門楣稍賢淑。看相輝清潤，瑩然冰玉。光掩映孔雀屏開，花爛熳芙蓉裀褥。（合前）

【滴溜子】（小生）慢説道姻緣事，果諧鳳卜。細思之，此事豈吾意欲？有人在高堂孤獨。可惜新人笑語喧，不知我舊人哭。兀的東床，難教我做坦腹。

（浄）請狀元爺上席。

【鮑老催】（仝唱）翠眉謾蹙，赤繩已繫夫婦足，芳名已註婚姻牘。空嗟怨，枉歎息，休摧挫。畫堂中富貴如金谷。休戀故鄉生處好，受恩深處親骨肉。

【雙聲子】郎多福，郎多福，看紫綬黄金束。娘萬福，娘萬福，看花誥文犀軸。兩意篤，豈非福？似文鸞彩鳳，兩兩相逐。

（浄界）賓相告退。（下）

【神仗兒】（仝連）紗籠絳燭，照嬋娟如玉，羡歡娱和睦。擺列華筵醽醁。今宵春光無限，賽過金谷。齊唱個賀郎曲，齊唱個賀郎曲。(一)

【尾聲】郎才女貌真不俗，占斷人間天上福，百歲歡娱萬事足。（下）

(一)　眉批：此曲俗增，詞旨平庸，惟於曲律尚合，仍之。

喫飯（小工調）

（正旦上）

【薄倖】野曠原空，人離業敗。漫盡心行孝，力枯形瘁。幸然爹媽，此身安泰。棲惶處見慟哭饑人滿道，歎舉目將誰倚賴？

曠野蕭疏絶烟火，日色慘淡黯村塢。死別空原婦泣夫，生離他處兒牽母。覩此棲惶實可憐，思量轉覺此身難。高堂父母老難保，上國兒夫去不還。力盡計窮淚亦竭，看看氣盡知何日？高崗黄土漫成堆，誰把一抔掩奴骨？奴家自從丈夫去後，遭遇饑荒，衣衫首飾，盡皆典賣，家計蕭然。況兼公婆年老，生死難保；朝夕又無甘旨應奉，只有淡飯一碗與公婆充饑。奴家自己把些細米糠皮餺飥來喫，苟延殘喘。吓！喫時又怕公婆撞見，只得迴避，免致公婆煩惱。如今飯已熟了，不免請公婆出來用早膳。公公有請。

【夜行船】（外上）忍餓擔饑何日了？孩兒一去，竟無音耗。（正旦）婆婆有請。（扶付上）甘旨蕭條，米糧缺少，（仝）阿呀！天吓！真個死生難保。

（正旦）公婆萬福。（外、付）罷了。媳婦，請我們出來何幹？（正旦）請公婆出來用早膳。（付）有飯？快去拿來。（正旦）待媳婦去拿來。（付）阿老，有飯喫了。（外）有飯喫了？（正旦）公婆，飯在此。

（付）媳婦，下飯的呢？（正旦）没有。（付）鮭菜呢？（正旦）也没有。（付）不要喫了。（外）爲何不要喫？（付）往常還有些下飯，今日只得一碗淡飯。再過幾日，連淡飯也没得喫了。（外）阿婆，這般年成，胡亂喫些罷了，還要什麼下飯鮭菜？（付）阿老。

【羅鼓令】終朝裹受餒，你將來飯教我怎喫？你可疾忙便擡，（外界）你也饞了些。阿老，非干是我有些饞態。

【前腔】（外）阿婆，你看他衣衫多解，好茶飯將甚去買？兀的是天災，教媳婦們也難佈擺。

【前腔】（正旦）婆婆息怒且休罪，待奴家霎時收去再安擺。（仝）思量到此，淚珠滿腮。看看做鬼，溝渠裹埋。縱然不死也難捱，教人只恨蔡伯喈。（正旦下）

【前腔】（付）如今我試猜，（外夾）猜些什麼？多應他犯着獨噇病來，（外夾）没有此事。他背地裹自買些鮭菜？我喫飯他緣何不在？這些意兒真乃是歹。（外）阿婆，他和你有甚相愛，（正上聽介）不應反面直恁的乖。（正旦）阿呀！奴受千辛萬苦，有甚疑猜？可不道臉兒黄瘦骨如柴。（合前）

（正旦）正是：啞子試嘗黄柏味，難將苦口向人言。（下）（付）老兒，我想親只是親，親生兒子不留在家，倒倚靠着媳婦供養，每日只得一碗淡飯。看他喫飯的時節，百般躲避，敢是他背地裹喫些好東西，亦未可知？（外）媳婦是極孝順的，未必喫什麼好東西。（付）你不信，等他喫飯的時節，和你去看他一看，便知明白。（外）荒年有飯休思菜，（付）媳婦無知把我欺。（外）混濁不分鰱共鯉，（付）水清方見兩般魚。老兒，來噓。（扯外下）（外）如此，走噓。（下）

喫糠（凡調）

（正旦上）

【山坡羊】亂荒荒不豐稔的年歲，遠迢迢不回來的夫婿；急煎煎不耐煩的二親，軟怯怯不濟事的孤身己。我典盡衣，寸絲絲不掛體。幾番要賣了奴身己，争奈没主公婆，教誰看取？思之，虚飄飄命怎期？難捱，實丕丕災共危。

【前腔】滴溜溜難窮盡的珠淚，亂紛紛難寬解的愁緒；骨崖崖難扶持的病身，戰兢兢難捱過的時和歲。我待不喫，教我怎忍饑？思量到此，不如奴先死，圖得個不知他親死時。（合前）

奴家今早安排一口淡飯與公婆充饑，非不欲買些鮭菜，怎奈無錢去買。不想婆婆抵死埋怨，反道我背地裏喫什麼好東西；那知我喫的是米膜糠粃。縱然埋怨煞了，也不敢分説。這糠没，如何喫得？若不喫，怎忍得饑餓？罷！胡亂喫些罷。（嗽介）阿呀！苦吓！（三嘔三嗆，扒椅唱）

【孝順兒】（轉乙調）嘔得我肝腸痛，珠淚垂，喉嚨尚兀自牢嗄住。阿呀！糠吓！你遭礱被舂杵，篩你簸颺你，喫盡控持。好似奴家吖，身狼狽，千辛萬苦皆經歷。苦人喫着苦味，兩苦相逢，可知道欲吞不去。

【前腔】糠和米，本是相依倚，被誰人簸颺作兩處飛？一賤與一貴，好似奴家與夫婿，終無見期。米在他方没尋處，怎的把糠來救得人饑餒？好似兒夫出去，怎便教奴供膳得公婆甘旨？

【前腔】思量我生無益，死又值甚的？不如忍饑死了爲怨鬼。（付暗上看介）（正旦連）只是公婆老年紀，靠奴家相依倚，只得苟活片時。片時苟活雖容易，（付招外上仝看介）（正旦連）到底日久也難相聚。謾把糠來相比，奴家的骨頭，知他埋在何處？

（外、付）媳婦，你在此喫什麼好東西？拿出來大家喫些。（正旦）公婆吓，媳婦喫的東西，公婆是喫不得的！（外、付）什麼好東西？爲甚喫不得？（正旦）阿呀！哪！

【前腔】這是穀中膜，（外夾）是米吓？米上皮。（付界）是糠了。將來何用？將來餔饠堪療饑。（外、付界）這樣東西，豈不要咽壞了人？常聞古賢書，狗彘食人食，也强如草根樹皮。嚙雪餐氈，蘇卿猶健；餐松食柏，到做得神仙侶。縱然喫些何慮？（外、付界）不信，拿出來。爹媽休疑，奴須是恁孩兒的糟糠妻室。

（付）在這裏了。（外）待我看來，果然是糠。媳婦，你喫了幾時了？（正旦）喫了半年了。（付）阿老，我和你做了一世的夫妻，没有喫過糠；他們做了兩月夫妻，倒喫了半年的糠。來，來，來，大家喫些。（付奪喫咽下）（外）有理，大家喫些。（正旦）婆婆，喫不得的。（兩邊搶介）（正旦）公公，喫不得的。（圓場）（正旦）阿呀！婆婆吓！（扶付下回身見外跌）呀！

【雁過沙】（唱）（轉小工調）他沉沉向冥途，空教我耳邊呼。阿呀！公公吓！不能盡心相奉事，翻教你爲我歸黄土。教人道你死緣何故？怎生割捨得抛棄了奴？

公公醒來！公公甦醒！

【前腔】（外醒干唱）媳婦，你擔饑侍姑舅，擔饑怎生度？錯埋怨，你也不推阻，到如今始信糟糠婦。料我不久歸陰府，（正旦界）公公請自保重。媳婦兒吓，休得爲我死的，累你生的受苦。

（正旦）公公在此坐坐，待媳婦去看看婆婆就來。（外應）（正旦向内）吓！婆婆！婆婆！阿呀！不好了嘘。

【前腔】（唱）婆婆氣全無，教奴家怎支吾？阿呀！丈夫吓！我千辛萬苦，爲你相看顧。如今到此難回護，只愁母死難留父。況衣衫盡解，囊篋又無。

公公，不好了，婆婆没了。（外）怎麼説？（正旦）婆婆氣絶了。（外）吖！没了吓？阿呀！阿婆吓！（正旦亦哭）（外）媳婦，婆婆没了，衣衾棺槨，件件俱無，如何是好？（正旦）公公請自寬心，待媳婦去與張大公商議便了。（外）扶我進去。（正旦應）（外）正是：青龍共白虎仝行，（正旦）吉凶事全

然未保。(外)阿婆。(正旦)婆婆。(外)媽媽。(正旦)婆婆。(外、正旦仝)阿呀!阿婆、婆婆吓!(下)

賞荷(六調)

(小生上)

【一枝花】閒庭槐影轉,深院荷香滿。簾垂清晝永,怎消遣?十二闌干,無事閒凭遍。悶來把湘簟展,夢到家山,又被翠竹敲風驚斷。

翠竹影搖金,水殿簾櫳映碧陰。人靜晝長無外事,沉吟,碧酒金尊懶去斟。幽恨苦相尋,離別經年没信音。寒暑相催人易老,關心,却把閒愁付玉琴。吓!琴、鶴二童。(付、丑)奢革?(小生)在象牙床上取蕉尾、紈扇出來。(付、丑)來哉。

〔金錢花〕(干念)自小承值書房,書房,快活其實難當,難當。只管打扇與燒香,荷亭畔,好乘涼。喫飽飯,上眠床。

老爺,琴、扇有了。(小生)你二人一個燒香,一個打扇,違者各打十三。(付、丑應)

【懶畫眉】(小生)强對南薰奏虞絃,只覺指下餘音不似前。那些個流水共高山?只見滿眼風波惡,似離別當年懷水仙。

（付、丑）環珮聲響，夫人出堂。（小生）迴避。（付、丑）曉得。（下）

【滿江紅】（旦上）嫩緑池塘，梅雨歇薰風乍轉。瞥然見新涼華屋，已飛乳燕。簟展湘波紈扇冷，歌傳《金縷》瓊巵暖。是炎蒸不到水亭中，珠簾捲。

相公。（小生）夫人請坐。（旦）有坐。原來在此操琴。（小生）正是。（旦）久聞相公高於音律，來到此間，杳然絶響，奴家斗膽請教相公，試操一曲如何？（小生）夫人要聽琴麼？（旦）正是。（小生）彈什麼好？（旦）當此清涼夏景，彈一曲《風入松》。（小生）使得。（彈介）【琴曲】一别家鄉遠，思親淚暗彈。（旦）相公，彈差了。《風入松》爲何彈起《思歸引》來？（小生）下官在家彈慣舊絃，這新絃却彈不慣。（旦）何不撇了新絃，重整舊絃如何？（小生）新舊二絃都撇不下。（旦）既撇不下，提他怎麼？（小生）夫人。（轉小工調）

【桂枝香】舊絃已斷，[一]新絃不慣。舊絃再上不能，[二]待撇了新絃難拚。我一彈再鼓，我一彈再鼓，又被宫商錯亂。（旦界）敢是心變了？非干心變，這般好涼天。正是此曲纔堪聽，又被風吹别調間。

[一] 眉批：舊絃：俗譜誤作『危絃』，文理不通，不得不改正之，非好立異也。

[二] 眉批：『再上』之『上』字應讀作上聲，俗唱作去聲，謬。

【前腔】（旦）相公，非彈不慣，只是你意慵心懶。既道是《寡鵠孤鸞》，又道是《昭君宫怨》。那更《思歸》《别鶴》，《思歸》《别鶴》，無非愁嘆。有何難見？既不然，你道是除了知音聽，道我不是知音不與彈？

【燒夜香】（衆上）樓臺倒影入池塘，緑樹陰濃夏日正長，一架薔薇滿院香。滿院香，和你飲霞觴，傍晚捲起簾兒，明月正上。

（小生）看酒。（衆）有酒。

【梁州新郎】（生、旦唱）（轉凡調）新篁池閣，槐陰庭院，日永紅塵隔斷。碧欄杆外，寒飛漱玉清泉。只覺香肌無暑，素質生風，小簟琅玕展。晝長人困也，好清閒，忽被棋聲驚晝眠。《金縷》唱，碧筩勸，向冰山雪巘排佳宴。清世界，有幾人見？

【前腔】（小生）薔薇簾箔，荷花池館，一點風來香滿。湘簾日永，香銷寶篆沉烟。漫有枕欹寒玉，（一）扇動齊紈，怎遂得黄香願？（旦界）爲何掉下淚來？非也。我猛然心地熱，（旦界）惜春，紈扇。不覺透香汗，我欲向南窗一醉眠。（仝）（合前）

【前腔】（生、旦）向晚來雨過南軒，（仝）見池面紅妝零亂。漸輕雷隱隱，雨收雲散。但聞得荷

（一）眉批：『衾枕』之『枕』，上聲，俗唱作去聲，誤。

香十里，新月一鈎，此景佳無限。蘭湯初浴罷，不覺晚妝殘，深院黄昏懶去眠。（合前）

【節節高】（生、旦）漣漪戲彩鴛，（仝）把露荷翻，清香瀉下瓊珠濺。香風扇，芳沼邊，閒亭畔。坐來不覺人清健，蓬萊閬苑何足羨？只恐西風又驚秋，暗中不覺流年换。

【前腔】清宵思爽然，好涼天，瑶臺月下清虚殿。神仙眷，開玳筵，重歡宴。任教玉漏催銀箭，水晶宫裏把笙歌按。（合前）

【尾聲】光陰迅速如飛電，好良宵可惜漸闌，拚取歡娱歌笑喧。

（小生）幾鼓了？（衆）三鼓。（旦）歡娱休問夜如何，（小生）此景良宵能幾多。（衆）遇飲酒時須飲酒，（仝）得高歌處且高歌。（下）

思　鄉（小工調）

（小生上）

【喜遷鶯】終朝思想，但恨在眉頭，人在心上。鳳侣添愁，魚書絶寄，空勞兩處相望。青鏡瘦顔羞照，寶瑟清音絶響。歸夢杳，繞屏山烟樹，那是家鄉？

怨極愁多，歌慵笑懶，只因添個鴛鴦伴。他鄉遊子不能歸，高堂父母無人管。湘浦魚沉，衡陽雁斷，音書要寄無方便。人生光陰幾多時，蹉跎負却平生願。

【雁過聲】(一)思量，那日離故鄉。記臨歧送別多惆悵，攜手共那人不斷放。教他好看承，我爹娘，料他們應不會遺忘。聞知饑與荒，只怕他捱不過歲月難存養。若望不見信音，却把誰倚仗？

【二犯漁家傲】思量，幼讀文章，論事親爲子也須要成模樣。真情未講，怎知道喫盡多魔障？被親强來赴選場，被君强官爲議郎，被婚强效鸞凰。三被强，我衷腸説與誰行？埋怨難禁這兩廂：這壁廂道咱是個不撑達害羞的喬相識，那壁廂道咱是個不睹事負心的薄倖郎。

【二犯漁家燈】悲傷，鷺序鴛行，怎如那慈烏返哺能終養？慢把金章，綰着紫綬，試問斑衣，今在何方？斑衣罷想，縱然歸去，又恐帶麻執杖。阿呀！天吓！只爲那雲梯月殿多勞攘，落得淚雨如珠兩鬢霜。

【喜魚燈犯】幾回夢裏，忽聞鷄唱。忙驚覺錯呼舊婦，同問寢堂上。待朦朧覺來，依然新人鳳衾和象床。怎不怨香愁玉無心緒？更思想，被他攔擋。教我，怎不悲傷？俺這裏歡娱夜宿芙蓉帳，他那裏寂寞偏嫌更漏長。

(一) 眉批：此套《古九宫》標作【雁魚錦】，分爲五段，不細注犯何曲，兹從《南詞定律》，一一標明曲牌。

【錦纏道犯】漫悒怏，把歡娱翻成做悶腸。菽水既清涼，我何心，貪着美酒肥羊？悶殺人花燭洞房，愁殺我掛名在金榜。魆地裏自思量，正是在家不敢高聲哭，只恐猿聞也斷腸。（下）

剪　髮（凡調）

（正旦上）

【金瓏璁】饑荒身自窘，那堪連喪雙親？身獨自，怎支分？衣衫多典盡，首飾并没分文。無計策，只得剪香雲。

萬苦千辛難擺撥，力盡心窮，兩淚空流血。裙布釵荆今已竭，萱花椿樹連摧折。金剪盈盈明似雪，空照烏雲，掩映愁眉月。一片孝心難盡説，一齊吩咐青絲髮。奴家自從婆婆歿了，無錢資送，多虧張大公週濟。如今公公又殁了，難以再去求他。我思量想來，吓！没柰何，只得把自己頭髮剪下，往街坊上賣幾貫錢鈔，以爲送終之用。吓！這頭髮雖不值甚錢，只把他做個意兒，恰似叫化一般。正是：不幸喪雙親，求人不可頻。聊將青絲髮，阿呀，斷送白頭人。（元場）

【香羅帶】一從鸞鳳分，誰梳鬢雲？妝臺懶臨生暗塵，那更釵梳首飾典無存也。阿呀！頭髮吓，是我耽擱你度青春，如今又剪你資送老親。剪髮傷情也，阿呀！怨只怨結髮，阿呀！

薄倖人。

【臨江仙】連喪雙親無計策，只得剪，阿呀！罷。只得剪下香鬟。阿呀！阿呀！阿呀！（元場）非奴苦要孝名傳，正是上山擒虎易，開口告人難。

頭髮已剪下，不免往街坊上貨賣則個。待我閉上了門。出得門來，穿長街，過短巷，待我叫一聲：賣頭髮，賣頭髮。

【梅花塘】賣頭髮，買的休論價。念奴受饑荒，囊篋無些個。我丈夫出去，那更連喪了公婆？没奈何，只得賣頭髮資送他。

【香柳娘】看青絲細髮，看青絲細髮，剪來堪愛，如何賣也没人買？若論這饑荒死喪，論這饑荒死喪，怎教我女裙釵，當得這狼狽？况連朝受餒，况連朝受餒，吖喲！我的脚兒怎擡？其實難捱。

【前腔】往前街後街，往前街後街，并無人買。阿呀！這便怎麽處？待我再叫一聲：賣頭髮，賣頭髮。阿呀！苦吓！我叫，吖喲！叫得我咽喉氣噎，無如之奈。我如今便死，我如今便死，只是暴露兩屍骸，誰人與遮蓋？我將頭髮去賣，將頭髮去賣，賣了把公婆葬埋，我便死何害？

阿呀呀呀！（跌介）（生嗽上）慈悲勝念佛，造惡空燒香。老漢張廣才，今早有事，不曾看得蔡從簡病體如何。此時閒暇，不免前去走遭。（正旦）苦吓！（生）呀！那邊倒在地下的好似五娘子，待我上前看來。噲，倒在地下的可是五娘子？（正旦）奴家正是。（生）爲何跌倒在地？（正旦）一時頭暈，故爾跌倒在此。（生）阿呀呀！老漢不便攙扶，吖！在我拄杖上掙起來罷。（正旦）多謝大公。（生）看仔細。（正旦）大公萬福！（生）五娘子，你公公病體如何了？（正旦）大公吓！我公公夜來歿了。（生）怎麼説？（正旦）我公公夜來歿了。（生）吖！歿、歿、歿了？（正旦）是。（生）阿呀！老哥吓！我昨日還與你講話，怎麼就歿？（仝哭介）（生）正是：人無百歲期，枉作千年計。五娘子，你手中的頭髮將來何用？（正旦）公公歿了，無錢資送，只得把自己頭髮剪下，賣幾貫錢鈔，以爲送終之用。（生）五娘子差矣！你公公歿了，合該與我商量，怎麼將自己頭髮剪下，有傷父母之遺體？（正旦）幾番累及大公，怎好又來啟齒？（生）五娘子，你説那裏話來？

【前腔】你兒夫曾付託，你兒夫曾付託，我怎生違背？你無錢使用，我須當貸。你把頭髮剪下，把頭髮剪下，又跌倒在長街，都緣是我之罪。（仝）嘆一家破敗，嘆一家破敗，否極何時泰來？各出珠淚。

【前腔】（正旦）謝公公慷慨，謝公公慷慨，把錢相貸，我公婆在地府也相感戴。只愁奴此身，愁只愁奴此身，死也没人埋，誰還你恩債？（仝）（合前）

【前腔】（生）我如今算來，我如今算來，他并無依賴。尋思，只得相擔待。五娘子，你先回去，我即着小二呵，送錢米和布帛，送錢米和布帛，與你公公買棺材。這頭髮且留在。（仝）（合前）（正旦）謝得公公救妾身，（生）伊夫曾託我親鄰。（正旦）從空伸出拿雲手，（生）提起天羅地網人。（正旦）大公，我先回去了。（生）你先回去罷。（正旦）大公，方纔説的，（生）吖！即着小二送來。（正旦）多謝大公。（生）好説。（正旦）吓！阿呀！公公吓！（下）（生）慢些走，慢、慢、慢些走。咳！天下有這樣孝順的媳婦，公公歿了，把自己頭髮剪下來，長街貨賣。今人中少有，就是古人中也難得。把這頭髮留下，等伯喈回來，與他看了，使他惶恐。咻！使他慚愧。（嗽下）

賞秋（凡調）

（旦上）

【念奴嬌】楚天過雨，正波澄木落，秋容光浄。（浄、丑、兩旦仝唱）誰駕冰輪來海底，碾破瑠璃千頃。（旦）環珮風清，笙歌露冷，人在清虚境。（仝）珍珠簾捲，小樓無限佳興。〔一〕（旦）玉作人間秋萬頃，銀葩點破瑠璃。瑶臺風露冷仙衣，天香飄到處，此景有誰知？（衆）未審明年明月夜，此時此景何如？〔二〕珠簾高捲醉瓊巵，（旦）莫辭終夕勸，（衆）動是隔年期。（旦）老媽媽。（浄）

〔一〕眉批：興：去聲。俗唱作平聲，謬。

〔二〕此時：原闕，據汲古閣刊本《繡刻琵琶記定本》補。

那。（旦）今夜月色可愛，你去請老爺出來賞月。（净）是哉。嚕！老爺。（小生内）怎麽？（净）夫人請呸出來賞月亮。（小生内）我要睡，不出來了。（净）夫人，老爺説要困了，勿出來哉。（旦）惜春，再去請。（丑）是哉。我説呸個老太婆無用個，看我去一請就出來。（净）看呸哉那？（丑）嚕！老爺。（小生内）又是怎麽？（丑）夫人請老爺出來賞月亮。（小生内）我不耐煩賞月。（丑）勿嘘，夫人自家拉裏請。（小生内）掌燈。（二院子應）

【生查子】（小生上）逢人曾寄書，書去神亦去。今夜好清光，可惜人千里。（旦）相公。（小生）夫人。（旦）今夜月色可愛，請你出來賞月，無事爲何推阻？（小生）月有甚麽好處？（旦）怎麽不好？看：玉樓金氣捲霞綃，雲浪深處沉徹。丹桂飄香清思爽，人在瑶臺銀闕。（小生）影透鳳幃，光寒羅帳，露冷蛩聲切。關山今夜，照人幾處離别。（院）須信離合悲歡，還如玉兔，有陰晴圓缺。便做人生長宴會，幾見冰輪皎潔？（丑）此夜明多，隔年期遠，莫放金尊歇。（旦）但願人長久，（仝）年年仝賞明月。（旦）掌燈，到玩月樓去。（衆應）

【念奴嬌】（小生、旦唱）（轉尺調）長空萬里，（衆）見嬋娟可愛，全無一點纖凝。十二闌干光滿處，涼浸珠箔銀屏。偏稱，身在瑶臺，笑斟玉斝，人生幾見此佳景？惟願取年年此夜，人月雙清。

【前腔】（小生）孤影，南枝乍冷。見烏鵲縹緲驚飛，棲止不定。萬點蒼山，何處是修竹吾廬

三徑？（旦）追省，丹桂曾攀，嫦娥相愛，故人千里漫同情。（合前）

【前腔】（衆仝唱）光瑩，我欲吹斷玉簫，乘鸞歸去，不知風露冷瑶京。環佩濕，似月下歸來飛瓊。那更，香霧雲鬟，清輝玉臂，廣寒仙子也堪並。（合前）(一)

【前腔】愁聽，吹笛《關山》，敲砧門巷，月中多是斷腸聲。人去遠，幾見明月虧盈。惟應，邊塞征人，深閨思婦，怪他偏向别離明。（合前）

【古輪臺】峭寒生，鴛鴦瓦冷玉壺冰，闌干露濕人猶凭，貪看玉鏡。況萬里清明，皓彩有十分端正。三五良宵，此時獨勝。把清光多付與，酒杯傾。從教酩酊，拚夜深沉醉還醒。酒闌綺席，漏催銀箭，香銷寶鼎。斗轉與參横，銀河耿，轆轤聲已斷金井。

【前腔】閒評，月有圓缺與陰晴，人世上有離合悲歡，從來不定。深院閒庭，處處有清光相映。也有得意人兒，兩情暢詠；也有獨守長門伴孤另，君恩不幸。有廣寒仙子娉婷，孤眠長夜，如何捱得這更闌寂静？此事果無憑。但願人長久，小樓玩月共同登。

【尾聲】聲哀訴，促織鳴。俺這裏歡娱未罄，却笑他幾處寒衣織未成。

（旦）今宵明月正團圓，（小生）幾處淒凉幾處歡。（院）但願人生得久長，（梅）年年千里共嬋娟。（下）

(一)　眉批：『光瑩』一曲，俗伶通行不唱，不知此套例應四曲，不可少也，兹特增入。

描容（六調）

（正旦上）

【胡搗練】辭別去，到荒圻，只愁途路煞生受。畫取真容聊藉手，逢人將此勉哀求。鬼神之道，雖則難明；感應之理，不可不信。奴家前日獨自在山築墳，正睡之間，忽夢一神靈，自稱當山土地，帶領陰兵與奴助力；教我改換衣妝，往洛陽尋取丈夫；又説明日有兩位仙長指引去路。醒來時，果然墳臺已完，恰遇兩位仙長贈我雲巾、道服、琵琶。我如今只得扮做道姑模樣，將這琵琶做個行頭，一路上唱幾個行孝曲兒，抄化前去，恰似叫化一般。（哭介）只是一件，我幾年間與公婆厮守，如何一旦撇了前去？我自幼頗曉丹青，不免畫取公婆真容，背着一路上也似相親相傍一般。若遇小祥忌辰，展開一看，與他燒些香紙，奠些酒飯，也是奴家一點孝心。（哭介）不免描畫公婆真容則個。

【三仙橋】一從公婆死後，要相逢不能彀，除非是夢裏暫時略聚首。苦要描，描不就，暗想像，教我未寫先淚流。寫、寫不出他苦心頭，描、描不出他饑症候，畫、畫不出他望孩兒的睁兩眸。我只畫得他髮颼颼，和那衣衫敝垢。我若畫做好容顔，須不是趙五娘的姑舅。

【前腔】我待畫你個龐兒帶厚，他可又饑荒消瘦。我待畫你個龐兒展舒，他自來常恁皺。若寫出來，真是醜；那更我的心憂，也做不出他歡容笑口。吓！不是我不會畫那好的，我自到他家呵，只見他兩月稍優遊，其餘的也都是愁。我只記得他形衰貌朽。便做他孩兒收，也認不出是當初父母。(一)縱認不出是蔡伯喈當初的爹娘，須認得是趙五娘近日來的姑舅。

真容已畫完，公婆吓！媳婦今日遠行，理當做碗羹飯。奈我身無半文，無可措辦，只有清香一炷，望公婆鑒納。

【前腔】非是我尋夫遠遊，只怕我公婆絕後。奴見夫便回，此行安敢久？苦！路途中，奴怎走？望公婆相保佑奴出外州。阿呀！倒是我差了。他尚兀自没人看守，如何來相保佑？只怕奴去後，冷清清有誰來拜掃？(二)縱使遇春秋，一陌紙錢怎有？你生是個受凍餒的公婆，死做個絕祭祀的姑舅。

拜禱已畢，不免去拜別了張大公，就起行便了。（下）

別墳（凡調）

（生嗽上）

(一) 眉批：母：叶『某』，上聲。

(二) 眉批：掃：叶『叟』。

衰柳寒蟬不可聞，金風敗葉正紛紛。長安古道休回首，西出陽關無故人。吓！五娘子，開門。（正旦上）是那個？（生）老漢在此。（正旦）原來是大公。（生）五娘子。（正旦）大公萬福。（生）聞得你今日遠行，老漢特來送別；但不知幾時起身？（正旦）正要到府拜别，即刻就行了。（生）老漢帶得碎銀幾兩，與你作路費，請收了。（正旦）奴家不敢推辭，多謝大公。（生）好說。吓！桌兒上是，（正旦）是公婆的真容。（生）五娘子，你衣食尚且不週，那有銀錢請人描畫真容？（正旦）大公吓！奴家那有銀錢倩人描畫真容？是奴家胡亂畫的。（生）若是畫工畫的别，不消看得；既是五娘子自己畫的，乞借一觀。（正旦）拙筆不足以當大觀。（生）好說。（正旦）大公請觀。（生）畫得好，畫得像吓！（仝哭）（生）老哥老嫂。（正旦界）公公婆婆。（生）死别多應夢裏逢，漫勞孝婦寫遺踪。可憐不得圖家慶，辜負丹青泣畫工。衣破損，鬢鬔鬆，千愁萬恨在眉峰。蔡郎不識年來面，趙女空描别後容。（仝哭）（生）五娘子，這是你孝心所感，故爾畫得像。收好了。（正旦）是。奴家有事相托。（生）有何事？（正旦）奴家去後，公婆這所墳墓，望大公早晚看管一二。（生）這個都在老漢身上。（正旦）多謝大公。（生）五娘子，你今日遠行，老漢有幾句言語囑咐你。（正旦）大公有何分付？（生）五娘子，你少長閨門，豈識路途？蔡郎臨别時，你青春嬌媚。如今遭此年荒歲歉，貌醜身單。（正旦）是。（生）桃花歲歲皆相似，人面年年自不同。蔡郎去時，他曾道來。（正旦）他道什麼來？（生）他道：若有寸進，即便就回。如今年荒親死，一竟不回，知他心腹事如何？（正旦）是吓！（生）咳！畫虎畫皮難畫骨，知人知面不知心。蔡郎原是讀書人耶，一舉成名天下聞。别久不知因甚故，年荒親死不回門。（仝哭）（生）五娘子，你去京城須仔細，逢人下禮問虛真。若見蔡郎漫說千般苦，只把琵琶語句訴原因。未可便說他妻子，未可便說喪雙親。未可便說裙包土，未可便說剪香雲。若得蔡郎思故舊，可憐張老一親鄰。（仝哭）（生）我今年已七十歲，比你公公少一旬。你去時還有張老來相送，你回時不知張老死和存。（仝哭）（正旦）大公何出此言？（生）五娘子，你逢人且說三分話，未可全拋一片心。你須牢牢記着吓！（正旦）大公金玉之言，怎敢有忘？奴家還有一事，不識進退相懇。（生）還有何事？（正旦）這是公公在日寫下的遺囑，並剪下的頭髮，望大公收下。（生）這却爲何？（正旦）奴家此去，若得尋見伯喈，這話不必提起；倘在路有些差池，等伯喈回來，將此二物與他一看，以表奴家一點孝心。（哭介）（生）這也虧你想得到。待我與你收下了。（正旦）奴家還要到公婆墳上去拜別。（生）該去拜的。待他陰空護佑你前去。（正旦）待我閉上了門兒。（生）五娘子請。（正旦）大公請。（生）轉過翠柏蒼松，（正旦）來到荒邱墳墓。吓！阿呀！公婆吓！（元場）媳婦今日前往洛陽，尋取你兒子，望公婆陰空護佑噓！（冒子唱）（生界）吓！老哥老嫂，你媳婦今日前往洛陽，尋取你兒子回來，保佑他在路上好好的行走！

【憶多嬌】他魂渺漠，我沒倚托。阿呀！程途萬里，教我懷夜壑。大公請上，受奴一拜。（生）不消。（正旦）此去孤墳，望公公看着。（生界）阿呀呀！請起。（仝唱）舉目蕭索，舉目蕭索，滿眼盈盈淚落。

【前腔】（生）承委託，我當領略。這孤墳看守，我決不爽約。但願你在途中，吖哈！身安樂。

（仝）（合前）

【鬥黑麻】（正旦）深謝得公公，便相允諾。從來的深恩，怎敢忘却？只怕途路遠，體怯弱，怕病染孤身，衰力倦脚。（仝）此去孤墳寂寞，路途滋味惡。兩處堪悲，兩處堪悲，萬愁怎摸？

【前腔】（生）伊夫婿多應是，貴官顯爵，伊家去須當審個好惡。五娘子，似你這般喬打扮，他怎知覺？一貴一貧，怕他將錯就錯。（仝）（合前）

（正旦）就此拜別。

【哭相思】爲尋夫婿別孤墳，（生）只怕兒夫不認真。（仝）流淚眼觀流淚眼，斷腸人送斷腸人。(一)

（生）五娘子請轉。（正旦）大公，怎麽説？（生）你是不曾出過門的，路上須要遲行早宿。倘尋見丈夫，千萬寄封書回來，免得老漢在家懸望。（正旦）是。公婆這所墳墓，望大公看管一二。（生）多在老漢身上，你放心前去。（正旦）大公在家保重，我自去了。（生）路上小心。（正旦）吓！阿呀公婆吓！（下）（生）慢些走！慢些走！咳！難得有這樣孝順媳婦。吓！老哥老嫂，你媳婦前往洛陽尋取你

(一) 眉批：【哭相思】爲俗伶所增，前二句本是下場詩，後二句亦係絶句體裁，與本調體格均不甚相合。沿誤已久，姑仍之。

兒子，保佑他路上好行好走，早見你兒子之面。我是去了，改日再來看你。吖！改日再來。咳！難得吓難得！（嗽下）

盤夫（尺調）

（小生上）

【菊花新】封書遠寄到親闈，又見關河朔雁飛。梧葉滿庭除，咳！争似我悶懷堆積。

封書寄遠音，寄上萬里情。書去人亦去，兀然空一身。下官前日喜得家書，報道平安。已曾修書回去。這幾日常懷思想，反添愁悶。正是：雖無千丈綫，萬里繫人心。

【意難忘前】（旦上）緑鬢仙郎，懶拈花弄柳，勸酒持觴。（小生界）咳！眉顰知有恨，吓！相公。（小生）阿呀呀！原來是夫人。（旦）何事苦相防？（小生）夫人。（旦）相公。（小生）請坐。（旦）有坐。古人云：顰有爲顰，笑有爲笑。古之君子，當食不嗟，臨樂不嘆。無事而戚，爲之不祥。你自到我家，不明不暗，似醉如癡，終日憂悶，爲着甚的？還少了喫的呢穿的吖？（小生）夫人，你那知我的就裏？（旦）相公，你每日呵，

【紅衲襖】你喫的是煮猩唇和那燒豹胎，(一)穿的是紫羅襴，繫的是黄金帶。你出入呵，只見五花頭踏在你馬前擺，三簷傘兒在你頭上蓋。你莫怪我説。（小生界）但説何妨？（旦）你本是草廬中一秀才，今做了漢朝中梁棟材。你有甚不足，只管鎖了眉頭也，唧唧噥噥不放懷？

（小生）夫人，

【前腔】我穿的是紫羅襴，倒拘束得我不自在。穿着這皂朝靴，怎敢胡亂踹？口兒裏喫幾口慌張張要辦事的忙茶飯，手兒裏拿着個戰兢兢怕犯法的愁酒杯。倒不如嚴子陵登釣臺，免做得楊子雲閣上災？似我這般爲官呵，只管待漏隨朝，可不誤了秋月春花也，枉干碌碌頭又白？(二)

（旦）相公，我倒猜着你的意兒了。（小生）猜着什麽來？

【前腔】（旦）莫不是丈人行性氣乖？（小生界）不是。（旦連唱）莫不是妾跟前缺管待？（小生界）也不是。莫不是畫堂中少了三千客？(三)（小生界）都不是。莫不是繡屏前少了十二釵？（小生）阿呀呀！一發不是了。（旦）吓！這意兒教人怎猜？這話兒教人怎解？（小生）其實難

(一) 眉批：胎：俗譜作陽平，誤。

(二) 眉批：白：叶『排』。

(三) 眉批：客：叶『楷』。

解。（旦）今番一定猜着了。（小生）又猜着什麼？（旦）敢則是楚館秦樓，有個得意人兒也，悶懨懨常掛懷？

（小生）夫人，

【前腔】有個人兒在天一涯，只落得臉銷紅眉鎖黛。我不是傷秋宋玉無聊賴，有甚心情去戀着閒楚臺？（旦）有話可對我說。（小生）夫人，三分話兒只恁猜，一片心兒只恁解。（旦）有話對我說了也不妨吓。（小生）哎！你休纏得我無語無言，若還提起那籌兒也，撲簌簌淚滿腮。

（旦）相公，我待不解勸你，你也只管愁悶；我來問你，你又不肯對我說，教我也沒奈何。罷！夫妻何事苦相防？莫把閒愁切寸腸。（小生）各人自掃門前雪，（旦）是吓！莫管他家瓦上霜。這也由你，但憑你吓！（下）（小生）咳！正是：難將我語和他語，未必他心似我心。下官娶妻兩月，別親數載。朝夕思想，反添愁悶。我那新娶妻房，雖則賢惠，幾次問及。欲待將此事與他說知，他縱肯全我回去，只是他爹爹知我有媳婦在家，如何肯放？不如權且隱忍，改日求一鄉郡除授，那時回去見我雙親，却不是好？吓！夫人吓！夫人，非是隄防你太深，只因伊父苦相禁。正是：夫妻且說三分話，（旦暗上）吓！相公，那些個未可全拋一片心？（小生界）阿呀呀！又被夫人聽見了。（旦連）好吓！你瞞我也罷，只是你爹娘媳婦在家，都怨着你哩！（小生界）阿呀！可不是麼？

【江頭金桂】（旦）（轉正工調）怪得你終朝顛窨，只道你緣何愁悶深。教咱猜着啞謎，爲你沉吟，那籌兒没處尋。我和你共枕同衾，你瞞我則甚？你自撇了爹娘媳婦，屢換光陰，他那裏須怨着你没信音。笑伊家短行，無情忒甚。到如今兀自道且説三分話，未可全抛一片心。

（小生）夫人，

【前腔】非是我聲吞氣忍，只爲你爹行勢逼臨。怕他知我要回去，將人厮禁，(一)我要説時又將口噤。不瞞夫人説，我待解朝簪，再圖鄉任。他不隄防着我，須遣我到家林，和你雙雙兩人歸晝錦。阿呀！天吓！嘆雙親老景，存亡未審。（旦）可曾修書回去？（小生）已曾修書回去。

（旦）可有回音？（小生）夫人吓！只怕雁杳魚沉。又不是烽火連三月，真個家書抵萬金。

（旦）既如此，待我去對爹爹説，和你一仝回去。（小生）你爹爹知我有媳婦在家，如何肯放？莫説罷。

（旦）我爹爹身爲太師，風化所關，具瞻所係，難道不顧人議麽？（小生）若不濟事，可不枉了？（旦）不妨。雪隱鷺鷥飛始見，柳藏鸚鵡語方知。（小生）假饒染就紺紅色，免被傍人講是非。（旦）講什麽是非？在我身上，保你回去。（小生）夫人竟保下官回去？（旦）保你回去。（小生）如此全仗夫人。

（旦）在我身上。（小生）阿呀呀！多謝夫人。（旦）在我。（小生）全仗夫人。哈哈哈！（下）

(一) 眉批：厮：思必切。

諫　父（小工調）

（外上）

【西地錦】好怪吾家門婿，鎮日不展愁眉。教人心下常縈繫，也只爲着門楣。

入門休問榮枯事，觀着容顔便得知。老夫自招蔡伯喈爲婿，可爲得人。只是一件，他自到我家，終日眉頭不展，面帶憂容，不知爲何？且待女兒出來，便知端的。

【前腔】（旦上）只道兒夫何意，如今就裏方知。萬里家山，要同歸去，未審爹意何如？

爹爹萬福。（外）罷了。吾老入桑榆，每自嗟夫皓首；你新調琴瑟，宜無負此青春。夫婿何故不樂？吾兒必知端的。（旦）告爹爹知道。（外）起來説。（旦）伯喈娶妻六十日，即赴科場；別親三五載，並無消息。温凊之禮既缺，伉侣之情何堪？今欲歸故里，辭至尊家尊而同行；待同侍高堂，執子道婦道以盡禮。（外）吾兒差矣！吾乃紫閣名公，汝是香閨艷質。何必顧彼糟糠婦？焉能事此田舍翁？他久别雙親，何不寄一封音信？汝從幼嬌養，豈能涉萬里之程途？休惑夫言，當從父命。（旦）爹爹，孩兒曾觀典籍，未聞婦道而不拜姑嫜；試論綱常，豈有子職而不侍父母？若重倡隨之意，當盡定省之儀。彼荆釵裙布，既已獨奉親闈之甘旨；此錦屏繡褥，豈可久戀監宅之歡娱？爹爹身居相位，坐理朝綱，豈可斷他人父子之恩，絶他人夫婦之義？使伯喈有貪妻之愛，不顧父母之愆；使孩兒有違夫之命，不侍舅姑之罪。望爹爹容恕，乞賜矜憐。（外）胡説！他既有媳婦在家，你去則甚？（旦）

爹爹，

【獅子序】（六調）他媳婦雖有之，念奴家須是他孩兒的妻。那曾有媳婦不侍親闈？若論做媳婦的道理，須當奉飲食，問寒暄，相扶持蘋蘩中饋。又道是養兒待老，積穀防饑。

（外）既是養兒待老，積穀防饑，當初何必教他來赴選？（旦）爹爹吓！

【太平歌】他來求科舉，指望錦衣歸，不想道爹爹留他爲女婿。（外界）我留他做女婿，也不曾怠慢他。他埋怨洞房花燭夜，（外界）自古有緣千里來相會，那些個千里能相會？只要保全金榜掛名時，他事急且相隨。

（外）事已如此，伯喈也枉自愁悶。（旦）伯喈呵，

【賞宮花】他終朝慘悽，我如何忍見之？若論爲夫婦，須是共歡娛。他數載不通魚雁信，枉了十年身到鳳凰池。

（外）那伯喈思想父母要回去，你如何也要去？你這妮子，敢是癡迷了？

【降黃龍】（旦）須知，非是我癡迷。已嫁從夫，怎違公議？（外）你若去時，只是我没個親人在旁，教我如何捨得？（旦哭唱）爹猶念女，怎教他爹娘不念孩兒？（外）非是我不放你去，他有媳婦在家，你去時只怕耽擱了你。（旦）爹爹，休提，縱把奴耽擱，比耽擱他媳婦何如？那些個夫唱婦隨，嫁鷄逐鷄飛？

（外）兒吓，他是貧賤之家，你如何去伏侍他的父母？（旦）哎！

【大勝樂】婚姻事難論高低，若論高低何如休嫁與？假饒親賤孩兒貴，終不然便抛棄？（外）他有媳婦在家，你去做甚麼？（旦）奴是他親生兒子親媳婦，難道他是何人我是誰？爹居相位，（外界）我不放他回去，他敢奈何我麼？阿呀爹爹吓！怎説出傷風敗俗非理的言語？

（外）呸！夫言中聽父言非，懊恨孩兒見識迷。我本將心托明月，誰知明月照溝渠。我不放他回去，皆因爲你，怎麼反把我來挺撞？可惡！放肆！吖哈哈哈！阿，就是伯喈，我不放他回去，他敢走一走，敢動一動麼？吖哈哈哈！没相干，終是女生外向。嘿嘿嘿！（旦哭介）（外）哆！這等無禮！可惡！放肆！吖哈哈哈！可惱吓可惱！（下）（旦）正是：酒逢知己千杯少，話不投機半句多。好笑我爹爹不顧仁義，反道我挺撞了他。昨日伯喈原教我不要説的，如今怎好去回他？相公吓！你一心只欲轉家鄉，怎奈爹行不忖量。大風吹倒梧桐樹，自有旁人説短長。咳！（下）

回　話（六調）

（小生上）

【稱人心】撇呆打墮，早被那人瞧破。他要同歸，知他爹怎麽？我料他們不允諾。吓！夫人，你爲甚納悶在此？我知道了。你緣何獨坐？想是你爹爹不從你的言語。昨日呵，伊家道俐齒伶牙，争奈你爹行不允。（旦）咳！不要説起。我爹爹，全不顧，人笑呵，這其間只是我見差。（小生）禍根芽從此起，災來怎躲？（旦）相公吓！他道我從着夫言，罵我不聽親話。

（小生）吓！夫人，

【紅衫兒】你不信我教伊休説破，到此如何？算你爹心性，我豈不料過？我爲甚亂掩胡遮？也只爲着這些。你直待要打破砂鍋，都是你招災攬禍。

【前腔換頭】（旦）不想道相挜靶，這做作難禁架。我見你每每咨嗟要調和，誰知道好事多磨？起風波，把你陷在地網天羅，如何不怨我？天吓！懊恨只爲我一個，却擔擱你兩下。

【醉太平】（小生）蹉跎，光陰易謝，縱歸去晚景之計若何？名韁利鎖，牢絡在海角天涯。知麼？我多應老死在京華，孝情事一筆都勾罷。這般摧挫，傷情萬感，淚珠偷墮。

【前腔】（旦）非詐，奴甘死也。若奴不死時，君去須不可。（小生界）夫人，你如何説這話？相公，奴身值甚麼？只因奴誤你一家。差訛，假饒做夫婦也難和，你心怨我心縈掛。奴此身拚捨，成伊孝名，救伊爹媽。

（小生）夫人，你休這般説。怕你爹爹知道，反加譴責。（旦）妾當初勉承父命，遣事君子。不意君家有白髮之雙親，青春之妻室。致君衷腸不滿，名行有虧。如今思之：誤君雙親者，妾也；誤君妻室者，妾也；使君爲不孝薄倖之人，皆妾也。妾之罪大矣！縱偷生於斯世，亦公議所不容。昔聶政姊死，倚屍傍以成弟之名；　王陵母死，伏劍下以全子之節。妾豈愛一身，誤君百行？妾當死於地下，以謝君家。（小生）夫人，你只知其一，不知其二。你若因諫父不從而死，却不是陷親於不義了？這是決不可。（旦）相公也説得是；只是累你一時回去不得，如何是好？（小生）夫人勿憂。或者你爹爹也有回心轉意之時，亦未可知。一心只望轉家鄉，（旦）怎奈爹爹不忖量。（小生）向來私恨無人覺，（仝）今日相看兩斷腸。（下）

彌陀寺（正工調）

（末上）年老心閒無别事，麻衣草座亦容身。相逢盡道休官好，林下何曾見一人？貧僧彌陀寺中五戒便是。今日寺中啓建無礙道場，不論貧富人等，薦度祖先，盡獲超升。正是：寄言苦海林中客，好向靈山會上修。（下）

【縷縷金】（淨嗽上）胡廝啞，兩喬才。家中無宿火，强追陪。（丑上）自來粧瘋子，如今難悔。（仝）向叢林深處且徘徊，都來看佛會，都來看佛會。

（淨）一日復一日，（丑）無處坐來無處立。（淨）亦無本錢做生意，（丑）終朝只好喫白食。（淨）吃白食到無場化喫處。（丑）聞得彌陀寺中啓建無礙道場，我裏去擾擾和尚罷。（淨）和尚是素浪湯，無奢喫頭。（丑）個樣年成，只要渾飽子肚皮，管奢葷拉素？（淨）倒也勿差，我答哋粧個宦家公子模樣，好去擾俚個。（丑）倘然拿出緣簿來没那？（淨）隨便朧離朧揭個寫拉上没哉。（丑）個没我裏那個稱呼？

（浄）唋没稱呼我大生，我没叫聲唔二生，即要口裏相應，隨機應變。（丑）有理個，大生請吓。（浄）二生請吓。東説陽山西説海，（丑）天殼海來地座子。（浄）幾裏是哉。（丑）且進去。（浄）阿有和尚走個巴出來。（末上）呀！原來是二位相公。（浄、丑）吖喲！和尚。（末）二位相公請裏面坐。（浄）二生請吓。（丑）大生請吓。（末）二位相公稽首。（浄、丑）罷哉，罷哉。今朝爲奢能鬧熱？（末）今日寺中啓建無礙道場，故爾熱鬧。（浄）我裏到勿曾帶得香金没那哼？（丑）番道我裏屁股裏喫人參，（浄）奢解説？（丑）後補。（浄）勿差，後補。（末）多謝二位相公。請問二位相公上姓？（丑）個位相公纔勿認得個介？（末）不相認。（丑）俚厾個爺做過風臀縣，現任個臀州府個公子滑。（末）原來是一位貴公子。失敬了。（浄）罷哉，罷哉。不知者不罪也。（末）此位是？（浄）俚厾老太爺做過伸手大將軍，後來亦征復子賊匪老，欽加敲鑼個銜拉厾身上，唋那説勿認得介？（末）原來又是一位貴公子，也失敬了。（丑）罷哉，罷哉。（浄）和尚，唔還是東房呢西房呢？（末）貧僧是東房。（浄）怪弗得勿認得，西房没我裏來往個。（丑）個没就叫東房勿管西房事。（浄）和尚，殿宇坍塌，爲奢勿修理？（末）没有大施主，難以動手。（浄）奢個大事務？唋去拿緣簿出來，我裏二位相公來替唔開緣簿。（末）待貧僧去取來。（浄）隨便寫没哉。（末）哪，哪，哪，煩二位相公慈悲發心。（丑）大生請吓。（浄）二生請吓。（丑）勿敢有僭，自然大生先請。（浄）個没有僭哉。學生本姓陳，家住蘇州城，喜助香油一千斤，豆腐一塊。（丑）那説豆腐只得一塊介？（浄）有個道理，拿一千斤香油倒拉一隻頭號頭鑊子裏，拿個塊豆腐拉邊上盪得下去，讓俚賊個僕瀆瀆滾。（丑）滾到何日是了？（浄）滾過子日脚没罷哉。（丑）倒也勿差。（净）二生來哉。（丑）那是我來哉？小子本姓金，家住在南京，喜助磚瓦石灰并鐵釘，外助楠木一萬四千八百零一根。（净）那説零一根？（丑）無零勿成賬。（末）二位相公，這些東西往那裏去取？（净）蘇州城裏個油車纔是我開個，讓我寫個條紙，啥去發没哉。（丑）南京個星木行，我纔有分個，只要寫個票頭去發没哉。（末）多謝二位相公。（丑）大生，我裏去罷。（末）二位相公用了早膳去。（净）飯到用得着拉裏。（丑）個没點菜哉，黄燜雞清燉脚魚。（净）蟹粉炒塊肉。（末）貧僧是素齋。（净）素浪湯是無喫頭個。（丑）大生，就是素局儂儂罷。（净）酒是總有個？（末）有匠人們喫的濁醪在此。（净）快點去拿出來，讓我裏來濁俚兩濁。（末）待貧僧去取來。（丑）大生，濁醪阿好喫個？（净）也不過如此。（末）二位相公，酒在此，請用。（丑）大生請吓。（净）二生請吓。（丑）和尚，添一只杯子來，也喫一杯。（末）貧僧是戒酒除葷。（丑）吖，啥戒子酒開子色哉。（末）罪過吓。（净）我裏悶酒喫勿慣，呒到外勢去，阿有唱道情個，叫俚進來唱唱。（末）待貧僧去看來。（下）

【前腔】（正背琵琶上）途路上，實難捱。盤費都使盡，好狼狽。試把琵琶撥，逢人乞丐。薦公婆魂魄免沉埋，特來赴佛會，特來赴佛會。

上人稽首。（末）道姑何來？（正旦）貧道遠方而來。（末）到此何幹？（正旦）聞得寺中啓建無礙道場，特來抄化。（末）肩背琵琶，將來何用？（正旦）唱幾個行孝曲兒，趁些錢來，追薦公婆的。（末）候着。（正旦應）（末）二位相公，外面有一道姑，會唱行孝曲兒，可要叫他進來？（净）且叫俚進來。（末應）吓，道姑呢？（正旦）在。（末）二位相公着你進去。（正旦應）（末）隨我來見了二位相公。（正旦）是，二位。（浄）罷哉。（丑）咦！　秧田裏個篾圈，（浄）奢解説？（丑）尼姑。（浄）道姑。（丑）勿差，道姑。（浄）道姑，你姓甚名誰？　那方人士？　因何到此？　你且説得來。（正旦）貧道一言難盡。（唱）（丑界）呾説没哉。（浄界）和尚，呾請事正。（末應下）

【銷金帳】聽奴訴語：　奴是良人婦，（浄界）既是良人婦，爲奢個付打扮？　爲兒夫相擔誤。（丑界）那個擔誤？　他一向赴選及第，未歸鄉故。（丑界）大生，奢叫及第？（浄）中子狀元爲及第。（丑）中子狀元哉，倒要賀賀俚個。　大生請吓。（正旦連）爲饑荒喪了，（浄界）喪了何人？　喪了親嫡舅姑。（丑界）没了公婆，誰人安葬？　我獨造墳塋。（浄界）到此做什麼？　今爲尋夫到此。（丑界）可曾尋見你的丈夫？　丈夫未知，未知他在何處所。(一)

（丑哭介）（浄）二生爲奢哭起來？（丑）天下只有三個苦人。（浄）那三個？（丑）俚、唻、我。（浄）我裏是仙人。（丑）勿差，仙人。（浄）道姑，你肩背琵琶，阿會唱道情個？（正旦）不會。（丑）個没阿會唱《剪剪花》？（正旦）也不會，只會唱行孝曲兒。（丑）大生，行孝曲兒阿好聽個？（浄）個行孝曲兒没，叫好聽得來，我幾百年勿曾聽見哉。　噲，道姑，呾且拿行孝曲唱起來，唱得好，我裏兩位相公就賞。（丑）大生，一個銅錢纔勿有，那哼賞？（浄）我裏身上亦勿是着個瓦佬，叫和尚上賬，每樣十兩阿好？

(一)　眉批：俗譜此曲格調多與【朝元歌】及【五馬江兒水】相混，茲訂正。

（丑）有理個。徹過筵席，呸且唱起來。（正旦）二位聽了吓，

【前腔】凡人養子，最苦是十月懷胎苦，（淨界）起句唱得好。凡人十月懷胎，切極。賞呸一件花褶。和尚，上賬十兩。更三年勞役抱負。（丑界）三年乳哺，唱得妙！賞唥一件花襖。和尚，上帳十兩。大生請吓。休言他受濕推乾，萬千勞苦。（淨界）字眼唱得清，賞唥一頂巾。和尚，上賬十兩。二生請吓。真個千般愛惜，萬般回護。（丑界）唱得端正，賞唥一條破裙。和尚，上賬十兩。大生請吓。兒有些不安，父母驚惶無措。（淨界）個句唱得好聽，賞唥一頂網巾。和尚，上賬十兩。二生請吓。直待可了，可了歡欣似初。

（丑界）個句唱得淒慘，賞唥一把紙扇。和尚，上賬十兩。大生請吓。

【前腔】兒還念父母，及早歸故土，（淨界）唱得苦楚，賞呸一蓬鬍鬆。和尚，上賬十兩。二生請吓。看慈烏亦能反哺。（丑界）唱得圓渾，賞呸一條布裙。和尚，上賬十兩。大生請吓。莫學我的兒夫，把雙親擔誤。（淨界）唱得邋塌，賞唥一雙黑襪。和尚，上賬十兩。二生請吓。常言養子，養子方知父母。算那忤逆男兒，（丑界）唱得精明，賞呸一頂網巾。和尚，上賬十兩。大生請吓。和孝順爹娘之子，（淨界）唱得難過，賞筒烟呸呼呼。二生請吓。若無報應，（丑界）唱得快燥，賞呸一個烟炮。大生請吓。果是乾坤有私。

（淨）呔！呸還要唱來！（正旦哭下）（淨）奢個意思？忒覺勿像樣哉？（丑）噲，大生勿要喊，纔拉

裏個哉。（浄）咳！　和尚真好局，（丑）呸道局勿局。（浄）弄得滿身汗，（丑）只好忽河浴。（浄）個没竟去忽河浴擾我個？　二生請吓。（丑）大生請吓。（下）

遺　像（凡調）

（正旦上）奴家今日正擬抄化幾文錢鈔追薦公婆，不想遇着兩個瘋子，空自攪了一場。　如今雖没錢買辦祭物，只得把公婆的真容掛在此間，拜囑一番，以表來意則個。

【秋夜月】我在途路，歷盡多辛苦，待把公婆魂魄來超度。　焚香禮拜祈回護，願相逢我丈夫，相逢我丈夫。

（小生上，末、丑隨）車來。

【縷縷金】時不利，命多乖。　雙親在途路上，怕生災。（末、丑）相公，此是彌陀寺，略停車蓋。（仝）辦虔誠懇禱拜蓮臺，且來赴佛會，且來赴佛會。

（末、丑）狀元爺來了，道姑迴避。（正旦）正是：　貴人方辟道，斂衽避高車。（下）（小生）那裏來這軸畫像？（末、丑）想是方纔那道姑遺下的？（小生）唤他轉來，還了他。（末、丑）霎時不見了。（小生）如此，與他收下了。（末、丑應）（小生）唤和尚過來。（末、丑應）和尚那裏？

［前腔］（浄上干念）能喫酒，怕喫齋。　喫得醺醺醉，便去摟新戒。　講經和回餉，全然尷尬。　官人若是有

文才，休來看佛會，休來看佛會。

老爺在上，貧僧稽首。（小生）下官爲迎取父母來京，不知路上安否若何，特來向佛前祈禱。（净）如此，待貧僧先請諸佛，然後拈香。〔佛賺〕如來本是西方佛，却來東土救人多，救人多。結跏趺坐坐蓮花，丈六金身最高大。他是十方三界第一個大菩薩，摩訶薩，摩訶般若波羅糖。（末、丑界）差了，波羅蜜。（净連）糖也這般甜，蜜也這般甜。南無南無十方佛十方法十方僧，上帝好生不好殺。好人還有好提掇，惡人還有惡鑒察。好人成佛成菩薩，惡人做鬼做羅刹。第一滅却心頭火，心頭火；第二解開眉間鎖，眉間鎖；第三點起佛前燈，佛前燈。真個是好也快活我，快活我。諸惡莫作，奉勸世上人則個，㈠浪裏稍公牢把舵。行正路，莫蹉跎，大家早去念彌陀。念彌陀，善男信女笑呵呵。聽大法鼓鼕鼕鼕鼕，聽大法鐃乍乍乍乍，手鐘摇動陳陳陳陳。獅子能舞鶴能歌，木魚亂敲逼逼剥剥。海螺響處噴噴噴噴，積德道場隨人做。惟願老相公老安人小夫人萬里程途悉安樂。南無菩薩薩摩訶，金剛般若波羅蜜。請佛已畢，請老爺拈香。（小生）諸佛在上，念下官呵，

【古江兒水】（小工調）如來證明，聽蔡邕咨啓：我雙親在途路，不知如何的？仰惟菩薩大慈悲。龍天鑒知，龍神護持，護持他登山涉水。

【前腔】（净）如來證明，鑒兹情旨。蔡邕的父母，望相保庇，仰惟功德不思議。龍天鑒知，龍

㈠ 則：原作『做』，據汲古閣刊本《繡刻琵琶記定本》改。

神護持，護持他登山涉水。

【前腔】（末、丑）我的東人鎮日常懷憂慮，只愁二親在路途裏，孝思誠意足感神祇。龍天鑒知，龍神護持，護持他登山涉水。(一)

（小生）取香金送與和尚。（末、丑應）（净）多謝老爺！我佛有緣蒙寵渥，（小生）願親路上悉平安。（末）因過竹院逢僧話，（丑）又得平生半日閒。（下）（正旦上）阿呀！不好了！

【縷縷金】原來是，蔡伯喈，車前都喝道，狀元來。不是漁父引，怎得見波濤？方纔那位官長，我只道那個，詢問傍人，原來就是蔡伯喈，如今入贅在牛丞相府中。奴家方纔慌忙中失去公婆的真容，想必是他收去。且待明早竟投到他家裏，只借抄化爲因，問個消息。或者我夫婦便從此相會，亦未可知？料想雙親像，他們留在。天教我夫婦再和諧，都因這佛會？都因這佛會？

今朝喜見那喬才，收去真容事可諧。縱使侯門深似海，從今引得外人來。（下）

廊會（六調）

（旦上）

(一) 眉批：本調三曲是【古江兒水】，非通行之【江兒水】也。今俗唱、工譜並板式全用【江兒水】格影射，可笑。兹據《大成》譜訂正。

【十二時】心事無靠托，這幾日反成悶也。父意方回，夫愁稍可。未卜程途裏如何，教我怎生放下？

不如意事常八九，可與人言無二三。奴家自嫁伯喈之後，終日見他常懷憂悶，我去問他，他又不肯對我說。比及奴家知道，去對爹爹說，要同他回去，誰想爹爹不允。被我道了幾句，爹爹心下不安，已曾差人前去接他爹娘媳婦到來，仝享榮華。倘或早晚到來，必要人使喚。院子。（末應）（旦）你到街坊上去，尋幾個精細婦人來使喚。（末）曉得。

【遶地游前】（正旦上）風餐水臥，甚日能安妥？問天天怎生結果？

我一路問來，說此間已是牛府。（末嗽介）（正旦）那邊有位府幹哥在彼，不免上前問一聲。吓！府幹哥，貧道稽首。（末）道姑何來？（正旦）貧道遠方而來。（末）到此何幹？（正旦）特來抄化。（末）候着。（正旦應）（末）啓夫人：精細婦人沒有，有一道姑在外。（旦）道姑麽，着他進來。（末應）道姑呢？（正旦）在。（末）夫人着你進見。（正旦）是。（末）放下包裹。（正旦）待我放了包裹。（末）見了夫人。（正旦）是。夫人在上，貧道稽首。（旦）道姑何來？（正旦）貧道遠方而來。（旦）到此何幹？（正旦）聞知夫人好善，特來抄化。（旦）你有甚本事來此抄化？（正旦）貧道不敢誇口，大則琴棋書畫，小則女工針黹，次則飲食餚饌，頗諳一二。（旦）你既有這等本事，何不住在我府中喫些現成茶飯？强如在外抄化。你意下如何？（正旦）若得如此，感恩非淺。只怕貧道沒福，無可稱夫人之意。（旦）好說。道姑，你還是在家出家的呢，在嫁出家的？（正旦）貧道是在嫁出家的。（旦）院子。（末）

有。（旦）他説在嫁出家的，是有丈夫的了。我府中不便收留，多打發些齋糧，教他到別處去抄化罷。（末）是。道姑，夫人道你是在嫁出家的，是有丈夫的了，府中難以收留。着我多打發些齋糧，教你到別處去抄化罷。（正旦應）阿呀苦吓！我不合説出有丈夫的，怎麼處？吖，有了。吓！夫人，貧道非爲抄化而來，特來尋取丈夫的。（旦）你丈夫姓甚名誰？（正旦）我丈夫姓，（私白）且住。我臨行時，蒙張大公囑付道：逢人且説三分話，未可全抛一片心。我如今把蔡伯喈三字拆開與他説，看他如何？吓，夫人，貧道的丈夫姓祭名白皆，人人説在貴府廊下，夫人可知道麼？（旦）我那裏知道？院子。（末）有。（旦）你掌管許多廊房，可有姓祭名白皆的麼？（末）老奴掌管許多廊房，并没有姓祭名白皆的。（旦）道姑，我這裏没有，你到別處去尋罷，休得耽誤了你。（正旦）是。阿呀天吓！我千山萬水尋到這裏，誰想你又不在。敢是你没了？教我倚靠何人吖？（旦）咳！可憐！道姑，你也不須啼哭，你可住在我府中，待我着院子到街坊上尋取你丈夫，意下如何？（正旦）若得如此，再造之恩也。（旦）你可換了衣妝。（正旦）貧道不敢換。（旦）爲何？（正旦）貧道有一十二年大孝在身，所以不敢換。（旦）凡爲人子者，大孝不過三年，那有一十二年？（正旦）夫人有所不知：貧道公死服三年，婆死服三年，（旦）也只得六年吓。（正旦）吖，我那薄倖兒夫久留都下，一竟不回，替他代戴六年，共成一十二年。（旦）天下有這等行孝的婦人！然雖如此，怎奈我家老相公最嫌人這般打扮，你可略略換些素縞罷。（正旦）謹依夫人慈命。（旦）院子。（末應）（旦）喚惜春取妝奩素服出來。（末）是。惜春姐。（丑内）奢個？（末）夫人着你取妝奩素服出來。（下）（丑上）來哉。寶劍贈與烈士，紅粉送與佳人。

夫人，妝奩素服拉裏。（旦）放下。（丑）是哉。（旦）道姑，你可臨鏡梳妝罷。（正旦）貧道告梳妝了。（旦）好説。惜春，好生伏侍。（丑應）（正旦）吓！鏡兒吓鏡兒，我自出嫁之後，只有兩月梳妝，幾時不曾照得你？吓！原來這般消瘦了。（旦界）且免愁煩。（丑）夫人叫㕶勿要哭哉。

【二郎神】容瀟灑，照孤鸞嘆菱花剖破。記翠鈿羅襦當日嫁，誰知他去後，釵荆裙布無些。（旦界）戴了金雀。（丑）戴子金雀。（正旦連）這金雀釵頭雙鳳軃，（丑）夫人，俚勿戴。（旦）爲何不戴？（正旦）夫人，奴家若戴此釵呵，可不羞殺人形孤影寡？（旦界）簪些花朵。（丑）戴子個朵花。（正旦連）説甚麽簪花捻牡丹，（丑界）夫人，俚纔勿戴。（旦）迴避。（丑）是哉。（下）（正旦連）教人怨着嫦娥。

【前腔】（旦）嗟呀，他心憂貌苦，真情怎假？（正旦界）阿呀！公婆吓！道姑，你爲着公婆珠淚墮，（正旦界）夫人的公婆可在否？我公婆自有，不能承奉杯茶。你比我没個公婆承奉呵，不枉了教人做話靶。道姑，你公婆，爲甚的雙雙命掩黄沙？

【囀林鶯】（正旦）爲荒年萬般遭坎坷。（旦界）你丈夫往那裏去了？我丈夫又在京華。我把糟糠暗喫擔饑餓，（旦界）公婆死了，那得錢來埋葬？公婆死，是我剪頭髮賣了去埋他。（旦界）墳墓何人造的？把孤墳自造。（旦界）獨自一身，怎生造這般墳墓？運土泥，盡是我把麻裙包裹。（旦界）不要誇口吓！也非誇。（旦）我不信。（正旦）夫人若不信，阿呀！哪，只看我手指傷，血痕尚染衣麻。

【前腔】（旦）愁人見説愁轉多，使我珠淚如麻。（正旦界）夫人爲何掉下淚來？ 我丈夫也久别雙親下。（正旦界）爲何不辭官回去？ 他要辭官，被我爹蹉跎。（正旦界）他家中可有妻室否？ 他妻雖有麽，（正旦界）他家中既有妻室，自能侍奉，不回去也罷了。 怕不似你會看承爹媽。（正旦界）如今在那裏？ 在天涯。（正旦界）何不差人去接取來？ 教人去請，知他在路上如何？

【啄木鸝】（正旦）呀！ 聽言語，使人悽愴多，料想他們也非是假。 夫人，他那裏既有妻房，取將來怕不相和？（旦）但得他似你能揑靶，（正旦界）夫人，便怎麽？ 我情願讓他居他下。只愁他程途上苦辛，教奴望巴巴。

【前腔】（正旦）呀！ 錯中錯，訛上訛，呀啐！ 只管在鬼門前空占卦。 夫人，若要識蔡伯喈的妻房，（旦）如今在那裏？（正旦）遠不遠千里，近只在目前。（旦）我如今要去見他。（正旦）夫人真個要見他？（旦）真個。（正旦）果然？（旦）果然要見。（正旦）阿呀！ 夫人吓！ 奴家便是無差。（旦）呀！ 果然是你非謊詐？ 阿呀姐姐吓！ 原來爲我喫折挫，爲我受波喳。 教伊怨我，教我怨爹爹。

（正旦）夫人請起。（旦）實不知姐姐到來，有失迎接，望乞恕罪。（正旦）好説。（旦）姐姐請上，受奴一拜。（正旦）賤妾也有一拜。（旦）姐姐吓！ （正旦界）夫人。

【黄鶯兒】和你一樣做渾家，我安然，你受禍。你名爲孝婦，我被傍人駡。（正旦界）旁人怎敢駡夫人？公死爲我，婆死爲我，情願把你孝衣穿着，我把濃妝罷。（仝）事多磨，冤家到此，逃不得這波喳！

【前腔】（正旦）他當初也是没奈何，被强將來赴選科，爲辭爹不肯聽他話。（旦）姐姐吓！只爲辭官不可，辭婚不可，只爲三不從，做成災禍天來大。（仝）（合前）（一）

（正旦）無限心中不平事，（旦）一番清話又成空。（正旦）一葉浮萍歸大海，（旦）人生何處不相逢？姐姐，你路上辛苦了，請到裏面去安息罷。（正旦）不敢，夫人請。（旦）自然是姐姐請。（正旦）如此，賤妾斗膽了。（旦）好説。請。吓！姐姐，你路上喫了苦了。（正旦）阿呀！可不是麼？（旦）請免愁煩。請。（正旦）請。阿呀！公婆吓！（仝下）

題　真（小工調）

（末上）

爲問當年素服儒，於今腰下佩金魚。分明有個朝天路，何事男兒不讀書？自家乃蔡相公府中院子便

（一）　眉批：此曲首句俗譜失調，葉譜從俗，未經審定，兹改正，以合本調腔格。

是。俺相公入朝將已回府，不免灑掃書館伺候。真個好書館！但見：明窗瀟灑，碧紗内烟霧輕籠；淨几端硯，青氈上塵埃不染。粉壁上掛三四幅名畫，石床内安一兩張古琴。緗帙縹囊，數起看何止一萬卷？牙籤犀軸，乘將來穀有三千車。正是：休誇東壁圖書府，賽過西垣翰墨林。閒話休説，俺相公昨日在彌陀寺燒香，拾得一軸畫像，命我收下。不知其中畫的什麽故事？待我也把來掛在此間，等相公回來看便了。正是：早知不入時人眼，多買胭脂畫牡丹。（下）

【天下樂】（正旦上）一片花飛故苑空，隨風飄泊到簾籠。玉人怪問驚春夢，只怕東風羞落紅。階下落紅三四點，錯教人恨五更風。當初只道蔡伯喈貪名逐利，不肯回家，原來被人逗留在此。昨日蒙牛氏夫人見我衣衫藍縷，怕丈夫不肯相認，教我到他書館中題幾句言語打動他。奴家只得從命。來此已是書館，教我寫在那裏好？呀！原來公婆的真容掛在此，我如今就在公婆真容背後題詩幾句便了。向日受饑荒，雙親俱死亡。如今題詩句，報與薄情郎。苦吓！

【醉扶歸】我與你有緣結髮曾相共，難道是無緣對面不相逢？我鳳枕鸞衾也曾和他同，(一)今日呵，倒憑着兔毫繭紙將他動。畢竟一齊分付與東風，把往事如春夢。詩已寫完，待我念來：崑山有良璧，鬱鬱璠璵姿。嗟彼一點瑕，掩此連城瑜。人生非孔顔，名節鮮不虧。拙哉西河守，何不如皋魚？宋弘既以義，王允何其愚。風木有餘恨，連理無傍枝。寄語青雲客，

(一) 眉批：『也曾』二字係襯字，俗譜點贈板於『也』字上，謬，兹訂正。

慎勿乖天彝。咳！

【前腔】總使我詞源倒流三峽水，只怕他胸中別是一帆風。他竟不肯相認呵，還是教妾若爲容？奴家今日若不題詩打動他，夫人吓，只怕爲你難移寵。他縱認不得這丹青貌不同，我這筆跡，兀自如舊，若認得我翰墨，教他心先痛。

題詩已畢，且待伯喈回來見了，看是如何？依舊掛好了，如今待我先對夫人説知則個。正是：未卜兒夫意，全憑一首詩。得他心轉日，是我運通時。（下）

書　館（凡調）

（小生上）

【鵲橋仙】披香侍宴，上林遊賞，醉後人扶馬上。金蓮寶炬照迴廊，正院宇梅稍月上。（一）

日宴下彤闈，平明登紫閣。何時在書案，快哉天下樂。下官早臨長樂，夜值嚴更。召問鬼神，或前宣室之席；光傳太乙，時頒天禄之藜。惟有戴星衝黑出漢宫，安能滴露研硃點《周易》？這幾日朝無繁政，官有餘閒，庶可留志於詩書，從事於翰墨。正是：事業要當窮萬卷，人生須是惜分陰。這是《尚

（一）眉批：『月上』之『上』舊譜作去聲，誤。

書》。《堯典》道：虞舜父頑母嚚象傲，克諧以孝。他父母恁般待他，猶是克諧以孝，我父母虧了我什麼，倒不能奉養？看什麼《尚書》！這是《春秋》。《春秋》中潁考叔曰：小人有母，皆嘗小人之食，未嘗君之羹，請以遺之。咳！想古人喫口羹湯，兀自尋思着父母，我如今享此厚禄，如何倒把父母撇了？枉看這書，濟得甚事？咳！看書中那一句不説着『孝義』兩字？當初爹娘教我讀書，指望學些孝義，誰知反被這書來誤了！

【解三酲】嘆雙親把兒指望，教兒讀古聖文章。似我會讀書的，倒把親撇漾。少甚麼不識字的，倒得終養！書，我只爲其中自有黄金屋，反教我撇却椿庭萱草堂。還思想，畢竟是文章誤我，我誤爹娘。

【前腔】比似我做負義虧心臺館客，倒不如守義終身田舍郎。《白頭吟》記得不曾忘，緑鬢婦何故在他方？書，雖則是其中有女顔如玉，怎教我撇却糟糠妻下堂。還思想，畢竟是文章誤我，我誤妻房。

指望看書消遣，誰知反添愁悶，且向四壁閒看一番。這是清溪垂釣，那是寸馬豆人。畫得好。吓！這幅畫像，我前日在彌陀寺中燒香，拾得那道姑的行頭，院子不知，也將來掛在此間。但不知什麼故事在上，待我看來。（嗽介）吓！

【太師引】細端詳，這是誰筆仗？覷着他，教我心兒好感傷。吼，好似我雙親模樣。且住！

若是我的爹娘呵，怎穿着破損衣裳？況前日曾有書來，道別後容顏無恙，怎這般淒涼形狀？我這裏要寄封音書回去，尚且不能彀。想他那裏呵，有誰來往，直將到洛陽？吖，是了，須知是聖人陽虎一般龐。

吖，我理會得了。

【前腔】這是街坊誰劣像，砌莊家形衰貌黄。我那爹娘，若没個媳婦來相傍，少不得也是這般淒涼。敢是神圖佛像？吓！我正看到其間，吼，猛可的小鹿兒在心頭撞。丹青匠，由他主張，須知道毛延壽誤王嫱。

（末嗽上）苔痕上堦緑，草色入簾青。老爺請茶。（小生）這幅畫像是你掛的麽？（末）是老奴掛的。（小生）收過了。（末）是。（小生）吓！後面有表題。（末）有表題。（小生）取來。（末）是。（小生）迴避。（末）曉得。（下）（小生）待我看來：崑山有良璧，鬱鬱璠璵姿。嗟彼一點瑕，掩此連城瑜。人生非孔顔，名節鮮不虧。拙哉西河守，何不如皋魚？宋弘既以義，王允何其愚？[一]風木有餘恨，連理無旁枝。寄語青雲客，慎勿乖天彝。吓！這詩一句好，一句歹，明明嘲着下官，不知何人題的？待我問夫人，便知端的。吓！夫人那裏？

[一] 王允：原作『黄允』，據文義改。下同改。

【夜游湖】（旦上）猶恐他心思未到，教他題詩句，暗裏相嘲。翰墨關心，丹青入眼，勝如把言語相告。

（小生）夫人。（旦）相公。（小生）請坐。（旦）有坐。（小生）誰人到我書館中來？（旦）相公的書館，誰人敢來？（小生）説也好笑，下官前日在彌陀寺中燒香，拾得一幅畫像。院子不知，將來掛在此間。不知何人在背後題詩一首，一句好，一句歹，明明嘲笑下官。想夫人必知端的，爲此動問。（旦）敢是當年畫工寫的？（小生）墨跡尚鮮，怎説當年畫工寫的？夫人請看。（旦）待我看來：『崑山有良璧，鬱鬱璠璵姿。嗟彼一點瑕，掩此連城瑜。』相公，這詩奴家不解，請相公解説。（小生）夫人不解，待下官解説與夫人聽。（旦）請教。（小生）崑山是個地名，産得好美玉，顔色瑩潤，價值連城，若有些兒瑕玷掩了顔色，便不貴重了。（旦）『人生非孔顔，名節鮮不虧？』（小生）孔子、顔子是大聖大賢，德行渾全。大凡人非聖賢，能忠不能孝，能孝不能忠，所以名節多至欠缺。（旦）『拙哉西河守，何不如皋魚？』（小生）西河守姓吴名起，是戰國時人，魏文侯拜他爲西河郡守，他母死不奔喪。（旦）皋魚呢？（小生）皋魚亦春秋之人，只爲周遊列國，他父母死了。後來歸家，在靈前大哭一場，他就自刎而亡。（旦）『宋弘既以義，王允何其愚？』（小生）宋弘是光武時人，光武要將妹子湖陽公主招他爲駙馬，宋弘不從，對官裏道：『貧賤之交不可忘，糟糠之妻不下堂。』（旦）王允呢？（小生）王允是桓帝時人，司徒袁隗要把姪女嫁他，他就休了前妻，娶了袁氏。（旦）『風木有餘恨，連理無旁枝？』（小生）孔子聽得皋魚啼哭，問其故。皋魚答曰：『樹欲静而風不寧，子欲養而親不逮。』西晉時東宫門首有槐樹二株，連理而生，旁無小枝。(旦)後面這兩句呢?(小生)後面這兩句,不過傳言那些做官的,切莫違了天倫。(旦)那不奔喪的和那自刎的,那個是孝道?(小生)自刎的是孝道。(旦)棄妻的和那不棄妻的,那個是正道?(小生)不棄妻的是正道,那棄妻的自然是亂道了。(旦)相公,你待學那個?(小生)吓!夫人,我的父母存亡未卜,我決不學那不奔喪的。(旦)相公,似你這般腰金衣紫,假如有糟糠之婦,醜貌藍縷到來此處,可不玷辱了你?也只索休了吓。(小生)夫人,你說那裏話來?縱然他醜貌藍縷,終是我的妻房,自古義不可絶。(旦)自然不認了?(小生)哎!夫人,

【鏵鍬兒】你說得好笑,可見你的心兒窄小。没來由漾却苦李,再尋甜桃?古人云:棄妻有七出之條。(旦界)那七出?(小生)他不嫉不淫與不盜,終無去條。衆所誚,人所褒。(一)縱然他醜貌,怎肯相休棄了?

【前腔】(旦)伊家富豪,那更青春年少。看你紫袍掛體,金帶垂腰,你妻子,應須有封號。金花紫誥,必俊俏,須媚嬌。若還他醜貌,怎不相休棄了?

【前腔】(小生)嗳!你言顛語倒,惱得我心兒焦燥。把咱奚落,(二)特兀自裝喬。引得我淚痕交,撲簌簌這遭。那題詩人呵,他把我嘲,難恕饒。你不說與我知道,怎肯干休罷了?

(一)眉批:褒:俗譜誤作上聲。

(二)眉批:『把咱』句俗譜誤增一板。

【前腔】（旦）呀！心中忖料，料不是薄情分曉。相公，管教你夫婦會合，在今朝。伊家枉然焦，只怕你哭聲漸高。你道题诗人是誰？是伊大嫂，身姓趙。若説與你知道，怎肯干休罷了？

（小生）不信有這等事，快請他出來。（旦）是。吓！姐姐有請！（小生界）難道五娘子在此？

【竹馬兒賺】（正旦上）聽得閙吵，想是兒夫看詩囉唣。（旦界）姐姐快來。是誰忽叫？夫人召，必有分曉。（旦）相公。（小生界）夫人。（旦）是他題詩句，（小生、正旦照面，仝介）吓！（旦）你還認得否？（小生界）他從那裏來？他從陳留郡，爲你來尋討。（小生）吖，你莫非趙氏五娘子麽？（正旦）奴家正是。（小生）妻子在那裏？（正旦）相公在那裏？（小生）阿呀！（正旦、旦）阿呀！（小生）阿呀！（正旦、旦）阿呀！（小生、正旦、旦）阿呀呀呀！（元場）（小生）阿呀！妻吓！你怎生穿着破襖，衣衫盡是素縞？吖！莫不是我雙親不保？

【衮】（正旦）阿呀！難説難道。（小生界）有甚難道？從別後，遭水旱，兩三人只道同做餓殍。（小生界）張大公如何？只有張公可憐，（小生界）我爹娘呢？嘆雙親別無倚靠。兩口顛連相繼，（小生界）哎！阿呀！死，（小生界）阿呀！我爹娘死了！（旦界）阿呀呀呀！（正旦連）是我剪頭髮賣錢來送伊妣考。（小生界）安葬未曾？把孤墳自造，（小生界）土泥呢？土泥盡是我把麻裙裹包。（小生）呀！我聽伊言語，阿呀！怎不教人痛傷噎倒？

（元場）咏！（正旦、旦）相公醒來！相公甦醒！（小生）阿呀爹娘吓！（正旦、旦）哪，這就是你爹娘的真容。（小生）吖，這、這、這就是我爹娘的真容？（正旦、旦）正是。（小生）阿呀！（正旦、旦）阿呀！（小生）阿呀！（正旦、旦）阿呀！（仝元場）阿呀呀呀！（小生）阿呀！爹娘吓！

【山桃紅】蔡、蔡、蔡邕不孝，（仝哭）把父母相抛。早知道形衰貌，怎留漢朝？爲我、你受煩惱，爲我、你受劬勞。（小生）葬我爹，葬我娘，你的恩難報也。（仝）又道是養子能待老。這苦知多少，此恨怎消，天降災殃人怎逃？

【前腔】（小生）阿呀！脱却官帽，解下藍袍，（正旦、旦）相公，急上辭官表，（小生界）呋。共行孝道。（小生）呋。豈敢憚煩惱？豈敢憚劬勞？（仝）拜我、你爹，拜我、你娘，親把墳塋掃也，使地下亡靈添榮耀。這苦知多少，此恨怎消，天降災殃人怎逃？

【尾聲】阿呀！幾年分别無音耗，千山萬水迢遥。（小生）阿呀！爹娘吓！（正旦、旦）阿呀！公婆吓！（仝）只爲三不從，生出這禍苗！

（元場）阿呀！（小生）吓！爹爹！（正旦、旦）公公！（小生）親、親、親娘！（正旦、旦）婆婆！（小生）咏！（旦）阿呀！（小生）叽！（旦）阿呀！（小生）阿呀！（正旦、旦）阿呀！（仝）阿呀！爹娘（公婆）吓！（元場）（下）

掃松（小工或尺調）

（生上）

【虞美人】青山今古何時了？斷送人多少。孤墳誰與掃荒苔？鄰塚陰風吹送紙錢來。(一)老漢張廣才，曾受趙五娘之托，看守他公婆的墳墓。這幾日不曾去看得，今日閒暇，不免前去走遭。正是：冥冥長夜不知曉，寂寂空山幾度秋。泉下長眠人未醒，悲風蕭瑟起松楸。呀！

【步步嬌】只見黃葉飄飄把墳頭覆，哫！哫！哫！哈哈！哈哈！厮趕皆狐兔。吓！吓！吓！不知那個不積善的，把這些樹木多砍去了。如不然咧，爲甚松楸漸漸疏？阿呀！什麼東西把我絆上這一交？待我撐起來看。吖！原來是苔把磚封，笋迸泥路。吓！老哥、老嫂，小弟奉揖了。自古未歸三尺土，難保百年身。你如今已歸三尺土，吖，只怕你難保百年墳。小弟在一日，與你看管一日。倘我不幸咧，教誰來添上三尺土？

（丑上界）趲路吓！

(一) 眉批：此曲汲古閣本『鄰』作『連』，『來』作『遶』，因之讀者於『掃』字、『塚』字斷句，以免一曲兩韻之憾。然《南曲譜》《欽定曲譜》《九宮大成》俱載此曲，皆以爲一調兩韻，《南曲譜》謂是【引子】中之最有古意者，茲從之。

【前腔】（接唱）渡水登山多辛苦，來到這荒村塢。咦！遥觀一老夫，試問他家，住在何所？趲步向前行，原來一所荒墳墓。

來此已是三岔路口，陳留郡不知往那條路走？（生瞅介）（丑）那邊有位老公公在那裏掃松，待我上前問一聲。嗆！老公公。（生）吓！（丑）原來是耳背的，這邊來。嗆！老公公。（生）吓！哈哈！原來是位小哥。（丑）請了，請了。（生）請了。小哥是做什麽的？（丑）小子是問路的。（生）問到那裏去？（丑）小子要問到陳留郡去，不知往那條路走？（生）這裏就是陳留郡了。（丑）這裏就是陳留郡了？（生）正是。（丑）阿呀呀！謝天地！也有到的日子。老公公，再問一聲。（生）又問什麽？（丑）這裏有個蔡家府在那裏？（生）小哥，這裏只有蔡家莊，没有什麽蔡家府。（丑）老公公有所不知，俺家爺在京做了大大的官，就是莊也該稱做府了。（生）是吓，你家老爺做了大大的官，就是莊也該稱做府了。（丑）也該稱做府了。（生）但不知你家老爺叫何名字？你説得明，我指引得明白。（丑）俺家爺的名字誰敢叫？（生）爲何？（丑）前日京中有個人叫了俺家爺的名字，拿去嘿，殺了，又問了他三年徒罪。（生）一個人死了就罷了，又問什麽罪？（丑）老公公，俺家爺死也不饒人的。哈哈哈！（生）小哥，那京中呢，人烟湊集，或者叫不得，哪哪哪，這裏荒僻去處，無人來往，但叫何妨？（丑）吖，叫得的？（生）叫得的。（丑）如此，附耳過來：俺家爺叫蔡伯喈。（生）吓！（丑）俺家爺叫蔡伯喈。（生）哎！

【風入松】不須提起蔡伯喈，（丑界）咦！爲什麽嚷起來？阿呀！説着他們，咏！忒歹！（丑界)俺家爺有甚歹處？他去做官，(丑界)有幾載了？有六七載。(丑界)不錯，有六七載了。撇父母抛妻不睬。(丑界)他父母在那裏？兀的這磚頭土堆，小哥吓！是他雙親喪在此中埋。

(丑)吖！原來他兩個老人家都死了。但不知什麽病死的？(生)小哥吓！

【前腔】他一從别後遇荒災，(丑界)遇了荒年，依靠何人？更無人倚賴。虧他媳婦相看待，把衣服和釵梳多解。(丑)把釵梳解當，也有盡期的。(生)是吓！他把釵梳解當，買米做飯與公婆喫。小哥，你道他自己喫什麽？(丑)自然喫飯，喫什麽？(生)咳！那有飯喫吖？他背地裏把糟糠自捱，公婆的反疑猜。(一)

(丑)敢是那兩個老人家反疑他背地裏喫什麽好東西麽？(生)便是。(丑)以後便怎麽？(生)以後呵，

【急三鎗】他公婆的親看見，雙雙死，無錢送，只得剪頭髮賣了去買棺材。(二)

(丑)老公公，講了半天的話，這一句就撒謊了。(生)爲何是撒謊？(丑)那頭髮能值多少錢？又要買棺材，又要造起這所大墳墓來？(生)小哥，你有所不知。

(一) 眉批：《南曲譜》《欽定曲譜》載本曲，均以『公婆的』作襯字，此以『雙雙死』三字作襯，與本調體格亦合，故不妨從俗。

(二) 眉批：『了』係襯字，俗譜點板於『賣』字上，殊不合，兹訂正。

【前腔】他去空山裏，把裙包土，血流指，感得神明助，與他築墳臺。

（丑）孝感動了天，神明也來扶助。（生）是吓！（丑）如今小夫人在那裏？（生）你要問小夫人麼？

（丑）待我去見見他。（生）吖哈嘞！

【風入松】他如今已往帝都來，（丑）那裏來的盤川？（生）咳！說也可憐。肩背着琵琶做乞丐。

（丑）做乞丐？可憐！老公公，俺家爺差我來接取太老爺、太奶奶和那小夫人到京，如今死的死了，小夫人又往京中去了，教我如何回復俺家爺？（生）是吓！你也是一場苦差。（丑）苦得了不得！（生）也罷，你對這墳墓跪着；我叫，你也叫。（丑）老公公叫，我也叫？（生）正是。吓！老哥。（丑）吓！老哥。（生）吓！吓！吓！你該稱太老爺纔是。（丑）不錯不錯，我要稱太老爺。再來再來。（生）老嫂。（丑）這個『太奶奶』如何？（生）好。你兒子在京做了大大的官。（丑）你兒子在京做了大大的官。（生）今差這個，（丑）今差這個，（生）你叫什麼名字？（丑）你叫什麼名字？（生）我來問你吓！（丑）老公公問我？我叫李旺，表字興之，小名叫阿狗。（生）誰來問你的表號？（丑）我也要表他娘一表。（生）今差李旺前來，接你二人到京。（丑）今差李旺前來，接你二位到京。（生）享榮華。（丑）享榮華。（生）受富貴。（丑）受富貴。（生）你去也不去？（丑）你去也不去？（生）你去也不去？呀呀呀哑！叫他不應魂何在？（丑界）搗他娘的鬼！空教我珠淚盈腮。（丑）老公公，我回去禀知家爺，多多追薦那兩個老人家便了。（生）小哥，他家老爺生不能養，死不能葬，葬不能祭。咻！三不孝逆天罪大，空設醮，枉修齋。

【急三鎗】小哥，你如今疾忙向帝京，回説老漢道你蔡伯喈。

（丑界）道些什麽？

【前腔】拜别人做爹娘好美哉，親爹娘死，不值你一拜。(一)

（哭介）（丑）老公公，不要錯怪了。俺家爺在京，辭官，官裏不行；辭婚，牛太師又不允，也是出於無奈。（生）吖！

【風入松】原來也是出無奈，（丑）出於無奈。（生）小哥，我和你今日在此相會。好一似鬼使神差。（丑）不錯，鬼使神差。（生）小哥，你家老爺當初原是不肯去赴選的。（丑）不知那一個狗囊養的叫他去的？（生）不要駡，是老漢再三攛掇他去的。（丑界）就是老公公？得罪！得罪！（生）三不從把他厮禁害，三不孝亦非其罪。（丑）老公公。這是他爹娘福薄運乖，（仝）想人生裏都是命安排。

（生）雙親死了兩無依。（丑）待我回去教俺家爺連夜回來就是了。（生）今日回來也是遲。（丑）夜静水寒魚不餌，滿船空載月明歸。老公公，小子告辭了。（生）小哥往那裏去？（丑）前面去找個飯鋪子，歇宿一宵，明日趲行。（生）小哥，看天色已晚，就在老漢家中權宿一宵，明日早行如何？（丑）怎好打

(一) 眉批：俗譜於『死』字上點板，又增『拜』字，皆謬。

攬你老人家？（生）好說，隨我來。（丑）老公公請。（生）小哥，隨我來。（丑）老公公請轉。（生）怎麼？（丑）講了半天的話，不曾請問老公公尊姓大名。（生）我麼，就是你家老爺的好友，鄰比張大公、張廣才就是老漢。（丑）吖！張大公、張廣才就是你老人家？（生）正是。（丑）阿呀呀！小子有眼不識泰山，待小子這裏叩叩叩。（生）阿呀呀！不消。（丑）好吓！俺家爺在京時刻想念你老人家。（生）吖，他在京還想我麼？（丑）想念得了不得！（生）怎樣想念呢？（丑）他喫飯也是張大公，喝茶也是張大公。那一天在毛廁上登東，我拿粗紙去，只見他漲紅了臉，說：阿呀！我那張洞公！（仝笑）（生）休得取笑。（丑）這叫做背後思君子。（生）方知是好人。（丑）老公公府上在那裏？（生）就在前面。（丑）老公公請。（生）小哥，這裏來。（嗽介）（丑）老公公請。（元場）阿呀呀呀！是個好人吓！（下）

別丈（小工調）

（外上）

【風入松慢】女蘿松柏望相依，況景入桑榆。他椿庭萱室齊傾棄，怎不想家山桃李？中雀誤看屏裏，乘龍難駐門楣。

人無遠慮，必有近憂。當初我不合招了蔡伯喈爲婿，指望養老百年。誰知他父母俱亡，他媳婦竟來京中尋取，我女兒也要與他同去，不知果否？院子。（末）有。（外）聞得蔡狀元妻子來此，要與我家小姐同去，此事准否？（末）老奴不知，問管家婆便知明白。（外）快唤過來。（末）是。吓！老媽媽。（老旦内）怎麽？（末）相爺唤。（老旦上）來了。

【光光乍】女婿要同歸，岳丈意何如？忽叫老身緣何的？想必與他作區處。

相爺在上，老婢叩頭。（外）起來。（老旦）是。（外）聞得蔡狀元父母雙亡，此事真否？（老旦）果有此事。小姐和狀元要一同回去。（外）小姐去做什麽？（老旦）一同去戴孝守喪。（外）哎！我的女兒怎與别人戴孝麽？（老旦）相爺請息怒，容老婢告禀。

【古女冠子】媳婦事舅姑合體例，怎不教女孩兒同去？當初是相公相留住，今日裏怨着誰？事須近理，怎使威勢？休道朝中太師威如火，那更路上行人口似碑。（仝）想起此事，費人區處。

【前腔】（末）相公只慮多嬌女，怕跋涉萬山千水。女生外向從來語，況既已做人妻。夫唱婦隨，不須疑慮。這是藍田種玉結親誤，今日裏船到江心補漏遲。（仝）（合前）

【前腔】（外）當初是我不仔細，誰知道事成差池？念深閨幼女多嬌媚，怎跋涉萬餘里？我嫡親更有誰，怎忍分離？不教愛女擔煩惱，也被傍人講是非。（仝）（合前）

【五供養】（小生、正旦上仝唱）終朝垂淚，爲雙親使我心疼。墳塋須共守，只得離神京。商量個計策，猶恐你爹心不肯。（旦）若是爹不肯，只索向君王請命。

(小生、旦)吓！　岳丈、爹爹。(外)賢婿，聞得你父母雙亡，媳婦來此，此事可真？(小生)小婿正要禀知岳丈。過來見了。(正旦)是，公相。(外)這就是五娘子？(旦)正是。(外)賢哉賢哉！(旦)孩兒有事禀知爹爹。(外)起來説。(旦)是。　孟子云：　娶妻所以養親，侍奉舅姑者也。孔子云：　生事之以禮，死葬之以禮，祭之以禮。今姐姐爲蔡氏婦，生能竭奉養之力，死能備棺槨之禮，葬能盡封樹之勞；　孩兒亦蔡氏婦，生不能供甘旨，死不能盡擗踊，葬不能侍窀穸。　以此思之，何以爲人？　誠得罪於姑舅，實有愧於姐姐。今特請命下在爹爹之前，願居於姐姐之右。(外)我兒言得極是。(正旦)夫人，不是這等説。　公相在上，賤妾有言禀告。(外)請。(正旦)妾聞人之貴賤，不可概論。夫人是香閨繡閣之明珠，奴家是裙布釵荆之貧婦；　况承君命成婚，難讓妾身居左；　這正位還該是夫人。(旦)還該是姐姐。(外)五娘子，你既無父母，又喪公姑，亦與我女兒一般。况你先歸於蔡氏，年紀又長於我女兒，此實理當，不必推辭。(小生)你二人姊妹相稱便了。(旦)姐姐請轉。(正旦)多謝公相。夫人，有占了。(旦)好説。(外)賢婿，你今父母雙亡，我也難留你；　只是我捨你不得。(小生)岳丈，小婿領二妻仝歸故里，共行孝道；　待等服滿之後，再來侍奉尊顔，不必掛念。(外、旦)吓！　阿呀！　兒、爹爹。(元場)(外)親兒，你如今去拜舅姑的墳墓，竟不念做爹爹的了？(哭介)(旦)阿呀！　爹爹吓！　孩兒此去，不過三年之期；　待等服滿之後，再來侍奉爹爹，不必掛念。(外)阿呀兒吓！　莫説三年，爲父的一刻也捨你不得！　(旦)孩兒也是出於無奈嗟。(外)嗳！　没相干，終是女生外向，女生外向。(元場)(哭介)(小生)岳丈請上，小婿就此拜别。(外界)阿呀！　不要拜吖。

【摧拍】(小生)念蔡邕爲雙親命傾，遭不孝逆天罪名。今辭了漢廷，辭了漢廷，感岳丈深恩，怎敢忘情？我欲待不歸，恐負却亡靈。(仝)辭别去，同到墳塋；心慽慽，淚盈盈。

【前腔】(正旦)念奴家離鄉背井，謝公相教孩兒共行。非獨故里榮，非獨故里榮，我陰世公婆，死也目瞑。我自看待你孩兒，不用叮嚀。(仝)(合前)

【前腔】(旦)覷爹爹顔衰鬢星，思量起教人淚零。我進退不忍，進退不忍，我待不去呵，誤了公婆，被人譏評；我待去後呵，撇了爹爹，又没人看承。(仝)(合前)

【前腔】(外)此别去，你的吉凶未憑；再來時，我的存亡未審。吾今已老景，今已老景，畢竟你没爹娘，我没親生。賢婿，若念骨肉一家，須早辦回程。(仝)(合前)

【一撮棹】(小生)岳丈寬心等，何須苦掛縈？(外)賢婿，把音書寫，頻頻寄郵亭。(旦)媽媽，爹年老，伊家好看承。(老旦)但願程途裏，各要保安寧。(仝)死别全無准，生離又難定。今去也，何日返神京？

【哭相思】最苦生離難拋捨，未知何日再會也？(一)(旦)爹爹。(小生)那裏去了。(旦)爹爹。(小生)吓！夫人。(旦)吠。(小生)來。(旦)爹爹。(小生)阿呀來噓。(旦哭仝下)(外)賢婿，我兒。阿

(一) 眉批：此二句係【哭相思尾】，俗譜標作【尾聲】，殊誤。

呀兒吓！（元場）

【鷓鴣天】婿女今朝遠別離，老年孤苦有誰知？夫唱婦隨同歸去，一處思量一處悲。〔一〕

（元場）賢婿在那裏？我兒在那裏？阿呀兒吓！（元場）（下）

旌　獎（凡調）

（小生上）

【逍遥樂】寂寞誰憐我？空對孤墳珠淚墮。（正旦、旦）光陰撚指過三春。（合）幽途渺渺，滯魄沉沉，誰與招魂？

（小生）夫人，我和你們蘆墓守孝，撚指之間，不覺已過三年。光陰易過，音容日杳，好傷感人也。（正旦、旦）相公，正是：服喪有終日，思親無盡時。（生内嗽介）（小生）呀！那邊來的好似大公。（生上）一封丹詔從天下，忽聽傳聞動郊野。説道旌表一門閭，未卜此爲何人也？（小生）吓！大公。（生）狀元，外面喧傳有天子恩詔到來，旌表孝義，都應是爲足下而來。（小生）卑人空懷罔極之恩，徒抱終天之恨，方愧子道有虧，更何孝行可表？（生）説那裏話？老漢當初也只道你貪名逐利，撇了父母

〔一〕　眉批：此四句本是下場詩，俗伶填上工譜而標作【哭相思】，兹以將當之牌名易之。

妻室，不肯還家，到如今纔得個分曉。自古道：孝弟之至，通於神明。今見你墳頭枯木生連理之枝，白兔有馴擾之性。祥瑞如此，吉慶必然來也。

【六么令】連枝異木新，驚見墳臺白兔如馴。禽獸草木尚懷仁，這一封丹詔必因君。料天也會相憐憫，料天也會相憐憫。

【前腔】（小生）皇恩若念臣，我也不圖禄及吾身。只愁恩不到雙親，空辜負，這孤墳。（合前）

【前腔】（正旦）知他假與真？謝得公公，報説殷勤。向日呵，空教你爲我受艱辛；今日呵，有誰旌表你門庭？（合前）

【前腔】（旦）來使是何人？閟中無由詢問一聲。（小生）夫人，你要詢問什麽？（旦）相公吓！無由詢問我家君，知他安與否，死和存？（合前）

【前腔】（二軍、丑上）敕書已來近，看街市之上人亂紛紛。咱們只得忙前奔，備香案，接皇恩。（合前）

（進見介）（小生）你們是何處官員？因何到此？（丑）小官乃本縣知縣，特來報知狀元，今日天朝牛丞相自賫恩詔到此，旌表狀元一門孝義，加官進職，起服到京。下官爲此先來鋪設香案，伺候詔書到來開讀，請狀元換了吉服迎接。（小生）卑人服制初滿，未忍便更吉服。（丑）先王制禮，不肖者跂而及，賢者俯而就。今狀元服制既終，理宜去凶即吉。况天朝恩典，不可有違。（生）大人説得是。狀元，還該抑情就禮。（小生）既如此，卑人只得從命了。孝服承教換吉裳，（正旦、旦）門閭旌表感吾皇。（生、丑）不是一番寒徹骨，怎得梅花撲鼻香？（仝下）（侍從引外上）

【前腔】風霜已滿鬢，玉勒雕鞍，走遍紅塵。今日到此喜欣欣，重相見，解愁悶。（合前）

（丑接住）本縣知縣在此恭候，這裏就是蔡狀元廬墓之所，請丞相駐馬。（外）快報狀元來接詔。（丑）請狀元接詔。

【前腔】（小生、正旦、旦仝上）心慌步又緊，聽說皇朝恩詔已到寒門。披袍秉笏更垂紳，冠和帶，一番新。[一]（合前）

（外）聖旨到，跪！（各）萬歲！（外）皇帝詔曰：朕惟風俗爲教化之基，孝弟爲風俗之本。去聖逾遠，淳風日漓。彝倫攸斁，朕甚憫焉。其有克盡孝義，敦尚風化者，可不獎勸，以勉四方？咨爾議郎蔡邕，篤於行孝。富貴不足以解憂，甘旨常關於想念。雖違素志，竟遂佳名。委職居喪，厥聲尤著。其妻趙氏，獨奉舅姑。服勞盡瘁，克終養生送死之情，允備貞潔韋柔之德。糟糠之婦，今始見之。牛氏善諫其父，克相其夫。弗懷嫉妬之心，實有遜讓之美。曰孝曰義，可謂兼全。斯三人者，朕所嘉尚。四海億兆，皆當奉爲儀型。宜加褒錫，用勸將來。蔡邕授中郎將，妻趙氏封陳留郡夫人，牛氏封河南郡夫人，限日赴京；父蔡從簡贈十六勳，母秦氏贈天水郡夫人。於戲！風木之情何深，式彰風化之美；霜

[一] 番：原作『翻』，據汲古閣刊本《繡刻琵琶記定本》改。

露之恩既極，宜沾雨露之恩。服此休嘉，慰汝悼念。欽哉，謝恩！（仝）萬萬歲！（外）老夫也對墳墓一拜。（小生）不敢。（各拜介）（拜完各見介）（小生）荷蒙保奏，何以克當？（旦）自別尊顔，且喜無恙。（外）賢婿、五娘子和我女孩兒，且喜各保安康，再得相見。此位是誰？（生）老漢是蔡相公鄰居張廣才。（小生）愚婿父母生死，都得他周濟，真乃有德長者。（外）原來就是張大公，俺在朝中也聞他仗義高名。賢婿，你今起服到京，未及展報深恩。我有黄金一笏送與張公，聊表報答之意。（小生）大公，請收了。（生）救災卹鄰，古之常理；況你二親身死，我實有愧心，何敢受令岳之賜？（小生）大公且請收下，卑人尚當申奏朝廷，更圖薄報。（生）説那裏話？此金斷然不敢受。（外）賢婿，張公乃高義之人，不可相强。老夫回京，當奏請朝廷降詔褒封，以酬大恩便了。

【一封書】我恭奉聖旨，跋涉程途千萬里。吾皇親賢意甚美，我因探孩兒並女婿。賢婿，你夫婦呵，數載辛勤雖自苦，今日裏，身受皇恩人怎比？（仝）耀門閭，進官職，孝義名傳天下知。

【前腔】（小生）兒不孝，有甚德，蒙岳丈過主維。何如免喪親？[一] 又何須名顯貴？可惜二親饑寒死，博得孩兒名利歸。（仝）（合前）

【前腔】（正旦）把真容重畫取，公婆呵，喜如今封贈伊。待把你眉頭展舒，還愁瘦容難做肥。

[一] 喪：原作『雙』，據汲古閣刊本《繡刻琵琶記定本》改。

今日呵，豈獨奴家知感德，料你也啣恩泉石裏。（合）（合前）

【前腔】（旦）從別後倍哀戚，況家中音信稀。爲公姑多怨憶，爲爹行又常淚垂。今見公姑庶無愧色，又喜得與爹行相依倚。（合）（合前）

【永團圓】名傳四海人怎比？豈獨是耀門閭？人生怕不全孝義，聖明世，豈相棄。這隆恩美譽，從教管領無所愧，萬古青編記。如今便去，相隨到京畿。拜謝君恩了，歸庭宇一家賀喜。共設華筵會，四景常歡聚。

【尾聲】顯皇猷，開盛治，共説孝男並義女。願玉燭調和，聖主垂衣。

（小生）自居墓室已三年，（外）今日丹書下九天。（正旦、旦）莫道名高並爵貴，（仝）須知子孝與妻賢。

（下）

崑曲大全

崑曲工尺譜。怡庵主人(張芬,字餘蓀,號怡庵)編輯,1925年上海世界書局石印出版。共四集,每集六册合一函,共計二十四册四函。選收五十種南戲、傳奇作品中的折子戲二百齣,每种作品均選收四齣,每齣一圖,標爲《繪圖精選崑曲大全》。詞、曲、賓白俱全。卷首有編者自序。編者在《凡例》中談到編輯宗旨時説:『從前坊間出版曲譜,大抵謬誤百出,且於曲調妄加删節,本編力矯斯病。采曲則聲文並茂爲宗,訂劇則以雅俗共賞爲的。』『曲白、板眼悉心訂正,與梨園演唱無異。』其中第二集選收《琵琶記》之《稱慶》《規奴》《囑别》《南浦》四齣,輯録如下。

稱慶

(小生上唱)

【瑞鶴仙】十載親燈火，論高才絶學，休誇班馬。風雲太平日，正驊騮欲騁，魚龍將化。沉吟一和，怎離却雙親膝下？且盡心甘旨，功名富貴，付之天也。

宋玉多才未足稱，子雲識字浪傳名。奎光已透三千丈，風力行看九萬程。經世手，濟時英，玉堂金馬豈難登？要將萊綵歡親意，且戴儒冠盡子情。卑人姓蔡名邕，字伯喈，陳留郡人也。沉酣六籍，貫串百家。自禮樂名物，以及詩賦詞章，皆能窮其奥妙；由陰陽星曆，以至聲音書數，靡不得其精微。抱經濟之奇才，當文明之盛世。幼而學，壯而行，雖望青雲之萬里；入則孝，出則弟，怎離白髮之雙親？倒不如盡菽水之歡，甘守虀鹽之分。正是：行孝於己，責報於天。自家新娶妻房，方纔兩月。亦是陳留郡人，趙氏五娘。儀容俊雅，休誇他桃李之姿；德性幽閒，儘可寄蘋蘩之托。正是：夫妻和順，父母康寧。詩中有云：春光花下，以介眉壽。昨已吩咐娘子安排酒筵，與爹媽稱慶，想已完備。（外內嗽）（小生）言之未已，爹媽出堂也。

【寶鼎現】（外上唱）小門深巷，春到芳草，人間清晝。（付）人老去星星非故，春又來年年依舊。（正）最喜今朝春酒熟，滿目花開如繡。（仝）願歲歲年年，人在花下，常斟春酒。

（小生）爹媽拜揖。（正）公婆萬福。（外、付）罷了。（外）老夫姓蔡名稜，字從簡；媽媽秦氏；孩兒蔡邕，媳婦趙氏五娘；鄰比有個張廣才，每每得他恩顧。我兒，日後倘有寸進，不可有忘。（小生）孩兒怎敢有忘？（外、付）今日請我們出來何幹？（小生）告爹媽知道，（付、外）起來説。（小生）人生百歲，光陰幾何？幸喜爹媽年滿八旬，孩兒一則以喜，一則以懼。當此春光，閒居無事，聊具一樽，與爹媽稱慶。（外）生受你。媽媽。（付）老兒。（外）子孝雙親樂，（付）家和萬事興。（外）我兒把盞。（小生）娘子看酒。（正）是。

【錦堂月】（工調）（小生、正唱）簾幕風柔，（仝）庭幃晝永，朝來峭寒輕透。（小生）親在高堂，一喜又還一憂。（仝）惟願取百歲椿萱，長似他三春花柳。（合頭）酌春酒，看取花下高歌，共祝眉壽。

【前腔】（正）輻輳，獲配鸞儔。深慚燕爾，持杯自覺嬌羞。（付夾）[一]自家骨肉，有何怕羞？（正連）怕難主蘋蘩，不堪侍奉箕箒。（外、付）惟願取偕老夫妻，（小生、正）常侍奉暮年姑舅。（合頭）

【醉翁子】（小生）回首，歎瞬息烏飛兔走。喜爹媽雙全，謝天相佑。（正）不謬，更清淡安閒，樂事如今誰更有？（仝）（合頭）相慶處，但酌酒高歌，更復何求？

【前腔】（外）卑陋，論做人要光前耀後。願吾兒青雲萬里，早當馳驟。（付）聽剖，真樂在田園，何必區區做公與侯？（仝）（合頭）

【僥僥令】春花明彩袖，春酒泛金甌。但願歲歲年年人長在，父母共夫妻相勸酬。

[一] 夾：原作『介』，據1921年上海朝記書莊印行《琵琶全記曲譜》改。下同改。

【前腔】（外、付）夫妻好厮守，（小生、正）爹媽、公婆願長久。（仝）坐對兩山排闥青來好，看一水護田疇，緑遶流。

【尾聲】山青水緑還依舊，歎人生青春難又，惟有快樂是良謀。

（外）逢時遇景且高歌，（付）須信人生能幾何。（小生）萬兩黄金未爲貴，（仝）一家安樂值錢多。（外）媽媽。（付）老兒。（外）一年一度，（付）時光易過。（外）又是一年了。（付）又是一年了。（外）媽媽，進來罷。（付）是哉。（下）（小生）娘子，撤過筵席。（正）是。（下）

規　奴

（旦上唱）

【祝英臺引】緑成陰，紅似雨，春事已無有。（占上接）聞説西郊，車馬尚馳驟。（旦）怎如柳絮簾櫳，梨花庭院，（合）好天氣清明時候。

（旦）莫信直中術，須防人不仁。（占）吓！小姐，惜春見。（旦）呸！賤人！（占）是。（旦）我限你半個時辰，爲何去了已久？（占）小姐，早晨裏只聽得疏喇喇狂風，吹散了一簾柳絮；晌午時又見那淅零零細雨，打壞了滿樹梨花。一霎時囀幾對黄鸝，猛可的聽了數聲杜宇。見此春去，教我如何不悶？（旦）春去自去，與你何幹？（占）清明時節單衣試，争奈晝長人静重門閉。（旦）芳心不解亂縈牽，羞覩遊絲與飛絮。（占）繡窗欲待拈針黹，忽聽鶯燕雙雙語。（旦）無情何事管多情，任取春光自來去。（占）小姐，你有甚法兒教道惜春不悶？（旦）你且起來，聽我道。（占）是。

【祝英臺】（旦唱）（工調）把幾分春，三月景，分付與東流。啼老杜鵑，飛盡紅英，端不爲春閒愁。休休，婦人家不出閨門，怎去尋花穿柳？奴花貌，誰肯因春消瘦？

【前腔】（占）春晝，我只見燕雙飛，蝶引隊，鶯語自求友。那更柳外畫輪，花底雕鞍，都是少年閒遊。我，（旦夾）他自閒遊，與你何干？（占連）難守，繡房中清冷無人，我欲待要尋一個佳偶。（旦夾）賤人倒思想丈夫起來！（占連）這般説，我的終身休配鸞儔？

【前腔】（旦）知否？我爲何不捲珠簾，獨自愛清幽？縱有千斛悶懷，百種春愁，難上我的眉頭。休憂，任他春色年年，我的芳心依舊。（占）這文君，可不耽擱了相如琴奏？

【前腔】（占）今後，方信你徹底澄清，我好没來由。想像暮雲，㈠分付東風，情到不堪回首。聽剖，你是蕊宮瓊苑神仙，不比塵凡相誘。（鳥叫介）我緊隨侍，窗下拈針挑繡。

小姐，聽樹上子規叫得好聽吓！（旦）休聽樹上子規啼，（占）悶坐停針不語時。（旦）窗外日光彈指過，（占）席前花影坐間移。（旦）今後不可。（占）是。（旦）隨我進來。（占）曉得。（下）

㈠ 想：原作『相』，據汲古閣刊本《繡刻琵琶記定本》改。

囑別

（小生上唱工調）

【謁金門引】苦被爹行逼遣，默默此情何限。（正上）聞到才郎遊上苑，又添離別歎。（仝）骨肉一朝成拆散，可憐難捨拚。

（正）官人。（小生）娘子。（正）雲情雨意，雖可抛兩月夫妻；雪鬢霜鬟，竟不念八旬父母？功名之念一起，甘旨之心頓忘，是何道理？（小生）娘子，膝下遠離，豈無眷戀之心？高堂嚴命，不能推辭，教卑人如何是好？（正）官人，我猜着你的意兒了。（小生夾）猜着什麼來？

【忒忒令】（正唱）你讀書思量中狀元，（小生夾）向上之心，人皆有之。（正連）只怕你才疏學淺。（小生夾）怎見得卑人才疏學淺？（正連）只這《孝經》《曲禮》，你早忘了一段。（小生夾）忘了什麼？（正連）却不道夏清與冬温，昏須定，晨須省，親在遊怎遠？

【前腔】（小生）哭哀哀推辭了萬千，（正夾白）張大公如何説？（小生連）他鬧吵吵抵死來相勸。（正夾）他雖相勸，不去由你。（小生連）將我深罪，不由人分辯。爹道我，（正夾）道你什麼來？（小生連）戀新婚，逆親言，貪妻愛，不肯去赴選。

【沉醉東風】（正接）官人，你爹行見得好偏，只一子不留在身畔。如今公婆在那裏？（小生）在堂上。（正）既在堂上，和你仝去説。（小生）娘子請。（正）官人請。哎！我不去了。（小生）娘子爲何欲行又止？（正）我去説，公婆聽奴還好，倘然不聽呵，（唱）他只道我不賢，要將伊迷戀。這其間教人怎不悲怨？（仝）（合頭）爲爹淚漣，爲娘淚漣，何曾爲着夫妻意上掛牽？

【前腔】（小生）做孩兒節孝怎全？做爹行不容幾諫。（正夾）你爲子者，怎生埋怨？（小生連唱）非是我要埋怨，只愁他形隻影單，我出去有誰來看管？（仝）（合頭）

【臘梅花】（外、付上接）孩兒出去在今日中，爹爹媽媽來相送。但願得魚化龍，青雲得路，桂枝高攀步蟾宮。

（小生）爹媽拜揖。（正）公婆萬福。（付、外）罷了。（外）我兒，怎麼還不起身？（小生）專候大公到來拜別。（外）門首去看來。（小生）是。（生上）仗劍對樽酒，恥爲遊子顔。（小生）大公來了。（生）解元，所志在功名，（小生）咳！（生）離別何足歎？（小生）爹媽，大公來了。（生）吓！老哥老嫂。（外）廣才。（付）大公。（生）解元爲何還不起程？（外）專等老友到來，即便起身。（生）老漢帶得碎銀幾兩，權爲路費，請收了。（外）謝了大公。（小生）多謝大公。（生）好説。（付、小生）吓！阿呀！兒、娘吓！（付）若不爲功名，做娘的怎生捨得你前去？（哭介）（小生）爹媽請上，孩兒就此拜別。

（外、付）罷了！

【園林好】（小生唱）兒今去爹媽休得要意懸，（仝）兒今去經年便還。（小生）但願得雙親康健，（外、付夾）早去早回。（生、小生仝連唱）須有日拜堂前，（小生）終有日拜椿萱。

【前腔】（外）我孩兒不須掛牽，爹指望孩兒貴顯。若得你名登高選，須早把信音傳，（仝）須早把信音傳。

（付）兒吓！（小生夾）娘吓！

【江兒水】（付唱）膝下嬌兒去，堂前老母單，臨行密密縫針綫。眼巴巴望着關山遠，冷清清倚定門兒盼。阿呀！兒吓！教我如何消遣？（小生夾）母親請免愁煩。（仝連唱）要解愁煩，（付）須是頻寄音書回轉。

（正）官人。（小生）娘子，

【前腔】（正唱）妾的衷腸事，有萬千，（小生夾）有話對卑人説。（正連唱）説來又恐怕添縈絆。六十日夫妻恩情斷，八十歲父母教誰看管？教我如何不怨？（小生夾）莫非怨着卑人？（仝連唱）要解愁煩，（正）官人，須要寄個音書回轉。

【五供養】（生）解元，自有貧窮老漢，託在隣家，事體相關。此行雖勉强，不必恁留連，（小生夾）爹娘望大公早晚看管一二。（生連）你爹娘，吖哈，早晚、早晚間吾當陪伴。丈夫非無淚，不灑別離間。（仝）骨肉分離，寸腸割斷。

【前腔】（小生）公公可憐，我的爹娘望你周全。此身若貴顯，定當效銜環。（生夾）阿呀呀！

請起。（正接）有孩兒也枉然，你的爹娘倒教别人看管。此際情何限，偷把淚珠彈。（仝）（合頭）

【玉交枝】（外接）别離休歎，（付夾）我好心痛！（外連）媽媽，我心中豈不痛酸？蔡邕，非爹苦要輕拆散，也只是圖你榮顯。（付）蟾宫桂枝須早攀，怕北堂萱草時光短。（仝）（合頭）又未知何日再圓？又未知何日再圓？

【前腔】（小生）雙親衰倦，娘子，你扶持看他老年。飢時勸他加湌飯，寒時節頻與衣穿。（正）做媳婦侍舅姑，不待你言；你做孩兒離父母，何日返？（仝）（合頭）

【川撥棹】（仝）歸休晚，莫教人凝望眼。但有日回到家園，但有日回到家園，（小生）我怕、怕回來雙親老年。（仝）（合頭）怎教人心放寬？不由人珠淚漣。

【前腔】（正）我的埋怨怎盡言？我的一身難上難。（小生）娘子，你寧可將我來埋怨，你寧可將我來埋怨，莫把我爹娘冷眼看。（正夾）官人請起。（仝唱）（合頭）

【尾聲】生離遠别何足歎，專望你名登高選。衣錦還鄉，教人作話傳。

（小生）此行勉强赴春闈，（生）專望明年衣錦歸。（外）世上萬般哀苦事，（仝）無非遠别共生離。（生）告辭。（外）有慢。送了大公出去。（小生）是。大公慢請。（生）解元，願你步去馬回。哈哈哈！（下）（小生）爹媽，大公去了。（外）我兒，家道艱難，你若成名，即便就回。（小生）是。（付）媳婦，可念

夫妻之情，送到南浦，即便回來。（正）是。（付、小生）吓！阿呀！兒、娘吓！（下）

南浦

（正）官人，此去蟾宫須穩步，休教别戀忘歸。公婆年老怎支持？一朝波浪起，阿呀！鴛侣兩分離。（小生）娘子，堂上雙親嚴命緊，不容分剖推辭。如今暫别守孤幃，晨昏行孝道，全仗你扶持。（正）咳！

【尾犯序】（唱工調）無限别離情，兩月夫妻，一旦孤另。此去經年，望迢迢玉京思省。（小生夾）莫非慮着卑人此去山遥路遠？（正連）奴不慮山遥水遠，（小生夾）莫非慮着衾寒枕冷？（正連）奴不慮衾寒枕冷。（小生夾）慮着什麽來？（正連）奴只慮公婆没主，一旦冷清清。

【前腔】（小生）娘子，何曾，想着那功名？欲盡子情，難拒親命。我年老爹娘，望伊家看承。畢竟，你休怨着朝雲暮雨，暫替我冬温夏清。思量起，如何教我割捨得眼睁睁？

【前腔】（正）儒衣纔换青，快着歸鞭，早辦回程。怕十里紅樓，休戀着娉婷。叮嚀，不念我芙蓉帳冷，也思親桑榆暮景。頻囑咐，知他記否？空自語惺惺。

【前腔】（小生）娘子，你寬心須待等，我肯戀花柳，甘爲萍梗？只怕萬里關山，那更音信難憑。須聽，没奈何分情破愛，誰下得虧心短行？（仝）從今去，相思兩處，一樣淚盈盈。

（正）官人此去，得官不得官，須早寄音書回來。（小生）娘子，我音書是要寄。

【鷓鴣天】（唱）只怕萬里關山萬里愁，（正）一般心事一般憂。（小生）桑榆暮景應難保，（仝）客館風光怎久留？（正）他那裏，慢凝眸，（小生）娘子請回罷。（正）官人慢行。（仝）吓！阿呀呀！（小生下）（正唱）正是馬行十步九回頭。歸家只恐傷親意，擱淚汪汪不敢流。（下）

附録二　隻曲輯録

目録

舊編南九宮譜

南曲格律譜。明蔣孝於明嘉靖年間根據陳氏、白氏所藏《九宫譜》《十三調譜》兩譜編著。有嘉靖二十八年（1549）三徑草堂刻本，又有明萬曆二十二年（1594）重印本。《九宫譜》爲元代曲譜，所收宫調十種，有黄鍾宫、正宫、大石調、仙吕宫、中吕宫、南吕宫、商調、越調、雙調、仙吕入雙調。其中仙吕入雙調本來隸屬於雙調，故稱『九宫』。全書僅收録曲調，不收賓白。其中收録《琵琶記》部分曲文，輯録如下。

【仙吕引子・鷓鴣天】萬里關山萬里愁，一般心事一般憂。親闈暮景應難保，客舍風光怎久留？他去遠，謾凝眸，馬行十步九回頭。歸家只恐公婆問，閣淚汪汪不敢流。(一)

(一) 流：原作『留』，據汲古閣刊本《繡刻琵琶記定本》改。

【仙呂引子・鵲橋仙】披香隨宴，上林遊賞，醉後人扶馬上。金蓮花燭照回廊，正院宇梅稍月上。

【仙呂引子・天下樂】一片花飛故苑空，隨風舞到簾櫳。玉人怪問驚春夢，恨東風，羞落紅。

【仙呂過曲・甘州歌】（前六句【八聲甘州】，後六句【排歌】）衷腸悶損，嘆路途千里，日日思親。青梅如豆，難寄隴頭音信。高堂已添雙鬢雪，客路空瞻一片雲。途中味，客裏身，争如流水遶柴門？休回首，欲斷魂，數聲啼鳥不堪聞。

【仙呂過曲・月雲高】（【月兒高】頭，【渡江雲】尾）路途勞頓，行行又將近。來到洛陽郡，盤纏都使盡。回首望孤墳，空教我望孤影。他那裏誰揪問？我這裏無投奔。西出陽關無故人，須信家貧不是貧。

【仙呂過曲・甘州歌過】風光正暮春，便縱然勞役，何必愁悶？緑陰紅雨，征袍上染惹芳塵。雲梯月殿圖貴顯，水宿風飡莫厭貧。乘桃浪，躍錦鱗，一聲雷動過龍門。榮歸去，緑綬新，休教妻嫂笑蘇秦。

【正宮引子・破陣子】（前二句【破陣子】，後六句【齊天樂】）翠減翔鸞羅幌，香消寶鴨金爐。楚館雲閒，秦樓月冷，總是離人愁苦。目斷天涯雲山遠，人在高堂雪鬢疏，緣何書也無？

【正宮引子・瑞鶴仙】十載親燈火，論高才絶學，休跨班馬。風雲太平日，正驊騮欲騁，魚龍將化。沉吟一和，怎離他雙親膝下？且盡心甘旨，功名富貴，付之天也。

【正宮引子・福馬郎】休說新婚牛氏女，他將我相耽誤。歸未得，傍人罵，把奴責。若是取將來，相逢處做個好筵席。

【正宮引子・四邊靜】你去陳留郡内詢踪跡，專心去尋覓。請過兩三人，途中好承直。且休怨憶，寄書咫尺。眼望旌捷旗，耳聽好消息。

【正宮引子・醉太平】張家李家，都來唤我。我每須勝別媒婆，家家要我。

【正宮引子・雙鸂鶒】聽伊說着怒起，漢朝中惟我獨貴，有女，偏無貴戚豪家匹配？奉聖旨，招狀元爲婿，不知他回我何言語？媒婆告相公知：恨那人做怪蹺蹊。道始得及第，總有花貌休題。駡相公，道小姐脚長尺二。這般說話没巴臂。

【正宮引子・洞仙歌】家私無半分，靠着奴此身。只要救取公婆，豈辭多辛苦？空把淚珠揾，誰念我飢與貧？這苦說不盡。

【正宮引子・雁漁錦】(一)（【雁過聲】【二犯漁家傲】【二犯漁家燈】【喜魚燈】【錦纏道】）思量，那日離故鄉。記臨歧送别多惆悵，攜手共那人不斷放。教他好看承，我爹娘，料他每應不肯遺忘。

(一) 漁：原作『書』，據汲古閣刊本《繡刻琵琶記定本》改。

聞知那裏饑與荒，只怕他捱不過歲月難存養。望不見信音，却把誰倚仗？

【前腔換頭】思量，幼讀文章，論事親爲子須要成模樣。真情未講，怎知我喫盡多魔障？被親强來赴選場，被君强官封議郎，被婚强效鸞鳳。三被强，衷腸事説與誰行？埋怨怎禁這兩廂：這壁廂罵咱是不撑達害羞喬相識，(二)那壁廂罵咱是不覩親負心薄倖郎。

【前腔換頭】悲傷，鷺序鴛行，怎如那慈烏反哺能終養？謾把金章，綰着紫綬；試問他班衣，今在何方？班衣罷想，縱然歸去，又只怕帶麻執杖。只爲他雲梯月殿多勞攘，只落得個雨淚如珠兩鬢霜。

【前腔換頭】幾回夢裏，聞鷄唱。忙驚覺錯呼舊婦，同問寢在高堂上。待朦朧覺來，依然新人鳳衾和象床。教我，怎不悲傷？怨玉愁香無心緒。空思想，被他攔擋。我這裏歡娛夜宿芙蓉帳，他那裏寂寞偏嫌更漏長。

【前腔換頭】慢悒怏，把歡娱番成做悶腸。菽水既清凉，我何心，貪着美酒肥羊？悶殺人花燭洞房，愁殺我掛名金榜。我背地裏自思量，正是在家不敢高聲哭，只恐猿聞也斷腸。

【中吕引子・滿庭芳】飛絮沾衣，殘紅隨馬，輕寒輕暖芳辰。江山風物，偏動别離情。回首

(二) 喬：原作『嬌』，據汲古閣刊本《繡刻琵琶記定本》改。

高堂漸遠，嘆當初恩愛輕分。傷情處，數聲杜宇，客淚滿衣襟。

【中吕引子・尾犯引】懊恨别離輕，悲豈斷絃，愁非分鏡。只慮高堂，怕風燭不定。腸已斷欲離未忍，淚難收無言自零。空留戀，海角天涯，只在須臾頃。

【中吕引子・剔銀燈引】（别本附入）忒過分爹行所爲，但執性不顧人議。背飛鳥便求諧比翼，隔墻花强扳做連理。婚姻，還是怎的？待説來，女孩兒家怎提？

【中吕過曲・縷縷金】原來是，蔡伯皆。馬前齊喝道，狀元來。料想雙親像，他們留在。願天教夫婦再和諧，只因赴佛會？

【南吕引子・一枝花】閒庭槐影轉，深院荷香滿。簾垂清晝永，怎消遣？十二闌干，無事閒凭遍。困來湘簟展，夢到家山，又被翠竹敲風驚斷。

【南吕引子・虞美人】青山今古何時了，斷送人多少？孤墳誰與掃蒼臺？鄰家陰風吹送紙錢來。

【南吕引子・意難忘】緑鬢仙郎，懶拈花弄柳，勸酒持觴。長顰須有恨，何事苦思量？有些個事，惱人腸。便説與何妨？怕你父尋消問息，添我悽惶。

【南吕引子・薄倖】曠野空原，人離葉敗。盡心行孝，力倦形衰。幸然爹媽，此身康泰。悽惶處見同哭飢人滿道，嘆舉目無人倚賴。

【南吕引子・一剪梅】浪暖桃香欲化魚，期逼春闈，詔赴春闈。郡中空有辟賢書，心戀親闈，難捨親闈。

【南吕引子・滿江紅】嫩緑池塘，梅雨歇薰風乍轉。見清涼華屋，已飛雙燕。簟展湘波紈扇冷，歌傳《金縷》瓊巵暖。使炎蒸不到水亭上，珠簾捲。

【南吕過曲・梁州小序】薔薇簾箔，荷花池館，一點風來香滿。香奩日永，香銷寶篆沉烟。謾有枕欹寒玉，扇動齊紈，怎遂得黄香願？猛然心地熱，透香汗，我欲南窗一醉眠。《金縷》唱，碧筒勸，向冰山雪檻開華宴。清世界，幾人見？

【南吕過曲・節節高】漣漪戲彩鴛，把荷翻，清香瀉下瓊珠濺。香風扇，芳沼邊，閒庭畔。坐來不覺身清健，蓬萊閬苑何足羨？[一]只恐西風又經秋，不覺暗中流年换。

【南吕過曲・繡帶兒】親年老光陰有幾？行孝正當今日。終不成爲着一領藍袍，却擔閣了戲彩斑衣。思之，此行榮貴雖可擬，怕親老等不得榮貴。春闈裏紛紛都是大儒，難道是没爹娘孩兒方去？

【南吕過曲・宜春令】相鄰並，相依倚，往常間有事來報知。試期逼矣，何不早辦行裝前途

〔一〕閬：原作『浪』，據汲古閣刊本《繡刻琵琶記定本》改。

去？子須念親老孤單，親須要孩兒榮貴。趁此青春不去，更待何日？

【南吕過曲·鑼鼓令】終朝裹受餒，將來飯怎喫？疾忙便擡，非干是我有些饞態。你看他衣衫都解，你要那好茶飯教他將甚麽去買？兀的不是天災，教他個婦人如何佈擺？婆婆息怒且休罪，待奴家一霎却去再安排。思量到此，珠淚滿腮。看看做鬼，溝渠裹埋。縱然不死也難捱，教人只怨蔡伯皆。

【南吕過曲·三學士】深謝公公意甚美，凡事仗託維持。假若一舉登科日，難道雙親未老時？若得錦衣歸故里，怕雙親不見兒。

【南吕過曲·鎖窗郎】(【鎖窗寒】頭，【阮郎歸】尾)吾家一女娉婷，又不曾許與公卿。昨蒙聖旨，選個書生。便留心，不須用白玉黄金爲聘。若是姻緣前世已曾定，今日裹，共歡慶。

【南吕過曲·三换頭】(【五韻美】【臘梅花】【梧葉兒】)只爲名韁利鎖，先自將人摧挫。鸞拘鳳束，甚日得到家？不怨他。嗏，這其間，不合向，長安看花。閃殺我爹娘也，淚珠偷暗落。這段姻緣，也是我無如奈何。

【南吕過曲·香羅帶】一從鸞鳳分，誰梳鬢雲？粧臺懶臨生暗塵，衣衫首飾無分文也。擔閣了你虛度青春，如今剪你埋殯老親。今日剪下傷情處，只爲結髮薄倖人。

【南吕過曲・梅花塘】[一]賣頭髮，買的休論價。念我受的飢寒，囊篋無些個。丈夫出去，那更連喪了公婆。没奈何，只得剪頭髮資送他。

【南吕過曲・紅衫兒】你不信我教伊休説破，到此如何？算你爹爹，我豈不料過？我爲甚亂掩胡遮？只爲着這些。你直待打破沙鍋，是招災攬禍。

【黄鍾引子・女冠子】馬蹄篤速，傳呼簇擁雕轂。宫花帽簇，天香袍染，丈夫得志，佳婿乘龍。裝成閨唤促，又將嬌面重遮，羞蛾輕蹙。這姻緣不俗，金榜題名，洞房花燭。

【黄鍾引子・點絳唇】月淡星稀，建章宫裏千門曉。御爐烟裊，隱隱鳴鞘。忽憶年時，問寢高堂早。鷄鳴了，悶縈懷抱，此際愁多少？

【黄鍾引子・傳言玉女】燭影摇紅，簾幕瑞烟浮動，畫堂中翠圍珠擁。粧臺對月，似鸞鶴神仙儀從。玉簫聲裏，一雙鳴鳳。

【黄鍾引子・西地錦】好怪吾家女婿，鎮日裏不展愁眉。教人心下當縈繫，也只爲門楣。

【黄鍾過曲・滴溜子】天憐念，天憐念，蔡邕拜禱：雙親的，雙親的，死生未保。可憐恩深難報，一封奏九重，知他聽剖？會合分離，只在這遭。

[一] 塘：原作『糖』，據汲古閣刊本《繡刻琵琶記定本》改。

【黄鍾過曲・雙聲子】郎多福，郎多福，着紫綬黄金束。娘萬福，娘萬福，看花誥紋犀軸。兩意篤，兩意篤；豈反覆，豈反覆。似文鸞彩鳳，兩兩相逐。

【黄鍾過曲・歸朝歡】冤家的，冤家的，苦死見招，俺媳婦埋怨我怎了？饑荒歲，饑荒歲怎熬？俺爹娘做溝渠中餓殍？譬如四方戰争多征調，從軍遠戍沙場草，他只是爲國忘家何憚勞？

【黄鍾過曲・鮑老催】意深愛篤，文章富貴珠萬斛，天教艷質爲眷屬。似蝶戀花，鳳棲梧，鸞停竹。男兒有書須勤讀，書中自有黄金屋；也自有千鍾粟。

【黄鍾過曲・獅子序】他媳婦雖有之，念奴家須是他孩兒次妻。那曾有做媳婦的不侍奉親闈？若論着做媳婦道理，須當奉飲食，問寒暄，相扶持蘋蘩中饋。正是養兒待老，積穀防飢。

【黄鍾過曲・太平歌】他來求科舉，指望錦衣歸，不想爹爹留他做女婿。埋冤殺洞房花燭夜，那些個千里能相會？他只要保全金榜掛名時，事急且相隨。

【越調引子・金焦葉】恩多怨多，俺爹娘知他有麼？擺不去功名奈何？送將來冤家怎躲？

【越調引子・祝英臺慢】緑成陰，紅似雨，春事已無有。聞説西郊，車馬尚然馳驟。怎如柳絮簾櫳，梨花庭院，好天氣清明時候？

【越調過曲·山桃紅】(【下山虎】頭,【小桃紅】尾)蔡邕不孝,把父母相抛。早知你形衰稿,怎留漢朝? 你爲我受煩惱,你爲我受劬勞。謝你葬我爹,葬我娘,你的恩難報也。那些個養子能待老? 這苦知多少? 怎禁這遭? 天降災殃殃人怎逃?

【越調過曲·鏵鍬兒】説得好笑,可怪你心腸窄小。終不成撇却苦李,再尋甜桃? 不嫉不妬與不盜,終無去條。衆所嘲,人所褒。縱然他醜貌,怎肯干休罷了?

【商調引子·鳳凰閣】尋鴻覓雁,没個音書便。謾勞回首望家鄉,白雲漸遠。淚痕如綫,粧鏡裏孤鸞影單。

【商調引子·高陽臺】夢遠親闈,愁深旅邸,那堪信音遼絶。淒楚情懷,怕逢淒楚時節。重門半掩黄昏雨,奈寸腸此際千結。守寒窗一點孤燈,照人明滅。

【商調引子·憶秦娥】長吁氣,自憐命薄相遭濟。相遭濟,晚年姑舅,薄情夫婿。孩兒一去無消息,雙親老景難存濟。難存濟,不思前日,强教孩兒出去?

【商調引子·遶池遊】風飡水卧,甚日裏安妥? 問蒼天怎生結果? 他濃粧淡抹,看丰姿堪描堪畫。是甚人,叫來問他。

【商調引子·十二時】心事無靠托,這幾日番成悲也。父意方回,夫愁稍可。未卜程途裏如何,教我,怎生撇下?

【商調過曲・高陽臺】宦海深沉，京塵迷月，爲名韁利鎖難脱。目斷家鄉，空勞魂夢飛越。閒聒，閒藤野蔓休來纏也，我自有正免絲親的瓜葛。是誰人無端調引，謾勞饒舌？

【商調過曲・轉林鶯】饑荒萬般遭坎坷，兒夫又在京華。我把那糟糠暗喫充飢餓，公婆死，賣頭髮去埋他。把這孤墳自造，土泥盡是我羅裙包裹。語非誇，手指血痕，尚在衣羅。

【商調過曲・二郎神】容蕭索，對孤鸞把菱花剖破。記翠鈿羅襦當日嫁，誰承望他去後，釵荆裙布無些？金雀釵頭雙鳳䎗，兀的不羞殺我也形衰貌寡。説甚麼簪花朵？今日捻牡丹，教人怨着嫦娥。

【大石調引子・念奴嬌】楚天過雨，正波澄木落，秋容光浄。誰駕玉輪來海底，碾破琉璃千頃？環佩風清，笙歌露冷，人在清虚境。

【大石調過曲・念奴嬌】長空萬里，見嬋娟可愛，全無半點纖凝。十二欄干光滿處，涼浸珠箔銀屏。偏稱，身在瑶臺，酒斟玉斝，人生幾見此佳景？惟願取年年此夜，人月雙清。

【雙調引子・謁金門】春夢斷，懶臨鸞，緑雲撩亂。聞道才郎遊上苑，又添我離别嘆。苦被爹行將我來逼遣，默默此情何限？骨肉一朝生折散，可憐難捨拚。

【雙調引子・寶鼎現】小門深巷，春到芳草，人間清晝。人老去星星非故，春又來年年依舊。幸喜得今朝新酒熟，滿目花開似繡。願歲歲年年，人在花下，常斟春酒。

【雙調引子·搗練子】嘆命乖，嘆年艱，含羞忍淚向人前。只恐怕老公婆，在家凝望眼。

【雙調引子·玉蓮井後】終朝忍冷擔飢，又未知何日是了？

【雙調過曲·錦堂月】簾幕風柔，庭幃晝永，朝來峭寒輕透。人在高堂，一喜又還一憂。惟願取百歲椿萱，常似他三春花柳。酌春酒，看花下高歌，共祝眉壽。

【雙調過曲·僥僥令】春花明彩袖，春酒泛金甌。但願歲歲年年人長在，父母共夫妻相勸酬。夫妻好厮守，父母願長久。坐對兩山排闥青來好，看將一水護田疇，緑遶流。

【雙調過曲·鎖南枝】兒夫去，竟不還，公婆兩人都老年。自從昨日到今朝，不能勾一湌飯。奴請糧，他在家凝望眼。念我老公婆，做方便。

【雙調過曲·梅花引】（別本附入）傷心滿目故人疏，看郊野，盡荒蕪。惟有青山，添得所墳墓。慟哭無由長夜曉，問泉下有人還聽得無？

【仙吕入雙調·四朝元】春闈催赴，同心帶綰初。嘆《陽關》聲斷，曾記送別南浦，早已成間阻。謾羅襟上淚漬，和那寶瑟沉埋，錦被羞鋪。寂寞瑣窗，蕭條朱户，空自把流年度。嗏，酩子裏自尋思，妾意君情，一旦如朝露。君行萬里途，妾心受了萬般苦。君還念妾，迢迢遠遠，也索回顧。

【仙吕入雙調·古江兒水】如來證盟，鑒兹邕啓：雙親在路上，不知如何？仰惟菩薩大慈悲。龍天鑒知，龍神護持，護持他登山涉水。

【仙吕入雙調・窣地錦當】嫦娥剪就緑羅衣，折得蟾宫第一枝。宫花斜插帽簷低，一舉成名天下知。

【仙吕入雙調・哭歧婆】玉鞭裊裊，如龍歸騎。黄旗影裏，笙歌鼎沸。如今端的是男兒，身着錦衣歸故里。

【仙吕入雙調・打毬場】幾年間，爲拐兒，世人理會的我名兒。者末你有錢俏俏的，也叫他落圈圚。

【仙吕入雙調・雁兒舞】庭院裏深沉，怎不怨苦？要嫁個男兒，又無門路。何年招的一丈夫，只管取雙雙《雁兒舞》。

【仙吕入雙調・玉山供】（〔玉胞肚〕頭，〔五供養〕尾）（别本附入）公公尊賜，念天寒特來問吾。我雙親受三載飢寒，我不禁一旦淒楚？心中想着，謾有這香醪難度。感此恩情厚，酒難辭，念取踏雪也來沽。

【仙吕入雙調・玉雁子】（别本附入）（【玉交枝】頭，【雁過沙】尾）孩兒擔誤，爲功名耽閣了父母。都是孩兒不得歸鄉故。雙親怎便歸到黄土？乾坤豈容不孝子？名虧行缺不如死，只愁我死無祭祀。對真容形衰貌枯，想靈魂悲切痛苦。

增定南九宫曲譜

南曲格律譜。明沈璟編。有明末永新龍驤刻本，明文治堂刻本，北京大學據《嘯餘譜》本覆刊石印本。别題《南曲全譜》《新定九宫詞譜》《南九宫十三調曲譜》等。凡二十一卷，附録一卷。本書係沈璟根據蔣孝《南九宫譜》『考定錯訛，參補新調』充實改編而成。較之《舊編南九宫譜》，沈璟選録、增補了南曲曲牌七百一十九隻，每個曲牌詳列其不同格式，分别正字襯字、標出平仄、注明板眼，作爲南曲詞句形式定格。其中收録《琵琶記》部分隻曲，現將曲文輯録如下。

【過曲・燒夜香】樓臺倒影入池塘，(一)緑樹陰濃夏日正長，(二)一架荼蘼滿院香。滿院香，和你飲霞觴。傍晚捲起簾兒，明月正上。

【過曲・犯胡兵】(或作【征胡兵】)囊無半點挑藥費，良醫怎求？(三)縱然救得目前，這飯食何處有？(四)料應難到後。謾説道有病遇良醫，(五)饑荒怎救？(『半點』處有『道有』，俱去上聲。『有病怎救』俱上去聲，俱妙甚)

【過曲・三仙橋】一從他每死後，要相逢不能彀，除非夢裏暫時略聚首。若要描，描不就；暗想像，(六)教我未寫先淚流。寫，寫不出他苦心頭；描，描不出他飢證候；畫，畫不出他望孩兒的睜睜兩眸。只畫得他髮颼颼，和那衣衫敝垢。若畫做好容顏，須不是趙五娘的姑舅。(七)

(一)眉批：『倒』字不可作上聲唱。

(二)眉批：『夏』字下或無『日』字，亦通。

(三)眉批：『求』字可用仄韻。

(四)眉批：『何處有』的『有』字可用平韻。

(五)眉批：『謾』字亦可用平聲。

(六)眉批：『從』字、『相逢』二字可用仄聲，『想像』二字可用平聲。

(七)眉批：第一句若是第二第三曲則當點板在『他』字、『後』字上，而『後』字下仍點一截板。

【過曲・風帖兒】到得陳留，逢着一個故老，在他爹娘墳上拜掃。果然饑荒都死了。他媳婦，也來到，枉教人走這遭。

【過曲・柳穿魚】（坊本《琵琶記》或無此曲）心忙似箭走如飛，歷盡艱辛有誰知？夜静水寒魚不食，滿船空載月明歸。歸來後，到庭除，未知相公在何處？

【仙吕引子・番卜算】（新增）兒女話堪聽，使我心疑惑。暗中思忖覺前非，有個團圓策。〔一〕

【仙吕引子・天下樂】（舊譜第二、第四句俱六字，再考）一片花飛故苑空，隨風飄泊到簾櫳。玉人怪問驚春夢，只怕東風羞落紅。〔二〕（『故苑』二字去上聲，妙。）

【仙吕引子・鵲橋仙】（字句與詩餘同）披香隨宴，上林遊賞，醉後人扶馬上。金蓮花炬照回廊，正院宇梅梢月上。〔三〕（『院宇』二字去上聲，妙。）

【仙吕引子・鷓鴣天】（字句與詩餘同）萬里關山萬里愁，一般心事一般憂。親闈暮景應難保，客館風光怎久留？【换頭】他那裏，漫凝眸，正是馬行十步九回頭。歸家只恐傷親意，閣

〔一〕眉批：第一句、第三句不必用韻。

〔二〕眉批：『一』字、『只』字、『故』字可用平聲，『飄』字可用仄聲。此調雖似七言絶句詩，然第三句用韻，不可不知。

〔三〕眉批：首句不用韻。『隨』字平聲，妙。或作『侍』，非也。『照』字去聲，妙。『月』字不可認作仄聲。

淚汪汪不敢流。(一)（『萬里』『暮景』『那裏』俱去上聲。『久』字、『馬』字、『九』字、『恐』字、『敢』字五個上聲，俱妙。）

【仙呂過曲·勝葫蘆】（又名【大河蟹】）特奉皇恩賜結婚，來此把信音傳。若是仙郎肯諧繾綣，一場好事，管取今朝便團圓。(二)

【仙呂過曲·月雲高】（此調犯【渡江雲】，而【渡江雲】本調竟缺）【月兒高】路途勞頓，行行甚時近？未到得洛陽城，那盤纏使盡。回首孤墳，空教我望孤影。他那裏，誰偢采？俺這裏，將誰投奔？【渡江雲】正是西出陽關無故人，須信道家貧不是貧。(三)（『路』字去聲，妙。上聲亦可。『使盡』二字妙。）

【仙呂過曲·臘梅花】孩兒出去在今日中，爹爹媽媽來相送。但願得魚化龍，青雲得路，桂枝高折步蟾宮。(四)

(一) 眉批：第一個『萬』字，第一個『一』字，『暮』字、『景』字、『怎』字、『十』字、『閣』字、『不』字可用平聲，『歸』字可用仄聲，『保』字、『里』字『意』字不必用韻。

(二) 眉批：『婚』字用韻亦可。『若』字、『一』字可用平聲。『此信』『好事』俱上去聲，俱妙。

(三) 眉批：『行行』二字、『西』字、『須』字可用仄聲。『影』字借庚青韻中字，非體也。『他那裏』一句作去去平去平平亦可。『縣』字、『墳』字、『未』字不用韻。

(四) 眉批：或無『在』字，非也。『在』字、『但』字可用平聲，『折』字亦可作平聲。『路』字用韻亦可。

【仙吕過曲·醉扶歸】我有緣結髮曾相共，難道是無緣對面不相逢？我鳳㊀枕㊁鸞㊀衾㊁也和他同，倒憑兔毫薾紙將他動。畢竟一齊分付與東風，把往事也如春夢。(一)

【仙吕過曲·甘州歌】【八聲甘州】衷腸悶損，歎路途千里，日日思親。青梅如豆，難寄隴頭㊀音㊁信。高堂已㊀添㊁雙鬢雪，客路空㊀瞻㊁一片雲。【排歌】途中味，客裏身，争如流水㊀蘸㊁柴門？休回首，欲斷魂，數聲啼鳥不㊀堪㊁聞。

【前腔換頭】遥望霧靄紛，想洛陽宫闕，行行將近。程途勞倦，欲待共㊀飲㊁芳樽。垂楊瘦馬莫㊀暫㊁停，只見古樹寒鴉棲㊀漸㊁盡。天將暝，日已曛，一聲殘角斷樵門。㊀尋㊁宿處，行步緊，前村燈火已黄昏。

【餘文】向人家，忙投奔，解鞍沽酒共論文，㊀今㊁夜雨打梨花㊀深㊁閉門。(二)（『豆』字、『雪』字、『味』字、

(一) 眉批：『有』字上聲，『鳳枕鸞衾』去上平平，俱妙。『和』字不可作平聲唱，今人於第三句每作平平仄仄仄平平，非也。『一』字可用平聲。此曲用韻亦雜。

(二) 眉批：第一個『日』字、『歎』字、『待』字、『一聲』『一』字可用平聲。『緊』字可用平韻。『争』字、『前』字可用仄聲。『悶損』『寄』『隴』『霧靄』『共飲』『瘦馬』『步緊』俱去上聲，『已添』上平聲，『水蘸』上去聲，俱妙。『望』字不可作去聲唱。『垂楊』二句每句末一字先平後仄，與第一曲不同，然不失其正，妙哉。第二、第三曲與第一曲同，故止録第四曲以存【換頭】之體。

『首』字、『倦』字、『停』字、『暝』字、『處』字俱不用韻。)

【仙呂過曲・桂枝香】(與詩餘全不同)書生愚見,忒不通變。不肯坦腹東床,謾自去哀求金殿。想他每就裏,他每就裏,將人輕賤。非爹胡纏,怕被人傳。道你是相府公侯女,不能勾嫁狀元。(一)(第五、第六句用韻亦可,第九句不用韻亦可,但第三句不可用韻。就裏:去上聲,妙。)

【仙呂過曲・一封書】一從你去離,我家中常念你。功名事怎的?想多應折桂枝。幸得爹娘和息婦,各保安康無禍危。見家書,可知之,及早回來莫更遲。(二)

【仙呂過曲・解三酲】(『酲』或作『醒』,非也)歎雙親把兒指望,教兒讀古聖文章。似我會讀書的,倒把親撇漾;少甚麼不識字的,倒得終養。我只爲你其中自有黃金屋,却教我撇却椿庭萱草堂。還思想,畢竟是文章誤我,我誤爹娘。(三)

【前腔換頭】比似我做了虧心臺館客,倒不如守義終身田舍郎。《白頭吟》記得不曾忘,綠鬢婦何故在他方?我只爲你其中有女顏如玉,却教我撇却糟糠妻下堂。還思想,畢竟是文章誤

(一) 眉批:『不肯』二字、『謾』字可用平聲,『將』字可用仄聲。今人於『愚』字、『通』字、『金』字處每用仄聲,誤矣。

(二) 眉批:『各』字、『及』字俱可用平聲。此曲用韻雜,但以其題本【一封書】而即用之作書,有古意耳,然今已成套矣。

(三) 眉批:『指』字改平聲乃順。古聖:上去聲。誤我、我誤:去上、上去聲,俱妙。『黃金』『金』字不如改作仄聲爲妙。若用仄聲,則『屋』字平仄俱可,後段『如玉』二字亦然。

我，我誤妻房。(一)（此曲之病在欲用『黄金屋』『顔如玉』兩句成語，遂成拗體，而《香囊記》沿而用之，今遂牢不可破。然此曲【换頭】起句猶未失體也，後人概用『歎雙親』句法，遂使【换頭】與起處相似矣。南曲之失體，惟此調爲甚，安得不力正之。）

【正宫引子・齊天樂】（新增。與詩餘同，但少【换頭】）鳳凰池上歸環珮，衮袖御香猶在。棨戟門前，平沙堤上，何事車塡馬隘？星霜鬢改，怕玉鉉無功，赤舄非才。回首庭前，淒涼丹桂好傷懷。(二)

【正宫引子・破齊陣】【破陣子頭】翠減祥鸞羅幌，香消寶鴨金爐。【齊天樂】楚館雲閒，秦樓月冷，動是離人愁思。【破陣子尾】目斷天涯雲山遠，人在高堂雪鬢疏，緣何書也無？(三)

【正宫引子・瑞鶴仙】十載親燈火，論高才絶學，休誇班馬。風雲太平日，正驊騮欲騁，魚龍

(一)　眉批：『比似我』二句不可與『歎雙親』二句一般點板。『望』字不可作平聲唱。

(二)　眉批：『鳳』字、『衮』字、『玉』字、『赤』字俱可用平聲。『回』字、『淒』字俱可用仄聲。『衮袖』『馬隘』俱上去聲，『鬢改』『桂好』俱去上聲，俱妙。『前』字、『上』字、『功』字不用韻。

(三)　眉批：『思』字借韻。翠減：去上聲。『冷』字、『楚館』二字、『遠』字、『也』字俱上聲，俱妙。『幌』字、『閒』字、『冷』字、『遠』字不用韻。『目斷』一句不可用平平仄仄平平仄，慎之。

將化。沉吟一和，怎離却雙親膝下？且盡心甘旨，功名富貴，付之天也。(一)

【正宮引子・喜遷鶯】終朝思想，但恨在眉頭，人在心上。鳳侶添愁，魚書絶寄，空勞兩處相望。青鏡瘦顔羞照，寶瑟清音絶響。歸夢杳，繞屏山烟樹，那是家鄉？(二)

【正宮過曲・四邊静】你去陳留仔細詢端的，專心去尋覓。請過兩三人，途中須好承直。休憂怨憶，寄書咫尺。眼望捷旌旗，耳聽好消息。(三)（『途中』句用平平上平入，『耳聽』句用上去上平入，不可混。）

【正宮過曲・福馬郎】你休説新婚在牛氏宅。他須怨我相擔誤；歸未得，傍人聞，把奴責。若是到京國，相逢處做個好筵席。(四)

【正宮過曲・一撮棹】寬心等，何須苦牽縈？把音書寫，但頻頻寄郵亭。爹年老，伊家須好

(一) 眉批：用韻甚雜。『十』字、『怎』字、『膝』字、『富』字俱可用平聲。『怎離』『且盡』俱上去聲，『付』字去聲，『也』字上聲，俱妙。『日』字、『騁』字、『旨』字不用韻。

(二) 眉批：『愁』字、『寄』字、『照』字、『杳』字俱不用韻。『兩處』『那是』俱上去聲，『鳳侶』『夢杳』俱去上聲，俱妙。

(三) 眉批：此曲用入聲韻。

(四) 眉批：『聞』字若改作上聲、去聲字尤妙。

看承。程途裏，只願保安寧。死別全無准，生離又難定。(今)去也，何日到京城？[一]（此調今皆用於【摧拍】後，而不知用於【三字令】後尤妙。）

【正宮過曲・雙鸂鶒】聽伊説教人怒起，漢朝中惟吾獨貴。我有女，偏無貴戚豪家匹配？奉聖旨，使我招狀元爲婿。不知他回話有何言語？[二]

【前腔換頭】媒婆告相公知：恨那人作怪蹺蹊。道始得及第，縱有花貌休提。他罵相公，罵小姐，道脚長尺二。這般説謊没巴臂。（按：《千金記》《尋親記》皆古傳奇也，而【雙鸂鶒】各與此不同，最不可曉。）

【正宮過曲・洞仙歌】（與詩餘不同）家私没半分，靠着奴此身。只要救取公婆，豈辭多苦辛？（合）空把淚珠揾，誰憐饑與貧？這苦説不盡。[三]（『救取』二字、『這苦』二字俱去上聲，『把淚』二字上去聲，『此』字、『豈』字、『與』字俱上聲，俱妙。）

【正宮過曲・雁魚錦】（後四段每段末二句俱犯【雁過聲】）【雁過聲】思量，那日離故鄉。記(臨)歧

[一] 眉批：縈：音『盈』。『寫』字、『老』字、『裏』字、『准』字、『也』字俱不必用韻。

[二] 眉批：《千金記》此調末一句云『願大王赦罪，未可聽誑』，與此不同，其餘俱同。

[三] 眉批：『家』字可用平聲，『辛』字可用仄韻。『要』字可用平聲，『婆』字不必用韻。

送別多惆悵，携手共那人不斷放。（一）教他好看承，我爹娘，料他每應不會遺忘。聞知饑與荒，只怕捱不過歲月難存養。若望不見信音，却把誰倚仗？【二犯漁家傲】思量，幼讀文章，論事親爲子也須要成模様。真情未講，怎知道喫盡多魔障？被親强來赴選場，被君强官爲議郎，被婚强傚鸞凰。三被强，（二）衷腸説與誰行？埋冤難禁這兩廂：（三）這壁廂道咱是個不撑達害羞的喬相識，（四）那壁廂道咱是個不覩事負心薄倖郎。（五）【二犯漁家燈】悲傷，鷺序鵷行，怎如烏鳥反哺能終養？漫把金章，綰着紫綬；（六）試問斑衣，今在何方？斑衣罷想，縱然歸去，又怕帶麻執杖。只爲他雲梯月殿多勞攘，落得淚雨似珠兩鬢霜。【喜漁燈】幾回夢裏，忽聞鷄唱。忙驚覺錯呼舊婦，同問寢堂上。待朦朧覺來，依然新人鳳衾和象床。怎不怨香愁玉無心緒？（七）更思想，和他攔當。教我，怎不悲傷？俺這裏歡娱夜宿芙蓉帳，他那裏寂寞偏

（一）眉批：『斷』字本思必切，此處唱作平聲耳，非小斷、這斷之斷也。

（二）眉批：『被親强』『被君强』『被婚强』，『三被强』字藏短韻於句中，不可不知。

（三）眉批：『冤』字不必用韻。

（四）眉批：『識』字用韻亦可。

（五）眉批：或作『不覩親』，非也。『不撑達』『不覩事』皆詞家本色語。

（六）眉批：『綬』字不必用韻。

（七）眉批：『來』字、『緒』字不必用韻。

嫌更漏長。【錦纏道犯】漫悒怏，把歡娛都成悶腸。菽水既清涼，我何心，貪着美酒肥羊？悶殺人花燭洞房，愁殺我掛名在金榜。魆地裏自思量，正是在家不敢高聲哭，(一)只恐人聞也斷腸。(二)（人但知『只恐猿聞也斷腸』，而不知江邊可説猿聞，在家不可説猿聞。不然，必須蔡中郎當時養一猿在京邸乃可耳。可笑！可笑。）

【正宫過曲・雁過沙】他沉沉向冥途，空教我耳邊呼。我不能盡心相奉事，翻教你爲我歸黄土。教人道你死緣何故？你怎生便割捨抛棄了奴？(三)（『爲我』『棄了』四字俱去上聲，俱妙）

【大石調引子・念奴嬌】（與詩餘同，但不用【换頭】）楚天過雨，正波澄木落，秋容光浄。誰駕玉輪來海底，碾破瑠璃千頃？環珮風清，笙歌露冷，人在清虚境。真珠簾捲，小樓無限佳興。(四)

【大石調引子・念奴嬌序】長空萬里，見嬋娟可愛，全無一點纖凝。十二欄杆光滿處，涼浸

(一) 眉批：『哭』字用韻亦可。

(二) 眉批：『手共』『倚仗』『强傚』『覩事』『反哺』『紫綬』『雨似』『兩鬢』『水既』『我掛』『也斷』，俱上去聲。『未講』『被强』『這兩』『謾把』『罷想』『淚雨』『夢裏』『問寢』，俱去上聲，俱妙。

(三) 眉批：『□』字、『奴』字俱可用韻。『心』字可用仄聲。『事』字可用平韻。

(四) 眉批：『楚天』『□□』可用平聲。『誰』字、『琉』字、『環』字可用仄聲。『雨』字、『底』字、『捲』字俱不必用韻。

珠箔銀屏。偏稱，身在瑤臺，笑斟玉斝，人生幾見此佳景？（合）惟願取年年此夜，人月雙清。

【前腔換頭】孤影，南枝乍冷，見烏鵲縹緲驚飛，棲止不定。萬點蒼山，何處是修竹吾廬三逕？追省，丹桂曾攀，嫦娥相愛，故人千里謾同情。（合前）

【前腔換頭】光瑩，我欲吹斷玉簫，驂鸞歸去，不知何處冷瑤京？環佩濕，似月下歸來飛瓊。那更，香霧雲鬟，清輝玉臂，廣寒仙子也堪並。（一）（合前）

【中呂引子·滿庭芳】（新增【換頭】）飛絮沾衣，殘花隨馬，輕寒輕暖芳辰。江山風物，偏動別離人。回首高堂漸遠，歎當時恩愛輕分。傷情處，數聲杜宇，客淚滿衣巾。【換頭】萋萋芳草色，故園人望，目斷王孫。謾憔悴郵亭，誰與温存？聞道洛陽近也，又還隔幾個城闉。澆

（一）眉批：【引子】是【念奴嬌】，而此曲即【念奴嬌序】，故曰【本序】，非别名【本序】也。『凝』字、『用』字、『情』字俱可用仄韻。『景』字、『定』字、『逕』字、『更』字、『並』字俱可用平韻。『萬里』『見此』『願取』『乍冷』『萬點』俱去上聲，『可愛』『滿處』『幾見』『此夜』俱上去聲，俱妙甚。此【換頭】與第二【換頭】不同，故録之，第四【換頭】與此同，故不録。縈，爲命切，在此韻中不可作『用』字音。

愁悶，解衣沽酒，同醉杏花村。(一)

【中呂引子・菊花新】（第一、第二句與詩餘不同）封書自寄到親闈，又見關河朔雁飛。梧葉滿庭除，還如我悶懷堆積。(二)（『除』字借韻，『積』字若用去聲更妙。）

【中呂引子・尾犯】（或多一『引』字，非也）懊恨別離輕，悲豈斷絃，愁非分鏡。只慮高堂，似風燭不定。腸已斷欲離未忍，淚難收無言自零。空留戀，天涯海角，只在須臾頃。(三)（『絃』字、『忍』字、『戀』字、『角』字俱不用韻。）

【中呂過曲・駐馬聽】（與詩餘不同）書寄鄉關，説起教人心痛酸。傳示俺八旬爹媽，道與我兩月妻房，隔涉萬水千山。啼痕緘處翠綃斑，夢魂飛遶銀屏遠。（合）報道平安，想一家賀喜，只説他日再相見。(四)（用韻甚雜，不可爲法，但取其協律耳。）

(一) 眉批：『飛』字、『回』字、『誰』字、『聞』字、『沽』字、『同』字俱可用仄聲。『杜』字、『故』字、『目』字俱可用平聲。『漸遠』『杜宇』『淚滿』『近也』，俱去上聲。『幾個』，上去聲。俱妙。『巾』或作『襟』，『人望』或作『入望』，皆非也。

(二) 眉批：『自』字、『又』字俱可用平聲，『梧』字、『如』字俱可用仄聲。『自』或作『遠』，非也。前二句用仄仄平平仄仄平、平平仄平仄平平亦可。

(三) 眉批：『懊恨』『豈斷』『已斷』俱上去聲，『未忍』二字去上聲，俱妙。

(四) 眉批：『酸』字可用上聲。『報道平安』一句或用平平去平平，又一體也。

【中呂過曲・古輪臺】（【換頭】新增）峭寒生，鴛鴦瓦冷玉壺冰，闌干露濕人猶凭，貪看玉鏡。沉萬里清冥，皓彩十分端正。三五良宵，此時獨勝。把清光都付與酒杯傾，從教酩酊，拚夜深沉醉還醒。酒闌綺席，漏催銀箭，香銷金鼎。斗轉與參横，(一)銀河耿，轆轤聲已斷金井。

【前腔換頭】閒評，月有圓缺與陰晴，人世有離合悲歡，從來不定。深院閒庭，處處有清光相映。也有得意人人，兩情暢詠；也有獨守長門伴孤另，君恩不幸。有廣寒仙子娉婷，孤眠長夜，如何捱得更闌寂靜？此事果無憑。但願人長永，小樓玩月共同登。(二)

【餘文】聲哀訴，促織鳴。俺這裏歡娛未聽，却笑他幾處寒衣織未成。(三)

【中呂過曲・縷縷金】元來是，蔡伯喈。馬前都喝道，狀元來。料想雙親像，他每留在。敢天教夫婦再和諧，都因這佛會？都因這佛會？(四)（『是』字、『道』字俱不用韻。）

【中呂過曲・尾犯序】（【換頭】新增）無限别離情，兩月夫妻，一旦孤另。此去經年，望迢迢玉

(一) 眉批：『宵』字、『□』字、『□』字不用韻。『横』字在此韻中當依詩韻，不可作『紅』字韻。

(二) 眉批：『歡』字、『人』字、『夜』字、『得』字不用韻。『獨守』一句比前『把清光』句稍不同，亦變體也。『咏』字、『永』字在此韻中不可作『用』字、『永』字音，當作爲酪切。

(三) 眉批：此【尾聲】起句平平仄平仄平，比他處亦不同。

(四) 眉批：『馬前』句用平平平仄仄，或用仄仄平平仄皆可。

京思省。奴不慮山遥路遠，奴不慮衾寒枕冷：，奴只慮公婆没主，一旦冷清清。

【前腔换頭】何曾，想着那功名？欲盡子情，難拒親命。年老爹娘，望伊家看承。畢竟，你休怨朝雲暮雨，只得替着我冬温夏清。思量起，如何教我割捨得眼睁睁？：(一)（第三第四【换頭】起句用平平平去平，或平平平平去上，又與第二曲不同，今不盡録，聊記於此。）

【中吕過曲・永團圓】名傳四海人怎比？豈獨是耀門閭？人生怕不全孝義，聖明世，豈相棄。這隆恩美譽，從教管領無所愧，萬古青編記。如今便去，相隨到京畿。拜謝君恩了，(二)歸庭宇一家賀喜。共設華筵會，四景常歡聚。(三)

【尾聲】顯文明，開盛治：，共説孝男并義女。玉燭調和，聖主垂衣。

【中吕過曲・舞霓裳】（新增）願取群賢盡貞忠，盡貞忠。管取雲臺畫形容，(四)畫形容。時清

(一) 眉批：『另』字、『命』字、『省』字、『竟』字俱可用平韻。『此去』『此』字可用平聲。『没』字、『教』字俱可用去聲。此去：上去聲。路遠、盡子、暮雨：俱去上聲，俱妙。『主』字、『冷』字、『教我』『我』字、『眼』字四個上聲，俱絶妙。『路遠』『替着我』俱依古本改定。

(二) 眉批：『了』字不用韻。

(三) 眉批：用韻甚雜。

(四) 眉批：『管取雲台』四字用平平仄亦可。

莫報君恩重，惟有一封書上勸東封，更撰個河清德頌。乾坤正，(一)看玉柱擎天又何用？

【中吕過曲・山花子】(【換頭】新增)玳筵開處遊人擁，争看五百名英雄。喜鼇頭一戰有功，荷君恩奏捷詞鋒。(合)太平時車書已同，干戈盡戢文教崇，人間此時魚化龍。留取瓊林，勝景無窮。(二)

【前腔第三換頭】青雲路通，一舉能高中，三千水擊飛翀。又何必扶桑掛弓？也强如劍倚崆峒。(三)(合前)(第二曲與第一曲同，第四曲起處與第三曲同，故皆不録。)

【中吕過曲・紅繡鞋】猛拌沉醉東風，東風。倩人扶上玉驄，玉驄。歸去路，望畫橋東。花影亂，日曈曨；沸笙歌影裏，紗籠，紗籠。(四)(『路』字、『亂』字俱不用韻。)

【南吕引子・一枝花】(與詩餘【滿路花】同，但無【換頭】)閒庭槐影轉，深院荷香滿。簾垂清晝永，怎消遣？十二欄杆，無事閒凭遍。困來湘簟展，夢到家山，又被翠竹敲風驚斷。(五)

(一) 眉批：『正』字不用韻。

(二) 眉批：『玳』字、『戰』字俱可用平聲。戢：音『集』。崇：音『蟲』。

(三) 眉批：『通』字所謂句中韻也，『一舉』二字只作襯字，不可點板。『扶』字可用仄聲。

(四) 眉批：末句依古本，今人皆改作『沸笙歌，引紗籠』。相沿已久，不知此調矣。

(五) 眉批：用韻甚雜。『深』字、『無』字、『簾』字俱可用仄聲。『十』字、『夢』字、『又』字俱可用平聲。

【南吕引子・虞美人】（與詩餘【滿路花】同）青山今古何時了，斷送人多少？孤墳誰與掃蒼苔？鄰塚陰風時送紙錢來。[一]（一調二韻，【引子】中之最有古意者。）

【南吕引子・意難忘】（與詩餘同，但無【换頭】）緑鬢仙郎，懶拈花弄柳，勸酒持觴。長顰知有恨，何事苦思量？些個事，惱人腸。試説與何妨？只恐伊尋消問息，添我恓惶。[二]

【南吕引子・稱人心】撇呆打墮，早被那人瞧破。要同歸，知他爹肯麽？料他每不允諾。你緣何獨坐？伊家道俐齒伶牙，奈你爹行不可。【换頭】我爹爹，全不顧，人笑呵，這其間只是他見差。禍根芽，從此起，災來怎躲？他道我從着夫言，罵我不聽親話。[三]（『伶俐』當作『靈利』爲是。）

【南吕引子・薄倖】（與詩餘不同）野曠原空，人離業敗。漫盡心行孝，力枯形瘁。幸然爹媽，

[一] 眉批：『孤』字、『鄰』字俱可用仄聲。『了』與『少』是一韻，『苔』與『來』是一韻。

[二] 眉批：『柳』字、『恨』字、『事』字俱不用韻，『緑』字可用平聲，『何事』『何』字、『添』字可用仄聲。『弄柳』『勸酒』『事苦』俱去上聲。『有恨』上去聲。俱妙。

[三] 眉批：『打墮』『早被』，俱上去聲。『俐齒』『奈你』『道我』『罵我』，俱去上聲。俱妙。『□』字、『起』字、『言』字俱不用韻。呆：音爺。『我爹爹』三字正對『撇呆』一句。『怎』字可韻。

此身安泰。栖惶處，見慟哭饑人滿道，嘆舉目將誰倚賴？(一)（『孝』字、『道』字用韻亦可。此曲韻亦雜。）

【南呂引子・滿江紅】（與詩餘同，但無【换頭】）嫩緑池塘，梅雨歇薰風乍轉。瞥然見清涼華屋，已飛乳燕。簟展湘波紈扇冷，歌傳《金縷》瓊巵暖。是炎蒸不到水亭中，珠簾捲。(二)（或於『歇』字下作一句，非也。）

【南呂引子・掛真兒】（舊譜又有【破掛真】，即此調也）四顧青山静悄悄，思量起暗裏魂銷。黄土傷心，丹楓染淚，漫把孤墳獨造。(三)（『静悄』『暗裏』『謾把』『染淚』，去上上去聲。妙。）

【南呂過曲・梁州新郎】（舊作【梁州小序】，亦非也）【梁州序】新篁池閣，槐陰庭院，日永紅塵隔斷。碧欄杆外，空飛漱玉清泉。只覺香肌無暑，素質生風，小簟琅玕展。晝長人困也，好清閒，忽被棋聲驚晝眠。【賀新郎】（合）《金縷》唱，碧筒勸，向冰山雪檻開華宴。清世界，有幾

(一) 眉批：『空』字、『處』字、『道』字俱不用韻，『兒』字可用平聲，『行』字、『爹』字俱可用仄聲。『野曠』『滿道』『倚賴』，俱上去聲。『歎』『舉』，去上聲。俱妙。

(二) 眉批：『□』字、『冷』字、『中』字俱不用韻。『嫩』字、『□』字、『瞥』字、『乳』字、『□』字俱可用平聲。『個轉』『簟展』『扇冷』『到水』，俱去上聲。乳燕：上去聲。俱妙。

(三) 眉批：『心』字不必用韻，『淚』字用韻亦可。『暗裏魂消』四字可用仄平平仄。『黄』字可用仄聲。

人見？(一)（如此佳詞，惜用韻太雜耳。）

【南呂過曲・節節高】（即【生薑芽】。舊譜又收【生薑芽】，非也）漣漪戲彩鴛，把荷翻，清香瀉下瓊珠濺。香風扇，芳沼邊，閒亭畔。坐來不覺人清健，蓬萊閬苑何足羨？（合）只恐西風又驚秋，不覺暗中流年換。(二)（合前）

【南呂過曲・大勝樂】（勝或作聖）婚姻事難論高低，若論高低何如休嫁與？假如親賤孩兒貴，終不然便抛棄？奴是他親生兒子親息婦，難道他是何人我是誰？爹居相位，怎說着傷風敗俗非理的言語？(三)

【南呂過曲・紅衲襖】莫不是丈人行性氣乖？莫不是妾根前缺管待？莫不是畫堂中少了三千客？莫不是繡屏前少了十二釵？這話兒教人怎猜？這意兒教人怎解？敢只是楚館秦

(一)　眉批：「日」字可用平聲，「開」字可用仄韻，「閒」字、「外」字、「暑」字俱不用韻。「小簟」「縷唱」俱上去聲。「困也」去上聲。俱妙。以後【換頭】皆與【梁州序】本調同，故不録。

(二)　眉批：「戲彩」「閬苑」俱去上聲，俱妙甚。「把」字上聲尤妙。「不覺暗中」作平平去平亦妙。然此四字用平平仄仄亦可。用韻亦雜。

(三)　眉批：「婦」字不用韻，「與」字、「語」字借韻，「與」字可用平韻。「終不然」一句用仄平仄仄平平亦可。第一句「難」字上一板必不可無，無之，則板亂矣。今人必欲去之，可恨，可恨。

樓，有個得意人兒也，悶懨懨不放懷？[一]（據《拜月亭》，似乎【青納襖】八句，【紅納襖】七句。及觀《琵琶記》，則【紅納襖】亦有八句，句法正與《拜月亭》【青納襖】相似，但增一『也』字及『人兒』『兒』字不用韻耳。二《記》必有一誤，今不敢臆説，姑記於此。又按古曲如《八義》《金印》《拜月》皆以【紅納襖】爲【引子】，獨《琵琶記》不作【引子】，故舊譜載於【過曲】。今不敢輕改，畢竟是【引子】也。或作北曲，尤謬。）

【南呂過曲·梅花塘】（『塘』字依古本）賣頭髮，買的休論價。念我受饑荒，囊篋無些個。丈夫出去，那更連喪了公婆。没奈何，只得剪頭髮資送他。[二]（他：音拖）

【南呂過曲·香柳娘】（古本俱無重疊句，今從俗）看青絲細髮，看青絲細髮，剪來堪愛，如何賣也没人買？若論這饑荒死喪，這饑荒死喪，怎教我女裙釵，當得這狼狽？况連朝受餒，况

[一] 眉批：此調及【青納襖】今人皆以其句法長短不定，遂妄改句法，多至不成音律。不知襯字只可用在每句上及句中間，至於每句末後三個字，其平仄斷不可易。若不然，即不諧矣，作者審之。『行』字當作『杭』，去聲。今姑依音律作平聲。

[二] 眉批：『賣頭髮』三字乃一句也。『荒』字去聲，俱不用韻。以『髮』字、『憒』字與『個』字、『婆』字、『何』字、『他』字作一韻，此《琵琶記》常態也。

連朝受餒，我的脚兒怎擡？其實難捱。(一)（『没』字上今人作掣板，非也。）

【南吕過曲・女冠子】（舊譜多一『古』字，非也）相公只慮多嬌女，怕跋涉萬山千水。女生外向從來語，況既已做人妻。夫先婦隨，不須疑慮。這是藍田種玉結親誤，今日到海沉船補漏遲。（合）想起此事，費人區處。(二)

【南吕過曲・大迓鼓】因緣雖在天，若非人意，到底埋冤。料想赤繩不曾綰，多應他無玉種藍田。休强把嫦娥，付與少年。(三)

【南吕過曲・繡帶兒】（舊譜云【繡帶兒】即【癡冤家】，非也）親年老光陰有幾？行孝正是今日。終不然爲着一領藍袍，却落後了戲綵斑衣。思之，此行榮貴可擬，怕親老等不得榮貴。春闈裏紛紛大儒，難道是没爹娘的孩兒方去？(四)

(一) 眉批：『髮』字、『喪』字不用韻，『餒』字不可不用韻，但此曲借韻耳。『教』字可用仄聲，『剪』字仄聲，妙甚。『没人買』三字用四個字亦可。

(二) 眉批：『嬌』字不用韻，『相』字、『女生』『女』字、『外』字、『況』字、『玉』字俱可用平聲，『隨』字可用仄韻。『到海』句或作『船到江心』云云，即與上句不相對矣。用韻甚雜。

(三) 眉批：『綰』字借韻。『料想』句若用仄平平仄平平仄更妙。『雖』或作『須』，非也。

(四) 眉批：『儒』字、『去』字、『拒』字、『之』字、『志』字、『兒』字俱借韻。『正是』或作『正在』，亦通。『戲綵』或作『五綵』，非也。『苦』『恁』，上去聲，俱妙。『揔』或作『難』，亦非。

【前腔換頭】休迷，男兒漢淩雲志氣，何必苦恁淹滯？可不干費了十載青燈，枉捱半世黃虀？須知，此行是親志，休固拒。你那些個養親之志？百年事只有此兒，難道是庭前森森丹桂？（一）（『只有此兒』『有』字改用平聲乃順。）

【南呂過曲·太師引】他意兒難提起，這其間就裏我自知。他戀着被窩中恩愛，捨不得離海角天涯。塗山四日離大禹，你直恁地捨不得分離？貪鴛侶守着鳳幃，多誤了鵬程鶚薦的消息。（二）（鶚：音『愕』，不可唱作『鶴』。）

【南呂過曲·太師引】（末一句犯【刮鼓令】）細端相，這是誰筆仗？覷着他，教我心兒好感傷。好似我雙親模樣，怎穿着破損衣裳？道別後容顏無恙，怎這般淒涼形狀？誰來往，直將到洛陽？須知仲尼和陽虎一般龐。

【前腔】這是街坊誰劣相，砌莊家形衰貌黃。若没個息婦來相傍，少不得也這般淒涼。敢是

（一）眉批：『袍』字、『燈』字不必用韻。『拒』或作『推』，亦非。『戲綵』『費了』，俱去上聲。『苦恁』，上去聲，俱妙。『春闈裏』『裏』字，『百年事』『事』字俱是暗用韻於句中而人不覺者。每曲末後四字用仄仄平平亦可。

（二）眉批：『兒』字、『禹』字、『侶』字俱借韻。『愛』字不用韻。『意兒』『兒』字及『侶』字俱暗韻於句中者，但借其借耳。『就裏』『大禹』『誤了』，俱去上聲，俱妙。

神圖佛像？猛可地小鹿兒心頭撞。丹青匠，由他主張，須知漢毛延壽誤王嬙。(一)（『好似』『怎這』『敢是』俱上去聲。『似我』『破損』俱去上聲，俱妙。『相』字、『往』字、『坊』字、『匠』字俱是句中暗用韻處。或於『相』字下打截板，或唱作『誰往來』，皆非也。）

【南呂過曲・瑣窗郎】（舊作【犯阮郎歸】，今改正）【瑣窗寒】吾家一女娉婷，不曾許公與卿。昨承帝旨，選個書生。不須用白璧黃金爲聘。【賀新郎】若是因緣前世已曾定，今日裏，共歡慶。(二)（按：『昨承』至『爲聘』十六字即前『送荆釵』至『回俺』十七字也。彼則於『室』字下作截板，而此則不然，亦是後人訛以傳訛，不知【瑣窗郎】之出於【瑣窗寒】耳，必求歸一之腔乃妙。今人唱彼則極其慢，唱此則甚粗疏，亦非也；【瑣窗寒】亦何必細腔耶？至於『昨』字上或無板，此則不必拘也。）

【南呂過曲・宜春令】雖然讀萬卷書，論功名非吾意兒。只愁親老，夢魂不到親闈裏。便教

(一)　眉批：細查古曲，凡【太師引】皆用前一曲體，第五句並無有用『别後容顔無恙』句法者，必犯他調也，今不可考矣。只查得末一句必是【刮鼓令】，故聊記於此以俟知者。蓋此二曲末後各一句俱用七字句法，全不與前曲末句相似。況古曲亦無此等句法，若如今人唱，則高先生之扭捏甚矣，何足取哉？『猛可地』一句句法又不同，若以『漢』字爲疑，則《史記》《漢書》等漢人所作其稱『漢』多矣，未嘗如後人必稱國家也。『息婦』『婦』字用平聲乃叶。

(二)　眉批：『許』字若用平聲更妙。『帝旨』『世已』俱去上聲，『選個』上去聲，俱妙。『一女』『一』字上一板必不可無，『已』字拗，改作平聲乃叶。

我做到九棘三槐，怎撇得萱花椿樹？我這衷腸，一點孝心對着誰語？(一)

【南呂過曲・三學士】（或改作【玉堂人】，可惡）謝得公公意甚美，凡事仗托維持。假饒一舉登科日，難道是雙親未老時。只恐錦衣歸故里，雙親的不見兒。(二)（按：此調第三句與【解三酲】第三句雖相似而實不同，余猶及聞昔年唱曲者唱此曲第三句並無截板，今清唱者唱此第三句皆與【解三酲】第三句同，而梨園子弟素稱有傳授能守其業者亦踵其訛矣。余以一口而欲挽萬口以存古調，不亦艱哉。）

【南呂過曲・羅鼓令】（或作『羅古』）【刮鼓令】我終朝裏受餒，你將來的飯怎喫？可疾忙便擡，非干是我有些饞態。看他衣衫都解，好茶飯將甚去買？兀的是天災，教息婦每也難佈擺。婆婆息怒且休罪，待奴霎時却得再安排。【皂羅袍】思量到此，淚珠滿腮。看看做鬼，溝渠裏

(一) 眉批：『萬』字、『只』字、『九』字、『怎』字、『撇』字俱可用平聲，『書』字、『兒』字俱可用平韻。『夢魂不到』用仄仄平平亦可。『書』字、『兒』字、『樹』字、『語』字俱借韻，『槐』字不必用韻。

(二) 眉批：『謝』字、『意』字、『事』字、『假』字、『一』字、『恐』字俱可用平聲，『美』字可用平韻，『凡』字可用仄聲，『時』字、『兒』字俱可用仄韻，『未』字若改平聲更妙甚。『甚美』『未老』『故里』俱去上聲，俱妙。『日』字不用韻亦可。此曲第三第四句必如《琵琶記》用成語或唐詩一聯乃妙。《香囊記》『忠和孝，兩盡情』今多唱作『忠孝須當兩盡情』，尤可恨。

埋。縱然不死也難捱，【包子令】教人只恨蔡伯喈。(一)（『也』字中州韻元可作平聲。）

【南呂過曲・香羅帶】一從鸞鳳分，誰梳鬢雲？粧臺不臨生暗塵，那更釵梳首飾典無存也。是我擔閣你度青春，如今又剪你，資送老親。剪髮傷情也，只怨着結髮薄倖人。(二)

【南呂過曲・三換頭】名韁利鎖，先自將人摧挫。況鸞拘鳳束，甚日得到家？我也休怨他。這其間，只是我，不合來，長安看花。閃殺我爹娘也，淚珠空暗墮。（合）這段因緣，也只是無如之奈何。(三)（舊譜註云：前二句是【五韻美】，中四句是【臘梅花】，後四句是【梧葉兒】。今按前三句、後二句俱近似矣，但中四句不似，而『閃殺』二句亦不似【梧葉兒】。姑缺疑可也。）

【南呂過曲・懶畫眉】頓覺餘音轉愁煩，似寡鵠孤鴻和斷猿，又如別鳳乍離鸞。只見殺聲在

(一) 眉批：『餒』字、『解』字、『買』字、『罪』字可用平韻，『怎』字、『有』字、『霎』字、『淚』字、『也』字可用平聲。『非干』二字、『衣衫』二字俱可用仄聲。『也難捱』三字不得已而用之，切不可用去入聲，必得平聲字乃叶。『受餒』『怎佈擺』『怒且』『到此』『做鬼』俱去上聲，『裏受』『的是』俱上去聲，俱妙。末句不似【包子令】，不可曉。『餒』字、『罪』字借韻。

(二) 眉批：『臨』字可用平聲，『塵』字、『春』字俱可用仄聲韻，『首』字可用平聲。『存』字是暗用韻處。『傷情』『情』字元非用韻，『情』字下『也』字隨意用一仄聲字俱可，不比前面『也』字必不可換也。第五、第八句俱不用韻。

(三) 眉批：『東』字與『爹娘也』『也』字、『緣』字俱不必用韻，『甚』字、『也休』的『也』字俱可用平聲。『鎖』字、『墮』字可用平韻。『他』字、『長』字、『花』字俱可用仄聲。

絃中見，敢只是螳螂來捕蟬。(一)（此調第一字平仄不拘，第二字必用仄聲，第三第四字必用平聲乃是正體，觀《琵琶記》三曲皆然可見矣。舊譜以『花開花謝悶如醒』一曲詞意可觀而録之，非知音者也。）

【南呂過曲・二犯五更轉】（新增）把土泥獨抱，麻裙裹來難打熬。空山靜寂無人吊，但我情真實切，到此不憚勞。【五更轉】何曾見葬親兒不到？又道是三匝圍喪，那些個卜其宅兆？思量起，是老親合顛倒。你圖他折桂看花早，不道自把一身，送在白楊衰草。漫自苦，這苦憑誰告？(二)

【南呂過曲・紅衫兒】你不信我教伊休說破，到此如何？算你爹心性，我豈不料過？我爲甚亂掩胡遮？只爲着這些。你直待要打破了砂鍋，是你招災攬禍。

【前腔換頭】不想道相挜把，這做作難禁架。我見你每每咨嗟要調和，誰知道好事多磨？起

(一) 眉批：『煩』字、『鸞』字俱借韻。『頓』字可用平聲，『覺』字仄聲，妙甚，□甚。『來』字切不可用上聲、去聲，若無平聲字，用入聲可也。或於第三句下點一截板，可笑。見：音『現』。

(二) 眉批：前五句似犯【香遍滿】，末後二句似犯【賀新郎】後六個字。此二調余自查出，未敢明註也。『見』字改作平聲，『葬親』『親』字改作仄聲乃叶。

風波，把你陷在地網天羅，如何不怨我？　懊恨只爲我一個，却擔閣你兩下。(一)（扠：中州韻作『瓦』字音，今人唱作强雅切者，非也。把：唱作『靶』。）

【黄鐘引子・女冠子】（與【南吕・小女冠子】不同）馬蹄篤速，傳呼齊擁雕轂。宫花帽簇，天香袍染，丈夫得志，佳婿乘龍。(二)　粧成聞唤促，又將嬌面重遮，羞蛾輕蹙。這因緣不俗，金榜題名，洞房花燭。(三)

【黄鐘引子・點絳唇】（與詩餘同）月淡星稀，建章宫裏千門曉。御爐烟裊，隱隱鳴梢杳。

【前腔换頭】忽憶年時，問寢高堂早。鷄鳴了，悶縈懷抱，此際愁多少。(四)（此調乃南【引子】也，不可作北調唱。北調第四句平仄平平，南曲第四句仄平平仄；北無【换頭】，南有【换頭】；北第一第二句皆用韻，南直至第三句方用韻。今人凡唱此調及【粉蝶兒】俱作北腔，竟不知有南【點絳唇】及南

(一)　眉批：『性』字不用韻，此是疏處，據後曲『磨』字用韻可見矣。『性』字、『個』字、『怨我』『我』字俱可用平韻，『磨』字可用仄韻。『信我』『到此』『算你』『亂掩』『是你』『道好』『地網』『恐我』『爲我』俱去上聲。『我爲』『打破』『攪禍』『想道』『扠把』『好事』『你陷』『懊恨』『兩下』俱上去聲，俱妙。此二曲上去、去上二聲聯用處極多，當詳玩之。

(二)　乘：原作『成』，據文義改。

(三)　眉批：此曲皆用入聲韻，而乃用『龍』字在内者，『龍』『隴』『弄』亦可轉入入聲也。『乘龍』或作『坦腹』，『嬌面』或作『彩扇』，皆非。

(四)　眉批：『稀』字、『裏』字、『時』字俱不必用韻，此三字似同一韻而實不拘也。

【粉蝶兒】也，可笑哉。况北【點絳唇】就在此調之前，有何難辨？而世皆隨人附和也。）

【黄鐘引子·傳言玉女】（比詩餘多少一二字）燭影揺紅，簾幕瑞烟浮動，畫堂中珠圍翠擁。粧臺對月，下鸞鶴神仙儀從。玉簫聲裏，一雙鳴鳳。㈠

【黄鐘引子·西地錦】好怪吾家門婿，鎮日不展愁眉。教人心下常縈繫，也只爲着門楣。㈡

【黄鐘過曲·滴溜子】天應念，天應念，蔡邕拜禱；雙親的，雙親的，死生未保。可憐恩深難報。一封奏九重，知他聽否？會合分離，都在這遭。㈢

【黄鐘過曲·滴溜子】（用入聲韻）漫説道因緣事，果諧鳳卜。細思之，此事豈吾意欲？有人在高堂孤獨。可惜新人笑語喧，不知舊人哭。兀的東床，難教我坦腹。㈣

【黄鐘過曲·神仗兒】揚塵舞蹈，揚塵舞蹈，見祥雲縹緲，想黄門已到。料應重瞳看了，多應

㈠ 眉批：「一」字可用平聲。

㈡ 眉批：「好」字、「鎮」字、「爲」字俱可用平聲。

㈢ 眉批：「應」字從古本。「知他聽否」一句與前「月下老」一句不同。

㈣ 眉批：「謾」字、「細」字、「此」字、「笑」字、「兀」字俱可用平聲，「腹」字可用平韻。「謾説道」六字及「細思之」五字俱與前二曲句法不同。「不知舊人哭」一句亦不同。

哀念我私情烏鳥。顒望斷九重霄，顒望斷九重霄。(一)

【黄鐘過曲・鮑老催】（又有一體在【中吕】調）意深愛篤，文章富貴珠萬斛，天教艷質爲眷屬。似蝶戀花，鳳棲梧，鸞停竹。男兒有書須勤讀，書中自有黄金屋；也自有千鍾粟。(二)

【黄鐘過曲・雙聲子】郎多福，郎多福，看紫綬黄金束。娘分福，娘分福，(三)看花誥文犀軸。兩意篤，兩意篤。豈反覆，豈反覆。似文鸞彩鳳，兩兩相逐。

【黄鐘過曲・啄木兒】（舊譜所收及時曲【新蟬噪】皆異此）何須慮，不用焦，人世上離多歡會少。大丈夫當萬里封侯，肯守着故園空老？畢竟事君事親一般道，人生怎全忠和孝？不見母死王陵歸漢朝？(四)（『侯』字處不必用韻，『慮』字處用韻亦可。『會少』『萬里』俱去上聲，俱妙。）

【黄鐘過曲・啄木鸝】（又可入【商調】）（新增）【啄木兒】聽言語，教我悽愴多，料想他每也非是

(一) 眉批：第一句與末一句各重疊唱，從俗也。『看』字可用平聲，『多應哀念』八個字必不可少。自從《香囊記》偶失此句，後人遂皆不知矣。曷不觀《八義》《牧羊》諸記乎？可歎！可歎！

(二) 眉批：『意』字去聲發調，妙甚。『有書』的『書』字改用仄聲尤叶。『蝶戀花』用平平仄，『鳳棲梧』用仄仄平，俱可。

(三) 眉批：『分福』或作『萬福』『介福』，皆通。

(四) 眉批：兩個『人』字俱可用仄聲，『朝』字可用仄韻，『大』字可用平聲。『故園空老』四字可用平仄平平。『歡』字、『歸』字兩平聲，及『事君事親』用去平去平，『人生怎全』用平平上平，皆絶妙。他人若不用平平仄仄，則用仄仄平平矣。

假。他那裏既有妻房，取將來怕不相和？但得他似你能掗把，我情願侍他居他下。【黃鶯兒】只愁他，程途上苦辛，教人望巴巴。(一)（舊註云：【黃鍾】不可居【商調】之前，恐前高後低也。此調正犯此病，雖起於高則誠，慎不可學。）

【黃鍾過曲・三段子】（舊譜所收及時曲【井梧墜葉】皆不同）這懷怎剖？望丹墀天高聽高。這苦怎逃？望白雲山遥路遥。你做官與親添榮耀，高堂管取加封號。與你改換門閭，偏不好？(二)（『剖』『抛』上聲。『偏不好』古本元無『是』字，今從之。）

【黃鍾過曲・歸朝歡】冤家的，冤家的，苦苦見招，俺息婦埋冤怎了？饑荒歲，饑荒歲，怕他怎熬？俺爹娘怕不做溝渠中餓殍？譬如四方戰爭多征調，從軍遠戍沙場草，也只是爲國忘家怎憚勞。(三)

【黃鍾過曲・獅子序】他息婦雖有之，念奴家須是他孩兒的妻。那曾有息婦不事親闈？若

(一) 眉批：用韻亦雜。『辛』字、『人』字若俱改仄聲尤妙，『掗』字亦改平聲乃叶。

(二) 眉批：兩個『這』字，兩個『望』字及『聽』字、『路』字俱用去聲，妙甚！妙甚！必如此方發調。兩個『怎』字上聲，又和協。『耀』字、『號』字俱去聲，而以『好』字上聲收之，尤妙。

(三) 眉批：今人見『四方』三句似【尾聲】，多作【尾聲】唱之，則是【歸朝歡】只有半曲矣。

論做息婦的道理，(一)須當奉㊔食，問寒暄，相扶持蘋蘩中饋。又道是養兒代老，積穀防饑。（《綵樓》《白兔》二記俱有此調，與此各不同，恐有訛謬耳。）

【黃鐘過曲・太平歌】他求科舉，指望㊔衣歸，不想道你留他爲女婿。他埋冤洞房花燭夜，那些個千里能相會？只要保全㊔榜掛名時，事急且相隨。(二)（此調本屬【黃鍾】，【東甌令】本屬【南吕】，舊譜初未嘗言二調相同，近日唱曲者或將此調唱作【東甌令】，或謂此調即【東甌令】，此予所未解也。縱使説『指望』二字是襯字，獨不思此調『那些個』一句是八個字，『千』字一板，『能』字一掣板，『會』字一板，而【東甌令】第五句云：『他那裏胡行逕』『他』字是襯字，只五字也。況又難下掣板，只好點兩個實板，如何可扭做一調唱耶？後學辨之。）

【黃鐘過曲・賞宮花】他終朝㊔悽，我如何忍見之？若論爲夫婦，須是共歡娛。他數載不通

(一) 眉批：或作『次妻』，非也。牛氏在其父前豈可就認次妻耶？今依古本用『的』字。後人不知『的』字是上聲，故妄謂難唱而改之耳。舊腔點截板在『食』字下，而『理』字是正用韻處，反無截板，今改正。

(二) 眉批：『時』字與前一曲内『之』字俱借韻。『你』字：正是人家女兒在父親膝前稱『你』稱『我』，骨肉無文處。今人必欲改作『爹爹』二字，遂使襯字太多，今從古本改正。即如『親須望孩兒榮貴』，乃是對他親説，故言『孩兒』，而今人必改曰『解元』，皆是欲改人之不通，而不知自家反不通者也。

魚雁信，枉了十年身在鳳凰池。(一)（『之』字、『娛』字俱借韻，『共』字點掣板亦可，『在』字依古本。）

【越調引子・霜天曉角】（與詩餘同）難捱怎避，災禍重重至。最苦婆婆死矣，公公病又將危。

【前腔換頭】悄然魂似飛，料應不久矣。縱然擡頭强起，形衰倦，怎支持？(二)（『公公病』及『形衰倦』處文法略斷，不可連下。）

【越調引子・金蕉葉】恨多怨多，俺爹娘知他怎麼？擺不去功名奈何，送將來冤家怎躲？(三)（若『躲』字用平聲，則『何』字當用仄聲。）

【越調引子・祝英臺近】（與詩餘同）緑成陰，紅似雨，春事已無有。聞說西郊，車馬尚馳驟。怎如柳絮簾櫳，梨花庭院，好天氣清明時候？(四)（凡【引子】皆曰慢詞，凡過曲皆曰近詞，此當作【祝英臺慢】，但此調出自詩餘，元作【祝英臺近】，不敢改也。）

(一) 眉批：第一句若第一第二字用平聲，則第四字亦可用上聲。若第一字欲用仄聲，則第四字切不可仄也。『我』字元是襯字，後人不知，故『如』字上有一板，今查正。

(二) 眉批：此調用【換頭】，正與詩餘相似，而不知者將『悄然魂似飛』『魂』字作襯字，極可笑。正如【憶秦娥】亦有前後段不同，何足疑也？

(三) 眉批：『恨』字去聲妙甚，舊譜改作『愁』字即索然矣。『怨』字、『奈』字去聲，兩個『怎』字、『躲』字上聲，俱妙。

(四) 眉批：『聞』字、『車』字俱可用仄聲，『雨』字、『郊』字、『櫳』字、『院』字俱不用韻。舊譜『尚』字下增一『然』字，今人於『氣』字下增『正是』二字，皆非也。

【越調過曲・山桃紅】【下山虎頭】蔡邕不孝，把父母相拋。早知你形衰耄，怎留漢朝？【小桃紅中】你爲我受煩惱，你爲我受劬勞。謝你送我爹，送我娘，你的恩難報也。【下山虎尾】又道是養子能代老。（合）這苦知多少？此恨怎消？天降災殃人怎逃？㈠

【越調過曲・羅帳裏坐】你艱辛萬千，是我擔伊誤伊。身衣口食，怎生區處？終不然又教你，守着靈幃？已知死別在須臾，更與甚麼生人做主？㈡（『千』字、『你』字去上聲，俱不用韻。）

【越調過曲・鏵鍬兒】伊家富豪，那更青春年少。看你紫袍掛體，金帶垂腰，應須有封號。金花紫誥，必俊俏，須媚嬌。若還他醜貌，怎不相休去了？㈢（此調與【正宮】曲之【划鍬兒】不同，然【划鍬兒】今多訛爲【剗鍬兒】【鏟鍬兒】，或又訛爲【鏵鍬兒】，而此調惟《琵琶》《牧羊》二記有之，但恐人混於【划鍬兒】耳。大抵九宮之調惟【雙調】與【越調】最多錯亂，予所知者幾何，而能一一是正之哉？

㈠　眉批：『爹』字、『娘』字不用韻，『養子』二字俱改平聲乃叶。『父母』『爲我』『葬我』『報也』『代老』『這苦』『恨怎』俱去上聲。『你爲我』『受此恨』，俱上去聲，俱妙。

㈡　眉批：『處』字、『更』字、『主』字俱借韻。『千』字可用上聲，『主』字可用平韻，『幃』字可用仄韻。古本作『與甚麼』，近作『有甚麼』，非也。

㈢　眉批：『體』字不必用韻，『豪』字可用上聲韻。『號』字、『誥』字可用平韻，『若』字可用平聲。《牧羊記》『受盡了千磨百滅』正與此同調。

嗟乎！亦不自量矣。）

【越調過曲・祝英臺】（或作【祝英臺序】）（新增）把幾分春，三月景，分付與東流。啼老杜鵑，飛盡紅英，端不爲春閒愁。休休，婦人家不出閨門，怎去尋花穿柳？把花貌，誰肯因春消瘦？

【前腔第二換頭】春晝，只見燕雙飛，蝶引隊，鶯語似求友。那更柳外畫輪，花底雕鞍，都是少年閒遊。難守，繡房清冷無人，也待尋一佳偶。這般説，我的終身休配鸞儔？

【前腔第三換頭】知否，我爲何不捲珠簾，獨坐愛清幽？千斛悶懷，百種春愁，難上我的眉頭。休憂，任他春色年年，我的芳心依舊。這文君，可不擔擱了相如琴奏？㈠（按：第二【換頭】與起調處不同，而第三第四【換頭】起處云『爲何不捲珠簾』『信你徹底澄清』，又與『燕雙飛，蝶引隊』不同，又並載之。第四與第三同，故不録。）

【越調過曲・望歌兒】（刻本皆作【歌兒】，今查，與前相似）我三年謝得你相奉事，只恨我當初把

㈠ 眉批：『景』字、『鵑』字、『英』字、『閒』字、『飛』字、『隊』字、『輪』字、『鞍』字、『人』字、『簾』字、『人』字、『年』字俱不可用韻。『東流』二字、『清幽』二字俱用平平，而『求友』二字用平上，『休休』二字、『休憂』二字俱用平平，而『難守』二字用平上。『誰肯因春消瘦』與『擔擱相如琴奏』□□□□仄平平去，而『終身不配鸞儔』乃用平平平去平平，此正是高先生妙處。詞中之從心所欲不逾矩也。

你相擔誤。我待欲報你的深恩，待來生做你的兒息婦。怨只怨蔡邕不孝子，苦只苦趙五娘辛勤婦。

【前腔換頭】尋思，一怨你死後有誰祭祀，二怨你有孩兒不得相看顧，三怨你三年没一個飽煖的日子。三載相看甘共苦，一朝分别難同死。(一)（按：《琵琶記》此調後尚有一闋，或分作四曲，或併作二曲。細查《九宫十三調譜》，並無【歌兒】。偶閲《周孝子》傳奇中有【望歌兒】，正與譜中【越調・望歌兒】相合。况《琵琶》此調後有【羅帳裏坐】亦係【越調】，余始爽然，自信此調乃【望歌兒】。而刻本名【歌兒】者，皆誤也。但《琵琶》是全調，而《周孝子》乃從【換頭】處起耳。然《琵琶記》第二曲又似從頭起，不從【換頭】處起，又不可曉也。又按：此曲本非【青歌兒】，昆山《琵琶記》增一『青』字，又引《中原音韻》所謂句字可以增損者以實之，不知彼乃謂北曲【青歌兒】也，何其謬哉。）

【越調過曲・憶多嬌】（用入聲韻）（新增）他魂渺漠，我没倚着。程途萬里，教我懷夜壑。此去孤墳，望公公看着。（合）舉目瀟索，舉目瀟索，滿眼盈盈淚落。(二)（兩個『着』字俱如『濯』字音唱，但『倚着』『着』字當帶平聲韻耳，俱不可作『潮』字音唱也。）

【越調過曲・鬥黑麻】（用入聲韻）（新增）奴深謝公公，便辱許諾。從來的深恩，怎敢忘却？

(一) 眉批：此曲點板亦未必確，然所謂訛以傳訛者也。或只作一曲，未知孰是。

(二) 眉批：第三句平平仄仄平平仄，與前曲平仄平平仄仄平不同。『看』字平聲，與前曲『掛』字去聲不同。

只怕途路遠，體怯弱； 病染孤身，力衰倦脚。（合）孤墳寂寞，路途滋味惡。 兩處堪悲，兩處堪悲，萬愁怎摸？（一）

【越調近詞・入賺】（名【竹馬兒賺】）聽得鬧炒，敢是兒夫看詩囉唣？ 是誰忽叫姐姐？ 想是夫人召，必有分曉。 是他題詩句，你還認得否？ 他從陳留郡，爲你來尋討。 你怎地穿着破襖，衣衫盡是素縞？ 莫不是我雙親不保？ 從別後，遭水旱，兩三人只道同做餓殍。 只有張公可憐，歎雙親別無倚靠。 兩口相繼死，我剪頭髮賣錢來送伊妣考。 把墳自造，土泥盡是我麻裙裹包。 聽得伊言語，教我痛殺噎倒。（二）（按：《琵琶記》此調之前是【鏵鍬兒】，此調之後是【山桃紅】，俱係【越調】，又俱用蕭豪韻，而此調用在中間，其爲【越調】無疑矣，故明著之。 又按：凡【賺】皆曰【入賺】，非但此曲也，今從時尚耳。）

【越調近詞・入破】（一至九不拘多寡）議郎臣蔡邕啓： 今日蒙恩旨，除臣爲郎官職，重蒙婚

（一） 眉批：『病染孤身』正與『力衰倦脚』正對，或改『孤身』作『災纏』，『力衰』作『衰力』，俗矣。『萬愁怎摸』與『兩處堪悲』相對，或作『千愁萬愁』，可惡。

（二） 眉批：『姐』字、『早』字、『憐』字、『死』字、『語』字俱不用韻。或無『姐姐』二字，『題詩』下或無『句』字，『陳留』下或無『郡』字。『否』字借韻。『鬧炒』『爲你』『破襖』『是我』□□□□俱去上聲，□□□是『怎地』『水旱』『倚靠』俱上去聲，俱妙。

賜牛氏。干瀆天威，臣謹誠惶誠恐，稽首頓首。伏念微臣，初來有志，誦詩書力學躬耕修己，不復貪榮利。事父母，樂田里，初心願如此而已。不想州司，謬取臣邕充試。到京畿，豈料愚蒙，叨居上第。

【破第二】重蒙聖恩，婚以牛公女。草茅疏賤，如何當此隆遇？但臣親老，一從別後，光陰又幾。廬舍田園，荒蕪久矣。

【衮第三】那更老親鬢垂白，筋力皆癯瘁。形隻影單，無弟兄，誰奉侍？況隔千山萬水，生死存亡，雖有音書難寄。最可悲，他甘旨不供，我食禄有愧。

【歇拍】不告父母，怎諧匹配？臣又聽得家鄉裏，遭水旱，遇荒饑。多想臣親，必做溝渠之鬼，未可知。怎不教臣，悲傷淚垂？

【中衮第五】臣享禄厚，紆朱紫，出入承明地。獨念二親，寒無衣，饑無食，喪溝渠。憶昔先朝，買臣出守會稽；司馬相如，持節錦歸。

【煞尾】他遭遇聖時，皆得回鄉里。臣何故，別父母，遠鄉閭，沒音書，此心違？伏惟陛下，

特憫微臣之志。遣臣歸，得侍雙親，隆恩怎比？〔一〕

【越調近詞・出破】（亦不拘幾曲，至第七而止）若還念臣有微能，鄉郡望安置。庶使臣忠心孝意得全美，臣無任瞻天仰聖，激切屏營之至。〔二〕

【商調引子・鳳凰閣】（與詩餘【换頭】處同）尋鴻覓雁，寄個音書無便。漫勞回首望家山，和那白雲不見。淚痕如綫，想鏡裏孤鸞影單。〔三〕（按：此調本是【引子】，今人妄作【過曲】唱之，即如【打毬場】本過曲而今人唱作【引子】也。舊譜却將第二句改作五字，又將「家山」改作「家鄉」，又去了「和那」二字，遂不成調。況「想鏡裏」云云乃因思親而思妻也，妙在一「想」字上，舊譜乃改作「粧鏡」，即是五娘自唱之曲，非伯喈遥想之意矣。此皆舊譜之誤也，何怪後人誤以【過曲】唱之哉。）

【商調引子・高陽臺】（此用入聲韻）夢遠親闈，愁深旅邸，那更音信遼絶。淒楚情懷，怕逢淒

〔一〕眉批：前七曲雜用支思、齊微、魚模韻。稽：音「啓」。「頓首」「父母」「謬取」「又幾」「更老」「萬水」「最可」「未可」俱去上聲。「首頓」「有志」「豈料」「有愧」「享厚」「守會」俱上去聲，俱妙。「又幾」或作「有幾」，「鬢垂」或作「鬢髪」，「弟兄」或作「兄弟」，皆非也。「恐」字、「微臣」「臣」字、「母」字、「恩」字、「賤」字、「老」字、「後」字、「園」字、「親」字、「單」字、「兄」字、「亡」字、「供」字、「皇」字、「禄」字、「朝」字、「如」字、「故」字、「下」字俱不用韻。或作「朱買臣守會稽」，非也。會：音貴。

〔二〕眉批：庶使，去上聲。仰聖，上去聲。俱妙。「能」字不用韻。屏營：音「平盈」。

〔三〕眉批：「便」字、「見」字、「綫」字俱借韻。「首望」「想鏡」，上去聲。「鏡裏」，去上聲。俱妙。「和」字可作平聲。

楚時節。重門半掩黄昏雨，奈寸腸此際千結。守寒窗一點孤燈，照人明滅。(一)

【前腔換頭】當時輕散輕别。歎玉簫聲杳，小樓明月。一段愁煩，番成兩下悲切。枕邊萬點思親淚，伴漏聲到曉方徹。鎖愁眉，慵臨青鏡，頓添華髮。(二)

【商調引子・憶秦娥】(與詩餘同)長吁氣，自憐薄命相遭際。相遭際，暮年姑舅，薄情夫婿。

【前腔換頭】孩兒一去無消息，雙親老景難存濟。難存濟，不思前日，强教孩兒出去？(三)

【商調引子・遶池遊】(或作【繞地遊】，謬甚矣)風飡水卧，甚日能安妥？問天天怎生結果？梳粧淡雅，看丰姿堪描堪畫。是何人，教來問咱？(四)

【商調引子・十二時】(或巧名【尾聲】爲【十二時】，可恨)心事無靠託，這幾日翻成悲也。父意

(一) 眉批：古本及舊譜俱作『夢遠』，『遠』字正與『深』字相對。昆山本以爲不如『遶』字，非也。『那更』『更』字若改作平聲尤妙。

(二) 眉批：『玉簫』句乃用『小樓吹徹玉笙寒』之意。或作『庾樓』，無謂。『慵臨青鏡』用平平平去，與上『一點孤燈』□□平仄可可互用。

(三) 眉批：『自』字、『暮』字、『老』字、『不』字俱可用平聲。兩個『薄』字、『姑』字、『一』字、『前』字俱可用仄聲。用韻亦雜。

(四) 眉批：水卧：上去聲。淡雅：去上聲。俱妙，但恨用韻甚雜。

方回，夫愁稍可。未卜程途裏的如何，教我怎生放下？(一)（『悲』或作『悶』『愁』，或作『怨』『放』，或作『撒』，今俱從古本。）

【商調過曲·高陽臺】（用入聲韻）宧海沉身，京塵迷目，名韁利鎖難脱。目斷家鄉，空勞魂夢飛越。閒聒，閒藤野蔓休纏也，俺自有正兔絲的親瓜葛。是誰人無端調引，謾勞饒舌。

【前腔換頭】閥閱，紫閣名公，黄扉元宰，三槐位裏排列。金屋嬋娟，妖嬈那更貞潔。懽悦，紅樓此日招鳳侶，遣妾每特來執伐。望君家殷勤肯首，早諧結髮。(二)（凡入聲韻止可用之以代平聲韻，至於當用上聲、去聲韻處，仍相間用之，方能不失音律。高先生喜用入聲，此曲如『脱』字、『越』字、『聒』字、『閱』字、『列』字、『潔』字、『悦』字處用入聲作平聲唱，妙矣。至於『葛』字、『舌』字、『伐』字、『髮』字處既用『兔絲』『謾勞』『特來』『早諧』等仄平二字在上，則其下當用平去或平上二聲，所謂以去聲、上聲韻間用之乃妙。今概用入聲，則入聲作平者與入聲作去上者混雜，音律欠諧矣。後人有獨見者還宜少用入聲韻爲是。此調不拘二曲四曲六曲，皆不可用【尾聲】。）

(一) 眉批：『□』字不必用韻。用韻甚雜。

(二) 眉批：『宧』字、『紫』字俱可用平聲，『身』字、『目』字、『鄉』字、『也』字、『公』字、『宰』字、『娟』字、『侣』字俱不用韻。『宧海』『利鎖』『纏也』『自有』『調引』『位裏』『鳳侣』，俱去上聲。『野蔓』『俺自』『引謾』，俱上去聲。俱妙。妾：音『竊』。『□』字不可唱作平聲，與『非爹胡纏』『纏』字同與下『鳳侣』二字具有去上聲，絶妙！絶妙！

【商調過曲・山坡羊】（即【山坡裏羊】）亂荒荒不豐稔的年歲，遠迢迢不回來的夫婿。急煎煎不耐煩的二親，軟怯怯不濟事的孤身己。衣盡典，寸絲不掛體。幾番要賣了奴身己，争奈没主公婆，教誰管取？（合）思之，虚飄飄命怎期？難捱，實丕丕災共危。（一）

（按：此曲『没主公婆』一句只該七字，人不知『教』字是襯字，故多有用八個字者。如時曲『椿椿惆悵』之類是也，『惆』字又用平聲，誤而又誤矣。獨不覩此二曲『安在哉』之『在』字，『誰管取』之『管』字，及《拜月亭》『珠淚滿腮』之『滿』字皆用去聲及上聲耶？或又謂四句起者是【山坡羊】，三句起者是【山坡裏羊】，亦非也。）

【商調過曲・二郎神】容瀟灑，照孤鸞嘆菱花剖破。記翠鈿羅襦當日嫁，誰知他去後，釵荆裙布無些。這金雀釵頭雙鳳嚲，羞殺人形孤影寡。説甚麼簪花撚牡丹，教人怨着嫦娥。

【前腔換頭】嗟呀，心憂貌苦，真情怎假？你爲着公婆珠淚墮，我公婆自有，不能勾承奉杯

（一）眉批：『親』字不用韻，妙甚。『典』字用韻亦可。『典』字、『幾』字可用平聲，『體』字、『取』字俱可用平韻。『取』字、『捱』字俱借韻。或將『捱』字唱作去聲，則拗甚矣。疑『捱』字或是『推』字之誤，然未敢改也。推：他雷切。

茶。你比我没個公婆得承奉呵，不枉了教人做話靶。你公婆，爲甚的雙雙命掩黄沙？(一)

【商調過曲·囀林鶯】愁人見説愁轉多，使我珠淚如麻。我丈夫亦久别雙親下。要辭官，被我爹蹉跎。他妻雖有麽，怕不似您會看承爹媽。在天涯，漫取去，知他路上如何？(二)（或作『會看承』，或作『途路上』，皆非也。您：吟上聲。）

【雙調引子·謁金門】（與詩餘同）春夢斷，臨鏡緑雲撩亂。聞道才郎遊上苑，又添離别歎。

【前腔换頭】苦被爹行逼遣，脉脉此情無限。骨肉一朝成折散，可憐難捨拚。(三)

【雙調引子·寶鼎現】（與詩餘同，但詩餘多【换頭】二段）小門深巷，春到芳草，人閒清晝。人老去星星非故，春又來年年依舊。幸喜得今朝新酒熟，滿目花開似繡。願歲歲年年，人在花

(一) 眉批：『後』字、『有』字俱不用韻。此二曲用家麻、歌戈、車遮三韻。『剖破』『你爲』俱上去聲。『鳳鞸』『貌苦』『自有』『甚的』『命薄』，俱去上聲。俱妙。中間『剖破』二字、『影寡』二字、『話靶』二字尤妙。後人所作如《明珠》之『睡來還覺，餘香猶裊』，《連環》之『怎生能勾，問君知否』，『還』字、『猶』字、『能』字、『知』字俱用平聲，便索然無調矣。《琵琶記》所以不可及，全在此處，而人自不知耳。

(二) 眉批：『多』字可用上聲。『要辭官』三字可用平平上，『我爹』二字可用平上或平去，『有麽』二字若用上去聲更妙。『在天涯』以下元非犯【黄鶯兒】，不可强扭其腔以合之也。

(三) 眉批：『緑』字、『此』字、『骨』字俱可用平聲。『斷』字、『亂』字、『拚』字用桓歡韻，『苑』字、『遣』字用先天韻，『歎』字、『限』字、『散』字用寒山韻。此高先生痼疾。

下，常斟春酒。(一)（【寶鼎現】元是詩餘之名，今人多改『現』字作『兒』字，誤矣。）

【雙調引子・金瓏璁】饑荒先自窘，那堪連喪雙親。身獨自，怎支分？衣衫都典盡，首飾並没分文。無計策，剪香雲。(二)

【雙調引子・搗練子】嗟命薄，歎年艱，含羞和淚向人前，只恐公婆懸望眼。(三)（『含羞』句平仄仄仄平平，與詩餘不同，然皆可唱，但比詩餘偶少一句耳。至於『辭別去』一調則一字不少矣。）

【雙調引子・夜遊湖】（湖或作朝，非也）惟恐他心思未到，教他題詩句，暗中指挑。翰墨關心，(四)丹青入眼，强如把語言相告。(五)（舊譜《九宮十三調》俱無此調，而《琵琶記》俱刻此名，細查，與【夜行船】字句皆同，但第一句雖是七個字，而句法稍不同耳，恐即是【夜行船】也。若果是【夜行船】，則『暗中指挑』反當依坊本作『暗裏相挑』矣。）

【雙調引子・玉井蓮後】忍冷擔饑，未知何日是了？

(一) 眉批：『巷』字、『故』字、『熟』字、『年』字俱不用韻。坊本於『巷』字下增『裏』字，『幸喜』下去了『得』字，『似繡』改作『如繡』，即非【寶鼎現】音調矣。

(二) 眉批：『連』字可用仄聲。『首』字、『並』字俱可用平聲，『自』字、『策』字俱不必用韻。

(三) 眉批：『薄』字不用韻，『前』字借韻。

(四) 關：原作『開』，據汲古閣刊本《繡刻琵琶記定本》改。

(五) 眉批：『暗中指挑』或作『暗裏相挑』，今從古本。

（舊譜於題下註一『後』字，而古本《琵琶》亦刻作【玉井蓮後】，但不知全調幾句耳。舊譜『忍』字上有『終朝』二字，今依古本不用。然此二句又不協韻，不可曉也。）

【雙調引子·五供養】（新增）終朝垂淚，爲雙親教我心疼。墳塋須共守，只得離宸京。商量個計策，猶恐你爹心不肯。若是他不從，只索向君王請命。（一）（《琵琶記》又有『文章過晁董』一曲，亦名【五供養】，既與此二調不同，又與『貧窮老漢』不同。本是【引子】，而今人以『貧窮老漢』腔板唱之，尤覺牽强。豈有四隻【山花子】在後，而以一曲【五供養】居前者耶？況又非同調也。但恐【五供養】之名或有譌謬耳，今不録。）

【雙調引子·梅花引】（與詩餘同，但無【换頭】耳）傷心滿目故人疏，看郊墟，盡荒蕪。惟有青山，添得個墳墓。慟哭無由長夜曉，問泉下有人還聽得無？（二）（『墟』字正是用韻處，高則誠慣於借韻，此調守之惟謹，正自可喜，而舊譜又改『郊墟』爲『郊野』，是使則誠必每曲不韻而後已也。然則《琵琶記》之多不韻者，豈皆則誠之過哉。）

【雙調過曲·錦堂月】（【月上海棠】全曲在後）【晝錦堂】簾幕風柔，庭幃晝永，朝來峭寒輕透。人在高堂，一喜又還一憂。【月上海棠】惟願取百歲椿萱，常似他（三）春花柳。（合）酌春酒，看

（一）眉批：『淚』字、『守』字、『策』字、『從』字俱不用韻。『若是』二句比前曲不同，恐傳刻之訛耳。

（二）眉批：『墓』字若改作平聲，『問泉下』三字改作平上去，尤妙。

取花下高歌，共祝眉壽。

【前腔換頭】輻輳，獲配鸞儔。深慚燕爾，持杯自覺嬌羞。怕難主蘋蘩，不堪侍奉箕箒。惟願取偕老夫妻，長侍奉暮年姑舅。〔一〕（合前）

【雙調過曲・醉公子】（與詩餘不同，坊本作『翁』，皆誤也）回首，看瞬息烏飛兔走。喜爹媽雙全，謝天相佑。不謬，更清淡安閒，樂事如今誰更有？（合）相慶處，但酌酒高歌，共祝眉壽。〔二〕

【雙調過曲・僥僥令】（即【彩旗兒】，又與【正宮・彩旗兒】不同）春花明彩袖，春酒滿金甌。但願歲歲年年人長在，父母共夫妻相勸酬。〔三〕（此曲『歲歲年年』用去去平平，妙甚。第二曲云『兩山排闥』，則用仄平仄仄，不發調矣。作者不可學彼句法。）

【雙調過曲・鎖南枝】兒夫去，竟不還，公婆兩人都老年。自從昨日到如今，不能彀得餐飯。奴請糧，他在家懸望眼。念我老公婆，做方便。

〔一〕眉批：『永』字、『堂』字、『萱』字、『爾』字、『蘩』字、『妻』字俱不用韻。『一』字可用平聲，『他』字可用仄聲。或作『親在高堂』，陋甚。《香囊記》學《琵琶》者，故亦曰『高堂有人孤獨』。『偕』字不可唱作『諧』。『暮』字改作平聲乃妙。

〔二〕眉批：末後四字或作『更復何求』，非也。

〔三〕眉批：『在』字不用韻。或點板在『共』字、『妻』字上，而『夫』字無板，滯矣。

【前腔换頭】鄉官可憐見，這是公婆命所關。若是必須將去，寧可脱下衣裳，就問鄉官换。寧使奴身上寒，只要與公婆救殘喘。(一)（細查舊板戲曲全錦皆如此，始知『鄉官可憐見』以下乃【换頭】也。『自從昨日』一句元該用六個字，今人用五個字，與下句相對，非也。【换頭】中『寧可脱下衣裳』一句亦然。觀『縱然他不埋冤』下『寧祝付爹娘』『你在這裏閒行』『不如早赴黄泉』『兩人一旦身亡』『到底日久日』『有八口人家』皆六字句法可知矣。但『鄉官』二句皆用五個字，與『兒夫去』二句不同。若是句用六字，亦與『公婆兩人』句不同，此定體也，即如【孝順歌换頭】處與前調不同耳。於此益信【孝順歌】之有【换頭】，與【鎖南枝】同矣。）

【雙調過曲・孝順兒】【孝順歌】糠和米，本是兩依倚，誰人簸揚做兩處飛？一賤與一貴，好似奴家共夫婿，終無見期。【江兒水】米在他方没尋處，怎地把糠救得人饑餒？好似兒夫出去，怎地教奴供給得公婆甘旨？(二)（向因坊本刻作【孝順歌】，人皆捩其腔以湊之，殊覺苦澀。今見近刻本改作【孝順兒】，乃暢然矣。）

(一) 眉批：『年』字、『便』字、『見』字、『换』字、『喘』字俱借韻。『今』字、『糧』字、『婆』字、『去』字、『裳』字、『奴』字俱不用韻。第三句内『人都』二字用仄聲，真作家也。

(二) 眉批：第一句若不用韻更妙。『奴』字不用韻，『去』字借韻。『誰』字舊作『被』字，今查正。『餒』字改平聲乃叶。

【雙調過曲・江頭金桂】（新增）【五馬江兒水】怪得你終朝攧窨，只道你緣何愁悶深？教咱猜着啞謎，爲你沉吟，那籌兒没處尋。【柳摇金】我和你共枕同衾，瞞我則甚？你自撇下爹娘息婦，屢换光陰，他那裏須怨着你没信音。【桂枝香】笑伊家短行，無情忒甚。到如今，兀自道且説三分話，不肯全拋一片心。[一]（此調予細考乃得之。『攧窨』二字元出詩餘，或作『迭窨』，或作『迭噾』，蓋『窨』『噾』二字同音也。至於此曲或云『攧窨』，或云『迭窨』，而『攧』與『跌』同，恐『跌』字譌而爲『迭』字。然『攧』字俗師不甚能識，因而譌作『顛』字。今人言及『顛窨』，則皆知出於《琵琶記》，及『攧窨』，則或駭而笑矣。『笑伊家短行』重疊一句亦可，但『無情忒甚』下比『書生愚見』等曲少一句，想是高則誠因此曲乃三曲集成，或嫌其煩而删去之耳。）

【雙調過曲・朝元令】（或作【朝元歌】，非也）晨星在天，早起離京苑；昏星粲然，好向程途趲。水宿風餐，豈辭遥遠？要盡奔喪通典。血淚漫漫，天寒地坼行步難。回首望長安，西風夕照邊。（合）洛陽漸遠，何處是舊家庭院？舊家庭院？

【前腔第二换頭】【五馬江兒水】凜凜風吹雪片，【朝天歌】彤雲四望連，行路古來難。相看淚眼，血痕衣袖斑。【朝元令本調】請自停哀消遣，幸夫婦團圓，把凄涼往事空自歎。曲澗小橋

[一] 眉批：『謎』字、『婦』字、『行』字、『話』字俱不用韻。此曲用尋侵韻，俱是閉口字，妙甚。

邊，梅花照眼鮮。（合前）

【前腔第三換頭】念我深閨嬌眷，麻衣代錦鮮。崎嶇不慣，萬水千山，素羅鞋不耐穿。誰與我承看，老親衰暮年？有日得重相見，淚珠空暗彈。何處叫哀猿？饑烏落野田。（合前）

【前腔第四換頭】好向程途催趲，漁翁罷釣還。聽山寺晚鐘傳，路逐溪流轉。前村起暮烟，遥望酒旗懸，且問竹籬茅舍邊。舉棹更揚鞭，皆因名利牽。[一]（合前）（按：此一套古本《琵琶記》無之，恐非高則誠所作，故予考正《琵琶記》，不敢收入，然音律與《荆釵》相合，而更覺和協，亦非淺學所能撰也。第一闋乃【朝元令本調】，第二【换頭】依舊譜註明，但第三、第四【换頭】各比第二【换頭】不同，必自有説，今不敢妄爲解也。近世有《香囊記》者，不知其説，而第三第四曲亦與第二曲同，其見遠出《荆釵》下矣。世人遽以《香囊》列於《琵琶》之下，幸哉。）

【雙調過曲·風雲會四朝元】【五馬江兒水】春闈催赴，同心帶綰初。歎《陽關》聲斷，送別南浦，早已成間阻。【桂枝香】漫羅襟淚漬，漫羅襟淚漬，【柳摇金】和那寶瑟塵埋，錦被羞鋪。寂

[一] 眉批：「趲」字、「餐」字、「漫」字、「難」字、「女」字、「眼」字、「斑」字、「歎」字、「慣」字、「山」字、「看」字、「彈」字、「還」字俱借韻。「在」字、「粲」字俱用去聲，而「苑」字、「趲」字俱用上聲，妙甚！「好向」「首望」「請自」「往事」「好向」「起暮」「舉棹」俱上去聲。「漸遠」「路古」「淚眼」「凋小」「照眼」「念我」「代錦」「萬水」「寺晚」俱去上聲，俱妙！「誰與我承看」一句亦可用平平平仄平。「且問竹籬」句如用上平平去平平去七個字尤妙。闕：音「缺」。

寞瓊窗，蕭條朱户，【駐雲飛】空把流年度。嗏，酩子裏自尋思，【一江風】妾意君情，一旦如朝露。君行萬里途，妾心萬般苦。【朝元令】君還念妾，迢迢遠遠，也索回顧。[一]

【雙調過曲・古江兒水】（舊譜作【古江水兒】，今從《古琵琶》）如來證明，鑒茲邕啓：我雙親在途路，不知如何的？仰惟菩薩大慈悲。（合）龍天鑒知，龍神護持，護持他登山涉水。[二]（今人欲以『膝下嬌兒去』之【江兒水】腔板唱之，大不通矣。）

【雙調過曲・黑蠊序換頭】（或作【鬥蝦蠊】，或作【鬥黑麻】，皆非也）（【換頭】，新增）看待，父母心，婚姻事，須要早諧。勸相公，早畢兒女之債。休呆，如何女子前，胡將口亂開？記今來，但把不出閨門的語言相戒。[三]（舊譜載《拜月亭》一曲題曰【絮蝦蠊】，今載此曲，欲人易知也。此調即【黑麻序換頭】，但『父母心』至『早諧』十個字比前不同，亦小變耳，不必另立一體也。至於點截板在『諧』字下，比前點在『遶』字下不同者，因此曲『早諧』『早』字上聲難唱，且『父母心，婚姻事』六個字一直趕下來，『要』字下點不得截板耳。知音者辨之。）

[一] 眉批：『斷』字、『埋』字、『窗』字、『情』字、『妾』字俱不用韻。『漬』字、『思』字俱借韻。高先生專以『漬』字用在歌戈韻中，觀【香遍滿】曲及【蘇幕遮】詞可見矣。『阻』字可用平聲，『途』字可用仄聲。索：音『色』。

[二] 眉批：『□』字不用韻。

[三] 眉批：『呆』字本音『爺』，今用於此韻中只得作『崖』字音唱。

【雙調過曲・六幺令】皇恩若念臣，我也不圖禄及吾身。只愁恩不到雙親，空辜負，這孤墳。（合）料天也會相憐憫，料天也會相憐憫。（一）

【雙調過曲・窣地錦襠】（窣：音『速』）嫦娥剪就緑雲衣，折得蟾宮第一枝。宮花斜插帽簷低，一舉成名天下知。（二）

【雙調過曲・哭岐婆】玉鞭裊裊，如龍驕騎。黄旗影裏，笙歌鼎沸。如今端的是男兒，行看錦衣歸故里。（三）

【雙調過曲・字字雙】我做媒婆甚妖嬈，談笑。説開説合口如刀，波俏。合婚問卜若都好，有鈔。只怕假做庚帖被人告，喫拷。（四）

【雙調過曲・雁兒舞】深院重重，怎不怨苦？要尋個男兒，又無門路。甚年能勾和一丈夫，一處裏雙雙雁兒舞？（五）（此調本名【雁兒舞】，即用此三字在曲中。古人多用此體，今人不能

（一）眉批：『臣』字、『身』字俱可用上聲韻。『貧』字不必用韻。『料』字不可用平聲。

（二）眉批：『枝』字借韻。『剪』字可用平聲。

（三）眉批：『玉』字、『鼎』字俱可用平聲。『看』字可用仄聲。『兒』字借韻。

（四）眉批：『好』字、『有』字、『告』字俱可用平聲。

（五）眉批：『怨苦』『處裏』俱去上聲，妙。

知也。）

【雙調引子・打毬場】（今人唱此曲作【引子】，謬甚矣）幾年價爲拐兒，是人都理會得我名兒。遮莫你是怎生逋俏的，(一)也落在我圈襀。(二)（『幾年價』『遮莫』『逋俏』北曲中常用之。或改『價』爲『間』，又改爲『假』；或改第二句爲『脱空説謊爲最』；或改『遮莫』爲『者末』，或改爲『者麽』，或改爲『折末』，或改爲『折莫』，或改爲『者莫』；或改『逋峭』爲『俌俏』，皆非也。所謂癡人前不可説夢，正是此類。）

【雙調過曲・風入松】（舊譜又收【風入松犯】，即此曲全套也）不須提起蔡伯喈，説着他每哏歹。(三)他中狀元做官六七載，撇父母拋妻不采。只兀的這磚頭土堆，(四)是他雙親的在此中埋。

【前腔】一從他別後遇荒災，更無人倚賴。(五)虧他息婦相看待，把衣服和釵梳都解。魆地裏把糟糠自捱，公婆的倒疑猜。(六)他公婆的親看見，雙雙死，無錢送，剪頭髮賣買棺材。他去空

(一) 俏：原作『峭』，據汲古閣刊本《繡刻琵琶記定本》改。
(二) 眉批：□支思齊微。韻雜，不足法。襀：音『諱』，鈕也。
(三) 眉批：『哏』字、『狠』字用平聲。此字從古本。
(四) 眉批：或作『這一帶磚頭土堆』云云，非也。
(五) 眉批：『倚』字改作平聲乃叶。
(六) 眉批：或作『反疑猜』，今從古本。

山裏，把裙包土，血流指，感得神明助，與他築墳臺。

【前腔】他如今直往帝都來，(一)彈着琵琶做乞丐。叫他不應魂何在？空教我珠淚盈腮。這三不孝逆天罪大，空設醮，枉修齋。你如今便回，說張老的道與蔡伯喈。道你拜別人爹娘好美哉，(二)親爹娘死，不值你一拜。

【前腔】他元來他也只是無奈，恁地好似鬼使神差。這是三不從把他厮禁害，三不孝亦非其罪。只是他爹娘的福薄運乖，人生裏都是命安排。（細查舊曲，凡【風入松】或一曲，或二曲，其後必帶二段，今人謂之【急三鎗】，未知是否，未敢遽題其名也。末後一曲則止用【風入松】，更不帶此二段，不知何故。作此曲者如事情多，不妨再增幾曲，但每一曲或二曲【風入松】後必帶二段，末後須止用【風入松】本調耳，此不可不知也。）

【雙調過曲·好姐姐】念奴血流滿指，奈獨自要墳成無計。深感老天，暗中相護持。（合）墳成矣，葬了二親尋夫婿，改換衣粧往帝畿。(三)（此調『葬了二親』四字用去上去平，妙甚！妙甚！使後人作此則用『花堆錦砌』四字，索然不成調矣。）

(一) 眉批：或作『也往』，或作『遥往』，皆非也。

(二) 眉批：『如今』下或增『疾忙』二字，或作『疾忙去到京臺』，或作『拜別人的爹娘』，皆非也。

(三) 眉批：『念』字仄聲、『老』字仄聲、『暗』字仄聲，俱妙。『感』字可用平聲，『持』字可用仄聲。

【雙調過曲・忒忒令】我哭哀哀推辭了萬千，他鬧炒炒抵死來相勸。將我深罪，不由人分辯。他道我戀新婚，逆親言，貪妻愛，不肯去赴選。(一)

【雙調過曲・沉醉東風】你爹行見得好偏，只一子不留在身畔。他只道我不賢，要將你迷戀。這其間怎不悲怨？（合）爲爹淚漣，爲娘淚漣，何曾爲着夫妻上意牽？(二)

【雙調過曲・園林好】我孩兒不須掛牽，爹只望孩兒貴顯。若得你名登高選，須早把信音傳，須早把信音傳。(三)

【雙調過曲・江兒水】妾的衷腸事，有萬千，説來又恐添縈絆。六十日夫妻恩情斷，八十歲父母教誰看管？教我如何不怨？（合）要解愁煩，須是寄個音書回轉。(四)（用韻亦雜）

【雙調過曲・五供養犯】（新增）公公可憐，俺的爹娘望你周全。此身還貴顯，自當效銜環。有孩兒也枉然，你爹娘教別人看管。此際情何限，偷把淚珠彈。（合）【月上海棠】骨肉分離，寸

(一) 眉批：『婚』字、『言』字、『愛』字俱不用韻。赴選：去上聲，妙甚！妙甚！

(二) 眉批：『畔』字借韻。『要將你迷戀』一句用仄仄平平亦可，『夫妻上意牽』或作『夫妻意上掛牽』，非也。

(三) 眉批：『顯』字可用平聲，『選』字不可唱作去聲。

(四) 眉批：『的』字不可作平聲唱。『妾』字、『説』字、『夫』字、『父』字、『要』字、『寄』字俱可用平聲，數字可用仄聲。餘説在【步步嬌】下。

腸割斷。(一)（此曲『此際』二字俱用仄聲方是【五供養本調】，如前一曲『丈夫非無淚』『夫』字平聲唱不順矣，因《琵琶》用『夫』字平聲，後人遂用平平平仄仄句法，如《浣紗》之『忠良應阻隔』，《明珠》之『便教肢體碎』皆然，殊誤後學。竟不思《琵琶》止借用一『夫』字，而『非無』二字俱用平聲，未嘗全拗也。是以作詞者不可不嚴，否則無用譜爲矣。即如【江兒水】二曲『六十日夫妻恩情斷』一句，最得體，而人皆不學。至於『眼巴巴望得關山遠』一句，乃落調敗筆，而後人競學之，故識曲聽其真，人所難也。）

【雙調過曲・玉交枝】別離休歎，我(心)中非不痛酸。非爹苦要輕拆散，也只是圖你榮顯。(蟾)宮桂枝須早攀，北堂萱草時光短。（合）又不知何日再圓？又不知何日再圓？(二)（此調亦有說，已註【步步嬌】下。『又不知』『不』字入聲可作平聲唱，或即用平聲亦妙，若改作『未』字即拗矣。即如【江頭金桂】第二曲内『存亡不審』『不』字亦然。今人改作『未審』，文理未嘗不通，但音律欠調，不可入絃索耳。）

【雙調過曲・玉抱肚】（或作『胞』，非也）千般生受，教奴家如何措手？終不然把他骸骨，没

(一) 眉批：用韻甚雜。『此身』『此際』兩個『此』字，『別』字、『骨』字俱可用平聲，『憐』字、『然』字可用仄聲。『自當』二字若用平上聲更妙。

(二) 眉批：用韻亦雜。『桂枝須早』四字仄平平仄，妙甚！若用仄仄仄平或平平仄仄，便無調矣。

棺槨送在荒丘？（合）相看到此，不由人淚珠流，不是冤家不聚頭。㈠（此調元只有此一體，因此曲第五句用『不由人』三個襯字，而後人不能解『不由人』句法，於『人』字下增一『不』字，遂謂【玉抱肚】另有一體，當用七句，如《四節記》增『明朝管取』四字，時曲增『中心怏怏』四字，皆『不由人』下增一『不』字誤之也。況古曲中凡言『不由人』並無又增一『不』字者，不知何時增此『不』字也。夫所謂『不由人淚珠流』者，猶云由不得我要流下淚來也。若言『不由人不』，則既不淚珠流矣，何以見其苦耶？高東嘉必不如是之不通也。又按：【六幺令】【五供養】【玉交枝】【玉抱肚】凡第一句俱用四個字，但【六幺令】【五供養】首句第三字必用仄聲，【玉交枝】【玉抱肚】首句第三字必用平聲耳。）

【雙調過曲・玉山供】（『供』或作『頹』，非也）【玉抱肚】公公尊賜，念天寒特來問吾。我雙親受三載飢寒，我怎不禁一旦淒楚？【五供養】心中想慕，漫有這香醪難度。（合）感此恩情厚，酒難辭，念取踏雪也來沽。㈡（此調本【玉抱肚】【五供養】合成，故名【玉山供】。自《香囊記》妄刻作【玉山頹】，使後人不惟不知【玉山供】之來歷，且不知【五供養】末後一句只當用七字，凡見【五供養】後有用七字句者，反以爲犯【玉山頹】矣。今唱《香囊記》者又將中間四個字的一句只點兩板，竟併【五供養】舊腔而失之，尤可恨可慨也，急改之。）

㈠ 眉批：『手』字、『骨』字、『在』字可用平聲，『坵』字可用仄韻。

㈡ 眉批：『寒』字、『厚』字不用韻。『賜』字、『辭』字借韻。『取』字用平聲乃叶。

【雙調過曲・玉雁子】（『子』或作『兒』，非也）孩兒相誤，爲功名誤了父母，都是孩兒不得歸鄉故。你怎便歸到黃土？【雁過沙】（中）乾坤豈容不孝子？名虧行缺不如死，只愁我死缺祭祀。【玉交枝】（尾）對真容形衰貌枯，想靈魂悲憶痛苦。（一）

【雙調過曲・川撥棹】（新增【換頭】）歸休晚，莫教人凝望眼。但有日回到家園，但有日回到家園，怕回來雙親老年。（合）怎教人心放寬？不由人珠淚彈。

【前腔換頭】我的埋冤怎盡言？我的一身難上難。你寧可將我來埋冤，你寧可將我來埋冤，莫將我爹娘冷看。（二）（合前）

（一）　眉批：『子』字、『死』字、『祀』字俱借韻。『誤了』二字、『母』字、『不得』的『不』字、『便』字、『上』字、『苦』字俱可用平聲。『然』字改作平聲乃順。

（二）　眉批：用韻亦雜。今人或認此【換頭】爲【嘉慶子】，謬矣。『爹娘冷看』，妙甚！從古本也。

重定南九宫詞譜

南曲格律譜。明沈璟撰，明沈自晉重定。全名《廣輯詞隱先生南九宫十三調詞譜》，别題爲《重訂南九宫詞譜》，簡稱《南詞新譜》。凡二十六卷。有清順治十二年（1655）沈氏不殊堂刻本，1937年北京大學出版部影印本等。本書係沈自晉根據沈璟《南九宫十三調曲譜》修訂補充而成。《南九宫十三調曲譜》雖具規模，但取例和論斷尚有不夠精確之處，因此，清順治初年，沈自晉加以修訂補充，體例大致依照沈譜舊式，而更换部分詞例，增加標注説明，並收入不少明末新創的曲調。選録的曲牌，亦由原本的七百一十九個增至九百九十六個。其中收録《琵琶記》部分隻曲，現將曲文輯録如下。

【仙吕引子・番卜算】兒女話堪聽，使我心疑惑，暗中思忖覺前非，有個團圓策。(一)

【仙吕引子・天下樂】一片花飛故苑空，隨風漂泊到簾櫳。玉人怪問驚春夢，只怕東風羞落紅。(二)

【仙吕引子・鵲橋仙】（字句與詩餘同）披香隨宴，上林遊賞，醉後人扶馬上。金蓮花炬照迴廊，正院宇梅梢月上。(三)

【仙吕引子・鷓鴣天】（與詩餘同）萬里關山萬里愁，一般心事一般憂。親闈暮景應難保，客館風光怎久留？【换頭】他那裏，漫凝眸，正是馬行十步九回頭。歸家只恐傷親意，閣淚汪汪不敢流。(四)

【仙吕過曲・勝葫蘆】（又名【大河蟹】）特奉皇恩賜結婚，來此把音信傳。若是仙郎肯諧繾綣，一場好事，管取今朝便團圓。(五)

(一) 眉批：第三句前曲平仄平平仄仄平，此用仄平平仄仄平平，故名【番卜算】。『非』字不用韻亦可。

(二) 眉批：考《拜月亭》用六字。此調雖似七言絶句詩，然第三句用韻，不可不知。『故苑』去上聲，妙。

(三) 眉批：『隨』字平聲，妙。或作『侍』，非也。『照』字去聲，妙。『院宇』去上聲，妙。『月』字不可認作仄聲。

(四) 眉批：『萬里』『暮景』『那裏』去上聲，『久』字、『馬』字、『九』字、『恐』字、『敢』字五個上聲，俱妙。

(五) 眉批：『此信』『好事』俱上去聲，妙。繾綣：王伯良校本作『姻眷』。

【仙呂過曲・月雲高】（此調犯【渡江雲】，而【渡江雲】本調竟缺）【月兒高】路途勞頓，行行甚時近？未到得雒陽縣，那盤纏使盡。回首孤墳，空教我望孤影。他那裏，誰偢采，俺這裏將誰投奔？【渡江雲】正是西出陽關無故人，須信道家貧不是貧。(一)

【仙呂過曲・臘梅花】孩兒出去在今日中，(二)爹爹媽媽來相送。但願得魚化龍，青雲得路，桂枝高折步蟾宮。

【仙呂過曲・醉扶歸】我有緣結髮曾相共，難道是無緣對面不相逢？我鳳枕鸞衾也和他同，倒憑兔毫繭紙將他動。畢竟一齊分付與東風，把往事也如春夢。(三)

【仙呂過曲・甘州歌】【八聲甘州】衷腸悶損，歎路途千里，日日思親。青梅如豆，難寄隴頭音信。高堂已添雙鬢雪，客路空瞻一片雲。【排歌】途中味，客裏身，争如流水蘸柴門。休回首，欲斷魂，數聲啼鳥不堪聞。

(一) 眉批：如次曲，首句第一字點正板。「路」字去聲，妙。上聲亦可。「使盡」二字妙，「影」字借用庚青韻，非體也。「他那裏」一句作去平平去平平亦可。《琵琶記》三曲末二句皆用成語。

(二) 眉批：或無「在」字，非也。

(三) 眉批：「有」字上聲，「鳳枕鸞衾」去上平平，俱妙。「和」字不可做平聲唱，今人於第三句每作平平仄仄仄平平，非也。

【前腔換頭】（第四【換頭】）遥望霧靄紛，想洛陽宫闕，行行將近。程途勞倦，欲待共飲芳樽。垂楊瘦馬莫暫停，只見古樹寒鴉棲漸盡。天將暝，日已曛，一聲殘角斷譙門。尋宿處，行步緊，前村燈火已黄昏。

【餘文】向人家，忙投奔，解鞍沽酒細論文，今夜雨打梨花深閉門。〔一〕（按：【甘州歌】中聯上句，如首曲中『鬟』字及下三曲中『貴』字、『漸』字、『暫』字俱去聲發調乃妙。【八聲甘州】此句亦然。不知音者每用平聲，大誤。又此句第四字尤妙在『添』字用平聲，【大勝】後三曲仄聲字，見先詞隱《琵琶考誤》旁註中。如《荆釵記》云『晨昏幸托年少妻』，『托』字作平，併『少』字去聲，俱妙。【八聲甘州】同，俱用一平聲字乃妙。）

【仙吕過曲・桂枝香】（與詩餘全不同）書生愚見，忒不通變。不肯坦腹東床，漫自去哀求金殿。想他每就裏，他每就裏，將人輕賤。非爹胡纏，怕被人傳。道你是相府公侯女，不能勾嫁

〔一〕眉批：『悶損』『寄隴』『霧靄』『共飲』『瘦馬』『步緊』去上聲，『已添』上平聲，『水蘸』上去聲，俱妙。『望』字不可作去聲唱。『垂楊』二句妙在每句末一字先平後仄，與首曲不同，然不失其正，特録之。其二、其三【換頭】與第四【換頭】同。

狀元。[一]（第五、六句用韻亦可，第九句不用韻亦可，但第三句不可用韻。『就裏』去上聲，妙。）

【仙吕過曲·一封書】一從你去離，我家中嘗念你。功名事怎的？想多應折桂枝。幸得爹娘和息婦，各保安康無禍危。見家書，可知之，及早回來莫更遲。[二]

【仙吕過曲·解三醒】歎雙親把兒指望，教兒讀古聖文章。似我會讀書的，倒把親撇漾；少甚麽不識字的，倒得終養。我只爲你其中自有黄金屋，却教我撇却椿庭萱草堂。還思量，畢竟是文章誤我，我誤爹娘。

【前腔换頭】比似我做了虧心臺館客，倒不如守義終身田舍郎。《白頭吟》記得不曾忘，緑鬢婦何故在他方？我只爲你其中有女顔如玉，却教我撇却糟糠妻下堂。還思想，畢竟是文章誤我，我誤妻房。[三]（此曲之病在欲用『黄金屋』『顔如玉』兩句成語，遂成拗體，而《香囊記》沿而用之，今

[一] 眉批：如次曲首句第一字即點正板。今人於『愚』字、『通』字、『金』字處每用仄聲，誤矣。第九句還當用韻，先生不嘗以東嘉『滿皇都』一句不韻爲疏乎？見《琵琶考註》。

[二] 眉批：此曲用韻雜，但以其即用【一封書】作書，有古意耳，然今已成套矣。

[三] 眉批：『指』字改平聲乃順。『古聖』上去聲，『誤我我誤』去上上去聲，俱妙。『黄金』『金』字不如改作仄聲爲妙。若用仄聲，則『屋』字平仄俱可，後段『如玉』二字亦然。『比似我』二句不可與『歎雙親』二句一般點板。『望』字不可作平聲唱。

遂牢不可破。然此曲【换頭】起句猶未失體也，後人概用『歎雙親』句法，遂使【换頭】與起處相似矣。南曲之失體，惟此調爲甚，安得不力正之？愚論詳見【南吕・大勝樂】註中。）

【正宫引子・齊天樂】（與詩餘同，但少【换頭】）鳳凰池上歸環佩，衮袖御香猶在。棨戟門前，平沙堤上，何事車填馬隘？星霜鬢改，怕玉鉉無功，赤舄非才。回首庭前，淒涼丹桂好傷懷。

【正宫引子・破齊陣】【破陣子】（頭）翠減祥鸞羅幌，香消寶鴨金爐。【齊天樂】楚館雲閒，秦樓月冷，動是離人愁思。【破陣子】（尾）目斷天涯雲山遠，人在高堂雪鬢疏，緣何書也無？（一）

【正宫引子・瑞鶴仙】十載親燈火，論高才絶學，休誇班馬。風雲太平日，正驊騮欲騁，魚龍將化。沉吟一和，怎離却雙親膝下？且盡心甘旨，功名富貴，付之天也。（二）

【正宫引子・喜遷鶯】終朝思想，但恨在眉頭，人在心上。鳳侣添愁，魚書絶寄，空勞兩處相

（一）眉批：『珮』字借韻，『衮袖』『馬隘』上去聲，『鬢改』『桂好』去上聲，俱妙。原本又一曲只第八句仄平平仄，句法稍異，餘俱同，不録。『翠減』去上聲，『冷』字、『楚館』二字、『遠』字、『也』字俱上聲，俱妙。『思』字借韻，『目斷』一句不可用平平仄仄平平仄，慎之。

（二）眉批：用韻甚雜。『怎離』『且盡』上去聲，『付』字去聲，『也』字上聲，俱妙。王本『却』字正書不作襯。

望。青鏡瘦顔羞炤，寳瑟清音絶響。歸夢杳，繞屏山烟樹，那是家鄉？(一)

【正宫過曲·四邊静】你去陳留仔細詢端的，專心去尋覓。請過兩三人，途中須好承值。休憂怨憶，寄書咫尺。眼望捷旌旗，耳聽好消息。(二)

【正宫過曲·福馬郎】你休説新婚在牛氏宅，他須怨我相擔誤。歸未得，傍人聞，把奴責。若是到京國，相逢處，做個好筵席。(三)

【正宫過曲·一撮棹】寬心等，何須苦牽縈？把音書寫，但頻頻寄郵亭。爹年老，伊家須好看承。程途裏，只願保安寧。死别全無准，生離又難定。今去也，何日到京城？(四)

【正宫過曲·雙鸂鶒】聽伊説教人怒起。漢朝中惟吾獨貴，我有女，偏無貴戚豪家匹配？奉聖旨，使我招狀元爲婿。不知他回話有何言語？(五)

【前腔換頭】媒婆告相公知：恨那人做怪蹺蹊。道始得及第，縱有花貌休題。駡相公，駡

(一) 眉批：『鳳侶』『夢杳』去上聲，『兩處』『那是』上去聲，俱妙。
(二) 眉批：此用入聲韻。『途中』句用平平上平入，『耳聽』句用上去上平入，不可混。
(三) 眉批：『聞』字若改作上聲、去聲字尤妙。
(四) 眉批：『縈』音盈。此調今皆用於【摧拍】後，而不知用於【三字令】後尤妙。
(五) 眉批：《千金記》同此調，但末句云『願大王赦罪，未可聽誑』，與此不同。『語』字、『二』字借韻。

小姐，道脚長尺二。這般説謊没巴臂。(一)（按：《千金記》《尋親記》皆古傳奇也，而【雙鸂鶒】各與此不同，最不可曉。）

【正宫過曲・洞仙歌】（與詩餘不同）家私没半分，靠着奴此身。只要救取公婆，豈辭多苦辛？（合）空把淚珠揾，誰憐飢與貧？這等苦説不盡。(二)

【正宫過曲・雁魚錦】（後四段每段末二句俱犯【雁過聲】）【雁過聲】思量，那日離故鄉。記臨歧送别多惆悵，攜手共那人不斷放。教他好看承，我爹娘，料他每應不會遺忘。聞知饑與荒，只怕捱不過歲月難存養。若望不見信音，却把誰倚仗？【二犯漁家傲】思量，幼讀文章，論事親爲子也須要成模様。真情未講，怎知道喫盡多魔障？被親强來赴選場，被君强官封議郎，被婚强效鸞鳳。三被强，衷腸説與誰行？埋冤難禁這兩廂：這壁廂道咱是個不撑達害羞的喬相識，那壁廂道咱是個不覩事負心薄倖郎。【二犯漁家燈】悲傷，鷺序鴛行，怎如烏鳥反哺能終養？漫把金章，綰着紫綬；試問斑衣，今在何方？斑衣罷想，縱然歸去，又怕帶麻執杖。只爲他雲梯月殿多勞攘，落得淚雨似珠兩鬢霜。【喜魚燈犯】幾回夢裏，忽聞鷄唱。忙

(一) 眉批：馮於『駡相公』下增『是老驢』三字，贅。

(二) 眉批：『救取』『這苦』去上聲，『把淚』上去聲，『此』字、『豈』字、『與』字俱上聲，俱妙。

驚覺錯呼舊婦，同問寢堂上。待朦朧覺來，依然新人鳳衾和象床。怎不怨玉愁香無心緒？更思想，和他攔擋。教我，怎不悲傷？俺這裏歡娱夜宿芙蓉帳，他那裏寂寞偏嫌更漏長。

【錦纏道犯】漫悒怏，把歡娱都成悶腸。菽水既清涼，我何心，貪着美酒肥羊？悶殺人花燭洞房，愁殺我掛名在金榜。魆地裏自思量，正是在家不敢高聲哭，只恐猿聞也斷腸。(一)（人但知『只恐猿聞也斷腸』，不知江邊可説猿聞，在家不可説猿聞。愚意此句是古來成語，用之似不妨。馮云：『引成語故曰「正是」，以人聞爲拘。』予今從衆作『猿聞』，仍不敢去先詞隱之説。）

【正宮過曲・雁過沙】他沉沉向冥途，空教我耳邊呼。我不能盡心相奉事，(二)翻教你爲我歸黄土。教人道你死緣何故？你怎生便割捨抛棄了奴？

【大石調引子・念奴嬌】（與詩餘同，但少【换頭】）楚天過雨，正波澄木落，秋容光净。誰駕玉輪來海底，碾破琉璃千頃。環佩風清，笙歌露冷，人在清虚境。真珠簾捲，小樓無限佳興。

(一)　眉批：『斷』本思必切，唱作平聲耳，非小斷、這斷之斷也。斷猶相也。『手共』『倚仗』『强做』『睹事』『反哺』『紫綬』『雨似』『兩鬢』『水既』『我掛』『也斷』上去聲，『未講』『被强』『這兩』『漫把』『罷想』『淚雨』『夢裏』『問寢』去上聲，俱妙。『不撑達』『不覩事』皆詞家本色語，或作『不睹親』，非也。第二段『這壁廂』云云每苦襯字太多，又不好作腔點板。予謂此處原作襯白，如云這壁廂呵、那壁廂呵，則襯字便少。觀先詞隱《分錢記》曲悉效《琵琶》，而於此處只得減却襯字而成句，是可法也。馮稿將全曲每段剖截分註，其對證多牽合未妥。予意作者只從原式，歌者終守舊腔足矣，不必細求。

(二)　眉批：『事』字借韻。

【大石調引子·念奴嬌序】長空萬里，見嬋娟可愛，全無一點纖凝。十二闌干光滿處，涼浸珠箔銀屏。偏稱，身在瑶臺，笑斟玉斝，人生幾見此佳景？（合）惟願取年年此夜，人月雙清。〔一〕

【前腔換頭】（第二）孤影，南枝乍冷。見烏鵲縹緲驚飛，棲止不定。萬點蒼山，何處是修竹吾廬三徑？追省，丹桂曾攀，嫦娥相愛，故人千里漫同情。〔二〕（合前）

【前腔換頭】（第三）光瑩，我欲吹斷玉簫，驂鸞歸去，不知何處冷瑶京。環佩濕，似月下歸來飛瓊。那更，香霧雲鬟，清輝玉臂，廣寒仙子也堪並。〔三〕（合前）

【中吕引子·滿庭芳】飛絮沾衣，殘花隨馬，輕寒輕暖芳辰。江山風物，偏動別離人。回首高堂漸遠，歎當初恩愛輕分。傷情處，數聲杜宇，客淚滿衣巾。【換頭】萋萋芳草色，故園人望，目斷王孫。漫憔悴郵亭，誰與温存？聞道洛陽近也，又還隔幾個城闉。澆愁悶，解衣

〔一〕 眉批：【引子】是【念奴嬌】，而此曲即【念奴嬌序】，故曰【本序】，非别名【本序】也。馮移『全』字一板在『可』字上，次曲亦然。予今查《詞林辨體》，原點一板在『可』字、『縹』字上，增之。

〔二〕 眉批：『萬里』『見此』『願取』『乍冷』『萬點』去上聲，『可愛』『滿處』『幾見』『此夜』上去聲，俱妙甚。

〔三〕 眉批：此【换頭】與第二【换頭】不同，故録之，第四【换頭】與此同，故不録。『縈』爲命切，在此韻中不可作『用』字音。『瓊』渠盈切。

沽酒，同醉杏花村。(一)

【中呂引子・菊花新】(第一句、第二句與詩餘不同)封書自寄到親闈，又見關河朔雁飛。梧葉滿庭除，還如我悶懷堆積。(二)(『積』字若用去聲更妙。)

【中呂引子・尾犯】(或多一『引』字，非也)懊恨別離輕，悲豈斷絃，愁非分鏡。只慮高堂，似風燭不定。腸已斷欲離未忍，淚難收無言自零。空留戀，天涯海角，只在須臾頃。(三)

【中呂過曲・古輪臺】峭寒生，鴛鴦瓦冷玉壺冰，闌干露濕人猶凭，貪看玉鏡。況萬里青冥，皓彩十分端正。三五良宵，此時獨勝。把清光都付與酒杯傾，從教酩酊，拚夜深沉醉還醒。酒闌綺席，漏催銀箭，香銷金鼎。斗轉與參橫，銀河耿，轆轤聲已斷金井。【換頭】閒評，月有圓缺與陰晴。人世有離合悲歡，從來不定。深院閒庭，處處有清光相映。也有得意人人，兩情暢詠；也有獨守長門伴孤另，君恩不幸。有廣寒仙子娉婷，孤眠長夜，如何捱得更闌寂

(一)　眉批：『漸遠』『杜宇』『淚滿』『近也』去上聲，『幾個』上去聲，俱妙。『巾』或作『襟』，『人望』或作『入望』，皆非也。王本作『入望』。

(二)　眉批：『自』或作『遠』，非也。前二句用仄仄平平仄仄平平平仄平仄平平亦可。『除』字借韻。

(三)　眉批：『懊恨』『豈斷』『已斷』上去聲，『未忍』去上聲，俱妙。

静？此事果無憑。但願人長永，小樓翫月共同登。(一)

【餘文】哀聲訴，促織鳴。俺這裏歡娛未聽，却笑他幾處寒衣織未成。(二)

【中吕過曲・大和佛】（即【和佛兒】）寶篆沉烟香噴濃，濃薰羅綺叢。瓊舟銀海，翻動酒鱗紅，一飲盡教空。持杯自覺心先痛，縱有香醪，欲飲難下我喉嚨。他寂寞高堂菽水誰供奉？俺這裏傳杯喧鬨。休得要對此歡娛意忡忡。（馮以此曲每用在【舞霓裳】前，兩曲相似而實不同也。原本載《卧冰記》『上告吾兄聽拜禀』一曲，不知其句字即【舞霓裳】，故當易此曲以别之。予今查對，只將《琵琶考註》中幾個襯字填作實字，即與原曲稍别，亦無大異。因此曲係《琵琶記》一套，故從馮换録。）

【中吕過曲・縷縷金】元來是，蔡伯喈。馬前都喝道，狀元來。料想雙親像，他每留在。敢天教夫婦再和諧，都因這佛會？都因這佛會？(三)

【中吕過曲・尾犯序】無限别離情，兩月夫妻，一旦孤另。此去經年，望迢迢玉京。思省，奴不慮山遥路遠，奴不慮衾寒枕冷。奴只慮公婆没主，一旦冷清清。

(一) 眉批：按：《琵琶考註》云：『斗轉』句不點掣板。『横』字在此韻中當依詩韻，不可作『紅』字韻。『獨守』一句比前『把清光』句稍不同，亦變體也。『詠』爲命切，不可作『用』。『永』爲酩切，不可作『勇』，從庚青韻也。

(二) 眉批：此【尾聲】起句平平仄平仄平，比他處亦不同。未聽：《琵琶考註》作『未罄』。

(三) 眉批：『馬前』句用平平仄仄仄，或用仄仄平平仄皆可。『會』字借韻。

【前腔換頭】（第二）何曾，想着那功名？欲盡子情，難拒親命。年老爹娘，望伊家看承。畢竟，你休怨朝雲暮雨，只得替着我冬温夏清。思量起，如何教我割捨得眼睜睜？[一]（第三第四【換頭】起句用平平平去平，或平平平去上，又與第二曲不同，今不盡録。）

【中吕過曲·永團圓】名傳四海人怎比？豈獨自耀門閭？人生怕不全孝義，聖明世，豈相棄。這隆恩美譽，從教管領舞所愧，萬古青編記。如今便去，相隨到京畿。拜謝君恩了，歸庭宇，一家賀喜。共設華筵會，四景常歡聚。【尾聲】顯文明，開盛治，共説孝男并義女。玉燭調和，聖主垂衣。[二]（原本又一曲全與《琵琶記》曲同，惟【尾聲】末句用仄仄平平平仄平，今不録。）

【中吕過曲·舞霓裳】願取群賢盡貞忠，盡貞忠。管取雲臺畫形容，畫形容。時清莫報君恩重，惟有一封書上勸東封，更撰個河清德頌。乾坤正，看玉柱擎天又何用？[三]

[一] 眉批：『此去』上去聲，『路遠』『盡子』『暮雨』去上聲，俱妙。『主』字、『冷』字、『教我』我字、『眼』字四個上聲，俱絕妙。『没』字、『教』字俱可用去聲。馮云：查此調第二【換頭】首句第二字無不用韻者。

[二] 眉批：用韻甚雜。王本作『玉燭調和歸聖主』，謂『聖主垂衣』乃【雙調·尾聲】，非【中吕·尾聲】也。又：原本【耍鮑老】一曲移入【黄鐘】，改名『團圓到老』。

[三] 眉批：『管取雲台』四字用平平仄亦可。

【中呂引子・山花子】玳筵開處遊人擁，爭看五百名英雄。喜鰲頭一戰有功，荷君恩奏捷詞鋒。（合）太平時車書已同，干戈盡戢文教崇，人間此時魚化龍。留取瓊林，勝景無窮。【換頭】（第三）青雲路通，一舉能高中，三千水擊飛翀。又何必扶桑掛弓？也强如劍倚崆峒。(一)（合前）（第二曲與第一曲同，第四曲起處與第三曲同。）

【中呂引子・紅繡鞋】猛拚沉醉東風，東風。倩人扶上玉驄，玉驄。歸去路，望畫橋東。花影亂，日曈曨。沸笙歌影裏，紗籠，紗籠。(二)

【南呂引子・一枝花】（與詩餘【滿路花】同，但無【換頭】）閒庭槐影轉，深院荷香滿。簾垂清晝永，怎消遣？十二欄杆，無事閒凭遍。困來湘簟展，夢到家山，又被翠竹敲風驚斷。(三)

【南呂引子・意難忘】（與詩餘同，但無【換頭】）綠鬢仙郎，懶拈花弄柳，勸酒持觴。長顰知有恨，何事苦思量？些個事，惱人腸。試説與何妨？只恐伊尋消問息，添我悽惶。(四)

【南呂引子・稱人心】撇呆打墮，早被那人瞧破。要同歸，知他爹肯麼？料他每不允諾。

(一) 眉批：『戢』音集，『崇』音『蟲』。『通』字所謂句中韻也，『一舉』二字只作襯字，不可點板。

(二) 眉批：末句依古本，今人改作『沸笙歌，引紗籠』。相沿已久，不知此調矣。

(三) 眉批：用韻甚雜。

(四) 眉批：『弄柳』『勸酒』『事苦』去上聲，『有恨』上去聲，俱妙。

你緣何獨坐？伊家道俐齒伶牙，争奈你爹行不可。【换頭】我爹爹，全不顧，人笑呵，這其間只是他見差。禍根芽，從此起，災來怎躲？他道我從着夫言，罵我不聽親話。(一)

【南吕引子・薄倖】野曠原空，人離葉敗。漫盡心行孝，力枯形瘁。幸然爹媽，此身安泰。恓惶處見慟哭饑人滿道，歎舉目將誰倚賴。(二)

【南吕引子・滿江紅】（與詩餘同，但無【换頭】）嫩緑池塘，梅雨歇薰風乍轉。瞥然見清涼華屋，已飛乳燕。簟展湘波紈扇冷，歌傳《金縷》瓊巵煖。是炎蒸不到水亭中，珠簾捲。(三)

【南吕引子・掛真兒】四顧青山静悄悄，思量起暗裏魂消。黄土傷心，丹楓染淚，漫把孤墳獨造。(四)

【南吕過曲・梁州新郎】（舊作【梁州小序】，亦非）【梁州序】新篁池閣，槐陰庭院，日永紅塵隔

(一) 眉批：「呆」音爺。「打墮」「早被」上去聲，「俐齒」「奈你」「道我」「罵我」去上聲，俱妙。「伶俐」當作「靈利」。「我爹爹」三字正對「撇呆」一句。

(二) 眉批：「野曠」「滿道」「倚賴」上去聲，「歎舉」去上聲，俱妙。「瘁」字借韻。馮云：朱買臣曲減「幸然爹媽」八字。

(三) 眉批：或於「歇」字下作一句，非也。「乍轉」「簟展」「扇冷」「到水」去上聲，「乳燕」上去聲，俱妙。

(四) 眉批：「静悄」「暗裏」「漫把」去上聲，「染淚」上去聲，俱妙。「暗裏魂消」四字可用仄平平仄。

斷。碧欄杆外，空飛漱玉清泉。只覺香肌無暑，素質生風，小簟琅玕展。晝長人困也，好清閒，忽被棋聲驚晝眠。【賀新郎】（合）《金縷》唱，碧筒勸，向冰山雪檻開華宴。清世界，有幾人見？(一)（如此佳詞，惜用韻太雜耳。右二曲雖係一調，然其拈韻及中間句法亦自不同。如首句『等』字用韻，『閣』字不用韻。中間『昌盛』『盛』字、『凌併』『併』字用韻，而『無暑』『暑』字，『寒玉』『玉』字又不用韻。『錢物昌盛，愧我家寒』，則散文作句。『香肌無暑，素質生風』，則對偶成文。『因緣』『料想』一句舊體止七字，而『晝長』云云相傳八字句法，雖先詞隱定以『也』字作襯，而此腔沿習已久，此板必不可缺。且如下曲云『心地熱』『初浴罷』『攜素手』，亦不似襯字，俱作實字句法可也。馮意若作【梁州序】本腔即依《荆釵》，若作【梁州犯新郎】即依《琵琶》。自是兩曲俱不失體段，至於曲中襯『他』『恁地』及『只覺』等字，雖曰襯字，然亦不可少。）

【南吕過曲·節節高】（即【生薑芽】）漣漪戲彩鴛，把荷翻，清香瀉下瓊珠濺。香風扇，芳沼邊，閒亭畔。坐來不覺神清健，蓬萊閬苑何足羨？（合）只恐西風又驚秋，不覺暗中流

(一) 眉批：『小簟』『縷唱』上去聲，『困也』去上聲，俱妙。以後【換頭】皆與【梁州序】本調同，故不録。『見』字用平聲收亦可，然非舊格也。按：方諸校本『也』字亦實唱點板。

年換。(一)

【南呂過曲・大勝樂】(『勝』或作『聖』)婚姻事難論高低，論高低何如休嫁與？假如親賤孩兒貴，終不然便拋棄？奴是他親生兒子親息婦，難道他是何人我是誰？爹居相位，怎說着傷風敗俗非理的言語？(二)

【南呂過曲・紅衲襖】莫不是丈人行性氣乖？莫不是妾跟前缺管待？莫不是畫堂中少了三千客？莫不是繡屏前少了十二釵？這話兒教人怎猜？這意兒教人怎解？敢只是楚館秦樓，有個得意人兒也，悶懨懨不放懷？(三)（據《拜月亭》，似乎【青衲襖】八句，【紅衲襖】七句。及觀《琵琶記》，則【紅衲襖】亦有八句，句法正與《拜月亭》【青衲襖】相似，但增一『也』字及『人兒』『兒』字不用韻耳。二《記》必有一誤，不敢臆說。又按古曲如《八義》《金印》《拜月》皆以【紅衲襖】爲【引子】，獨

(一) 眉批：『戲彩』『閬苑』俱去上聲，妙甚。『把』字上聲尤妙。『不覺暗中』作平平去平亦妙。然此四字用平平仄仄亦可。用韻亦雜。

(二) 眉批：第一句『難』字上一板必不可無，無之，則板亂矣。今人必欲去之，可恨。凡【柰子花】【鎖窗寒】【繡衣郎】等曲皆然。『終不然』一句用仄平仄仄平平亦可。『與』字、『語』字借韻。

(三) 眉批：此調及【青衲襖】今人皆以其句法長短不定，遂妄改句法，多至不成音律。不知襯字只可用在每句上及句中間，至於每句末後三個字其平仄斷不可易，不然即不諧矣。『行』字當作『杭』，去聲。今姑依音律作平聲。馮稿以此曲八句亦作【青衲襖】，予因此調時尚皆然，當仍舊。

《琵琶記》不作【引子】，故舊譜載於【過曲】。今不敢輕改，畢竟是【引子】也。或作北曲，尤謬。）

【南呂過曲・梅花塘】賣頭髮，買的休論價。念我受饑荒，囊篋無些個。丈夫出去，那竟連喪了公婆。没奈何，只得剪頭髮資送他。(一)

【南呂過曲・香柳娘】（古本俱無重疊句，今從俗）看青絲細髮，看青絲細髮，剪來堪愛，如何賣也没人買？若論這饑荒死喪，這饑荒死喪，怎教我女裙釵，當得這狼狽？況連朝受餒，況連朝受餒，我的脚兒怎擡？其實難捱。(二)

【南呂過曲・女冠子】（舊譜多一『古』字，非也）相公只慮多嬌女，怕跋涉萬山千水。女生外向從來語，況既已做人妻。夫先婦隨，不須疑慮。這是藍田種玉結親誤，今日到海沉船補漏遲。（合）想起此事，費人區處。(三)

【南呂過曲・大迓鼓】因緣雖在天，若非人意，到底埋冤。料想赤繩不曾綰，多應他無玉種

(一) 眉批：『賣頭髮』三字乃一句也。以『髮』字、『憒』字與『個』字、『婆』字、『何』字、『他』字作一韻，此《琵琶記》常態也。『他』音拖。

(二) 眉批：『剪』字仄聲，妙甚。『無人買』三字用四個字亦可。『狽』字借韻。『餒』字不可不用韻，但此曲借韻耳。

(三) 眉批：『到海』句或作『船到江心』云云，即與上句不相對矣。用韻雜。

藍田。休强把嫦娥，付與少年。(一)

【南呂過曲・繡帶兒】親年老光陰有幾？行孝正是今日。終不然爲着一領藍袍，却落後了戲綵斑衣。思之，此行榮貴雖可擬，怕親老等不得榮貴。春闈裏紛紛大儒，難道是没爹娘的孩兒方去？【換頭】（第二）休迷，男兒漢淩雲志氣，何必苦恁淹滯？可不乾費了十載青燈，枉捱半世黃虀？須知，此行是親志，休故拒。你那些個養親之志？百年事只有此兒，難道是庭前森森丹桂？(二)（此係本調全腔。《玉簪記》『難提起』一曲『（末云）幾番長歎空自悲，怕春去留不住少年顔色』，比此曲少第七第八兩句，或作『又一體』則可。《南音三籟》乃欲以其曲爲【繡帶兒】全調，併疑『春闈裏』以下犯【太師引】則不可也。又疑【繡帶引】一曲雖半犯【太師引】，而句字與【繡帶兒】全曲一般，爲漫無分別，不知其句數雖合，而腔板則分，自不相混也。其説别見『猫兒逐黄鸝』註中。）

【南呂過曲・太師引】他意兒難提起，這其間就裏我自知。他戀着被窩中恩愛，捨不得離海

(一) 眉批：『緣』字句中暗韻，不可不知。『雖』或作『須』，非也。『料想』句若用仄平平仄平平仄更妙。

(二) 眉批：韻亦雜。『正是』或作『正在』，亦通。『戲綵』或作『五綵』，非也。『拒』或作『推』，亦非。『戲綵』『費了』去上聲，『苦恁』上去聲，俱妙。『春闈裏』『裏』字，『百年事』『事』字，俱暗用韻於句中而人不覺者。每曲末後四字用仄平平亦可。『只有此兒』『有』字仄平聲乃順。

角天涯。塗山四日離大禹，你直恁地捨不得分離？貪鴛侶守着鳳幃，多誤了鵬程鶚薦的消息。(一)

【南呂過曲・太師令】(原作『又一體』，今改定)細端相，這是誰筆仗？覷着他，教我心兒好感傷。好似我雙親模樣，怎穿着破損衣裳？道別後容顏無恙，怎這般淒涼形狀？誰來往，直將到洛陽？【刮鼓令】須知，仲尼和陽虎一般龐。

【前腔】(二)這是街坊誰劣相，砌莊家形衰貌黃。若没個媳婦來相傍，少不得也這般淒涼。敢是神圖佛像？猛可地小鹿兒心頭撞。丹青匠，由他主張，須知漢毛延壽誤王嬙。(三)(『好似』『怎這』『敢是』上去聲，『似我』『破損』去上聲，俱妙。『相』字、『往』字、『坊』字、『匠』字俱是句中暗用韻處。或於『相』字下打截板，或唱作『誰往來』，皆非也。『砌莊家形衰貌黃』猶言裝砌成此田莊人家衰黄之

(一) 眉批：『意兒』『兒』字及『侶』字俱句中暗韻，但惜其借耳。『禹』字亦借韻。『就裏』『大禹』『誤了』俱去上聲，妙。又：『分離』『離』字馮意去聲。『鶚』音『愕』，不可唱作『鶴』。

(二) 【前腔】：原作【其二】，據汲古閣刊本《繡刻琵琶記定本》改。

(三) 眉批：查古曲凡【太師引】皆用前一曲體，第五句並無有用『別後』云云句法者，必犯他調，莫可考矣。只查得末一句是【刮鼓令】，記以俟知者。蓋此二曲末一句俱七字句法，全不與前曲末句相似。古曲亦無此等句法，若如今人唱，則高先生之扭捏何足取哉？『猛可地』一句句法又不同，若以『漢』字爲疑，則《史記》《漢書》其稱『漢』多矣，未嘗如後人必稱國家也。『息婦』『婦』字用平聲乃叶。馮云『婦』字仄聲不叶，襯一『來』字便和。此法不可不知。

狀也。子猶謂此曲本調用全曲恐無末犯他調一句之理，予意【五供養】末亦犯【月上海棠】一句。或古有此體耳。）

【南吕過曲·瑣窗郎】（舊作【犯阮郎歸】，今改正）【瑣窗寒】吾家一女娉婷，不曾許公與卿。昨承帝旨，選個書生。不須用白璧黄金爲聘。【賀新郎】若是因緣前世已曾定，今日裏，共歡慶。〔一〕（按：『昨承』至『爲聘』十六字即前『送荆釵』至『回俺』十七字也。彼則於『室』字下作截板，而此則不然，亦是後人訛以傳訛，不知【瑣窗郎】之出於【瑣窗寒】耳，必求歸一之腔乃妙。今人唱彼則極其慢，唱此則甚粗疏，亦非也；【瑣窗寒】亦何必細腔耶？至於『昨』字上或無板，則不必拘也。）

【南吕過曲·宜春令】雖然讀萬卷書，論功名非吾意兒。只愁親老，夢魂不到親闈裏。便教我做到九棘三槐，怎撇得萱花椿樹？我這衷腸，一點孝心對着誰語？〔二〕（末句『我這』俱仄聲，妙。不可將此二字作襯而以『衷腸』二字唱起。《琵琶》下三曲皆然。）

【南吕過曲·三學士】（或改作【玉堂人】，可惡）謝得公公意甚美，凡事仗托維持。假饒一舉登

〔一〕 眉批：首句上一字板必不可無。『許』字若用平聲更妙。『帝旨』去上聲，『選個』上去聲，俱妙。『已』字拗，改作平聲乃叶。

〔二〕 眉批：此首二句起調點板法。『書』字、『兒』字、『樹』字、『語』字語俱借韻。『夢魂不到』用仄仄平平亦可。

科日，難道是雙親未老時。只恐錦衣歸故里，雙親的不見兒。(一)（按：此調第三句與【解三酲】雖相似而實不同，予猶及聞昔年唱曲者唱此第三句並無截板，今清唱者唱此第三句皆與【解三酲】第三句同，而梨園子弟素稱有傳授能守其業者亦踵其訛矣。予以一口而欲挽衆口以存古調，不亦艱哉。）

【南呂過曲·羅鼓令】（或作羅古，犯【仙呂】及【越調】）【刮鼓令】如今我試猜，多應他犯着獨噇病來，背地裏自買些鮭菜？我喫飯他緣何不在？這意兒真是歹。他和你甚相愛，不應反面直恁乖。我千辛萬苦，却有甚情懷？却不道我臉兒黄瘦骨如柴？【皂羅袍】（合）思量到此，淚珠滿腮。看看做鬼，溝渠裏埋。縱然不死也難捱，【包子令】教人只恨蔡伯喈。(二)（『也』字中州韻元可作平聲。原本前半用《琵琶記》中首曲，予因第二曲韻調和協，故易之。但此曲『我喫飯緣何不在』『這意兒真是歹』似兩句句法，而《荊釵記》中『又緣何愁悶縈』止六字一句耳。馮云因上文意未盡而疊用一句也，古戲曲中往往有之。原云末句不似【包子令】，不可曉。愚意『恨』字上增一板即似【包子令】。然先生於《琵琶考註》云『若依【包子令】唱便不合調』，恐有訛處。而墨憨謂此句即【刮鼓令】末句，非【包子

(一) 眉批：方諸云首句末字須用上聲，若平聲即第二義。『末』字若改平聲更妙。『甚美』『未老』『故里』俱去上聲，妙。『日』字不用韻亦可。此曲第三第四句必如《琵琶記》用成語或唐詩一聯乃妙。

(二) 眉批：『我試』『你甚』『反面』上去聲，『地裏』是仄，『萬苦』『到此』『做鬼』去上聲，俱妙。『噇』音床。『鮭』音諧。

令】也。此論亦是。但【刮鼓令】即用全曲在前帶【皂羅袍】半曲，而又入本調末一句作【尾】，恐又未必然耳。知音者再商之。）

【南呂過曲・香羅帶】一從鸞鳳分，誰梳鬢雲？妝臺不臨生暗塵，那更釵梳首飾典無存也。是我擔閣你度青春，如今又剪你，資送老親。剪髮傷情也，只怨着結髮薄倖人。（一）

【南呂過曲・三換頭】【五韻美】名韁利鎖，先自將人摧挫。【臘梅花】況鸞拘鳳束，甚日得到家？我也休怨他。這其間，只是我，不合來，長安看花。【梧葉兒】閃殺我爹娘也，淚珠空暗墮。（合）這段因緣，也只是無如之奈何。（二）（舊註：前二句【五韻美】，中四句【臘梅花】，後四句【梧葉兒】。考之前後二句，俱近似矣，但中段不似，而『閃殺』二句亦不似【梧葉兒】。今按此曲原雜押歌戈與家麻，『只是我』『我』字原與『鎖』『挫』等字叶，即《琵琶》下曲『把』字亦然。今細以【臘梅花】對之，則『鸞拘鳳束』『甚日到家』與『孩兒出去在今日中』對。前、後『這其間』兩句正與『但願得魚化龍』對，『長安看花』及『且都拋捨』又與『青雲得路』對。上『不合來』下『那壁廂』只作襯字，惟『我也休怨他』及『此事明知牽掛』二句與『爹爹媽媽來相送』稍異，則東嘉他曲於調中增減一二字者每有之耳。即【五韻美】首二

（一）　眉批：『存』字是暗用韻處。『傷情』『情』字元非用韻，『情』字下『也』字隨意用一仄聲字俱可，不比前邊『也』字必不可換也。

（二）　眉批：曲入【南呂】乃各犯他調。

句亦有二體，此與《拜月亭》『意兒裏想，眼兒裏望』體同。【梧葉兒】後四句，《荆釵》『無由洗恨，無由遠恥，事到臨危，拚死在黃泉做鬼』，此以『悶殺爹娘，淚珠暗墮』作正文，而以『我』字、『也』字、『空』字作襯正爾相對。末句『無如之奈何』『奈何』二字與『做鬼』二字對，『之』字作襯。似此查明，當在『我』字點板，而『不合來』『不』字無板。『悶』字、『娘』字點板，而『爹』字、『也』字無板。）(一)

【南呂過曲·懶畫眉】强對南薰奏虞絃，只覺指下餘音不似前，那些個流水共高山？只見滿眼風波惡，似離別當年懷水仙。(二)（此調第一字平仄不拘，第二字必用仄聲，第三、第四字必用平聲乃是正體。《琵琶記》三曲皆然。原載『頓覺餘音』一曲因第四句『殺聲在絃中見』襯字覺難，下故易此曲第四句『惡』字不用韻，其第三曲中『少』字亦然。《考註》云：『此句不叶韻，更脱俗。』）

【南呂過曲·二犯五更轉】（墨憨名【香繞五更】）【香遍滿】把土泥獨抱，麻裙裹來難打熬。空山靜寂無人吊，但我情真實切，到此不憚勞。【五更轉】何曾見葬親兒不到？又道是三匝圍喪，那些個卜其宅兆？思量起，是老親合顛倒。你圖他折桂看花早，不道自把一身，送在白楊衰草。【香遍滿】（尾）漫自苦，這苦憑誰告？(三)（原註：前五句似犯【香遍滿】，後二句似犯【賀新郎】，

(一) 眉批：已上參之方諸，非臆説也。

(二) 眉批：『對』字仄聲，妙甚。『懷』字切不可用上聲、去聲，若無平聲字，用入聲可也。『山』字借韻。

(三) 眉批：『兒』字改平，『葬親』『親』字改仄乃叶。

而《琵琶考註》以『憑』字平聲，與『幾人見』句法欠叶。今查馮註以『謾自苦』二句正與《琵琶記》『也只爲糟糠婦』二句相對，則末二句亦係【香遍滿】無疑，從之。）

【南呂過曲・紅衫兒】你不信我教伊休説破，到此如何？算你爹心性，我豈不料過？我爲甚亂掩胡遮？只爲着這些。你直待要打破了砂鍋，是你招災攬禍。【換頭】不想道相挜把，這做作難禁架。我見你每每咨嗟要調和，誰知道好事多磨？起風波，把你陷在地網天羅，如何不怨我？懊恨只爲我一個，却擔擱你兩下。〔一〕（挜：中州韻作『瓦』字音，今人唱作强雅切者，非也。把：唱作『靶』。）

【黄鐘引子・女冠子】（與【南呂・小女冠子】不同）馬蹄篤速，傳呼簇擁雕轂。宮花帽簇，天香袍染，丈夫得志，佳婿乘龍。粧成聞喚促，又將嬌面重遮，羞蛾輕蹙。這因緣不俗，金榜題名，洞房花燭。〔二〕

【黄鐘引子・點絳脣】（與詩餘同）月淡星稀，建章宮裏千門曉。御爐烟裊，隱隱鳴梢杳。【換

〔一〕眉批：『性』字不用韻，此是疏處，據後曲『磨』字用韻可見矣。此二曲上去去上二聲聯用處極多，妙甚。當詳玩之。按：【換頭】原與前曲不同，則第三句用七字句法，將『咨』字點板作腔，而省却許多襯字亦可。

〔二〕眉批：此曲皆入聲韻而用『龍』字，乃『龍』『隴』『弄』亦可轉入入聲也。然《琵琶考註》則云：『中州韻原無北音，後人不可學。』『乘龍』或作『坦腹』，『嬌面』或作『彩扇』，皆非。

頭】忽憶年時，問寢高堂早。鷄鳴了，悶縈懷抱，此際愁多少？（此調乃南【引子】，不可作北調唱。北調第四句平仄平平，南曲第四句仄平平仄，北無【换頭】，南有【换頭】；北第一第二句皆用韻，南直至第三句方用韻。今人凡唱此調及【粉蝶兒】俱作北腔，竟不知有南【點絳唇】及南【粉蝶兒】也，可笑。況北【點絳唇】《琵琶記》就用在此調之前，有何難辨也。）

【黄鐘引子・傳言玉女】（比詩餘多少一二字）燭影揺紅，簾幕瑞烟浮動，畫堂中珠圍翠擁。粧臺對月，下鸞鶴神仙儀從。玉簫聲裏，一雙鳴鳳。

【黄鐘引子・西地錦】好怪吾家門婿，鎮日不展愁眉。教人心下當縈繫，也只爲着門楣。

【黄鐘引子・滴溜子】天應念，天應念，蔡邕拜禱。雙親的，雙親的，死生未保。可憐恩深難報。一封奏九重，知他聽否？會和分離，都在這遭。(一)

【黄鐘引子・滴溜子】（用入聲韻）漫説道因緣事，果諧鳳卜，細思之，此事豈吾意欲？有人在高堂孤獨。可惜新人笑語喧，不知舊人哭。兀的東床，難教我坦腹。(二)（馮换舊曲云：『我今日重逢，景當上元。想從前恩愛，使人淚漣。』且云：『《琵琶記》「因緣」下添一「事」字，誤。存考。』）

(一) 眉批：『應』字從古本。『知他聽否』一句與前曲不同。馮云此變三字爲四字。『否』字借韻。

(二) 眉批：『漫説道』六字及『細思之』五字俱與第二曲句法不同，『不知舊人哭』一句亦然。

【黄鐘引子・神仗兒】揚塵舞蹈，揚塵舞蹈，見祥雲縹緲。想黄門已到，料應重瞳看了，多應哀念我私情烏鳥。顒望斷九重霄，顒望斷九重霄。(一)（『斷九』去上聲，妙。）

【黄鐘引子・鮑老催】意深愛篤，文章富貴珠萬斛，天教艷質爲眷屬。似蝶戀花，鳳棲梧，鸞停竹。男兒有書須勤讀，書中自有黄金屋；也自有千鍾粟。(二)

【黄鐘引子・雙生子】郎多福，郎多福，看紫綬黄金束。娘分福，娘分福，看花誥文犀軸。兩意篤，兩意篤。豈反覆，豈反覆。似文鸞彩鳳，兩兩相逐。(三)

【黄鐘引子・啄木兒】（舊譜所收及時曲【新蟬噪】皆異此）何須慮，不用焦，人世上離多歡會少。大丈夫當萬里封侯，肯守着故園空老？畢竟事君事親一般道，人生怎全忠和孝？不見母死王陵歸漢朝？(四)（《考註》云『事君』二句是此曲之務頭，必如此乃發調。蓋每於第四字用平聲而人不

(一) 眉批：第一句與末一句各重疊唱，從俗也。『看』字可用平聲，『多應哀念』八個字必不可少。自從《香囊記》偶失此句，後人遂皆不知矣。曷不觀《八義》《牧羊》諸記乎？可歎！

(二) 眉批：『意』字去聲發調，妙甚。『有書』的『書』字改用仄聲尤叶。『蝶戀花』用平平仄，『鳳棲梧』用仄仄平，俱可。馮云前三句押韻，可平可仄，『蝶戀花』一句隨意押一韻亦可。

(三) 眉批：分福：言分内之福，元詞多有之。或作『萬福』。方諸從經語作『介福』，皆通。

(四) 眉批：若首曲，起調只第六字一截板。『故園空老』可用平仄平仄。『歡』字、『歸』字兩平聲，及『事君事親』用去上去平，『人生怎全』用平平上平，皆絶妙。他人若不用平平仄仄，則用仄仄平平矣。

察也。馮又録一古曲與【新蟬噪】曲同，此必犯别調，豈本腔也？予謂此調只從《琵琶記》，更無别體。）

【黄鐘引子・啄木鸝】（又可入【商調】）【啄木兒】聽言語，教我悽愴多，料想他每也非是假。他那裏既有妻房，取將來怕不相和？但得他似你能掗把，我情願侍他居他下。【黄鶯兒】只愁他程途上苦辛，教人望巴巴。(一)（用韻亦雜）

【黄鐘引子・三段子】（舊譜所收及時曲【井梧墜葉】皆不同）這懷怎剖？望丹墀天高聽高。這苦怎逃？望白雲山遥路遥。你做官與親添榮耀，高堂管取加封號。與你改换門閭，偏不好？(二)（『剖』『抛』字上聲。『偏不好』古本元無『是』字。）

【黄鐘引子・歸朝歡】寃家的，寃家的，苦苦見招，俺息婦埋寃怎了？饑荒歲，饑荒歲，怕他怎熬？俺爹娘怕不做溝渠中餓殍？譬如四方戰争多征調，從軍遠戍沙場草，也只是爲國忘家怎憚勞。(三)

(一) 眉批：舊註云：【黄鐘】不可居【商調】之前，恐前高後低也。此調正犯此病，雖起於高則誠，慎不可學。『掗』字改平聲乃叶。『辛』字、『人』字俱改仄聲尤妙。

(二) 眉批：兩個『這』字，兩個『望』字及『聽』字、『路』字俱用去聲，妙甚！妙甚！必如此方發調。兩個『怎』字上聲，又和協。『耀』字、『號』字俱去聲，而以『好』字上聲收之，尤妙。

(三) 眉批：今人見『四方』三句似【尾聲】，多作【尾聲】唱之，則【歸朝歡】只有半曲矣。

【黄鐘引子・獅子序】他息婦雖有之，念奴家須是他孩兒的妻。那曾有息婦不事親闈？若論做息婦的道理，須當奉飲食，問寒暄，相扶持頻繁中饋。又道是養兒代老，積穀防飢。(一)（舊腔點截板在『食』字下，而『理』字是正用韻處反無截板，今改正。）

【黄鐘引子・太平歌】他求科舉，指望錦衣歸，不想道你留他爲女婿。他埋冤洞房花燭夜，那些個千里能相會？只要保全金榜掛名時，事急且相隨。（此調本屬【黄鐘】，【東甌令】本屬【南吕】，舊譜初未嘗言二調相同，近日唱曲者或將此調唱作【東甌令】，或謂此調即【東甌令】，此予所未解也。縱使説『指望』二字是襯字，獨不思此調『那些個』一句是八個字，『千』字一板，『能』字一掣板，『會』字一板，而【東甌令】第五句云：『他那裏胡行徑』『他』字作襯，只五字也。況又難下掣板，只好點兩個實板，如何可捏做一調唱耶？後學辨之。）

【黄鐘引子・賞宮花】他終朝慘悽，我如何忍見之？若論爲夫婦，須是共歡娛。他數載不通魚雁信，枉了十年身在鳳凰池。(二)（『之』字、『娱』字借韻，『共』字點掣板亦可，『在』字依古本）

(一)　眉批：起調二句只一截板，餘如下曲。或作『次妻』，非也。牛氏在其父前豈可就認次妻耶？今依古本用『的』字。後人不知『的』字是上聲，故妄謂難唱而改之耳。

(二)　眉批：第一句若第一第二字用平聲，則第四字亦可用上聲。若第一字欲用仄聲，則第四字切不可仄也。『我』字是襯字，後人不知，故『如』字上有一板，今查正。

【越調引子・霜天曉角】（與詩餘同）難捱怎避，災禍重重至。最苦婆婆死矣，公公病又將危。【換頭】悄然魂似飛，料應不久矣。縱然擡頭强起，形衰倦，怎支持？[一]（『公公病』及『形衰倦』處文法略斷，不可連下。）

【越調引子・金蕉葉】恨多怨多，俺爹娘知他怎麽？擺不去功名奈何？送將來冤家怎躲？[二]（若『躲』字用平聲，則『何』字當用仄聲。）

【越調引子・祝英臺近】（與詩餘同）緑成陰，紅似雨，春事已無有。聞説西郊，車馬尚然馳驟。怎如柳絮簾櫳，梨花庭院，好天氣清明時候？[三]（凡【引子】皆曰慢詞，凡過曲皆曰近詞，此當作【祝英臺慢】，但此調出自詩餘，元作【祝英臺近】，不敢改也。）

【越調過曲・山桃紅】【下山虎】（頭）蔡邕不孝，把父母相抛。早知你形衰耄，怎留漢朝？【小桃紅】（中）你爲我受煩惱，你爲我受劬勞。謝你送我爹，送我娘，你的恩難報也。【下山

[一] 眉批：此調用【換頭】，正與詩餘相似，不知者將『悄然魂似飛』『魂』字作襯字，極可笑。如【憶秦娥】亦前後段不同，何足疑也？

[二] 眉批：『恨』字去聲妙甚，舊譜改作『愁』字即索然矣。『怨』字、『奈』字去聲，兩個『怎』字、『躲』字上聲，俱妙。與原本【錦機亭】曲同調。

[三] 眉批：舊譜『尚』字下增一『然』字，今人於『天氣』下增『正是』二字，皆非也。

虎】（尾）又道是養子能代老。（合）這苦知多少？此恨怎消？天降災殃人怎逃？（一）

【越調過曲·羅帳裏坐】你艱辛萬千，是我擔伊誤伊。身衣口食，怎生區處？終不然又教你守着靈幃？已知死別在須臾，更與甚麽生人做主？（二）

【越調過曲·鏵鍬兒】伊家富豪，那更青春年少。看你紫袍掛體，金帶垂腰，應須有封號。金花紫誥，必俊俏，須媚嬌。若還他醜貌，怎不相休去了？（三）（此與【正宮】之【刬鍬兒】不同，然【刬鍬兒】今多訛爲【剗鍬兒】【鏟鍬兒】，或又訛爲【鏵鍬兒】，而此調惟《琵琶》《牧羊》二記有之，但恐人混於【刬鍬兒】耳。）

【越調過曲·祝英臺】（或作【祝英臺序】）把幾分春三月景，分付與東流。唬老杜鵑，飛盡紅英，端不爲春閒愁。休休，婦人家不出閨門，怎去尋花穿柳？把花貌，誰肯因春消瘦？【換頭】（第二）春晝，只見燕雙飛，蝶引隊，鶯語似求友。那更柳外畫輪，花底雕鞍，都是少年閒遊。難守，繡房中清冷無人，也待尋一佳偶。這般說，我的終身休配鸞儔？【換頭】（第三）知

（一）眉批：『父母』『爲我』『葬我』『報也』『代老』『孝也』『怨苦』『恨怎』去上聲，『你爲』『我受』『此恨』上去聲，俱妙。中段句法及點板與前一曲不同。『養子』二字俱改平聲乃叶。

（二）眉批：韻亦雜。古本作『與甚麽』，近作『有甚麽』，非也。

（三）眉批：《牧羊記》『受盡了千磨百滅』，正與此同調。

否，我爲何不捲珠簾，獨坐愛清幽？千斛悶懷，百種春愁，難上我的眉頭。休憂，任他春色年年，我的芳心依舊。這文君，可不擔閣了相如琴奏？㈠（按：第二【換頭】與起調處不同，而第三第四【換頭】起處云『爲何不捲珠簾』『信你徹底澄清』，又與『燕雙飛，蝶引隊』不同，又並載之。第四與第三同，故不録。）

【越調過曲・望歌兒】我三年謝得你相奉事，只恨我當初把你相擔誤。我欲待報你的深恩，待來生做你的兒息婦。（合）怨只怨蔡邕不孝子，苦只苦趙五娘辛勤婦。【換頭】（第二）尋思：一怨你死後有誰祭祀？二怨你有孩兒，不得相看顧；三怨你三年没一個飽煖的日子。（合）三載相看甘共苦，一朝分別難同死。【本調】（第三）你將我骨頭休埋在土，我甘受折罰，任取屍骸露。留與傍人，道蔡邕不葬親父。（合前首曲）怨只怨蔡邕不孝子，苦只苦趙五娘辛勤婦。【換頭】（第四）思之，公婆已得做一處所，料想奴家不久也歸陰府。可憐一家三個怨鬼在

㈠ 眉批：記馮點板在『春』字、『景』字，而去『分』字一板。『景』字、『鵑』字、『英』字、『閒』字、『飛』字、『隊』字、『輪』字、『鞍』字、『人』字、『□』字、『懷』字、『年』字俱不可用韻。『東流』『清幽』俱用平平，而『求友』二字用平上，『休休』『休憂』俱用平平，而『難守』二字用平上。『誰肯因春消瘦』與『擔閣相如琴奏』用平仄平平平去，而『終身休配鸞儔』乃用平平平去平平，此正是高先生妙處。詞中之從心所欲不逾矩也。

冥途。（合前次曲）三載相看甘共苦，一朝分別難同死。(一)（按：《琵琶記》此調或分作四曲，或並作二曲。細查《九宫十三調譜》，並無【歌兒】。偶閲《周孝子》傳奇中有【望歌兒】，正與譜中【越調・望歌兒】相合。況《琵琶》此調後有【羅帳裏坐】，亦係【越調】，予始爽然，自信此調乃【望歌兒】。而刻本名【歌兒】者，皆誤也。但《琵琶》是全調，而《周孝子》乃從【换頭】處起耳。然《琵琶記》第二曲又似從頭起，不從【换頭】處起，又不可曉也。已上原註以下參改。先詞隱於《琵琶考註》中將此一套止分爲二曲，不作【换頭】，而於《九宫譜》只收其前一曲，分作二曲，一【本調】，一【换頭】。予今續取其後一曲亦分作二曲如前式，以備兩曲各自合前之體，但《考註》内之後曲原以首句『你將我骨頭休埋在土』仍作起調句法，而馮稿以『將我』二字作一句，爲【换頭】句法，以前一曲爲【本調】，下三曲爲【换頭】，併將四曲分出襯字，點板分明，亦可破先詞隱之疑矣。但愚意所嫌者，《琵琶記》雖嘗借韻，終不以『我』字攙入魚模。今予竟從《考註》原本，以第三段『你將我』云云以下仍作【本調】，第四段『思之』以下復作【换頭】，一如古體【鎖南枝】舊式，則最當也。其第四曲馮去『思之』二字，以『公婆』二字作句，予亦以『婆』字非韻，仍從《考註》本，以『思之』二字作韻句而定以『公婆』二字作襯爲妥。蓋東嘉每以支思借叶魚模，而終不以戈歌混也。質諸知音，當亦首肯。）

【越調過曲・憶多嬌】（用入聲韻）他魂渺漠，我没倚着。程途萬里，教我懷夜壑。此去孤墳，

(一) 眉批：原云此曲點板未確，今從馮參改定。此套合用支思、魚模二韻。『折』音浙。

望公公看着。(合)舉目蕭索，舉目蕭索，滿眼盈盈淚落。[一] (兩『着』字俱如『濯』字音唱，但『倚着』『着』字當帶平聲韻耳，勿唱作『潮』。)

【前腔】(用入聲韻)奴深謝公公，便辱許諾。從來的深恩，怎敢忘却？只怕途路遠，體怯弱；病染孤身，力衰倦脚。(合)孤墳寂寞，路途滋味惡。兩處堪悲，兩處堪悲，萬愁怎摸？[二]

【越調近詞·入賺】(名【竹馬兒賺】)聽得鬧炒，敢是兒夫看詩囉唣？是誰忽叫姐姐？想是夫人召，必有分曉。是他題詩句，你還認得否？他從陳留郡，爲你來尋討。你怎地穿着破襖，衣衫盡是素縞？莫不是我雙親不保？從别後，遭水旱，兩三人只道同做餓殍。只有張公可憐，歎雙親别無倚靠。兩口相繼死，我剪頭髮賣錢來送伊妣考。把墳自造，土泥盡是我麻裙裹包。聽得伊言語，教我痛殺噎倒。[三]

[一] 眉批：第三句平平仄仄平平仄，與前曲平仄平平仄仄平不同。『看』字平聲，與前曲『掛』字去聲不同。馮不録，余並存。

[二] 眉批：『病染孤身』與『力衰倦脚』正對，或改『孤身』作『災纏』，『力衰』作『衰力』，俗矣。『萬愁怎摸』與『兩處堪悲』正對，或作『千愁萬愁』，可惡。

[三] 眉批：『鬧炒』『爲你』『破襖』『是我』『□□』『□□』去上聲，『□□』『□是』『怎地』『水旱』『倚靠』上去聲，俱妙。或無『姐姐』二字，『題』字下或無『句』字。『否』字借韻。

【越調近詞・入破】(一至九不拘多寡)議郎臣蔡邕啓:　今日蒙恩旨,除臣爲郎官職,重蒙婚賜牛氏。　干瀆天威,臣謹誠惶誠恐,稽首頓首。　伏念微臣,初來有志,誦詩書力學躬耕修己,不復貪榮利。　事父母,樂田里,初心願如此而已。　不想州司,謬取臣邕充試。　到京畿,豈料愚蒙,叨居上第。

【破第二】重蒙聖恩,婚以牛公女。　草茅疏賤,如何當此隆遇?　但臣親老,一從別後,光陰又幾。　盧舍田園,荒蕪久矣。

【衮第三】那更老親鬢垂白,筋力皆癯瘁。　形隻影單,無弟兄,誰奉事?　況隔千山萬水,生死存亡,雖有音書難寄。　最可悲,他甘旨不供,我食禄有愧。

【歇拍】不告父母,怎諧匹配?　臣又聽得家鄉里,遭水旱,遇荒飢。　多想臣親,必做溝渠之鬼,未可知。　怎不教臣,悲傷淚垂?

【中衮第五】臣享厚禄紆朱紫,出入承明地。　獨念二親寒無衣,飢無食,喪溝渠。　憶昔先朝,買臣出守會稽;　司馬相如,持節錦歸。

【煞尾】他遭遇聖時,皆得回鄉里。　臣何故,別父母,遠鄉閭,没音書,此心違?　伏惟陛下,

特憫微臣之志。遣臣歸，得侍雙親，隆恩怎比？〔一〕

【越調近詞・出破】（亦不拘幾曲，至第七而止）若還念臣有微能，鄉郡望安置。庶使臣忠心孝意得全美，臣無任瞻天仰聖，激切屏營之至。〔二〕（曲中『那更老親』『不告父母』『多想臣親』『臣享厚禄』等句從俗，疊唱一句亦可。）

【商調引子・鳳凰閣】（與詩餘【換頭】處同）尋鴻覓雁，寄個音書無便。漫勞回首望家山，和那白雲不見。淚痕如綫，想鏡裏孤鸞影單。〔三〕（按：此調本【引子】，今人妄作【過曲】唱，即如【打毬場】本過曲而唱作【引子】也。舊譜却將第二句改作五字，又將『家山』改作『家鄉』，又去『和那』二字，遂不成調。況『想鏡裏』云云乃因思親而思妻，妙在一『想』字，乃改作『妝鏡』，即是五娘自唱之曲，非伯喈遥想之意矣。此皆舊譜之誤也。）

【商調引子・高陽臺】（此調入聲體）夢遠親闈，愁深旅邸，那更音信遼絶。淒楚情懷，怕逢淒

〔一〕眉批：此調或作北曲唱，謬矣。七曲□用支思、齊微、魚模韻。『稽』音齊。『頓首』『父母』『謬取』『又幾』『更老』『萬水』『最可』『未可』去上聲，『首頓』『有志』『豈料』『有愧』『享厚』『守會』上去聲，俱妙。『又幾』或作『有幾』，『鬢垂』或作『鬢髮』，『弟兄』或作『兄弟』，皆非也。或作『朱買臣守會稽』，非也。『會』音貴。

〔二〕眉批：『庶使』去上聲，『仰聖』上去聲，俱妙。『屏營』音平盈。

〔三〕眉批：韻亦雜。『首望』『想鏡』上去聲，『鏡裏』去上聲，俱妙。『和』字可作平聲。

楚時節。重門半掩黃昏雨，奈寸腸此際千結。守寒窗，一點孤燈，照人明滅。(一)

【前腔換頭】當時輕散輕別，歎玉簫聲杳，小樓明月。一段愁煩，番成兩下悲切。枕邊萬點思親淚，伴漏聲到曉方徹。鎖愁眉，慵臨青鏡，頓添華髮。(二)

【商調引子・憶秦娥】(與詩餘同)長吁氣，自憐命薄相遭濟。相遭濟，暮年姑舅，薄情夫婿。

【換頭】孩兒一去無消息，雙親老景難存濟。難存濟，不思前日，强教孩兒出去？(三)

【商調引子・十二時】(或巧名【尾聲】爲【十二時】，可恨)心事無靠托，這幾日翻成悲也。父意方回，夫愁稍可，未卜程途裏的如何，教我怎生放下？(四)

【商調引子・高陽臺】(用入聲韻)宦海沉身，京塵迷目，名韁利鎖難脱。目斷家鄉，空勞魂夢飛越。閒聒，閒藤野蔓休纏也，俺自有正兔絲的親瓜葛。是誰人無端調引，謾勞饒舌？(五)

(一) 眉批：『遠』字正對『深』字，或云不如『遶』字，非也。『那更』『更』字若改平聲尤妙。

(二) 眉批：『玉簫』句乃用『小樓吹徹玉笙寒』之意。或作『庾樓』，無謂。『慵臨青鏡』與上『一點孤燈』平仄可互用。

(三) 眉批：韻亦雜。

(四) 眉批：用韻亦雜。

(五) 眉批：『宦海』『利鎖』『纏也』『自有』『調引』『位裏』『鳳侶』去上聲，『野蔓』『俺自』『引蔓』上去聲，俱妙。

【前腔第二換頭】閥閱，紫閣名公，黄扉元宰，三槐位裹排列。金屋嬋娟，妖嬈那更貞潔。懽悦，紅樓此日招鳳侣，遣妾每特來執伐。望君家殷勤肯首，早諧結髮。(一)（凡入聲韻止可用之以代平聲韻，至於當用上聲、去聲韻處，仍相間用之方能不失音律。高先生喜用入聲，此曲如『脱』字、『越』字、『聒』字、『閲』字、『列』字、『潔』字、『悦』字處用入聲作平聲唱，妙矣。至於『葛』字、『舌』字、『伐』字、『髮』字處既用『兔絲』『謾勞』『特來』『早諧』等仄平二字在上，則其下當用平去或平上二聲，所謂以去聲、上聲韻間用之乃妙。今概用入聲，則入聲作平者與入聲作去上者混雜，音律欠諧矣。後人有獨見者還宜不用入聲韻爲是。）

【商調引子·山坡羊】亂荒荒不豐稔的年歲，遠迢迢不回來的夫婿。急煎煎不耐煩的二親，軟怯怯不濟事的孤身己。衣盡典，寸絲不掛體，幾番要賣了奴身己。争奈没主公婆，教誰管取？（合）思之，虚飄飄命怎期？難捱，實丕丕災共危。(二)（按：此曲『没主公婆』一句只該七字，人不知『教』字是襯字，故多有用八字者。如時曲『椿椿惆悵』之類，『惆』字又用平聲，誤而又誤矣。獨不觀此二曲『安在哉』之『在』字，『誰管取』之『管』字，及《拜月亭》之『珠淚滿腮』之『滿』字皆用仄聲耶？

(一) 眉批：此調不拘二曲、四曲、六曲，皆不可用【尾聲】。

(二) 眉批：『親』字不用韻，妙甚。『典』字用韻亦可。『取』字借韻。疑『捱』字是『推』字之誤，然未敢改也。『推』他雷切。馮云：古曲四字作三字者甚多，不必拘以『教』字作襯。

或又謂四句起者是【山坡羊】，三句起者是【山坡裏羊】，亦非也。）

【商調引子・二郎神】容瀟灑，照孤鸞嘆菱花剖破。記翠鈿羅襦當日嫁，誰知他去後，釵荊裙布無些。這金雀釵頭雙鳳嚲，羞殺人形孤影寡。説甚麼簪花，捻牡丹，教人怨着嫦娥。

【換頭】（第二）嗟呀，心憂貌苦，真情怎假？你爲着公婆珠淚墮，我公婆自有，不能勾承奉杯茶。你比我没個公婆得承奉呵，不枉了教人做話靶。你公婆，爲甚的雙雙命掩黄沙？（一）

【商調引子・囀林鶯】愁人見説愁轉多，使我珠淚如麻。我丈夫亦久别雙親下，要辭官，被我爹蹉跎。他妻雖有麽，怕不似您看承爹媽。在天涯，漫取去，知他路上如何？（二）（馮將前段作【集賢賓】，末二句作【二郎神】，以原名【囀林鶯】爲無謂而改名【集賢郎】。予謂此是古傳奇舊曲名，何必輒改？况【囀林鶯】原自渾成一曲，亦不必更爲剖析也，今仍舊。）

【雙調引子・謁金門】（與詩餘同）春夢斷，臨鏡緑雲撩亂。聞道才郎遊上苑，又添離别歎。

（一）　眉批：雜用家麻、歌戈、車遮三韻。『剖破』『你爲』上去聲，『鳳嚲』『貌苦』『自有』『甚的』『命薄』去上聲，俱妙。中間『剖破』二字、『影寡』二字、『話靶』二字尤妙。如《明珠》之『睡來還覺，餘香猶裊』，《連環》之『怎生能勾，問君知否』，『還』字、『猶』字、『能』字、『知』字俱平聲，便索然無調矣。《琵琶記》所以不可及全在此處。『簪花』作句，『捻牡丹』屬下，連上即非。

（二）　眉批：『要辭官』三字可用平平上，『我爹』二字可用平上或平去，『有麽』二字若用上去聲更妙。『在天涯』以下元非犯【黄鶯兒】，不可强扭其腔以合之也。『您』，『吟』上聲。

【换頭】苦被爹行逼遣，脉脉此情無限。骨肉一朝成折散，可憐難捨拚。[一]

【雙調引子・寶鼎現】（與詩餘同，但詩餘多【换頭】二段）小門深巷，春到芳草，人閒清晝。人老去星星非故，春又來年年依舊。幸喜得今朝新酒熟，滿目花開似繡。願歲歲年年，人在花下，常斟春酒。[二]

【雙調引子・金瓏璁】饑荒先自窘，那堪連喪雙親。身獨自，怎支分？衣衫都典盡，首飾并没分文。無計策，剪香雲。

【雙調引子・搗練子】（此係詩餘，亦可唱）嗟命薄，嘆年艱，含羞和淚向人前，只恐公婆懸望眼。[三]（『含羞』句平平仄仄仄平平，與詩餘不同，然皆可唱，但比詩餘偶少一句耳。至於『辭別去』一調則一字不少矣。）

【雙調引子・夜遊湖】惟恐他心思未到，教他題詩句，暗中指挑。翰墨關心，丹青入眼，强如

[一] 眉批：雜用桓歡、先天、寒山三韻。此高先生痼疾。

[二] 眉批：坊本於『巷』字下增『裏』字，『幸喜』下去了『得』字，『似繡』改作『如繡』，即非【寶鼎現】音調矣。【寶鼎現】原是詩餘之名，今人多作【寶鼎兒】，誤矣。

[三] 眉批：『前』字借韻。

把語言相告。[一]（舊譜無此調，而《琵琶記》俱刻此名，細查與【夜行船】字句皆同，但首句雖七字，而句法稍異耳，恐即是【夜行船】也。若果是【夜行船】，則『暗中指挑』反當依坊本作『暗裏相挑』矣。）

【雙調引子·玉井蓮後】忍冷擔飢，未知何日是了。（舊譜註一『後』字，而古本《琵琶》亦刻作【玉井蓮後】，但不知全調幾句耳。舊譜『忍』字上有『終朝』二字，今依古本不用。）

【雙調引子·五供養】終朝垂淚，爲雙親教我心疼。墳塋須共守，只得離宸京。商量個計策，猶恐你爹心不肯。若是他不從，只索向君王請命。[二]（《琵琶記》又有『文章過晁董』一曲，亦名【五供養】，與此二調不同，又與『貧窮老漢』不同。本是【引子】，而人以『貧窮老漢』腔板唱之，尤覺牽强。豈有四隻【山花子】在後，而以一曲【五供養】居前者耶？況又非同調也。恐有訛謬，今不録。）

【雙調引子·梅花引】（與詩餘同，但無【换頭】）傷心滿目故人疏，看郊墟，盡荒蕪。惟有青山，添得個墳墓。慟哭無由長夜曉，問泉下有人還聽得無？[三]（『墟』字正是用韻處，高則誠慣於借韻，此調守之惟謹，正自可喜，而舊譜又改『郊墟』爲『郊野』，是使則誠必每曲不韻而後已也。然則《琵琶記》之多不韻者，豈皆則誠之過哉。）

[一] 眉批：『暗中指挑』或作『暗裏相挑』，今從古本。原本『開心』，今從王本作『關心』。

[二] 眉批：『若是』二句比前曲不同，恐傳刻之訛耳。

[三] 眉批：『墓』字若改作平聲，『問泉下』三字改作平上去，尤妙。

【雙調引子·錦堂月】【畫錦堂】簾幕風柔，庭幃晝永，朝來峭寒輕透。人在高堂，(一)一喜又還一憂。【月上海棠】惟願取百歲椿萱，長似他三春花柳。(二)(合)酌春酒，看取花下高歌，共祝眉壽。【換頭】(第二)輻輳，獲配鸞儔。深慚燕爾，持杯自覺嬌羞。怕難主蘋蘩，不堪侍奉箕帚。惟願取偕老夫妻，(三)長侍奉暮年姑舅。(四)(合前)

【雙調引子·醉公子換頭】(原作【本調】，今定作【換頭】)回首，看瞬息烏飛兔走。喜爹媽雙全，謝天相佑。不謬，更清淡安閒，樂事如今誰更有？(合)相慶處，但酌酒高歌，共祝眉壽。(五)

【雙調引子·僥僥令】(即【綵旗兒】)春花明綵袖，春酒滿金甌。但願歲歲年年人長在，父母共夫妻相勸酬。(六)(此曲『歲歲年年』用去去平平，妙甚。第二曲云『兩山排闥』，則用仄平平仄，不發調

(一) 眉批：或作『親在高堂』，陋甚。
(二) 長：原作『萱』，據汲古閣刊本《繡刻琵琶記定本》改。
(三) 眉批：『偕』字不可唱作『諧』。
(四) 眉批：『暮』字改作平聲乃妙。
(五) 眉批：末後四字或作『更復何求』，非也。
(六) 眉批：或點板在『共』字、『妻』字上，而『夫』字無板，滯矣。

矣。作者不可學彼句法。）

【雙調引子・鎖南枝】兒夫去，竟不還，公婆兩人都老年。[一] 自從昨日到如今，不能彀得餐飯。奴請糧，他在家懸望眼。念我老公婆，做方便。【換頭】（第二）鄉官可憐見，這是公婆命所關。若是必須將去，寧可脱下衣裳，就問鄉官換。寧使奴身上寒，只要與公婆救殘喘。[二]（細查舊曲全錦皆如此，始知『鄉官可憐見』以下乃【換頭】也。『自從昨日』一句元該用六個字，今人用五字，與下句相對，非也。【換頭】中『寧可脱下衣裳』一句亦然。觀『縱然他不埋冤』下『叮嚀祝付爹娘』，與後曲皆六字句法可知矣。但『鄉官』二句皆用五個字，與『兒夫去』二句不同。若是句用六字，亦與『公婆兩人』句不同，此定體也，即如【孝順歌換頭】處與前調不同耳。於此益信【孝順歌】之有【換頭】，與【鎖南枝】同矣。）

【雙調引子・孝順兒】【孝順歌】糠和米，本是兩依倚，誰人簸揚做兩處飛？ 一賤與一貴，好似奴家共夫婿，終無見期。【江兒水】米在他方没尋處，怎地把糠救得人飢餒？[三] 好似兒夫出

[一] 眉批：第二句内『人都』二字用仄聲，真作家也。

[二] 眉批：用韻亦雜。

[三] 眉批：第一句若不用韻更妙。『誰』字舊作『被』字，今查正。『餒』字改平聲乃叶。

去，怎地教奴供給得公婆甘旨？〔一〕（向因坊本刻作【孝順歌】，人皆捩其腔以湊之，殊覺苦澀。近見刻本改作【孝順兒】，乃暢然矣。）

【仙呂入雙調過曲・江頭金桂】【五馬江兒水】怪得你中朝擲窨，只道你緣何愁悶深。教咱猜着啞謎，爲你沉吟，那籌兒没處尋。【金字令】〔二〕我和你共枕同衾，瞞我則甚？你自撇下爹娘息婦，屢換光陰，他那裏須怨着你没信音。【桂枝香】笑伊家短行，無情忒甚。到如今，兀自道且説三分話，不肯全拋一片心。（此調予細考乃得之。『擲窨』二字元出詩餘，或作『迭窨』，或作『迭喑』，蓋『窨』『喑』同音也。至於此曲或云『擲窨』，或云『迭窨』，而『擲』與『跌』同，恐『跌』字譌而爲『迭』字。然『擲』字俗師不甚識，因而譌爲『顛』字耳。『笑伊家短行』重疊一句亦可，但『無情忒甚』下比『書生愚見』等曲少一句，想則誠因此曲乃三曲集成，或嫌其煩而刪去耳。）

【仙呂入雙調過曲・朝元令】（或作【朝元歌】，非也）晨星在天，早起離京苑。昏星粲然，好向程途趲。水宿風餐，豈辭遥遠？要盡奔喪通典。血淚漫漫，天寒地坼行步難。回首望長安，西風夕照邊。（合）洛陽漸遠，何處是舊家庭院？舊家庭院？【換頭】（第二）【五馬江兒

〔一〕眉批：『處』字、『去』字、『旨』字借韻。

〔二〕眉批：中段原註誤作【柳摇金】，今改明。

水】凜凜風吹雪片，【朝天歌】彤雲四望連，行路古來難。相看淚眼，血痕衣袖斑。【朝元令】（本調）請自停哀消遣，幸夫婦團圓，把淒涼往事空自歎。曲澗小橋邊，梅花照眼鮮。（合前）【換頭】（第三）念我深閨嬌眷，麻衣代錦鮮。崎嶇不慣，萬水千山，素羅鞋不耐穿。誰與我承看，(一)老親衰暮年？有日得重相見，淚珠空暗彈。何處叫哀猿？饑烏落野田。（合前）【換頭】（第四）好向程途催趲，漁翁釣罷還。聽山寺晚鐘傳，路逐溪流轉。前村起暮烟，遥望酒旗懸，且問竹籬茅舍邊。(二)舉棹更揚鞭，皆因名利牽。(三)（合前）（此套古本無之，故考改正。《琵琶記》不敢收入，然音律與《荆釵》相合，而更覺和協，亦非淺學所能撰也。第一闋乃【朝元令本調】，第二【換頭】依舊譜註明，但第三、第四【換頭】各比第二【換頭】不同，必自有説，今不敢妄爲解也。據馮稿及《三籟》俱逐段分註，因先詞隱不爲妄解，予仍舊式。）

【仙吕入雙調過曲・風雲會四朝元】(四)【五馬江兒水】春闈催赴，同心帶綰初。歎《陽關》聲

(一) 眉批：『誰與我承看』一句亦可用平平平仄平。

(二) 眉批：『且問竹籬』句如用上平平去平平去七個字尤妙。

(三) 眉批：此套借韻甚多。『在』字、『餐』字俱用去聲，而『苑』字、『趲』字俱用上聲，妙甚。『好向』『首望』『請自』『往事』『起暮』『舉棹』上去聲，『漸遠』『路古』『淚眼』『澗小』『照眼』『念我』『代錦』『萬水』『寺晚』去上聲，俱妙。

(四) 眉批：【風雲會】取【一江風】【駐雲飛】尚餘四調，故云【四朝元】。

斷，送别南浦，早已成間阻。【桂枝香】漫羅襟上淚漬，謾羅襟上淚漬，【柳摇金】和那寶瑟沉埋，錦被羞鋪。寂寞瓊窗，蕭條朱户，【駐雲飛】空把流年度。嗏，酩子裏自尋思，〔一〕【一江風】妾意君情，一旦如朝露。君行萬里途，妾心萬般苦。【朝元令】君還念妾，迢迢遠遠，也索回顧。〔二〕

【仙吕入雙調過曲·古江兒水】如來証明，鑒兹邕啓：我雙親在途路，不知如何的？仰惟菩薩大慈悲。（合）龍天鑒知，龍神護持，護持他登山涉水。（今人欲以『膝下嬌兒去』之【江兒水】腔板唱之，大不通矣。）

【仙吕入雙調過曲·黑蠊序】（或作【鬬蝦蠊】，或作【鬬黑麻】，皆非也）看待，父母心，婚姻事，須要早諧。勸相公，早畢兒女之債。休呆，〔三〕如何女子前，胡將口亂開？記今來，但把不出閨門的語言相戒。（此調即【黑麻序换頭】，但『父母心』至『早諧』十個字比前不同，亦小變耳。至於點截板在『諧』字下，比前點在『遶』字下不同者，因此曲『早諧』『早』字上聲難唱，且『父母心，婚姻事』六個字一直趕下來，『要』字下點不得截板耳。）

〔一〕眉批：『漬』字、『思』字借韻。

〔二〕眉批：『索』音色。原【柳梢青】一曲無板，且調不甚叶，删。

〔三〕眉批：『呆』本音爺，今用於此韻中只得唱作『崖』。

【仙吕入雙調過曲·六幺令】皇恩若念臣，我也不圖禄及吾身。只愁恩不到雙親，空辜負，這孤墳。（合）料天也會相憐憫，[一]料天也會相憐憫。

【仙吕入雙調過曲·窣地錦當】（窣：音速）嫦娥剪就緑雲衣，折得蟾宮第一枝。[二]宮花斜插帽簷低，一舉成名天下知。

【仙吕入雙調過曲·哭岐婆】玉鞭裊裊，如龍驕騎。黄旗影裏，笙歌鼎沸。如今端的是男兒，行看錦衣歸故里。[三]

【仙吕入雙調過曲·字字雙】我做媒婆甚妖嬈，談笑。説開説合口如刀，波俏。合婚問卜若都好，有鈔。只怕假做庚帖被人告，喫拷。

【仙吕入雙調過曲·雁兒舞】深院重重，怎不怨苦？要尋個男兒，又無門路。甚年能勾和一丈夫，一處裏雙雙《雁兒舞》？·[四]（此調本名【雁兒舞】，即用此三字在曲中。古人多用此體，今人不能知也。）

[一] 眉批：『料』字不可用平聲。

[二] 眉批：『枝』字借韻。

[三] 眉批：『兒』字借韻。『看』字可用仄聲。

[四] 眉批：『怨苦』『處裏』俱去上聲，妙。

【仙吕入雙調過曲・打毬場】幾年價，爲拐兒，是人都理會得我名兒。遮莫你是怎生逋峭的，也落在我圈䙡。(一)（『幾年價』『遮莫』『逋峭』北曲中當用之。或改『價』爲『間』，又改爲『假』；或改第二句爲『脱空説謊爲最』；或改『遮莫』爲『者末』，爲『者麽』，爲『折末』，爲『折莫』，爲『者莫』；或改『逋峭』爲『俌俏』，皆非也。所謂癡人前不可説夢，正是此類。）

【仙吕入雙調過曲・風入松】不須提起蔡伯喈，説着他每哏歹。他中狀元做官六七載，撇父母拋妻不采。只兀的這磚頭土堆，是他雙親的在此中埋。(二)（『哏』音狠，字平聲。從古本。）

【仙吕入雙調過曲・急三鎗】他公婆的親看見，雙雙死，無錢送，剪頭髮賣買棺材。（其二）他去空山裏，把裙包土，血流指，感得神明助，與他築墳臺。（原本載此【風入松】一套，中間嵌入【急三鎗】而不明題其名，舊體如是。然今之作者已皆於【風入松】後明列【急三鎗】而另標之，即先詞隱十七種盡然。今只録兩曲之體足矣，若全套自有先生《考誤・旁註》在。原註云：『此調舊體或一曲，或二曲，其後必帶二短調，即【急三鎗】。如事情多，不妨仍前再用一兩段，但末後須止用【風入松】一曲收耳。』予意若作【急三鎗】，只當從此二曲爲準，於第二句下如『送』字、『指』字用韻尤妙，如《琵琶記》第二段『你如今便回』云云，自是古調句法參差，不必悉倣也。）

(一) 眉批：韻雜，不足法。遮莫：猶言儘教也。『䙡』音諱，鈕也。

(二) 眉批：如後曲首句仄押，則第二句可用仄平仄仄平平。『拋妻不采』四字可用平仄平平。『堆』字借韻。

【仙吕入雙調過曲·好姐姐】念奴血流滿指，奈獨自要墳成無計。深感老天，暗中相護持。(一)(合)墳成矣，葬了二親尋夫婿，(二)改换衣粧往帝畿。

【仙吕入雙調過曲·忒忒令】我哭哀哀推辭了萬千，他鬧炒炒抵死來相勸。將我深罪，(三)不由人分辯。他道我戀新婚，逆親言，貪妻愛，不肯去赴選。(四)

【仙吕入雙調過曲·沉醉東風】你爹行見得好偏，只一子不留在身畔。他只道我不賢，要將你迷戀。這其間怎不悲怨？(合)爲爹淚漣，爲娘淚漣，何曾爲着夫妻上意牽？(五)

【仙吕入雙調過曲·園林好】我孩兒不須掛牽，爹只望孩兒貴顯。若得你名登高選，(六)須早把信音傳，須早把信音傳。

【仙吕入雙調過曲·江兒水】妾的衷腸事，(七)有萬千，説出來又恐添縈絆。六十日夫妻恩情

(一) 眉批：『念』字、『老』字、『暗』字俱仄聲，妙。

(二) 眉批：『葬了二親』四字用去上去平，妙甚！ 妙甚！ 如花堆錦砌四字，索然不成調矣。

(三) 眉批：王云『將我深罪』四字不如前曲『孝經』『曲禮』四字叶。

(四) 眉批：『赴選』去上聲，妙甚！

(五) 眉批：『要將你迷戀』一句用仄仄平平亦可，『夫妻上意牽』或作『夫妻意上掛牽』，非也。

(六) 眉批：『選』字不可唱作去聲。

(七) 眉批：『的』字不可作平聲唱，餘説在【步步嬌】下。

斷，八十歲父母教誰看管？教我如何不怨？（合）要解愁煩，須是寄個音書回轉。(一)

【仙呂入雙調過曲·五供養犯】公公可憐，俺的爹娘望你周全。此身還貴顯，自當效銜環。(二) 有孩兒也枉然，你爹娘教別人看管。此際情何限，偷把淚珠彈。（合）【月上海棠】骨肉分離，寸腸割斷。(三)（此曲『此際』二字俱用仄聲方是【五供養】本調，如『丈夫非無淚』『夫』字平聲唱不順矣，因《琵琶》用『夫』字平聲，後人遂用平平平仄仄，如《浣紗》之『忠良應阻隔』，《明珠》之『便教肢體碎』皆然，殊誤後學。竟不思《琵琶》止借用一『夫』字，而『非無』二字俱用平聲，未嘗全拗也。是以作詞者不可不嚴，否則無用譜爲矣。即如【江兒水】二曲『六十日夫妻恩情斷』一句，最得體，而人皆不學。至於『眼巴巴望得關山遠』一句，乃落調敗筆，而後人競學之，故識曲聽其真，人所難也。）

【仙呂入雙調過曲·玉嬌枝】別離休歎，我心中非不痛酸。非爹苦要輕折散，也只是圖你榮顯。(四) 蟾宫桂枝須早攀，北堂萱草時光短。（合）又不知何日再圓？又不知何日再圓？(五)

(一) 眉批：用韻亦雜。

(二) 眉批：『自當』二字若用平上聲更妙。

(三) 眉批：用韻甚雜。

(四) 眉批：『榮顯』二字不若下曲『衣穿』二字聲更叶。『桂枝須早』四字仄平平仄，妙甚！若用仄仄仄平或平平仄仄，便無調矣。如此等字，然生垂教已四十餘年，而人終不悉解，奈何？

(五) 眉批：用韻亦雜。

（此調亦有説也，已註【步步嬌】下。『又不知』『不』字入聲可作平聲唱，或即用平聲亦妙，若改作『未』字即拗矣。即如【江頭金桂】第二曲内『存亡不審』『不』字亦然。今人改作『未審』，文理未嘗不通，但音律欠調，不可入絃索耳。）

【仙吕入雙調過曲・玉雁子】（犯【正宫】）【玉交枝】（頭）孩兒相誤，爲功名誤了父母，都是孩兒不得歸鄉故。你怎便歸到黄土？【雁過沙】（中）乾坤豈容不孝子？名虧行缺不如死，只愁我死缺祭祀。〔一〕【玉交枝】（尾）對真容形衰貌枯，想靈魂悲憶痛苦。

【仙吕入雙調過曲・玉抱肚】〔二〕千般生受，教奴家如何措手？終不然把他骸骨，没棺槨送在荒丘？（合）相看到此，不由人淚珠流，不是冤家不聚頭。〔三〕（此調只有此體，因此曲第五句用『不由人』三個襯字，而後人於『人』字下增一『不』字，遂謂【玉抱肚】另有一體，當用七句，如《四節記》增『明朝管取』四字，時曲增『中心怏怏』四字，皆『不由人』下增一『不』字誤之也。况古曲中凡言『不由人』並無又增一『不』字者，不知何時增此『不』字也。夫所謂『不由人淚珠流』者，猶云由不得我要流下淚來

〔一〕眉批：『祭』字改平聲乃順。
〔二〕眉批：唐人呼帶爲抱肚。宋真宗賜王安石有玉抱肚，改名。
〔三〕眉批：又按【六幺令】【五供養】【玉交枝】【玉抱肚】凡第一句俱兩字，但【六幺令】【五供養】首句第三字必用仄聲，【玉交枝】【玉抱肚】首句第三字必用平聲耳。

也。若言『不由人不』，則既不淚珠流矣，何以見其苦耶？高東嘉必不如是之不通也。）

【仙吕入雙調過曲・玉山供】（『供』或作『頹』，非也）【玉抱肚】公公尊賜，念天寒特來問吾。我雙親受三載飢寒，我怎不禁一旦凄楚？【五供養】心中想慕，漫有這香醪難度。（合）感此恩情厚，酒難辭，念取踏雪也來沽。[一]（此調本【玉抱肚】【五供養】合成，故名【玉山供】。自《香囊記》妄刻作【玉山頹】，使後人不惟不知【玉山供】之來歷，且不知【五供養】末後一句只當用七字，凡見【五供養】後有用七字句者，反以爲犯【玉山頹】矣。今唱《香囊記》者又將中間四個字『的』一句只點兩板，竟併【五供養】舊腔而失之，尤可恨，急改之。）

【仙吕入雙調過曲・川撥棹】歸休晚，莫教人凝望眼。但有日回到家園，但有日回到家園，怕回來雙親老年。（合）怎教人心放寬？不由人珠淚彈。【換頭】[二]（第二）我的埋冤怎盡言？我的一身難上難。你寧可將我來埋冤，你寧可將我來埋冤，莫將我爹娘冷看。[三]（合前）

[一] 眉批：『賜』字、『辭』字借韻。『取』字用平聲乃叶。

[二] 眉批：今人或認此【換頭】爲【嘉慶子】，謬矣。

[三] 眉批：『爹娘冷看』，妙甚！從古本也。用韻亦雜。

【燒夜香】(一)樓臺倒影入池塘，(二)緑樹陰濃夏日正長。(三)一架荼蘼滿院香，滿院香，和你飲霞觴。傍晚捲起簾兒，明月正上。

【征胡兵】囊無半點挑藥費，良醫怎求？縱然救得目前，這飲食何處有？料應難到後。漫説道有病遇良醫，饑荒怎救？(四)

【三仙橋】一從他每死後，(五)要相逢不能彀，除非夢裏暫時略聚首。若要描，描不就，暗想像，教我未寫先淚流。寫，寫不出他苦心頭，描，描不出他飢證候，畫，畫不出他望孩兒的睜睜兩眸。只畫得他髮颼颼，和那衣衫敝垢。若畫做好容顏，須不是趙五娘的姑舅。

【柳穿魚】心忙似箭走如飛，歷盡艱辛有誰知？夜静水寒魚不食，滿船空載月明歸。歸來後，到庭除，未知相公在何處？

【風帖兒】到得陳留，逢一個故老，在他爹娘墳上拜掃。果然饑荒都死了。他息婦也來到，

(一)眉批：【燒夜香】至【風帖兒】被列入『不知宫調及犯各調者』。
(二)眉批：『倒』字不可作上聲唱。
(三)眉批：『夏』字下或無『日』字，亦通。
(四)眉批：『半點』『處有』『道有』去上聲，『有病』『怎救』上去聲，俱妙甚。
(五)眉批：第一句若是第二第三曲，則點板在『他』字、『後』字上，而『後』字下仍畫一截板。

枉教人走這遭。

【尚按節拍煞】(一)(【道宫·尾】。『九十春光』及『新篁池閣』尾文是也)光陰迅速如飛電，好涼宵可惜漸闌，拚取歡娱歌笑喧。

(一) 眉批：本隻曲被列入『各宫【尾聲】格調』。

寒山堂曲譜

南曲格律譜。明末清初張彝宣輯。現存兩種版本，均爲鈔本、殘本，實屬一個系統，區別在於内容多寡、排序有異。一爲五卷殘本，全名《寒山堂新定九宫十三攝南曲譜》，简称《寒山堂曲譜》。僅存【仙吕】【正宫】【大石調】【小石調】【黄鐘】等五章。卷首有《譜選古今傳奇散曲總目》七十種，其中部分並加按語，收有若干未見他書著録的南戲劇本，以及一些劇本的全名或齣數。所選各曲以採用元代南戲和南散曲爲主。一爲十五卷殘本，題爲《寒山曲譜》。現存【南吕過曲】【南吕犯調】【中吕過曲】【中吕犯調】【黄鐘過曲】【黄鐘犯調】【正宫過曲】【正宫犯調】【大石調過曲】【大石調犯調】【小石調過曲】【小石調犯調】【仙吕過曲】【仙吕犯調】等十四章。其中收録《琵琶記》部分隻曲，據《寒山曲譜》將曲文輯録如下。

【南呂過曲・繡帶兒】（九句五十八字二十七拍）親年老光陰有幾？ 行孝正當今日。終不然爲一領藍袍，却落後戲彩班衣？ 思之，此行榮貴雖可擬，怕親老等不得榮貴。春闈裏紛紛大儒，難道是没爹娘的孩兒方去？

【前腔】（十句六十一字三十拍）休迷，男兒漢有淩雲志氣，何必苦恁淹滯？ 可不干費了十載青燈，枉捱過半世黄虀？ 你須知，此行親命，休固拒，那些個養親之志。百年事只有此兒，難道是庭前森森丹桂？（『春闈裏』一字，『百年事』一字是句中暗用的韻，末句四字用仄仄平平亦可。或云『春闈』下帶【太師引】者，故將『等不得』併『養親』添一截板，以爲完局，清唱者亦然。不知何本，不敢從。 曲忌四平四仄，『庭前森森』正犯其病，不可學也。）

【南呂過曲・太師引】（九句五十七字二十四拍）他意兒難提起，這其間就裏我自知。他戀着被窩中恩愛，捨不得離海角天涯。 塗山四日離大禹，你直恁的捨不得分離？ 道你貪鴛侣守着鳳幃，多誤了鵬程鶚薦的消息。（『兒』『侣』是暗用韻處。）

【前腔】（九句五十九字二十四拍）細端詳，這是誰筆仗？ 覷着他，教我心兒好感傷。好似我雙親模樣，怎穿着破損衣裳？ 道别後容顔無恙，怎這般淒涼形狀？ 有誰來往，直將到洛陽？須知道仲尼陽虎一般龐。

【前腔】（九句五十六字二十三拍）□是街坊誰劣相，砌莊家形衰貌黄。若没個媳婦來相傍，少不得也是這般淒涼。敢是神圖佛像？猛可的小鹿兒在心頭撞。丹青匠，由他主張，須知道毛延壽誤王嫱。（『嫱』字用平聲乃叶。□□註犯【刮古令】，愚意決無只犯一句者，如【五供養】亦然。或作者偶□推敲耳。存爲變體可也。）

【南吕過曲・香遍滿】（七句三十九字十五拍）論來湯藥，須索子先嘗方進與父母。莫不爲無子先嘗，你便尋思苦？須索要鬧閧，怎捨得一命殂？原來你不喫藥，也只爲我糟糠婦。（『母』字、『蠱』字用平韻。）

【前腔】（七句三十九字十六拍）你萬千愁苦，堆積悶懷，成氣蠱，可知道喫了吞還吐。怕添親怨憶，暗將珠淚墮。原來你不喫粥，也只爲我糟糠婦。

【南吕過曲・紅衫兒】（九句四十字二十拍）你不信我教伊休説破，到此如何？算你爹心性，我豈不料過？我爲甚亂掩胡遮？只爲着這些。你直待要打破砂鍋，自招災攬禍。

【前腔】（九句四十七字二十一拍）不想道相挜把，這做作難禁架。我見你每每咨嗟要調和，誰知好事多磨？起風波，把你陷在地網天羅，如何不怨我？懊恨只爲我一個，却擔擱你兩下。（『性』字當用韻，『磨』字可用仄韻，『我』字當用平韻。今人皆作七字句起，《沈譜》分四字起，不知何本。今從速。『信』『我』二字暗韻。）

【南吕過曲・梅花塘】（九句四十字十六拍）賣頭髮，買的休論價。念我受饑荒，囊篋無些個。

丈夫出去，那更連喪了公婆。没奈何，只得剪頭髮資送他。

【南吕過曲・太平歌】（七句四十一字十九拍）他求科舉，指望錦衣歸，不想你留他爲女婿。他理怨洞房花燭夜，那些個千里能相會？只要保全金榜掛名時，他事急且相隨。（此曲《沈譜》辨之甚詳，審其音，必竟與【東甌令】涉，決非【黄鐘】故。）

【南吕過曲・三學士】（七句四十一字二十一拍）謝得公公意甚美，凡事仗托維持。假饒一舉登科日，難道是雙親未老時？只恐錦衣歸故里，怕雙親的不見兒。（『謝』字、『意』字、『事』『假』『一』『恐』數字用平聲。『美』字用平韻，『凡』字用仄聲，『時』字、『兒』字用仄韻，『未』字改平聲更妙。）

【南吕過曲・節節高】（十句五十二字二十七拍）漣漪戲彩鴛，把荷翻，清香瀉下瓊珠濺。香風扇，芳沼邊，閒庭畔。坐來不覺人清健，蓬萊閬苑何足羨？（合）只恐西風又驚秋，不覺暗中流年换。

【南吕過曲・香柳娘】（連重十二句，五十九字二十四拍）看青絲細髮，看青絲細髮，剪來堪愛，如何賣也没人買？若論這饑荒死喪，這饑荒死喪，怎教我女裙釵，當得這狼狽？况連朝受餒，况連朝受餒，我的脚兒怎擡？其實難捱。（古無重句，今從俗。『教』字用仄聲，『没人買』三字用仄仄平。）

【南吕過曲・女冠子】(十句五十七字二十七拍)相公只慮多嬌女,怕跋涉萬山千水。女生外向從來語,況既已做人妻。夫先婦隨歸,不須疑慮。这是藍田種玉結親誤,今日到海沉船補漏遲。想起此事,怎生區處?(『相』『女』『況』『玉』數字用平聲,『藍田』二句必尋二成句,或由詩聯方妙。)

【南吕過曲・香羅帶】(九句四十九字二十八拍)一從鸞鳳分,誰梳鬢雲?粧臺懶臨生暗塵,那更釵梳首飾典無存也。是我擔擱你度青春,如今又剪你,資送老親。剪髮傷情也,怨只怨結髮薄倖人。(『臨』字用平聲,『塵』『春』用仄聲,『首』字用平聲,『存』字暗韻也。)

【南吕過曲・烧夜香】(連重七句,三十四字十八拍)樓臺倒影入池塘,緑樹陰濃夏日正長,一架荼蘼滿院香。(又)和你飲霞觴,傍晚捲起簾兒,明月正上。(『倒』字不可唱上聲。或無『日』字。)

【南吕過曲・犯胡兵】(即【征胡兵】,七句三十九字十四拍)囊無半點挑藥費,良醫怎求?縱然救得目前,這飯食何處有?料應难到後。謾説道有病遇良醫,這饑荒怎救?(『求』字用仄韻,『有』字用平韻,『謾』字亦可用平聲。)

【南吕過曲・三仙橋】(十四句八十字二十八拍)一從他每死後,要相逢不能彀,除非夢裏暫時略聚首。若要描,描不就;暗想像,教我未寫先淚流。寫不出他苦心頭,描不出他飢症候,畫不出他望孩兒的睁睁兩眸。只畫得髮颼颼,和那衣衫敝垢。若畫做好容顏,須不是趙五娘的姑舅。

【前腔】（十三句七十四字三十拍）我待畫他龐兒帶厚，他可又饑荒消瘦。我待畫他畫龐兒舒展，他自來常恁皺。若畫出來，真是醜。那更我心憂，做不出他歡容笑口。只見他兩月稍悠遊，其餘都是愁。只記他形衰貌朽，便做他孩兒收，也認不出是當初父母。縱認不出蔡伯喈當初的爹娘，須認是趙五娘近日來的姑舅。

【前腔】（十三句七十六字二十九拍）非是奴尋夫遠遊，只怕我公婆絶後。奴見夫便回，此行安敢久？路途中，奴怎走？望公婆相保佑我出外州。他兀自没人看守，如何來相保佑？只怕奴去後，冷清清有誰來祭掃？縱使遇春秋，一陌紙錢怎有？你生是個受凍餒的公婆，死做個絶祭祀的姑舅。

【南吕犯調・梁州新郎】（十五句七十三字三十三拍）【梁州序】新篁池閣，槐陰庭院，日永紅塵隔斷。碧欄杆外，寒飛漱玉清泉。只覺香肌無暑，素質生風，小簟琅玕展。晝長人困也，好清閒，忽被棋声驚晝眠。【賀新郎】《金縷》唱，碧筒勸，向冰山雪巘排佳宴。清世界，有幾人見？

【前腔】（十四句五十三字三十三拍）【梁州序】向晚來雨過南軒，見池面紅粧零乱。漸輕雷隱隱，雨收雲散。只見荷香十里，新月一鈎，此景佳無限。蘭湯初浴罷，晚粧殘，深院黄昏懶去

眠。【賀新郎】(合前)

【南吕犯調・鎖窗郎】(七句四十字二十拍)【鎖窗寒】吾家一女娉婷，不曾許公與卿。昨承聖旨，選個書生，白璧黃金爲聘。【賀新郎】若是姻緣前世已曾定，今日裏，共欢度。

【南吕犯調・二犯五更轉】(十四句七十三字二十八拍)【香遍滿】把土泥獨抱，蔴裙裏來難打熬。空山静寂無人吊，但我情真實切，到此不憚勞。【五更轉】何曾見葬親兒不到？又道是三匝圍喪，那些個卜其宅兆？ 思量起，是老親合顛倒。 圖他折桂看花早，不道自把一身，送在白楊衰草。【香遍滿】(【賀新郎】)謾自苦，這苦憑誰告？(此曲亦有雙【尾】之病。)

【南吕犯調・羅鼓令】(改正【刮鼓令】。十四句八十一字四十拍)我終朝裏受餒，將來的飯怎喫？可疾忙便擡，非干是我有些饞態。看他衣衫都解，好茶飯將甚去買？ 兀的是天災，教媳婦每也難佈擺。【八聲甘州】婆婆息怒且休罪，待奴霎時收去再安排。【皂羅袍】思量到此，淚珠滿腮。 看看做鬼，溝渠裏埋。【刮鼓令】縱然不死也難捱，教人只恨蔡伯喈。

【中吕過曲・尾犯序】(十四句四十七字二十五拍)無限别離情，兩月夫妻，一旦孤另。此去經年，望迢迢玉京思省。 奴不慮山遥水遠，奴不慮衾寒枕冷，奴只慮公婆没主，一旦冷清清。(前『奴不慮』三字當用平仄仄，後『奴不慮』三字當用仄平平更妙。此二句當作一聯。)

【前腔】(十四句四十九字二十七拍)何曾，想着那功名？ 欲盡尽子情，難拒親命。年老爹娘，望伊家看承。畢竟，你休怨朝雲暮雨，暫替我冬温夏清。思量起，如何教我割捨得眼睁睁？（『起』字用去聲發調。）

【前腔】（其三）（十句四十七字二十六拍）儒衣纔換青，快着歸鞭，早辦回程。怕十里紅樓，休重妻娉婷。叮嚀，不念我芙蓉帳冷，也思親桑榆暮景。頻囑付，知他記否？空自語惺惺。（其四與此仝。或云其四當用第二體方見參差更妙。『另』字、『命』字、『省』字俱可用平韻，『此』字可用平聲，『没』字、『教』字、『可』字用去聲。『眼』『冷』『語』用上聲方叶。『冷』不用韻。）

【中吕過曲·駐馬聽】（九句四十九字三十三拍）書寄鄉關，説起教人心痛酸。傳示我八旬爹娘，兩月妻房，隔着萬水千山。啼痕緘處翠綃斑，夢魂飛遶銀屏遠。（合）報道平安，想一家賀喜，只説他日再相見。（其二字句仝，加第三字一拍。）

【中吕過曲·山花子】（九句五十五字二十五拍）玳筵開處遊人擁，争看五百名英雄。喜鰲頭一戰有功，荷君恩奏捷詞鋒。（合）太平時車書已同，干戈盡戢文教崇，人間此時魚化龍。留取瓊林，勝境無窮。（其二與此仝。『戢』字、『戰』字俱可用平聲。）

【前腔】（連合十句，五十七字二十五拍。）青雲路通，一舉能高中，三千水擊飛翀。又何必扶桑掛弓？也强如劍倚崆峒。（合前）（其四與此仝。『通』字自中州韻。『一舉』二字不可作襯字唱。）

【中吕過曲·古輪臺】（十七句八十二字四十四拍）峭寒生，鴛鴦瓦冷玉壺冰，欄杆露濕人猶凭，貪看玉鏡。況萬里清冥，皓彩十分端正。三五良宵，此時獨勝。把清光都付與酒杯傾。從教酩酊，拚夜深沉醉還醒。酒闌綺席，漏催銀箭，香銷金鼎。斗轉與參横，銀河耿，轆轤聲已斷金井。

【前腔】（其二）（十七句七十九字四十二拍）閒評，月有圓缺與陰晴，人世有離合悲欢，從來不定。深院閒庭，處處有清光相映。也有得意人人，兩情暢咏；也有獨守長門伴孤另，君恩不幸。有廣寒仙子娉婷，孤眠長夜，如何捱得更闌寂静？此事果無憑。但願人長永，小樓玩月共同登。

【中呂過曲・大和佛】（連重十句，五十一字二十七拍）願取群賢尽貞忠，尽貞忠。管取雲臺畫形容，畫形容。時清莫負君恩重，惟有一封書上勸東風，更撰個河清德頌。乾坤正，看玉柱擎天又何用。（『管取雲臺』四字用平平仄仄亦可。舊名【舞霓裳】，誤也。）

【中呂過曲・舞霓裳】（十句六十三字三十五拍）寶篆沉烟香噴濃，濃熏綺羅叢。瓊舟銀海，番動酒鱗紅，一飲尽教空。持杯自覺心先痛，縱有香醪，欲飲難下我喉嚨。他寂寞高堂菽水誰供奉？俺這裏傳杯喧閧。休得要對此欢娱意忡忡。

【中呂過曲・红繡鞋】猛拚沉醉東風，東風；倩人扶上玉驄，玉驄。歸去路，望畫橋東。花影亂，日曈曚。沸笙歌影裏，紗籠，紗籠。

【中呂過曲・縷縷金】（九句四十字二十拍）原來是蔡伯喈，只爲馬前都喝道狀元來。料想雙親像，他每留在。敢天教夫婦再和都諧，多因這佛會？多因這佛會？

【雙調過曲・醉公子】（十句四十三字二十二拍）回首，看瞬息烏飛兔走。喜爹媽雙全，謝天相佑。不謬，更清淡安閒，樂事如今誰更有？（合）相慶處，但酌酒高歌，更復何求？

【雙調過曲・鎖南枝】（九句三十五字十二拍）兒夫去，竟不還，公婆兩人都老年。自從昨日到如今，不能彀一飡飯。奴請糧，他在家懸望眼。念我老公婆，做方便。

【前腔】（九句三十七字十一拍）鄉官可憐見，這是公婆命所關。若是必須奪去，寧可脱下衣裳，就問鄉官换。寧使奴，身上寒，只要與公婆救殘喘。（此調四曲、六曲或八曲，俱照依前【孝順歌】法逐雙間用。）

【黄鐘過曲・啄木兒】（七句四十六字二十拍）親衰老，妻幼嬌，萬里關山音信杳。他那裏舉目淒淒，俺這裏回首迢迢。他那裏望得眼穿兒不到，俺這裏哭得淚乾親難保，閃殺人一封丹鳳詔。

【前腔】（字句仝前，二十三拍）何須慮，不用焦，人世上離多歡會少。大丈夫當萬里封侯，肯守着故園空老？畢竟事君事親一般道，人生怎全忠和孝？却不道母死王陵歸漢朝。（若用第三、第四格仝。第一、第二是一聯，第四第五是一聯，第六、第七是一聯。『風』『漢』字、『信』字、『會』字必要去聲。）

【黄鐘過曲・獅子序】（十一句五十二字二十二拍）他媳婦雖有之，念奴家須是他孩兒的妻，那曾有媳婦不事親闈？若論做媳婦的道理，須當奉飲食，問寒暄，相扶持，蘋蘩中饋。又道是養兒代老，積穀防飢。

【黄鐘過曲・耍鮑老】（十四句七十四字三十六拍）名傳四海人怎比，豈獨是耀門閭。人生怕不全孝義？聖明世，豈相棄。這隆恩美譽，從教管領無所愧，萬古青編記。如今便去，相隨到帝畿。拜謝君恩了，歸院宇一家賀喜。共設華筵會，四景常歡聚。

【黄鐘過曲・滴溜子】（十二句四十三字二十二拍）天應念，天應念，蔡邕拜禱。雙親的，雙親的，死生未保。可憐君恩難報，一封奏九重，知他聽否？會合分離，都在這遭。

【黄鐘過曲・神仗儿】（連重十句，四十二字二十一拍）揚塵舞踏，揚塵舞踏，遥瞻天表。見龍鱗日耀，咫尺重瞳高照。多應念我，私情烏鳥。顒望断九重霄，顒望断九重霄。

【黄鐘過曲・三段子】（七句四十三字十九拍）這懷怎剖？望丹墀天高聽高。這苦怎逃？望白雲山遥路遥。你做官與親添榮耀，高堂管取加封號。與你改換門閭，偏不是好？

【黄鐘過曲・歸朝欢】（十二句五十五字二十七拍）冤家的，冤家的，苦苦見招，俺媳婦埋冤怎了？饑荒歲，饑荒歲，怕他怎熬？俺爹娘怕做溝渠餓殍？譬如四方戰爭多征調，從征遠戍沙場草，也只是爲國忘家怎憚勞。（此曲前四句用隔句對，後三句當用扇面對，『俺媳婦』正與『俺爹娘』對。點板當如此點合。人多作絶版在『外』字下，不但文義唱斷，而對偶皆無關，急改之。）

【黄鐘過曲・六么令】（連重句，三十九字十九拍）知他假與真？謝得公公，報説殷勤。空教爲我受艱辛，有誰旌表你門庭？料天也爲相憐憫，料天也爲相憐憫。（第一句四字句法，或將『與』字作襯字，但此折共五隻，第一曲云『連理産異木』，第二曲云『皇恩若念臣』，第三即此曲，第四曲云『來使是甚人』，第五曲云『敕書已來近』，皆五字，恐有此體也。）

【黄鐘過曲・大迓鼓】（六句三十四字十六拍）姻緣雖在天，若非人意，到底埋冤。料想赤繩不曾綰，多應無玉種藍田。休强把姮娥，付與少年。（舊譜亦依【仙呂】。）

【黄鐘犯調・啄木鸝】（十句五十三字二十七拍）【啄木兒】聽言語，教我悽愴多，料想他每非是假。他那裏既有妻房，取將來怕不相和？但得他似你能掗靶，我情願侍他居他下。【黄鶯兒】只愁他程途上苦辛，教人望巴巴。

【正宮過曲・醉太平】（十二句五十三字三十二拍）蹉跎，光陰易謝。縱歸去，晚景之計如何？名韁利鎖，牢絡在海角天涯。知麽，多應老死在京華，孝情事一筆勾罷。這般摧挫，傷情萬感，淚珠偷墮。（舊譜收《教子》一曲，奈其用入聲韻，不便學者，故易此曲代之。）

【正宮過曲・雙鸂鶒】（八句四十字十五拍）聽伊説教人怒起。漢朝中惟吾獨貴，我有女，偏無貴戚豪家求配?! 奉聖旨,使我招狀元爲婿。不知他回話,有何言語?

【前腔】(十一句五十四字十七拍)媒婆告相公知: 恨那人做怪蹺蹊。千不肯,萬推辭。這話頭不惹些兒。道始得及第,縱有花貌休提。駡相公,說小姐,道脚長尺二。這般說謊没巴臂。

【前腔】(十句五十五字十七拍)恩官且聽咨啓: 蔡狀元聞說皺眉。忠和孝,恩和義,念父母八十年餘。況已娶了妻室,再婚再娶非理。待早朝,上表章,要辭官回去。請相公别選一佳婿。

【前腔】(八句三十九字十七拍)他原來要奏丹墀,敢和我廝挺相持。細思之,可奈他將人輕覷。我就寫表章奏與吾皇知,與他官拜清要地。務要來我處爲門婿。

【正宮過曲·雁過沙】(字句同前,十八拍)沉沉向冥途,空教我耳邊呼。不能盡心相奉事,翻教你爲我歸黄土,教人道你死緣何故。你怎生割捨抛棄了奴?

【正宮過曲·洞仙歌】(七句三十六字十三拍)家私没半分,靠着奴此身。只要救取公婆,豈辭多苦辛? 空把淚珠搵,誰憐飢與貧? 這苦説不盡。

【正宮過曲·福馬郎】(七句三十二字十八拍)休説新婚在牛氏宅,他須怨我相擔誤。歸未得,傍人聞,把奴責。若是到京國,相逢處做好筵席。

【正宫過曲・四邊静】（八句四十字二十一拍）你去陳留仔細詢端的，專心去尋覓。請過兩三人，途中好承值。休憂怨憶，寄書咫尺。眼望捷旌旗，耳聽好消息。

【正宫過曲・一撮棹】（十二句四十八字三十四拍）寬心等，何須苦牽縈？（外）把音書寫，頻頻寄郵亭。爹年老，伊家須好看承。程途裏，只願保安寧。死别全無準，生離又難定。今去也，何日到京城？

【正宫過曲・風帖兒】（七句三十四字十四拍）到得陳留，逢一個故老，在他爹娘墳上拜掃。果然饑荒都死了，他媳婦也來到，枉教人走這遭。

【正宫過曲・柳穿魚】（六句四十一字十八拍）心忙似箭走如飛，歷盡艱心有誰知？夜静水寒魚不食，滿船空載月明歸。歸來後，到庭除，未知相公在何處？（『夜静』二句必要用一舊詩成句方妙）

【正宫犯調・雁魚錦】（五段【雁過聲】）（八句五十六字二十三拍）思量，那日離故鄉。記臨岐送别多惆悵，攜手共那人不斷放。教他好看承，我爹娘，料他每應不會遺忘。聞知饑與荒，只怕捱不過歲月難存養。若望不見信音，却把誰倚仗？

【前腔】（二段）（十三句七十八字四十拍）【雁過聲】思量，幼讀文章，【漁家傲】論事親爲子也須要成模樣。【雁過聲】真情未講，怎知道喫盡都磨障？【錦纏道】被親强來赴選場，被君强官爲議郎，被婚强效鸞凰。【雁過聲】三被强，衷腸説與誰行？【山漁燈】埋怨難禁這兩廂：【雁過聲】那壁廂道咱是個不撑達害羞的喬相識，這壁廂道咱是個不睹親負心的薄倖郎。

【前腔】（三段）（十五句五十六字二十九板）悲傷，鷺序鴛行，【山漁燈】怎如烏鳥反哺能終養？【漁家傲】謾把金章，綰着紫綬，【錦纏道】試問班衣，今在何方？【雁過聲】班衣罷想，【漁家燈】總然歸去，猶恐帶麻執杖。【雁過聲】只爲那雲梯月殿多勞攘，落得淚雨似珠兩鬢霜。

【前腔】【雁過聲換頭】（十一句六十五字二十八拍）幾回夢裏，忽聞鷄唱。【山漁燈】忙驚覺錯呼舊婦，同問寢堂上。【錦纏道】待朦朧覺來，依然新人鳳衾和象床。【漁家燈】怎不怨香愁玉無心緒？更思想，被他闌擋。教我，怎不悲傷？【雁過聲】俺這裏歡娱夜宿芙蓉帳，他那裏寂寞偏嫌更漏長。

【前腔】【錦纏道】（九句五十七字二十八拍）謾悒怏，把歡娱番成做悶腸。菽水既清涼，我何心，貪着美酒肥羊？悶殺人花燭洞房，愁殺我掛名在金榜。魆地裏自思量，【雁過聲】正是在家不敢高聲哭，只恐猿聞也斷腸。

【大石調過曲・念奴嬌】（十三句五十六字三十拍）長空萬里，見嬋娟可愛，全無一點纖凝。十二欄杆光滿處，涼浸珠箔銀屏。偏稱，身在瑤臺，笑斟玉斝，人生幾見此佳景？（合）惟願取年年此夜，人月雙清。

【前腔】（十三句五十八字三十二拍）孤影，南枝乍冷，見烏鵲縹緲驚飛，棲止不定。萬點蒼山，何處是修竹吾廬三徑？追省，丹桂曾攀，嫦娥相愛，故人千里謾同情。（合前）

【前腔】（連合十三句，五十六字二十九拍）光瑩，我欲吹斷玉簫，乘鸞歸去，不知風露冷瑤京。環佩濕，似月下歸來飛瓊。那更，香鬟雲鬢，清輝玉臂，廣寒仙子也堪并。（合前）（其四與此體仝，故不録。）

【小石調過曲・勝葫蘆】（五句二十八字十三拍）特奉皇恩賜結婚，來此把信音傳。若得仙郎肯與諧繾綣，一場好事，管取今朝便團圓。

【小石犯調・月雲高】（十句五十四字二十拍）【月兒高】路途勞頓，行行甚時近？未到洛陽縣，盤纏使盡。回首孤墳，空教我望孤影。他那裏，誰俫采？俺這裏，怕誰投奔？【駐雲飛】正是西出陽關無故人，須信家貧不是貧。（末句舊譜註爲【渡江雲】，但本調無處可查。細玩字句平仄，與【駐雲飛】末句仝，疑一曲二名。）

【仙呂過曲・醉扶歸】（六句三十九字十二拍）有緣結髮曾相共，難道是無緣對面不相逢？我鳳枕鸞衾也和他同，到憑着兔毫繭紙將他動。畢竟一齊分付與東風，把往事如春夢。（『一』字可作平聲，『和』字不可作平聲。以重填實字，當作變文體。）

【仙呂過曲・一封書】（九句四十九字二十五拍）一從你去離，我在家中常念你。功名事怎的？想多應折桂枝。幸得爹娘和媳婦，各保安康無禍危。見家書，可知之，及早回來莫待遲。（『各』『及』二字用平聲。）

【仙呂過曲·入破】（八十六句三百八十二字一百二十拍）議郎臣蔡邕啓：今日蒙恩旨，除臣爲議郎官職，重蒙賜婚牛氏。干瀆天威，臣謹誠惶誠恐，稽首頓首。伏念微臣，初來有志，誦詩書力學躬耕修己，不復貪榮利。事父母，樂田里，初心願如此而已。不想州司，謬取臣邕充試，到京畿。豈料愚蒙，叨居上第？（二段）重蒙聖恩，婚賜牛公女。草茅疏賤，如何當此隆遇？但臣親老，一從别後，光陰有幾。廬舍田園，荒蕪久矣。【衮】（三段）那更老親，鬢髮白，筋力皆癯瘁。形隻影單，無弟兄，誰奉侍？況隔千山萬水，生死存亡，生死存亡，總有音書難寄。最可悲，他甘旨不供，我食禄有愧。【歇拍】（四段）不告父母，不告父母，怎諧匹配？臣又聽得，臣又聽得家鄉裏，遭水旱，遇荒饑。多想臣親，多想臣親，必做溝渠之鬼，未可知。怎不教臣，悲傷淚垂？【中衮】（五段）臣享厚禄，臣享厚禄，掛朱紫，出入承明地。惟念二親，惟念二親，寒無衣，饑無食，喪溝渠。憶昔先朝，憶昔先朝，朱買臣守會稽，司馬相如，持節錦歸。【衮尾】（六段）他遭遇聖時，遭遇聖時，皆得還鄉里。臣何故，别父母，遠鄉間，没音書，此心違？伏惟陛下特憫微臣之志，遣臣歸。得侍雙親，隆恩無比。【出破】（七段）若還念臣有微能，鄉郡望安置。庶使臣忠心孝意得全美，臣無任瞻天仰聖，激切屏營之至。（舊譜無重句，今從俗。）

【仙呂犯調・甘州歌】（【八聲甘州】十三句六十三字三十四拍）衷腸悶損，嘆路途千里，日日思親。青梅如豆，難寄隴頭音信。高堂已添雙鬢雪，客路空瞻一片雲。【排歌】途中味，客裏身，争如流水遶柴門？休回首，欲斷魂，數聲啼鳥不堪聞。

彙纂元譜南曲九宮正始

南曲格律譜。明末徐子室輯，清初鈕少雅訂。全名《彙纂元譜南曲九宮正始》。凡十册，不分卷。有清順治八年（1651）精鈔本，1936年北平戲曲文獻流通會影印本等。本書主要依據宋元南戲舊本，考證南曲曲牌宮調源流，並專從曲律聲腔上對南曲錯訛加以訂正。此外，本書依據宋元南戲的古本、善本，對沈璟《增訂南九宮曲譜》例曲分別進行了校正、替換，又新增了大量例曲。和前人曲譜相比，《九宮正始》新增曲牌一百六十八個，這些曲牌或是前代曲譜失載的宋元舊曲，或是明中期以前曲家的新創。它們反映了南戲發展史上，南曲曲牌的消失與新生。其中收録《琵琶記》部分隻曲，現將曲文輯録如下。

【黄鍾宫引子・傳言玉女】（東鐘韻。第三、四併爲七字一句，是格類多）燭影摇紅，(簾)幕瑞烟浮動，畫堂中珠圍翠擁。粧臺對月，下鸞鶴神仙儀從。玉簫聲裏，一雙鳴鳳。

【黄鍾宮引子・點絳唇】（蕭豪韻。與詩餘同）月淡星稀，建章宮裏千門曉。御爐烟裊，隱隱鳴梢杳。

【前腔换頭】忽憶年時，問寢高堂早。鷄鳴了，悶縈懷抱，此際愁多少。（《沈譜》曰：『此調乃【引子】也，不可作北調唱之。北調第四句平仄平平，南曲第四句仄平平仄；北無【换頭】，南有【换頭】；北第一、第二句皆用韻，南直至第三句方用韻。』又曰：『《琵琶記》用南北【點絳唇】在一處，有何難辨？而世皆隨人附和也。』詞隱先生雖有此論，但惜忘却董解元之《北西厢》耳。按：董解元《北西厢》之【點絳唇】，其第一、第二句仍不用韻，直至第三句起韻，且其第四句亦仄平平仄，甚至亦有【换頭】。今試備其一、二闋證之。）

【黄鍾宮過曲・滴溜子】（蕭豪韻。第四與第五皆同文，第十變爲四字，三曲皆然。二十二板）臣邕的，臣邕的，荷蒙聖朝。臣邕的，臣邕的，拜還紫誥。念邕非嫌官小，奈家鄉萬里遥，雙親又老。干瀆天威，萬乞恕饒。（一）

【黄鍾宮過曲・滴溜子】（魚模韻。第二、第五不用疊文，各綴一字。二十二板）謾説道姻緣，果諧鳳卜。細思之，此事豈吾意欲？有人在高堂孤獨。可惜新人笑語喧，不知舊人哭。兀的東

（一）眉批：『的』字可用去聲。

床，難教我坦腹。（一）

【黄鍾宫過曲・歸朝歡】冤家的，冤家的，苦死見招，俺媳婦埋冤怎了？饑荒歲，饑荒歲，怕他怎熬？俺爹娘怕不做溝渠中餓殍？譬如四方戰争多征調，從軍遠戍沙場草，也只是爲國忘家怎憚勞？（此與上《浙江亭》皆【歸朝歡】正體，願學者亟宜正之，萬不可效今訛腔苟板也。）

【黄鍾宫過曲・神仗兒】（蕭豪韻。第四句下增三字一句，元詞此格儘多。十九板）揚塵舞蹈，遥瞻天表。見龍鱗日耀，咫尺重瞳高照。何文字，只須在此一一分剖。遥拜着赭黄袍，遥拜着赭黄袍。（此調按高東嘉古本於此第四句下猶有此三字一句、四字二句者也，況元譜亦然。後至崑山顧本以此三句雖不刊列於曲内，然亦設備於卷巔，但在三字句上又添一『有』字，後坊本皆以此三句作爲賓白，甚至今之《香囊》《四節》二記不惟削去三字一句，連下之四字二句亦減之，至今人不識此調之全章矣。何不思其次曲亦曰『多應是，哀念我，私情烏烏』三句乎？況此格之章規句律，元調儘多，人自未嘗刊及耳。今試備幾格於下，證此三句之不謬。比如元傳奇《樂昌公主》此調此三句曰：『宫鞋燈，慳慳點着，横闊三寸。』又元傳奇《金童玉女》此調此三句曰：『挑琉璃，街頭耍笑，兀自懵騰。』又元傳奇《柳穎》此調此三句曰：『可知有，麟兒出現，鳳皇來儀。』又元散套【薄日乍烘晴】此調此三句曰：『家家啟，華筵

（一）眉批：《沈譜》於『姻緣』下添一『事』字，按古本原無者。又不襯『不知』二字，益非。

共樂，舉杯相慶。』又明初唐以初南北合調此三句曰：『共雙雙，偎紅倚翠，淺斟低唱。』又明初陳大聲南北合調此調此三句曲曰：『貨郎兒，堆堆積積，萬人叢裏。』據此數調，此三句有亦可。若據前《孟月梅》及《許盼盼》二調，即此三句無亦可。但《蔡伯喈》原本有者無之，今坊本作爲賓白，無者有之。或又添爲四字句，此樂府之所禁也。況《蔡伯喈》次曲之『多應是，哀念我，私情烏烏』三句原缺一字，如以上句之『是』字與下句之『哀』字皆襯之，而合上格之《孟月梅》及《許盼盼》體亦可，況明傳奇《蘇武》此調亦然。然《蔡伯喈》一折二曲各從一體也，但《四節記》此調不惟減去三字與四字句，且第三句又添作五字。此雖不可爲式，今寧備於此，以戒將來。）

【黄鍾宫過曲·鮑老催後】（魚模韻。此止合頭也，末句變七字。二十七板）翠眉漫蹙，赤繩已繫夫婦足，芳名已注婚姻牘。空嗟怨，枉嘆息，休摧速。畫堂富貴如金谷，休戀故鄉生處樂，受恩深處親骨肉。〔一〕

【黄鍾宫過曲·啄木兒】（蕭豪韻。此係常格。二十二板）我親衰老，妻幼嬌，萬里關山音信杳。他那裏舉目淒淒，俺這裏回首迢迢。他那裏望得眼穿兒不到，俺這裏哭得淚乾親難保。閃殺人一封丹鳳詔。（《唐譜》曰：『一日上幸御苑，有鳥鳴於樹林，不見其形。上聞怪聲，問禄山曰：「此

〔一〕眉批：《沈譜》曰：『翠』字去聲，妙極。『空嗟怨』用仄仄平，『枉嘆息』用仄平平，皆可。『樂』字改作上聲。

何聲也？」禄山曰：「此無知諫臣也。」上指林中而言曰：「其聲出於禄林，豈人臣之諫乎？」禄山奏曰：「此鳥名啄木兒，母鳥生此雛，腹遂破，鳥巢無食，即食其母。此鳥無父母、無君臣、無天日者，是以惡聲乖戾，鳴則風生雨至，不與他鳥同棲。此比造言妄旨之諫臣何異？乞以弓射之。」上曰：「今以雛聲射之，則易恐傷其母，且鳥巢必不可保之。」復聽鳥聲嚶嚶然，上遂止之。此出《御林事録》。』）

【黄鍾宫過曲・啄木鸝】（歌戈家韻。此【黄鶯兒】《蔡伯喈》體。二十九板）【啄木兒】聽言語，教我淒愴多。料想他也應非是埋姤。他那裏既有妻房，取將來怕不相和？但得他似你能揑把，我情願侍他居他下。【黄鶯兒】只愁他程途上苦辛，教人望巴巴。(一)

【黄鍾宫過曲・三段子】（蕭豪韻。此係常格。十八板）這懷(怎)剖？望丹墀天高聽高。這苦(怎)逃？望白雲山遥路遥。你做官與親(添)榮耀，高堂管取加封號。與你改換門閭，偏不好？(二)

【黄鍾宫過曲・喜無窮煞】（齊微韻。【名傳四海】是其過曲。二十四板）顯文明，開盛治。□説孝(男)，(三)并義女。玉燭調和，聖主垂衣。（此實【黄鍾宫】之『煞』耳。按：《蔣譜》於此【黄鍾】收元

(一)　眉批：『揑』字改坐平聲乃叶，『辛』字、『人』字若用仄聲猶妙。

(二)　眉批：《沈譜》曰：兩個『這』字、兩個『望』字及『聽』字、『路』字俱用去聲，妙甚，必如此方發調。兩個『怎』字上聲，又和協。『耀』字、『號』字俱去聲，而以『好』字收之，猶妙。

(三)　眉批：『説』字上原脱一字，平仄皆可。

《西厢記》之【煞尾】云：『潛踪覓跡行來到，切莫使夫人知道，把受過了的淒涼休忘了。』『春容漸老』是其【引子】，『團團皎皎』是其【過曲】。但此格乃【南吕宫】之【尚按節拍煞】，與【黄鍾】何干？據李景雲所撰《西厢記》，於此套全用【黄鍾】，止借【中吕宫·永團圓】一調爲束，末又借此【南吕】一【尾】爲結煞。此實景雲之失也。今惟忠先生何得遂誣作【尾】耶？且又題作【三句兒煞】，無益【黄鍾·尾】矣，今人萬宜慎之，）

【正宫引子·喜遷鶯】（江陽韻。與詩餘同，但無换頭。十一板）終朝思想，但恨在眉頭，人在心上。鳳侶添愁，魚書絶寄，空勞兩處相望。青鏡瘦顔羞照，寶瑟清音絶響。歸夢杳，繞屏山烟樹，那是家鄉？(一)

【正宫引子·破齊陣】（魚模韻。七板）【破陣子】翠減祥鸞羅幌，香銷寶鴨金爐。【齊天樂】楚館雲閒，秦樓月冷，動是離人愁思。【破陣子】目斷天涯雲山遠，人在高堂雪鬢疏，緣何書也無？(二)

【正宫引子·滿江紅】（先天韻。【南吕宫】查歸。第三句『見』字上《沈譜》猶增『瞥然』二字，正與詩餘

(一) 眉批：第一個『在』字若用上聲，妙。『歸夢杳』三字若作去上平，妙。

(二) 眉批：『翠減』去上聲，『冷』字、『楚』字、『館』字、『遠』字、『也』字俱上聲，俱妙。『目斷』一句不可用平平仄仄平平仄。

同。八板）嫩緑池塘，梅雨歇薰風乍轉。見清新華屋，已飛乳燕。簟展湘波紈扇冷，歌傳《金縷》瓊枝暖。（一）是炎蒸不到水亭中，珠簾捲。

【正宮引子・瑞鶴仙】（歌戈、家麻。與周美成詩餘同，但無换頭。十一板）十載親燈火，論高才絶學，休誇班馬。風雲太平日，正驊騮欲騁，魚龍將化。沉吟一和，怎離雙親膝下？且盡心甘旨，功名富貴，付之天也。（二）

【正宮過曲・洞仙歌】（真文韻。十一板）我家私没半分，靠着奴此身。只要救我公婆，豈辭多苦辛？空把淚珠搵，誰憐飢與貧？這苦説不盡。（三）

【正宮過曲・普天樂】（家麻韻。此即《拜月亭》格，止争『歷盡苦』句韻。二十八板）我兒夫一向留都下，俺只有年老的爹和媽。弟和兄更没一個，看承盡是奴家。歷盡苦，誰憐我，怎説得不出閨門的清貧話？若無糧，我也不敢回家。豈忍見公婆受餓？（四）嘆奴家命薄，直恁折挫。

（一）眉批：『嫩』字、『乍』字、『乳』字、『簟』字俱可用平聲，『乍轉』『簟展』『扇冷』『到水』俱去上聲，『乳燕』上去聲，俱妙。

（二）眉批：『怎』字、『富』字俱可用平聲，『怎離』『且盡』俱上去聲，『付』字去聲，『也』字上聲，俱妙。

（三）『要』字可用平聲，『救我』『這苦』俱去上聲，『把淚』上去聲，『此』字、『豈』字、『與』字俱上聲，俱妙。

（四）眉批：『餓』俗作『餧』，未嘗不雅，但非韻耳。

（此係古本原文。因今時本皆以首句上之『我』字削去之，遂如七字句法矣。況今歌者又不審其詳，竟以【步步嬌】腔板唱之，甚至又有今傳奇《金貂記》之『孩兒中道歸泉世』句法，可笑！且又有《繡襦記》之『想玉人』及《連環記》之『意孜孜』，今人亦不辨其中間皆多襯字，然皆統直唱下，亦成【步步嬌】腔板。此誤實在唱者，非干撰者也，學者不可不慎。）

【正宫過曲・雁魚錦】（江陽韻。二十四板）【雁過聲】（全）思量，那日離故鄉。記臨歧送別多惆悵，攜手共那人不斷放。教他好看承，我爹娘，料他每應不會遺忘。聞知饑與荒，只怕捱不過歲月難存養。若望不見信音，却把誰倚仗？（一）

【正宫過曲・二犯漁家傲】（四十四板）【雁過聲換頭】思量，幼讀文章，【漁家傲】論事親爲子也須要成模樣。真情未講，【小桃紅】怎知道喫盡多磨障？被親强來赴選場，被君强官爲議郎，【雁過聲】被婚强效鸞凰。（二）被强，衷腸說與誰行？埋怨難禁這兩廂：這壁廂道咱是個不撐達害羞的喬相識，那壁廂道咱是個不覩事負心的薄倖郎。（此調按蔣、沈二譜之總題雖亦【二犯漁家傲】，但不分題析調，致今人無識其詳耳。故以其第六、七句皆謂『被親强』『被君强』爲讀，致下截有『來赴選場』『官爲議郎』之句也。此不惟文義欠通，且句法亦非體耳。因而又有《王十朋》之『論早晚』『論寒

（一）眉批：『斷』字思必切。勿謂『小斷』『這斷』之『斷』也。『手共』『倚仗』『覩事』『反哺』『紫綬』『兩似』『兩鬢』『水既』『我掛』『也斷』俱上去聲，『未講』『被强』『這兩』『漫把』『罷想』『淚雨』『夢裏』『問寢』俱去上聲，俱妙。

暑』之句也。按：此二傳雖皆元劇，但不識孰先孰後，甚至今梁伯龍先生亦效之，曰：『問君早』『問臣早』，益謬矣。願今撰者慎之可也。余今試從古本備詳於此，觀者萬勿哂之。然此【小桃紅】非【越調・小桃紅】，即本宮之【小桃紅】耳。比如元傳奇《李玉梅》此調此三句曰：『愁雲怨雨羞花貌，精神不似當初好，燕來鶯去無消耗。』據此可知本曲必以『被親强來』『被君强官』爲讀，下截乃『赴選場』『爲議郎』成句。若此，其文理、宮調、句律、腔板皆合矣。）

【正宮過曲・雁漁序】（俗名【二犯漁家燈】，『燈』字何屬）【雁過聲換頭】悲傷，鷺序鴛行，【漁家傲】怎如烏鳥反哺能終養？【傾杯序】漫把金章，綰着紫綬，試問斑衣，今在何方？斑衣罷想，縱然歸去，又怕帶麻執杖。【雁過聲】只爲那雲梯月殿多勞攘，落得淚雨似珠兩鬢霜。（此調蔣、沈二譜皆曰【二犯漁家燈】，據【漁家燈】即犯調矣，何又有他犯乎？且其『燈』字亦無謂。按：今古本之【傾杯序】不惟仍在本宮，且又統聯七句四字，妙極。）

【正宮過曲・漁家喜雁燈】（俗名【喜魚燈】，遺却『雁』字）【雁過聲換頭】（三）幾回夢裏，忽聞鷄唱。【喜還京】忙驚覺錯呼舊婦，同問寢堂上。【漁家傲】待朦朧覺來，依然新人鳳衾和象床。【剔銀燈】怎不怨香愁玉無心緒？更思想，被他攔擋。教我，怎不悲傷？【雁過聲】俺這裏歡娛夜宿芙蓉帳，他那裏寂寞偏嫌更漏長。（首二句乃元傳奇《東窗事犯》之『青松翠竹，幾朵風味』體，又『錯呼』二句乃舊傳奇《黃孝子》第三、四句『捨宅爲寺，斷葷素飡』同體，但惜今本曲之『上』字非平聲耳。已下二調皆常格，不註。）

【正宫過曲・錦纏雁】（二十七板）【錦纏道】漫悒怏，把歡娛都成悶腸。菽水既清涼，我何心，貪着美酒肥羊？悶殺人花燭洞房，愁殺我掛名在金榜。魆地裏自思量，【雁過聲】正是在家不敢高聲哭，只恐猿聞也斷腸。

【正宫過曲・雙鸂鶒】（齊微韻。十六板）聽伊説教人怒起，漢朝中惟吾獨貴。我有女，偏無貴戚豪家匹配？奉聖旨，使我每招狀元爲婿，不知他回話有何言語。

【前腔第二换頭】（與《王魁》第二换頭同，但彼末句下外增三句）媒婆告相公知，恨那人作怪蹺蹊。道始得及第，縱有花貌休提。罵相公，罵小姐，道脚長尺二。這般説謊没巴臂。（此曲有崑山顧本增句以强同下綢繆。時譜曰：『按：《千金記》《尋秦記》皆古傳奇也，而【雙鸂鶒】各與此不同，最不可曉。』）

【前腔第三换頭】（與《王仙客》第二换頭同，詞見後。又與《蘇武》第三换頭同。二十一板）恩官且聽咨啓：蔡狀元聞説愁眉。忠和孝，恩和義，念父母八十年餘。况已娶了妻室，再婚重娶非理。待早朝，上表文，要辭官家去。請相公別選一佳婿。

【前腔第四换頭】（與《王仙客》第三换頭同，詞見後。《蘇武》第四亦然。十二板）他原來要奏丹墀，敢和我廝挺相持。讀書輩没道理，不思量違背聖旨。只教他辭婚辭官俱未得。（此闋崑山俞本增句，大悖。至以『讀書』三句截爲【尾聲】，益謬。至吴江沈本去之，猶存二句，於第二句下『細思之，可奈他將人輕覷』，亦非。）

【正宫過曲·一撮棹】（庚青韻。三十三板）寬㊀心等，何須苦牽縈？把㊀音書寫，但頻頻寄郵亭。爹娘老，伊家須好看承。程途裏，只願保安寧。死別全無准，生離又難定。㊀今去也，何日到京城？（此末句平煞。元傳奇《王祥》仄煞云：『病痊後謝天地。』今本曲之『死別』句五字，時譜亦襯爲三字，非也。《沈譜》曰：『此調今皆用於【催拍】後，而不知用於【三字令】後猶妙。』此論甚當。）

【大石調引子·念奴嬌】（庚青韻。與詩餘同，但無换頭）楚天過雨，正波澄木落，秋容光浄。誰駕玉輪來海底，碾破瑠璃千頃？環珮風清，笙歌露冷，人在清虚境。〔一〕真珠㊀簾捲，小樓無限佳興。（此調首二句從詩餘句讀。今或錯認『澄』字乃韻脚，首爲七字句，次作六子句，謬矣。）

【大石調引子·西地錦】（齊微韻。【黄鍾】宫移歸）好怪吾家門婿，鎮日不展愁眉。〔二〕教人㊀心下常縈繫，也只爲着門楣。（此末句平煞，元傳奇《趙氏孤兒》仄煞云。）

【大石調過曲·念奴嬌序】（庚青韻。二十板）長空萬里，見嬋娟可愛，全無一㊀點㊀纖凝。十二

〔一〕眉批：『楚』字可用平聲，『誰』字、『□』字、『環』字可用仄聲。

〔二〕眉批：『好』字、『鎮』字俱可用平聲。

欄杆光滿處，涼浸珠箔銀屏。偏稱，身在瑤臺，笑斟玉斝，人生幾見此佳景？（合）惟願取年年此夜，人月雙清。（此曲據今時唱於次句『見嬋娟可愛』五字絶無一板加之，直至下之『全』字方下一板，且於此一句疊用四板，何疏密不均之甚耶？今愚意欲擅移『全』字之一板於上句之『可』字上，庶無疏密之嫌，不識可否？當俟賞音者訂正。）

【前腔第二換頭】（第三句節讀不同。二十五板）孤影，南枝乍冷，見烏鵲縹緲驚飛，棲止不定。萬點蒼山，何處是修竹吾廬三徑？追省，丹桂曾攀，嫦娥相愛，故人千里漫同情。〔一〕（合前）

【前腔第三換頭】（此第二句六字，乃詩餘體。今《沈譜》襯爲四字而合第四換頭亦可。二十二板）光瑩，我欲吹斷玉簫，驂鸞歸去，不知風露冷瑤京。環佩濕，似月下歸來飛瓊。那更，香鬢雲鬟，清輝玉臂，廣寒仙子也堪并。（合前）（瑩：濙定切，屬影母，不可唱作『擁』字音。瓊：渠盈切，屬群母，不可唱作『窮』字音。）

【大石調過曲・尚輕圓煞】（庚青韻。『長空萬里』是其過曲。十一板）聲哀訴，促織鳴。俺這裏歡娛未聽，却笑他幾處寒衣織未成。（此末句平煞。）

〔一〕眉批：『凝』字、『屏』字、『情』字俱可用仄韻，『景』字、『定』字、『徑』字、『更』字、『並』字俱可用平韻，『萬里』『見此』『願取』『乍冷』『萬點』俱去上聲，『可愛』『滿處』『幾見』『此夜』俱上去聲，俱妙絶。

【仙吕宫引子・鵲橋仙】（江陽韻。與詩餘同）披香隨宴，上㊣林遊賞，醉後人扶馬上。㊣金蓮花炬照迴廊，正院宇梅梢月上。〔一〕

【仙吕宫引子・番卜算】（齊微韻）兒女話難聽，使我㊣心疑惑。㊣暗中思忖覺前非，有個團圓策。（此與【卜算子】别，止在第三句。【卜算子】第三句仄仄平平仄仄平，此第三句仄平平仄仄平平，故爲【番卜算】。）

【仙吕宫引子・鷓鴣天】（尤侯韻。與詩餘同）萬里關山萬里愁，一般㊣心事一般憂。親闈暮景應難保，客館風光㊣怎久留？

【前腔換頭】他那裏，漫凝眸，正是馬行十步九回頭。歸家只恐傷親意，閣淚汪汪不㊣敢流。〔二〕

【仙吕宫過曲・臘梅花】（東鐘韻。首二句並爲七字。十三板）我孩兒出去在㊣今日中，爹爹媽媽來相送。但願得魚化龍，〔三〕青雲得路，桂枝高折步㊣蟾宫。（首句之『在』字時譜亦作『實』字，欲合

〔一〕　眉批：『隨』字平聲，妙。或作『侍』字，非也。『照』字去聲，妙。『月』字不可認作仄聲，『院宇』二字去上聲，妙。『炬』字去聲，妙。

〔二〕　眉批：第一個『萬』字、第一個『一』字、『暮』字、『客』字、『怎』字、『十』字俱可用平聲，『萬里』『暮景』俱去上聲，『久』字、『馬』字、『九』字、『恐』字、『敢』字俱上聲，妙。

〔三〕　眉批：『但』字可用平聲。

《拜月亭》體，且又註曰：『無「在」字，非也。』何不思《荆釵》《殺狗》乎。）

【仙呂宮過曲·一封書】（齊微韻。又名【秋江送別】。二十五板）一從你去離，我家中常念你。功名事怎的？想多應折桂枝。幸得爹娘和媳婦，各保安康無禍危。見家書，可知之，及早回來莫更遲。(一)

【仙呂宮過曲·月雲高】（真文韻。【月兒高】《西廂》格。二十板）【月兒高】路途勞倦，行行甚時近。未到得洛陽縣，盤纏使盡。回首孤墳，空教我望孤影。他那裏誰偢倸，俺這裏將誰投奔？【渡江雲】正是西出陽關無故人，須信道家貧不是貧。

【前腔】（第七句減爲四字，此句句法止見於犯調。十九板）【月兒高】暗中思忖，此去好無准。只怕他身榮貴，把咱不認。若是他不瞧，可不空教我受艱辛？他未必忘恩，我這裏自閒評論。【渡江雲】他須記一夜夫妻百夜恩，怎做得區區陌路人？

【仙呂宮過曲·醉扶歸】（東鐘韻。十二板）我有緣結髮曾相共，難道是無緣對面不相逢？我

(一) 眉批：『各』字、『及』字俱可用平聲。

鳳枕鸞衾也和他同，到憑兔毫繭紙將他動。畢竟一齊分付與東風，把往事如春夢。(一)

【仙呂宮過曲·甘州歌】（真文韻。三十四板）【八聲甘州】衷腸悶損，嘆路途千里，日日思親。青梅如豆，難寄隴頭音信。高堂已添霜鬢雪，客路空瞻一片雲。【排歌】途中味，客裏身，争如流水蘸柴門。(二) 休回首，欲斷魂，數聲啼鳥不堪聞。（第二、第三換頭與始調同體，不録，止録第四曲，以存換頭之體。）

【前腔第四換頭】（三十六板）【八聲甘州】遥望霧靄紛，想洛陽宫闕，行行將近。程途勞倦，欲待共飲芳樽。垂楊瘦馬莫暫停，只見那古樹昏鴉棲漸盡。【排歌】天將暝，日已曛，一聲殘角斷譙門。尋宿處，行步緊，前村燈火已黄昏。(三)（『垂楊』句末一字固平聲，『古樹』句末一字用仄聲，與上三曲不同，然不失正體。）

【仙呂宮過曲·針綫箱】（江陽。二十七板）嘆雙親把兒指望，教兒讀古聖文章。比我會讀書

(一) 眉批：《沈譜》曰：『「有」字上聲，「鳳枕鸞衾」去上平平，妙。「和」字不可作平聲唱，今人於第三句每作平平仄仄仄仄平平，非也。』

(二) 眉批：『悶損』『寄隴』去上聲，『已添』上平聲，『水蘸』上去聲，俱妙。『争』字可用仄聲。

(三) 眉批：『望』字不可唱去聲，『待』『一』『緊』三字可用平聲，『前』字可用仄聲，『霧靄』『共飲』『瘦馬』『步緊』俱去上聲，妙。

的，倒把親撇漾；少甚麼不識字的，到得終養。我只爲你其中自有黄金屋，却教我撇却椿庭萱草堂。還思想，畢竟是文章誤我，我誤爹娘。

【仙呂宫・解三酲換頭】（二十八板）比似我做了虧心臺館客，到不如守義終身田舍郎。《白頭吟》記得不曾忘，緑鬢婦何故在他方？我只爲其中有女顔如玉，却教我撇却糟糠妻下堂。還思想，畢竟是文章誤我，我誤妻房。（按：【針綫箱】無換頭，有變體。詳於【南吕】宫本調下。按：【解三酲】有换頭，有變體，甚異，試録幾格於下備閲。）

【仙呂宫過曲・桂枝香】（先天韻。又名【月中花】，但與【羽調・月中花】不同。二十二板）書生愚見，忒不通變。不肯坦腹東床，漫自去哀求金殿。想他每就裏，他每就裏，將人輕賤。非爹胡纏，怕被人傳。道你是相府公侯女，不能彀嫁狀元。(一)（此末句平煞，元傳奇《殺狗》仄煞云：『明朝又區處。』）

【仙呂宫過曲・情未斷煞】（真文韻。『衷腸悶損』是其過曲）向人家，忙投奔，解鞍沽酒共論文，今夜雨打梨花深閉門。（此末句平煞。）

【中呂宫引子・滿庭芳】（真文韻。與詩餘同）飛絮沾衣，殘花隨馬，輕寒輕暖芳辰。江山風

(一) 眉批：『愚』『通』『金』三字今人多用平聲，非。第三句不宜用韻，五、六句用韻亦可，九句不用韻亦可。

物，偏動別離人。回首高堂漸遠，嘆當時恩愛輕分。傷情處，數聲杜宇，客淚滿衣襟。

【前腔换頭】萋萋芳草色，故園人望，目斷王孫。漫憔悴郵亭，誰與温存？聞道洛陽近也，還又隔幾個城闉。澆愁悶，解衣沽酒，同醉杏花村。㈠

【中吕宫引子・尾犯】（庚青韻。與詩餘同，但無换頭）懊恨別離輕，悲豈斷絃，愁非分鏡。只慮高堂，怕風燭不定。腸已斷欲離未忍，㈡淚難收無言自零。空留戀，天涯海角，只在須臾頃。

【中吕宫過曲・紅繡鞋】（東鍾韻。此末句更不同，僅此。二十七板）猛拚沉醉東風，東風；倩人扶上玉驄，玉驄。歸去路，望畫橋東。花影亂，日曈曨。沸笙歌影裏紗籠，紗籠。（末句坊本改作『沸笙歌，引紗籠』。）

【中吕宫過曲・縷縷金】（皆來韻。十九板）元來是，蔡伯喈，馬前都喝道，狀元來。㈢料想雙親像，他每留在。敢天教夫婦再和諧，都因這佛會？都因這佛會？

【中吕宫過曲・尾犯序】（庚青韻。二十五板）無限別離情，兩月夫妻，一旦孤冷。此去經年，

㈠　眉批：『飛』『回』『隨』『誰』『聞』『沽』『同』諸字俱可用仄聲，『杜』『顧』『目』三字俱可用平聲，『漸遠』『杜宇』『淚滿』『近也』俱去上聲，『幾個』上去聲，俱妙。

㈡　眉批：『悲』字可用仄聲，『懊恨』『豈斷』『已斷』俱上去聲，『未忍』上去聲，俱妙。

㈢　眉批：《沈譜》曰：『「馬前」四句用平平平仄仄或仄仄平平仄皆可。』

望迢迢玉京思省。奴不慮山遥路遠，奴不慮衾寒枕冷。奴只慮，公婆没主，一旦冷清清。（此調末七句是定格，今皆認作九字二句，非也。設如元傳奇《楊曼卿》此調末句云『此尋常三五煞殊别』，又明傳奇《陳光蕊》云『一般煩惱兩心知』。）

【前腔換頭】（二十八板）何曾，想着那功名？欲盡子情，難拒親命。我年老爹娘，望伊家看承。畢竟，你只怨朝雲暮雨，只得替着我冬温夏清。思量起，如何教我割捨得眼睁睁？(一)（此調起處七字，正爲換頭句法，但今人不審其律，統同始調之五字唱法唱之。獨不思其第二之『曾』韻脚耳，必須用一正一截板於上，方别換頭之唱法，但惜其第三、四曲復承始調句法，焉有【前腔】反居換頭之後？豈不知有元傳奇《劉智遠》之『村落少人烟』？其第二曲仍【前腔】云：『家筵聊自遣。』其第三曲用換頭云：『看看，紅日上三竿。』據此之『看』『竿』二字雖借他韻，仍不失韻脚。又其第四換頭云：『亭軒，新架小三椽。』又有元傳奇《蘭蕙聯芳樓》，此調比上又發其始調云：『一自造庭軒。』其第二換頭云：『英賢，今且聽一言。』又第三換頭云：『春纖，輕把袖兒揎。』又第四換頭云：『觀瞻，郎女意流留連。』此亦惜『纖』『瞻』二字借閉口韻耳。雖然，願作者必效此二套爲式，不然，寧從明傳奇《莊文秀》此調四曲皆【前腔】，絶不用一換頭，亦可爲法，必不宜仿《蔡伯喈》於換頭之後重用【前腔】也。）

(一) 眉批：『冷』『省』『命』『竟』等字俱可用平韻，『此去』『此』字可用平聲，『没』『數』二字可用去聲，『此去』上去聲，『路遠』『盡子』『暮雨』俱去上聲，妙。於『一』字、『冷』字、『教我』『我』字、『眼』字四個上聲，妙絶。

【中呂宮過曲・舞霓裳】（東鍾韻。與【中呂・舞霓裳】不同）願取群賢盡貞忠，盡貞忠；管取雲臺畫形容，畫形容。時清無報君恩重，惟有一封書上勸東封，更撰個河清德頌。乾坤正，看玉柱擎天又何用？（按：此調之章句比【大和佛】止爭第七句之有無，如【大和佛】於第六句下多七字一句，且第二、第四之三字句皆必另文，如【舞霓裳】於第六句下少七字一句，且第二、第四之三字句或頂承上文，或亦另文，此皆定體也。時譜不審其源，妄以元傳奇《柳耆卿》之【大和佛】『春酒淋漓』一曲列於《蔡伯喈》之『願取群賢』之前，共題作【舞霓裳】。若然，【大和佛】與【舞霓裳】皆一同章句矣，作者辨之。）

【中呂宮過曲・山花子】（東鍾韻。二十五板）玳筵開處遊人擁，争看五百名英雄。喜鰲頭一戰有功，荷君奏捷詞鋒。（合）太平時車書已同，干戈盡戢文教崇，人間此時魚化龍。留取瓊林，勝景無窮。（第二曲與始調同，不録。）

【前腔第三換頭】（第四換頭與此同，不録。十二板）青雲路通，一舉能高中。三千水擊飛冲，又何必扶桑掛弓，也强如劍倚在崆峒。（合前）

【中呂宮過曲・永團圓】（齊微韻。第三句增爲七字，減去第九六字二截句，第十二句變爲四字。三十六板）名傳四海人怎比，豈獨是耀門閭？人生怕不全孝義，聖明世，豈相棄？這隆恩美譽，從教管領何所愧，萬古青編記。如今便去，相隨到京畿。拜謝君恩了，歸庭宇一家賀喜。

共設華筵會，四景常歡聚。

【南呂宮引子・薄倖】（皆來韻。與詩餘不同）野曠原空，人離業敗。漫盡心行孝，力枯形瘁。幸然爹媽，此身安泰。棲惶處，見慟哭飢人滿道，嘆舉目將誰倚賴？（一）

【南呂宮引子・意難忘】（江陽韻。與詩餘同，但無換頭）綠鬢仙郎，懶拈花弄柳，勸酒持觴。長顰知有恨，何事苦思量？些個事，惱人腸。試說與何妨？又怕伊尋消問息，添我恓惶。（二）（唱者不可以『試說』二字讀斷，若然，即如《明珠記》之『怎說與伊曹』句也，此以『怎說』二字讀斷，下文之『與伊曹』成何文理耶？）

【南呂宮引子・生查子】（魚模韻。與詩餘同）逢人曾寄書，書去神亦去。今夜好清光，可惜人千里。

【南呂宮引子・一枝花】（先天韻。與【滿路花】詩餘同，但無換頭）閒庭槐影轉，深院荷香滿。簾垂清晝永，怎消遣？十二欄杆，無事閒凭遍。困來湘簟展，夢到家山，又被翠竹敲風驚斷。（三）

（一）眉批：『行』字、『爹』字俱可用仄聲，『見』字可用平聲，『野曠』『滿道』『倚賴』俱上去聲，『嘆』『舉』去聲，俱妙。

（二）眉批：『何事』之『何』字、『添』字可用仄聲，『弄柳』『勸酒』『事苦』俱去上聲，『有恨』上去聲，俱妙。

（三）眉批：『深』『簾』『無』三字可用仄聲，『十』『夢』『又』三字俱可用平聲。

【南呂宮引子・一剪梅】（齊微韻。與詩餘同）浪暖桃香欲化魚，期逼春闈，詔赴春闈。郡中空有辟賢書，心戀親闈，難捨親闈。

【南呂宮引子・虞美人】（二韻。與詩餘同）青山今古何時了？斷送人多少。孤墳誰與掃蒼苔？鄰塚陰風吹送紙錢來。(一)

【南呂宮引子・掛真兒】（蕭豪韻。此調比上【大聖樂】止爭末句之句法）四顧青山靜悄悄，思量起暗裏魂消。黃土傷心，丹楓染淚，漫把孤墳自造。（按：此調與【大聖樂】别，止於第二句之韻脚平仄及末句之句法四六，如【大聖樂】第二句用仄煞，此調第二句用平煞；如【大聖樂】末句必四字，此調末句必六字，此爲二調之别也。今時譜註曰：『「暗裏魂消」四字可用仄平平仄，「黄」字可用仄聲。』若然，仍是【大聖樂】，與【掛真兒】何干？信知其以《王煥》之『觸目奇花』誣作【滿園春】，又以《陳巡檢》之『生長幽閨』誣作【大聖樂】，竟不審自譜所收《卧冰記》之『獨守孤幃』之章句乎。）

【南呂宮引子・臨江仙】（韻雜。與辛幼安詩餘同，第二句減爲六字）連喪雙親無計策，只得剪下香雲。非奴苦要孝名傳，正是上山擒虎易，開口告人難。

【南呂宮過曲・金錢花】（江陽韻。二十四板）自少承直書房，書房；快活其實難當，難當。

(一) 眉批：『孤』『鄰』二字可用仄聲。

只管把扇與燒香，荷亭畔，好乘涼，喫飽飯，上眠床。(一)（此末句平煞，元傳奇《拜月亭》仄煞云：『不留與，便殺壞。』）

【南呂宮過曲·劉袞】（齊微韻。或認作【番鼓兒】，謬。二十五板）聞知道，聞知道，相公忽來至。不及迎接，萬乞恕罪。不索要講禮，疾忙與分例。同去便與，不敢稽違。

【南呂宮過曲·紅衲襖】（皆來韻。末句變爲六字二截。八板）莫不是丈人行性氣乖？莫不是妾根前缺管待？莫不是畫堂中少了三千客？(二)莫不是繡屏前少了十二釵？這意兒教人怎猜？這意兒教人怎解？敢只是楚館秦樓，有一個得意情人也，悶懨懨不放懷。（據此『這意兒』二句，其兩『教』字儘可襯之，但今《明珠記》二句曰：『你下得浪打鴛鴦，我拚個月滿西廂。』據其下截之四字，可以『何』字襯之，及至四曲皆然。若此句法作詞者，必宜審之。《沈譜》曰：『多至不成音律，正謂此也。』《沈譜》又曰：『按古曲如《八義》《金印》《拜月》皆以【紅衲襖】爲引子，獨《琵琶記》不作引子，故舊譜載於過曲。今不敢輕改，畢竟是引子也。或作北曲，猶謬。』）

【南呂宮過曲·香柳娘】（皆來韻。此調疊句，非古章之格體，乃今人之變法，但宜從時可也。二十四

(一) 眉批：『自』『只』二字俱可用平聲。
(二) 眉批：『中』字係襯字。

板）看青絲細髮，看青絲細髮，剪來堪愛，如何賣也没人買？若論這飢荒死喪，這飢荒死喪，怎教我女裙釵，當得這狼狽？況我連朝受餒，況我連朝受餒，(一)我的脚兒怎擡？其實難捱。

【前腔】（第四句變爲八字二句儘有。二十四板）望前街後街，望前街後街，并無人在。咽喉氣噎，無如之奈。我如今便死，我如今便死，暴露我屍骸，誰人與遮蓋？待我將頭髮去賣，將頭髮去賣，賣了把公婆葬埋，便死何害？（『暴露』『暴』字當作去聲，但今多唱作『薄』字音，從『秋陽以暴之』之義亦可。）

【南吕宮過曲・梅花塘】（歌戈韻。十五板）賣頭髮，買的休論價。念我受饑荒，囊篋無些個。丈夫出去，那更連喪了公婆。没奈何，只得剪下頭髮資送他。(二)

【南吕宮過曲・香羅帶】（真文韻）一從鸞鳳分，誰梳鬢雲？粧臺不臨生暗塵，那更釵梳首飾典無存也。是我擔閣你，度青春。(三)如今又剪你，資送老親。剪髮傷情也，只怨着結髮的薄

(一) 眉批：今或以『没』字上用掣板，非。『髮』『喪』二字不用韻，『餒』字不可不用韻，但今此曲用詩韻耳。『教』字可用仄聲，『前』字平聲甚妙。

(二) 眉批：《沈譜》曰：『以「髮」字、「價」字與「個」字、「婆」字、「何」字、「他」字作一韻，此《琵琶記》常態也。』

(三) 眉批：『塵』『春』字可用仄韻，『首』字可用平聲。

倖人。（按：《沈譜》於『資送』下襯『老』字，不必。且又註曰：『「存」字是暗用韻處，「傷情」的「情」字原非用韻，「情」字下「也」字隨意用一仄聲俱可，不比前曲「也」字必不可换也。』此論雖然，但詞隱先生猶未知元詞此調、此句、此字還在用韻者居多，韻下亦以『也』字煞者爲正。然今本曲第二闋之『我的身死骨自無埋處』，又第三句此句曰『教人道霧鬢雲鬟女』，此係東嘉先生之微疵，後人豈可效乎？況此除却第一、第三句，每句皆有變，人所未知，今試備幾格於下證之。）

【南吕宫過曲・大迓鼓】（先天韻。第三句增爲七字，末煞變八字二句。十七板）非干是你爹意堅，怕春花秋月，誤你芳年。況兼他才貌真堪羨，[一]又是五百名中第一仙。故把姮娥，付與少年。

【南吕宫過曲・香遍滿】（魚模韻。第四句變爲四字。十五板）論來湯藥，須索是子先嘗方進與父母。莫不是爲無子先嘗，你便尋思苦？你只索鬧閫，怎捨得一命殂？元來你不喫藥，只爲我糟糠婦。

【南吕宫過曲・香五更】（蕭豪韻。二十五板）【香遍滿】把土泥獨抱，麻裙裹來難打熬。空山寂静無人吊，但我情真實切，到此不憚勞。【五更轉】何曾見葬親兒不到？又道是三匝圍喪，那

[一] 眉批：『況兼』句仄平平仄平平仄，妙。

些個卜其宅兆？思量起，是老親合顛倒。你圖他折桂看花早，不道自把一身，送在白楊衰草。【香遍滿】漫自苦，這苦憑誰告？（《沈譜》曰：『前五句似犯【香遍滿】，末二句似犯【賀新郎】，此二調余自查出，未敢明註也。』殊不知元譜末二句仍即【香遍滿】，乃犯元傳奇《瓦窑記》『須記取叮嚀語』元句也）

【南呂宫過曲・懶畫眉】（先天韻。十三板）頓覺餘音轉愁煩，似寡鵠孤鴻和斷猿，又如別鳳乍離鸞。只見殺聲在絃中見，敢只是螳螂來捕蟬？(一)（第四句義説在始卷之《臆論・襯字》内。時譜曰：『此調第一字平仄不拘，第二字必用仄聲，第三、四字必用平聲，此乃正體。』觀《琵琶記》三曲皆然，可知矣。舊譜以『花開花謝悶如醒』一曲詞意可觀而録之，非知音者也。）

【南呂宫過曲・金絡索】（齊微韻。正，又名【金索掛梧桐】。三十一板）【繫梧桐】區區一個兒，兩口相依倚。没事爲着功名，不要他供甘旨。教他去做官，【東甌令】要改換門閭，他做得官時你做鬼。你圖他三牲五鼎供朝夕，【針綫箱】今日裏要一口粥湯却教誰與你？【金蓮子】相連累，【懶畫眉】我孩兒因你做不得好名儒。【寄生子】空争着閒是閒非，(二)空争着閒是閒非，只落

(一) 眉批：上去二聲若無，平聲字用入聲可也。或於第三句下用一截板，可笑。

(二) 是：原作『事』，據汲古閣刊本《繡刻琵琶記定本》改。

得雙垂淚。

【南呂宮過曲・節節高】（先天韻。二十六板）漣漪戲彩鴛，把荷翻，清香瀉下瓊珠濺。香風扇，芳沼邊，閒亭畔。坐來不覺人清健，蓬萊閬苑何足羨？只恐西風又驚秋，不覺暗中流年換。[一]

【南呂宮過曲・梁州新郎】（先天韻。第九句八字二句，第二曲亦然。三十四板）【梁州序】新篁池閣，槐陰庭院，日永紅塵隔斷。碧闌杆外，空飛漱玉清泉。只見香肌無暑，素質生風，小簟琅玕展。晝長人困也，好清閒，忽聽得棋聲驚晝眠。[二]（合）【賀新郎】《金縷》唱，碧筒勸，向冰山雪檻開華宴。清世界，幾人見？（此第九句據《沈譜》襯『也』字，不必。此但知今改本《荆釵記》之『這段姻緣料想是前定』，而不知元傳奇《史弘肇》此句曰『悄如花共柳翠紅妍』，亦八字二句也。）

【前腔第三換頭】（與第四換頭同。二十五板）【梁州序換頭】向晚來雨過南軒，見池面紅裝零亂。漸輕雷隱隱，雨收雲散。只見荷香十里，新月一鈎，此景佳無限。蘭湯初浴罷，晚粧殘，深院

[一] 眉批：『戲彩』『閬苑』俱去上聲，妙。『把』字上聲，尤妙。『不覺暗中』作平平去平亦妙，然此四字用平平仄仄亦可。

[二] 眉批：『閒』字可用仄韻，『小簟』『縷唱』俱上去聲，『困也』去上聲，俱妙。

黄昏懶去眠。(合前)(按：此四曲之第九句然皆八字二截，《沈譜》何必以始調之『也』字襯之。)

【南吕宫過曲・三學士】(齊微韻。二十板)謝得公公意甚美，凡事仗托維持。假饒一舉登科日，難道是雙親未老時？只恐錦衣歸故里，雙親的怕不見兒。〔一〕(此末句平煞。第二曲仄煞云：『一靈兒終是喜。』其第三曲末句云：『誰知你讀萬卷書？』又第四曲末句云：『補不得你名行虧。』按此，『讀』字及『你』字原皆襯字，何今《寶劍記》認爲實七字，遂致有『趕上飛星及早回』。且舊本《香囊記》此句『忠和孝兩盡情』，今亦唱作『忠孝須當兩盡情』，是何調體耶？《沈譜》曰：『此曲第三、第四句必如《琵琶記》用成語或唐詩一聯乃妙。』又曰：『此調第三句與【解三酲】第三句雖相似而實不同，余聞昔年唱曲者唱詞曲第三句並無截板，今清唱者唱此曲第三句皆與【解三酲】第三句同，而梨園素稱有傳授能守其業者亦踵其訛矣。余以一口而欲挽回萬口，以存古調，不亦難哉！』)

【南吕宫過曲・繡帶兒】(齊微韻。二十七板)親年老光陰有幾？行孝正當今日。終不然爲着一領藍袍，却落後了戲綵斑衣。〔二〕思之，此行榮貴雖可擬，怕親老等不得榮貴。春闈裏紛紛大儒，難道是没爹娘的孩兒方去？

〔一〕眉批：『謝』字、『意』字、『事』字、『假』字、『一』字、『未』字、『恐』字俱可用平聲，『凡』字可用仄聲，『時』字、『兒』字可用仄韻，『甚美』『未老』『故里』俱去上聲，妙。

〔二〕眉批：『戲綵』上去聲，妙。

【前腔换頭】（三十板）休迷，男兒漢淩雲志氣，何必苦恁淹滯？可不干費了十載青燈，枉捱半世黃虀？須知，此行是親志，休故拒。你那些個養親之志？百年事只有此兒，難道是庭前森森丹桂？(一)

【南吕宫過曲・太師引】（齊微韻。此比上格止第五句節下讀不同，末句句法不同。二十四板）他意兒難提起，這其間就裏我自知。他戀着被窩中恩愛，捨不得離海角天涯。塗山四日離大禹，直恁地捨不得分離？你貪鴛侶守着鳳幃，多誤了鵬程鶚薦的消息。

【前腔】（江陽韻。此亦《王祥》格，止爭第五句減爲六字，末句並作七字。二十三板）細端詳，這是誰筆仗？覷着他，教我心兒好感傷。好似我雙親模樣，怎穿着破損衣裳？别後容顔無恙，怎這般凄涼形狀？有誰來往，直將到洛陽？(二) 須知仲尼和陽虎一般龐。（《沈譜》曰：『細查古曲，凡【太師引】皆用前一曲體，第五句並無有用「别後容顔無恙」句法者，必犯他調也，今不可考矣。只查得末一句必是【刮鼓令】，故聊記於此，以俟知者。蓋此二曲末後各一句俱用七字句法，全不與前曲末句相似，況古曲亦無此等句法，若必如今人唱，則高先生扭捏甚矣，何足取哉？』今據斯言，詞隱先生猶未勘

(一) 眉批：『費』去上聲，妙。『有』字必可平聲。二曲末煞四字用仄仄平平亦可。

(二) 眉批：『詳』字、『往』字亦是句中暗韻，或於『詳』字下用截板。又七句唱作『誰往來』，皆非。『好似』『怎這』俱上去聲，『似我』『破損』俱去上聲，妙。

及《拜月亭》之此調，其第三、四、五、六句皆用六字句法而犯何調耶？且今本曲之第五句用六字，末句用七字者，正與上格之此二句互例耳，是類元調每每有之，自不知耳。況今此末句又疑其犯【刮鼓令】，益非也。今亦無論他處，但只據今譜中所載之四格，即知其末束各自一體句法，必應以何格爲本調，何格爲犯調耶。）

【南呂宫過曲・瑣窗郎】（庚青韻。二十一板）【大聖樂】吾家一女娉婷，【柰子花】不曾許與公卿。【瑣窗寒】昨承聖旨，選他書生。不須用白璧黄金爲聘。（合）【賀新郎】若是姻緣前世已曾定，今日裏，共歡慶。（此第二句今坊本或曰：『不曾許與公卿。』此亦【大聖樂】句法，亦非【瑣窗寒】也。）

【前腔】（十三板）【瑣窗寒】在東京極有名聲，【大聖樂】論媒婆非自逞。【瑣窗寒】今朝事體，管取圓成。怕有一輕一重，全憑官秤。（合前）

【前腔】（三十五板）【瑣窗寒】然雖他高占魁名，【大聖樂】得相招多少榮。【柰子花】榮依繡幕，選中雀屏，你此去他必從命。（合前）（按：此闋今時唱多於『此去』上移借介白之『媒婆』二字，湊成四字，欲合【瑣窗寒】句法，但介白豈能唱之乎？今只據此三調，每調皆有他犯，向來人莫辨之，且是類最多，甚至有李日華《西厢記》此調總題雖曰【瑣窗郎】，不知其上截全用【柰子花】，況合頭竟非【賀新郎】，亦涉【阮郎歸】也。人亦不究及於此，今亦試詳於下，願作者勿忽，唱者宜知之。）

【南呂宫過曲・大聖樂】（齊微韻。二十八板）婚姻事難論高低，論高低何如休嫁與？假如親賤孩兒貴，終不然便抛棄？(一) 奴是他親生兒子親媳婦，難道他是何人我是誰？ 爹居相位，怎說着傷風敗俗非理的言語？

【南呂宮過曲・宜春令】（魚模韻。二十二板）雖然讀，萬卷書，論功名非吾意兒。只愁親老，夢魂不到春闈裏。便教我做到九棘㊂槐，怎撇得萱花椿樹？(二) 我這，衷腸一點孝心，對着誰語？

【南呂宮過曲・三犯獅子序】（齊微韻）【宜春令】他媳婦須有之，念奴家是他孩兒的妻。【繡帶兒】那曾有媳婦不事親幃？若論做媳婦的道理，【掉角兒】須當奉飲食，問寒暄，相扶持，蘋蘩中饋。【獅子序】正是養兒代老，積穀防饑。（此調今人或不謂其爲【獅子序】本調，冤哉！按：元譜【獅子序】本調原屬【南呂】宮，且其章句與此絶不同。況今人識見者甚少，於【黄鍾】宮後稍有小辨，且有此删彼收之說，但恐後學未必信服，今試備《孟月梅》之【獅子序】本調一闋於下，少證本曲向來之誤。『此身安樂是便宜，他赴春期，定做官歸故里。暫時間乍别離，管取同眠同起。休想不存不濟，永遠結髮齊眉。是人都說，好對夫妻。』）

(一) 眉批：『與』字可用平韻，『終不然』句可用仄平仄仄平平。

(二) 眉批：『萬』『只』『九』『怎』『撇』五個字俱可用平聲。

【南呂宮過曲・紅衫兒】(歌戈韻。與【中吕】調【紅衫兒】不同。十六板)你不信我教伊休説破，到此如何？(一) 算你爹心性，我豈不料過？我爲甚胡掩胡遮？只爲着這些。你直待要打破了砂鍋，是你招災攬禍。

【前腔換頭】(二十一板)不想道相掗把，這做作難禁架。我見你每每咨嗟要調和，誰知道好事多磨起風波？把你陷在地網天羅，如何不怨我？懊恨只爲我一個，却擔閣你兩下。(二)(按：【紅衫兒】始調首句七字，第二、三、四句皆四字，元詞無不然者。今時譜何以本曲首句分爲九字二句，曰：『你不信我，教伊休説破。』且又謬加三板於上，而又以第四句『豈不料過』之『料』字襯之，而合換頭之『起風波』三字。及至又以換頭第三句『每每咨嗟』七字襯作四字，强合始調之『到此如何』句。若此顛倒錯亂，何稱譜哉？況其第二格而收元傳奇《墻頭馬上》裴少俊一曲，其下註曰：『第一、第二句與《琵琶》一曲大不同，然細查舊曲，如《張協》傳奇及《尋親記》等曲，俱與此一曲相似，恐《琵琶記》反是後人傳改之訛耳。』據此論原知《墻頭馬上》一曲與《張協》《尋親》二格相似，亦知《琵琶》首句之『你』『我』二字必襯字，第四句之『料』字必非襯字也。況《墻頭馬上》此調共有四曲，今止始收其一始調，使後學不惟不

(一) 眉批：『到此』去上聲，妙。

(二) 眉批：『磨』字可用仄韻，『個』字、『怨我』的『我』字俱可用平韻，『地網』『怨我』俱去上聲，『好事』『懊恨』『兩下』俱上去聲。此二曲上去、去上聯用處甚多，當詳玩之。

知第三、第四換頭之變異，且第二換頭之第三句句法焉得明白？ 余今試備此全套於下，引證始調首句七字、第四句四字，又第二換頭之第三句七字及第三、四換頭之變。）

【南呂宮過曲・女冠子】（魚模韻。 或作【古女冠子】，非。 二十八板）我相公只慮多嬌女，怕跋涉萬山千水。 女生向外從來語，況既已做人妻。 夫唱婦隨，不須疑慮。 這是藍田種玉結親誤，今日裏到海沉船補漏遲。〔一〕 想起此事，費人區處。（此調首句句法必應如此，但今《蔡伯喈》始調首句曰：『媳婦事舅姑合體例。』此句法可作二截耳。 今蔣、沈二譜亦收此第二曲，最有見也。 又有明傳奇《陳光蕊》此調此句曰：『拜告拜告聽咨啟。』益非文法也。）

【南呂宮過曲・尚按節拍煞】（先天韻。『新篁池閣』是其過曲。 十五板）光陰迅速如飛電，好良宵可惜漸闌，拚取歡娛歌笑喧。（此末句平煞。 元傳奇《温太真》仄煞云：『離合悲歡天自管。』）

【商調引子・憶秦娥】（齊微韻。 一名【秦樓月】，與詩餘同）長吁氣，自憐薄命相遭際。 相遭際，晚年姑舅，薄情夫婿。〔二〕

〔一〕 眉批：『相』字、『女生』『女』字、『況』字、『外』字、『玉』字俱可用平聲，『隨』字可用仄聲。 『到海』句或作『船到江心補漏遲』，即與上句不相對矣。

〔二〕 眉批：『自』字、『晚』字、『老』字『不』字俱可用平聲，兩個『薄』字、『姑』字、『前』字俱可用仄聲。

【前腔換頭】孩兒一去無消息，雙親老景難存濟。難存濟，不思前日，强教孩兒出去？(一)

【商調引子・高陽臺】（車遮韻。與詩餘同）夢遶親闈，愁深旅邸，那更音信遼絶。(二) 淒楚情懷，怕逢淒楚時節。重門半掩黄昏雨，奈寸腸此際千結。守寒窗一點孤燈，照人明滅。

【前腔換頭】當時輕散輕別，嘆玉簫聲杳，小樓明月。一段愁煩，番成兩下悲切。枕邊萬點思親淚，伴漏聲到曉方徹。鎖愁眉，慵臨青鏡，頓添華髮。(三)

【商調引子・鳳凰閣】（寒山韻）尋鴻覓雁，寄個音書無便。漫勞回首望家山，和那白雲不見。淚痕如綫，想鏡裏孤鸞影單。（此末句平煞，下調仄煞。《沈譜》曰：『按：此調本是引子，今人妄作過曲唱之，即如【打毬場】本過曲，而今人唱作引子也。舊譜却將第二句作五個字，「家山」改作「家鄉」，又去了「和那」二字，遂不成調矣。況「想鏡裏」云云，因思親而思妻也，妙在「想」字上。舊譜乃作「粧鏡」，即是五娘自唱之曲，非伯喈遥想之意矣。此皆舊譜之誤也，何怪後人誤以過曲唱之哉？』）

(一) 眉批：『思』字及『日』字俱可用去聲。

(二) 眉批：《沈譜》曰：『古本及舊譜俱作「夢遠」，「遠」字正與「深」字相對，崑山本以爲不如「遶」字，非也。「那更」「更」字改作平聲猶妙。』

(三) 眉批：『玉簫』句乃用『小樓吹徹玉笙寒』之意，或作『庾樓』，無謂。『慵臨青鏡』用平平平去，與上『一點孤燈』用入上平平皆可互用。

【商調引子・十二時】（韻雜。第五、第六併爲一句）心事無靠托，這幾日番成悲也。父意方回，夫愁稍可，未卜程途裏的如何。教我，怎生放下？

【商調過曲・高陽臺】（車遮韻。此格與上格同章句，止争入聲韻耳。二十六板）宦海沉身，京塵迷目，名韁利鎖難脱。目斷家鄉，空勞魂夢飛越。閒聒，閒藤野蔓休纏也，俺自有正兔絲和那的親瓜葛。是誰人無端調引，漫勞饒舌？〔一〕

【前腔換頭】（二十九板）華閲，紫閣名公，黄扉元宰，三槐位裏排列。金屋嬋娟，妖嬈那更貞潔。歡悦，紅樓此日招鳳侶，遣妾每特來執伐。望君家慇懃肯首，早諧結髮。（《沈譜》曰：『凡入聲韻止可用之以代平聲韻，至於當用上聲、去聲韻處，仍相間用之，方不失音律。高先生喜用入聲，此曲如「脱」字、「越」字、「聒」字、「閲」字、「列」字、「潔」字、「悦」字處，用入聲作平聲唱妙矣，至於「葛」字、「舌」字、「代」字、「髮」字處，既用「兔絲」「漫勞」「特來」「早諧」等仄平聲在上，則其下當用平去或平上二聲，所謂以去聲、上聲間用之乃妙。今概用入聲，則入聲作平聲者與入聲作去上者混雜，音律欠諧矣。人有獨見者，還宜少用入聲韻爲是。』）

〔一〕眉批：『宦』字、『紫』字可用平聲，『宦海』『利鎖』『纏也』『自有』『調引』『位裏』『鳳侶』俱去上聲，『野蔓』『俺自』『引漫』俱上去聲，妙。『纏』字不可唱作平，與下『鳳侶』二字俱用去上聲，妙絶。

【商調過曲・囀林鶯】（歌戈、家麻。此調今人多疑其爲犯調，非但此格末三句似【二郎神】句法，下格不然。二十七板）荒年萬般遭坎坷，丈夫又在京華。把糟糠暗喫擔飢餓，公婆死，賣頭髮去埋他。把孤墳自造，土泥盡是我羅裙包裹。也非誇，手指傷，血痕尚在衣羅。

【商調過曲・二郎神】（歌戈、家麻。二十六板）容瀟灑，照孤鸞嘆菱花剖破。記翠鈿羅襦當日嫁，誰知他去後，釵荊裙布無些。他金雀釵頭雙鳳軃，羞殺人形孤影寡。說甚麼簪花捻牡丹，教奴怨着嫦娥。

【前腔換頭】（二十九板）嗟呀，心憂貌苦，真情怎假？你爲着公婆珠淚墮，我公婆自有，不能彀承奉杯茶。你比我没個公婆得承奉呵，不枉了教人做話靶。我且問伊咱，你公婆，爲甚的雙命掩黃沙？（一）

【越調引子・祝英臺近】（尤侯韻。與詩餘同）緑成陰，紅似雨，春事已無有。聞說西郊，車馬尚馳驟。（二）怎如柳絮簾櫳，梨花庭院，好天氣清明時候？（按：詞譜凡引子皆曰慢詞，凡過曲

（一）眉批：『剖破』『你爲』俱上去聲，『鳳軃』『貌苦』『自有』『命掩』俱去上聲，妙。中間『剖破』二字、『影寡』二字、『話靶』二字猶妙。後人所作如《明珠記》之『睡來還覺』『餘香猶裊』，《連環記》之『怎生能彀』『問君知否』，『還』字、『能』字、『猶』字、『知』字俱用平聲，便索然無調矣。《琵琶記》所以不可及，全在此處，而人自不知耳。

（二）『聞』字、『車』字可用仄聲。

皆曰近詞，全此本引當作【祝英臺慢】可矣。但此調出自詩餘，元作【祝英臺近】，不敢改也。）

【越調引子・霜天曉角】（齊微韻。與詩餘同）難捱怎避，災禍重重至。最苦婆婆死矣，公公病又將危。

【前腔換頭】悄然魂似飛，料應不久矣。縱然擡頭强起，形衰倦，怎支持？

【越調引子・金蕉葉】（歌戈韻）恨多怨多，俺爹娘知他怎麽？擺不去功名奈何？送將來冤家怎躲？（二）

【越調過曲・望歌兒】（魚模韻。或無『望』字，非。十板）三年謝得你相奉事，只恨我當初將你相擔誤。我欲待報你的深恩，待來生我做你的媳婦。怨只怨蔡伯喈不孝子，苦只苦趙五娘辛勤婦。

【前腔換頭】（多借支思韻。十三板）尋思，我一怨你死了誰祭祀？二怨你有孩兒不得他相看顧，三怨你三年没一個飽暖的日子。三載相看甘共苦，一朝分别難同死。（按：此曲第三闋復用始調，第四闋仍用換頭，今不録，但此體他調亦儘有之。《沈譜》曰：『按：《琵琶記》此調後尚有一

（二） 眉批：《沈譜》曰：『「恨」字去聲妙甚，舊譜改作「思」字即索然矣。「怨」「奈」二字去聲，兩個「怎」字、「躲」字上聲，俱妙。若「躲」字用平聲，則「何」字當用仄聲矣。』

闋，或分作四曲，或併作二曲。細查《九宮十三譜》，並無【歌兒】。偶閱《周孝子》傳奇，中有一【望歌兒】，正與《譜》中【越調・望歌兒】相合。況《琵琶記》此調後有【羅帳裏坐】，亦係【越調】，余始爽然自信。此調乃【望歌兒】，今刻本名【歌兒】者，誤也。但《琵琶》自全調，而《周孝子》乃從換頭起耳。然《琵琶記》第二曲又似從頭起，不從換頭處起，又不可曉也。』詞隱先生於此調查勘甚詳，但惜其不以襯字勾明句法理正，使撰者、歌者焉得識其規律耶？且於第三曲又從頭起，不從換頭處起，元詞此律儘有，不止於【望歌兒】，比即《蔡伯喈》之《請糧》折【鎖南枝】共八曲，每於換頭後復用始調者，何必疑之。）

【越調過曲・羅帳裏坐】（齊微韻。十五板）中間就裏，我難説怎提？若不嫁人，恐非活計；若不守孝，又被人談議。可憐家破與人離，怎不教人淚垂？

【越調過曲・蠻牌令】（蕭豪韻。末句減爲三字。二十四板）終日走千遭，走得脚無毛。何曾見湯水面，也不見半錢糟。倒不如做虔婆頂老，也落得些鴨汁喫飽。窮酸秀才直恁喬，老婆與他，粧甚腰？（『粧甚腰』今或改作『粧甚喬』，又或增爲『故推不要』。雖四字，非原文也。已上諸格，皆平煞。有明散套『蕩起商飆』仄煞云：『嫦娥空老。』）

【越調過曲・山桃紅】（蕭豪韻。【下山虎】《拜月亭》體，【小桃紅】《蘇武》格。二十八板）【下山虎】蔡邕不孝，把父母相拋。早知你形衰耄，怎留漢朝？【小桃紅】你爲我受煩惱，你爲我受劬勞。謝你送我爹，送我娘，你的恩難報也。又道是養子能代老。【下山虎】這苦知多少？此恨怎消？天降災殃人怎逃？

【越調過曲・祝英臺】（尤侯韻。古曰【英臺序】，其換頭二字不可用仄仄、平平，亦不可用仄平，必宜平仄二音方叶。二十五板）把幾分春二月景，分付與東流。啼老杜鵑，飛盡紅英，端不爲春閒愁。休休，婦人家不出閨門，怎去尋花穿柳？把花貌，誰肯因春消瘦？（一）（按：【祝英臺】始調首句三字一聯是其定式，但今之本曲而用散套體，然必『分』字讀，而襯『春』字音，文理方順。如襯『把』字，而曰『幾分春』，文理恐不通也。甚至《羅囊記》誤認爲七字句法，遂有『楚漢英雄今何在』之文句，可笑！又其第八句六字法亦其正體，今時譜凡遇此句皆襯作四字，何必。）

【前腔第二換頭】（二十七板）春晝，只見燕雙飛，蝶引隊，鶯語似求友。那更柳外畫輪，花底雕鞍，都是少年閒遊。難守，孤房清冷無人，也尋一個佳偶。這般説，終身休配鸞儔？

【前腔第三換頭】（第二句句節不同。二十七板）知否，我爲何不捲珠簾，獨守愛清幽？千斛悶懷，百種春愁，難上我的眉頭。休憂，任他春色年年，我的芳心依舊。這文君，可不擔擱了相如琴奏？

（一）眉批：《沈譜》曰：『「東流」二字、「清幽」二字俱用平平，而「求友」二字用平上，「休休」二字、「休憂」二字俱用平平，而「難守」二字用平上，「誰肯因春消」「琴奏」俱用平仄平平平去，「終身休配鸞儔」乃用平平平去平平，此正是高先生妙處，詞中之從心所欲不逾矩也。』

【越調過曲・鏵鍬兒】（蕭豪韻。十五板）你説得好笑，可見心兒窄小。没來由漾却苦李，再尋甜桃。他不嫉不淫與不盜，終無去條。衆所誚，人所褒。縱然他醜貌，怎肯相休去了？（一）（《沈譜》曰：『此調正與【正宫】曲之【剗鍬兒】不同，然【划鍬兒】今多訛爲【剗鍬兒】【剷鍬兒】，或又訛爲【划鍬兒】，而此調惟《琵琶》《牧羊》二記有之，但恐人混於【划鍬兒】耳。大抵九宫之調，惟【雙調】與【越調】最多錯亂，予所知者幾何，而能一一是正之哉！』詞隱先生此論最確，按元譜止於九宫【越調】而有此【划鍬兒】，其詞即《蔡伯喈》之『你説得好笑』一調，又於十三調【正宫】而有【划鍬兒】，其詞乃製元傳奇《瓦窰記》之『荒烟淡鎖疏林外』一調，但此二調之外，何嘗有甚【划鍬兒】及『剗、剷鍬兒』耶？可笑。）

【越調過曲・有餘情煞】（蕭豪韻。『蔡邕不孝』是其過曲。三十六板）幾年分別無音耗，奈千山萬水迢遥。只爲三不從，生出這禍苗。（此末句平煞）

【雙調引子・搗練子】（尤侯韻。與詩餘同，止争第三句之平仄，比本宫【玉樓春】争第一句句法，故今多冒之。時譜雖誤題爲【胡搗練】，但仍疑爲【搗練子】）辭别去，到荒丘，只愁出路煞生受。畫取真容聊藉手，逢人將此免哀求。（二）

（一）眉批：『盜』字可用平韻，『縱』字可用平聲。

（二）眉批：第三句若用仄仄平平仄仄平，直是詩餘體也。

【雙調引子・胡搗練】（寒山韻。比上【搗練子】少末一句。此調時譜作【搗練子】，誤）嗟薄命，嘆年艱，含羞和淚向人前，只恐公婆懸望眼。（此末句仄煞。有明傳奇《烈母不認屍》平煞云：『讀書人誰肯去持刀。』）

【雙調引子・謁金門】（雜韻。與詩餘同）春夢斷，臨鏡緑雲撩亂。聞道才郎遊上苑，又添離別嘆。

【前腔換頭】苦被爹行逼遣，脉脉此情無限。骨肉一朝成拆散，可憐難捨拚。(一)

【雙調引子・花心動】（皆來韻。與詩餘始調同，但末二句偕詩餘換頭句法）幽閨深沉，問佳人，爲何懶添眉黛？針綫日長，圖史春閒，誰解屢傍妝臺？絳羅深荷奇葩小，還不許蜂識鶯猜。笑瑣窗，多少玉人無賴。

【雙調引子・玉井蓮後】（蕭豪韻）忍餓擔饑，未知何日是了？（此調按古本《蔡伯喈》亦曰【玉井蓮後】，但不知道全調幾句耳。）

【雙調引子・寶鼎現】（尤侯韻。『現』俗多作『兒』字，謬。與詩餘大同小異）小門深巷裏，春到芳

(一) 眉批：『緑』字、『此』字、『骨』字俱可用平聲。《沈譜》曰：『「斷」字、「亂」字、「拚」字可用桓歡韻，「苑」字、「遺」字用先天韻，「嘆」字、「限」字、「散」字用寒山韻。此高先生痼疾。』

草，人間清晝。人老去星星非故，春又來年年依舊。最喜得今朝新酒熟，滿目花開似繡。願歲歲年年人在，花下常斟春酒。（《沈譜》曰：『坊本於「巷」字下又增一「裏」字，「幸喜」下去「了得」二字，「似繡」改作「如繡」，即非【寶鼎現】音調矣。【寶鼎現】原是詩餘之名，今人多改「現」字作「兒」字，誤矣。』此論雖然，但此首句之『裏』字實爲古本之原文，今若按【寶鼎現】詩餘始調之第一句必應四字也，但其換頭第一句例必七字。今此本引首句用五字，然亦不偶而奇，此借換頭一句，其下全章仍從始調句法，但其第五、六句節讀互異，又其末二句句法向多錯誤。今試備康伯可詩餘二闋，少証始末之訛。）

【雙調引子・金瓏璁】（真文韻。正）饑荒先自窘，那堪連喪雙親？身獨自，怎支分？

【雙調引子・么篇】（此調按《蔡伯喈》古本原題曰【幺篇】，始知【幺篇】二字不專屬北調，且今時譜、坊本皆以此二調併爲一闋，誤）衣衫都典盡，首飾并沒分文。無計策，剪香雲。

【雙調引子・五供養】（東鍾韻）文章過晁董，對丹墀已膺天寵。赴瓊林新宴，顫宮花，緩引黄金控。九重天上聲名動，紫泥封已傳丹鳳。便催歸玉簡侍宸旒，他日歸來金蓮送。（此調按《沈譜》而收元傳奇《殺狗記》之『今生多幸』及《蔡伯喈》之『終朝垂淚』，其下註曰：『《琵琶記》又有「文章過晁董」一曲，亦名【五供養】。既與此二調不同，又與「貧窮老漢」不同，本是引子而今人以「貧窮老漢」腔板唱之，甚覺牽强。豈有四隻【山花子】在後，而以一曲【五供養】居前者耶？況又非同調也，恐【五供養】之名或有僞謬耳！』此論最當。據『文章過晁董』一調，按古本《蔡伯喈》確爲引子，今何扭作過曲唱之？但其【五供養】之名不必疑其僞謬耳。且此《殺狗記》之『今生多幸』及《蔡伯喈》『終朝垂淚』，按元譜皆係過曲，並非引子，余今皆詳載於【仙呂入雙調】過曲内。）

【雙調引子·夜遊湖】（蕭豪韻。『湖』或作『朝』，謬）惟恐他心思未到，教他題詩句，暗中指挑。翰墨開心，丹青入眼，强如把語言相告。（此調或作【夜遊朝】，謬之甚矣。按：元譜及古本《蔡伯喈》皆題作【夜遊湖】，何嘗曰【夜遊朝】耶？此必『湖』字與『朝』字書法近似，則書人之筆誤耳。況此【夜遊湖】與【夜行船】之章句然亦相似，所争者之止在首句之節讀及次句下截之平仄，如【夜行船】首句句節乃上四下三，次句下截用仄平仄平，此正二調分别處耳。何今坊本《琵琶記》妄以此調第二句之下半截竟改作『暗裏相挑』，亦用仄仄平平，與【夜行船】何别？可知音律間纖毫不可苟者也，作者不可不審，唱者不可不知。《沈譜》亦曰：『「暗中指挑」或作「暗裏相挑」，今從古本。』又曰：『舊譜九宫十三調俱無此調，而《琵琶記》俱刻此名。細查與【夜行船】字句皆同，但第一句雖是七個字，而句法稍不同耳，恐即【夜行船】也。若果是【夜行船】，則「暗中指挑」反當依坊本作「暗裏相挑」矣。』不必有此疑惑。）

【雙調過曲·鎖南枝】（寒山韻。十一板）兒夫去，竟不還，公婆兩人都老年。(一) 自從昨日到如今，不能彀得食飯。奴請糧，他在家懸望眼。念我老公婆，做方便。（末句仄煞。有元傳奇《劉志遠》平煞云：『日夜裏教奴雙垂淚。』《沈譜》曰：『細查舊板《戲曲全錦》，皆如此，始知「鄉官可憐見」以

(一) 眉批：『人都』二字作平聲，真作家也。

下乃换頭也。又「自從昨日」一句元該用六個字，今人用五個字，與下句相對，非也。其换頭中「寧可脱了衣裳」一句亦然，觀「縱然他不埋冤」「叮嚀祝付爹娘」「你在這裏閒行」「不如早赴黄泉」「兩人一旦身亡」「到底日久日深」「縱有八口人家」皆六字句法，可知矣。但「鄉官」二句皆用五個字，與「兒夫去」二句不同；「若是」句用六字，亦與「公婆兩人」句不同，此定體也。即如【孝順歌】换頭處與前調不同耳，於是益信【孝順歌】之有换頭，與【鎖南枝】同矣。』）

【前腔换頭】（十一板）鄉官可憐見，這是公婆命所關。若是必須將去，寧可脱了奴衣裳，就問鄉官换。寧使奴身上寒，只要與公婆救殘喘。

【雙調過曲・孝順兒】（齊微韻。二十五板）【孝順歌】嘔得我肝腸痛，珠淚垂，喉嚨尚兀自牢嗄住。遭礱被舂杵，篩你簸揚你，喫盡控持。【江兒水】悄似奴家身狼狽，千辛萬苦皆經歷。苦人喫着苦味，兩苦相逢，可知道欲吞不去。

【雙調過曲・錦堂月】（尤侯韻。二十七板）【晝錦堂】㊟簾幕風柔，庭幃晝永，朝來峭寒輕透。人在高堂，一喜又還一憂。【月上海棠】惟願取百歲椿萱，長似他㊂春花柳。（合）酌春酒，看取花下高歌，共祝眉壽。

【前腔换頭】（二十二板）【錦堂月换頭】輻輳，獲配鸞儔。㊟深㊟慚燕爾，持杯自覺嬌羞。怕難主蘋

蘩，不堪持奉箕箒。㈠【月上海棠】惟願取偕老夫妻，長侍奉暮年姑舅。（合前）

【雙調過曲・僥僥令】（尤侯韻。又名【綵旗兒】，但與【正宮・綵旗兒】不同。十三板）春花明彩袖，春酒滿金甌。但願歲歲年年人長在，父母共夫妻相勸酬。（此末句平煞。有見元傳奇《呂洞賓》仄煞云：『仙女共仙童齊醉舞。』按：元譜此調之末煞律止七字，今人無究其源，將謂此之『共』字亦係實文，認作八字二句，甚至其有於『共』字上用一實板，益謬矣。不知有元傳奇《瓦窑記》此句曰：『管教他囊篋金銀皆我的』可証。《沈譜》曰：『「歲歲年年」用去去平平，妙甚。第二曲云「兩山排闥」，則用仄平平仄，不發調矣，作者不可學彼句法。』又曰：『或點板在「共」字及「妻」字上，而「夫」字無板，滯矣。』）

【仙呂入雙調過曲・字字雙】（蕭豪韻。二十板）我做媒婆甚妖嬈，談笑；説開説合口如刀，波俏。合婚問卜若都好，有鈔。只怕假做庚帖被人告，喫拷。㈡

【仙呂入雙調過曲・雁兒舞】（魚模韻。二十一板）深院重重，怎不怨苦？要尋個男兒，并無門路。甚年能彀和一丈夫，一處裏雙雙雁兒舞？㈢（按：元譜及古本《蔡伯喈》此調第五、六原

㈠ 眉批：『持奉』之『奉』字元譜音作方孔切，不可與下『侍奉』之『奉』字同音。

㈡ 眉批：『好』字、『有』字、『告』字俱可用平聲。

㈢ 眉批：『怨苦』『處裏』俱去上聲，妙。《沈譜》曰：『此調本名【雁兒舞】，即用此三字。在曲中古人多用此體，今人能知也。』

係八字二句，今坊本併作七字，云：『何年招的一丈夫。』文義未嘗不可，但此句與【哭歧婆】何別。）

【仙呂入雙調過曲·哭歧婆】（齊微韻。此調章句比上【雁兒舞】止争第五句七字、八字。十九板）玉鞭裊裊，如龍驕騎，黄旗影裏，笙歌鼎沸。如今端的是男兒，行看錦衣歸故里。

【仙呂入雙調過曲·窣地錦襠】（齊微韻。十八板）姮娥剪就緑雲衣，折得蟾宫第一枝。宫花斜插帽簷低，一舉成名天下知。（此末句平煞，有元傳奇《殺狗記》仄煞云：『不想窑中人受苦。』）

【仙呂入雙調過曲·三换頭】（歌戈、家麻。正。【五韻美】非九宫【越調】者，乃【仙呂入雙調】之【五韻美】也。二十二板）【五韻美】名韁利鎖，先自將人摧挫。況鸞拘鳳束，甚日得到家？我也休怨他咱。【掉角兒】這其間，只是我，不合來，長安看花。【香羅帶】悶殺我爹娘也，淚珠空暗墮。這段姻緣，只是我無如之奈何。（此調按《蔣譜》首二句註曰：『【五韻美】，中四句爲【臘梅花】，後四句犯【梧葉兒】』。且又註屬於【南吕】宫，皆非也。後時譜雖知誤，但惜未經考正，承其訛而訛之，且不應又以原文第五句之『咱』字删去之。此或增其鄙陋耳。按：古本《蔡伯喈》及元譜於此一句皆曰：『我也休怨他咱。』今蔣以此『咱』字改作『嗏』字，而又傍書於側，益非也。按：此『咱』字不特自己之謂，亦爲助語虚文者也。元人每於詞調中或賓白内比比有之，北曲猶甚又甚。第二曲之第四句按古本曰：『請仙郎到呵。』後人因見上文有『鵲橋初駕』句，遂以此『呵』字改作『河』字，文理未嘗不可，但非原文耳。今若必欲『河』字，應以『仙郎』易作『牛郎』可也。又有於其下『明知牽掛』句，古本僅此四字，今坊本皆於其上添『此事』二字，殊不知有《陳巡檢》之【五韻美】之始調此句曰：『君有善因。』四實字可證。據蔣譜向於此調起處註作【五韻美】，其必有本，但惜止二句，況今歌者但識九宮【越調】之【五韻美】，何嘗識此【仙呂入雙調】有【五韻美】耶？余在未識元譜時亦然，今得查明，快暢之極。但其下二調蔣譜註犯【臘梅花】及【梧葉兒】，皆無謂。今按元譜之【皂角兒】，正合元散套『玩燈時』體。又【香羅帶】而合元傳奇《薛雲卿》體，又元傳奇《劉智遠》體亦同，宜識。）

【仙呂入雙調過曲·六么令】（真文韻。令：元譜亦作『歌』。十九板）連枝異木，見這墳臺，兔走如馴，禽蟲草木尚懷仁。這一封詔，必因君。料天也會相憐憫，料天也會相憐憫。[一]

【仙呂入雙調過曲·玉山供】（魚模韻。俗謂【玉山頹】，大謬。二十八板）【玉抱肚】公公尊賜，念天寒特來問吾。我雙親受三載飢寒，我怎不禁一日凄楚？【五供養】心中想慕，漫有在這香醪難度。感此恩情厚，這酒難辭，念取踏雪也來沽。（《沈譜》曰：『此調本【玉胞肚】【五供養】合成，故名【玉山供】。自《香囊記》妄刻作【玉山頹】，使後人不惟【玉山供】之來歷，且不知【五供養】末後一句只當用七個字，凡用【五供養】後有用七字者，反以爲犯【玉山頹】矣。今唱《香囊記》者又將中間四個字的一句只點兩板，竟併【五供養】舊板而失之，可恨！可慨也！急改之。』詞隱先生此論確甚。）

[一] 眉批：『馴』字可用上聲，『料』字仄聲，妙。

【仙呂入雙調過曲・玉交枝】（先天韻。二十八板）别離休嘆，我心中非不痛酸。非爹苦要輕拆散，也只是要圖你榮顯。蟾宫桂枝須早攀，北堂萱草時光短。又不知何日再圓？又不知何日再圓？（此末句平煞，下調仄煞。《沈譜》曰：『第五句當用平平仄平平仄平，而後人多用平平仄仄仄平平，或用仄仄平平仄仄平，便無調矣。況「又不知」之『不』字入可作平聲，即用平聲亦妙，若改作「未」字即拗矣。如【江頭金桂】第二曲「存亡不審」之「不」字亦然，今人亦改作「未審」，文理未嘗不通，但音律欠調，不可入絃索耳。』）

【仙呂入雙調過曲・雁過枝】（魚模韻。一名【雁棲枝】，又名【玉雁子】。三十一板）【玉交枝】孩兒相誤，爲功名相誤了父母。都是孩兒不得歸鄉故。怎便歸到黄土？【雁過沙】乾坤豈容不孝子？名虧行缺不如死，只愁我死缺祭祀。【玉交枝】對真容形衰貌枯，想靈魂悲憶痛苦。(一)

【仙呂入雙調過曲・五供養】（先天韻。此末句與元《薛芳卿》【月上海棠】，又與元《蔡均仲》【三月海棠】同。二十七板）公公可憐，俺的爹娘望你周全。此身還貴顯，自當效啣環。有孩兒也枉然，你爹娘教别人看管。此際情何限，偷把淚珠彈。骨肉分離，寸腸割斷。（《沈譜》曰：『此曲之「此際」二字俱用仄聲方是【五供養】本調，如前一曲「丈夫非無淚」之「夫」字，平聲唱不順矣。因《琵琶

(一) 眉批：第二個『誤』字、『母』字、第一個『不』字、『便』『土』『苦』字俱可用平聲，『祭』字改平聲乃順。

記》用「夫」字平聲，後人遂用平平平仄仄句法，如《浣紗》之「忠良應阻隔」，《明珠記》之「便教肢體碎」皆然，殊誤後學。竟不思《琵琶記》止用「夫」字，而「非無」二字俱用平聲，未嘗全拗也。是以作詞者不可不嚴。」）

【仙呂入雙調過曲·五供養】（庚青韻。減去第八之三字一句，且末句句節不同。《沈譜》亦作引子，非。二十二板）終朝垂淚，爲雙親教我(心)疼。墳頭須共守，只得離宸京。商量個計策，猶恐你爹(心)不肯。若是他不從，[一]只說道君王有命。

【仙呂入雙調過曲·沉醉東風】（先天韻。二十三板）你爹行見得好偏，只一子不留在身畔。他只道我不賢，要將你迷戀。這其間，(怎)不悲怨？爲爹淚漣，爲娘淚漣，何曾爲着夫妻上意牽？[二]

【仙呂入雙調過曲·忒忒令】（先天韻。第五句節讀不同。十九板）你讀書思量做狀元，只怕你學疏才短。只是《孝經》《曲禮》，早忘了一半。却不道夏清與冬溫，昏須定，晨須省，親在遊(怎)遠？

[一] 眉批：「不從」二字可用平去。

[二] 眉批：「要將」句用仄仄平平亦可。「爲爹」二句用去平去平，妙甚。

【仙吕入雙調過曲・好姐姐】（齊微韻。第三句襯一字。二十板）念奴血流滿指，奈獨自要墳成無計。深感老天，暗中相護持。墳成矣，葬了二親尋夫婿，改换衣裝往帝畿。[一]（《沈譜》曰：『「葬了二親」四字用去上去平，妙甚！妙甚！使後人作此，則用「花堆錦砌」四字，索然不成調矣。』）

【仙吕入雙調過曲・園林好】（先天韻。此調末句亦可疊句另文者也。十九板）我孩兒不須掛牽，爹只望孩兒貴顯。若得你名登高選，須早把信音傳，須早把信音傳。[二]

【仙吕入雙調過曲・川撥棹】（先天韻。二十二板）歸休晚，莫教人凝望眼。但有日回到家園，但有日回到家園，怕回來雙親老年。（合）怎教人心放寬？不由人不淚彈。

【前腔换頭】（今人或認此换頭爲【嘉慶子】，可笑！十五板）我的埋冤怎盡言？我的一身難上難。你寧可將我來埋冤，你寧可將我來埋冤，莫將我爹娘來冷看。（合前）

【仙吕入雙調過曲・古江兒水】（齊微韻。此係古體，後唐玄宗仍亦從之，至元改作【四犯岷江緑】，即今下證之四調也。十八板）【雙勸酒】如來證明，鑒兹邕啓。【江兒水】我雙親在途路，不知如何的？【玉胞肚】仰惟菩薩大慈悲。【沉醉東風】龍天鑒知，龍天護持，【玉交枝】護持他登山渡

[一] 眉批：『念』字、『老』字、『暗』字皆仄聲，俱妙。『感』字可用平聲，『持』字可用仄聲。

[二] 眉批：『顯』字可用平聲，『選』字不可唱去聲。

水。（按：古【江兒水】之板止争末句之『持』字、『他』字，餘皆同，唱法亦然。）

【仙吕入雙調過曲·江兒水】（先天韻。一名【岷江録】。二十三板）膝下嬌兒去，堂前老母單，臨行只得密縫針綫。眼巴巴望着關山遠，冷清清倚定門兒遍，教我如何消遣？（合）要解愁煩，須是寄個音書回轉。[一]（《沈譜》曰：『此調第四句當用仄仄平平起，而後人用平平仄仄，譬猶第二曲「六十日夫妻恩情斷」一句，最得體，而人皆不學。至於「眼巴巴望着關山遠」一句，乃落調敗筆，而後人競學之。」』）

【前腔】（第二句减爲三字。十八板）妾的衷腸事，萬萬千，説來又怕添縈絆。六十日夫妻恩情斷，八十歲父母如何展？教我如何不怨？（合前）（此調第二句時譜拘定三字，凡遇五字，必以二字襯之，豈知此調之第一句亦有三字者，甚至亦有六字者？今皆未嘗勘及，於此故余今試備幾格於下爲證，亦可爲式。）

【仙吕入雙調過曲·江頭金桂】（侵尋韻。三十板）【五馬江兒水】怪得你終朝攧窨，[二]我只道你緣何愁悶深。教咱猜着啞謎，爲你沉吟，那籌兒没處尋。【淘金令】我和你共枕同衾，你瞞我則

[一] 眉批：『要』字、『寄』字俱可用平聲。

[二] 眉批：『攧窨』二字元出詩餘，至於北曲或曰『攧窨』，或曰『迭窨』，而『攧』字與『跌』字同，今人不甚識，僞作『顛』字，誤甚。

甚。你自撇下爹娘媳婦，屢換光陰，他那裏須怨着你没音信。【桂枝香】笑伊家短倖，笑伊家短倖，無情忒甚。到如今，兀自道且説三分話，不肯全抛一片心。

【仙吕入雙調過曲・羅鼓令】（皆來韻。正。三十六板）【朝元令】我終朝的受餒，將來的飯怎喫？疾忙便擡，非干是我有些饞態。你看他衣衫都解，好茶飯將甚去買？【刮鼓令】兀的是天災，教他媳婦每難布擺。婆婆息怒且休罪，待奴家一霎時却得再安排。（合）【皂羅袍】思量到此，珠淚滿腮。看看做鬼，溝渠裏埋。縱然不死也難捱，【太平令】教人只恨蔡伯喈。〔一〕（按：此調之總題及犯調，據元譜及古本《蔡伯喈》皆如是者，何今時譜以其前十句得扭作八句，强擬作【刮鼓令】全調，致爾襯字多繁，唱法拗劣，且又以末一句擬犯爲【豹子令】，益謬矣。原犯之四調，不惟宫調皆可相通，亦且腔板和協，但【刮鼓令】内第七之『兀的是天災』五字句。又：明傳奇《尋親記》此調第五句效之曰『若取那佳人』。又：【太平令】末句七字，有明傳奇《韋皋》此調亦效之曰『龍争虎鬥辨雌雄』。）

【仙吕入雙調過曲・風雲會四朝元】（魚模韻。四十三板）【四朝元】春闈催赴，同心帶綰初。嘆《陽關》聲斷，送别南浦，早已成間阻。漫羅襟淚漬，【會河陽】和那寶瑟塵埋，錦被羞鋪。【朝元令】寂寞瓊窗，蕭條朱户，空把流年度。嗏，瞑子裏自尋思。【一江風】妾意君情，一

〔一〕眉批：『也』字當借中原韻之平聲，『捱』字可從移介切，不可唱作平聲，不然，非【皂羅袍】之煞句也。

旦如朝露。君行萬里途，妾心萬般苦。【四朝元】君還念妾，迢迢遠遠，也須回顧。（【會河陽】合元傳奇《崔護》曰：『畫舫紅舟，繡額低垂。』【朝元令】合元傳奇《王十朋》曰：『只爲功名，遠離鄉井。』）

【仙吕入雙調過曲·惜奴嬌序】（皆來韻。減去第六之二字一句。二十四板）杏臉桃腮，又當有松筠節操，蕙蘭襟懷。閨中言語，不出閫閾之外。不教孩兒是伊之罪，這風情今休再。（合）記再來，但把不出閨門的語言相戒。

【前腔換頭】（亦減二字一句。二十一板）堪哀，萱室先摧。嘆婦儀姆訓，未曾諳解。蒙爹嚴命，從今怎敢不改？早晚裏伊家將奴誨，改前非休違背。（合前）

【仙吕入雙調過曲·蝦蟆吟換頭】（皆來韻。第二句變爲六字二截，四、五句之句節不同，次曲亦然。二十二板）聽浼，父母心，婚姻事，須要早諧。勸相公，早畢兒女之債。休呆，如何女子前，將此口亂開？記今來，但把不出閨門的語言相戒。

【仙吕入雙調過曲·風入松】（皆來韻。十六板）你不須提起蔡伯喈，説他每哏歹。他中狀元做官六七載，撇父母拋妻不采。兀的這磚頭土堆，是他雙親的在此中埋。

【仙吕入雙調過曲·犯衮】（皆來韻。元譜原題，俗名【急三鎗】，大謬。十三板）【黄龍衮】他公婆的親看見，雙親死，無錢送。【風入松】剪頭髮賣買棺材。【黄龍衮】他去空山裏，把裙包土，血流指。【風入松】感得神明助，與他築墳臺。（時譜曰：『細查舊曲，凡【風入松】或一曲，或二曲，其後必帶此二段，今人謂之【急三鎗】，未知是否，不敢遽定其名也。末後一曲則止用【風入松】，更不帶此二段，不知何故？』若然，時譜亦在疑信之間也。但今歌者無不實謂爲【急三鎗】，余在未識元譜時亦然，後幸得勘元譜，始知此調名曰【犯衮】，向爲【急三鎗】冒之。然此調全章必爲二折，每折之前三句皆犯【黄龍衮】末三句，比即元傳奇《王十朋》此調云『纔日暮，問路程，尋宿店』是也。其第四句仍用【風入松】耳。況此類不止於【犯衮】，猶有【犯朝】【犯歡】【犯聲】等調，皆必間用於【風入松】套内，比如一【犯衮】，一【犯朝】，即此《蔡伯喈》是也；或用一【犯衮】，一【犯歡】，元傳奇《林招得》是也；或用一【犯衮】，一【犯聲】，元傳奇《蘇小卿》是也；或又二曲皆用【犯衮】，元傳奇《瓦窑記》是也。若等體類，不多勘不知耳。）

【仙吕入雙調過曲・犯朝】（皆來韻。九板）【四朝元】你如今便回，【風入松】説張老的道與蔡伯喈。【四朝元】道你拜别人爹娘好美哉，【風入松】親爹娘死，不值你一拜。

【正宫調近詞・刬鍬兒】（齊微韻。末二句不同。十七板）悲風四起吹松柏，山雲慘淡日無色。猿啼與虎嘯，怎不慘慽？趲步行來到峭壁，〔一〕都與孝婦添助力。

【大石調慢詞・西地錦】（齊微韻。【黄鍾】宫查歸。四板）好怪吾家門婿，鎮日不展愁眉，教人

〔一〕步：原作『走』，據汲古閣刊本《繡刻琵琶記定本》改。

心下長縈繫。也只爲着門楣。（此末句平煞，元傳奇《趙氏孤兒》仄煞云：『怎不教人憔悴？』）

【仙呂調慢詞・天下樂】（東鍾韻。【仙呂】宫查歸。八板）一片花飛故苑空，隨風飄泊到簾櫳。[一] 玉人怪問驚春夢，只怕東風羞落紅。（時譜曰：『此調似七言絶句詩，然第三句用韻，不可不知。』按：九宫【雙調・玉樓春】與此同體，但其第三句不用韻，且每句煞字之平仄皆與此相反，此又不可不知。但蔣譜以此調之第二、第四句皆減爲六字，大謬。其曰：『一片花飛故苑空，隨風舞到簾櫳。玉人怪問驚春夢，恨東風羞落紅。』據此格體，直爲【羽調】之【燕歸梁】也。設即【燕歸梁】，其第三句亦平煞耳。）

【南呂調近詞・吴小四】（東鍾韻。一名【吴織機】。十五板）眼又昏，耳又聾，家私空又空，只有孩兒肚内聰。他若做得官時運通，我兩人不怕窮。

【越調慢詞・梅花引】（魚模韻。末三句併爲七字一句，與詩餘不同。六板）傷心滿目故人疏，看郊墟，盡荒蕪。惟有青山，添得個墳墓。慟哭無由長夜曉，問泉下有人還聽得無？

【越調近詞・雁過沙】（魚模韻。時譜誤收於九宫【正宫】，今查正移歸。十六板）沉沉向迷途，空教我耳邊呼。不能盡心相奉事，番教你爲我歸黃土。教人道你死緣何故，你怎生割捨拋棄了

[一] 眉批：『故』字可用平聲，『飄』字可用仄聲。

奴？（此末句平煞，即其次曲仄煞云：『休使爲我死的，把生的受苦。』）

【越調近詞・入破】（齊微韻。一至九。二十板）議郎臣蔡邕啓：今日蒙恩旨，除臣爲郎官職，重蒙婚賜牛氏。干瀆天威，臣謹誠惶誠恐，稽首頓首。伏念微臣，初來有志，誦詩書力學躬耕修己，不復貪榮利。事父母，樂田里，初心願如此而已。不想州司，謬取臣邕充試。到京畿，豈料愚蒙，叨居上第。

【破第二】（前韻。二十板）重蒙聖恩，婚以牛公女。草茅疏賤，如何當此隆遇？但臣親老，一從別後，光陰又幾。廬舍田園，荒蕪久矣。

【袞第三】（前韻。十九板）那更老親，鬢垂白，筋力皆癯瘁。形隻影單，無弟兄，誰奉侍？況隔千山水，生死存亡，雖有音書難寄。最可悲，他甘旨不供，我食禄有愧。（此闋第七句今坊本皆曰：『況隔千山萬水。』時譜亦然。其文理未嘗不可，但格體不如耳。比有元傳奇《董秀英》此句曰：『怯雨羞雲意。』又，《綵樓記》亦云：『濕透鞋兒潤。』甚至今傳奇《釵釧記》云：『兒若來時命難存矣。』益謬矣。）

【歇拍】（前韻。十七板）不告父母，怎諧匹配？臣又聽得，家鄉裏，遭水旱，遇荒饑。多想臣親，必做溝渠之鬼，未可知。怎不教臣，悲傷淚垂？

【中袞第四】（前韻。十七板）臣享厚禄，紆朱紫，出入承明地。獨念二親寒無衣，飢無食，喪溝渠。憶昔先朝，買臣出守會稽；司馬相如，持節錦歸。(一)(『買臣』四句元傳奇《董秀英》云：『若在地，願爲連理；在天時，同諧比翼。』)

【煞】(前韻。十七板)他遭遇聖時，皆得回鄉里。臣何故，別父母，遠鄉閭，没音書，此心違？伏惟陛下，特憫微臣之志。遣臣歸，得事雙親，隆恩怎比。

【出破】(前韻。一至七。八板)若還念臣有微能，鄉郡望安置。庶使臣忠心孝意得全美，臣無任瞻天望聖，激切屏營之至。(二)

【越調近詞·竹馬兒賺】(蕭豪韻。十六板)聽得鬧炒，敢是我兒夫看詩囉唣？是誰忽叫姐姐？料想是夫人召，必有分剖。是他題詩，你還認得否？他從陳留，爲你來尋討。你怎地穿着布襖，衣衫盡是素縞？莫是我的雙親不保？

【前腔換頭】(十四板)從別後，遭水旱，兩三人只道同做餓殍。只有張公可憐，嘆雙親別無倚靠。兩口相繼死，我剪頭髮賣錢來送伊妣考。把墳自造，土泥都是我羅裙裹包。聽得你言語，

(一) 眉批：『頓首』『父母』『謬取』『又幾』『更老』『萬水』『最苦』『未可』俱去上聲，『稽首』『有志』『豈料』『有愧』『享厚』『守會』俱上去聲，俱妙。

(二) 眉批：『庶使』去上聲，『仰望』上去聲，俱妙。

教我痛殺噎倒。

【不知宮調過曲・柳穿魚】（齊微韻）心忙似箭走如飛，歷盡艱辛有誰知？ 夜靜水寒魚不食，滿船空載月明歸。歸來後，到庭除，未知相公在何處？

【不知宮調過曲・風帖兒】（蕭豪韻。十四板）到得陳留，逢一個故老，在他每爹娘墳上拜掃，果然饑荒都死了。他媳婦，也來到，枉教人走這遭。

【不知宮調過曲・燒夜香】（江陽韻。十八板）樓臺倒影入池塘，緑樹陰濃夏日長。一架荼蘼只見滿院香，滿院香，和你飲霞觴。傍晚捲起簾兒，明月正上。

【不知宮調過曲・犯胡兵】（尤侯韻。『犯』或作『征』。十四板）囊無半點挑藥費，良醫怎求？然縱救得目前，飯食何處有？ 料應難到後。漫説道有病遇良醫，饑荒怎救？

【不知宮調過曲・三仙橋】（尤侯韻。二十九板）一從他每死後，要相逢不能彀。除非夢裏，暫時略聚首。若要描，描不就，暗想像，教我未寫先淚流。寫不出他苦心頭，描不出他飢証候，畫不出他望孩兒的睁睁兩眸。只畫得他髮颼颼，和那衣衫敝垢。若畫做好容顏，須不是趙五娘的姑舅。

【前腔】（第二、第八、第十五三句下截皆變作四字。三十一板）我待畫你個龐兒帶厚，你可又饑荒消瘦。我待畫你個龐兒展舒，你自來長恁皺。若寫出來，真是醜，那更我心憂，也做不出他歡容笑口。只見兩月稍優遊，他其餘都是愁。我只記得他形衰貌朽。便做他孩兒收，也認不得是當初父母。縱認不得是蔡伯喈當初爹娘，須認得是趙五娘近日來的姑舅。

新編南詞定律

南曲工尺譜。清吕士雄、楊緒、劉璜、唐尚信等合編。凡十三卷。按金、石、絲、竹、匏、土、革、木分作八册。全譜共收二千零九十隻曲調，其中正格一千三百四十二曲，變格七百四十八曲，分引子、過曲、犯調三類。有清康熙五十九年（1720）刻朱墨套印本，清康熙五十九年（1720）香芸閣刻本等。其中收録《琵琶記》部分曲文，輯録如下。

【黄鐘引子・傳言玉女】（七句）燭◇影搖紅，(一)□簾幕瑞烟浮動，畫堂中珠圍翠擁。粧臺對月，下鸞鶴神仙儀從。玉簫◇聲裏，一雙◇鳴鳳。

(一)　據本書凡例，加◇的字爲收鼻音，加□的字爲閉口音，加○的係襯字。

【黄鍾引子・西地錦】（四句）好怪吾家門婿，鎮日不展愁眉，教人心下常縈繫。也只爲着門楣。

【黄鍾引子・女冠子】（十一句）馬蹄篤速，傳呼齊擁雕轂。宫花帽簇，天香袍染，丈夫得志，佳婿乘龍。粧成聞唤促，又將嬌面重遮，羞蛾輕蹙。這姻緣不俗，金榜題名，洞房花燭。

【黄鍾引子・點絳唇】（十句）月淡星稀，建章宫裏千門曉。御爐烟裊，隱隱鳴梢杳。忽憶年時，問寢高堂早。鷄鳴了，悶縈懷抱，此際愁多少？

【黄鍾過曲・賞宫花】（六句十六板）槐花正黄，赴科場舉子忙。太學拉朋友，一齊整行裝。（合）五百英雄都在此，不知誰做狀元郎？

【前腔】（六句十六板）他終朝慘淒，我如何忍見之？若論爲夫婦，須是共歡娱。（合）他數載不通魚雁信，枉了十年身在鳳凰池。（此曲與《紅梨》之『歌樓在那邊』俱可轉入【南吕】。）

【黄鍾過曲・神仗兒】（八句二十板）揚塵舞蹈，揚塵舞蹈，見祥雲縹緲。想黄門已到，料應重瞳看了，多應哀念我私情烏鳥。（合）顒望斷九重霄，顒望斷九重霄。（此曲首句不重亦可。）

【黄鐘過曲・畫眉序】（六句十六板）攀桂步蟾宫，豈料絲蘿在喬木。喜書中今朝，有女如玉。堪觀處絲幕牽紅，恰正是荷衣穿緑。（合）這回好個風流婿，偏稱洞房花燭。

【黄鐘過曲・滴溜子】（八句二十二板）天憐念，天憐念，蔡邕拜禱。雙親的，雙親的，死生未保。可憐恩深難報。（合）一封奏九重，知他聽否？和你會合分離，都在這遭。（此曲與『今日裏』二曲俱可轉入【越調】。）

【黄鐘過曲・滴滴金】（八句二十五板）金猊寶篆香馥郁，銀海瓊舟汎醽醁，輕飛彩袖呈嬌舞。囀鶯喉，歌麗曲，歌聲斷續，持觴勸酒人共祝。（合）共祝，百年夫婦永和睦。

【黄鐘過曲・雙聲子】（十一句二十四板）郎多福，郎多福，看紫綬黄金束。娘分福，娘分福，看花誥文犀軸。兩意篤，兩意篤；　豈反覆，豈反覆。（合）似文鸞彩鳳，兩兩相逐。（此曲古體雖如此，今作家亦不依此，皆去『兩意篤』『豈反覆』之各一句，合爲二句。）

【黄鐘過曲・喜無窮煞】（三句十二板）顯文明，開盛治，共説孝男并義女。　玉燭調和，聖主垂衣。

【正宫引子・瑞鶴仙】（九句）十載親燈火，論高才絶學，休誇班馬。風雲太平日，正驊騮欲騁，魚龍將化。沉吟一和，怎離却雙親膝下？且盡心甘旨，功名富貴，付之天也。

【正宫引子・齊天樂】（十句）鳳凰池上歸環佩，衮袖御香猶在。棨戟門前，平沙堤上，何事車填馬隘？星霜鬢改，怕玉鉉無功，赤舄非才。回首庭前，淒涼丹桂好傷懷。

【正宫引子・喜遷鶯】（九句）終朝思想，但恨在眉頭，人在心上。鳳侶添愁，魚書絕寄，空勞兩處相望。青鏡瘦顔羞照，寶瑟清音絕響。歸夢杳，繞屏山烟樹，那是家鄉？

【正宫引子・破齊陣】（八句）【破陣子】（首至二）翠減祥鸞羅幌，香消寶鴨金爐。【齊天樂】（三至五）楚館雲閒，秦樓月冷，動是離人愁思。【破陣子】（三至末）目斷天涯雲山遠，人在高堂雪鬢疏，緣何書也無？

【正宫過曲・普天樂】（九句三十板）兒夫一向留都下，只有年老爹和媽。弟和兄更没一個，看承盡是奴家。歷盡苦，誰憐我，怎説得不出閨門的清平話？若無糧，我也不敢回家。豈忍見公婆受餒？（合）歎奴家命薄，直恁折挫。

【正宫過曲・雙鸂鶒】恩官且聽咨啓：蔡狀元聞説皺眉。忠和孝，恩和義，念父母八十年餘。況已娶了妻室，再婚重娶非禮。待早朝，上表文，要辭官家去。（合）請相公别選一佳婿。

【前腔換頭】（五句十八板）他原來要奏丹墀，敢和我厮挺相持。細思之，可奈他將人輕覷。我就寫表奏與吾皇知，與他官拜清要地，務要來我處爲門楣。這讀書輩没道理，不思量違背了聖旨。（合）只教他辭官辭婚俱未得。

【正宫過曲・雁過沙】（六句十八板）他沉沉向冥途，空教我耳邊呼。我不能盡心相奉事，翻教你爲我歸黄土。教人道你死緣何故？（合）怎生割捨得拋棄了奴？

【正宫過曲・一撮棹】（十二句三十六板）寬心等，何須苦牽縈？把音書寫，但頻頻寄郵亭。爹年老，伊家須好看承。程途裏，只願保安寧。死别全無準。生離又難定。（合）今去也，何日到京城？

【正宫過曲・洞仙歌】（七句十三板）家私没半分，靠着奴此身。只要救公婆，豈辭多苦辛？（合）空把淚珠揾，可憐飢與貧？這苦説不盡。

【正宫過曲・風帖兒】（五句十四板）到得陳留，逢一個故老，在他爹娘墳上拜掃。果然饑荒都死了，（合）他媳婦也來到。枉教人，走這遭。

【正宫犯調・雁魚錦】（八句二十三板）【雁過聲】（全）思量，那日離故鄉。記臨期送别多惆悵，攜手共那人不斷放。教他好看承，我爹娘，料他們應不會遺忘。（合）聞知饑與荒，只怕捱不過歲月難存養。若望不見信音，却把誰倚仗？

【前腔換頭】（十一句十八板）【雁過聲】（首至二）思量，幼讀文章，【漁家傲】（四句）論事親爲子也須要成模樣。【雁過聲】（合至八）真情未講，怎知道喫盡多磨障？【錦纏道】（五至七）被親强來赴選場，被君强官爲議郎，被婚强效鸞凰。【雁過聲】（五句）三被强，衷腸説與誰行？【山魚燈】（七句）埋冤難禁這兩廂：【雁過聲】（七至末）這壁廂道咱是個不撑達害羞的喬相識，那壁廂道咱是個不覩親負心的薄倖郎。

【前腔換頭】（九句二十八板）【雁過聲】（首至二）悲傷，鷺序鴛行，【山魚燈】（五句）怎如慈烏反哺能終養？【漁家傲】（五句）謾把金章，綰着紫綬，【錦纏道】（四句）試問斑衣，今在何方？【雁過聲】（合）斑衣罷想，【山漁燈】（六句）縱然歸去，猶恐帶麻執杖。【雁過聲】（七至末）只爲那雲梯月殿多勞攘，落得涙雨似珠兩鬢霜。

【前腔換頭】（十句二十八板）【雁過聲】（首至二）幾回夢裏，忽聞鷄唱。【山漁燈】（二句）忙驚覺錯呼舊婦，同問寢堂上。【錦纏道】（八至合）待朦朧覺來，依然新人鳳衾和象床。【漁家傲】（四至六）怎不怨香愁玉無心緒？更思想，被他攔擋。教我，怎不悲傷？【雁過聲】（七至末）俺這裏歡娛夜宿芙蓉帳，他那裏寂寞偏嫌更漏長。

【前腔換頭】（九句三十板）【錦纏道】（首至七）慢悒怏，把歡娛番成做悶腸。菽水既清涼，我何心，貪着美酒肥羊？悶殺人花燭洞房，愁殺我掛名在金榜。魆地裏自思量，【雁過聲】（七至末）正是在家不敢高聲哭，只恐猿聞也斷腸。

【仙呂引子・鵲橋仙】（五句）披香侍宴，上林遊賞，醉後人扶馬上。金蓮花炬照迴廊，正院宇梅梢月上。

【仙呂引子・天下樂】（四句）一片花飛故苑空，隨風飄泊到簾櫳。玉人怪問驚春夢，只怕東風羞落紅。

【仙呂過曲・桂枝香】（十句二十三板）書生愚見，忒不通變。不肯坦腹東床，漫自去哀求金殿。想他每就裏，他每就裏，將人輕賤。非爹胡纏，（合）怕被人傳。道你是相府公侯女，不能彀嫁狀元。

【仙呂過曲・醉扶歸】（六句十二板）我有緣結髮曾相共，難道是無緣對面不相逢？我鳳枕鸞衾也和他同，到憑兔毫繭紙將他動。（合）畢竟一齊分付與東風，把往事如春夢。

【仙吕過曲·解三醒】（八句二十八板）歎雙親把兒指望，教兒讀古聖文章。似我會讀書的，到把親撇漾；少甚麽不識字的，到得終養。我只爲你其中自有黄金屋，反教我撇却椿庭萱草堂。（合）還思想，畢竟是文章誤我，我誤爹娘。

【仙吕過曲·臘梅花】（五句十三板）孩兒出去在今日中，爹爹媽媽來相送。但願得魚化龍，（合）青雲得路，桂枝高折步蟾宫。

【仙吕過曲·一封書】（九句二十五板）一從你去離，我家中常念你。功名事怎的？想多應折桂枝。幸得爹娘和媳婦，各保安康無禍危。（合）見家書，可知之，及早回來莫更遲。

【仙吕過曲·窣地錦襠】（四句二十板）嫦娥剪就緑雲衣，折得蟾宫第一枝。宫花斜插帽簷低，（合）一舉成名天下知。

【仙吕過曲·雁兒舞】（六句三十板）深院重重，怎不怨苦？要尋個男兒，又無門路。（合）甚年能彀和一丈夫，一處裏雙雙雁兒舞？

【仙吕過曲·打毬場】（四句十六板）幾年間，爲拐兒，是人都理會得我名兒。遮莫你是怎生逋峭的，（合）也落在我圈䙡。（此曲本係過曲，今作家多爲引子者，姑録於此。）

【仙呂過曲・情未斷煞】（三句十二板）向人家，忙投奔，解鞍沽酒共論文，今夜雨打梨花深閉門。

【仙呂犯調・甘州歌】（十一句三十四板）【八聲甘州】（首至合）衷腸悶損，歎路途千里，日日思親。青梅如豆，難寄隴頭音信。高堂已添雙鬢雪，客路空瞻一片雲。【排歌】（合至末）途中味，客裏身，争如流水蘸柴門？休回首，欲斷魂，數聲啼鳥不堪聞。

【仙呂犯調・月雲高換頭】（十句二十板）【月兒高】（全）路途勞頓，行行甚時近？未到得雒陽縣，那盤纏使盡。回首孤墳，空教我望孤影。（合）他那裏誰偢倸？俺這裏將誰投奔？【駐雲飛】（合至末）正是西出陽關無故人，須信道家貧不是貧。

【大石調引子・念奴嬌】（九句）楚天過雨，正波澄木落，秋容光浄。誰駕玉輪來海底，碾破瑠璃千頃？環珮風清，笙簫露冷，人在清虚境。珍珠簾捲，小樓無限佳興。

【大石調過曲・念奴嬌序】（十一句三十一板）愁聽，吹笛關山，敲砧門巷，月中都是斷腸聲。人去遠，幾見明月虧盈？惟應，邊塞征人，深閨思婦，怪他偏向別離明。

（合）惟願取年年此夜，人月雙清。

【大石調過曲·尚輕圓煞】（三句十二板）聲哀訴，促織鳴。俺這裏歡娱未罄，却歎他幾處寒衣織未成。

【中吕引子·滿庭芳】（十八句）飛絮沾衣，殘花隨馬，輕寒輕暖芳辰。江山風物，偏動别離人。回首高堂漸遠，歎當時恩愛輕分。傷情處，數聲杜宇，客淚滿衣巾。萋萋芳草色，故園人望，目斷王孫。謾憔悴郵亭，誰與温存？聞道洛陽近也，又還隔幾個城闉。澆愁悶，解衣沽酒，同醉杏花邨。

【中吕引子·尾犯引】（八句）懊恨别離輕，悲豈斷絃，愁非分鏡。只慮高堂，似風燭不定。腸已斷欲離未忍，淚難收無言自零。空留戀，天涯海角，只在須臾頃。

【中吕過曲·尾犯序】（八句二十七板）何曾，想著那功名？欲盡子情，難拒親命。年老爹娘，望伊家看承。畢竟，你休怨朝雲暮雨，暫替我冬温夏清。（合）思量起，如何教我割捨得眼睁睁？

【中吕過曲·縷縷金】（九句二十六板）原來是，蔡伯喈，馬前都喝道，狀元來。料想雙親像，他每留在。敢天教夫婦再和諧，（合）都因這佛會？都因這佛會？

【中呂過曲・紅繡鞋】（十句二十四板）猛拚沉醉東風，東風。倩人扶上玉驄，玉驄。歸去路，望畫橋東。花影亂，日朦朧，（合）沸笙歌，引紗籠。（此曲與【金錢花】句板俱同，惟第五句【金錢花】用七字句，【紅繡鞋】用六字句，只此少有分別。末句重亦可。）

【中呂過曲・剔銀燈】（七句二十四板）忒過分爹行所爲，但索强全不顧人議。背飛鳥硬求來諧比翼，隔墻花强攀做連理。（合）姻緣，還是怎的？婚姻事女孩兒家怎題？

【中呂過曲・山花子】（八句二十五板）玳筵開處遊人擁，争看五百名英雄。喜鰲頭一戰有功，荷君恩奏捷詞鋒。（合）太平時車書已同，干戈盡戢文教崇，人間此時魚化龍。留取瓊林，勝景無窮。

【前腔換頭】（八句二十五板）青雲路通，一舉能高中，三千水擊飛翀。又何必扶桑掛弓？也强如劍倚崆峒。（合）太平時車書已同，干戈盡戢文教崇，人間此時魚化龍。留取瓊林，勝景無窮。

【中呂過曲・大和佛】（十句三十三板）寶篆沉烟香噴濃，濃薰綺羅叢。瓊舟銀海，翻動酒鱗紅，一飲盡教空。持杯自覺心先痛，縱有香醪，欲飲難下我喉嚨。他寂寞高堂菽水誰供奉？俺這裏傳杯喧鬨，（合）你休得要對此歡娛意冲冲。（此曲舊譜中多與【舞霓裳】聯綿牽扯，總不分清。今將此通行之最熟之曲畫一點板，以别二曲。非批舊譜之謬，姑以少分涇渭耳。）

【中呂過曲·舞霓裳】（九句二十七板）願取群賢盡貞忠，盡貞忠。管取雲臺畫形容，畫形容。時清莫報君恩重，惟有一封書上勸東封，更撰個河清德頌。（合）乾坤正，看玉柱擎天又何用？

【中呂過曲·駐馬聽】（八句二十三板）書寄鄉關，説起教人心痛酸。上覆俺八旬父母，兩月妻房，隔着萬水千山。啼痕緘處翠綃班，夢魂飛遶銀屏遠。（合）報道平安，想一家賀喜，只説他日再相見。

【中呂過曲·古輪臺换頭】（十七句四十二板）閒評，月有圓缺與陰晴，人世有離合悲欢，從來不定。深院閒庭，處處有清光相映。也有得意人人，兩情暢咏；也有獨守長門伴孤另，君恩不幸。有廣寒仙子娉婷，孤眠長夜，如何捱得更闌寂靜？（合）此事果無憑。但願人長永，小樓翫月共同登。

【中呂過曲·永團圓】（十三句二十七板）名傳四海人怎比？豈獨自耀門閭？人生怕不全孝義，聖明世，豈相棄？這隆恩美譽，從教管領無所愧，萬古青編記。如今便去，相隨到京畿。拜謝君恩了，歸庭宇一家賀喜。共設華筵會，（合）四景常歡聚。

豹尾鵷班陪侍從。

【中呂過曲・意不盡】（四句十三板）今宵添上繁華夢，明早遥聽清禁鐘。皇恩謝了，

【南呂引子・稱人心】（十四句）撇呆打墮，早被那人瞧破。要同歸，知他爹肯麽？料他每不允諾。你緣何獨坐？伊家道俐齒伶牙，争奈你爹行不可。我爹爹，全不顧，人笑呵，這其間只是他見差。禍根芽，從此起，災來怎躲？他道我從着夫言，罵我不聽親話。

【南呂引子・意難忘】（九句）緑鬢仙郎，懶拈花弄柳，勸酒持觴。長顰知有恨，何事苦思量？些個事，惱人腸。試説與何妨？只恐伊尋消問息，添我悽惶。

【南呂引子・薄倖】（七句）野曠原空，人離葉敗。漫盡心行孝，力枯形瘁。幸然爹媽，此身安泰。悽惶處見慟哭饑人滿道，歎舉目將誰倚賴？

【南呂引子・滿江紅】（八句）嫩緑池塘，梅雨歇薰風乍轉。瞥然見清涼華屋，已飛乳燕。簟展湘波紈扇冷，歌傳《金縷》瓊巵暖。是炎蒸不到水亭中，珠簾捲。

【南呂引子・掛真兒】（五句）四顧青山静悄悄，思量起暗裏魂消。黄土傷心，丹楓染

淚，漫把孤墳獨造。

【南吕引子・一枝花】（九句）閒庭槐影轉，深院荷香滿。簾垂清晝永，怎消遣？十二欄杆，無事閒凭遍。困來把湘簟展，夢到家山，又被翠竹敲風驚斷。

【南吕引子・虞美人】（四句）青山今古何時了，斷送人多少。孤墳誰與掃荒苔，連塚陰風吹送紙錢遶。

【南吕過曲・節節高】（九句三十七板）漣漪戲彩鴛，把露荷翻，清香瀉下瓊珠濺。香風扇，芳沼邊，閒亭畔。坐來不覺人清健，蓬萊閬苑何足羨？（合）只恐西風又驚秋，不覺暗中流年换。

【南吕過曲・大勝樂】（八句三十板）婚姻事難論高低，若論高低何似休嫁與？假饒親賤孩兒貴，終不然便抛棄？奴須是他親生兒子親媳婦，難道他是何人我是誰？（合）爹居相位，怎説着傷風敗俗非理的言語？

【南吕過曲・宜春令】（七句二十二板）雖然讀萬卷書，論功名非吾意兒。只愁親老，夢魂不到親闈裏。便教我做到九棘三槐，怎撇得萱花椿樹？（合）我這衷腸，一點孝心對着誰語？

【南呂過曲・繡帶兒】（九句二十七板）親年老光陰有幾？行孝正是今日。終不然爲着一領藍袍，却落後了戲綵斑衣？思之，此行榮貴雖可擬，怕親老等不得榮貴。（合）春闈裏紛紛大儒，難道是没爹娘的孩兒方去？

【南呂過曲・太師引換頭】（八句二十四板）他意兒難提起，這其間就裏我自知。他戀着被窩中恩愛，捨不得離海角天涯。塗山四日離大禹，你直恁地捨不得分離？貪鴛侶守著鳳幃，（合）恐誤了鵬程鶚薦的消息。（此曲雖多，如此者少。舊譜皆以末句七言者爲犯調，言犯【刮鼓令】也。惟六言者方爲正體，然板數俱同，惟分在一正板一截板間。別曲中此類爲一體者甚多，不知何故。與此曲忒煞認真，凜不可犯也。姑依舊譜，載入犯調。）

【南呂過曲・梅花塘】（七句十七板）賣頭髮，買的休論價。念我受饑荒，囊篋無些個。丈夫出去，那竟連喪了公婆。（合）没奈何，只得賣頭髮資送他。

【南呂過曲・女冠子】（九句二十八板）相公只慮多嬌女，怕跋涉萬山千水。女生外向從來語，況既已做人妻。夫先婦隨，不須疑慮。這是藍田種玉結親誤，今日到海沉船補漏遲。（合）想起此事，費人區處。

【南吕過曲·大迓鼓】（五句十六板）姻緣雖在天，若非人意，到底埋冤。料想赤繩不曾綰，多應他無玉種藍田。（合）休强把嫦娥，付與少年。

【南吕過曲·香遍滿】（七句十四板）論來湯藥，須索是子先嘗方進與父母。莫不是爲無子先嘗，恰便尋思苦？你須索鬧閧，怎捨得一命殂？（合）元來不喫藥，也只爲著糟糠婦。

【南吕過曲·紅衫兒】（八句十七板）你不信我教伊休説破，到此如何？算你爹心性，我豈不料過？我爲甚亂掩胡遮，也只爲著這些。（合）你直待要打破了砂鍋，是你招災攬禍。

（此曲若依字句板式，竟無二體，惟多襯字耳。此曲與【中吕】之【紅衫兒】不同。）

【南吕過曲·獅子序】（九句二十三板）他媳婦雖有之，念奴家須是他孩兒的妻，那曾有媳婦不事親闈？若論做媳婦的道理，須當奉飲食，問寒暄，相扶持蘋蘩中饋。（合）又道是養兒待老，積穀防饑。（此曲《鈕譜》竟題爲犯調，云【三犯獅子序】，以此曲『他媳婦』至『孩兒的妻』爲【宜春令】，『那曾有』至『做媳婦的道理』爲【繡帶兒】，『須當奉飲食』至『蘋蘩中饋』爲【掉角兒序】，末二句爲【獅子序】，今人不勝驚訝。此真所爲發前人之所未發也，但少雅。既以《張協》一曲爲正體，殊不知即與『他媳婦』之曲同句同板，毫無異也。其所犯之誤，亦不必一一瑣瑣。只以【掉角兒序】論之，其三字句後之四字句係兩頭板，今之【獅子序】四字句則下板於首字，三字即失之毫釐也。若如此扭捏，則合譜無不可犯之曲也。然諸譜亦皆以【獅子序】列爲數體，細查其詞意，句文實一體也，止多襯字耳。今除《孟月梅》之『深深百拜』爲又一體外，餘皆歸爲一體，以定板式。又附以通行之曲證之於後，庶不誤將來也。）

【南呂過曲·太平歌】（七句十九板）他求科舉，指望錦衣歸，不想道你留他爲女婿。他埋冤洞房花燭夜，那些個千里能相會？只要保全金榜掛名時，（合）事急且相隨。

【南呂過曲·三換頭】（十句二十一板）名韁利鎖，先自將人摧挫。況鸞拘鳳束，甚日得到家？我也休怨他。這其間，只是我，不合來，長安看花。閃殺我爹娘也，淚珠空暗墮。（合）這段姻緣，也只是無如之奈何。（此曲舊譜雖爲犯調，然並未題犯某曲，惟後註云：『前二句是【五韻美】，中四句是【臘梅花】，後四句是【梧葉兒】。今按：前二句後二句俱近似矣，但中四句不似，而「閃殺」二句亦不似【梧葉兒】，姑闕可也』等語。《譚譜》以首句至五句爲【月裏嫦娥】，六句七句爲【春雲怨】，八至末爲【梧葉兒】。《馮譜》以首句至五句爲【雙勸酒】，六句七句爲【掉角兒】，後四句爲【香羅帶】，中段爲【獅子序】。《鈕譜》以前五句爲【五韻美】，六句爲【掉角兒序】，七至末爲【香羅帶】，則諸譜各有臆見不同，可知矣。若以移宮換調互犯之理論之，胡爲不可？亦要板式語句腔韻毫無相差，方爲犯之的當。今若以本宮犯調【九重春】論，則爲【三換頭】乃正體也。何則？【九重春】內有【三換頭】之五句至八句考之甚確。既以【三換頭】爲犯調，何不竟題爲【臘梅花】【春雲怨】【掉角兒序】【獅子序】等名，而猶歸於【三換頭】也？若【三換頭】既係犯調，而別曲如何又犯已犯之調，豈不犯之又犯也？以此觀之，當歸於正體，無疑可也。）

【南呂過曲・犯胡兵】（七句十四板）囊無半點調藥費，良醫怎求？縱然救得目前，這飯食何處有？料應難到後。（合）謾説道有病遇良醫，這饑荒怎救？

【南呂過曲・三仙橋】（十二句三十一板）一從他們死後，要相逢不能彀，除非夢裏，暫時略聚首。苦要描，描不就，暗想像，教我未寫先淚流。寫不出他苦心頭，描不出他饑證候，畫不出他望孩兒的睁睁兩眸。只畫得他髮颼颼，和那衣衫敝垢。（合）若畫做好容顏，須不是趙五娘的姑舅。

【前腔換頭】（十一句三十二板）我待畫他龐兒帶厚，你可又饑荒消瘦。我待畫你個龐兒舒展，他自來長恁皺。若寫出來，真是醜。那更我心憂，畫不出他歡容笑口。只見他兩月稍悠游，其餘的都是愁。只記他形衰貌朽。便做他孩兒收，也認不出當初父母。（合）縱認不出蔡伯喈當初的爹娘，須認是趙五娘近日的姑舅。

【南呂過曲・金錢花】（七句二十四板）自小承值書房，書房；快活其實難當，難當。只管打扇與燒香，荷亭畔，好乘涼。（合）喫飽飯，上眠床。（此曲與【風檢才】字句板式重與不重皆同，當即爲一曲二名方是。姑從其舊。所以分體，實係一也。）

【南吕過曲·燒夜香】（七句十七板）樓臺倒影入池塘，緑樹陰濃夏日正長，一架荼蘼滿院香。满院香，和你飲霞觴。（合）傍晚捲起簾兒，明月正上。

【南吕過曲·紅衲襖】（八句）莫不是丈人行性氣乖？莫不是妾跟前缺管待？莫不是畫堂中少了三千客？莫不是繡屏前少了十二釵？這意兒教人怎猜？這意兒教人怎解？敢只是楚館秦樓，有一個得意情人也，悶懨懨不放懷？

【南吕過曲·尚按節拍煞】（三句十二板）光陰迅速如飛電，好良宵可惜漸闌，拚取歡娱歌笑喧。

【南吕犯調·梁州新郎】（十一句三十四板）【梁州序】（首至合）新篁池閣，槐陰庭院，日永紅塵隔斷。碧欄杆外，寒飛漱玉清泉。只覺香肌無暑，素質生風，小簟琅玕展。晝長人困也，好清閒，忽被棋聲驚晝眠。【賀新郎】（合至末）《金縷》唱，碧筒勸，向冰山雪巘拍佳宴。清世界，幾人見？

【南吕犯調·瑣窗郎】（六句二十板）【瑣窗寒】（首至四）吾家一女娉婷，不曾許公與卿。昨承帝旨，選個書生。不須用白璧黃金爲聘。【賀新郎】（七至末）若是姻緣前世已曾定，今日裏，共歡慶。

【南呂犯調・太師令】（九句二十四板）【太師引】（首至合）細端詳，這是誰筆仗？ 覷着他，教我心兒好感傷。好似我雙親模樣，怎穿著破損衣裳？ 道別後容顔無恙，怎這般淒涼形狀？ 有誰來往，直將到洛陽？ 【刮鼓令】（末）須知仲尼和陽虎一般龐。

【南呂犯調・羅鼓令】（十四句三十九板）【刮鼓令】（全）如今我試猜，多應他犯着獨噇病來，背地裏自買些鮭菜？ 我喫飯他緣何不在？ 這意兒真是歹。他和你甚相愛，不應反面直恁的乖。我千辛萬苦，却有甚情懷？（合）却不道我臉兒黃瘦骨如柴？ 【皂羅袍】（合至末）思量到此，珠淚滿腮。看看做鬼，溝渠裏埋。縱然不死也難捱，【刮鼓令】（末）教人只恨蔡伯喈。

【南呂犯調・香遍五更】（十五句三十一板）【香遍滿】（首至合）把土泥獨抱，麻裙裹來難打熬。空山靜寂無人吊，但我情真實切，到此不憚勞。【五更轉】（三至末）何曾見葬親兒不到？ 又道是三匝圍喪，那些個卜其宅兆？ 思量起，是老親合顛倒。（合）你圖他折桂看花早，不道自把一身，送在白楊衰草。【香遍滿】（合至末）謾自苦，這苦憑誰告？

【雙調引子・寶鼎現】（八句）小門深巷，春到芳草，人閒清晝。人老去星星非故，春又來年年依舊。最喜今朝新酒熟，滿目花開如繡。願歲歲年年，人在花下，嘗斟春酒。

【雙調引子・謁金門】（八句）春夢斷，臨鏡緑雲撩亂。聞道才郎遊上苑，又添離別歎。苦被爹行逼遣，脉脉此情何限。骨肉一朝成拆散，可憐難捨拚。

【雙調引子・夜遊湖】（五句）惟恐他心思未到，教他題詩句，暗中指挑。翰墨關心，丹青入眼，强如把語言相告。

【雙調引子・胡搗練】（四句）嗟薄命，歎年艱，含羞和淚向人前，只恐公婆懸望眼。

【雙調過曲・黑嫲序】（八句二十三板）看待，父母心婚姻事，須要早諧。勸相公，早畢兒女之債。休呆，如何女子前，胡將口亂開？（合）記今來，但把不出閨門的語言相戒。

【雙調過曲・惜奴嬌】（八句二十四板）杏臉桃腮，又當有松筠節操，蕙蘭襟懷。閨中言語，不出閫閾之外。不教孩兒是伊之罪，這風情今休再。（合）記再來，但把不出閨門的語言相戒。

【雙調過曲・醉公子換頭】（四句十四板）回首，歎瞬息烏飛兔走。喜爹媽雙全，謝天相佑。不謬，更清淡安閒，樂事如今誰更有？（合）相慶處，但酌酒高歌，更復何求？

【雙調過曲・僥僥令】（四句十四板）春花明彩袖，春酒泛金甌。但願歲歲年年人長在，（合）父母共夫妻相勸酬。

【雙調過曲・忒忒令】（六句十五板）你讀書思量做狀元，只怕你學疏才淺。只是《孝經》《曲禮》，早忘了一段。却不道夏清與冬温，（合）昏須定，晨須省，親在遊怎遠？

【雙調過曲・園林好】（五句十四板）兒今去，爹媽休得要意懸，兒今去經年便還。但願得雙親康健，（合）終有日拜堂前，終有日拜堂前。

【雙調過曲・江兒水】（八句二十四板）妾的衷腸事，有萬千，説出來又恐添縈絆。六十日夫妻恩情斷，八十歲父母教誰看管？教我如何不怨？（合）要解愁煩，須是寄個音書回轉。

【雙調過曲・古江兒水】（七句十六板）如來證明，鑒茲邕啓：我雙親在途路，不知如何的，仰惟菩薩大慈悲。（合）龍天鑒知，龍神護持，護持他登山涉水。

【雙調過曲・好姐姐】（六句十八板）念奴血流滿指，奈獨自要墳成無計。深感老天，暗中相護持。（合）墳成矣，葬了二親尋夫婿，改換衣裝往帝畿。

【雙調過曲・六么令】(六句十八板)皇恩若念臣，我也不圖禄及吾身。只愁恩不到雙親，空辜負，這孤墳。(合)料天也會相憐憫，料天也會相憐憫。

【雙調過曲・朝元令】(十二句二十四板)好向程途催趲，漁翁罷釣還。聽山寺晚鐘傳，路逐溪流轉。前村起暮烟，遥望酒旗懸，且問竹籬茅舍邊。舉棹更揚鞭，皆因名利牽。(合)洛陽漸遠，何處是舊家庭院？舊家庭院？

【雙調過曲・鎖南枝】(九句十二板)兒夫去，竟不還，公婆兩人都老年。自從昨日到如今，不能彀得餐飯。(合)奴請糧，他在家懸望眼。念我老公婆，做方便。

【雙調過曲・鎖南枝】(九句十二板)鄉官可憐見，這是公婆命所關。若是必須將去，寧可脱下衣裳，就問鄉官换。(合)寧使奴身上寒，只要與公婆救殘喘。

【雙調過曲・銷金帳】(十一句十九板)聽奴訴語：奴是良人婦，爲兒夫相擔誤。他一向赴選及第，未歸鄉故。饑荒喪了，喪了親的舅姑。苦！我造墳墓。今爲尋夫來到此，(合)丈夫未知，未知他在何處所。

【雙調過曲・字字雙】(九句二十二板)我做媒婆甚妖嬈，談笑。説開説合口如刀，波俏。合婚問卜若都好，有鈔。(合)只怕假做庚帖被人告，喫拷，喫拷。

【雙調過曲・柳稍青】(五句十五板)你丈夫出去，我那曾得知，我是街坊上賣耍曲的。若還要我說與你知，(合)須與我一飽齋，我二人方纔說與端的。

【南呂過曲・有結果煞】(三句十二板)山青水緑還依舊，歎人生青春難又，惟有快樂是良謀。

【雙調犯調・錦堂月】(九句二十八板)【晝錦堂】(首至五)簾幕風柔，庭幃晝永，朝來峭寒輕透。親在高堂，一喜又還一憂。【月上海棠】(四至末)惟願取百歲椿萱，長似他三春花柳。(合)酌春酒，看取花下高歌，共祝眉壽。

【雙調犯調・供養海棠】(九句二十七板)【五供養】(首至八)公公可憐，俺的爹娘望你周全。此身還貴顯，自當效銜環。有孩兒也枉然，你爹娘教別人看管。(合)此際情何限，偷把淚珠彈。【月上海棠】(末)骨肉分離，寸腸割斷。

【雙調犯調・玉雁子】(九句三十二板)【玉嬌枝】(首至四)孩兒相誤，爲功名誤了父母，都是孩兒不得歸鄉故。你怎便歸到黄土?【雁過沙】(四至末)乾坤豈容不孝子，名虧行缺不如死，(合)只愁我死缺祭祀。【玉嬌枝】(合至八)對真容形衰貌枯，想靈魂悲憶痛苦。

【雙調犯調・江頭金桂】(十五句三十板)【五馬江兒水】(首至五)怪得你終朝擷窨，只道你緣何愁悶深？ 教咱猜着啞謎，爲你沉吟，那籌兒没處尋。【金字令】（五至九）我和你共枕同衾，瞞我則甚？ 你自撇下爹娘媳婦，屢換光陰，他那裏須怨著你没信音。【桂枝香】（七至末）笑伊家短行，無情忒甚。（合）到如今，兀自道且説三分話，不肯全抛一片心。

【雙調犯調・風雲會四朝元】（二十一句四十一板）【五馬江兒水】（首至五）春闈催赴，同心帶綰初。歎《陽關》聲斷，送别南浦，早已成間阻。【桂枝香】（五至六）漫羅襟淚漬，漫羅襟淚漬，【柳摇金】（八至十）和那寶瑟塵埋，錦被羞鋪。（合）寂寞瓊窗，蕭條朱户，【駐雲飛】（四至六）空把流年度。嗏，酩子裏自尋思，【一江風】（五至八）妾意君情，一旦如朝露。（合）君行萬里途，妾心萬般苦。【朝元令】（合至末）君還念妾，迢迢遠遠，也索回顧，也索回顧。

【雙調犯調・孝順兒】（十一句二十六板）【孝順歌】（首至六）糠和米，本是兩依倚，誰人簸颺做兩處飛？ 一賤與一貴，好似奴家共夫婿，終無見期。【江兒水】（四至末）米在他方没尋處，怎地把糠來救得人飢餒？ 好似兒夫出去，（合）怎地教奴供給得公婆甘旨？

【商調引子・高陽臺】（十六句）夢遠親闈，愁深旅邸，那更音信遼絶。淒楚情懷，怕逢淒楚時節。重門半掩黄昏雨，奈寸腸此際千結。守寒窗一點孤燈，照人明滅。當時輕散輕別，歎玉簫聲杳，小樓明月。一段愁煩，番成兩下悲切。枕邊萬點思親淚，伴漏聲到曉方徹。鎖愁眉，慵臨青鏡，頓添華髮。

【商調引子·鳳凰閣】（六句）尋鴻覓雁，寄個音書無便。漫勞回首望家山，和那白雲不見。淚痕如綫，想鏡裏孤鸞影單。

【商調引子·十二時】（六句）心事無靠托，這幾日翻成悲也。父意方回，夫愁稍可，未卜程途裏的如何。教我，怎生放下？

【商調引子·憶秦娥】（八句）長吁氣，自憐薄命相遭際。相遭際，暮年姑舅，薄情夫婿。孩兒一去無消息，雙親老△景難存濟。難存濟，不思前日，强教孩兒出去？

【商調過曲·高陽臺序】（九句二十六板）宦海沉身，京塵迷目，名韁利鎖難脱。目斷家鄉，空勞魂夢飛越。（合）閒聒，閒藤野蔓休纏也，俺自有正兔絲的親瓜葛。是誰人無端調引，謾勞饒舌？

【前腔換頭】（十句二十九板）閥閱，紫閣名公，黄扉元宰，三槐位裏排列。金屋嬋娟，妖嬈那更貞潔。（合）歡悦，紅樓此日招鳳侶，遺妾每特來執伐。望君家殷勤首肯，早諧結髮。

【商調過曲・二郎神】（八句二十六板）容瀟灑，照孤鸞歎菱花剖破。記翠鈿羅襦當日嫁，誰知他去後，釵荊裙布無些。這金雀釵頭雙鳳嚲，羞殺人形孤影寡。（合）說甚麽簪花捻牡丹，教人怨著嫦娥。

【前腔換頭】（九句二十八板）嗟呀，心憂貌苦，真情怎假？你爲着公婆珠淚墮，我公婆自有，不能彀承奉杯茶。你比我没個公婆得承奉呵，不枉了教人做話靶。（合）你公婆，爲甚的雙雙命掩黃沙？

【商調犯調・金絡索】（十四句三十一板）【金梧桐】（首至五）區區一個兒，兩口相依倚。没事爲着功名，不要他供甘旨。你教他做官，【東甌令】（二至四）要改換門閭，只怕他做得官時你做鬼。你圖他三牲五鼎供朝夕，【鍼線箱】（六句）今日裏要一口粥湯却教誰與你？【解三酲】（合）相連累，【懶畫眉】（三句）我孩兒因你做不得好名儒。【寄生子】（合至末）空爭着閒是閒非，空爭着閒是閒非，只落得垂雙淚。（此曲又名【金索掛梧桐】，即【金絡索】之名，亦無甚妥當，姑從其舊）

【越調引子・金蕉葉】（四句）愁多怨多，俺爹娘知他怎麽？擺不去功名奈何，送將來冤家怎躲？

【越調引子・梅花引】（五句）傷心滿目故人疏，看郊墟，盡荒蕪。惟有青山，添得個墳墓。慟哭無由長夜曉，問泉下有人還聽得無？

【越調過曲・蠻牌令】（九句二十五板）終日走千遭，走得脚無毛。何曾見湯水面，也不見半錢糟。倒不如做虔婆頂老，也得些鴨汁喫飽。（合）窮酸秀才直恁喬，老婆與他，故推不要。

【越調過曲・憶多嬌】（七句十五板）他魂渺漠，我没倚着。程途萬里，教我懷夜壑。此去孤墳，望公公看着。（合）舉目蕭索，舉目蕭索，滿眼盈盈淚落。

【越調過曲・憶多嬌】（十句二十二板）奴深謝公公，便辱允諾。從來的深恩，怎敢忘却？只怕途路遠，體怯弱，病染孤身，力衰倦脚。（合）孤墳寂寞，路途滋味惡。兩處堪悲，兩處堪悲，萬愁怎摸？

【越調過曲・祝英臺】（九句二十四板）把幾分春三月景，分付與東流。啼老杜鵑，飛盡紅英，端不爲春閒愁。休休，婦人家不出閨門，怎去尋花穿柳？（合）把花貌，誰肯因春消瘦？

【前腔换頭】（十句二十七板）春晝，只見燕雙飛，蝶引隊，鶯語似求友。那更柳外畫輪，花底雕鞍，都是少年閒遊。難守，繡房中清冷無人，我待尋一佳偶。（合）這般説，我的終身休配鸞儔？

【前腔换頭】（十句二十六板）知否，我爲何不捲珠簾，獨坐愛清幽？縱有千斛悶懷，百種春愁，難上我的眉頭。休憂，任他春色年年，我的芳心依舊。（合）這文君，可不擔閣了相如琴奏？

【越調過曲・羅帳裏坐】（七句十四板）你艱辛萬千，是我擔伊誤伊。身衣口食，怎生區處？終不然又教你，守着靈幃？（合）已知死别在須臾，更與甚麼生人做主？

【越調過曲・望歌兒】（六句十四板）我三年謝得你相奉事，只恨我當初把你相擔誤。我欲待報你的深恩，待來生做你的兒媳婦。（合）怨只怨蔡邕不孝子，苦只苦趙五娘辛勤婦。

【越調過曲・鏵鍬兒】（八句十七板）你説得好笑，可見心兒窄小。没來由漾却苦李，再尋甜桃。他不嫉不淫與不盗，終無去條。衆所誚，人所褒。（合）縱然他醜貌，怎肯相休去了？（此曲與【正宫】之【剗鍬兒】不同。）

【越調過曲・水底魚兒】（九句三十板）朝省尚書，昨日蒙聖旨。道狀元及第，教咱去陪宴席。越着鞭越退，遣人心下疑。（合）轉頭回望，叫我的還是誰？叫我的還是誰？（此曲即【比目魚】。原係八句，後人只唱四句，遂疑一爲二。查《幽閨》可知，又名【水中梭泥裏鰍】。）

【越調過曲・入破第一】（十五句）議郎臣蔡邕啓：今日蒙恩旨，除臣爲議郎官職，重蒙賜婚牛氏。干瀆天威，臣謹誠惶誠恐，稽首頓首。伏念微臣，初來有志，誦詩書力學躬耕修己，不復貪榮利。事父母，樂田里，初心願如此而已。不想州司，謬取臣邕充試，到京畿。豈料愚蒙，叨居上第？

【越調過曲・正破第二】（五句十三板）重蒙聖恩，婚以牛公女。草茅疏賤，如何當此隆遇？但臣親老，一從別後，光陰又幾。廬舍田園，荒蕪久矣。

【越調過曲・中衮第三】（七句十九板）那更老親，鬢垂白，筋力皆癯瘁。形隻影單，無弟兄，誰奉侍？況隔千山萬水，生死存亡，雖有音書難寄。最可悲，他甘旨不供，我食禄有愧。（此曲凡於四字句今之作家亦有重者，亦有不重者。因舊譜未載重句，故亦不録重者。然板式與上句全同，重亦無妨。）

【越調過曲・歇拍第四】（七句十六板）不告父母，怎諧匹配？臣又聽得家鄉裏，遭水旱，遇荒飢。多想臣親必做溝渠之鬼，未可知。怎不教臣，悲傷淚垂？

【越調過曲・後衮第五】（七句十七板）臣享厚禄紆朱紫，出入承明地。獨念二親，寒無衣，飢無食，喪溝渠。憶昔先朝朱買臣守會稽，司馬相如，持節錦歸。

【越調過曲・衮尾第六】（七句十六板）遭遇聖時，皆得回鄉里。臣何故，別父母，遠鄉閭，没音書，此心違？伏惟陛下特憫微臣之志，遣臣歸。得侍雙親，隆恩怎比。

【越調過曲・出破第七】（四句）若還念臣有微能，鄉郡望安置。庶使臣忠心孝意得全美，臣無任瞻天仰聖，激切屏營之至。

【越調過曲・竹馬兒賺】（十句）聽得閙炒，敢是我兒夫看詩囉唣？是誰忽叫姐姐，想是夫人召，必有分曉。是他題詩句，你還認得否？他從陳留郡，爲你來尋討。你怎地穿着破襖，衣衫盡是素縞？莫不是我雙親不保？

【前腔換頭】（十句）從別後，遭水旱，兩三人只道同做餓殍。只有張公可憐，歎雙親別無倚靠。兩口相繼死，我翦頭髮賣錢來送伊妣考。把墳自造，土泥盡是我麻裙裹包。聽得伊言語，教我痛煞噎倒。

【越調過曲・有餘情煞】（三句十二板）幾年分別無音耗，奈千山萬水迢遥。只爲三不從，生出這禍苗。

【越調犯調・山桃紅】（十二句二十六板）【下山虎】（首至四）蔡邕不孝，把父母相抛。早知你形衰耄，怎留聖朝？【小桃紅】（六至合）你爲我擔煩惱，你爲我受劬勞。謝你送我爹，送我娘，你的恩難報也。【下山虎】（八至末）又道是養子能代老。（合）這苦知多少？此恨怎消？天降災殃人怎逃？

九宫大成南北詞宫譜

南、北曲格律、工尺譜。周祥鈺、鄒金生、徐興華、王文禄、朱廷鏐、徐應龍等合編。編定於清乾隆十一年(1746),由内府刊刻。《九宫大成南北詞宫譜》,簡稱《九宫大成》。凡八十二卷。共收録二千零九十四個曲牌,連同變體共四千四百六十六個。包括唐宋詞、宋元諸宫調、元明散曲、南戲、雜劇、明清傳奇等曲調,曲調是用工尺譜記録。北曲一百八十五套,南北合套三十六套。其中收録《琵琶記》部分曲文,輯録如下。

【仙吕引子・鵲橋仙】(一名【廣寒秋】)披香侍宴,上林遊賞,醉後人扶馬上。金蓮花炬照迴廊,正院宇梅梢月上。

【仙吕引子・花心動】幽閣深沉,問佳人,爲何懶添眉黛?繡綫日長,圖史春閒,誰解屢傍粧臺?絳羅深護奇葩小,不許蜂迷蝶猜。笑瑣窗,多少玉人無賴?(【花心動】二闋本詩餘體，雖句法互有異同，皆不失其正，故並録入。）

【仙吕引子·謁金門】（一名【垂楊碧】）春夢斷，臨鏡緑雲撩亂。聞道才郎遊上苑，又添離别嘆。苦被爹行逼遣，脉脉此情何限？骨肉一朝成拆散，可憐難捨拚。

【仙吕引子·胡搗練】嗟命薄，嘆年艱，含羞和淚向人前，只恐公婆懸望眼。（【胡搗練】首闋爲正體，第二闋少第四、七字一句，體格少異。）

【仙吕正曲·步步嬌】渡水登山多勞苦，來到荒村塢。遥觀一老夫，試問他家，住在何所。（合）趲步向前行，原來一所荒墳墓。

【仙吕正曲·古江兒水】如來證明，鑒兹邕啓：我雙親在途路，不知如何的？仰惟菩薩大慈悲。（合）龍天鑒知，龍神護持，護持他登山涉水。

【仙吕正曲·好姐姐】念奴血流滿指，奈獨自要墳成無計。深感老天，暗中相護持。（合）墳成矣，葬了二親尋夫婿，改换衣裝往帝畿。

【仙吕正曲·桂枝香】（一名【疏簾淡月】，與本宫【引】不同）書生愚見，忒不通變。不肯坦腹東床，漫自去哀求金殿。想他每就裏，他每就裏，將人輕賤。非爹胡纏，（合）怕被人傳。道你是相府公侯女，不能彀嫁狀元。

【仙吕正曲·醉扶歸】我有緣結髮曾相共，難道是無緣對面不相逢？鳳枕鸞衾也和他同，倒憑着兔毫繭紙將他動。（合）畢竟一齊吩咐與東風，把往事也如春夢。

【仙呂正曲・園林好】兒今去，爹媽休得要意懸，兒今去經年便還。但願得雙親康健，（合）須有日拜堂前，須有日拜堂前。

【仙呂正曲・園林好】我孩兒不須掛牽，爹指望孩兒貴顯。若得你名登高選，（合）須早把信音傳，須早把信音傳。

【仙呂宮正曲・急三鎗】你如今疾忙去到京臺，説張老的道與蔡伯喈。你拜別人做爹娘好美哉。（合）親爹娘死，不值你一拜。（【風入松】後或一曲，或二曲，必帶三字六句二段，謂之【急三鎗】。因其名不古，故諸家議論不一，或有連在【風入松】下不另列名，或有題作【黃龍滚】【集滚】者，紛如聚訟，總無定論，與其朦朧穿鑿，何如仍用舊名二段共三字六句。諸譜皆分作二曲，《南詞定律》合作一曲，今依《南詞定律》爲準。）

【仙呂宮正曲・急三鎗】一從你去離，我家中常念你。功名事怎的？想多應折桂枝。幸得爹娘和媳婦，各保安康無禍危。（合）見家書，可知之，及早回來莫更遲。

【仙呂宮正曲・腊梅花】孩兒出去在今日中，爹爹媽媽來相送。但願得魚化龍，（合）青雲得路，桂枝高折步蟾宮。

【仙呂宮正曲・雁兒舞】深院重重，怎不怨苦？要尋個男兒，又無門路。（合）甚年能彀和一丈夫，一處裏雙雙雁兒舞？

【仙吕宫正曲·黑麻序】看待，父母心婚姻事，要早諧。勸相公，早畢兒女之債。休呆，如何女子前，胡將口亂開？（合）記今來，但把不出閨門的語言相戒。（【黑麻序】首曲與第三曲雖爲同格，微有異處。首曲起句用韻，三曲不用韻，第三句首曲作五字、四字句，三曲作三字、六字句，第四、五句首曲用韻，三曲不用韻，二曲起句增二字句【换頭】，四曲起句亦係增二字句【换頭】。以下句法不同，體格稍異。）

【仙吕宫正曲·醉翁子】回首，嘆瞬息烏飛兔走。喜爹媽雙全，謝天相佑。不謬，更清淡安閒，樂事如今誰更有？（合）相慶處，但酌酒高歌，更復何求？（【醉翁子】三闋首曲與第三曲同格，第二曲前三句較首曲、三曲有異，後段相同。）

【仙吕宫正曲·玉嬌枝】雙親衰倦，你扶持看他老年。饑時勸他加餐飯，寒時頻與衣穿。做媳婦事舅姑，不待你言；你做孩兒離父母，何日返？（合）又未知何日再圓？又未知何日再圓？（【玉交枝】三闋首曲、二曲末句皆用實字代疊句，三曲末句仍用疊句法，俱不失爲正體。）

【仙吕宫正曲·六么令】心慌步緊，料想皇恩，已到寒門。披袍秉笏更垂紳，冠和帔，一番新。（合）料天也會相憐憫，料天也會相憐憫。（【六么令】二體相同，惟第二句首闋作上三下四七字句，次闋作八字兩截句，小有異耳。）

【仙吕宫正曲・五供養】公公可憐，俺的爹娘，望你周全。此身還貴顯，自當效銜環。有孩兒也枉然，你爹娘倒教别人看管。（合）此際情何限，偷把淚珠彈。骨肉分離，寸腸割斷。

【仙吕宫正曲・五供養】文章過晁董，對丹墀已膺天寵。赴瓊林，新宴顫宫花，緩引黄金鞚。九重天上聲名重，紫泥封已傳丹鳳。（合）便催歸玉簡侍宸旒，他日歸來金蓮送。（【五供養】五闋首曲、二曲格式相同，但末句應填七字句，二曲末句填作八字兩截句，諸譜皆有作集【月上海棠】末句者。按《琵琶記》『辭親』齣通體皆正調，何獨是曲集此一句？且北調【五供養】結處原係四字二句，當名『又一體』可也，何用集爲？第三曲二句減一字作七字句，四句減二字作三字句，脱七八二句。第四曲前六句與第三曲同，第七句作六字折腰一句，第一、二曲爲正體，第三、四曲爲變體，第五曲本詩餘體，其句法與前四曲有同有異。諸譜皆分作二闋，或有作【引】者，或有作曲者，意見不一，因作曲已久，故併二闋爲一，列在【五供養】之末。）

【仙吕宫正曲・忒忒令】你讀書思量做狀元，只怕你學疏才淺。只是《孝經》《曲禮》，早忘了一段。却不道夏清與冬温，（合）昏須定，晨須省，親在遊怎遠？

【仙吕宫正曲・情未斷煞】向人家忙投奔，解鞍沽酒共論文，今夜雨打梨花深閉門。

【仙吕宫正曲・有結果煞】山青水緑還依舊，嘆人生青春難又，惟有快樂是良謀。

【仙吕宫集曲・月雲高】【月兒高】（首至七）路途勞頓，行行甚時近？未到得洛陽縣，那盤纏使盡。回首孤墳，空教我望孤影。他那裏誰偢倸？【渡江雲】（末三句）俺這裏將誰投奔？正是西出陽關無故人，須信道家貧不是貧。

【仙呂宫隻曲・玉雁子】【玉嬌枝】（首至四）孩兒相誤，爲功名相誤了父母，都是孩兒不得歸鄉故。你怎便先歸黄土？【雁過沙】（三至五）乾坤豈容不孝子？名虧行缺不如死，只愁我死缺祭祀。【玉嬌枝】（合至末）對真容形衰貌枯，想靈魂悲憶痛苦。

【仙呂調隻曲・點絳唇】夜色將闌，晨光欲散，珠簾捲。移步丹墀，擺列着金龍案。

【仙呂調隻曲・混江龍】官居宫苑，漫道是天威咫尺近龍顔。每日間親隨車駕，只聽鳴鞭。去螭頭上拜跪，隨着豹尾盤旋。朝朝宿衛，早早隨班。做不得卿相當朝一品貴，先隨着朝臣待漏五更寒。空嗟嘆，山寺日高僧未起，算來名利不如閒。

【中呂宫引・尾犯引】懊恨別離輕，悲豈斷絃，愁非分鏡。只慮高堂，似風燭不定。腸已斷，欲離未忍；淚難收，無言自零。空留戀，天涯海角，只在須臾頃。（【尾犯引】第一係全闋，第二係半闋，較前稍異，並録入以備選用。）

【中呂宫引・菊花新】（新：一作『心』）封書遠寄到親闈，又見關河朔雁飛。梧葉滿庭除，爭似我悶懷堆積。

【中呂宫引・滿庭芳】（與【高大石調】正曲不同）飛絮沾衣，殘花隨馬，輕寒輕暖芳辰。江山風物，偏動別離人。回首高堂漸遠，嘆當時，恩愛輕分。傷情處，數聲杜宇，客淚滿衣襟。萋萋芳草色，故園入望，目斷王孫。漫憔悴，郵亭誰與温存？聞道洛陽近也，又還隔，幾座城闉。澆愁悶，解鞍沽酒，同醉杏花村。

【中呂宮正曲・山花子】玳筵開處遊人擁，爭看五百名英雄。喜鼇頭一戰有功，荷君恩奏捷詞鋒。（合）太平時車書已同，干戈盡戢文教崇，人間此時魚化龍。留取瓊林，勝景無窮。

【中呂宮正曲・大和佛】寶篆沉烟香噴濃，濃薰綺羅叢。瓊舟銀海，翻動酒鱗紅，一飲盡教空。持杯自覺心先痛，縱有香醪欲飲難下我喉嚨。他寂寞高堂，菽水誰供奉？俺這裏傳杯喧鬨。（合）休得要，對此歡娛意忡忡。（【大和佛】舊譜多與【舞霓裳】相混，實則體格各異。）

【中呂宮正曲・舞霓裳】願取群賢盡貞忠，盡貞忠。管取雲臺畫形容，畫形容。時清無報君恩重，惟有一封書上勸東封，更撰個河清德頌。（合）乾坤正，看玉柱擎天又何用？

【中呂宮正曲・尾犯序】何曾，想着那功名？欲盡子情，難拒親命。年老爹娘，望伊家看承。畢竟，你休怨朝雲暮雨，暫替我冬温夏清。（合）思量起，如何教我割捨得眼睜睜？

【中呂宮正曲・尾犯序】儒衣纔換青，快着歸鞭，早辦回程。十里紅樓，休重娶娉婷。叮嚀，不念我芙蓉帳冷，也思親桑榆暮景。（合）頻囑咐，知他記否？空自語惺惺。

【中呂宮正曲・古輪臺】峭寒生，鴛鴦瓦冷玉壺冰，欄杆露濕人猶凭，貪看玉鏡。況萬里清明，皓彩十分端正。三五良宵，此時獨勝。把清光都付與酒杯傾，從教酩酊，拚夜深沉醉還醒。酒闌綺席，漏催銀箭，香銷寶鼎。（合）斗轉與參横，銀河耿，轆轤聲已斷金井。

【前腔换頭】閒評，月有圓缺與陰晴，人世有離合悲歡，從來不定。深院閒庭，處處有清光相映。也有得意人人，兩情暢咏；也有獨守長門伴孤冷，君恩不幸。有廣寒仙子娉婷，孤眠長夜，如何捱得，更闌寂静？（合）此事果無憑。但願人長永，小樓玩月共同登。（【古輪臺】三闋第一第二句法皆同，是爲正體，第三首句變作二字句，中間句法不同，惟後段無異。）

【中吕宫正曲·剔銀燈】忒過分爹行所爲，但索强全不顧人議。背飛鳥硬求來諧比翼，隔墻花强攀做連理。（合）姻緣，還是怎的？婚姻事女孩兒家怎提？

【中吕宫正曲·意不盡】今宵添上繁華夢，明早遥聽清禁鐘。皇恩謝了，鵷行豹尾陪侍從。

【大石調正曲·尚輕圓煞】聲哀訴，促織鳴。俺這裏歡娱未罄，却笑他幾處寒衣織未成。

【越調引·祝英臺近】（一名【燕鶯語】）緑成陰，紅似雨，春事已無有。聞説西郊，車馬尚馳驟。怎如柳絮簾櫳，梨花庭院，好天氣清明時候？

【越調引·霜天曉角】（一名【月當窗】，一名【長橋月】）難捱怎避，災禍重重至。最苦婆婆死矣，公公病又將危。悄然魂似飛，料應不久矣。縱然擡頭强起，形衰倦，怎支持？

【越調引·金蕉葉】愁多怨多，俺爹娘知他怎麽？擺不脱功名奈何？送將來冤家怎躲？

【越調正曲·鏵鍬兒】（鏵，一作划。與【正宮正曲】不同）你説得好笑，可見你心兒窄小。没來由漾却苦李，再尋甜桃。他不嫉不淫與不盜，終無去條。衆所誚，人所褒。（合）縱然他醜貌，怎肯相休棄了？

【越調正曲·憶多嬌】魂渺漠，無倚托。程途萬里，教我懷夜壑。此去孤墳，望公公看着。（合）舉目蕭索，舉目蕭索，滿眼盈盈淚落。

【越調正曲·望歌兒】我三年謝得你相奉事，只恨我當初，把你相擔誤。我欲待報你的深恩，待來生我做你的兒媳婦。（合）怨只怨，蔡伯喈不孝子；苦只苦，趙五娘辛勤婦。

【前腔換頭】尋思，一怨你死後誰祭祀；二怨你有孩兒，不得他相看顧；三怨你三年，没一個飽暖的日子。（合）三載相看甘共苦，一朝分別難同死。

【越調正曲·入破】議郎臣，蔡邕啓：今日蒙恩旨，除臣爲議郎官職，重蒙賜婚牛氏。干瀆天威，臣謹誠惶誠恐，稽首頓首。伏念微臣，初來有志，誦詩書，力學躬耕修己，不復貪榮利。事父母樂田里，初心願，如此而已。不想州司，謬取臣邕充試。到京畿，豈料愚蒙，叨居上第。

【破第二】重蒙聖恩，婚賜牛公女。臣草茅疏賤，如何當此隆遇？但臣親老，一從別後，光陰有幾。廬舍田園，荒蕪久矣。

【衮第三】那更老親，鬢髮白，筋力皆癯瘁。形隻影單，無弟兄，誰奉侍？況隔千山萬水，生死存亡，雖有音書難寄。最可悲，他甘旨不供，我食禄有愧。

【歇拍】不告父母，怎諧匹配？臣又聽得，家鄉裏，遭水旱，遇荒饑。多想臣親，必做溝渠之鬼，未可知。怎不教臣，悲傷淚垂？

【中衮五】臣享厚禄，紆朱紫，出入承明地。獨念二親，寒無衣，饑無食，喪溝渠。憶昔先朝，買臣出守會稽；司馬相如，持節錦歸。

【煞尾】他遭遇聖時，皆得還鄉里。臣何故，别父母，遠鄉閭，没音書，此心違？伏惟陛下，特憫微臣之志，遣臣歸。得侍雙親，隆恩無比。

【出破】若還念臣有微能，鄉郡望安置。庶使臣，忠心孝意得全美，臣無任瞻天仰聖，激切屏營之至。

【越調正曲・竹馬兒賺】聽得鬧炒，敢是兒夫看詩囉唣？是誰忽叫？想是夫人召必有分曉。是他題詩句，你還認得否？他從陳留郡，爲你來尋討。你怎的穿着破襖，衣衫盡是素縞？莫是我雙親不保？

【前腔】從别後遭水旱，兩三人只道同做餓殍。只有張公可憐，嘆雙親别無倚靠。兩口顛連相繼死，我剪頭髮賣錢送伊妣考。把墳自造，土泥盡是我麻裙裏包。聽伊言語，教我痛腸噎倒。

【越調集曲・山桃红】【下山虎】（首至四）蔡邕不孝，把父母相抛。早知你形衰耄，怎留漢朝？【小桃紅】（六至合）你爲我耽煩惱，你爲我受劬勞。謝你送我爹，送我娘，你的恩難報也。【下山虎】（八至末）又道是養子能代老。（合）這苦知多少？此恨怎消？天降災殃人怎逃？

【正宮引・喜遷喬】（一名【萬年枝】，一名【燕歸來】，與【黄鍾宫正曲】不同）終朝思想，但恨在眉頭，人在心上。鳳侣添愁，魚書絶寄，空勞兩處相望。青鏡瘦顏羞照，寶瑟清音絶響。歸夢杳，繞屏山烟樹，那是家鄉？

【正宮正曲・破齊陣】翠減祥鸞羅幌，香銷寶鴨金爐。楚館雲閒，秦樓月冷，動是離人愁思。目斷天涯雲山遠，親在高堂雪鬢疏，緣何書也無？［此【破齊陣引】。遍查詞譜曲譜，並無是名，所以蔣、沈二譜分作集調，前二句爲【破陣子】（頭），中三句爲【齊天樂】，後三句仍爲【破陣子】（尾），但【引】從無集調之理，元牌名不妨隨意新創，不作集調爲是。］

【正宫正曲・醉太平】蹉跎，光陰易謝。縱歸去，晚景之計如何？名韁利鎖，牢落在海角天涯。知麽？多應我老死在京華，孝情事一筆都勾罷。（合）這般摧挫，傷情萬感，淚珠偷墮。

【正宫正曲・醉太平】張家李家，都來唤我，我每須勝別媒婆。（合）有動使偌多。（【醉太平】首闋與第三闋爲正體，第二闋與第四、五闋舊名【换頭】，故起處與正體有異。第六闋乃減句格，第七闋舊譜從第五句下，分出【换頭】，此與詩餘同，應併一闋爲是。第八闋係古本《琵琶記》曲，止用半闋，時本却無，今備録入，不失其舊。）

【正宫正曲·福馬郎】休説新婚在牛氏宅，怨我相擔誤。歸未得，只恐旁人聞，把奴責。若是到京國，（合）相逢處做個好筵席。（【福馬郎】二闋首曲第四句作八字兩截句，次闋减二字，作六字折腰句，惟此少異，餘皆同。）

【正宫正曲·雁過沙】他沉沉向冥途，空教我耳邊呼。我不能盡心相奉事，翻教你爲我歸黄土。教人道你死緣何故？（合）怎生割捨得抛棄了奴？

【雙鸂鶒】聽伊説教人怒起，漢朝中惟我獨貴，我有女偏無貴戚，豪家求配？奉聖旨，使我招狀元爲婿，（合）不知他回話有何言語？

【前腔】媒婆告相公知：恨那人作怪蹺蹊。道始得及第，縱有花貌休提。他駡相公，駡小姐，道脚長尺二。（合）這般説謊没巴臂。

【前腔】恩官且聽咨啓：蔡狀元聞説皺眉。道忠和孝恩和義，念父母八十年餘。況已娶了妻室，再婚重娶非理。待早朝，上表章，要辭官回去。（合）請相公别選一佳婿。

【前腔】他原來要奏丹墀，敢和俺厮挺相持。細思之可奈他將人輕覷。我就寫表章，奏與吾皇知。讀書輩，没道理不思量違背聖旨。（合）只教他辭官辭婚俱未得。

【正宫正曲・洞仙歌】（一名【洞中仙】。又：『歌』一作『詞』，『洞』一作『羽』）家私没半分，靠着奴此身。只要救取公婆，豈辭多苦辛？（合）空把淚珠揾，可憐饑與貧，這苦説不盡。

【正宫正曲・一撮棹】寬心等，何須苦牽縈？把音書寫，但頻頻寄郵亭。爹年老，伊家須好看承。程途裏，只願保安寧。死別全無准，生離又難定。（合）今去也，何日到京城？

【正宫正曲・風帖兒】到得陳留逢一個故老，在他爹娘墳上拜掃。果然饑荒都死了。（合）他媳婦，也來到，枉教人走這遭。

【正宫集曲・雁魚錦】【雁過聲】（首至二）思量，那日離故鄉。記臨岐送別多惆悵，【雁翀天】（三至四）攜手共那人不斷放。教他好看承我爹娘，【攤破地錦花】（第四句）料他們應不會遺忘。【雁翀天】（第六句）聞知饑與荒，【雁過沙】（末二句）只怕捱不過歲月難存養。若望不見信音却把誰倚仗？

【前腔换頭】【雁過聲】（首二句）思量，幼讀文章，【漁家傲】（第四句）論事親爲子也須要成模樣。【雁過聲】（六至七）真情未講，怎知道喫盡多魔障？【漁家燈】（第三句）被親强來赴選場，【山漁燈】（第三句）被君强官爲議郎，【一機錦】（第五句）被婚强效鸞凰。【錦纏道】（第四句）三被强，衷腸説與誰行？【山漁燈】（第七句）埋怨，難禁這兩廂：【雁過聲】（末二句）這壁廂道咱是個不撑達害羞的喬相識，那壁廂道咱是個不睹親負心的薄倖郎。

【前腔換頭】【雁過聲】(首二句)悲傷，鷺序鴛行，【漁家傲】(四至五)怎如慈烏反哺能終養？漫把金章綰着紫綬，【山漁燈】(第二句)試問斑衣，今在何方？【雁翀天】(第六句)斑衣罷想，【錦海棠】(四至五)縱然歸去，又恐帶麻執杖。【雁過沙】(末二句)只爲那雲梯月殿多勞攘，落得淚雨如珠兩鬢霜。

【前腔換頭】【喜漁燈】(首一句)幾回夢裏忽聞鷄唱，【山漁燈】(二至三)忙驚覺錯呼舊婦，同問寢堂上。【錦纏道】(八至九)待朦朧覺來依然新人，鳳衾和象床。【漁家傲】(第四句)怎不怨香愁玉無心緒？【漁家燈】(三至四)更思想被他攔擋，教我怎不悲傷？【雁過聲】(末二句)俺這裏歡娛夜宿芙蓉帳，他那裏寂寞偏嫌更漏長。

【前腔換頭】【錦纏道】(首至七)漫悒怏，把歡娛翻成做悶腸。菽水既清涼，我何心，貪着美酒肥羊？悶殺人花燭洞房，愁殺我掛名在金榜。魆地裏自思量，【雁過沙】(末二句)正是歸家不敢高聲哭，(合)只恐猿聞也斷腸。［【雁漁錦】曲創自《琵琶記》『思鄉』齣，後人皆效之。原刊本爲【雁漁錦】，分作五段。遍閲諸譜，將第一段爲【雁過聲】(全)，其下四段皆爲集曲，但集曲中無全闋之理，應將第一段亦作集曲爲是。大概所集之曲句讀要自然，如是始爲妥協。］

【小石調正曲·柳梢青】我丈夫出路已多年，聞説尊師已曾見。若還見時，賜奴一言，(合)免使奴意懸懸。一位尊師，廣行方便。(【柳梢青】諸譜皆入【雙調】，審其聲音，應歸於【小石調】爲是。但入在【雙調】時尚已久，故兩存之。二闋句法迥異，各成一體，第一闋係古格，第二闋係世俗通行之體。）

【高大石調引・念奴嬌】（一名【太平歡】，一名【無俗念】）楚天過雨，正波澄木落，秋容光浄。誰駕玉輪來海底，碾破瑠璃千頃？環珮風清，笙簫露冷，人在清虚境。珍珠簾捲，庾樓無限佳興。

【高大石調引・梅花引】傷心滿目故人疏，看郊墟，盡荒蕪。惟有青山，添得個墳墓。慟哭無聲長夜曉，問泉下有人還聽得無？

【高大石調正曲・念奴嬌序】長空萬里，見嬋娟可愛，全無一點纖凝。十二欄杆，光滿處，涼浸珠箔銀屏。偏稱，身在瑶臺，笑斟玉斝，人生幾見此佳景？（合）惟願取，年年此夜，人月雙清。

【前腔換頭】孤影，南枝乍冷，見烏鵲縹緲驚飛，棲止不定。萬點蒼山，何處是，修竹吾廬三徑？追省，丹桂曾攀，嫦娥相愛，故人千里漫同情。（合）惟願取，年年此夜，人月雙清。

【前腔換頭】光瑩，我欲吹斷玉簫，乘鸞歸去，不知風露冷瑶京。環佩濕，似月下歸來飛瓊。那更，香霧雲鬟，清輝玉臂，廣寒仙子也堪并。（合）惟願取，年年此夜，人月雙清。

【前腔換頭】愁聽，吹笛《關山》，敲砧門巷，月中都是斷腸聲。人去遠，幾見明月虧盈。惟應，邊塞征人，深閨思婦，怪他偏向別離明。（合）惟願取，年年此夜，人月雙清。（【念奴嬌序】五闋，第一、二闋同格，皆爲正體，第三、四、五闋作二字起句，係又一體也。）

【高大石調正曲·哭岐婆】洛陽富貴，花如錦綺。紅樓數里，無非嬌媚。（合）春風得意馬蹄疾，天街賞遍方歸去。

【南呂宮引·打毬場】幾年間爲拐兒，是人都理會得我名兒。遮莫你是怎生逋俏的，（合）也落在我圈圚。

【南呂宮引·一枝花】閒庭槐影轉，深院荷香滿。簾垂清晝永，怎消遣？十二欄杆，無事閒凭遍。悶來湘簟展，夢到家山，又被翠竹敲風驚斷。

【南呂宮引·滿江紅】（與【正宮正曲】不同）嫩綠池塘，梅雨歇薰風乍轉。瞥然見新涼華屋，已飛乳燕。簟展湘波紈扇冷，歌傳《金縷》瓊巵暖。是炎蒸，不到水亭中，珠簾捲。

【南呂宮引·虞美人】青山今古何時了，斷送人多少。孤墳誰與掃荒苔？鄰塚陰風，吹送紙錢來。

【南呂宮引·一剪梅】浪暖桃香欲化魚，期逼春闈，詔赴春闈。郡中空有辟賢書，心戀親闈，難捨親闈。

【南呂宮引·薄倖】野曠原空，人離業敗。漫盡心行孝，力枯形憊。幸然爹媽，此身安泰。

悽惶處，見慟哭饑人滿道，嘆舉目將誰倚賴？

【南吕宫引·意難忘】緑鬢仙郎，懶拈花弄柳，勸酒持觴。眉顰知有恨，何事苦相防？些個事惱人腸。試説與何妨？只恐伊尋消問息，添我悽惶。

【南吕宫引·稱人心】撇呆打墮，早被那人瞧破。要同歸知他爹肯麼？料他每不允諾。你緣何獨坐？伊家道俐齒伶牙，争奈你爹行不可。我爹爹，全不顧人笑呵，這其間只是我見差。禍根芽從此起，災來怎躲？他道我從着夫言，罵我不聽親話。（按：此【引】或有分出【换頭】者，《幽閨》之『更新引』，《尋親》之『對雪引』止用半闋，故不録。）

【南吕宫正曲·節節高】（一名【凌霄竹】）漣漪戲彩鴛，把露荷翻，清香瀉下瓊珠濺。香風扇，芳沼邊，閒亭畔。坐來不覺神清健，蓬萊閬苑何足羡？（合）只恐西風又驚秋，暗中不覺流年换。

【南吕宫正曲·秋夜月】（一名【賞秋月】）在途路，歷盡多辛苦。把公婆魂魄來超度，焚香禮拜祈回護。（合）願相逢，我丈夫。

【南吕宫正曲·宜春令】相鄰并，相依倚，往常間有事來相報知。試期迫矣，早辨行裝往前途去。子雖念親老孤單，親須望孩兒榮貴。（合）趁此，青春不去，竟待何日？

【前腔】時光短，雪鬢催，守清貧不圖甚的。有兒聰慧，但得他爲官吾心足矣。天子詔招取賢良，秀才每都求科試。（合）你快赴春闈，急急整着行李。

【前腔】娘年老，八十餘，眼兒昏又聾着兩耳。又没個七男八婿，只有一個孩兒要他供甘旨。方纔得，六十日夫妻，强逼他争名奪利。（合）細思之，怎不教老娘嘔氣？（【宜春令】前三闋格式相同，皆係正體，第四闋將結末一六、一四兩句併作八字一句，體格少變。第五闋之第五句增作上三下五句，末二句併作九子句，是爲變體，詞家不可爲法。）

【南吕宫正曲·繡帶兒】親年老光陰有幾？行孝正是今日。終不然爲着一領藍袍，却落後戲綵斑衣。思之，此行榮貴雖可擬，怕親老，等不得榮貴。（合）春闈裏紛紛大儒，難道是，没爹娘的方去求試？

【前腔】你休迷，男兒漢凌雲志氣，何必苦恁淹滯？可不乾費了十載青燈，枉捱過半世黄虀？須知，此行是親志你休固拒。那些個養親之志？（合）百年事只有此兒，難道是，庭前森森丹桂？

【南吕宫正曲·太師引】他意兒難提起，這其間就裏我自知。他戀着被窩中恩愛，捨不得離海角天涯。塗山四日離大禹，你直恁的捨不得分離？（合）貪鴛侶守着鳳幃，恐誤了，鵬程鶚薦的消息。

【南吕宫正曲·香柳娘】你兒夫曾付托，兒夫曾付托，我怎生違背？你無錢使用我須當貸。

你將頭髮剪下，將頭髮剪下，又跌倒在長街，都緣我之罪。（合）嘆一家破敗，嘆一家破敗，否極何時泰來？各出珠淚。

【南呂宮正曲・香羅帶】一從鸞鳳分，誰梳鬢雲？粧臺懶臨生暗塵，釵梳首飾典無存也。是我擔閣你，度青春，如今又剪你，資送老親。（合）剪髮傷情也，怨只怨，結髮薄倖人。

【前腔】堪憐愚婦人，單身又貧。開口告人羞怎忍？金刀下處應心疼也。却將堆鴉髻，舞鸞鬢，與那烏鳥報答鶴髮親。（合）教人道霧鬢雲鬟女，斷送霜鬟雪鬢人。

【南呂宮正曲・燒夜香】樓臺倒影入池塘，緑樹陰濃夏日正長，一架荼蘼滿院香。滿院香，和你飲霞觴。（合）傍晚捲起簾兒，明月正上。

【南呂宮正曲・香遍滿】你萬千愁苦，堆積在悶懷成氣蠱，可知道喫了吞還吐。怕添親怨憶，暗將珠淚墮。（合）原來不喫粥，也只爲着糟糠婦。

【南呂宮正曲・三仙橋】一從他們死後，要相逢不能彀。除非夢裏，暫時略聚首。苦要描，描不就，暗想像，教我未寫先淚流。寫，寫不出他苦心頭；描，描不出他饑證候；畫不出，他望孩兒的睁睁兩眸。只畫得他髮颼颼，和那衣衫敝垢。（合）若畫做好容顏，須不是，趙五娘的姑舅。

【前腔】我待畫他個龐兒帶厚，他可又饑荒消瘦。我待畫他龐兒展舒，他自來常恁皺。若畫出來真是醜。那更我心憂，也做不出他歡容笑口。只見他兩月稍悠遊，其餘的都是愁。我只記得他形衰貌朽。便做他孩兒收，也認不出是當初父母。（合）縱認不出他蔡伯喈，當初的爹娘，須認得是趙五娘，近日來的姑舅。

【前腔】非是奴尋夫遠遊，只怕我公婆絶後。奴見夫便回，此行安敢久？路途中奴怎走？望公婆，相保佑我出外州。他兀自没人看守，如何來相保佑？只怕奴去後，冷清清有誰來祭掃？縱使遇春秋，一陌紙錢怎有？（合）你生是個，受凍餒的公婆，死做個，絶祭祀的姑舅。

【南吕宫正曲・征胡兵】囊無半點調藥費，良醫怎求？縱然救得目前，這飯食何處有？料應難到後。（合）漫説道有病遇良醫，這饑荒怎救？

【南吕宫正曲・大迓鼓】姻緣雖在天，若非人意，到底埋冤。料想赤繩不曾綰，多應無玉種藍田。（合）休强把嫦娥，付與少年。

【南吕宫正曲・女冠子】相公只慮多嬌女，怕跋涉萬山千水。女生外向從來語，況既已做人妻。夫唱婦隨，不須疑慮。這是藍田種玉結親誤，今日船到江心補漏遲。（合）想起，此事費人區處。

【南吕宫正曲・三换頭】名韁利鎖，先自將人摧挫。況鸞拘鳳束，甚日得到家？我也休怨他。這其間只是我，不合來長安看花。閃殺我爹娘也，淚珠空暗墮。（合）這段姻緣，也只是無如之奈何。（【三换頭】舊譜誤爲集調，《嘯餘譜》辨之已詳，當作正曲爲是。首闋次闋末句皆係上四下三句，第三闋填作上三下四句，惟此異耳。）

【南吕宫正曲・紅衫兒】你不信我，教伊休説破，到此如何？算你爹心性，我豈不料過。我爲甚亂掩胡遮？只爲着這些。（合）你直待要打破了砂鍋，是你招災攬禍。

【前腔】不想道相挃靶，這做作難禁架。我見你每每咨嗟要調和，誰知好事多磨？起風波，把你陷在地網天羅，如何不怨我？（合）懊恨只爲我一個，却擔閣兩下。

【南吕宫正曲・紅衲襖】喫的是煮猩唇燒豹胎，穿的是紫羅襴繫的是白玉帶。五花頭踏馬前擺，三簷傘兒頭上蓋。你本是草廬中一秀才，今做了漢朝中梁棟材。有甚不足，只管鎖了眉頭也，唧唧噥噥不放懷？

【前腔】穿的是紫羅襴倒拘束得不自在，穿的是皂朝靴怎敢胡去踹？喫幾口慌張張要辦事的忙茶飯，手擎着戰兢兢怕犯法的愁酒杯。到不如嚴子陵登釣臺，怎做得揚子雲閣上災？只管待漏隨朝，可不誤了秋月春花也，干碌碌頭又白。

【前腔】莫不是丈人行性氣乖？莫不是妾跟前缺管待？莫不是畫堂中少了三千客？莫不是繡屏前少了十二釵？這意兒教人怎猜？這話兒教人怎解？敢只是楚館秦樓，有個得意人兒也，悶懨懨常掛懷？

【前腔】有個人兒在天一涯，只落得臉消紅眉鎖黛。我本是傷秋宋玉無聊賴，有甚心情去戀着閒楚臺？三分話兒只恁猜，一片心兒直恁解。休纏得我無言，若還提起那籌兒也，撲簌簌淚滿腮。（【青納襖】與【紅納襖】自來分析不明，轉相舛誤，即《蔣譜》亦含糊其説，不敢臆斷，至後人始以七句無『也』字者爲【青納襖】，八句有『也』字者爲【紅納襖】。此説雖無所本，然不如是，則終無定准。如《拜月亭》曲别本以第一、第三曲爲【青納襖】，第二、第四曲爲【紅納襖】。細查句法，四曲皆八句，但襯字多寡不等，且無『也』字耳。今考正。大概有『也』字者爲【紅納襖】，無『也』字者爲【青納襖】，似此分析，不致混淆。今録【青納襖】二闋，【紅納襖】六闋以證其格。）

【南呂宫集曲·尚按節拍煞】光陰迅速如飛電，好良宵可惜漸闌，拚取歡娱歌笑喧。

【南呂宫集曲·太師令】【太師引】（首至七）細端相，這是誰筆仗？覷着他教我心兒好感傷。好似我雙親模樣。怎穿着破損衣裳？道别後容顔無恙，怎這般淒涼形狀？誰往來直將到洛陽？【刮鼓令】（末一句）須知仲尼陽虎一般龐。

【南呂宫集曲·梁州新郎】【梁州序】（首至合）新篁池閣，槐陰庭院，日永紅塵隔斷。碧欄杆外，寒飛漱玉清泉。只覺香肌無暑，素質生風，小簟琅玕展。晝長人困也，好清閒，忽被得棋聲驚晝眠。【賀新郎】（合至末）《金縷》唱，碧筒勸，向冰山雪巘排佳宴。清世界，幾人見？

【前腔】【梁州序】（首至合）薔薇簾箔，荷花池館，一點風來香滿。湘簾日永，香消寶篆沉烟。漫有枕欹寒玉，扇動齊紈，怎遂黄香願？猛然心地熱，透香汗，我欲向南窗一醉眠。【賀新郎】（合至末）《金縷》唱，碧筒勸，向冰山雪巘排佳宴。清世界，幾人見？

【南吕宫集曲·瑣窗郎】【瑣窗寒】（首至四）吾家一女娉婷，不曾許公與卿。昨承聖旨，招選書生。不須用，白璧黄金爲聘。【賀新郎】（八至末）若是姻緣前世已曾定，今日裏，共歡慶。

【南吕宫集曲·羅鼓令】（『鼓』一作『古』）【刮鼓令】（首至七）如今我試猜，多應他犯着獨噇病來，背地裏自買些鮭菜？我喫飯他緣何不在？這些意兒真乃是歹。他和你甚相愛，不應反面直恁的乖。奴受千辛萬苦，却有甚疑猜？【皂羅袍】（四至八）却不道臉兒黄瘦骨如柴？思量到此，淚珠滿腮。看看做鬼，溝渠裏埋。【刮鼓令】（末二句）縱然不死也難捱，教人只恨蔡伯喈。

【二集五更轉】（舊名【香遍五更】）【香遍滿】（首至合）把土泥獨抱，麻裙裏來難打熬。空山静寂無人吊，但我情真實切，到此不憚勞。【五更轉】（四至九）何曾見葬親兒不到？又道是三匝圍喪，那些個卜其宅兆？思量起，是老親，合顛倒。你圖他折桂看花早，【恨更長】（第三句）不道自把一身，送在白楊衰草。【香遍滿】（末一句）漫自苦這苦憑誰告？

【商調引·憶秦娥】長吁氣，自憐薄命相遭濟。相遭濟，暮年姑舅，薄情夫婿。孩兒一去無消息，雙親老景難存濟。難存濟，不思前日，强教孩兒出去？

【商調引·高陽臺】(與本調正曲不同)夢遶親闈，愁深旅邸，那更音信遼絶。凄楚情懷，怕逢凄楚時節。重門半掩黄昏雨，奈寸腸此際千結。守寒窗，一點孤燈，照人明滅。

【前腔】當時輕散輕别，嘆玉簫聲杳，小樓明月。一段愁煩，翻成兩下悲切。枕邊萬點思親淚，伴漏聲到曉方徹。鎖愁眉，慵臨青鏡，頓添華髮。

【商調引·十二時】心事無靠托，這幾日翻成悶也。父意方回，夫愁稍可。未卜程途裏如何，教我怎生放下？

【商調正曲·山坡羊】亂荒荒，不豐稔的年歲，遠迢迢，不回來的夫婿。急煎煎，不耐煩的二親，軟怯怯，不濟事的孤身己。衣盡典，寸絲不掛體。幾番拚死了奴身己，争奈没主公婆，教誰看取？(合)思之，虚飄飄命怎期？難捱，實丕丕災共危。

【前腔】滴溜溜，難窮盡的珠淚，亂紛紛，難寬解的愁緒。骨崖崖，難扶持的病體，戰兢兢，難捱過的時和歲。教奴怎忍饑？教奴怎生喫？思量不如奴先死，圖得不知，他親死時。(合)思之，虚飄飄命怎期？難捱，實丕丕災共危。

【商調正曲·吴小四】肚又饑，眼又昏，家私没半分，子哭兒啼不可聞。(合)聞知相公來濟民，請些官糧去救貧。

【商調集曲・金絡索】【金梧桐】（首至五）區區一個兒，兩口相依倚。没事爲着功名，不要他供甘旨。教他去做官，【東甌令】（二至四）要改换門楣，只怕他做得官時你做鬼。你圖他三牲五鼎供朝夕，【針綫箱】（第六句）今日裏要一口粥湯却教誰與伊？【解三酲】（第七句）相連累，【懶畫眉】（第三句）我孩兒因你做不得好名儒。〔一〕【寄生子】（合至末）空争着閒是閒非，偏要争閒是閒非，只落得雙垂淚。

【雙調引・寶鼎現】（現：一作『兒』）小門深巷，春到芳草，人閒清晝。人老去星星非故，春又來年年依舊。最喜今朝春酒熟，滿目花開如繡。願歲歲年年，人在花下，常斟春酒。

【雙調引・玉蓮井】忍餓擔饑，未知何日是了？

【雙調正曲・朝元令】晨星在天，早起離京苑。昏星燦然，好向程途趲。水宿風餐，豈辭遥遠？要盡奔喪通典。血淚漫漫，天寒地坼行步難。回首望長安，西風夕照邊。（合）洛陽漸遠，何處是舊家庭院？舊家庭院？

【前腔】凛凛風吹雪片，彤雲四望連，行路古來難。相看淚眼，血痕衣袖斑，請自停哀消遣。幸夫婦團圓，把淒涼往事空自嘆。曲澗小橋邊，梅花照眼鮮。（合）洛陽漸遠，何處是舊家庭

〔一〕儒：原作『兒』，據汲古閣刊本《繡刻琵琶記定本》改。

院？舊家庭院？

【前腔】念我深閨嬌眷，麻衣代錦鮮。崎嶇不慣，萬水千山，素羅鞋不耐穿。誰與我承看，老親衰暮年？有日得重相見，淚珠空暗彈。何處叫哀猿，饑烏落野田。（合）洛陽漸遠，何處是舊家庭院？舊家庭院？

【前腔】好向程途趲，漁翁罷釣還，聽山寺晚鐘傳。路逐溪流轉，前村起暮烟。遥望酒旗懸，且問竹籬茅舍邊。舉棹更揚鞭，皆因名利牽。（合）洛陽漸遠，何處是舊家庭院？舊家庭院？

【雙調正曲·銷金帳】聽奴訴語：奴是良人婦，爲兒夫相擔誤。他一向赴選及第，未歸鄉故。饑荒喪了，喪了嫡親舅姑。我獨造墳塋，今爲尋夫到此。（合）丈夫未知，未知他在何處所。

【前腔】凡人養子，最是十月懷胎苦，更三年勞役抱負。休言他受濕推乾，萬千勞苦。真個千般愛惜，萬般回護。兒有些不安，父母驚惶無措。（合）直待可了，可了歡欣似初。

【前腔】兒行幾步，父母歡相顧，漸能言能出路。指望飲食羹湯，自朝及暮。懸懸望他，望他不知幾度？爲擇良師，只怕孩兒愚魯。（合）略得他長俊，可便歡欣賞賜。

【前腔】兒還念父母，及早歸鄉土，看慈烏亦能返哺。莫學我的兒夫，把雙親擔誤。常言養子，養子方知父母。算那忤逆男兒，和孝順爹娘之子，（合）若無報應，果是乾坤有私。

【雙調正曲・羅帳裏坐】（與【越調正曲】同）你艱辛萬千，是我擔伊誤伊。身衣口食，怎生區處？終不然教你，又守着靈幃？（合）已知死別在須臾，更與甚麼生人做主？

【前腔】這中間就裏，我難説怎提。你若不嫁人，恐非活計；若不守孝，又被人談議。（合）可憐家破與人離，怎不教人淚垂？

【前腔】公公嚴命，非奴敢違。只怕再如伯喈，却不誤奴一世？我一鞍一馬，誓無他志。（合）可憐家破與人離，怎不教人淚垂？（【羅帳裏坐】舊譜皆收在【越調】，審其聲，應入【雙調】始爲妥協。【越調】仍録，以存其舊。）

【雙調正曲・鎖南枝】將身赴井泉，思量左右難。我丈夫當年分散，叮嚀囑咐爹娘，教我與他相看管。（合）我死却，他形影單。夫婿與公婆，可不兩埋怨？

【雙調正曲・字字雙】我做媒婆甚妖嬈，談笑。説開説合口如刀，波俏。合婚問卜若都好，有鈔。（合）只怕假做庚帖被人告，喫拷。（【字字雙】末句作疊者係近體，不作疊者乃古體也。）

【雙調正曲・北江兒水】長安富貴真罕有，食味皆山獸。熊掌紫駝峰，四座馨香透。（合）奉與試官來下酒。

【雙調集曲・江頭金桂】【五馬江兒水】（首至五）怪得你終朝攧窨，只道你緣何愁悶深。教咱猜着啞謎，爲你沉吟，那籌兒没處尋。【金字令】（五至九）我和你共枕同衾，瞞我則甚？你自撇了爹娘媳婦，屢換光陰，他那裏須怨着你没音信。【桂枝香】（七至末）笑伊家短行，無情忒甚。（合）到如今，兀自道且説三分話，不肯全拋一片心。

【雙調集曲・孝順兒】【孝順歌】（首至六）嘔得我肝腸痛，珠淚垂，喉嚨尚兀自牢嗄住。遭礱被春杵，篩你簸颺你，喫盡控持。【江兒水】（四至末）好似奴家身狼狽，千辛萬苦皆經歷。苦人喫着苦味，（合）兩苦相逢，可知道欲吞不去。

【前腔】【孝順歌】（首至六）糠和米，本是相依倚，誰人簸颺做兩處飛。一賤與一貴，好似奴家與夫婿，終無見期。【江兒水】（四至末）米在他方没尋處，怎地把糠來救得人饑餒？好似兒夫出去，（合）怎地教奴，供贍得公婆甘旨？

【黄鐘宫引・點絳唇】月淡星稀，建章宫裏，千門曉。御爐烟裊，隱隱鳴梢杳。忽憶年時，問寢高堂早。鷄鳴了，悶縈懷抱，此際愁多少？（【點絳唇引】第一係半闋，第二係全闋，各具一體，以備選用。）

【黄鐘宫引・西地錦】（與本宫正曲不同）好怪吾家門婿，鎮日不展愁眉。教人心下常縈繫，也只爲着門楣。

【前腔】只道兒夫何意，如今就裏方知。萬里家山，要同歸去，未審爹意何如？

【黄鐘宫引·女冠子】（與【南吕宫正曲】不同）馬蹄篤速，傳呼齊擁雕轂。宫花帽簇，天香袍染，丈夫得志，佳婿坦腹。粧成聞唤促，又將彩扇重遮，羞蛾輕蹙。這姻緣不俗，金榜題名，洞房花燭。

【黄鐘宫正曲·歸朝歡】（一名【菖蒲緑】）冤家的，冤家的，苦苦見招，俺媳婦埋怨怎了？饑荒歲，饑荒歲，怕他怎熬？俺爹娘，怕不做溝渠中餓殍？譬如四方戰争多征調，從軍遠戍沙場草，（合）也是爲國忘家怎憚勞。

【黄鐘宫正曲·鮑老催】（與【越調】正曲不同）翠眉漫蹙，赤繩已繫夫婦足，芳名已注婚姻牘。空嗟怨，枉嘆息，休摧挫。畫堂富貴如金谷。休戀故鄉生處好，（合）受恩深處親骨肉。

【黄鐘宫正曲·瑣窗郎】漫説道，姻緣事，果諧鳳卜。細思之，此事，豈吾意欲？有人，在高堂孤獨。（合）可惜新人笑語喧，不知我舊人哭。兀的東床，難教我坦腹。

【黄鐘宫正曲·雙聲子】（與【越調】正曲不同）郎多福，郎多福，看紫綬黄金束。娘分福，娘分福，看花誥文犀軸。兩意篤，豈非福？（合）似文鸞彩鳳，兩兩相逐。（【雙聲子】二闋惟第三句及第六句一作五字句，一作六字句，然皆係正格也。）

【黄鐘宫正曲·神仗兒】彤庭隱耀，彤庭隱耀，見祥雲縹緲。想黄門已到，料應，重瞳看了，多應是念我，私情烏鳥。（合）顒望斷九重霄，顒望斷九重霄。

【黄鐘宫正曲·賞宫花】槐花正黄，赴科場舉子忙。太學拉朋友，一齊整行裝。（合）五百英雄都在此，不知誰作狀元郎？

【黄鐘宫正曲·賞宫花】須知，非是奴痴迷，已嫁從夫，怎違公議？爹猶念女，怎教他爹娘，不念孩兒？休提，縱把奴擔閣，比擔閣他媳婦何如？（合）那些個夫唱婦隨，嫁鷄逐鷄飛？

（【降黄龍】十闋，凡四字起句者俱係正體，二字起句者舊名【換頭】也，其《拜月亭》《荆釵記》及《琵琶記》等曲，句法雖有參差，皆不出規範；其《明珠記》與《西廂記》曲減易字句，格式各異，乃另一體，終不可以爲法。）

【黄鐘宫正曲·獅子序】他媳婦雖有之，念奴家須是他孩兒的次妻。那曾有媳婦，不事親幃？若論着做媳婦的道理，須當奉飲食，問寒暄，相扶持，蘋蘩中饋。（合）又道是養兒代老，積穀防飢。

【黄鐘宫正曲·太平歌】他求科舉，指望錦衣歸，不想道爹爹留他爲女婿。他埋冤洞房花燭夜，那些個千里能相會？只要保全金榜掛名時，（合）事急且相隨。

【黄鐘宫集曲·啄木鸝】【啄木兒】（首至合）錯中錯訛上訛，只管在鬼門前空占卦。若要識蔡伯喈妻房，奴家便是無差。你果然是他非謊詐？你原來爲我喫折挫，（【黄鶯兒】合至末）爲我受波查。教伊怨我，教我怨爹爹。

圖書在版編目（CIP）數據

琵琶記 / 俞爲民主編 ; 王良成整理. -- 杭州 : 浙江大學出版社, 2024. 11. --（南戲文獻全編）.

ISBN 978-7-308-25124-2

Ⅰ. I237.2

中國國家版本館 CIP 數據核字第 2024ZE9533 號

南戲文獻全編・劇本編・琵琶記

俞爲民 主编　王良成 整理

策　　劃　陳　潔　宋旭華
責任編輯　周挺啓　方涵藝　潘丕秀
責任校對　蔡　帆
封面設計　周　靈
出版發行　浙江大學出版社
（杭州市天目山路 148 號　郵政編碼 310007）
（網址：http://www.zjupress.com）
排　　版　杭州朝曦圖文設計有限公司
印　　刷　杭州宏雅印刷有限公司
开　　本　880mm×1230mm　1/32
印　　張　185.125
字　　數　4165 千
版 印 次　2024 年 11 月第 1 版　2024 年 11 月第 1 次印刷
書　　號　ISBN 978-7-308-25124-2
定　　價　2980.00 元（全七册）

浙江大學出版社市場運營中心聯繫方式：0571-88925591；http://zjdxcbs.tmall.com